SEBASTIÁN ROA (1968), aragonés de nacimiento y valenciano de adopción, compagina su labor en el sector público con la escritura. En 2010 recibió el premio Hislibris al mejor autor español de novela histórica. Es autor de las novelas *Casus Belli* (2007), *El caballero del alba* (2008; Ediciones B, 2016), *Venganza de sangre* (ganadora del certamen de novela histórica Comarca del Cinca Medio 2009; Ediciones B, 2012), y la Trilogía Almohade, integrada por *La loba de al-Ándalus* (Ediciones B, 2012), *El ejército de Dios* (Ediciones B, 2015) y *Las cadenas del destino* (Ediciones B, 2016; Premio Cerros de Úbeda del Certamen Internacional de Novela Histórica a la mejor novela publicada)

roasebastian.blogspot.com.es
Facebook: www.facebook.com/SebastianRoaAutor
Twitter: @sebastian__roa

Papel certificado por el Forest Stewardship Council®

MIXTO
Papel procedente de fuentes responsables
FSC® C117695

Primera edición: mayo de 2012
Cuarta reimpresión: mayo de 2020

Printed in Spain – Impreso en España

ISBN: 978-84-9872-656-5
Depósito legal: B-7.940-2020

Impreso en Novoprint
Sant Andreu de la Barca (Barcelona)

BB 2 6 5 6 A

Penguin
Random House
Grupo Editorial

Venganza de sangre

SEBASTIÁN ROA

Para Chiri y Nina

La venganza de sangre no fue solamente un derecho de tiempos más oscuros: fue un deber de caballero. Y de caballero es el deber de expresar mi agradecimiento a varias personas. A mi esposa Ana y a mi hija Yaiza, porque siempre son la razón de todo, también de esto. A quienes actuaron con generosidad en uno u otro momento de la venganza: Francho Nagore, José Ángel Sánchez, José Luis Corral, Santiago Posteguillo, Josep Asensi. A los recreacionistas medievales de Fidelis Regi, Feudorum Domini, A. C. H. A., Arcomedievo y Aliger Ferrum. Y a mis compañeros de viaje literario, los miembros del Cuaderno Rojo.

Perros, no esperabais que volviera del pueblo troyano cuando devastabais mi casa, forzabais a mis esclavas y, estando yo vivo, tratabais de seducir a mi esposa sin temer a los dioses que habitan el ancho cielo ni venganza alguna de los hombres. Ahora pende sobre vosotros todos el extremo de la muerte.

Homero, *Odisea*

Exordio

Isla de Malta. Verano de 1283

—¡Desgraciado! Tu valor te perderá, dejarás huérfano a nuestro pequeño y yo, infortunada, quedaré viuda. ¿Acaso pretendes derrotar tú solo a todo el ejército aragonés?

El caballero sonrió bajo el yelmo ante los reproches de su esposa. Mientras ella seguía lamentándose, él hizo una seña a Guido, su escudero, que aguardaba para ayudarle a despojarse de su atavío. El muchacho, todavía con el semblante pálido por los momentos recién vividos junto a la muralla, hizo un gesto de asentimiento a su señor, se deslizó silenciosamente hacia fuera y cerró la puerta del aposento tras de sí.

—Sería preferible —continuó ella con su reprimenda— que al perderte me tragara la tierra, porque si mueres, Alain d'Avesnes, no habrá consuelo para mí. Demasiado bien sabes que no tengo más familia que tú en este mundo...

El caballero salvó la distancia que le separaba de su mujer y abrazó a la dama con fuerza, apretándola contra la veste aún manchada de polvo y sangre. Estaba deseoso de despojarse de su loriga y refrescar su cuerpo, pero los pesares de la esposa requerían toda su atención. A espaldas de la dama quejumbrosa, una joven aya daba la mano al hijo de la pareja, un niño de pelo negro y ojos claros que asistía a la escena con la tez demudada, sobrecogido por la imponente estampa del caballero, con aquel orgulloso león rampante negro que presidía su veste y el brillante yelmo ocultando todo el rostro. La voz del padre sonó lejana y grave tras la pantalla de metal, y el niño se sobresaltó cuando Alain d'Avesnes empezó a hablar.

—Mi querida Alice, todo esto me preocupa, pero más alarmante sería aún que rehuyera el combate ante todas estas nobles gentes. Ahora, en la adversidad, es cuando más voluntariosos hemos de mostrarnos. Nuestro señor Carlos necesita nuestra ayuda y...

La dama deshizo el abrazo y empujó al caballero con ambas manos. Este se dejó llevar hacia atrás. Su sonrisa desapareció bajo el yelmo. Ahora ella lloraba.

—¿Acaso merecen tu atención estos villanos más aún que nosotros dos? —Ella se pasó una mano por la mejilla y se giró. Señaló al pequeño. Este todavía observaba al caballero con los ojos muy abiertos. La joven aya bajó la cabeza, un tanto avergonzada por las lágrimas de su señora—. Mira a tu hijo... ¿Es que ocupa nuestro rey un mejor lugar que él en tu corazón? ¿Qué crees que dirán esos villanos cuando tu cadáver se pudra al pie de estas malditas murallas? ¿Qué piensas que dirá el rey? Entonces nadie se acordará de ti, y mucho menos de nosotros...

Alain d'Avesnes alzó una mano para pedir silencio a su esposa.

—Alice, gracias a nuestro rey he sido honrado con la defensa de esta plaza. Él jamás nos abandonaría, ni te desampararía a ti o a nuestro hijo ¿Crees que yo marcharía al combate si temiera por vuestro futuro?

El caballero se acercó a su hijo y extendió los brazos. El niño, que apenas contaba cuatro años, dio un paso atrás, frunció el ceño y recostó la cabeza en la estrecha cintura del aya. Miró tembloroso el hierro refulgente del yelmo y su vista volvió de nuevo al león negro que, cruzado por una barra, imperaba sobre el color dorado de la veste. Alain d'Avesnes liberó las ataduras del yelmo, se lo quitó y lo dejó en el suelo. El gesto del pequeño cambió al instante, abandonó la protección del aya al reconocer a su padre, se abrazó al caballero. Este ensanchó su sonrisa.

—Dios mío, concédeme que este hijo mío sea ilustre entre los hombres y muy esforzado. Que digan de él cuando vuelva de la batalla: «¡Es mucho más valiente que su padre!»; y que, cargado de riquezas despojadas del enemigo a quien haya muerto, regocije el alma de su madre.

Se incorporó con el niño en brazos y lo entregó a Alice de Vannes, su muy amada esposa. Ella, con el rostro aún bañado en lágrimas, sonreía ahora al mirar al niño con ternura. El temor no había abandonado sus ojos todavía.

—Te he visto desde lo alto de los muros, Alain —dijo ella con voz suave mientras apretaba contra su generoso pecho al niño—. He sido testigo de tu temeridad cuando te has adelantado a todos. He visto que cabalgabas hacia las líneas aragonesas para embestir a esos salvajes cubiertos con pieles. De no ser por la compasión de Nuestra Santa Madre, te habrían dado muerte, pues al punto te han rodeado y todos ellos te acosaban con sus lanzas. ¿Por qué has hecho tal cosa? ¿Qué te obligaba a separarte de tus hombres y arriesgar así tu vida?

Alain suspiró. Liberó su cabeza del herraje del almófar, se despojó de la crespina y se pasó una mano por el pelo rubio, aún sudoroso. Después tomó asiento en un escabel y se dirigió al aya.

—Clara, por favor, tráeme vino para aclarar mi garganta del polvo de esta pedregosa isla.

—Al momento, mi señor. —La joven salió a paso vivo de la estancia.

—Me ha podido la euforia, Alice —se disculpó por la imprudencia—. Cuando dirigía la construcción de unos parapetos sobre las almenas, me ha llegado la noticia de que nuestra flota entraba en la bahía. Un ballestero venía gritando con alegría. Decía que al menos veinte galeras de nuestro señor Carlos se disponían a varar bajo los muros. Los aragoneses han debido de enterarse al mismo tiempo, porque juraría que he podido ver desde la muralla cómo sus rostros palidecían.

—Ese griterío también lo he oído yo —explicó Alice de Vannes—. Por eso me he apresurado a abandonar nuestros aposentos y a llegarme hasta las almenas. Pero mi alegría por la llegada de las galeras se ha visto pronto truncada.

La dama tenía la voz tan suave como sus rasgos provenzales. Se sentó junto al caballero y, con ayuda de un pañuelo de seda, terminó de limpiar de su cara los restos del llanto. El niño, al que su madre había vuelto a depositar en el suelo, se entretenía tocando con aprensión el yelmo polvoriento del caballero. Alain d'Avesnes extendió el brazo sobre el tablero que, sostenido por caballetes, hacía las veces de mesa. Cogió con la suya la mano de su esposa y la miró con cariño. Ella le devolvió el gesto. Era morena de piel y de pelo oscuro, y su brial adornado con cintas y bordados apenas disimulaba el llamativo busto. Por un momento, Alain sintió un pellizco de miedo al pensar qué podrían hacer los salvajes con los que acababa de combatir si tuvieran al alcance a su bella esposa.

Ella, tal vez adivinando la desazón de su marido, se subió ligeramente la tela del escote y sonrió.

—Nuestros hombres estaban desmoralizados y necesitaban un acicate —volvió Alain al relato—. Saben qué fue lo que ocurrió en Sicilia y temen que la gente de la isla haga lo mismo con nosotros. La visión de esos guerreros salvajes de Aragón no ayuda a paliar ese sentimiento, y por eso he decidido salir. Demostrar que no son tan terribles.

—¿Y ha servido de algo? —inquirió ella con escepticismo.

—Por supuesto. He acabado al menos con dos o tres de ellos antes de ser asistido por nuestra gente. No es mucho, pero al volver al castillo ya no eran lamentos lo que se oía, sino vítores y albricias. Ahora ríen felices y, gracias a la llegada de nuestra flota, también están tranquilos.

Clara, el aya, entró en ese momento con una jarra y un vaso, depositó ambos objetos ante el caballero, cogió de la mano al niño y pidió permiso para retirarse. Alice se lo concedió con un gesto amable. Se dirigió de nuevo a su esposo:

—No trates de engañarme ni me ocultes nada. Yo he visto cómo luchabas entre esos salvajes, pero también he podido ver a ese caballero aragonés que se ha abierto paso entre sus propias huestes y te ha hecho frente con ímpetu.

Alain d'Avesnes asintió y acarició la mano de su mujer.

—Cierto. No era uno de esos desarrapados malolientes. Se ha batido bien, pero la llegada de los nuestros ha puesto fin a la contienda.

—¿Sabes quién es?

El caballero negó con un gesto y se sirvió vino en el vaso. Lo apuró de un solo trago.

—No. En su blasón rojo he podido ver un castillo plateado. De poco más he tenido tiempo, pues me acometía con saña. Y por cierto que no ha permitido que esos salvajes me atacaran mientras me batía con él.

—Un digno caballero.

Alain asintió antes de apurar un segundo vaso. Después soltó la mano de su esposa y se incorporó.

—Y ahora permíteme despojarme de esta ropa sucia y asearme un poco... —Un par de golpes en la puerta le interrumpieron. La voz de su escudero se oyó al otro lado. Solicitaba permiso para entrar. Alain le ordenó pasar y el muchacho se inclinó.

—¿Qué pasa, Guido?

—Mi señor, el caballero Guillaume Cornut, que ha llegado con la flota, solicita ser recibido por vos.

Alain suspiró y ahogó un gesto de fastidio. Alice sonrió y habló al escudero.

—Haz pasar al caballero don Guillaume. Y tú, esposo, ve a asearte y vuelve cuando lo hayas hecho, que te lo has ganado. Yo cumplimentaré a nuestro huésped mientras tanto. Ve ya.

El pequeño Duran d'Avesnes trataba de calarse el pesado yelmo de su padre mientras los mayores hablaban a unas varas de distancia. El aya del niño se había quedado dormida a su lado, recostada contra uno de los pilares del aposento. El crío se detuvo un momento, entretenido por la voz que su madre modulaba con suavidad, pero al momento siguió tratando de levantar el yelmo del suelo.

—Si veis el problema resuelto —decía Alice de Vannes—, no entiendo qué falta puede hacer mi esposo.

El marsellés Guillaume Cornut, que compartía el mando de la flota angevina, resopló y miró de reojo a Alain d'Avesnes. Este soltó una carcajada queda.

—Disculpad a mi mujer, señor Cornut. Es de la Provenza, y ya sabéis que las damas de aquellos lugares no suelen quedarse calladas.

Cornut carraspeó, incómodo por el comentario. De todas formas le perturbaba que aquella mujer quisiera meter baza en asuntos de guerra; pero no podía ser descortés, y menos con su anfitriona.

—Debéis entender, mi señora, que nuestro principal objetivo es derrotar a la flota aragonesa —explicó—. Si no acabamos con ella ahora, nos importunará por todo el Mediterráneo el resto del verano y, Dios no lo quiera, también el año que viene.

Alice se levantó, de nuevo enojada. Su esposo había arriesgado la vida aquel mismo día, y ahora, mientras ella todavía se esforzaba en recuperarse del susto, venían a reclamarlo para participar en un nuevo enfrentamiento.

—No hay nada que temer, Alice —intentó tranquilizarla Alain—. Los aragoneses han tomado parte en algún encontronazo con naves del rey de Marruecos pero nunca se las han visto con la Casa de Anjou. Nuestra flota es más poderosa, te lo aseguro.

—Ciertamente —convino el marsellés—. Además, ni siquiera es seguro que hallemos a la escuadra enemiga. Lo más probable es que regresemos sin noticias de ella y podamos dedicarnos a poner en fuga a esa hueste que os asedia.

—Mi esposo ya ha trabajado duramente por levantar el asedio —advirtió ella—. Quisiera que ese trabajo recayera ahora sobre otros.

Cornut asintió sonriente y se llevó la mano al pecho.

—Mi señora, vuestro marido es hombre de gran fama y su sola presencia es garantía de arrojo entre nuestros soldados. En el quimérico caso de que nos enfrentemos al enemigo, quisiera tener a mi lado al señor d'Avesnes. Os doy mi palabra de que a nuestro regreso, una vez estemos seguros de que la flota aragonesa no navega por estas aguas, serán mis hombres quienes limpien Malta de enemigos del rey Carlos.

—Pero este castillo también necesita a mi esposo, señor —protestó Alice—, y os recuerdo que estamos sitiados por esos bárbaros y nuestra guarnición es exigua. Al igual que vos, me sentiría más segura con el señor d'Avesnes en la fortaleza.

Cornut suspiró mientras Alain sonreía divertido.

—El Castillo del Mar es prácticamente inexpugnable, mi señora —adujo el marino marsellés—. Esa fuerza que os asedia no tiene nada que hacer, pues solo pueden ocupar la lengua de tierra que os une con el resto de la isla. Antes bien, su única esperanza reside en que la flota aragonesa complete el sitio por mar, y por eso es imprescindible alejar esa posibilidad.

Alice bajó la mirada. No había más remedio que aceptar la lógica de tal reflexión y resignarse a que su esposo partiera a la mañana siguiente.

—¿Qué ocurrirá si el regreso de nuestra flota se demora en demasía?

—No os veréis desamparada, mi señora —aseguró Cornut—. Voy a dejar aquí a dos hombres de mi confianza con grandes recursos para afrontar los problemas: el italiano Vittorio y el gascón Bertrand.

Alain d'Avesnes miró extrañado al marino.

—¿Gascón? —repitió—. ¿Vais a dejar a un gascón encargado de cuidar de mi esposa y de esta fortaleza?

Cornut quitó importancia al asunto con un gesto.

—Bertrand Arzac es de Bayona. Por muy vasallo inglés que jure ser, defenderá el estandarte de Anjou —se inclinó un poco hacia Alain y bajó la voz—, pues su mayor preocupación es siempre la bolsa. Afortunadamente está bien pagado, así que no debemos temer por su lealtad.

—No me gustan los mercenarios, Cornut. —Alain d'Avesnes fruncía el ceño.

—Este es muy bueno, mi señor. Pero no es él el que importa, sino Vittorio, a quien Bertrand sirve de guardaespaldas.

—Espero que sea leal al Santo Padre ese Vittorio —dijo Alain—.

Mis viajes por Italia me han enseñado a desconfiar de los malditos gibelinos. ¿Es florentino quizás?

—Oh, no —Cornut volvió a bajar la voz—, es pisano.

D'Avesnes respingó.

—¿Un gascón y un pisano defendiendo el Castillo del Mar? ¡Buena protección procuráis a mi esposa, señor Cornut!

El marino alzó ambas manos para pedir cuartel.

—Vittorio no sabe de asuntos de gibelinos y, si he de ser sincero, tampoco de güelfos. Aunque no me cabe duda de que sería muy capaz de hacer negocios con ambos y acabar ganando en todo caso. Y eso es lo mejor que tiene. Sabe salir con bien de todo trance, y de ahí mi confianza en él.

—¿Y de qué servirá si la fortaleza corre peligro? ¿Sabe luchar ese Vittorio?

—Mi señor d'Avesnes —continuó Cornut—, no tendría sentido despojar al Castillo del Mar de un gran guerrero como vos para dejar a otro. Vittorio se ocupará de buscar una salida airosa a vuestra esposa si nuestro viaje se alarga y, Dios no lo quiera, las tornas cambian y favorecen a esos aragoneses que os asedian. Os lo juro, mi señor, Vittorio sería capaz de persuadir a esos desarrapados de pasarse a nuestro bando, tan convincente es. Sobre todo por la buena bolsa que voy a dejar a su recaudo para imprevistos indeseables.

D'Avesnes suspiró para demostrar que no alcanzaba la conformidad. Pero se debía al servicio del rey, y Guillaume Cornut no era sino el emisario del monarca. Alice, por su parte, había asistido al resto de la conversación en silencio. Fuera como fuese, comprendía que la clave del triunfo estaba en la flota angevina.

—Sea —admitió al fin Alain—. Aunque no estaré tranquilo hasta que vuelva y, con ayuda de esos soldados que habéis traído en vuestras galeras, arrasemos a los aragoneses de ahí fuera.

Cornut ensanchó la sonrisa.

—En un día, dos a lo sumo, ambos mancharemos de sangre aragonesa nuestros aceros, y de nuevo el rey os deberá un gran servicio.

Alain d'Avesnes alzó su copa para rubricar con un brindis lo dicho, y Cornut hizo lo mismo. Alice inclinó ligeramente la cabeza en señal de asentimiento y los dos hombres bebieron.

—Y ahora, mi señora, si me disculpáis, debo regresar y comunicar al señor de Bonvin que todo se sucederá según lo previsto. —Guillaume Cornut se levantó, alisó la veste e hizo una inclinación—. Pasad buena noche, señor d'Avesnes.

Alain se puso en pie y respondió al saludo del marino. Unos instantes después, Clara despertaba ante los suaves zarandeos de Alice de Vannes.

—Clara, muchacha, lleva a Duran a dormir y acuéstate tú también, que pareces rendida.

La joven se frotó los ojos. Se levantó y cogió al pequeño Duran de la mano.

—Perdonadme, mi señora —se disculpó el aya, que apenas llegaría a los dieciséis años—. Han sido las emociones del día. Ver batirse al señor me ha dado mucho miedo...

Alice sonrió y besó a su hijo en la frente. Después Clara condujo al pequeño hasta Alain. Le arremolinó el pelo negro.

—Descansa, hijo mío. Y tú también, Clara.

La muchacha salió del aposento a pesar de las protestas de Duran, que quería seguir jugando con el yelmo de su padre. Una vez solos Alain y Alice, esta levantó su copa, en la que aún quedaba vino.

—Brindo por ti, esposo —lo miró a los ojos, deseosa de alejar las nubes de preocupación que cubrían su semblante—, porque eres tú a quien todos piden ayuda y consejo, porque te has labrado reputación de hombre juicioso y porque ya nadie se fija en la barra que cruza ese león.

Alain se sirvió un chorro de vino e hizo chocar la copa con la de su mujer. Él también miró a su escudo, apoyado contra uno de los arcones del aposento. En él, sobre campo dorado, el león negro rampante asomaba su orgullosa melena tras una barra oblicua, como correspondía a un bastardo del conde de Hainaut. Su padre Juan lo había tenido fuera del matrimonio con una sirvienta de su casa. El hecho de que el mismo conde de Hainaut tuviera origen ilegítimo, aunque legitimado después por el propio emperador Federico II, le había servido para no despreciar a su hijo natural, Alain. No obstante, este no había recibido título alguno, y se vio obligado a demostrar por las armas su verdadera nobleza. Alain no se avergonzaba de aquella barra. Para él era símbolo de orgullo el haber conseguido ganarse el respeto del propio Carlos de Anjou, a quien había servido con valor en Surcola y en la ocupación de Durazzo y Albania, tras la proclamación de Carlos como rey de Sicilia.

Ambos bebieron lentamente y Alain observó a su dulce esposa. El origen bastardo del caballero le había permitido unirse a ella sin tener en cuenta intereses familiares y, en cuanto a Alice, era demasiado obstinada y firme como para haberse sometido a nadie no deseado. Habían recorrido Italia tras al rey Carlos, él guerreando para labrarse una posición, y ella rezando de continuo por la llegada de la paz. Y paradójicamente, mientras la Casa de Anjou preparaba una cruzada contra Bizancio, fue cuando hallaron esa paz. El único hijo de ambos, Duran, vino al mundo en Malta, en aquella fortaleza junto al mar que les servía de morada. El rey había encomendado a Alain la defensa del castillo en previsión de los movimientos de la Corona de Aragón, siempre acechante, y de los rebeldes sicilianos, que no habían aceptado de grado la marcha de los Hohenstaufen. Aquellas paredes de piedra eran desde entonces testigos del amor que Alice y Alain se profesaban. Mientras los ejércitos de Anjou eran derrotados por Bizancio, los dos esposos se amaban ajenos a todo.

Después, hacía un año cumplido, ocurrió el horrible desastre de Sicilia: el pueblo se alzó en armas alentado por el rey de Aragón, Pedro, que reclamaba la corona por su matrimonio con Constanza de Hohenstaufen. Habían llamado a aquello «Las Vísperas Sicilianas». La matanza de franceses en Sicilia atemorizó a Alice, que vio peligrar la paz de los últimos años. Y no se equivocaba, pues finalmente los aragoneses, con ayuda de algunos isleños, habían puesto sitio al Castillo del Mar.

—Sé lo que piensas. —Alain se levantó, dejó la copa sobre la mesa y se acercó a su esposa, cuya cintura rodeó con ambas manos—. Tienes miedo de que tu certidumbre termine, de que nuestro hijo tenga que vivir en guerra perpetua, de que no podamos amarnos como hasta ahora, libres y tranquilos. Alice cerró los ojos al sentir los labios de Alain resbalando por su cuello.

—Quiero que Duran crezca en paz, ajeno a la batalla.

Alain aflojó los cordones del brial mientras la besaba una y otra vez.

—No digas eso —protestó con suavidad él—. Duran podría ser un gran guerrero, igual que su padre.

Alice dio un pequeño respingo, pero cedió de inmediato ante las atenciones de su esposo, que doblegaba su brío al tiempo que sus manos recorrían la piel bajo la ropa.

—Déjame disfrutar de nuestro hijo mientras sea un niño —pidió ella con voz entrecortada.

El brial resbaló desde los hombros de Alice, y ella se sentó sobre la mesa; atrajo a su marido y rodeó su cintura con las piernas.

—Mañana —aseguró él al tiempo que liberaba a su amada del resto de vestiduras— recorreré el mar y disfrutaré de la brisa salada, y después los hombres del rey nos liberarán del cerco. Luego, tú y yo nos amaremos con ardor día tras día, y nuestro hijo crecerá sereno y protegido.

—¿Me lo juras? —preguntó ella al tiempo que dejaba caer la cabeza hacia atrás.

—Te lo juro.

Alice de Vannes se acercó a las almenas y se asomó mientras se arrebujaba en el manto que se había puesto sobre el camisón. La débil luz del alba empezaba a asomar a su espalda pero la luz llegaba aún tímida, por lo que tuvo que forzar la vista para tratar de distinguir el blasón dorado de su esposo entre las antorchas de los marinos.

—Ahí está, mi señora. —Clara, el aya del pequeño Duran, señaló con el dedo sobre la almena próxima—. Su escudero le precede con un fardo. En la nave situada a vuestra diestra... ¿Lo veis?

Alice miró hacia donde señalaba la muchacha, que tenía cogida la mano de Duran. El niño se restregaba un ojo para luchar contra la modorra.

—Ven aquí, Duran, y mira a tu padre. —La dama cogió en brazos a su hijo, lo elevó y señaló a una de las galeras. Al hacerlo, su manto resbaló de los hombros y cayó sobre el camino de ronda—. ¡Fíjate! ¡Alzan su estandarte!

Duran, ajeno a todo aquello, rodeó con los brazos el cuello de su madre y balbuceó algunas palabras de protesta. El niño estaba harto de ver a las embarcaciones entrar y salir de la Gran Bahía de Malta, y lo único que quería era volver a dormirse. Alice observaba orgullosa el tremolar del estandarte dorado que acababan de izar sobre la galera. Al momento, un griterío subió desde la nave hasta las almenas.

—Mi señora —la voz de la joven Clara se llenó de emoción—, los marinos aclaman al señor.

Alice asintió sin poder evitar una oleada de orgullo. Miró al aya, que realmente estaba encantada con la celebridad que alcanzaba su señor. La joven Clara, romana de nacimiento, había sido acogida por Alain d'Avesnes y su esposa tras quedar huérfana por las guerras del rey. La muchacha guardaba gran agradecimiento y cariño por el matrimonio, y también por el joven Duran. Un par de sombras se dibujaron tras Clara, cuyo pelo castaño ondulaba a la brisa de levante que barría las almenas. Alice entornó los ojos para horadar la oscuridad y observó dos siluetas.

—Mi señora —habló una de las sombras, que se adelantó unos pasos y se hizo visible a la tenue luz previa al alba—, soy Vittorio, a vuestro servicio.

El hombre, que a pesar de no ser muy mayor lucía una oronda panza, se inclinó ceremoniosamente. Alice lo observó con detenimiento. El tal Vittorio no estaba vestido para la batalla, desde luego. Más parecía un comerciante o un prestamista. Enseguida le llamó la atención la larga pluma roja que, desde el sombrero, se curvaba hacia atrás.

—Sed bienvenido, don Vittorio. —Alice miró a la otra sombra, que se mantenía detrás del recién llegado. Lo señaló con la barbilla—. El señor Arzac, supongo.

—Disculpad a mi bárbaro compañero, mi señora —sonrió el italiano—. Es un hombre de acción y no tiene modales.

Alice asintió, incómoda porque el gascón no era más que una silueta recortada ante la media luz del amanecer. Intercambió una rápida mirada con Clara, y se dio cuenta de que tampoco a la muchacha le gustaban aquellos dos extraños.

—Nos disponíamos a ver cómo parte la flota. —Alice señaló al grupo de galeras angevinas dispuestas en perfecto orden al pie de los muros.

El italiano volvió a mostrar todos los dientes al sonreír.

—Doy gracias al Altísimo por haberme permitido desembarcar y poder pasar una temporada en tierra firme tras el viaje por mar. No me gusta navegar, y menos en naves de guerra. —Vittorio puso los brazos en jarras y miró a su alrededor con afectación—. Si me disculpáis, mi señora, a mí me aburren todas estas parafernalias militares. ¿Os importa que recorra las almenas? Así me iré haciendo una idea de las defensas del Castillo del Mar.

Alice sintió una pizca de alivio por poder verse libre de la presencia de los dos recién llegados.

—Id, don Vittorio.

El italiano dijo unas palabras en voz baja a su acompañante y ambos desaparecieron por el adarve.

—No me gustan, mi señora. —la voz de Clara temblaba. El frescor del amanecer comenzaba a extenderse por la bahía.

—Tampoco son de mi agrado. No te apures, muchacha. Son las cosas de la guerra.

Las dos mujeres volvieron a posar sus vistas en las naves, en las pasarelas tendidas hacia la playa, en el ir y venir de marinos acarreando provisiones, en los estandartes ondulados por el viento.

Alain d'Avesnes se irguió en el castillete de popa y contempló el flamear de su estandarte dorado. Nadie se fijaba en la barra que cruzaba el blasón, sino en el fiero y oscuro león, símbolo de bravura y de prudencia. Él, el bastardo, noble por sí mismo y no por nacimiento, era quien comandaría a la gente de guerra de aquella hermosa galera angevina que los marinos llamaban *Santa Fara*.

—¡Mi señor! —La voz de Guido, el escudero de Alain, le llamó desde la pasarela. El joven señalaba a lo alto de la muralla—. ¡Vuestra esposa os saluda, mi señor!

Alain se volvió y miró hacia arriba. Una débil claridad tornaba gris la negrura de la noche, y entre las piedras se adivinaba la figura blanca de Alice de Vannes, agitando la mano mientras su cabello negro se mecía a la brisa. El caballero devolvió el saludo a su esposa, cuando un nuevo griterío se extendió por cubierta. Al momento, un eco agudo se oyó desde la lejanía.

Todo se tornó confusión. Los marinos comenzaron a correr de aquí para allá. El patrón de la galera se aproximó a Alain con gesto de alarma.

—¡Un grupo de naves acaba de entrar en la bahía, mi señor! —anunció mientras señalaba a la oscuridad—. ¡Se nos requiere por el señor de Bonvin para que nos aprestemos a la lucha!

Alain forzó la vista hacia el norte. Le pareció ver algunas luces que titilaban sobre el agua, pero bien podían ser las aldeas que flanqueaban la larga bahía maltesa. El soniquete agudo volvió a oírse, amortiguado por las voces de los angevinos.

—¿Son trompetas? —inquirió al patrón.

Este se encogió de hombros y se dedicó a recorrer la borda, atento a las órdenes de la galera capitana de su flanco diestro, que comandaba el caballero Bartolomé Bonvin.

—¡Guido! —llamó Alain a su escudero, a quien había perdido de vista—. ¡Guido!

El joven, que se había ido hacia proa para tratar de ver qué ocurría al norte, se abrió camino entre los marinos y se plantó ante su señor.

—Decidme.

—Mis armas —pidió lacónico Alain.

El escudero asintió y se afanó en desenvolver uno de los fardeles que había subido a bordo. Alain, mientras tanto, se despojó del jubón y lo dejó caer sobre cubierta. A su alrededor, los marinos se afanaban en terminar de traer fardos de comida y las órdenes volaban entre las naves. El caballero elevó de nuevo la vista hacia las almenas mientras ataba los lazos de su gambesón, y quiso atravesar la penumbra y la distancia para clavar su mirada en la de su esposa, pero otra sombra diferente se interpuso entre ellos. Guido, subido en la borda, acababa de elevar la loriga sobre la cabeza de Alain y la dejaba caer con la pericia de la costumbre, recubriendo de férreas anillas el cuerpo de su señor. A continuación le ayudó a ceñirla a la cintura.

—Mirad, mi señor. —Guido señaló a septentrión—. Una barquichuela se aproxima.

Los angevinos se apelotonaron en las proas cuando se extendió la noticia. Un esquife con bandera de parlamento llegaba a la playa. Dos de sus ocupantes remaban y un tercero se erguía con los brazos en jarras.

—¿Qué buscáis aquí? —tronó la voz de Bartolomé Bonvin desde su galera.

Los del esquife, apercibidos de dónde estaba aquella voz de mando, cayeron un tanto a babor y remaron hasta distancia segura.

—¡Mi señor! —gritó con pompa el tipo del esquife—, ¡vengo por orden de don Roger de Lauria, almirante de Aragón!

Alain se acercó a la borda y pidió silencio a sus hombres para poder oírlo todo.

—¡Soy Bartolomé Bonvin y sirvo al rey Carlos, soberano de Sicilia y también de esta isla!

El aragonés asintió y dio orden a sus remeros para detenerse. Luego hizo su proclama.

—¡Mi señor Bonvin, os traigo súplica del almirante don Roger para rendir vuestras armas, pues sin razón y en nombre de un usurpador, defendéis una plaza que por derecho pertenece a Sicilia y, por tanto, a Aragón!

—¿Y si no accedemos? —preguntó a su vez desafiante el marsellés.

—¡Entonces don Roger os conmina a abandonar la costa y combatir con equidad en la mar! ¡Os ofrece el tiempo que necesitéis para armar las naves y llenarlas con vuestra gente, mas os ruega que no os demoréis, pues tiene otros negocios que atender! ¿Qué contestáis?

Bartolomé Bonvin dejó caer la mandíbula, sorprendido por la soberbia de aquellos tipos venidos del otro lado del mar. Su rostro se enrojeció poco a poco mientras toda la flota angevina aguardaba en silencio la respuesta.

—¡Decid a vuestro almirante don Roger que no le haré esperar! —aulló—. ¡Volved a todo remo y refugiaos donde podáis, pues hoy los peces de esta bahía se saciarán de carne aragonesa!

El del esquife alargó una inclinación de cabeza y dio orden a los remeros para virar y regresar a la formación propia. Alain d'Avesnes observó a Bonvin, aún medio cubierto por la penumbra. Se había echado las manos a la espalda y recorría el castillo de proa de su nave a largas zancadas. Dos escuderos lo seguían a tropezones mientras intentaban armarle. Tras un rato de reflexión, se apoyó en la borda de estribor y llamó a Alain.

—¡Decidme, don Bartolomé! —respondió el caballero d'Avesnes.

—¡No pienso sufrir la insolencia de esos aragoneses! —aseguró el marino marsellés—. ¡Atacaremos de inmediato y les daremos una lección! ¡Haced la merced de transmitir mi decisión a las demás galeras, pues partiremos en cuanto el señor Cornut esté presto!

Alain asintió y pasó la orden a la nave de babor. Después volvió junto a su estandarte.

—Prosigue, Guido.

El escudero asintió y le enfundó el almófar. La orden de partida llegó en el tiempo de un padrenuestro.

—¡A la mar! —El grito vino por babor, atravesó la hilera de galeras varadas en la playa con la proa hacia la bahía—. ¡Nos hacemos a la mar!

El patrón se desgañitó para hacerse oír, y de inmediato consiguió que la *Santa Fara* temblara y sus tablas chirriaran. De forma casi imperceptible, la nave empezó a deslizarse por la arena. Guido separó los pies para asentarse con seguridad mientras ataba sendas piezas metálicas a los codos de Alain. A lo largo de la cubierta, los demás caballeros de la expedición se armaban de igual manera, aunque algunos se mostraban notoriamente alterados y de mala manera acertaban a colocarse el talabarte o amarrarse el yelmo, echando de inmediato la culpa a sus sirvientes para luego abofetearlos sin piedad. La *Santa Fara* sufrió un pequeño vaivén cuando, libre de la arena de la playa, su casco quedó a merced del agua.

Guido entregó la lanza a Alain, ya totalmente armado, y lo revisó de arriba abajo, como hacía en cada ocasión antes de la batalla para asegurarse de que todo estuviera en orden. Y como antes de cada batalla también, Alain miró al joven muchacho a los ojos.

—Quédate tras de mí, Guido. Ten coraje para batirte en este lado y piedad para reunirnos en el otro.

El muchacho asintió mientras aseguraba su propio gambesón, y aferró con fuerza un par de lanzas.

—Que Dios nos guarde, mi señor.

—¿Pero qué ocurre, mi señora?

Alice sentía el corazón saltar dentro de su pecho. Desde las almenas, a altura suficiente como para no confundirse, se apercibía claramente de que aquellas luces que relumbraban al norte no eran las de las casuchas de los pescadores malteses, sino los fanales de un grupo de naves. Además, ella oía con más nitidez el soniquete agudo de las trompetas, cuyo eco apagado recorría la costa abrupta de la bahía y llegaba hasta el Castillo del Mar.

—Creo que son los aragoneses, Clara —contestó Alice de Vannes. Duran movió levemente la cabeza sin despertarse. Seguramente soñaba.

—Mi señora, tengo miedo —confesó la joven romana con un hilo de voz.

Alice cambió a Duran de mano con cuidado y abrazó a Clara.

—Ven, hija mía.

Las dos mujeres se unieron y ambas vieron cómo las galeras angevinas resbalaban desde la playa para zarpar.

Un repiqueteo creció a sus espaldas hasta que se convirtió en un redoble de pasos que llegaba hacia ellas. Un olor acre se extendió por el adarve, y Alice reconoció la voz de Vittorio, el enviado de Guillaume Cornut.

—*Santa Madonna* —susurró el pisano.

—Vuestra presencia en el Castillo del Mar se acorta, don Vittorio —dijo Alice sin dejar de mirar abajo, a la hilera de galeras angevinas que ya empezaba a surcar la bahía hacia el norte—, para bien o para mal.

El pisano apoyó ambas manos sobre la piedra de la muralla y forzó la vista, mascullando algo en su lengua. Después siseó como una serpiente.

—Siempre para bien, mi señora —escupió antes de guardar silencio y observar atento la batalla que se aproximaba—. Siempre para bien.

Clara empezó a rezar en voz baja. Duran se estremeció de nuevo y clavó sus deditos en la piel de Alice a través del camisón. Más que un sueño, aquello debía ser una pesadilla.

—No tengáis miedo, hijos míos —trató de consolarlos a ambos. El aire alrededor se calentaba con lentitud y la media luz ahuyentaba a la oscuridad. Ya se podía ver claramente la línea de barcos que al norte bloqueaba la boca de la bahía. Era pronto aún para distinguir colores, pero Alice sabía que las barras grana y oro de Aragón ondeaban en los estandartes de aquellas galeras.

Con las armadas separadas por tres tiros de ballesta, la claridad alcanzó a los aragoneses.

Sus naves seguían detenidas, y a toque de trompeta se les veía afanarse sobre las cubiertas. Corrían por sobre ellas, apartaban los aparejos y resguardaban las bordas. Tendieron cables entre las naves y, animándose unos a otros, aprestaron los mangoneles anclados a los castillos de proa. Por el contrario, los angevinos cobraban velocidad al surcar la bahía. Los patrones lanzaban toda suerte de improperios a sus remeros, de modo que las galeras del rey Carlos rompían las aguas de la bahía y se adelantaban unas a otras. Sobre sus cubiertas, los pendones y escudos de los hombres de armas comenzaban a recibir la luz suficiente para resplandecer.

Alain d'Avesnes se irguió con los ojos entornados, apreció el fulgor de las antorchas sobre las cubiertas aragonesas y miró después hacia la proa de su propia nave. Nadie operaba la máquina aferrada con cuerdas a las bordas.

—¡Patrón! —gritó. Ahuecaba las manos enguantadas en torno a la boca en un gesto instintivo, olvidando que el metal del yelmo amortiguaba su voz—. ¡Patrón, buscad a vuestro senescal o hacedlo por vos mismo, pero quiero proyectiles para las máquinas! ¡Y los quiero ya!

Un primer fogonazo anunció que los mangoneles aragoneses sí estaban listos. La bola ardiente ascendió hacia el cielo gris dejando una estela de pavesas y se cernió sobre la nave capitana de Guillaume Cornut, que ocupaba una posición adelantada en medio de la línea. Las tripulaciones angevinas acallaron sus gritos por un instante, y el tiempo pareció detenerse mientras aquella esfera del infierno cumplía su parábola. Voló sobre la galera de Cornut, pasó a escasas cuatro varas de su estandarte y se sumergió en el agua con un fuerte chapuzón y un siseo que heló la sangre en las venas de los marineros. A pesar del viento contrario, hasta la galera de Alain pareció llegar el penetrante olor de la brea.

—¡Mi señor! —el patrón de la *Santa Fara*, aunque no había escuchado el requerimiento de Alain, se dio cuenta del peligro y se dirigió a él angustiado—, ¡no hemos tenido tiempo de embarcar proyectiles, y resulta difícil maniobrar en este lugar!

Alain d'Avesnes apretó los dientes y miró a los hombres a sus órdenes. No se oían gritos ya, salvo los que, amortiguados por la distancia y por el chapoteo de los remos angevinos, llegaban desde la línea aragonesa.

—¡Aprestaos al combate! —ordenó, consciente de que debían llegar al choque lo antes posible—. ¡Ballesteros a proa! —Luego habló de nuevo al patrón—. ¡Animad a vuestros remeros, por Dios, y llevadnos hasta el enemigo con presteza!

El patrón respondió con una firme inclinación de cabeza y se dispuso a cumplir la orden. En ese momento, mientras los ballesteros se repartían por los huecos de la proa, la línea aragonesa escupió un enjambre de muerte ardiente.

—Malditos... —susurró Alain con una pizca de admiración.

La primera vasija de brea había servido al almirante aragonés para calcular la distancia, y de seguro había dado órdenes a todas las galeras para disparar a un tiempo. Alain rezó rápidamente: rogaba a Dios que la aún débil velocidad de la *Santa Fara* les librara de ser alcanzados por uno de aquellos globos de fuego.

Los proyectiles aragoneses cruzaron el cielo. Dibujaron una marea de barras, como si el destino se burlara de la flota angevina al presentarles el estandarte enemigo.

—¡Ballesteros! —Alain d'Avesnes se sobrepuso al silencioso desasosiego que de nuevo atenazaba a los angevinos—. ¡Disparad!

Un zumbido siniestro se extendió por la cubierta cuando las cuerdas despidieron sus cuadrillos. Los ballesteros de Alain se encogieron sin preocuparse de ver si sus disparos eran certeros, y entonces se desató el infierno. Un proyectil aragonés acababa de caer en medio de la cubierta de una de las galeras capitanas, la de Bartolomé Bonvin. Estalló y el fuego se extendió por la tablazón. Algunos angevinos se vieron envueltos en llamas; lanzaron gritos desgarradores al tiempo que saltaban sobre las bordas y se sumergían en las aguas de la bahía. Alain maldijo en voz baja; observó cómo algunos de los remos de la nave alcanzada se detenían, quedaban inertes y eran arrastrados por el empuje de la galera. Las demás vasijas ardientes se repartieron por la línea angevina; unas quedaron cortas y otras se pasaron, pero dos de ellas impactaron sobre sendas galeras en el flanco izquierdo y comenzó a alzarse una negra humareda.

—¡Volved a disparar! —ordenó a sus turbados ballesteros—. ¡Guido, conmigo a proa!

El joven escudero obedeció a su señor y lo siguió por entre los hombres de armas repartidos por la cubierta. El viento, que soplaba de levante, trajo hasta ellos una densa cortina oscura y dulzona proveniente de la nave de Cornut. Un suave zumbido cortó el aire junto al yelmo de Alain, y al punto sintió un repiqueteo en las tablas de la *Santa Fara*.

—Mi señor —inquirió Guido tras él con un punto de inseguridad—, ¿qué es eso?

Alain d'Avesnes alzó su escudo y dobló ligeramente las piernas.

—¡Pégate a mí, Guido! —mandó con voz firme.

El tamborileo se repitió y un gemido de dolor se oyó junto a ellos. Uno de los hombres de armas, con dos virotes de ballesta clavados en la loriga, se dejó caer sobre las tablas con gran estruendo.

—¡Cubrios! —se oyó una voz desde la proa, y un nuevo chillido atravesó la galera.

La nave de Bonvin se quedaba atrás, impulsada por unos pocos valientes que se habían decidido a permanecer junto a sus remos mientras la azorada tripulación trataba de apagar el incendio de la cubierta. Por eso, al ganar ventaja sobre la nave ardiente, la *Santa Fara* salió de la nube negra. Mientras los últimos jirones de aquella malsana bruma se abrían, Alain d'Avesnes sintió la angustiosa tentación de mirar atrás, a las murallas del Castillo del Mar. En su mente se hizo un lugar, por encima de los gritos de dolor y de miedo de los angevinos, la figura esbelta y lejana de Alice de Vannes, que se despedía con un gesto desde lo alto de la fortaleza. Atrás quedaba ahora su esposa y, junto a ella, su pequeño Duran.

Alice de Vannes sentía una fuerte opresión en el pecho. Sus dedos se aferraban a los cuerpos de Clara y Duran y, mientras el niño lloraba, la joven romana apenas era consciente de que su señora le clavaba las uñas. Sus ojos estaban puestos en la bahía, iluminada ya por la claridad diurna. El pisano Vittorio, por su parte, mascullaba en su lengua palabras ininteligibles y entornaba sus ojos.

Dos de las galeras angevinas ardían por los cuatro costados y la más alejada, dejándose llevar, había encallado ya en la costa de poniente de la bahía. Una tercera, la que lucía el estandarte de Bartolomé Bonvin, navegaba con lentitud mientras trataba de rodear la línea aragonesa. Humeaba todavía, pero su tripulación había logrado apagar el incendio provocado por uno de los certeros disparos enemigos. A todas luces rehuía el combate. En cuanto al resto de la flota angevina, al menos la mitad de ella se dirigía al encuentro de los aragoneses, pero siete u ocho naves se retrasaban y viraban con lentitud, intentando no abordar a las de su propio bando.

—Mi señora —balbuceó entre hipidos Clara—, la galera del señor va a chocar contra el enemigo.

Alice de Vannes cerró los ojos y recordó los reproches que apenas un día antes había lanzado a su esposo. Sabía que Alain jamás volvería la cara a los aragoneses. Ahora su nave lucía el estandarte dorado con su león negro, y por eso se adelantaba al resto de la línea de Anjou y embestía como ariete contra una de las naves enemigas. Casi podía ver cómo los ballesteros aragoneses, perfectamente concordados, lanzaban andanadas de virotes que barrían las cubiertas angevinas.

—Esto está perdido —vaticinó con su voz aguda Vittorio.

Alice le dirigió una mirada de resentimiento. Sus labios temblaban y sus ojos oscuros se resistían a anegarse.

—Mi esposo vive aún, estoy segura. No os rindáis tan pronto.

Una media sonrisa irónica asomó al rostro del pisano, que señaló con un dedo gordezuelo hacia la bahía.

—Ved aquella niebla blanca que se levanta ahora de nuestras galeras, mi señora.

Alice hizo lo que le decía Vittorio. Era cierto. La nave de Alain había embestido a una de las naves enemigas, y ambos espolones se clavaban en los cascos contrarios y se trababan entre ellos. Otros barcos angevinos habían logrado meterse entre las galeras aragonesas, pero igualmente quedaban encallados o se veían incapaces de hacer funcionar sus remos. Ahora, desde los castilletes de proa, los enemigos se cubrían tras los escudos de sus caballeros y vaciaban sacos de polvo blanco sobre las cubiertas de las galeras de Anjou.

—Es cal viva, mi señora. —Vittorio había despojado su voz de emoción—. Deja ciegos a quienes tienen la desgracia de ser cubiertos por ella. Dicen que provoca quemaduras horribles.

Clara lanzó un grito de angustia al oír las palabras del pisano y hundió la cabeza en el pecho de Alice, incapaz de seguir asistiendo a aquel espectáculo. La niebla blanca ocultó por un momento el cierre de las naves, y Alice pudo ver que varias de las demás galeras angevinas, entre ellas la de Bartolomé Bonvin, conseguían flanquear a los enemigos. Por un momento tuvo la esperanza de que aún se podía derrotar a aquellos odiosos aragoneses.

—Tened fe, don Vittorio —pidió—, pues nuestros hombres rodean al enemigo para atacarle por la retaguardia.

El pisano volvió a torcer su boca en una mueca sardónica.

—Solo tengo fe en mí mismo, mi señora —respondió—. Si yo estuviera al mando de una de esas naves, huiría a toda boga de la bahía.

—Eso no ocurrirá, y vos tendréis que responder de esas palabras —aseguró Alice de Vannes—, más propias de un cobarde que de un soldado del rey Carlos.

Alice se equivocaba.

Alain d'Avesnes no podía verlo, pues se mantenía encogido para no padecer la ceguera de la cal, pero casi la mitad de la flota angevina se daba a la fuga tras rodear la línea aragonesa. Las naves de Anjou pasaban a duras penas entre los enemigos y la costa de la bahía; recibían una lluvia de dardos y de insultos, pero los aragoneses, unidas sus naves entre sí por cabos y enzarzados en la lucha contra los más valientes de los angevinos, no podían perseguirlos.

—¡Mi señor, nos abordan! —avisó Guido con la voz quebrada.

Alain abrió los ojos al fin. Ante él, varios marineros y hombres de armas se retorcían sobre cubierta, chillando por el dolor de las quemaduras y clamando al cielo para recobrar la vista. A trechos, las tablas rezumaban sangre y empapaban los cadáveres acribillados por los ballesteros aragoneses. Los primeros en invadir la *Santa Fara* fueron aquellos salvajes cubiertos de pieles que blandían sus jabalinas. Venían gritando, como siempre, y a su paso remataban a los heridos. Los degollaban o los clavaban a la tablazón. Alain miró a su alrededor y localizó a nueve o diez compañeros que aprestaban las armas.

—¡Conmigo! —les gritó —. ¡Formemos línea!

Los hombres de armas obedecieron, acobardados por la consabida fiereza de los almogávares aragoneses. Sabían que aquellos bárbaros no hacían prisioneros. Guido se colocó también a la izquierda de su señor blandiendo una lanza, y Alain trató de cubrirle como pudo con su propio escudo. Los enemigos, al ver que los angevinos les aguardaban en el sitio, se detuvieron y sonrieron. Sus dientes negruzcos asomaban entre las barbas enmarañadas y la piel tostada.

—¡Ballesteros! —Uno de ellos miró atrás—. ¡Ballesteros aquí y la nave es nuestra!

Alain comprendió perfectamente las palabras de aquel almocadén. Trató de localizar a algún compañero más para cargar contra los almogávares antes de que sus ballesteros les asistiesen. Buscó a ambos lados, pero la *Santa Fara* estaba aislada y las demás naves amigas tenían los mismos problemas que ellos. Los adversarios se batían en superioridad en todas las cubiertas angevinas, pero al igual que Alain y los suyos, los demás caballeros angevinos, cubiertos con pesadas lorigas y defendidos por sus escudos, habían formado líneas que semejaban murallas. Alain observó al almocadén enemigo. Era un tipo grande, con barba y cejas hirsutas, que repartía órdenes y escupía amenazas a sus propios hombres para que no se lanzaran sobre los angevinos.

—¡Primero los ablandaremos —aseguró—, y después los haremos picadillo...!

—¡Nuestro almirante se bate! —llegó un grito en francés por la izquierda—. ¡Abrid paso!

Tanto los hombres de Alain como los almogávares que ocupaban la *Santa Fara* oyeron aquellas palabras y pusieron su atención en el lugar del que habían salido. En la galera trabada a babor, a veinte varas escasas de distancia, el marsellés Guillaume Cornut se había adelantado a los suyos con un hacha de combate. Frente a él, la línea de almogávares hizo un rápido movimiento y lanzó una lluvia de azconas. Cornut se encogió tras el escudo y las jabalinas pasaron a su alrededor. Algunas de ellas se clavaron en las defensas de sus hombres.

—¡No he venido aquí a luchar con desarrapados! —vociferó indignado el marsellés—. ¡Decid a vuestro almirante que se bata con valor!

Alain observó el estandarte del navío trabado con el de Cornut. Era el del almirante aragonés, Roger de Lauria, con sus barras azules tremolando en campo plateado. Había oído hablar de aquel marinero, a quien el rey de Aragón había puesto al mando de su flota en detrimento de Jaime Pérez, el hijo bastardo que el monarca aragonés había tenido con una jovencita llamada María. El silencio se había hecho en las embarcaciones, mientras todos esperaban que Roger de Lauria se aviniese a aquel duelo singular. Guillaume Cornut, que hacía gala de un arrojo sin límites, corrió hacia la línea de enemigos que ocupaba su nave y comenzó a abrirse paso a hachazos. Los almogávares, carentes de escudos y lorigas, se hicieron a los lados sorprendidos por el valor del marsellés, y un par de ellos cayeron heridos y bramando como toros.

—¡Vuestro almirante! —seguía reclamando Cornut mientras repartía hachazos a su alrededor—. ¡Que venga vuestro almirante!

Un vítor unánime se elevó desde las filas angevinas, y los caballeros se animaron unos a otros, dispuestos a emular a su líder. Algunos de los hombres de armas avanzaron unos pasos para auxiliar a Cornut, pero volvieron a detenerse cuando un recio desafío salió de la nave capitana enemiga.

—¡No toquéis a ese hombre! —ordenó una voz aragonesa con fuerte acento italiano.

Los almogávares abrieron un pasillo por el que apareció Roger de Lauria armado de maza y escudo. Se plantó ante Cornut, separó las piernas, las asentó sobre la cubierta húmeda de sangre. Como atados por un pacto tácito, los guerreros de uno y otro bando aguardaron inmóviles el resultado del duelo.

—Aún hay esperanza, Guido —susurró Alain a su escudero mientras los dos almirantes se clavaban las miradas. Luego alzó un poco la voz para que todos sus hombres pudieran oírle—. Si el aragonés cae, los suyos se desesperarán siquiera unos instantes. Entonces es cuando hemos de cargar. Sin cuartel.

Se oyeron varios gruñidos de asentimiento. Guillaume Cornut volteó el hacha y atacó con fiereza a Lauria mientras lanzaba un grito desgarrador. El corazón se encogió en el pecho de todos los combatientes. El almirante aragonés alzó su escudo y desvió el ataque del marsellés, que rechinó con fuerza al resbalar sobre el cuero y la madera, y lanzó a su vez un recio mazazo que pasó silbando ante el yelmo de Cornut. Ambos contendientes se desplazaron de lado con la vista fija en el contrario. Los almogávares, obedientes a la orden de su almirante, se mantenían quietos, con las armas prestas pero respetando la espalda del angevino.

Mas uno de los hombres de este, temeroso de que Roger de Lauria saliera victorioso y la derrota se cerniera sobre ellos, arrancó de su escudo la azcona que un aragonés le había lanzado unos momentos antes. Meditó unos instantes la felonía y, finalmente, echó el brazo atrás.

—¡No! —gritó Alain d'Avesnes al ver que aquel angevino se disponía a atacar a traición a Roger de Lauria.

Este pareció adivinar lo que iba a ocurrir. Cargó con el escudo contra Cornut y lo empujó hacia la proa de la nave angevina. Luego se volvió súbitamente para encarar al felón. La azcona salió despedida con tino, pero el caballero angevino, fatigado por el esfuerzo y el miedo y estorbado por el hierro, se quedó corto. La punta de la jabalina horadó el calzado de Roger de Lauria, atravesó su pie y se clavó en la madera de la cubierta. El almirante aragonés lanzó un grito de dolor, soltó la maza y aferró la azcona alevosa.

—¡Traición! —se oyó el grito unánime de los aragoneses, y se repitió por toda la línea de naves trabadas—. ¡¡Traición!!

Guillaume Cornut, rodeado de enemigos, alzó su hacha y corrió hacia Roger de Lauria, convencido de que aquella era la última oportunidad de vencer la batalla. El tiempo pareció detenerse mientras el marsellés atravesaba el tumulto de almogávares, y el almirante de Aragón giró su cuerpo a la vez que, con un bramido de rabia y dolor, se arrancaba la jabalina del pie. La arrojó con firmeza, dejando un reguero de su propia sangre en el aire, y la azcona rasgó el espacio y se precipitó contra el pecho de Guillaume Cornut, penetró las anillas entrelazadas de su cota y mordió su corazón. Una negra sombra cubrió el ánimo de los angevinos, y Alain d'Avesnes, desde la *Santa Fara*, supo entonces que jamás volvería a ver a su amada Alice de Vannes y a su querido hijo, Duran.

Duran d'Avesnes despertó de repente, asustado por una pesadilla cuyo recuerdo perdería, y comenzó a llorar desconsolado. Su madre ni siquiera se dio cuenta, pues hacía tiempo que sus propias lágrimas la tenían sumida en el mismo desconsuelo. La joven Clara, por su parte, se había dejado caer en el adarve y apoyaba su espalda en las almenas. El sol lucía alto, y hasta el mediodía habían sido testigos en lo alto de la muralla del duelo que enfrentaba a las diezmadas tripulaciones angevinas con las encorajinadas fuerzas aragonesas.

Desde tal lejanía les había resultado imposible distinguir a aquellos dos caballeros que se habían batido singularmente sobre la cubierta de la nave de Cornut. Tampoco eran capaces de saber cómo había terminado aquel enfrentamiento que acalló los gritos de guerra de todos los combatientes. Luego, mientras Bartolomé Bonvin lograba darse a la fuga con otras siete u ocho galeras y alcanzaba la salida de la Gran Bahía, la batalla había continuado. Primero fueron los ballesteros aragoneses, a los que vieron acribillar las líneas angevinas sin descanso. Con un lento goteo, los caballeros cayeron. Incapaces de contraatacar, pues su número era muy inferior, y las fuerzas y el valor les habían abandonado. Después, cuando las galeras enemigas se vaciaron de munición, los almogávares cargaron contra los fatigados hombres del rey Carlos. Pagaron caro precio, por cierto, por hacerse con las banderas de Anjou, y muchos de aquellos sujetos cubiertos de pieles alfombraban ahora las cubiertas de las galeras angevinas. La última y desgarrada visión de Alice de Vannes fue la de aquella horda rodeando a un solitario caballero vestido de oro y negro que repartía mandobles a su alrededor. Como sepultado por la arena, su esposo cedió bajo los ataques de aquellos carniceros. Uno de ellos arrancó su estandarte del castillete de popa.

—Mi señora —susurró Clara desde el suelo—, ¿ha terminado todo?

Alice de Vannes ignoró la pregunta de la muchacha y dejó a Duran en el suelo. Lo puso frente a sí mientras se arrodillaba. Miró al niño a los ojos claros y enrojecidos, le pasó la mano por la cara para limpiarle las lágrimas.

—Ahora tenemos que ser muy valientes, Duran —le dijo a media voz, como si el pequeño pudiera comprender la gravedad de lo que acababa de ocurrir.

Tras el niño, la joven aya rompió a llorar de nuevo.

—¿Qué será ahora de nosotras, mi señora? —tartamudeó Clara.

Alice ni siquiera oyó a la romana. Seguía limpiando la cara de Duran y le hablaba con la mirada perdida.

—Nuestro rey nos amparará, Durán —susurró—. No nos abandonará a nuestra suerte.

El pisano Vittorio puso una mano sobre el hombro de Alice.

—Mi señora, preciso saber dónde guardáis vuestro tesoro.

Alice también lo ignoró.

—Hemos de resistir aquí —ahora la dama sonreía con gesto bobalicón—, y nuestro rey nos premiará, Duran.

El pisano aferró a Alice con ambas manos y la zarandeó.

—¡Mi señora! —gritó—, ¡preciso saber dónde guardáis vuestro tesoro! ¡Lo necesitaré para negociar con nuestros enemigos!

Clara, asustada, se arrastró por el adarve para alejarse de Vittorio. Alice seguía ida, acariciaba la cara de Duran y le susurraba consejos ya infecundos.

—Nobles inútiles —apostilló el pisano con desprecio. Se dio la vuelta y comenzó a andar, pero volvió a pararse y miró de nuevo a la enloquecida Alice, a su gimoteante pequeño y a la asustada aya adolescente. Esta contempló aterrada el gesto del pisano.

—Mi señora... —murmuró la romana.

Vittorio sonreía con los ojos entornados.

—Tal vez no seáis tan inútiles, después de todo.

El caballero Artal de Exea alzó la mano para dar el alto al jinete que volvía de la costa. El muchacho tiró de las riendas y los cascos del caballo se clavaron en la tierra, arrancando algunas piedras y un largo bufido del animal. Era un escudero de don Artal y venía montado en uno de sus corceles de marcha. Saltó a tierra con gran agilidad y estiró los labios en una sonrisa.

—Don Artal, mi señor, traigo nuevas felices —anunció en lengua aragonesa.

El caballero, que lucía en la roja veste un castillo plateado, alargó al escudero un odre con agua.

—Bebe.

El muchacho cogió el odre pero no obedeció la orden de su señor. Estaba ansioso por comunicar las noticias que traía.

—Don Artal, nuestra escuadra ha derrotado al enemigo —dijo con euforia—. Todas las naves de Anjou han sido incendiadas o capturadas, salvo algunas que se dieron a la fuga apenas comenzada la batalla.

Artal de Exea sonrió y lanzó un suspiro de alivio. Había enviado a su escudero de buena mañana a vigilar las aguas, no bien supo que la armada aragonesa entraba en la bahía con gran anuncio de trompetas para desafiar a las galeras angevinas. De la victoria de las naves del rey Pedro dependía el triunfo de aquel asedio. Ahora que las galeras de Aragón bloqueaban la Gran Bahía de Malta, el Castillo del Mar caería como fruta madura.

—Corre al aposento del señor de Lancia y transmítele la noticia.

El escudero asintió, se largó un generoso trago de agua y, tras devolver el odre a su señor, volvió a montar el corcel. Artal de Exea se giró a poniente y observó la regia mole de la fortaleza. Había temido que el asedio se quedara en nada al saber de la llegada de la flota angevina, pero ahora, con la armada propia enseñoreada de la bahía, el sitio sería completo y la guarnición de la fortaleza no tardaría en claudicar.

Caminó de regreso a la albarrada que había mandado construir para detener las salidas de los sitiados. Precisamente una de esas salidas había conseguido poner en aprietos a sus almogávares por culpa de un bravo caballero con el que tuvo que medirse en persona. Aquel tipo del león negro no se batía mal. Don Artal llegó a la empalizada sin dejar de vigilar las almenas del Castillo del Mar. Pero no vio ni atisbo de movimiento allá arriba. Se acercó a dos de los almogávares que se hallaban de guardia frente a las murallas. Los hombres llegados de Aragón, que no pasaban del centenar, habían sido puestos bajo su mando y destinados a la primera línea del asedio. El resto del contingente siciliano que completaba el sitio se hallaba en el campamento situado en las casas de la aldea, a un tiro largo de ballesta. Todos estaban bajo las órdenes del caballero Manfredo Lancia, vicealmirante de Roger de Lauria. Después de la febril actividad de rellenar el foso, las fuerzas aragonesas se habían tomado un descanso que pronto se iba a truncar.

—¿El jefe de la guardia? —inquirió a los dos hombres. Ellos, que charlaban descuidados junto a uno de los parapetos de madera, no le oyeron llegar y se sobresaltaron.

—Ah... Don Artal... —respondió al fin uno—. El almocadén Zintero fue a *charrar* con uno de los del castillo.

El caballero aragonés mostró su sorpresa con un gesto.

—¿Cómo decís? ¿Vuestro almocadén en tratos con el enemigo?

Los dos almogávares se miraron inquietos.

—El de la fortaleza salió con bandera de parlamento, mi señor —excusó el otro tipo a su jefe—. Un tipo solo y desarmado.

Artal de Exea apretó los puños sin molestarse en disimular su enojo. No le gustaba aquel tipo, Ferrer Zintero. No le agradaba la forma en que le miraba. Sus palabras rendían sumisión aunque sus ojos denotaban que no sentía aprecio por don Artal ni por ningún otro caballero aragonés o siciliano de la expedición. Pero él no podía hacer nada. Los almogávares elegían a sus almocadenes por mayoría de la tropa, y lo cierto era que Zintero se desenvolvía bien en la batalla. Mandaba con firmeza, se hacía respetar y sobre todo se colocaba siempre al frente de la línea para batirse el primero. Además, sus hombres parecían apreciar la forma en que se ensañaba con los enemigos vencidos. En los momentos de victoria, Ferrer Zintero parecía disfrutar alargando la agonía de los caídos, algo que don Artal no podía soportar. Ya había tenido más de un enfrentamiento con aquel almocadén, pero esta vez había sobrepasado los límites de lo aceptable.

—¿Dónde está ese borrico? —tronó.

Los dos almogávares de servicio se encogieron de hombros. Artal de Exea miró a uno de ellos a los ojos hasta que el soldado tuvo que apartar la mirada. Finalmente el tipo alzó con lentitud una de sus manos y señaló a la orilla, allá donde la tierra descendía para encontrarse con el mar. Don Artal anduvo hacía allí, dispuesto a pedir explicaciones a Zintero por aquel comportamiento. Él, don Artal de Exea, era el responsable de las defensas aragonesas, y solo a él, por tanto, le estaba encomendada la tarea de entrevistarse con cualquier heraldo enemigo.

Junto al campamento, las noticias del triunfo en el mar acababan de alzar revuelo. Artal pensó, mientras llegaba a la playa, que la euforia estaría a punto de estallar entre las casuchas de la aldea. En ese momento apareció Ferrer Zintero. Subía por la pendiente pedregosa. Sonriente, aunque jadeaba por las prisas. Artal de Exea se plantó con los brazos en jarras y esperó a que llegara el almogávar.

Zintero era de buena altura, aunque cargaba un poco la espalda y eso le hacía parecer más pequeño. Sus miembros eran fuertes, pero don Artal sabía que no era en la fuerza en lo que aquel tipo desgarbado fiaba su vida, sino en la astucia. El almocadén fijó sus ojos pequeños y oscuros en el caballero.

—Mi señor don Artal —dijo a modo de saludo con voz aflautada—. Qué gusto veros por aquí...

—¡Ferrer Zintero! —atajó el de Exea—. ¿Es cierto que has estado de parlamento con uno del castillo?

El almogávar separó las manos con las palmas hacia arriba,

arqueó las cejas y sonrió. Sus ojos, que seguían clavados en los del caballero, despedían un odio que sus palabras se cuidaban de encubrir.

—Mi señor, tengo buenísimas noticias. Tan buenas que pronto me felicitaréis.

Artal de Exea ignoró la cháchara del almocadén y miró a lo largo de la orilla. Un par de tablas de madera medio ennegrecidas flotaban algo más allá. Eran parte del resultado de la batalla de aquella mañana, algo que con toda seguridad trataría de explotar aquel desagradable almocadén.

—¿Con quién te has entrevistado, Zintero? —El caballero paseó la vista a lo largo de la orilla—. ¿Qué negocios sucios has cerrado?

El almocadén pareció ofenderse y habló con afectación.

—Mi señor, me ofendéis —dijo, y se descubrió la cabeza tiñosa. Artal de Exea sintió un asomo de repugnancia. Ferrer Zintero, a pesar de contar apenas diecisiete años, parecía mucho mayor, y desde luego su astucia superaba con mucho a la de cualquier zagal de su edad. Artal de Exea comenzó a impacientarse ante los vaivenes de Zintero.

—Muchacho, más te vale que hables claro ya.

El almocadén torció la boca en un gesto fugaz de desprecio y se volvió a ceñir sobre el pelo parcheado su cofia de tiras de cuero.

—Lo que tengo que decir debe oírlo también el señor de Lancia, don Artal. Servíos perdonar este atrevimiento.

El caballero resopló y cerró los ojos. Empezaba a sentir auténtica curiosidad por el acuerdo al que podía haber llegado aquel rufián.

—Está bien, vamos pues.

Zintero asintió y terminó de subir el terraplén. Desde allí dio un fuerte silbido hacia sus compañeros de servicio en la albarrada. Artal de Exea, que había comenzado a andar hacia el campamento aragonés, se volvió con impaciencia. El almocadén sonrió nuevamente mientras uno de los almogávares se acercaba a la carrera.

—Enseguida estoy con vos, don Artal.

El caballero tensó los músculos de la cara al apretar los dientes. Cada vez sentía más animadversión por aquel tipo desgarbado y de ojos penetrantes. Zintero acercó la boca al oído del almogávar recién llegado y le susurró algunas palabras mientras señalaba al Castillo del Mar y a su foso cubierto a trechos por piedras, tierra y ramaje. El almocadén volvió a caminar en cuanto su compañero inició el regreso a los parapetos, y don Artal abrió la marcha sin cruzar una palabra con Zintero.

Don Artal de Exea miraba de reojo al almogávar mientras esperaban para ser recibidos por Manfredo Lancia. Ante la casa que el vicealmirante había escogido como aposento, dos soldados sicilianos montaban guardia con sus lanzas terciadas. Ambos lucían librea de Aragón. Alrededor, el bullicio se extendía por todas partes y de los callejones y casas salía gente armada, eufórica por la derrota de la flota angevina en la bahía y por la sensación de la inminente caída del Castillo del Mar, el último foco de resistencia enemiga en la isla de Malta. Zintero miraba constantemente hacia atrás, a los parapetos. Iba armado con su gran cuchillo al cinto, pero había dejado el resto de sus armas en la línea de asedio. El caballero de Exea trató de desviar su atención a las obras que los ingenieros llevaban a cabo a unos codos de distancia. Habían montado un par de mangoneles para llevarlos hasta los parapetos, e incluso amontonaban vigas de madera para construir algo más grande. Ahora, cerrado ya el bloqueo a la fortaleza, nada de eso sería necesario.

Zintero se sobresaltó al mismo tiempo que un agudo grito de alarma llegaba desde la albarrada. El almocadén se volvió ligero y empezó a correr hacia el Castillo del Mar.

—¡Por san Jorge bendito, andrajoso! —le increpó don Artal—. ¡Vuelve aquí!

Ferrer Zintero hizo caso omiso de la orden del caballero, pero se volvió para sonreírle mientras le clavaba aquella mirada rastrera.

—¡Estas son mis noticias, mi señor...! —Su voz tembló a causa de la carrera por el llano pedregoso—. ¡Nos franquean el paso al castillo!

Artal de Exea abrió la boca sorprendido y se cubrió del sol con una mano para tratar de ver qué ocurría en la puerta del Castillo del Mar. En el campamento, la voz de alarma se extendía, y como eran muchos los soldados ya armados, varios salieron a la carrera en pos del almocadén Zintero.

—Maldito descamisado —masculló don Artal.

—¿Qué pasa? —preguntó una voz a su espalda. El caballero reconoció de inmediato el timbre grave e italiano de Manfredo Lancia—. Don Artal, ¿otra salida del enemigo?

—Dicen que nos abren las puertas, don Manfredo —informó el de Exea sin dejar de mirar al castillo—. Al parecer uno de los almogávares de guardia ha llegado a un trato con los de allá.

El lugarteniente de Lauria, que acababa de enterarse del fracaso angevino en el mar, pareció no sorprenderse demasiado.

—Bien —dijo con parsimonia—. Voy a vestirme para la ocasión. Vos, don Artal, sed tan amable de acudir al Castillo del Mar y, si es cierto eso que dicen, procurad que vuestros almogávares no saqueen más de lo conveniente.

Artal de Exea asintió y buscó con la mirada a alguno de sus escuderos, pero el lugar era un caos. Caballeros, hombres de armas, infantes sicilianos y almogávares corrían hacia el foso, algunos de ellos en calzas y camisa. Recordó la prisa que le había entrado a Zintero con la voz de alarma y la reserva que le había mostrado en la playa.

No le parecieron buenas señales.

Ferrer Zintero había sido muy claro con sus órdenes al compañero del parapeto: nadie debía entrar antes que él en el Castillo del Mar.

—Bien hecho, Dos Dedos —felicitó a su compañero al pasar junto al foso. Caminó sobre uno de los puentes improvisados a base de rellenar con piedras y arena la zanja inundada.

El almogávar Dos Dedos, llamado así por un infortunado accidente de su mano izquierda con su propio cuchillo en una noche de borrachera, sonrió a Zintero y cruzó el foso en pos de él. Uno tras otro torcieron a la izquierda y siguieron junto a la muralla del Castillo del Mar. A medio tiro de ballesta tierra adentro, el ejército aragonés se acercaba en completo caos.

Zintero divisó a Vittorio, que asomaba su cabeza tocada con aquel ridículo gorro por una pequeña poterna que se abría en el lienzo sur del castillo. El pisano hizo gestos con la mano, les dio paso y se apartó para que los dos almogávares entraran en la fortaleza.

—He dado orden para abrir la puerta y el rastrillo —informó Vittorio—. Quiero que os quedéis conmigo y con mi amigo Bertrand, pues no me fío de vuestros compañeros de armas.

Ferrer Zintero, aún sofocado por la carrera, sonrió y ordenó con un gesto a Dos Dedos que cerrara la poterna tras de sí. El almogávar obedeció.

—Quédate a mi lado y no tendrás nada que temer —aseguró el almocadén al pisano—, pero necesito saber dónde se esconde ese tesoro del que me hablaste antes.

Vittorio indicó a los dos aragoneses que le siguieran y subió por una estrecha escalinata que llevaba al adarve.

—La señora del castillo no se ha dignado revelármelo. Venid conmigo y ved si podéis sacárselo vosotros —pidió.

—¿Un tesoro? —repitió Dos Dedos.

Vittorio, que jadeaba por el esfuerzo de la subida, asintió.

—Es lo único de valor que hay en el castillo —mintió para no hablar de la bolsa que Bartolomé Cornut le había proporcionado en previsión de eventuales emergencias—. Pero Malta es puerto codiciado y, por lo que tengo entendido, lo que se recauda se guarda aquí.

Zintero se relamió mientras terminaba de subir a zancadas los altos escalones y se plantó en el adarve. Vittorio, agitando la larga pluma que colgaba de su sombrero, ya había iniciado la marcha por el camino de ronda.

—La señora del castillo está allá. —Señaló con un dedo a septentrión—. Acaba de ver cómo vuestras naves aplastaban a las de Anjou. Recordad que quiero inmunidad para mí. Ah, y para mi compañero Bertrand.

Zintero se volvió fugazmente y miró a Dos Dedos con una sonrisa sardónica.

—Veremos si os habéis ganado esa inmunidad —espetó.

Llegaron al lugar en un padrenuestro. Para ese momento, por cierto, una no floja algarabía se extendía por el Castillo del Mar, señal de que las órdenes del tal Vittorio se habían cumplido y las puertas estaban abiertas. La fortaleza era por fin de Aragón.

Bertrand Arzac, de pie y asomado a una almena, contemplaba cómo los marinos aragoneses saqueaban las naves angevinas. Se divertía al ver la forma en que arrojaban los cadáveres al mar y amarraban las naves vencidas para remolcarlas a tierra. Al oír llegar a Vittorio, se volvió. El gascón era alto, más incluso que Ferrer Zintero. Tenía el pelo rubio y los ojos muy claros, y toda su cara aparecía surcada de pequeños hoyos. Entornaba mucho la mirada, como si le molestara sobremanera el brillo del sol a pesar de tenerlo ahora a su espalda. Un poco más allá, Alice de Vannes acariciaba el pelo negro del pequeño Duran, al que sostenía pegado al pecho. Abrazada a su señora, Clara sollozaba. Ninguna de las dos pareció darse cuenta de la llegada de Zintero y Dos Dedos en compañía del pisano Vittorio.

—¿Accede ya? —inquirió el italiano a su compañero gascón.

Este negó con la cabeza y examinó a los dos almogávares. Echó mano al puño de la daga que llevaba al cinto.

—¿Y estos quiénes son? —preguntó Bertrand con fuerte acento.

—Los amigos a los que rendiremos el castillo —se apresuró a calmarle Vittorio—, pero necesito que la señora nos diga ya dónde guarda su tesoro, pues estos nobles señores de Aragón requieren compensación por los afanes vividos.

Bertrand Arzac sonrió y entornó más aún los ojos. Se puso ante Alice de Vannes y le alzó la barbilla con un dedo.

—Mi señora, ¿no os dais cuenta de que hemos sido derrotados? Debemos negociar nuestra salida —dijo.

Alice lanzó una ojeada vacía a Arzac y siguió acariciando el pelo de su hijo. Clara, con el rostro congestionado por el llanto, habló a balbuceos.

—No hay tesoro —informó al gascón, que ni siquiera la miraba—. Mis señores no son ricos, y tan solo tenían...

Arzac propinó un fuerte revés a la muchacha con la misma mano que instantes antes tenía bajo la barbilla de Alice. La romana soltó un gemido apagado y cayó al duro suelo del adarve. Vittorio soltó una risita ahogada. Alice pareció despertar de su hipnosis y apretó al pequeño Durán contra sí mientras dejaba resbalar su espalda por la piedra del parapeto hasta quedar sentada. Se fijó en el porte de los dos almogávares y en la cara burlona de Vittorio.

—Nobles asquerosos —mascculló Arzac—. Ni cuando sus vidas corren peligro están dispuestos a soltar el dinero.

—No hay dinero —susurró Alice.

Bertrand Arzac resopló, agarró a Clara del cabello y la levantó del suelo. La joven romana lanzó un grito de angustia y Duran redobló su llanto, que se había ido apagando.

—¿Y cómo mantenéis a esta zorra, mi señora? —preguntó Arzac mientras tiraba del pelo a Clara. La muchacha se erguía de puntillas y trataba de colgarse del brazo del gascón—. ¿Cómo pagáis a la guarnición de este castillo? ¿Os sirven por amor?

—Por favor, dejadla... —rogó Alice.

Vittorio extrajo su daga, rodeó a Arzac por la espalda y puso la hoja ante el blanco cuello de Clara. Zintero y Dos Dedos, mientras tanto, asistían intrigados y divertidos a la escena.

—Mi señora —empezó a hablar Vittorio con su desagradable voz—, no quisiera tener que cortar el cuello a esta linda criatura, pero no nos lo ponéis nada fácil. Pensad que todos moriremos si no hallamos con qué pagar nuestro rescate. Si vos no habláis, estos valerosos guerreros —señaló con la barbilla a los almogávares— encontrarán de todas formas vuestro tesoro y se lo quedarán justamente.

—Soltadla, por favor —pidió de nuevo Alice, que por fin empezaba a llorar—. No hay tesoro alguno. Deberíais saber que el rey Carlos debe las pagas de sus soldados desde hace meses. Coged todo lo que halléis, vaciad mis aposentos y quedaos con la plaza, pero por favor, no hagáis daño a esa niña inocente.

El griterío se extendía por el Castillo del Mar. Mientras los restos de la guarnición se rendían, una horda de almogávares y caballeros se desperdigaba por la fortaleza.

—Enseguida llegarán aquí —intervino Zintero— y tendremos que despedirnos de las primicias. Arreglad esto ya o nuestro trato no tendrá validez.

Vittorio apretó los dientes ante la amenaza del aragonés y miró a Bertrand Arzac.

—El señor de Cornut nos dijo que os había provisto largamente para caso de necesidad. —Alice se dirigía al pisano.

—Maldita puta... —mascculló Vittorio.

Ferrer Zintero dio un par de pasos adelante y frunció el ceño.

—¿Nos habéis ocultado algo, maese Vittorio? —inquirió con tono amenazante.

Alice, pensando que aquel tipo vestido con pieles podría ponerse de su lado, soltó a Duran, se llegó hasta Zintero y aferró sus manos.

—Señor, tomadnos como rehenes y pedid rescate, pues por derecho de guerra así os corresponde —suplicó—. Y en cuanto a ellos —señaló con un gesto a Arzac y Vittorio—, debéis saber que les fue entregada una cantidad de dinero para negociar la rendición del castillo. Exigídsela.

—Puta redomada —volvió a escupir Vittorio. Arzac dio un paso atrás para alejarse de los dos almogávares y soltó el pelo de Clara, pero Vittorio mantuvo la hoja de su daga apoyada en la garganta de la romana.

Ferrer Zintero sonrió y se fijó en la noble provenzal que sollozaba ante él. Era esbelta y morena, su camisón se ceñía contra la cintura por la brisa de levante y remarcaba la turgencia de sus pechos. Una brusca oleada de excitación le subió desde el estómago al ver que aquella mujer suplicaba por su vida.

—No te dejes engañar, Ferrer —le avisó Dos Dedos—. No serás tú quien cobre rescate de estas gentes. Como mucho tendrás derecho a tu parte del botín, y eso —señaló abajo, al patio de armas del castillo, por el que corrían de un lado para otro los guerreros aragoneses— si nos dejan algo.

Zintero maldijo en voz baja. Por un momento se había sentido importante. De repente el suave tacto de las manos de Alice le pareció áspero. Aquellos malditos nobles, los que siempre miraban por encima del hombro, serían quienes se arreglaran entre sí. Él no era más que un almocadén, y si era cierto que no existía el tesoro de marras, su parte del botín se limitaría a migajas.

—Tú —desenvainó su enorme cuchillo y apuntó a Vittorio—. Si tienes esos dineros de los que habla ella, bien harías en dármelos ya. Conservarás así tus tripas en su sitio y también la libertad.

Para rubricar la amenaza de su almocadén, Dos Dedos arrojó suavemente al aire su azcona y la recogió con la mano vuelta, dispuesta a lanzarla al menor atisbo de amenaza. El pisano palideció y, sin saber muy bien por qué, pasó una mano bajo el brazo de Clara para retenerla con fuerza. Su daga seguía apoyada en la garganta de la romana, que del lloro desesperado estaba a punto de pasar al pánico.

—No tengo aquí ese dinero, sino guardado en el aposento que nos han proporcionado —aseguró Vittorio—, pero mi promesa sigue en pie. Recibirás tu paga si nada malo nos ocurre.

Zintero y Dos Dedos intercambiaron una mirada cómplice.

—¿Es mucho dinero? —preguntó el almogávar de la mano mutilada.

—Suficiente para que podáis abandonar los dos esta guerra, os lo juro —contestó el pisano.

El almocadén miró alternativamente a Alice y a Vittorio. Arzac, por su parte, había retrocedido hasta colocarse tras el pisano.

—Si procuráis que nada nos ocurra a nosotros —habló de nuevo Alice—, también os recompensaré.

Ferrer Zintero sonrió.

—Vos, zorra engreída —contestó a la mujer—, sois noble, y por tanto yo no obtendré nada de vuestro rescate. Tampoco estáis en condiciones de recompensarme, ni ahora ni luego.

Alice retrocedió lentamente hasta chocar con la piedra del parapeto. Luego buscó a tientas a su hijo, que había quedado sentado en aquel lugar. El niño se apresuró a dar la mano a su madre. El almocadén siguió mirando a Alice. Un fuerte soplo de viento apretó más aún el camisón contra la piel de la dama e hizo flotar su pelo negro hacia la bahía. Ferrer jamás había estado tan cerca de una mujer de semejante hermosura, y se preguntó qué debía sentirse al acariciar la piel noble de la provenzal, siempre mimada por cuidados, embellecida por afeites y perfumada por esencias.

Alice adivinó la lascivia en los ojos de Zintero y sintió en su pecho una fuerte amargura. Jamás, en presencia de Alain d'Avesnes, se habría atrevido aquel gañán a mirarla de semejante modo. Su llanto, interrumpido por unos instantes mientras trataba de salvar la vida de Clara y Duran, volvió con fuerza redoblada.

—Dos Dedos —masculló el almocadén mientras se acercaba con lentitud a Alice—. Vigila por si sube alguien.

El almogávar frunció el ceño.

—¿Qué vas a hacer, Ferrer?

—Quiero saber qué se siente al hacerlo con una de estas nobles —respondió el almocadén.

Bertrand Arzac soltó una estruendosa carcajada mientras Alice abría los ojos con desmesura y aferraba a Duran.

—No hagas eso, Ferrer —le advirtió Dos Dedos—. Sabes que no puedes. Don Artal te castigará.

—No tiene por qué enterarse —dijo con frialdad Zintero al tiempo que se despojaba de su chaleco de pieles. Lo hizo con destreza, sin soltar su enorme cuchillo ni quitarse el capacete de cuero.

Dos Dedos gruñó algo y, contrariado, se alejó por el adarve.

—Supongo que habéis pasado demasiado tiempo ocupados en el asedio, ¿eh? —preguntó con picardía Vittorio.

Zintero se volvió un instante hacia el pisano. Su mirada no disimuló el desprecio que sentía hacia aquellos dos hombres que habían pretendido engañarle. De no ser por el dinero que le habían prometido, no serían ya más que un par de cadáveres adornando el adarve.

—No es eso —explicó, y volvió a mirar a Alice de Vannes—. Es esta zorra. Es su absurdo orgullo. Su creencia de que está por encima de nosotros. Miradla ahí. Lo ha perdido todo, y aun así piensa que salvará su vida y la de ese pequeño bastardo.

Vittorio soltó una nueva carcajada, más para disimular su propio miedo que para celebrar las palabras de Zintero. Arzac, por su parte, se mantuvo en silencio. Alice, aun con los ojos anegados en lágrimas, sostuvo la mirada desafiante del almocadén. Temblaba como una hoja pero se resistía a doblegarse ante aquel bruto que, además de quebrar su libertad, pretendía humillarla. Ferrer Zintero sintió la ira subirle a la boca al notar la resistencia de Alice. Ella alzó la barbilla y trató de sonreír.

El almocadén se volvió de nuevo y fijó sus ojos en Arzac.

—Coge al niño —ordenó.

El gascón se apresuró a obedecer.

—¡No! —gritó la mujer, y se dejó caer de rodillas para abrazar a Duran con toda la fuerza de que era capaz—. ¡Dejad a mi hijo!

Bertrand Arzac agarró con la mano zurda el pelo del pequeño y con la diestra descargó un fuerte golpe en la cara de Alice. La provenzal cayó hacia atrás y su cabeza chocó con la piedra. Un siniestro crujido sonó, los ojos de la dama se pusieron en blanco un instante y luego se entrecerraron.

—¡Duran! —gritó Clara, y se zafó del abrazo de Vittorio. Este, sorprendido, fue incapaz de reaccionar.

El pequeño redobló su llanto mientras la joven romana corría hacia Duran d'Avesnes. Se abrazó al niño sin que Arzac pudiera hacer nada por evitarlo. El almogávar Ferrer, contrariado, escupió una maldición y aferró el pelo de Alice de Vannes para levantarle la cabeza. La mujer entreabrió los ojos y soltó un gemido cuando el almocadén puso la otra mano sin cuidado tras su cabeza. Sangraba copiosamente, pero seguía consciente.

—Mi... hijo... —musitó—, no le hagáis... daño...

Zintero sonrió aviesamente y dejó caer de nuevo la cabeza de Alice, que chocó una vez más contra la piedra del camino de ronda. A su espalda, Clara y Duran se empeñaban en llorar. El gimoteo irritaba tanto al almocadén que se volvió y alzó en volandas a la romana. Esta agarró un pequeño colgante de madera que el almogávar llevaba al cuello.

La despidió hacia atrás con fuerza y la devolvió a las manos de Vittorio. Al hacerlo, la muchacha arrancó el adorno de Ferrer y este notó que el cordel se clavaba en la piel. Lanzó un mugido que sobresaltó a Arzac y al pisano, sintió que necesitaba saciar su cólera antes de forzar a la noble provenzal.

—¡Acaba con ella! —ordenó al pisano mientras señalaba a Clara.

Vittorio forcejeaba con la adolescente. Vaciló un instante antes de mover su daga hacia arriba. La romana lanzó un chillido de angustia.

—¡Acaba con esa zorra, te digo! —repitió su orden Ferrer.

Vittorio sufrió un nuevo sobresalto y, sin volver a pensarlo, agarró la melena de la chica, tiró hacia la nuca y largó un tajo bajo la barbilla. El grito de Clara se truncó y se convirtió en un gorjeo. La sangre salpicó a chorros el rostro del pisano.

—Maldita puta... —la insultó antes de soltar su cabello. Clara cayó como un fardo y empezó a convulsionarse.

Duran, que había presenciado la escena sin acallar su llanto, dejó de pronto de llorar. Su vista se fijó en el rostro de Clara y en cómo boqueaba en busca de aire. La muchacha estiró la mano hacia el niño. Le miró suplicante.

—Me ha puesto perdido —se quejó Vittorio mientras se restregaba el rostro.

Bertrand Arzac cogió en brazos a Duran y se acercó a las almenas, pues Clara había comenzado a arrastrase hacia el niño. Un gran charco de sangre empezó a crecer bajo ella, a correr a regueros por entre las piedras del ancho camino de ronda. Clavaba las uñas de una mano en el suelo y se movía unas pulgadas mientras mantenía la otra mano cerrada en torno al colgante de Ferrer Zintero. Los extremos del cordel sobresalían de su puño. Finalmente, Clara se detuvo y dejó caer la cabeza sobre el adarve. Pero sus ojos siguieron clavados en los de Duran.

—No hagáis daño... a mi hijo... —repitió Alice como en sueños, ajena a los últimos estertores de la adolescente romana.

Ferrer Zintero estaba ya sobre la noble, con las manos apoyadas en el suelo. Empujaba a un ritmo desigual. Dado que la mujer carecía de fuerzas para resistirse, el almogávar había dejado el cuchillo en el suelo tras desgarrarle a gusto el camisón. El gascón rio entre dientes y notó pujar su virilidad. Se pasó la lengua por los labios y guiñó un ojo a su compañero italiano, de cuyo rostro demudado aún no había huido el pánico. Alice entrecerró de nuevo los párpados y movió la cabeza con lentitud. Su sangre formó un pequeño regato y discurrió por las sinuosidades del suelo hacia donde Arzac sostenía a Duran. El pequeño, que había dejado de llorar al morir Clara, fijó su vista en el reguero de sangre que brotaba de la cabeza de su madre. El líquido dibujó una línea quebrada y se unió al charco negro bajo el cuerpo de la joven romana.

—Zorra noble, ¿qué te parece esto? —escupió Ferrer Zintero. Su voz aflautada se tornaba cada vez más aguda—. ¿Lo sientes, mi señora? ¿Lo sientes?

La mancha sanguinolenta crecía al ritmo de los insultos del almocadén. Duran se tapó los oídos porque aquellos gritos se le clavaban muy dentro y le dolían. Clara, ya inmóvil, seguía mirando al niño con los ojos vidriosos. Ferrer soltó un gruñido prolongado y ronco y se dejó caer sobre el cuerpo inerte de Alice.

—No hagáis daño... —repitió ella con un hilo de voz.

Bertrand Arzac, totalmente excitado por la violación, dejó al niño en el suelo. Le lanzó una mirada burlona. Duran apartó la vista de Clara y se fijó en el rostro picado de viruela.

—Tu madre es una putita, niño —Arzac sonreía—, pero te quiere mucho. ¿Has visto lo que ha hecho para protegerte?

Zintero se puso en pie y subió sus calzas con indolencia. Lanzó un escupitajo sobre Alice, contempló con desprecio el cadáver de Clara y luego se dirigió a Arzac.

—Si queréis a la señora, es vuestra.

Era lo que esperaba el gascón. Sus ojos entornados y claros brillaron sin dejar de observar a Duran, y este retuvo aquel brillo apenas entrevisto.

—Sí, claro que la quiero —susurró Arzac, y se desentendió del pequeño.

Duran miró a su alrededor, incapaz de comprender lo que estaba ocurriendo. Su vista pasó del cuerpo de Clara al charco de sangre, de este al desgarbado tipo que se ponía un chaleco de pieles en aquel momento, de él al orondo sujeto de la pluma roja en el gorro. Vittorio advirtió la mirada del niño y no le gustó un ápice.

—¿Qué hacemos con este? —preguntó a Ferrer mientras señalaba al pequeño.

El almocadén no respondió. Terminó de vestirse y lanzó un nuevo escupitajo. Luego se entretuvo viendo cómo Arzac penetraba con violencia a Alice de Vannes. El gascón empezó a resoplar y el cuerpo de la provenzal se agitó sobre la piedra.

—¿Qué hacemos con este? —repitió la pregunta Vittorio.

Ferrer se volvió irritado.

—Idiota. Hay que matarlos a los dos: al niño y a la zorra de su madre. ¿Quieres que le cuenten a alguien lo que ha pasado?

Vittorio, que aún lucía chorretones de sangre por la cara y la ropa, asintió.

—A ella no hará falta matarla —habló Arzac, que había acabado su faena con inusitada rapidez—. Ya está muerta.

Ferrer enarcó las cejas y se acercó al cuerpo de Alice. Le dio una patada, y la provenzal soltó un quedo gemido.

—Eres tan idiota como tu amigo italiano —masculló el almocadén—. Además, eres un impotente o un castrado, pues la zorra apenas se ha enterado de nada. Sigue viva.

Arzac respingó por el insulto de Zintero, pero no se atrevió a responder. En lugar de ello, volvió a mirar fijamente al pequeño Duran y le sonrió burlonamente. Hizo un gesto con la cabeza para señalar al mar.

—¿Te gusta el agua, niño? —le dijo con su fuerte acento.

Ferrer Zintero miró a su alrededor y luego se asomó a las almenas. La marea había subido y cubría la pequeña porción de playa. Las olas se rompían casi sin fuerza contra las rocas allá abajo.

—A pesar de ser idiota, no es una mala idea la que has tenido —aceptó el almogávar—. Despeña al niño. Y tú, pisano, ayúdame a hacer lo mismo con estas dos.

Duran no comprendió las palabras del tipo de las pieles. Seguía fijándose en el rostro de Arzac, en el de Vittorio y en el de

Zintero. El gascón, sin dejar de sonreír, alzó al pequeño y anduvo hacia las almenas. Imaginó el sonido de los frágiles huesos de Duran al quebrarse contra las rocas de abajo y un escalofrío le recorrió la espalda.

—No me gustaría estar en tu pellejo, desgraciado —susurró al oído del niño. Aquella frase, dicha con ese acento rasposo, resonó en la cabecita de Durán.

Zintero se disponía a agarrar a Alice de Vannes para despeñarla muralla abajo, cuando una voz recia y firme atravesó el aire.

—¿Qué ocurre aquí?

Ferrer cerró los ojos con fuerza. Maldijo los momentos perdidos mientras dejaba que aquel inútil aquitano gozara del cuerpo maltrecho de la noble enemiga. Aunque, bien pensado, tampoco había tardado tanto en...

—¡He preguntado qué ocurre aquí!

Zintero y Vittorio observaron alarmados al caballero que acababa de llegar. Tras él venían un par de escuderos y varios hombres de armas. Artal de Exea lanzó una mirada fiera al tipejo de pelo rubio que sostenía a un niño en brazos muy cerca de las almenas.

—Mi señor don Artal... —El almocadén estiró los labios en una sonrisa de zorro—. Henos aquí, tratando de ayudar a estas pobres gentes que algún bruto ha desbaratado.

El caballero caminó despacio. Llevaba el escudo embrazado pero su espada reposaba en la vaina; uno de los escuderos cargaba con la lanza y el otro acarreaba el yelmo. Ferrer Zintero, por su parte, buscó con la mirada al necio de Dos Dedos, que no le había avisado de la llegada de la hueste. Al fin lo vio mezclado entre los hombres de armas que ya se desparramaban por el adarve. Se prometió dar su merecido a aquel marrullero.

—¿Han sido ellos? —Artal de Exea señaló alternativamente a Arzac y a Vittorio.

Zintero también los miró. Le iba a resultar difícil dar una explicación, pues el pisano llevaba piel y vestiduras manchados de sangre, y el gascón aún tenía al pequeño Duran cogido y al lado de las almenas. Pensó en acusar directamente a los dos traidores de aquellos crímenes, pero se arrepintió rápido. Eso le privaría de los dineros que habían traído para una negociación que ya no era necesaria.

—Mi señor don Artal... —El almocadén habló despacio mientras se acercaba al caballero—. Estos dos hombres son los que nos han abierto las puertas. Llegué con ellos a un acuerdo para tomar la fortaleza sin pérdida de vidas, y les prometí que nada malo les ocurriría. Esto es aquello que debía decir al señor de Lancia.

—¿Y por qué no lo hiciste, bellaco? —le cortó don Artal—. ¿Por qué saliste corriendo antes de hablar con él?

Ferrer sonrió y se encogió de hombros.

—Dieron desde los parapetos el aviso de que las puertas se abrían, mi señor, y me apresuré para entrar antes de que estos buenos amigos —señaló a Arzac y Vittorio— fueran sorprendidos por los perros angevinos. Imaginad que no hubieran podido mantener las puertas abiertas... Ahora mismo estaríamos aún ahí fuera, pugnando por tomar la fortaleza.

—Bien hecho, muchacho —le felicitó uno de los hombres de armas al pasar a su lado y le palmeó la espalda. Ferrer inclinó la cabeza en señal de agradecimiento antes de seguir hablando.

—Estos buenos amigos me advirtieron que debíamos entrar ya, pues algunos de los sitiados se sabían perdidos y atacaban a la señora del castillo...

El almocadén señaló a Alice de Vannes, inmóvil en el suelo sobre la mancha de sangre que manaba de su cabeza. Al oír aquellas palabras, Artal de Exea se acercó a la mujer y con gran delicadeza le volvió la cara. Echó hacia atrás su almófar y se retiró la crespina.

—Mi señora... —llamó al tiempo que sostenía su rostro entre las manos—, mi señora...

—Esa jovenzuela de ahí debía de ser su criada —continuó con su relato Ferrer Zintero—. Cuando llegamos, ya la había degollado algún despiadado. En cuanto al crío, apareció por aquí corriendo. Ni idea de quién es.

Artal de Exea observó de reojo al almogávar. Un par de hombres de armas se acercaron a felicitarle. Entonces el caballero trató de resguardar la desnudez maltratada de la señora y la envolvió en los jirones del camisón. Al hacerlo descubrió el objeto que había junto al cuerpo de la mujer, tapado hasta ese momento por la ropa desgarrada. Lo recogió y apuntó con él hacia Ferrer.

—Este es tu cuchillo, Zintero... —dijo con voz acusadora—. ¿No es cierto?

El almocadén se puso blanco al tiempo que palpaba con nerviosismo la vaina vacía que pendía de su tahalí. Miró a ambos lados. Él era el único almogávar que había en aquel adarve a la llegada de Artal de Exea, y aquel era un inconfundible cuchillo almogávar.

—Mi señor... —balbuceó—, se me ha debido caer al tratar de socorrer a la dama...

—¿Bajo sus ropas desgarradas?

La pregunta de Artal de Exea exhalaba la suficiente ironía como para ser notada por todos.

—Vamos, don Artal —intervino un hombre de armas catalán que cogió el cortel de Zintero y se lo entregó a este—, el muchacho ha conseguido rendir la fortaleza sin bajas. La batalla de esta mañana, vencida con tan buen tino y coraje por el señor de Lauria, ha sido coronada por este éxito. Es un gran día que traerá la alegría del rey.

—¡Viva el rey Pedro! —gritó entonces Zintero, deseoso de apartar la atención de la gente de aquellos cuerpos ensangrentados.

—¡¡Viva!! —respondieron todos al unísono.

—¡Aragón! ¡Aragón! ¡Aragón! —vitorearon después, y alzaron las armas hacia el cielo para celebrar el triunfo.

Rompieron a reír con gran algarabía, y a ellos se unieron varios almogávares que llegaban eufóricos y cargados con algunos objetos de poco valor de los que iban rapiñando por el lugar. Pronto rodearon a Zintero y lo cubrieron de parabienes. Artal de Exea resopló y fijó sus ojos en el tipo alto y pálido que sostenía al niño en brazos.

—Trae aquí al crío —ordenó.

Bertrand Arzac obedeció sin perder de vista al caballero, depositó al niño sobre el charco de sangre y dio unos pasos atrás. Don Artal estudió la cara del pequeño y enseguida se dio cuenta del parecido con la mujer que yacía allí. Sus ojos eran claros, pero los rasgos y el oscuro color del pelo eran idénticos a los de la bella dama cuya cara sostenía aún entre las manos. Por si le cabía alguna duda, el niño se sentó junto al cuerpo y tocó el rostro de la dama.

—Mamá —susurró. Su voz sonó ronca y cansada, como si se hubiera destrozado la garganta a gritos.

Artal de Exea suspiró y examinó al otro tipo, el rechoncho de la ridícula pluma roja en el gorro. Tenía la tez colorada y, al igual que el otro, miraba con aprensión al caballero. Don Artal se dio cuenta de que la daga que colgaba de su cinto estaba manchada de sangre. Zintero, acompañado de los hombres de armas y almogávares, se alejaba del lugar.

—¡Venid, amigos! —pidió a Arzac y Vittorio antes de abandonar el adarve entre las felicitaciones de los demás soldados—. ¡No os separéis de mí!

La algarabía se apagó a lo largo de la muralla, y con don Artal quedaron sus dos escuderos. El caballero señaló a la jovencita que yacía desangrada.

—Esa está muerta, seguro, pero aún noto calor en esta mujer.

Uno de sus escuderos volteó el cuerpo de Clara. Esbozó un gesto de aprensión cuando los vidriosos ojos de la adolescente se clavaron en los suyos.

—Degollada, mi señor —informó al observar el ancho tajo de la garganta—. A esta no la forzaron.

Artal de Exea asintió y zarandeó con suavidad la cabeza de Alice de Vannes. El niño seguía sentado y llamaba cada poco a su madre.

—Mi señor, tiene algo... —El escudero tiró de los cordeles que sobresalían del puño crispado de la joven Clara y liberó un colgante. Lo examinó con atención y luego se lo llevó al caballero. Don Artal se disponía a cogerlo cuando Alice de Vannes lanzó un debilísimo gemido.

—¡Mi señora! —reaccionó el caballero—. ¿Podéis oírme?

Alice abrió los ojos con esfuerzo, pero la vida se apresuraba a huir de ellos. Los fijó en el blasón de Artal de Exea, que teñía la roja veste y hacía destacar su castillo dorado. Con la última lucidez que era capaz de proporcionarle su mente, la mujer reconoció al guerrero que se había batido con su esposo, Alain d'Avesnes, a los pies de la muralla.

—Mi hijo... —susurró Alice en débil provenzal—. No dejéis que le hagan daño...

—Claro que no, mi señora —trató de tranquilizarla el aragonés.

—Vos... sois un caballero, como mi esposo... Vos lo cumpliréis...

Artal de Exea asintió y supo que la vida escapaba de la mujer. Una de sus cejas se hinchaba y tenía señales de mordiscos en los labios, pero aun así, con aquella piel pálida y ese pelo manchado, su rostro irradiaba belleza.

—¿Qué deseáis que cumpla, mi señora? —inquirió don Artal, preso de una gran tristeza.

—Vos... cuidaréis de mi hijo... y haréis que sea tan buen caballero como su padre...

El aragonés miró al niño, que parecía ajeno a las palabras de su madre. Alice de Vannes hizo un último esfuerzo, levantó una mano y aferró el guantelete herrado de Artal de Exea.

—Prometedme que lo haréis... Prometédmelo.

El caballero asintió lentamente.

—Os lo prometo, mi señora.

Alice de Vannes movió los labios una última vez, tal vez para sonreír. Luego, muy despacio, cerró los ojos.

Artal de Exea suspiró y giró la cabeza hacia sus fieles escuderos. Estos, respetuosos con la agonía de la dama, se habían mantenido en silencio. Uno de ellos dejó pender un pedazo de madera de un cordel roto. El objeto giró despacio ante los ojos de don Artal. Sobre la superficie del colgante, pintado con tonos negros y dorados, estaba el grifo de la escuadra almogávar de Ferrer Zintero.

—La chica degollada lo tenía aferrado entre sus dedos —informó el escudero.

Artal de Exea cogió el colgante y lo sostuvo ante sí. Observó la bestia legendaria, mitad león y mitad águila. Luego miró al huérfano que, a su lado, seguía acariciando el rostro muerto de su madre. El niño le devolvió la mirada con sus ojos claros, amoratados por el llanto.

El caballero sujetó entonces el cordel roto con ambas manos y lo anudó en torno al pequeño cuello de Duran d'Avesnes. El niño se dejó hacer con docilidad.

—He prometido a tu madre que haría de ti un caballero, pequeño —le hizo saber con suave voz—. Y a ti te prometo que algún día devolverás este colgante a su dueño.

PRIMERA PARTE

A los hombres se les ha de mimar o aplastar, pues se vengan de las ofensas ligeras ya que de las graves no pueden: la afrenta que se hace a un hombre debe ser, por tanto, tal que no haya ocasión de temer su venganza.

Maquiavelo, *El Príncipe*

La hermana Teresa

I

Veintiún años después.
Afueras de la villa de Ejea, Aragón. Verano de 1304

La figura de Artal de Exea se perdía en el horizonte. Sobre él, planeando contra la suave brisa de levante, un hermoso halcón oteaba la distancia y de vez en cuando, a la llamada del amo, descendía dócil y certero hasta posarse sobre su antebrazo.

La mañana había calentado las tierras aragonesas, las había cubierto de los sonidos de las chicharras y del vapor que se elevaba desde el ardiente suelo, difuminaba las figuras y las transformaba en ilusiones. Así, como reflejado en las aguas turbias de un estanque, veía Blasco de Exea a su padre.

Blasco guiaba al paso un corcel negro mientras alzaba frente a sí el brazo protegido por la lúa. Sobre esta, una pequeña rapaz vigilaba el entorno con rápidos golpes de cabeza. Blasco y su padre, don Artal de Exea, habían salido de la villa de Ejea de buena mañana, con el fresco, para recorrer la vera del río Arba y sorprender a las avecillas en el momento de acudir a la llamada del agua. Don Artal había llevado consigo a su veterano halcón alfaneque, traído un par de años atrás por una nave de Berbería y que aquella mañana ya había matado muy lindamente dos liebres y una perdiz. Eso sí, como era de ley, el alfaneque había empezado a perderse en cuanto al sol le dio por brillar alto y calentarle la mollera. En cuanto a Blasco, la pequeña rapaz que traía subida en la lúa era un esmerejón atrapado aquel mismo año, y al que llevaba un tiempo empeñado en enseñarle a pillar la perdiz. Le había llamado *Triguero*, porque al bicho le gustaba arrastrar la panza raseando por encima de los trigales y se hacía con no pocas avecillas que sorprendía al alzar el vuelo. *Triguero* era de pequeña talla por su sangre, pero a Blasco le había dicho su padre que sabía de tales halcones bajando perdices y palomas, por muy raro que pareciera. Por eso, a pesar de que *Triguero* venía de tierras frías y padecía con los calores aragoneses, Blasco no perdía oportunidad de dejarle rasear los campos para ver si de una vez por todas se cobraba alguna pieza de tamaño.

Don Artal de Exea se había perdido ya en la lejanía, y al rebasar Blasco el camino que subía hasta la encomienda de Añesa, se fijó en que *Triguero* clavaba sus ojos vivarachos en un punto de la campiña. Sin pensárselo dos veces, agito el brazo y despidió al esmerejón, que se lanzó con un crepitar de cascabeles y aleteó con fuerza para coger impulso.

—Anda, *Triguero* —susurró.

El audaz halconcillo bajó hasta casi arrastrar las alas por el brezal y se dejó llevar en zigzag y sin perder la vista del suelo, cuando un pardillo se levantó acongojado. El esmerejón hizo un quiebro muy forzado, se pegó a su cola y se afanó tras él, repitiendo todos los giros del pájaro. Así treparon ambos al vuelo la colina sobre la que se alzaba la encomienda templaria de Añesa y se perdieron tras ella. Blasco gruñó, tiró de las riendas del corcel a la izquierda y tomó la senda que subía a la encomienda. No se fiaba todavía del esmerejón y prefería no perderlo de vista. El muchacho entornó los ojos, se cubrió del brillo del sol con la mano. Tenía el pelo negro, como su auténtica madre, y la mirada clara como su verdadero padre. Era grande y esbelto de cuerpo, apuesto de facciones, y de sus padres adoptivos había aprendido la nobleza y el coraje.

Porque aquel muchacho no era en realidad hijo de don Artal de Exea, por más que este le hubiera criado y amado siempre como a sus propios hijos, Jimeno y Sancha. Blasco conocía esto, pues jamás don Artal se lo había ocultado. Mas no por ello dejaba el muchacho de querer de corazón al caballero de Exea y a su dulce esposa, doña Elisén, y del mismo modo había tenido en Jimeno y Sancha dos fieles hermanos y compañeros de juego. Blasco sabía también de su origen, y que sus auténticos padres habían muerto siendo él muy niño, en la lejana isla de Malta, mientras don Artal luchaba bajo las barras de Aragón para conquistar las plazas angevinas. A Blasco le habían hablado sin cortapisas de la valentía de su padre y de la hermosura de su madre, sin ocultar jamás Artal de Exea el juramento que le había hecho a doña Alice mientras agonizaba. Por eso tampoco le extrañó a Blasco el afán que don Artal mostraba para que se ejercitara con las armas y se interesara por la guerra, negocio, por cierto, para el que Blasco parecía haber nacido, pues era diestro y adelantado. Y así no tardó en aventajar con la espada no solo a Jimeno, su hermano mayor, sino también a su padre don Artal.

—¿Qué investigáis, caballero?

Blasco, ensimismado en la búsqueda de *Triguero* más allá de la colina, se sobresaltó al oír aquella voz femenina. Se volvió y la vio rastrillando la senda que llevaba a la puerta de la encomienda. Era una muchacha muy bonita, aunque llevaba la cabeza cubierta por una basta toca y solo algunos mechones, rubios y rebeldes, escapaban de ella. Tenía la cara tostada por el sol, pero había algo que no casaba con su labor. La chica enarcó las cejas y repitió:

—Os pregunto si indagáis algo, caballero.

Blasco, hecho al romance con las doncellas de Ejea, pasó una pierna sobre el arzón y se dejó caer a tierra. Sonrió, inclinó la cabeza a un lado y miró de arriba abajo a la muchacha.

—Busco a mi halcón, que se perdió por aquí mientras perseguía a un pajarillo.

La chica hizo un mohín gracioso.

—¿Eso era un halcón? He visto gorriones más grandes.

Blasco, que también seguía sonriendo, carraspeó un par de veces.

—Ah, ¿qué has de conocer tú, muchacha, de aves de caza?

Debes saber que ese halcón del que te burlas es muy capaz de desbaratar a una paloma o a una perdiz con tanta maña o más que un sacre o un gavilán.

—¡Exageráis, caballero! —La muchacha arrugó el ceño—. Ni con diez pajarillos como el vuestro haríais un sacre.

—¿No sabes demasiado de halcones para una campesina? —inquirió de repente Blasco. La chica se azoró un tanto.

—Ah..., disculpadme, señor. —Regresó a la tarea de rastrillar los hierbajos secos. Blasco se apresuró a acercarse. Puso un dedo bajo su barbilla y alzó con suavidad el rostro de la muchacha.

—No, no... Discúlpame tú, por favor —la miró sonriente a los ojos y la muchacha volvió a relajarse—, no pretendía importunarte.

—No soy campesina, señor.

Blasco cogió de repente la mano de la chica y se la llevó a los labios sin darle tiempo a reaccionar. Ella se sonrojó y bajó la vista.

—He sido muy descortés, lo reconozco —se disculpó de nuevo sin soltar la mano de la muchacha y cambió sutilmente su tratamiento—. Mi nombre es Blasco de Exea, hijo del caballero don Artal. ¿Y vos, mi señora, quién sois?

—La hermana Teresa, don Blasco.

Él soltó su mano y retrocedió un paso. Después volvió la vista hacia la encomienda templaria a la que llevaba el camino y que coronaba la colina. «Hermana Teresa.» Miró a la muchacha de nuevo. Había pensado que se trataba de una de las campesinas que trabajaban las tierras de la encomienda, pero ahora veía que era una religiosa.

—¿Donada al Temple? —inquirió él.

Teresa asintió con un aire amargo.

—Y novicia en breve, aunque ignoro a qué convento iré a parar.

Blasco suspiró. En verdad le parecía una pena que muchacha tan hermosa tuviera que pasar su vida apartada del mundo.

—¿Pero por qué...?

Teresa alzó la mano para pedir a Blasco que no preguntara

más. En ese momento, *Triguero* apareció como un relámpago y pasó volando en solitario por entre los dos jóvenes, bajó la colina a ras de tierra y tomó la senda que llevaba al río Arba.

—Todo un sacre, desde luego —se burló Teresa mientras seguía con la vista el vuelo rápido del esmerejón.

—Ah, sí, es cierto... Vos conocéis de aves de presa. —Blasco señaló a *Triguero*, que ahora pasaba por entre los chopos de la ribera y se perdía de nuevo a la vista.

—Ya os he dicho que no soy una campesina... Y no, no me preguntéis más y haced volver a vuestro halcón, pues no creo que ni él ni vos cobréis pieza alguna hoy.

Blasco amagó una carcajada ante la burla irónica de Teresa.

—De nuevo subestimáis a *Triguero* —volvió a tomar la mano de la muchacha—, y ahora también me subestimáis a mí.

Ella se soltó una vez más de Blasco y se mordió el labio inferior. Cada vez atraía más al joven.

—Sois un fanfarrón, caballero. Tanto vuestro *Triguero* como vos apuntáis a presas demasiado grandes.

—¡Ja!

Blasco se apartó de Teresa sin dejar de sonreír y se llevó los dedos a los labios. Lanzó un silbido prolongado y alzó la mano cubierta por la lúa, esperando que el esmerejón obedeciera a su llamada. El tiempo transcurrió y *Triguero* no aparecía. Teresa soltó una risita socarrona.

De repente, el esmerejón pasó volando sobre los chopos y, dejando ver su vientre listado, dibujó una amplia parábola sobre el campo. Teresa se cubrió del brillo del sol y admiró la belleza del pequeño halcón.

—*Triguero* es bonito, eso no os lo niego —apreció la chica—, pero parece demasiado adormilado para cazar y no os obedece.

—Viene de tierras frías y el calor lo atolondra, y es verdad que es rebelde, pero también es halcón astuto y recazador.

—Ya... Como vos —sentenció ella. Blasco se sonrojó un tanto y giró sobre sí mismo para seguir el vuelo circular del esmerejón. *Triguero* dio un fuerte golpe de cola y quebró su trayectoria, picando a tierra mientras aleteaba con fuerza. Se niveló sobre el brezal e inició un planeo rápido y recto que lo llevaba de nuevo al soto de la ribera. Un barullo de hojas y ramas se sobrepuso al sonido del Arba, que fluía campiña abajo, y una sombra gris y negra se alzó desde los arbustos.

—¡Mirad! —advirtió Blasco, tan sorprendido como Teresa—, ¡una torcaz! ¡Anda, *Triguero*! ¡Anda!

—¡Anda! —repitió la muchacha, y dejó caer el rastrillo.

La paloma torcaz movió con fuerza las alas, se elevó en vertical y sobrepasó las copas de los chopos. Entonces *Triguero*, que parecía una avecilla comparado con el rechoncho cuerpo de su presa, inició una veloz trepada y acuchilló a la torcaz. Por un momento ambas aves desaparecieron tras una nube de plumas, y luego el esmerejón terminó su subida y giró con gran elegancia mientras la paloma caía desmadejada entre el brezal. Teresa dio un par de saltitos mientras aplaudía el lance de *Triguero*. Ambos jóvenes se sonrieron y Blasco alzó el brazo para recibir a su esmerejón. El pequeño halcón llegó y se frenó con orgullo antes de posarse con sonar de cascabeles. Un par de plumones ensangrentados se deslizaron mansos y oscilantes.

—¡Bravo, valiente! —le felicitó Blasco al tiempo que buscaba en su aljaba un pedazo de carne—. Ahora disfruta de tu triunfo.

Triguero picoteó con saña su premio. Teresa se acercó y le pasó el dorso de los dedos por el plumaje. En cuanto el esmerejón hubo acabado con la carne, Blasco cubrió su cabeza con la caperuza.

—Como habéis visto, Teresa, mi halcón ha cobrado su presa... —La miró de reojo—. ¿Aún dudáis de que yo cobraré la mía?

Teresa bajó la cabeza sin quitar vista de los ojos de Blasco. Ambos se miraron con fijeza unos instantes antes de que se oyera el crujir de la puerta de la encomienda. Los jóvenes se volvieron sobresaltados. Bajo el dintel de vieja madera, un anciano cubierto por el manto gris de la orden les miraba con gesto severo. Teresa se apresuró a recoger el rastrillo mientras el freire del Temple se acercaba a lentos pasos.

—Buenas tardes, hermano templario —saludó Blasco.

El religioso inclinó ligeramente la cabeza tonsurada y se plantó frente al muchacho. Lanzó una mirada curiosa a *Triguero*.

—Un esmerejón. —El templario alzó la mano para acariciar el pecho listado del halconcillo. Este movió la cabeza a golpes, incapaz de ver por causa de la caperuza.

—Acaba de bajar una torcaz a la vera del río, hermano comendador —intervino Teresa. Al sonreír, el templario mostró toda una colección de arrugas en su rostro barbado. Luego apartó la mano de *Triguero* y miró a Blasco a los ojos.

—Os conozco, caballero. Os he visto pasar por aquí más de una vez con don Artal de Exea. Sois su hijo, supongo.

Blasco asintió.

—¿Conocéis a mi padre, hermano comendador?

—Su fama es grande, sí —respondió mientras posaba la vista en los chopos que bordeaban el Arba—. Don Artal es hombre cabal y recto. Y piadoso, según dicen. Sin duda os habrá educado en el respeto debido a las gentes de Dios.

El muchacho carraspeó incómodo y observó de reojo a Teresa. La muchacha apretaba los labios para no sonreír.

—Mi nombre es Blasco... Perdonad si he molestado a la hermana Teresa, hermano comendador. No era mi intención, pero mi esmerejón se perdió tras la encomienda y aún no confío en su juicio, pues se está haciendo todavía al terreno...

El templario levantó la mano para acallar la cháchara atropellada de Blasco.

—Yo también he sido joven, don Blasco, y no siempre he vestido hábitos.

Teresa se tapó la boca con la mano y se dio la vuelta para ahogar una carcajada. Blasco se sonrojó ostensiblemente. El templario también sonrió bajo la luenga barba y, con un gesto, invitó al muchacho a caminar colina abajo. Blasco agarró las riendas de su montura al tiempo que la rebasaba. Sostuvo a *Triguero* mientras escuchaba las suaves palabras del comendador.

—Estoy convencido, joven amigo, de que en la villa de Ejea hay muchachas hermosas a las que conocéis.

—Eh... sí, bueno... —Blasco contestó vacilante.

—Y veo por vuestro porte que habéis de ser caballero galán. A buen seguro que no andáis falto de requiebros que lanzar a las doncellas. ¿Me equivoco?

El muchacho sonrió forzado.

—Bueno, os aseguro que soy piadoso y no gusto de engañar a...

—Ejea es villa principal —le interrumpió el templario— y no veo la necesidad de que busquéis vuestras conquistas por aquí, joven Blasco.

Blasco se detuvo y el viejo templario le contempló con afabilidad.

—Hermano comendador, ya que no siempre habéis vestido hábito, os confesaré que no hay en Ejea muchachas tan hermosas y con tanta gracia como Teresa.

—La hermana Teresa —corrigió el templario,

—Aún no ha contraído votos, según me ha dicho... —replicó Blasco.

El comendador frunció el ceño y negó lentamente con la cabeza. Reanudó la marcha tirando con delicadeza del joven, pero se permitió reflexionar hasta que casi habían alcanzado el cruce con el camino de Ejea.

—La verdad es que Teresa es una preciosa hija de Nuestro Señor, y también es verdad que os comprendo, joven Blasco. Vuestra sangre corre rauda por las venas y, por muy juicioso que seáis, el corazón os domina todavía. Pero haced caso a este viejo: no malgastéis vuestro tiempo en rondar a Teresa. Acabaríais sufriendo y, de paso, tal vez la haríais sufrir a ella.

Blasco meditó las palabras del templario y apoyó el pie izquierdo en el estribo. *Triguero* abrió las alas al notar que su dueño trepaba a la montura.

—¿Por qué no hacéis la merced de hablar claro, hermano comendador?

El templario entornó los ojos para protegerlos de los hirientes rayos del sol del mediodía. Por un instante, Blasco sintió una extraña admiración por aquel hombre que tal vez se había batido por la cruz en Tierra Santa, o había perdido a sus compañeros en lucha contra los moros del sur. El muchacho alzó la cabeza para buscar con la vista a Teresa, pero ella ya había desaparecido dentro de la encomienda. El templario dio un ligero azote en la grupa del corcel y este se arrancó a un indolente paso.

—Me temo, seguramente para desgracia de todos, que no será la última vez que os vea —sentenció el freire.

Cuando Blasco llegó a su casa en Ejea, toda su familia se hallaba reunida y comiendo. Besó a su madre en la frente y tiró de una de las trenzas de la risueña Sancha antes de tomar asiento y refrescarse con un buen trago de vino.

—Te has entretenido —observó don Artal. Blasco se pasó el dorso de la mano por la boca antes de contestar.

—*Triguero* ha acuchillado a una hermosa torcaz junto a la encomienda de Añesa, padre —explicó con orgullo—. Deberíais haberlo visto.

—Estupendo. Acuérdate de darle la pieza a Sancha para que la desplume, que ya sabes que no hay nadie que lo haga mejor.

Blasco, que se estaba largando un segundo trago del refrescante caldo, se atragantó y tosió un par de veces. Doña Elisén golpeó su espalda.

—Hace mucho calor y el vino está frío —le regañó—. Bebe despacio.

—No..., no es eso, madre —Blasco enarcó las cejas y posó el vaso en la mesa—; es que no he traído la torcaz.

Artal de Exea rompió a reír y Jimeno, el hermano mayor, movió la cabeza a los lados.

—Valiente cazador, que se deja olvidadas sus piezas —se rio también la joven Sancha.

—Pero ¿en qué andas pensando, muchacho? —siguió la madre con la regañina—. No me lo digas. En la hija de Munio, la de las pecas.

—Madre... —empezó a protestar Blasco.

—¡No, no! —intervino de nuevo Sancha para zaherir a su

hermano—. ¡Piensa en María, la nieta del sobrejuntero! ¡Los vi charlando anteayer junto a la iglesia! ¡Con lo fea que es!

Blasco se unió a las risas, aunque poco a poco se le perdió la mirada y se puso serio. Sancha murmuró algo al oído de su madre y quisieron continuar con las burlas, pero doña Elisén se alarmó por el gesto del muchacho.

—Huyuyuy... Este chico se nos ha enamorado, Artal —le dijo al esposo.

—Dejadle en paz —murmuró don Artal con media sonrisa—. Ya no es un zagal. De hecho, Blasco —se dirigió a su hijo—, ya deberías estar casado. Casi todos tus amigos han formado casa.

Jimeno asintió sin romper su silencio. Pese a que él era mayor que Blasco y aún permanecía soltero, no se dio por aludido, pues su matrimonio estaba concertado con una joven de Tauste que todavía debía madurar un tanto.

—Padre —Blasco cogió un muslo de ave—, ¿conocéis al comendador de Añesa?

Don Artal entornó los ojos y se acarició la barbilla.

—Pues sí, claro: el viejo frey Nicolás. Lo cierto es que lleva muchos años allí, al frente de la encomienda... ¿Por qué lo preguntas? ¿No tienes bastante con las charlas del padre Bernardo? Los templarios son religiosos, Blasco, y aparte de sus negocios, solo de rezos podrás aprender con ellos.

—No me digas que quieres meterte a freire, hermanito —dijo Sancha.

Blasco sonrió a la muchacha, pero siguió preguntando a su padre.

—¿Son piadosos los templarios, padre? Lo digo porque, después de todo, muchos de ellos han viajado y han conocido a gentes extranjeras. Un hombre como ese comendador ha debido vivir aventuras extraordinarias. Además, se habla tanto de ellos...

—Y no siempre bien —intervino por primera vez Jimeno sin alzar la mirada de su plato.

—¿Piadosos, dices? —repitió Artal de Exea—. Supongo que sí, claro. Son piadosos y valientes, y no me creo toda esa basura que algunos vierten sobre ellos. —Miró de reojo a Jimeno—. Inquina..., envidia de sus posesiones. Sí. Eso es. Sin la ayuda de esos freires, Aragón no sería lo que es.

Blasco asintió. No era emular su piedad lo que ahora perseguía el joven, sino la forma de soslayarla.

II

Unos meses después.
Villa de Ejea, Aragón. Otoño de 1304

Artal de Exea se despojó de los guantes en cuanto entró en casa y se fue directo al hogar, donde ardían un par de tocones de encina. Se puso junto a Blasco, presentó las manos al fuego y se las frotó para entrar en calor.

—¿Hace frío, padre?

El caballero se masajeó el hombro derecho y movió el brazo. Soltó un gruñido.

—Empieza a refrescar, sí. —A pesar de su buen tamaño, Artal de Exea quedaba una cabeza por debajo de su hijo adoptivo—. Pero lo malo no es el frío, sino la edad. Soy un viejo, Blasco, y me resiento de todas estas heridas...

El joven sonrió sin dejar de mirar al fuego.

—Lo que sí es cierto es que os estáis volviendo un poco quejumbroso, que a nada que sopla el cierzo ya os desmontáis y todo. ¡Pues no os quedan heridas que padecer!

Artal rio por lo bajo.

—Nada de eso, muchacho. Ha ya tiempo que la guerra se acabó para mí. Bastantes esfuerzos he hecho por nuestro rey, y raras veces bien pagados. Que sean otros los que luchen ahora.

Blasco asintió y tocó descuidadamente la cinta que colgaba de su cuello. La hizo resbalar sobre la piel y acabó por sacar el colgante de madera. Artal lo observó de reojo.

—Se sigue sin saber nada de la escuadra de Zintero desde que partieron a Grecia —apuntó el caballero a media voz—. Tal vez se quedaron a vivir en aquellas tierras.

Blasco escapó de su ensimismamiento y contempló el colgante mientras lo hacía girar frente a sus ojos. Desde pequeño, don Artal le había enseñado a convivir con aquel grifo negro, a mantener vivo su odio y a recordar el juramento que le había hecho a Alice de Vannes mientras agonizaba en un charco de sangre.

—A veces me pregunto si esto es lo correcto, padre —reflexionó en voz alta Blasco. Don Artal se encogió de hombros.

—Yo tampoco lo sé, hijo. Mi padre me enseñó que este mundo es un pozo de podredumbre, y solo algunas personas consiguen hacer que no todo apeste a nuestro alrededor. Lo que he hecho en mi vida ha estado guiado por esa enseñanza. La sangre que he derramado, el amor que he vertido... ¿De qué habría servido si no hubiera sido por ello?

—El padre Bernardo siempre ha dicho que no debemos hacer daño a nuestros semejantes —replicó Blasco sin convicción—. Ni siquiera a aquellos que nos han hecho sufrir. *Si autem non dimiseritis hominibus nec Pater vester dimittet peccata vestra* —recitó con la mirada perdida en el colgante—. Pero si no perdonáis a los hombres, tampoco vuestro Padre perdonará vuestros pecados.

—Blasco, te repito que no sé si mi vida es un acierto o un error. Tampoco sé si el padre Bernardo yerra o dice la verdad.

El joven alejó el colgante de su cara hasta que tensó la cinta que lo sostenía. Conocía cada arañazo de aquel grifo, cada pequeña muesca y cada arista del pedazo de madera dorada en el que estaba pintado.

—Tal vez no lo encuentre nunca. Y aún será más difícil hallar a los otros.

Artal de Exea palmeó con cariño el hombro de su hijo adoptivo.

—Nunca te he ocultado nada, Blasco. Sabes muy bien que un día me enfrenté a tu padre e intenté darle muerte. Él se batió con honor y valentía, y ante mí mató a muchos de nuestros guerreros. A la mañana siguiente, tu madre expiró en mis brazos y me hizo jurarle que haría de ti un caballero...

—Estoy orgulloso de ellos, y también lo estoy de vosotros, padre.

—Y ellos estarían orgullosos de ti, muchacho, al igual que lo estamos nosotros. La fortuna hizo que entonces nos halláramos en bandos enfrentados, pero no dudo de que tu padre y yo podríamos haber sido buenos amigos, incluso compañeros de armas.

»Nos separaban las banderas de nuestros reyes y las leyes de los hombres; no crucé palabra alguna con tu padre... Lo que sí cruzamos fue nuestros aceros. En esos momentos, Blasco, cuando pugnas por tu vida frente a un hombre, te das cuenta de que te mides a una persona admirable, de esas que hacen que este mundo merezca la pena..., o a un ser odioso como Ferrer Zintero.

»Alain d'Avesnes y yo éramos iguales. Somos iguales. Estoy seguro, Blasco, de que si hubiera sido mi esposa quien agonizara en brazos de tu padre, él habría jurado como lo hice yo. No solo eso: se habría esforzado por cumplir ese juramento.

—Alice solo os hizo prometer que haríais de mí un caballero... —objetó Blasco, sabedor de cuál iba a ser la respuesta de su padre adoptivo.

—Ser caballero es algo muy complicado, Blasco —se apresuró a contestar Artal de Exea—. Una grave obligación. No se es caballero por los títulos, sino por los actos. Y un caballero auténtico no permitiría que Ferrer Zintero compartiera el mismo mundo que él.

Blasco volvió a sonreír y dejó caer el colgante con el grifo bajo su veste. Estaba convencido de las ideas de Artal de Exea, pero necesitaba recordarlas de vez en cuando. También sabía cuáles iban a ser las siguientes palabras de su padre adoptivo, de modo que se adelantó a ellas.

—Y son muchos los Zinteros de este mundo, ¿verdad, padre?

Artal asintió con gesto grave. Su mirada se tornó ensoñadora.

—Lo que Alice me pidió forma parte de nuestra estirpe y corre por nuestras venas, Blasco. Desde que nuestros ancestros vivían en clanes encerrados en las montañas..., mucho antes de que el mundo se convirtiera en un avispero de consejos reales y escribanías y pasara a ser dominado por los burócratas, inquisidores y mercaderes.

Blasco volvió a recitar sonriendo para completar el discurso Artal de Exea.

—La venganza de sangre es un deber —dijo. Artal asintió complacido y decidió cambiar de tema. Señaló a las vestiduras de su hijo.

—¿Vas a Añesa?

Blasco miró a su padre sorprendido.

—¿Cómo sabéis...?

—Está bien, muchacho, está bien —atajó Artal de Exea—. Cada uno tiene su modo de perseguir a sus Zinteros. Era de esperar: tus largas charlas con el padre Bernardo y con ese comendador...

Blasco se dio cuenta del error de su padre, pero no quiso sacarle de él. De conocer la verdad, seguramente el buen don Artal habría sufrido por su hijo adoptivo.

Blasco se dejó caer junto a Teresa y procuró que el manto los cubriera a ambos. Saboreó con intensidad aquellos momentos de suave postración. Ella suspiró y se abrazó al cuerpo desnudo del muchacho, pero pronto empezó a tiritar.

—Tienes frío —advirtió él.

—Sí, pero me da igual.

Blasco acarició su pelo rubio, tan rubio como el trigo que ya había desaparecido de los campos. Ese trigo que su esmerejón gustaba de peinar con el vientre listado. Bendijo a *Triguero* una vez más como artífice del sueño que vivía junto a Teresa.

—¿Sabes? —habló Blasco al oído de su amante—, mi padre piensa que quiero ser templario.

Teresa frunció el ceño y un escalofrío recorrió su piel. Se arrebujó en el manto mientras el viento del norte azotaba el brezal junto al río.

—¿Por qué piensa eso?

—Sabe que vengo a Añesa, y alguna vez me he interesado por el Temple. —Blasco reflexionó un instante—. Lo cierto es que no sería descabellado. Mi hermano Jimeno es el heredero de la familia. Sancha encontrará buen casamiento. ¿Qué será de mí?

Teresa acarició el pecho de Blasco y evocó los momentos que acababan de vivir. Sus encuentros, breves y esporádicos al principio, se habían tornado frecuentes, y era Teresa sobre todo quien demandaba la presencia de Blasco y se entregaba con un arrojo que rayaba en la furia.

—No te veo vestido con los hábitos.

—Es cierto —convino él—. Si los freires de Añesa supieran lo que hago a tan solo unos codos de la encomienda... Y además con una futura novicia.

Teresa no recibió de grado el comentario. Se levantó bruscamente, se envolvió con el manto y dejó el cuerpo de Blasco desnudo frente a la humedad del Arba y el viento del atardecer.

—¡Eh! —protestó el muchacho—. ¿Qué pasa? ¿Qué he dicho?

—¿Tenías que recordármelo? Tal vez deberías pensar lo que vas a decir antes de hacerlo y no después. Tal vez los freires de la encomienda no están tan ajenos a lo nuestro como tú te imaginas. Tal vez...

—Espera, espera —la cortó él mientras se ponía las calzas con rapidez—. ¿Me estás diciendo que saben que nos vemos aquí? ¡Jamás lo permitirían!

—Crees que lo sabes todo y no sabes nada —espetó ella—. Pueden haber hecho de ellos mis carceleros, pero son buena gente y, desde luego, la estupidez no está entre sus defectos.

Blasco se ciñó la camisa de mala manera. Escuchaba a Teresa con los ojos muy abiertos.

—No comprendo por qué te pones así. ¿Tus carceleros? No entiendo nada.

—¡Claro que no lo entiendes! ¡Y aun así te permites recordarme que pronto profesaré! Para ti esto no es más que un pasatiempo, ¿verdad? Un triunfo más para el valiente cazador. Una paloma más acuchillada por el halcón. ¡Odio a todos los hombres! ¡Os odio!

Teresa, cubierta tan solo con el manto de piel de Blasco, corrió hacia la encomienda a través del campo otoñal. El muchacho dio un par de pasos para salir del soto pero se frenó al ver que su amante se cruzaba con el comendador. El freire venía en dirección al río, vestido con capa oscura.

—Frey Nicolás... Hermano comendador... —saludó Blasco azorado, y buscó con la vista su jubón.

—Joven Blasco, joven Blasco... Esto no puede continuar.

El muchacho recogió su jubón y la manta sobre la que acababa de yacer con Teresa. Trataba de pensar con rapidez pero no lograba entender lo que ocurría.

—No penséis mal de mí, hermano comendador. No hagáis caso de lo que ha dicho Teresa. No es ningún pasatiempo, yo quiero...

—Basta, muchacho —le interrumpió el templario—. Deja de crear vanas ilusiones. Te dije que esto os haría sufrir. —Señaló tras de sí a la figura de la chica que ya llegaba a la encomienda—. A los dos.

Blasco lanzó con rabia la manta al suelo, caminó con paso firme hasta el templario y se plantó ante él.

—¿Sabéis qué, hermano comendador? ¡Que tenéis razón! ¡Basta ya! —gritó, enojado porque no entendía la reacción de Teresa y, sobre todo, no comprendía por qué era tan dañino su amor por ella—. ¡Basta de medias palabras! ¡Basta! ¡Necesito saber quién es Teresa! ¡Debo saber por qué hemos de sufrir!

Frey Nicolás posó ambas manos en los hombros de Blasco y le clavó la mirada. Aquellos ojos grises, testigos de mil batallas, acallaron la ira del joven. Las arrugas y cicatrices que surcaban el rostro del templario apaciguaron el ánimo de Blasco. ¿Qué no habría pasado aquel freire, que había puesto su espada al servicio de la cruz?

—Os lo advertí, joven Blasco... Os lo advertí.

Frey Nicolás obligó al muchacho a cubrirse con su capa y caminaron juntos por la ribera del Arba. Se alejaron de aquel lugar junto al río, el mismo en que *Triguero* había cobrado su pieza un día de verano. El mismo que había sido testigo de sus citas furtivas con Teresa y de su amor. Mientras andaban río abajo, el viejo comendador desgranó por fin el secreto de la muchacha.

Teresa no era una campesina, y tampoco había sido donada al Temple por carencia de dinero.

La joven era hija de un rico comerciante de Zaragoza, y de ella se había prendado nada menos que un gran señor, uno de la poderosa familia de los Urrea. Pero este Urrea era hombre de Dios y de noble reputación. Aunque era conocida su afición por las jóvenes de gran belleza, ni la Iglesia ni la propia Casa de Aragón veían con buenos ojos semejantes gustos. El padre de Teresa, aun así, no pudo evitar la tentación de complacer a tan poderoso canónigo, y no en vano había ganado suculentas franquicias a cuenta de las visitas que obligaba a su hija a realizar a las varias casas que el noble poseía en Zaragoza. La muchacha, a su pesar, se sometió a los deseos de su padre y al de Urrea, y se convirtió en su concubina. La pobre Teresa lo desconocía entonces, pero todas las anteriores aventuras del noble clérigo habían acabado con el confinamiento de la afortunada amante de turno en algún monasterio del reino. Por eso, cuando los deslices del canónigo Urrea con la muchacha fueron advertidos en la Corte, se obligó a Teresa a recluirse como donada en una casa del Temple. La elección de Añesa no era baladí: encomienda de poca importancia, ocupada en aquel tiempo por apenas media docena de freires y otros tantos sirvientes, era el lugar perfecto para que Teresa pudiera ser olvidada por el mundo.

—Lo que ha ocurrido entre vosotros jamás debió pasar —afirmó frey Nicolás—. He sido débil y mía es la culpa. ¡Pero no podía! ¡No podía ver a esa dulce criatura languidecer en una celda, cubierta por esa toca horrible, condenada en juventud a vivir enterrada...!

—Sois un buen hombre. —Blasco, totalmente derrotado por la historia que acababa de contarle el templario, habló a media voz, incapaz de comprender por qué se jugaba de ese modo con la vida de las personas—. Vos no tenéis culpa de nada. Vos sois uno de esos hombres que, como dice mi padre, hacen de este un mundo mejor. Al contrario que ese clérigo Urrea...

El joven apretó los puños al pensar en el noble que se había encaprichado de Teresa.

—Aún no os lo he contado todo, joven Blasco.

—¿Aún hay más? —preguntó el muchacho con incredulidad. Había más.

No todo era piedad y misericordia en la encomienda templaria de Añesa. El comendador no podía saber con certeza de dónde había partido la confidencia, pero lo cierto era que el canónigo Urrea había oído de la aventura de Teresa con Blasco de Exea. Aquella delación —que se había intentado hacer pasar por indiscreción de los dos jóvenes amantes— dio lugar a un intenso y corto intercambio de correspondencia entre Urrea, el padre de Teresa y el comendador de Añesa. La primera carta había llegado a la encomienda a finales de verano. Urrea, celoso, exigía el fin de los encuentros entre Teresa y aquel muchacho de la villa de Ejea. La joven había sido donada al Temple para servir a la orden y para llevar una vida de recogimiento, apartada de un mundo al que nada tenía que aportar. Era una pecadora, la artífice de un sucio amancebamiento y, de seguir viéndose con Blasco, Teresa sería la causante de la ruina de su padre, algo de lo que se encargaría el clérigo Urrea personalmente. Por supuesto, la única preocupación de Urrea era que Teresa se resistiera a vivir el resto de sus días aislada del mundo. Nunca se sabe cuándo un error del pasado puede volver para pedirte cuentas.

Frey Nicolás se había negado al principio a corregir a Teresa. Era consciente de la tremenda injusticia que se había cometido y no quería formar parte de aquello. Sin embargo, con la tercera carta enviada por el propio padre de Teresa, tuvo que rendirse a la evidencia: para antes de las fiestas de Natividad, la muchacha viajaría a Castilla, pues su padre había dispuesto la entrada de Teresa en el monasterio de Las Huelgas.

De repente todo cobró claridad para Blasco. Aquellas últimas citas, la forma desesperada de amarse bajo el frío cierzo otoñal, la entrega total de Teresa... Ella lo sabía. Sabía que pronto sería enclaustrada en Castilla y apartada del mundo.

—¿Qué puedo hacer?

El comendador guardó silencio unos momentos antes de responder.

—Sois muy joven, Blasco. Tenéis mucha vida por delante...

Pero el muchacho alzó la mano para pedir al viejo freire que no tratara de consolarle.

—He conocido a otras doncellas, hermano comendador —su voz temblaba—. Teresa es diferente.

Frey Nicolás asintió y detuvo su caminata. El sol se había retirado y la oscuridad comenzaba a cernirse sobre la campiña.

—Sé que nada de lo que os diga yo... Nada de lo que os diga nadie podrá arrancar el dolor de vuestro corazón, joven Blasco. Pero me considero responsable de esto, pues tanto vos como la pobre Teresa sois inocentes. Podéis venir a verme cuando queráis. O mejor, os ruego que vengáis a verme. Hablaremos, y me ayudaréis a cargar con esta culpa que me atenazará a partir de ahora.

El muchacho vio cómo el freire se alejaba y se hundía en la oscuridad, apenas taladrada por la luna creciente. El frío del cierzo, que arreciaba después del atardecer, no era capaz de superar el hielo que crecía en el corazón de Blasco de Exea.

III

Un año después.
Ciudad libre de Lyon. Invierno de 1305

El día había amanecido cubierto de una niebla que parecía nacer en la misma superficie del Saona, y un malsano aire húmedo se extendía por toda la ciudad de Lyon.

De no ser por algunos campesinos que arrastraban los pies sobre el barro, la mañana estaría vacía. Los festejos del día anterior por la coronación del nuevo Papa habían continuado durante la noche, y todo aquel capaz de hacerse con alguno de los pastelillos de carne rancia o con los cuencos de vino que se repartían, había trasnochado. Y había bendecido al Señor y a la sagaz idea de coronar a los Papas tan cerca de la noble Francia, sin duda un lugar amado por Dios.

En la puerta de la abadía de Saint Martin d'Ainay, algunos soldados arrebujados en sus capas trataban de protegerse del frío. El sargento que comandaba aquel cuerpo lucía en la veste azul una flor de lis dorada, lo que le delataba como miembro de la guardia personal de Felipe, cuarto de ese nombre que reinaba en la Francia. El hombre, alto y ancho de espaldas como todos los miembros de la guardia real, trataba de controlar un acceso de tos ante las sonrisas disimuladas de sus subalternos. El sargento maldijo entre tosido y tosido y lanzó un escupitajo largo hacia la senda embarrada. De pronto se oyó un relincho procedente del camino. Tanto el sargento como los soldados dirigieron la vista hacia allí.

La sombra negra empezaba a materializarse tras la cortina de niebla, y a los lados de esta se dibujaban igualmente otras sombras. Un nuevo relincho cortó el aire frío y húmedo, y el sargento pudo al fin atajar su ataque de tos. La niebla se abrió lentamente y un enorme estandarte afloró de ella para romper el monótono color gris de la mañana lionesa. El gallardete lucía cuatro franjas rojas sobre fondo dorado. Las armas de Aragón. El sargento masculló una orden a sus hombres, que dejaron caer sus capas a los lados y se irguieron, apretaron con fuerza sus lanzas y alzaron las cabezas. Había que demostrar lozanía, fuerza de espíritu ante los extranjeros.

La guardia aragonesa salió de la niebla en tres columnas. Apisonaron al compás el lodo de la senda. Todos ellos traían la tez enrojecida por el frío y lanzaban bocanadas de vaho mientras miraban a ambos lados. Tras la triple columna apareció un recio caballo negro y, a continuación, algunos animales más. La comitiva se detuvo ante la abadía. El jinete del caballo negro se adelantó, despidiendo reflejos metálicos las anillas de su loriga bajo la sobreveste blanca. Se inclinó hacia el sargento, aproximó a su rostro la librea con las barras rojas y amarillas que presidían su pecho.

—Servicio del rey de Aragón. —Su francés sonó arisco y autoritario. El sargento sonrió altivamente.

—Os aguardábamos —respondió.

El jinete asintió y miró hacia atrás. La comitiva montada se abrió en abanico para dejar paso a otro caballero ataviado con una larga capa listada en grana y oro.

Jaime II, rey de Aragón, avanzó con gran majestad y detuvo su corcel junto al primer jinete. El sargento, acostumbrado al lujo de la corte real francesa, no se dejó impresionar por el monarca aragonés, pero se sintió obligado a mostrar el respeto debido a uno de los reyes más poderosos de aquel tiempo.

Jaime II tenía alto porte y cuerpo proporcionado, y su mirada reflejaba su personalidad prudente y reflexiva. Aunque fuera su Consejo Real el que muchas veces ayudaba al rey a moderar sus decisiones, ciertamente tenía el rey de Aragón fama de príncipe juicioso. Por otra parte, y a pesar de su notoria piedad, era extremadamente frío en el trato con los demás, fueran vasallos o reyes como él. Había heredado el pelo claro de su linaje, que lucía recortado sobre la frente según la moda de la época, aunque lo dejaba crecer un poco sobre las orejas y la nuca, y llevaba el rostro totalmente rasurado. Los rasgos rectos y su sempiterna inexpresividad le daban la apariencia de hallarse lejos del mundo, no expuesto a los sentimientos que los demás humanos gozaban o padecían. Solo muy de vez en cuando se permitía una risa o un gesto de disgusto que, por contraste con su habitual hieratismo, pasaba siempre por exagerado.

El rey de Aragón había frenado a su caballo de forma imperceptible, agitando apenas las riendas repujadas. Los reflejos dorados que brotaban de los arzones daban un aspecto irreal a aquella caballería rodeada por la niebla. La gualdrapa barrada se zarandeó al tiempo que los flecos dorados de la silla, y el animal cabeceó un par de veces. El sargento se inclinó ostentosamente ante la mirada indiferente del rey Jaime, y este se dirigió al jinete del caballo negro. Le habló en una lengua que el francés no pudo entender. El hombre escuchó con atención a su monarca, asintió e inquirió de nuevo al sargento en el habla gala:

—¿Ha llegado ya el Santo Padre, buen hombre?

El sargento negó con la cabeza.

—Aguardaremos dentro —informó el rey al jinete negro al ver la respuesta del francés.

Ambos caballeros desmontaron con agilidad y se plantaron en el suelo embarrado de golpe. Al hacerlo, el rey de Aragón salpicó de lodo al sargento, que reaccionó instintivamente dando un paso hacia atrás y maldiciendo en su lengua. Jaime II soltó una sonora carcajada y se recogió con las manos el manto oro y grana ribeteado de armiño.

—¿Ha llegado ya el Papa? —se escuchó una nueva voz proveniente de la comitiva.

El rey de Aragón miró a su espalda sin ocultar un gesto de desprecio, luego se dirigió de nuevo al jinete del caballo negro y le habló en voz baja.

—¿Tenemos que cargar con ese molesto anciano por toda Francia?

El anciano del que hablaba el rey detuvo su palafrén y requirió la ayuda de un escudero para descabalgar. Aunque sus ropajes eran menos lujosos que los del rey de Aragón, también se cubría por los mismos colores y lucía una delgada corona férrea en la cabeza. Tras ellos, conducido por una mula y cubierto burdamente por un hábito pardo y desgastado, llegó al lugar otro anciano con el entrecano pelo ralo alrededor de la tonsura. Refrenó su montura y quedó a prudente distancia, tosiendo sin fuerza apenas.

—Venid, tío —invitó el rey al anciano de la corona al tiempo que extendía la mano. Aquel hombre que bajaba con lentitud de su palafrén también se llamaba Jaime y pertenecía a la Casa de Aragón. Se trataba de Jaime, rey de Mallorca, conde del Rosellón y la Cerdaña, señor de Montpellier.

—Gracias, sobrino mío —dijo el rey de Mallorca con el mismo fingido tono que había empleado Jaime II de Aragón para dirigirse a él.

Ambos Jaimes, segundos los dos en sus reinos, cruzaron una mirada hipócrita y, con las manos cogidas, se dirigieron hacia la puerta de la abadía de Saint Martin D'Ainay. Entonces el más anciano de ambos reyes se detuvo y miró atrás, al viejo tonsurado del hábito a medio remendar.

—¿Y el padre Lulio? Él también tiene concedida audiencia...

—El padre Lulio esperará —espetó el monarca de Aragón en voz suficientemente alta para que le oyera el religioso. Este ahogó un nuevo golpe de tos y asintió al tiempo que cerraba los ojos—. Es mejor así, tío, pues de seguro trataremos asuntos terrenales y no espirituales. ¿No lo creéis?

—Vamos a vernos con el Santo Padre, sobrino mío —respondió con sorna el rey de Mallorca—. Su Santidad está por encima de los asuntos terrenales.

El monarca aragonés esbozó un gesto de hastío y tiró con suavidad pero con firmeza del brazo de su pariente.

—Su Santidad es ahora títere de Francia. Nuestro amigo Lulio —señaló con un movimiento de cabeza al viejo montado en el asno— es mucho más santo que él. No debe, por tanto, mezclarse en asuntos de Estado, mi querido tío.

El anciano rey Jaime, que contaba sesenta y dos años, sonrió mientras se alzaba la capa roja y gualda para no mancharla con barro francés. Observó de reojo a su sobrino.

Jaime de Mallorca había sobrevivido a su hermano Pedro, que desde bien pronto dejó patente su intención de no respetar el testamento de Jaime el Conquistador. Los dos hermanos habían luchado por Mallorca, y pese a los varios cambios de dueño de la isla, Jaime había conseguido mantener el pequeño reino en su poder.

A la muerte de Pedro le había sucedido su hijo mayor, Alfonso, y el prematuro fallecimiento de este había supuesto la entronización de Jaime, que abandonó su reino de Sicilia para ceñirse la poderosa corona de Aragón. Tampoco este renunciaba a Mallorca, y su tío lo sabía. Un extraño lazo entretejido de odio y aprecio por lazo de sangre unía a los dos monarcas, orgullosos ambos de pertenecer a la Casa de Aragón, capaces por igual de acabar con el otro por ver cumplidas sus aspiraciones de poder.

Los dos reyes tocayos cruzaron el arco de la abadía y se detuvieron para que sus ojos se habituaran a la oscuridad lóbrega del templo. A lo largo de la nave y junto a sus columnas, otros guardias reales franceses cubrían el camino con sus lanzas empuñadas. Al verlos entrar, un monje benedictino se arremangó los hábitos y corrió, haciendo que sus pasos resonaran sobre el suelo empedrado de la abadía. Se arrodilló ante los monarcas y bajó la cabeza, indeciso porque no sabía qué mano besar primero. El rey de Mallorca disipó sus inquietudes al ofrecer la suya, y el monarca de Aragón dejó sus brazos lánguidos.

—Nobles señores..., altezas —se atropelló al hablar en francés el benedictino—. Tengo instrucciones de haceros pasar a la capilla de Sainte-Blandine... Si tenéis la amabilidad...

El rey de Aragón no entendía la lengua de oíl, pero no ocurría lo mismo con el de Mallorca. Su estado comprendía también algunas tierras situadas en el Mediodía francés, y en otra época había tenido fluidas relaciones con la Francia. Incluso había llegado a aliarse con el Capeto Felipe III para luchar contra Aragón... Pero aquellos fueron otros tiempos.

—Pasemos a la capilla, sobrino mío.

Jaime II de Aragón se dejó llevar por su tío. Contaba treinta y ocho años, durante los cuales se había forjado su carácter piadoso, pero también duro y distante. No era mal rey, y de hecho se manejaba con soltura en los asuntos de Estado. Hasta había conseguido arrancar concesiones de gran importancia al anterior Papa y, aunque se había visto obligado a renunciar a la isla de Sicilia en la que él mismo había reinado en un primer momento, se vanagloriaba de haber conseguido el derecho de conquista sobre Cerdeña y Córcega. Aquella reunión en Saint Martin D'Ainay tenía precisamente como objeto hablar con el nuevo Santo Padre de aquella conquista.

Bertrand de Got, Arzobispo de Burdeos, había sido coronado Papa justo el día anterior en la iglesia de San Justo. A nadie se le escapaba que el nuevo Santo Padre era un invento del rey de Francia, Felipe IV, llamado el Hermoso. De todos era conocida la aversión del rey Felipe por el anterior Papa, al que sus ministros habían humillado. Incluso se decía que el pobre Santo Padre había muerto enloquecido por aquello.

El rey francés no soportaba que el poder papal tratara de imponerse sobre el suyo. No se consideraba sujeto por aquel imperio temporal de los hombres de Dios, que hacían y deshacían en los reinos europeos, los distribuían entre sus partidarios y se los arrebataban a sus opositores. Sangrientas contiendas enfrentaban a unos y otros en tierras de Italia, y Roma misma se había convertido en campo de batalla entre güelfos y gibelinos.

Y el rey de Aragón no dejaba de comprender esta aversión

de Felipe el Hermoso al poder de Roma. Allí estaba ahora, obligado a tratar con el Papa un asunto que debía dirimirse con la fuerza de las armas, no con el sello de san Pedro.

Porque el día anterior, decimocuarto de noviembre de aquel año del Señor de mil trescientos y cinco, el rey de Francia había logrado al fin su objetivo: Bertrand de Got había sido honrado con la tiara papal lejos de Roma, tras haber sido impuesto al colegio cardenalicio por el rey de Francia. Incluso se rumoreaba que Felipe IV pretendía que se trasladara la sede papal desde Roma, posiblemente a algún lugar cercano a Francia o, por qué no, dentro del propio país del Hermoso.

Jaime II de Aragón sonrió mientras su vista se perdía entre la decoración de la capilla de Sainte-Blandine. La coronación de Bertrand de Got, quien a partir de entonces sería conocido como Clemente V, había estado teñida de sangre y desgracia desde el primer momento. ¿Todo un presagio? ¿Castigo divino? ¿Simple casualidad?

El día anterior, el nuevo Papa había abandonado la iglesia de San Justo seguido por su séquito, entre los vítores del pueblo de Lyon. El propio Felipe el Hermoso había asistido a la ceremonia, al igual que los reyes de Aragón y Mallorca, y una nutrida corte de duques, condes y señores de toda la cristiandad. La gente de Lyon se apiñaba en las calles, aguantaba los empujones de la guardia real francesa o se asomaba a los balcones que algunos taimados lioneses había alquilado a precio de oro para la ocasión. Otros se habían encaramado en muros y tejados y lanzaban vivas al Papa y al rey Felipe, o se hacían oír unos a otros señalando a los dignatarios del séquito. Había sido al pasar por una estrecha calleja.

Los soldados del rey habían limpiado la ruta. Su cortés método fue acariciar las nalgas de los lioneses con las conteras de sus lanzas, de modo que toda la chusma se había apiñado sobre un muro de piedra tras escalar por la hiedra que lo cubría. Desde aquel alto lugar se dispusieron, agarrados unos a otros para no caerse y partirse la crisma, a ver pasar al florido séquito, centelleante de oro, plata y piedras preciosas. A admirar los brocados mantos, capas de terciopelo y cenefas de armiño y marta. Pasó

Clemente, el Santo Padre, y repartió bendiciones y medias sonrisas mientras por dentro maldecía la fría humedad de Lyon y el apestoso olor de la plebe. Pasó el rey de Francia, con su mirada altiva dirigida al frente, como siempre, y seguido de sus familiares más cercanos y de los pares y señores del reino. Pasó el rey de Aragón, que servía de báculo a su tío, el rey de Mallorca. Ambos enjaezados de grana y oro y reproduciendo la pose de Felipe el Hermoso. Mas cuando algunos nobles y obispos desfilaban por la calleja, el muro cubierto de hiedra tembló un momento y, con la lentitud propia de las pesadillas, se derrumbó sobre el séquito.

Los lioneses se unieron en un grito de pánico al verse precipitados al vacío, y a ese grito se unió otro de horror lanzado por los caballeros, clérigos y nobles que vieron venir la muerte desde el cielo. También el resto de la gente chilló, dentro y fuera de la comitiva, al ver caer los pedazos de piedra reverdecida mezclados con la chusma lionesa. Murió una docena de personas en aquel funesto accidente, entre ellos el propio hermano del recién coronado Papa. Y aplastado por la plebe de Lyon también feneció el duque de Bretaña, y otros nobles y prelados sufrieron heridas y contusiones.

—Aquí viene —dijo con su voz rasgada el rey de Mallorca.

Jaime de Aragón dejó de prestar fingida atención a las viejas piedras de la capilla de Sainte-Blandine y se dispuso a recibir al Papa.

Clemente V entró en tromba en la antigua capilla. Era un hombre de la misma edad que el rey de Aragón, su ostentosa panza tensaba los ropajes blancos y una gran papada caía desde su barbilla para unirla con el grasiento cuello. Su tez, no obstante, era pálida y enfermiza, y el blanco de sus ojos se ocultaba bajo una tenue capa bermeja. Dos grandes bolsas amoratadas colgaban bajo ellos y, al gesticular, se arrugaban y amenazaban con desprenderse del rostro. El nuevo Santo Padre aún no se había habituado a su nuevo cargo, y su talante denotó la indecisión al hallarse ante dos reyes de la cristiandad. Él mismo sabía que debía su condición papal a otro rey como aquellos, lo que sometía su mente a continuos miedos y contradicciones. Inclinó la cabeza en un movimiento instintivo, lo que hizo que la redonda tiara se desplazara desde su escaso cabello. Jaime de Aragón estiró con rapidez su brazo derecho y cogió la mitra papal en el aire para evitar que cayera al suelo empedrado de la antigua capilla. Un orondo cardenal se adelantó para ayudar al Santo Padre a colocar de nuevo la tiara sobre su testa, pero el Papa lo despachó con un gesto brusco.

—¡Dejadnos ahora! —ordenó a su subalterno en lengua latina—. ¡Hemos de despachar con estos nobles reyes!

El cardenal retrocedió y tropezó con el monje benedictino que les había guiado hasta la capilla de Sainte-Blandine. Ambos ahogaron un gruñido y se retiraron. Sus pasos se perdieron en la nave de la abadía.

—Santidad. —Jaime de Aragón usó el mismo y sacro idioma que el pontífice y extendió la mano para coger la del Papa. Este, con el rostro congestionado por la vergüenza, observó a ambos monarcas y dejó que el más joven besara el Anillo del Pescador. El rey de Mallorca hizo otro tanto cuando su sobrino soltó la mano temblorosa de Clemente V.

—Debéis disculparnos —balbuceó el Papa tras recibir la muestra de vasallaje de los dos monarcas—. La muerte de nuestro hermano nos ha trastornado mucho... Que Dios lo haya recibido en su gloria.

—Sin duda lo ha recibido —concordó el rey de Mallorca—. Pero no quisiéramos ser causa de vuestra zozobra. Tal vez podríamos hablar en otro momento...

—¿En otro momento? —atajó enojado el rey de Aragón—. Este momento es tan bueno como cualquier otro.

El Papa no veló su disgusto, pues durante un breve instante había creído, al oír las palabras del anciano monarca de Mallorca, que podría retirarse y aplazar aquellas enojosas entrevistas. Era lo que más deseaba en aquel momento y desde que le habían impuesto la triple mitra papal: esconderse del mundo y tratar de asumir el terrible poder que le había sido concedido. Jaime II de Aragón miraba ahora con desprecio mal disimulado a su pariente y tocayo. Poco le importaba a aquel anciano esa reunión, por más que hubiera insistido en estar presente. Bien sabía el rey de Aragón a qué se debía la insistencia de su tío. Bien sabía el hijo del Conquistador que los reinos se perdían en aquella época en las reuniones pontificias con tanta o más facilidad que en los campos de batalla... Bien sabía el rey de Mallorca que Aragón ambicionaba acoger de nuevo bajo su Corona al díscolo reino isleño.

—Bien, vemos que habéis dejado fuera al hermano Raimundo. Lo celebramos, pues queríamos hablaros de un tema que nos causa cierta incomodidad... —empezó a decir el Papa.

—¿Vos queríais hablarnos? —el rey de Aragón mostró su estupor—. Pero fuimos nos quien solicitó esta reunión con vos, Santidad.

Clemente V frunció el ceño. Su mente parecía flotar en aquella capilla oscura y de olor rancio. Los acontecimientos se precipitaban y le superaban. Eran demasiadas emociones para un corazón tan débil. Recordó las instrucciones del rey de Francia, que le había procurado una rápida carrera culminada con la coronación como Santo Pontífice: cualquier gran asunto de estado, francés o no, debía ser consultado con Felipe el Hermoso. En medio del embotamiento que imperaba en su mente durante aquellas jornadas, Clemente V había asumido que era el convocante de la cita con el rey de Aragón, pues no era incierto que deseaba hablar con él de ciertos asuntos que al parecer quitaban el sueño a Felipe el Hermoso.

—Ah..., sí... sí, claro —tartamudeó el Papa.

El rey de Mallorca ahogó una carcajada y se dio la vuelta. Movió la cabeza para fijar falsamente su atención en las inscripciones que ornaban la pequeña cripta de la capilla y en los motivos florales que, labrados en los capiteles, coronaban cada vieja columna.

—Se trata de Cerdeña, Santo Padre. —El rey de Aragón siguió con lo suyo—. Sin duda conocéis las disposiciones que vuestro antecesor tomó con respecto al asunto de Cerdeña.

—Eh... —El Papa todavía trataba de aclarar sus ideas. El rey de Mallorca, de pronto vivamente interesado por el tema, abandonó el examen de la cripta y se aproximó de nuevo a su sobrino—. Pues... sí, claro, Cerdeña... Claro.

Jaime de Aragón resopló y, con un movimiento enérgico de

sus brazos, lanzó hacia atrás su capa listada de rojo y dorado. Las llamas de los velones oscilaron al ser azotadas por el aire.

—Vuestro predecesor, que en gloria esté, afirmó ante Dios Nuestro Señor el derecho sagrado de Aragón a posesionarse del Reino de Cerdeña y Córcega —explicó con impaciencia—. Para ello nos vimos obligados a renunciar a Sicilia y a Mallorca, siempre siguiendo los dictados de la Santa Madre Iglesia.

—Esperad, sobrino... —quiso intervenir el anciano rey de Mallorca. Jaime de Aragón levantó su mano para impedirlo, sin mirar siquiera a su pariente.

—Es preciso —prosiguió el enérgico rey aragonés— que deis orden a las señorías de Pisa y Génova para que se cumpla la voluntad de Dios, o nos veremos obligados a emprender una guerra que no deseamos. No es preciso que os informemos de que la Corona de Aragón se empobrece día tras día por aquella decisión, que acogimos de grado, de renunciar a Sicilia y a Mallorca... Pensad, Santidad, que ambas nos correspondían por derecho.

El viejo hijo del Conquistador chascó la lengua, molesto por el ninguneo que se hacía de su persona y del testamento de su afamado padre, y trató de buscar la complicidad del Papa con la mirada. Solo halló a un hombre superado por su condición.

Las palabras del rey de Aragón, no desprovistas de cierta razón, guardaban también una buena dosis de perfidia. Sicilia había pasado a manos de Fadrique, su hermano, y la misma Mallorca era en realidad feudataria de Aragón. Tanto una como otra estaban regidas por la Casa de Aragón y, Jaime lo sabía, revertirían tarde o temprano a la Corona. El Papa trató de ordenar sus ideas. Sintió cierto alivio al recordar las severas órdenes de Felipe el Hermoso: no debía tomar decisión alguna sin contar con su permiso o sin seguir su consejo. Rebuscó en su mente para hallar las palabras precisas, y al fin dio con la oscura razón que le había llevado a pensar que aquella reunión había sido convocada, en realidad, por él mismo.

—Tomamos en cuenta vuestra reclamación, Jaime, y os prometemos que recibiréis pronta respuesta. —Su voz recuperaba poco a poco el aplomo. Se sentía mejor cuando difería las decisiones o las soslayaba. Estaba más en su ánimo que dirigir los destinos de reyes tan principales. Incluso se vio con arrestos para amonestar al monarca de Aragón—. Pero no nos importunéis más con esos asuntos. Debéis saber que otros problemas mucho más graves torturan nuestra mente.

Jaime II de Aragón dejó que su mandíbula colgara burdamente y enarcó las cejas. A su lado, el Rey de Mallorca mostró la dentadura desgastada en una sonrisa rapaz.

—¡Pero, por san Jorge! —tronó el monarca aragonés, y el eco de su voz rebotó en las piedras de la abadía de Saint Martin D'Ainay—. ¿Para qué creéis que hemos venido hasta esta tierra húmeda y malsana?

—¡Sobrino! —le reconvino el rey de Mallorca, que aún seguía haciendo esfuerzos para no carcajearse—. ¡Mostrad respeto!

Jaime de Aragón lanzó una imprecación en el antiguo idioma de sus antepasados salidos de la áspera montaña, se dio la vuelta y dejó que la pesada capa se desplegara. De nuevo vacilaron las llamas de las velas mientras el monarca se dirigía al otro lado de la oscura capilla. El rey de Mallorca sonrió al Papa para quitar hierro al comportamiento de su sobrino, pero por dentro continuaba deshaciéndose en carcajadas.

—¿Vais a escuchar lo que queremos preguntaros? ¿Sí o no? ¿Requerimos ya la presencia del franciscano?

La voz de Clemente V volvía a temblar. Jaime de Aragón apoyó ambas manos sobre la fría piedra y dejó que su corazón se apaciguara. Llevaba diez largos años esperando el momento de hacerse oír por el Papa acerca del asunto de Cerdeña. A su alrededor, los reinos de Francia y Nápoles se extendían mediante pactos matrimoniales y trataban de imponer su influjo en el comercio marítimo. Era intolerable para Jaime II, nieto del Conquistador: el mar Mediterráneo debía ser aragonés. Las últimas noticias llegadas de Grecia no eran malas, pues las compañías de almogávares conquistaban allí territorio tras territorio abriendo rutas a las naves catalanas, pero, por otro lado, las campañas contra Castilla no habían salido todo lo bien que el rey deseaba. En aquellos mismos momentos Beltrán Dezval, hombre de confianza del monarca, debía de estar reunido con los castellanos en Murcia para fijar las fronteras definitivas de la Corona. Todo aquello hacía que el tesoro de la Corona se resintiera.

Fuera como fuese, el Papa estaba en manos del rey francés. Y Jaime de Aragón no podía permitirse tenerlo como enemigo. Suspiró con largueza antes de separar las manos de la piedra de la capilla y volverse. Cuando lo hizo, sus ojos habían dejado de despedir fuego. Cerdeña debería esperar.

—Os pedimos perdón humildemente, Santidad. Os escuchamos.

Clemente V carraspeó antes de volver a hablar.

—¿Conocéis por ventura a un hombre llamado Esquiú de Floryan, que se entrevistó con vos no ha mucho tiempo?

Jaime II de Aragón volvió a fruncir el entrecejo. Rebuscó en su mente aquel nombre, pero eran muchos los asuntos que exigían su atención.

—Tal vez alguno de nuestros secretarios... —murmuró—. Esquiú de Floryan, decís...

—Haced un esfuerzo, Jaime —pidió Clemente, recuperando de nuevo la seguridad en sí mismo.

El aragonés negó con la cabeza. En cualquier caso, había perdido todo interés en la conversación.

—¿Qué ocurre con ese Esquiú? —intervino el rey de Mallorca.

—Acudió hace un par de años a la corte de Aragón, según él mismo informó al rey Felipe, y allí se entrevistó con vos —señaló de nuevo al monarca aragonés—. Al parecer, tenía algo importante que comunicaros acerca del Temple.

El rey de Aragón entornó los ojos. Ahora empezaba a recordar.

—Sí... —Se pellizcó la barbilla—. Sí, ahora nos acordamos. Fue hace unos dos años, cierto...

—¿Recordáis lo que os reveló?

Jaime II de Aragón se tomó su tiempo y acabó por esbozar una sonrisa aburrida.

—Lo recordamos, lo recordamos... —Hizo un gesto con la

mano para quitar importancia a aquello—. Un intrigante como hay muchos, ese tal Esquiú. Ni siquiera sabemos cómo logró hacerse escuchar por nos.

—¿Recordáis lo que os reveló? —volvió a inquirir el Papa, esta vez con un tono irritado que ocultaba una pretendida pero aún tímida vanidad. Empezaba a sentirse a gusto en su nuevo papel. El rey de Aragón lo miró con ira mal disimulada.

—Una estupidez acerca de los templarios —respondió en el mismo tono enojado—. Algo sobre que adoraban a ídolos y renegaban de Cristo...

—Y vos no lo creísteis, ¿no es cierto?

Jaime de Aragón comprendía cada vez menos adónde quería llegar el Santo Pontífice.

—Los templarios no son santo de nuestra devoción, lo reconocemos, pero no se puede negar que han colaborado con gran sacrificio en la conquista de Aragón a los infieles. Sin ellos no habríamos sido capaces de...

—¿Tenéis una ligera idea de las riquezas que poseen los templarios? —interrumpió el Papa.

—Ah, ahora lo recordamos con claridad, sí... —El rey de Aragón chascó los dedos y sus ojos se abrieron, perdiéndose en el techo de la capilla—. Ese inmundo sujeto pretendía que iniciáramos un proceso contra el Temple... Y sí, nos habló de las grandes riquezas que la orden atesora.

—Exacto. Y vos no le prestasteis credibilidad. —El Papa usó un tono de reproche—. Incluso, dejad que recuerde... —cerró los ojos y se pasó la lengua por los labios regordetes en un gesto que despertó la aversión de los dos reyes—, vos le prometisteis una renta de mil libras si se demostraba que lo que decía era cierto.

El rey de Aragón rio quedamente.

—Sí, mil libras, sí... —reconoció—. No solo eso: ahora nos acordamos de que le fueron garantizadas otras tres mil libras que podría cobrarse de los bienes de la orden cuando esta fuera disuelta... ¡La Orden del Temple disuelta!

Y redobló sus risas, que se extendieron con el eco por las paredes de piedra de la capilla y salieron a la nave de la abadía. Mientras Jaime de Aragón reía, su anciano tío se acercó al Papa y puso una mano sobre el brazo en cuyo final relucía el Anillo del Pescador.

—¿A qué viene todo esto ahora? —inquirió.

El Papa no dejaba de mirar al monarca de Aragón. Contestó de modo que también él pudiera oírle a pesar de las carcajadas.

—Debemos saber si en este asunto del Temple os atendríais a las órdenes de la Santa Madre Iglesia, como procede. Pues bien sé que Aragón es el reino de las Españas donde más arraigo tiene la orden.

Jaime de Aragón cortó en seco la risa y miró a su tío. Por una vez abandonó el gesto altanero que le caracterizaba cuando se hallaba ante el rey de Mallorca y pareció buscar consejo en él.

—¿Qué tramáis, Santidad? —preguntó sin dejar de observar a Jaime de Mallorca.

—Responded ahora —exigió el Papa.

El anciano rey se encogió de hombros y el de Aragón entornó los ojos, tratando de adivinar qué se proponía aquel taimado pontífice.

—El rey de Aragón es un servidor de Dios, Santidad.

El don de Dios

I

Inmediaciones de Monzón, Aragón. Invierno de 1305

Blasco de Exea levantó la cabeza y paseó la mirada por el blanco horizonte con los ojos entornados. La nieve azotaba su rostro con fuerza, clavaba los copos como agujas en la piel y se aferraba a sus huesos con un frío del demonio. Pero él era joven y su corazón volaba alto, y aquel hielo apenas hería a su alma, congelada ya por la amargura. Allá arriba, dominando una roca y destacada su mole contra el cielo opaco, se alzaba el viejo castillo de Monzón.

Blasco arrebujó bien su manto en torno a la cabeza y tiró de la mula que acarreaba sus enseres para iniciar el ascenso. Los pies del muchacho se hundían en el manto de nieve y dejaban huellas profundas pero, apenas recorrido un trecho, esas mismas huellas desaparecían bajo la inclemente cortina que el cielo de Aragón descargaba aquella tarde. A pesar de todo, el joven sentía la esperanza en su ánimo. Tanto era su afán por arrancarse la tristeza que, sin apercibirse de ello, sus pies abandonaron la precaria senda de ascenso y terminó medio hundido en un ventisquero. Sus propias carcajadas resonaron amargas, rebotaron de roca en roca y se perdieron entre los copos que blanqueaban Monzón. Blasco se movió con soltura, incluso en medio de aquella nevada, con los miembros ateridos, la nariz y las orejas entumecidas y los ojos soltando lágrimas por el frío intenso. Las huellas de la amargura se habían instalado en su semblante, pero ni siquiera la barba cerrada y negra que se había dejado crecer le restaba un ápice de apostura.

El joven volvió a hundir los pies en un hoyo cubierto de nieve y sus manos desnudas se apoyaron en el suelo. Aquellas manos escondían un don divino, le había dicho el viejo comendador de Añesa. Desde demasiado tiempo atrás como para recordarlo, y siempre bajo la dirección atenta de su padre adoptivo, Blasco era capaz de aferrar con esas manos una espada y esgrimirla como si formara parte de su propio cuerpo. «A veces, muy de vez en cuando, nace un hombre con ese don», decía don Artal. Otros eran agraciados con la facilidad de palabra, o con el virtuosismo para crear hermosas piezas de cerámica, para labrar la piedra o trabajar la madera... Blasco había nacido para manejar la espada.Así que, finalmente, Blasco había encontrado el modo de buscar su propio destino. Su padre, don Artal, de buena gana le habría dotado con largueza. Pero la familia, a pesar de su nobleza probada, distaba mucho de nadar en la abundancia, como solía ocurrir en aquellos tiempos en el Reino de Aragón.

—La culpa de todo la tiene esta maldita dinastía —se quejaba el caballero don Artal.

En aquellos instantes de ira en casa de los Exea, doña Elisén se apresuraba a cerrar ventanas y postigos y acuciaba a los criados para que dejaran la estancia. Conocía muy bien a su señor esposo y sus arrebatos, y temía que alguno de ellos fuera a depararle alguna desgracia, pues las lenguas se sueltan con facilidad cuando el riesgo parece ajeno. Jimeno, el siempre taciturno hermano mayor, prefería abandonar el hogar cuando su padre se desfogaba, pero Blasco permanecía atento. En cuanto a Sancha, la pequeña de la familia, se conformaba con tejer frente al fuego y suspiraba a la par que doña Elisén.

—No despotriques del rey, Artal —le recriminaba la madre de Blasco en aquellas ocasiones.

—¿Que no despotrique? —contestaba él con el rostro enrojecido—. Demasiado bien sabes que estoy en lo cierto. Ya nuestros abuelos lo supieron ver: esta dinastía nos ha de empobrecer a todos.

Doña Elisén miraba de reojo a la joven Sancha y movía la cabeza a los lados. Blasco, despierta su curiosidad por aquello que su padre debía callar, le azuzaba.

—¿No tenemos un buen rey, padre?

Don Artal pegaba un puñetazo en la mesa de madera que sobresaltaba a doña Elisén y a Sancha, y sus ojos quedaban fijos en el fuego del hogar.

—Blasco, hijo mío, desde tiempos del abuelo de nuestro soberano, Aragón ha carecido de buenos reyes.

—¡Baja la voz! —reprendía de nuevo doña Elisén.

En una de aquellas ocasiones, siendo Blasco apenas un adolescente, don Artal le hizo un gesto para que se aproximara y este le obedeció. El padre se sirvió un cuenco de vino y revolvió el cabello negro de Blasco.

—Hubo un tiempo, muchacho, en que el Reino de Aragón era poderoso y temible, y regía su propio destino...

—Pero, padre —interrumpió el joven Blasco—, Aragón es poderoso ahora. Y nuestros dominios se extienden allende los mares...

—¡Tonterías! —espetó don Artal, lo que hizo callar al muchacho—. ¡Tal vez el rey sea poderoso y sus dominios se extiendan allende los mares..., tal vez otros tengan ahora el poder y los dominios... ganados muchas veces con la sangre y el sudor de los aragoneses!

—Ahora tu padre te contará lo de Valencia —vaticinó desganada doña Elisén. A su lado, la jovencísima Sancha sonrió sin apartar la vista de sus labores.

—¡Valencia! —don Artal acompañó el grito con un nuevo golpe en la mesa—. ¡Valencia había de ser el puerto de Aragón! ¡Valencia! ¡Ganada a través de luchas de generaciones de aragoneses! ¡Valencia! ¡Nos tenía que aportar riquezas y señoríos!

Blasco sonrió. Sabía demasiado bien que aquella ira que su padre descargaba sobre la mesa no le alcanzaría a él, y tampoco a su madre o a sus hermanos. Por eso siguió azuzando a don Artal.

—Valencia pertenece a la Corona, padre.

—¡A la Corona, sí! Y te diré una cosa que tal vez no sepas, Blasco: que la corona la ciñe un solo hombre. ¿Qué derecho de decisión posee ese hombre cuando la sangre que se ha derramado no es la suya solamente? ¿Acaso no tenemos derecho los aragoneses a comerciar por el mar? ¿No hay derecho en Aragón a poseer lo ganado en justa lid? ¿Es que los derechos de Aragón han de ceder ante las ambiciones de otros súbditos de la Corona?

»Mira estas manos, hijo —don Artal mostraba sus palmas al pequeño Blasco—. Estas manos han empuñado la espada y han vertido sangre angevina, navarra y francesa por nuestro rey, y como estas, las manos de otros muchos aragoneses. Algunos de ellos perdieron la vida en las fronteras. Y aun así, a fuerza de amenazas tuvimos que arrancar al rey el juramento de respetar nuestros derechos.

Derechos, derechos, derechos... Aquella palabra siempre estaba en boca de don Artal. Y no solo en su boca. Desde tiempos de sus antepasados, los aragoneses habían sido celosos guardianes de sus derechos, ganados siglos atrás en las ásperas montañas del norte y peleados después por caballeros y villanos de lugares como Exea. Fueros y leyes que los reyes juraban respetar... Pero los reyes no siempre cumplían su palabra.

Ah, los aragoneses, sus conquistas y sus derechos... Blasco siempre pensaba en las palabras de su padre cuando empuñaba la espada. Don Artal admiraba los molinetes y las estocadas con que el joven se lucía mientras jugaba con su hermano mayor. En aquellos momentos las espadas eran de madera, pero pronto, se decía, serían de acero...

Y tal vez lucharían por el rey de Aragón.

Un nuevo traspié dio con Blasco en el último ventisquero, y la mente del joven regresó a la empinada cuesta que le llevaba al castillo de Monzón. El joven cruzó el puente sobre el foso y resopló antes de golpear la puerta de madera con el puño. Mientras esperaba respuesta del portero, se volvió y sonrió a la mula. En ese momento fue consciente de que se disponía a dejar atrás su vida.

Atrás quedarían, sí, las enseñanzas de don Artal, su padre adoptivo. Y el recuerdo que este había mantenido vivo en la mente de Blasco acerca de su verdadero padre, Alain d'Avesnes. Y el dolor que le había causado la ruptura con Teresa, víctima de los deseos corruptos de los poderosos..., y sobre todo aquel juramento que había heredado... Blasco rebuscó bajo la veste y sacó el pedazo de madera dorada que llevaba colgado al cuello. Trató de evocar la imagen de su verdadera madre, Alice de Vannes, pero hacía tiempo que le costaba recordar su rostro... Observó aquel grifo negro y dejó que la nieve lo cubriera. ¿Podría seguir viviendo con aquel compromiso de venganza? Tal vez, después de todo, no toda su vida iba a quedar atrás al atravesar las murallas de aquel castillo de Monzón.

La pesada hoja de madera se abrió con un chirrido y una figura vestida de blanco se recortó contra la lobreguez del interior. El hombre se adelantó unos pasos y salió a la tenue claridad que proporcionaba la nevada. El enorme freire templario se quedó allí, plantado bajo la bóveda del acceso mientras su hirsuta barba se cubría de finos copos. Movió el mentón en gesto interrogante para sacar al joven de su estupor.

—Soy Blasco de Exea, y vengo de parte de los hermanos de la encomienda de Añesa.

La presentación había sido firme, y la voz recia del joven no había temblado ni por miedo ni por frío. El templario sonrió, y una multitud de arrugas orlaron sus ojos oscuros.

—Adelante, joven Blasco. Te estábamos esperando.

II

Blasco de Exea dejó que el caldo caliente recorriera sus entrañas y casi sintió al frío huir despavorido de su cuerpo. Se pasó el dorso de la mano por la barba y sonrió al orondo freire que le acababa de servir aquel cuenco.

—Gracias, hermano —murmuró. Luego miró con aprensión hacia la puerta por la que acababan de desaparecer los templarios que le habían dado la bienvenida.

—Deliberan ahora sobre vos, hermano —aclaró el freire al adivinar su desazón. El hombre vestía los ropajes oscuros de sargento, lo que delataba su origen no caballeresco. Blasco asintió y bebió otro largo sorbo de caldo.

—Me lo advirtieron en Añesa, aunque ellos ya conocen mis razones —dijo después.

Pero comprendía las precauciones del Temple. Ahora, más que nunca, la orden cuidaba de que sus postulantes fueran hombres justos y sin tacha. Corrían feos rumores sobre el Temple, sobre todo después de la caída del último bastión en Tierra Santa. Los diezmos y primicias que los templarios obtenían, sus posesiones, encomiendas y castillos, la inmensa fortuna que atesoraban... eran ahora vistos con recelo. La gente parecía haber olvidado la sangre derramada por los freires guerreros en la lucha contra el infiel. El mismo Reino de Aragón y la Corona toda había sido defendida y ganada en gran parte por ellos, codo con codo con las demás órdenes como el Hospital o Calatrava, y con los hombres del rey y las villas de Aragón.

Pero últimamente su fama decaía. Se hablaba de continuas pugnas con los hospitalarios y se dudaba de la idoneidad de su existencia. La frontera con los moros quedaba ahora muy lejos, al sur del Reino de Valencia. Otras guerras demandaban al presente sus esfuerzos, pero los hermanos del Temple tenían prohibido alzar sus armas contra otros cristianos. Por eso los templarios se cuidaban mucho en aquel tiempo de abrir sus puertas a cualquiera. Interrogaban con saña a los postulantes, requerían su filiación y examinaban su progenie; solicitaban informes a arcedianos y gobernadores y finalmente debatían acerca de la idoneidad del aspirante.

En la encomienda de Añesa, meses atrás, Blasco había recibido su primer interrogatorio de boca del anciano comendador, frey Nicolás. El muchacho recordó la escena mientras su cuerpo entraba en calor:

—¿Qué buscas en el Temple, joven? —había sido la pregunta de frey Nicolás.

El muchacho bajó la cabeza y recordó las tardes en la iglesia de Santa María, en el barrio ejeano de La Corona, cuando reflexionaba sobre Dios y las Escrituras. También rememoró el tiempo transcurrido en la casa de Artal de Exea y el juramento que este había hecho a su verdadera madre, Alice de Vannes. Pero sobre todo y por encima de ello, pensó en el dolor y la tristeza que le atravesaban el corazón tras la separación de Teresa.

—Busco a Dios —se esforzó en mostrar humildad.

—Explícate —exigió el anciano templario.

Blasco carraspeó y recordó las charlas y lecciones de frey Nicolás, el mismo y viejo freire guerrero que en ese instante le examinaba como si no lo conociera. Los largos debates con él, las discusiones acerca del alma divina y la carne corrupta de los hombres, las porfías sobre la bondad del perdón y el ansia de venganza, la eterna pugna entre el bien y el mal.

—Huyo del mal —contestó el muchacho al requerimiento del viejo—, y para ello busco aproximarme al Creador. Mis mayores me han advertido de los peligros de lo terrenal, de los múltiples caminos que me pueden llevar a la perdición a mí y a los míos. Dios me ha dado un don, hermano templario...

El anciano freire respingó al oír la última frase y dirigió su vista cansada al muchacho. Este le mostraba su mano derecha. La hacía girar lentamente ante sí con los dedos extendidos.

—¿Qué quieres decir?

—Esta mano, hermano comendador, está hecha para hacer la voluntad de Dios.

—¡Todos hacemos la voluntad de Dios! —replicó el freire.

—Pero, hermano... ¿Cómo saber cuál es esa voluntad? ¿Y si Dios me ha deparado como destino ser un hombre malvado? Recordad a Teresa... ¿Fue la voluntad de Dios lo que ha ocurrido con ella?

El anciano sonrió, encrespando el mar de arrugas en su cara.

—Los caminos y los juicios de Dios son inescrutables —recitó las Sagradas Escrituras. Blasco se mordió el labio inferior y entrecerró los ojos. Aún mantenía su mano derecha alzada entre su rostro y el del viejo templario.

—También nos dice la Biblia, hermano, que hemos de procurar hacer firme nuestra vocación y elección, pues si hacemos estas cosas no caeremos jamás —citó a su vez el joven.

El viejo freire guerrero atusó su larga y blanca barba unos instantes sin dejar de contemplar la mano nervuda de Blasco. Luego la señaló con un dedo tembloroso y contraído como su cayado.

—Dices, muchacho, que en esa mano reside el don que Dios te ha dado. ¿Acaso tu vocación mora también ahí?

El joven cerró la mano y miró su puño antes de responder.

—Cuando esta mano ciñe la espada, el don de Dios se hace patente. Sí, aquí está mi vocación.

El viejo movió la cabeza negativamente. Blasco le había confesado su origen angevino, las circunstancias en que murieron sus verdaderos padres y el juramento que don Artal de Exea había prestado ante el cuerpo moribundo de la madre de Blasco, Alice.

—Mala cosa. Las espadas están hechas para matar, y eso desagrada a Dios si no es por su causa. Somos *milites Christi*. No luchamos para servir a nuestra ira o a nuestra sed de veganza.

Blasco sonrió amargamente. Aquellas mismas palabras se las había oído decir al comendador una y otra vez desde la marcha de Teresa. El joven no sabía si se engañaba a sí mismo y al propio frey Nicolás. Todo era tan confuso... Todo, salvo que se disponía a traicionar el juramento que su padre adoptivo había hecho ante una mujer moribunda. El juramento de un caballero. Pero ¿de qué servía la caballerosidad en un mundo vil?

—Por eso, hermano templario, para que mi vocación no recorra el camino equivocado, he aquí mi elección. —El joven señaló ahora a la cruz roja tejida en el manto del anciano. Este también sonrió, volviendo a llenar su cara de arrugas.

—Así pues, tu vocación está en la espada y tu elección en la Cruz.

Blasco asintió con firmeza y bajó la mano.

—Quiero profesar, hermano. Quiero ser un templario como vos, y que se haga la voluntad de Dios.

Y ahora estaba allí, en el poderoso castillo templario de Monzón, sede provincial de la orden. Citado por el comendador de Añesa, frey Nicolás, para desplazarse hasta aquel lugar, pues se había dado el beneplácito para su ingreso en el Temple.

Había habido llantos en casa, y mientras doña Elisén y la joven Sancha sollozaban, don Artal abrazaba una y otra vez a su hijo pequeño, y Jimeno, el primogénito, permanecía aparte en silencio. Breve sería la dote que el joven Blasco iba a aportar al Temple, pero su mano era firme y su piedad ilimitada. Tal creía su padre adoptivo. Una sombra de decepción velaba los ojos del caballero Artal de Exea pese a todo. El conflicto anidaba también en su alma, pues por un lado se sentía contento de la decisión de Blasco, pero ahora se daba cuenta de que aquel rufián, Ferrer Zintero, conseguiría al fin salirse con la suya. Aun así, Artal de Exea se abstuvo de nombrar al almocadén de la partida del Grifo. Tal vez aquel bellaco estuviera ya muerto al fin y al cabo. Quizá su cadáver era pasto de gusanos en la lejana Grecia o en cualquier otro lugar del mundo al que le hubieran llevado sus felonías. Blasco adivinó los pesares de su padre adoptivo y se dirigió a él con una sonrisa.

—Padre, voy a ser caballero templario. Habéis cumplido el juramento que le hicisteis a Alice aquel día.

Artal de Exea asintió. Quizá, después de todo, él no tenía derecho a mantener viva en Blasco semejante ansia de venganza. Tal vez fuera mejor así, pues el muchacho se liberaba de la obligación casi irracional que se había creado don Artal. Lo que ignoraba, sin embargo, era el difícil trago que realmente había impulsado a su hijo adoptivo a tomar aquella decisión. Nada sabía él de Teresa y del romance que Blasco había mantenido con ella. Aquello quedaba para la pareja y para el viejo comendador de Añesa, frey Nicolás. Por eso, cuando Artal señaló al colgante de madera de Blasco y le pidió que se deshiciera de él, se sorprendió ante la negativa del muchacho.

—Pero tu vida seguirá ahora otro camino —repuso Artal de Exea—. Eso ya forma parte del pasado.

Blasco palpó el colgante de madera a través de su ropa.

—Es mi pasado. Lo que haga a partir de ahora no lo va a cambiar. Nada cambiará mi amor por vosotros ni por el recuerdo de Alain y Alice.

«Ni mi amor por Teresa», añadió en su mente.

Blasco miró a su alrededor cuando emergió de su océano de recuerdos.

Estaba sentado al lateral de una larga mesa de madera, sencilla e impoluta, y frente a él, el sargento templario le observaba en silencio y con curiosidad, asomando una breve sonrisa entre la barba luenga y poblada. La sala era también alargada, su techo alto tenía forma de bóveda y, aunque estrechas, las ventanas dejaban pasar la luz blanquecina de aquel día de nieve y frío. Blasco envolvió con sus manos el cuenco caliente pero, a pesar de ello, sintió un escalofrío. Fuera se oía, amortiguado por las recias piedras, el ulular del viento, solo roto de vez en cuando por el balido de alguna de las reses que los templarios guardaban en los establos del castillo.

—¿Es este el lugar en que coméis, hermano?

El orondo templario asintió sin abandonar su inicio de sonrisa.

—Y mientras comemos, hermano, nos mantenemos en silencio.

Las palabras rebotaban contra las paredes de la gran sala y quedaban flotando por un instante, el mismo que necesitó Blasco para comprender la advertencia del sargento. Su primera lección aun antes de postular: «Silencio.» El sargento volvió a asentir, complacido al advertir que el joven había captado enseguida su reprensión. Se dirigió a la puerta. Blasco se levantó sin saber qué hacer. El freire le habló de nuevo.

—Debéis permanecer aquí ahora, hermano. —Abarcó con un gesto el refectorio—. Velaréis esta noche y os avisarán antes del alba. Meditad este tiempo si os place, pues es posible que ya nada sea igual cuando el sol se alce el día de mañana.

El muchacho hizo una inclinación de cabeza al freire que le había dado su primera lección. Este le respondió de igual manera y lo abandonó en la sala. El sonido del portazo rebotó contra la piedra y las llamas de los velones oscilaron.

También le habían advertido de ello en Añesa.

Volvió a sentarse y se tomó el caldo sin prisa, dejando que su calor se perdiera poco a poco. Luego inspiró profundamente y permitió vagar a su mente por los años de su infancia, oyó de nuevo las palabras de don Artal y sintió los besos de doña Elisén. Fijó sus ojos claros en los puntos luminiscentes que coronaban los velones, siguió las gotas de cera que corrían desde sus cúspides y se acumulaban en sus bases.

Como aquellas llamas, la vida era efímera y, al igual que ellas, relucía un momento para luego perderse en la nada. ¿Qué podían importar sus amarguras ante la gran inmensidad del orbe? ¿A quién le concernía la infamia sufrida por su verdadera madre en una remota isla del Mediterráneo? ¿Y la desgracia de la pobre Teresa? ¿Qué importancia tenía, en suma, la propia vida de Blasco de Exea? Ante algo tan incierto e insignificante como la existencia del hombre, ¿qué motivo más noble que aquel que Blasco había escogido, tendente a asegurar su bienestar tras la muerte? Quizá Dios le daría incluso la opción de acortar aún más su vida, aumentando así la posibilidad de presentarse ante Él. Una muerte digna y gloriosa en el campo de batalla, honrando el letal don otorgado por el Creador, blandiendo su espada en defensa de Cristo. Mejor eso que una vida larga y oscura, que aun así podía verse amenazada por las maldiciones que la carne había dejado caer sobre la humanidad, por el ánimo de venganza jamás satisfecho o por el recuerdo estéril de la mujer amada.

Cualquier otra motivación habría sido comprensible. Blasco era el segundo hijo de su familia, lo que le privaba de herencia y de condición social. Los medios de vida de su padre, sin ser cortos, tampoco le iban a deparar grandes lujos. Tal vez, por otra parte, el muchacho se hubiera visto tentado de acudir a la aventura, a guerrear en Tierra Santa. Sin embargo, por aquellos tiempos los cristianos perdían sin remedio los últimos bastiones en Palestina. No. Parecía más probable que Blasco acabara luchando en el sur, contra los sarracenos del Reino de Granada, en pugna por la santa empresa que ya empeñaba durante siglos a los reinos cristianos de las Españas. Eso haría. Moriría con la espada empuñada, con el recuerdo de su madre colgado junto al corazón y el eterno sabor de los besos de Teresa en los labios.

Fuera como fuese, a Blasco no le desagradaba ese silencio que, a partir de ese momento, se iba a ver obligado a respetar y a compartir. Cierto que prefería perderse en sus reflexiones a recitar, una vez tras otra, las oraciones que deberían esperarse de un postulante a la Orden del Temple. Pero ¿no era aquella sino una forma más de poner al descubierto su alma ante Dios?

Silencio, sí.

El silencio era tal en todos los aspectos, y en tal medida había llegado Blasco a comulgar con él a lo largo del tiempo de meditación, que el joven no oyó aproximarse y llegar a un hermano que abrió la puerta del refectorio y le hizo un gesto. A diferencia de su primer anfitrión, este era un caballero joven, fuerte, de porte elegante, mirada seria. Blasco observó el cuenco vacío sobre la mesa y los velones desgastados, torcidos sobre lechos de cera fría y sólida. Solo un par de ellos resistían vacilantes.

—Se acerca la hora prima, hermano —le informó el caballero con voz recia—. Habéis de venir conmigo ahora.

El muchacho siguió al imponente templario al patio de armas, lo cruzó bajo una noche que seguía descargando nieve y caminó tras el freire hacia la inmediata torre cuadrada, alta y maciza, que dominaba el centro del castillo. El templario precedió a Blasco por la escalinata de madera mientras, una y otra vez, miraba atrás para comprobar que este le seguía hacia el nivel más alto; el muchacho notó una rara sensación de ingravidez mientras sus ojos se acostumbraban a la penumbra. Había esperado largo tiempo aquel momento, y unos y otros le habían advertido de la dificultad de la empresa. Ahora, después de esperanzas y miedos, se hallaba a un paso de su meta. El recio templario, que no había vuelto a abrir la boca hasta el momento, se detuvo al fin en una sala en el piso alto de la torre e indicó a Blasco que ocupara el centro de la estancia.

Era el primer paso de su iniciación. Junto a Blasco y su silencioso guía había ahora otro caballero que se unió al primero y, hablando ambos por turnos a la luz de un solitario hachón, interrogaron al joven acerca de su pasado y el futuro que pretendía en la orden. Blasco respondió una por una todas sus preguntas sin abusar de las palabras. Aquellos severos hermanos permanecían impasibles, y se lanzaban a veces miradas que el joven no sabía interpretar. Cuando tuvieron a bien finalizar su interrogatorio, uno de los templarios se acercó a Blasco y, modulando su voz de modo solemne, habló al joven sobre las estrictas reglas de la orden. Le pintó un cuadro acerca de los deberes a que se obligaba a partir de aquel momento y, finalmente, le preguntó si realmente quería renunciar a la vida terrena para adoptar el camino de la cruz.

—Es mi mayor anhelo desde hace años, hermano —mintió Blasco. Trató de imitar la inflexión de voz del templario.

Este miró atrás, a su cofrade, y no pudo reprimir una sonrisa condescendiente. Blasco de Exea contaba veintiséis años. No era edad temprana para ingresar en la orden, pero por aquel tiempo era raro que un hombre joven se comprometiera a ofrecer su vida al servicio de Dios. El segundo freire devolvió la sonrisa al primero y se relajó un tanto.

—¿No sois aún joven, por ventura, para hacer de la edad un sustento de vuestros deseos? —preguntó—. ¿No será esto nada más que un capricho pasajero, y nos abandonaréis cuando otro antojo cruce vuestra senda?

El primer templario alzó la mano para pedir calma a su hermano y observó a Blasco. La sonrisa no había desaparecido de su rostro, pero en ningún caso estaba exenta de respeto hacia el joven postulante. El muchacho se preguntó si aquellos dos freires no serían capaces de desenmascararle y descubrir que la amargura era su principal impulso.

—No seáis tan duro, hermano —pidió a su cofrade a pesar de tener la vista puesta en el joven—. Por mi parte, creo que podemos presentarlo al capítulo.

El otro templario se encogió de hombros y asintió.

—Sea.

—Entonces, Blasco, seguidnos al patio.

El joven esperó a que los dos freires abrieran camino y los alcanzó escaleras abajo. Sus esperanzas habían flaqueado por un momento al verse obligado a examinar sus propias motivaciones. Pero frey Nicolás le había advertido de ello en Añesa. Ahora, viendo flotar las níveas capas templarias mientras descendían por la angosta escalera, el joven se obligó a pensar que no habría ningún problema: antes del anochecer, él también pertenecería a la orden. Los tres salieron de nuevo al frío y caminaron hacia la puerta de la capilla. La nevada había arreciado y los copos tenían casi el tamaño de puños. Uno de los templarios se volvió hacia Blasco mientras el otro se internaba en el sagrado recinto.

—Aguardaréis aquí hasta que os ordenen entrar —explicó al muchacho. Blasco asintió y volteó su manto para mejor cubrirse del temporal.

Un portazo despidió al último de los dos templarios y el joven alzó la cabeza con los ojos entornados. El cielo negro se tornaba gris por levante, y parecía abalanzarse sobre la tierra con la intención de cubrirla para siempre y hacerla desaparecer. Pero en el corazón del joven Blasco de Exea, en cierto modo, anidaba la ilusión. La ilusión de dejar atrás la amargura. Por eso se le hizo corto el largo instante que debió permanecer allí, solo bajo la avalancha blanca, a la espera de que el capítulo terminara sus deliberaciones, oyendo a quienes aconsejaban el ingreso del joven postulante en la orden, y también a quienes lo consideraban inmaduro o demasiado mundano para semejante responsabilidad. Blasco aguantó con entereza el frío que se empeñaba en trepar por sus piernas y dejó que su rostro se empapase con la nieve. Aspiró con fuerza el aire gélido y sintió cómo se abría paso hacia sus pulmones. No supo decir si transcurría el tiempo de una oración o el de ciento, pues el cielo cubierto apenas si dejaba llegar la luz del amanecer hasta la tierra. Tras la fatigosa víspera de su llegada, la noche entera sin dormir y ahora, bajo la avalancha de frío y nieve que coronaba su esfuerzo, sintió adormecerse sus miembros. Se le entumecieron nariz y orejas, pronto dejó de notar cómo los copos acariciaban su cara antes de derretirse y resbalar, transformados en agua, por entre sus vestiduras.

La puerta de la capilla se abrió al fin. Los dos templarios que le habían interrogado volvieron a presentarse ante él y Blasco los miró fijamente, primero a uno, luego a otro.

—¿Habéis reflexionado mientras os hallabais aquí, solo bajo la nieve? —inquirió el que todavía lo consideraba demasiado joven.

Blasco asintió mientras un débil temblor agitaba sus labios.

—¿Y aún pretendéis continuar con esto? —preguntó el otro freire.

—Así es —admitió el joven con un hilo de voz.

Los dos templarios se separaron para franquearle el paso a la capilla. Dejaron que Blasco entrase en la oscuridad sagrada y cerraron antes de añadirse a la reunión que tenía lugar en el oratorio. Uno de ellos, al adelantarle, le susurró al oído:

—Arrodillaos como si fuerais a orar.

Blasco obedeció y recorrió lentamente con la mirada al capítulo. Varios freires de edad y sobrio aspecto se hallaban reunidos en círculo en la lóbrega estancia y, en el lugar de honor, se erguía un templario que en nada se diferenciaba de los demás por aspecto, que no así por el brillo de su mirada. Berenguer de Cardona era el maestre de la orden en los territorios de la Corona de Aragón y, aunque tenía su residencia en Miravet, había decidido conmemorar la Natividad del Señor en Monzón. Por ello, aprovechando su visita, Blasco había sido citado al castillo y prevista su postulación.

El maestre presidió un nuevo interrogatorio y los demás asistentes desgranaron, fórmula tras fórmula, el rito que desde dos siglos atrás se cumplía cada vez que un nuevo hermano se adhería a la orden. Blasco aguantó el dolor que vino a reemplazar al entumecimiento de sus rodillas, contestó con firmeza a todas y cada una de aquellas preguntas y sintió que, uno a uno, aquellos freires guerreros comulgaban entre sí y con él mismo y lo recibían en el seno del Temple. Hasta dos veces hicieron abandonar al joven el capítulo para discutir en soledad alguna discrepancia, y en ambas ocasiones volvieron a reclamarle para seguir asaeteándole con preguntas y advertencias, buscando algún defecto, quizás esperando que, hastiado, el joven alzase un ápice la voz, demostrase vano orgullo o falsa modestia, vacilase en dar alguna respuesta o, desorientado y confuso, sacase al exterior un secreto inconfesable.

Pero nada de ello sucedió. En su lugar, Blasco oyó cómo uno de los asistentes recitaba solemnemente su recepción en la orden; sin embargo, el joven no se apercibió de ello hasta que, aproximándose a él, el templario que más remiso se había mostrado a su aceptación dejó caer sobre sus hombros una capa alba con una roja cruz bordada. La larga noche sin dormir, el frío de la nieve y la emoción dieron rienda suelta ahora a todo lo que Blasco de Exea había contenido. Con los ojos cerrados, Teresa se le hizo presente como si surgiera de la niebla y le ofreció su mano durante un instante. Pero el rostro de la muchacha se llenó de amargura, retrocedió y volvió a sumergirse en la penumbra.

Una lágrima rebelde y tibia recorrió la mejilla de Blasco mientras su ahora hermano anudaba los cabos de la capa. Estaba hecho.

—Alzaos, hermano.

El joven obedeció la orden del presidente del capítulo. Las piernas le temblaban, pero se irguió y dirigió su mirada al techo de la capilla.

—Este cordón, hermano —le dijo el maestre mientras anudaba una tira de lana en torno a su cintura—, es el símbolo de vuestra castidad.

Blasco no oyó esas últimas palabras. Había entrado en un estado de postrado éxtasis, agotado como estaba su cuerpo por el cansancio y la emoción. Cerró los ojos de nuevo y se esforzó por recuperar la imagen de Teresa, pero los jirones de aquella niebla irreal lo cubrían todo.

III

Blasco de Exea paseó su vista a lo largo de la mesa. Ahora, ocupado todo él por los hermanos de la encomienda, el refectorio no parecía tan siniestro. Sus ojos descansaron al fin en el lugar de honor del banquete. Presidía la comida el maestre Berenguer de Cardona, que lanzaba al joven incesantes y curiosas miradas, y de tanto en tanto hablaba al oído de otro templario de indescifrable edad con barba y cejas rubias.

Blasco llevaba apenas un día en la orden y ya había asumido que el silencio debía presidir la mesa, dejando solamente que quedas palabras de uno de los hermanos se oyeran en medio de la sala mientras leía en voz alta alguna de las lecturas prescritas. Desde luego, las razones de los dos veteranos templarios para romper la Regla debían ser poderosas, pero le incomodaban sobremanera. Y es que el otro, el de la barba rubia, también le observaba cada vez que frey Berenguer cuchicheaba a su oído. Hablaban de él.

El maestre se alzó de la mesa y anduvo hacia la salida del refectorio, seguido de cerca por el comendador y el templario de la barba rubia. Era el momento de que, en lenta procesión, todos los hermanos se dirigieran a la capilla para agradecer a Dios los alimentos recibidos. Blasco, como el más joven de la encomienda y en calidad de neófito, esperó hasta que la sala se hubiera vaciado para salir. Solo entonces, al pisar de nuevo la capa de nieve, reparó en que el maestre y el extraño hermano esperaban allí.

Y le esperaban a él.

—Acompañadnos, hermano —ordenó parcamente frey Berenguer.

Blasco se apresuró a seguir la rápida marcha de los dos templarios, que se separaron del grupo y, en lugar de dirigirse a la capilla, entraron en la torre central del castillo. Esta servía como alojamiento al comendador, y en esos días también al maestre y al extraño templario rubio. Blasco se fijó en este mientras subían al piso superior de la construcción. Se trataba de un hombre que debía pasar largamente de los cuarenta, fornido y de gran altura. Subía las empinadas escaleras con agilidad, sin precisar apoyo en los recodos ni jadear por el esfuerzo. Quien sí resoplaba cuando llegaron a los aposentos del comendador era frey Berenguer de Cardona, que pronto se dirigió, entrecortadamente y en su lengua catalana, al joven Blasco.

—Hermano, escuchad en silencio y contestad solo a lo que os preguntemos.

El joven asintió.

—Mi nombre es Hugo de Pairaud, *frère* Blasco, soy visitador general en Francia —se presentó el rubio con una mezcla de palabras provenzales y aragonesas, pero con fuerte acento extranjero.

El maestre, que aún trataba de recobrar el aliento, se acercó a uno de los ajimeces de la torre y se apoyó en su alféizar. El sol de la tarde trataba de abrirse paso a través de las nubes grises, pero apenas lo conseguía. Frey Berenguer miró a Blasco con gesto grave.

—Sois aún joven, hermano Blasco; y sabemos que vuestro interés por el Temple es reciente. Tanto que, en condiciones normales, no os habríamos admitido en la orden.

El novicio apretó los labios. Las dudas sobre su vocación parecían haber sido el mayor obstáculo para su postulación, pero ahora que pertenecía formalmente al Temple no entendía que dicho tema saliera de nuevo a colación. Aquello le había causado y seguía causándole desazón, y así deseaba hacerlo saber. Sin embargo, se mantuvo en silencio, tal como se le había ordenado.

—Pero —continuó el hermano Hugo con su acento foráneo— poseéis virtudes que pueden equilibrar el... defecto de vuestro corto conocimiento de la orden. No estoy aquí por casualidad, *frère* Blasco, sino por la voluntad de Dios.

Blasco seguía sin comprender.

—Corren malos tiempos para la orden, joven hermano —habló de nuevo frey Berenguer—. Nuestra fama decae en toda Europa, hemos sido expulsados de los Santos Lugares, y reyes y nobles envidian nuestro poder...

»Hace años, cuando el Temple era respetado por cristianos y temido por infieles, no resultaba difícil hallar entre nuestras filas a gallardos guerreros curtidos en la batalla. Siempre se nos escogía para las más peligrosas misiones y nuestro pabellón era buscado por los guerreros en el combate, pues encarnaba la garantía de pugna feroz hasta la victoria.

»Sin duda Nuestro Señor sabrá encontrarnos destino apropiado, que no es otro que defender la cruz con la espada. Confiemos en ello.

Blasco enarcó las cejas. Él había esperado una vida de obediencia, lucha y oración, pero siempre desde el modesto puesto del neófito. Sin embargo ahora, mientras los veteranos templarios de la encomienda llevaban a cabo sus oraciones de rigor, él estaba reunido en oculto capítulo con dos de los más altos dignatarios de la orden. El joven alzó la mano, pidiendo la palabra para intervenir, pero el visitador frey Hugo ignoró su gesto. Sus dos superiores se turnaban al hablar y obligaban al joven a mirar a uno y otro lado alternativamente.

—No obstante, no solo la lucha contra el infiel y la defensa de los peregrinos y los Santos Lugares han sido nuestra ocupación —continuó el francés—. Otras misiones, demasiado delicadas para ser conocidas, han reclamado nuestra presencia. Recordad, *jeune* Blasco, que no servís a señor alguno sino a Cristo, al igual que a su santa madre.

Blasco asintió. Hugo de Pairaud miró a Berenguer de Cardona y este continuó.

—Algunas de esas misiones reclaman para su cumplimiento a personas excepcionales. No cualquiera puede llevarlas a cabo...

—Vos —completó el francés— poseéis cualidades que os hacen merecedor de alguna de estas misiones. Es cuestión de ver si no adolecéis de faltas que os incapaciten para ellas.

Ante la mirada aún extrañada del joven Blasco, frey Berenguer comenzó a caminar con lentitud de un lado a otro de la austera sala. Al fin, un solitario rayo de sol atravesó la capa de nubes y bajó desde el suroeste para colarse por el ajimez.

—Hemos recibido informes muy favorables acerca de vos, hermano Blasco —explicó el maestre sin dejar de recorrer la estancia con las manos a la espalda, ocultas por la capa blanca—. Los hemos oído de amigos de vuestra villa, Ejea, y también de hermanos de la encomienda de Añesa. ¿Os consideráis hábil con la espada?

Blasco resopló. Al fin se le permitía hablar.

—Hermano maestre, soy muy hábil con la espada. No es apreciación mía, sino de los demás. Es una de las razones por las que solicité mi postulación.

—Al parecer estáis en lo cierto —habló de nuevo el maestre—. Son otros quienes nos han asegurado que vuestra destreza es excepcional. Espero que ello no aguijonee vuestra vanidad.

—No es así, hermano —se apresuró a aclarar Blasco—. Dios ha tenido a bien otorgarme ese don y mi intención no es aprovecharme de él, sino hallar la forma de darle un uso acorde con los designios divinos. No es vanidad lo que siento, sino un gran deseo de hacer la voluntad de Nuestro Señor.

Los dos templarios de más edad intercambiaron una mirada y asintieron.

—*Très bien* —apostilló Hugo de Pairaud—. Es posible que la voluntad de Dios sea lo que os ha traído ante nosotros. Mas queda comprobarlo y procurar que no quede duda alguna sobre ello.

»Atended ahora, *jeune* Blasco:

»Continuaréis aquí, en la encomienda de Monzón, y aprenderéis la Regla como es costumbre. Viviréis como el resto de vuestros hermanos la mayor parte del tiempo, pero habrá algunas excepciones.

»Yo mismo comenzaré vuestra instrucción, y en breve llegarán a la encomienda otros hermanos que continuarán mi labor. Os afanaréis por seguir sus lecciones. No os mentiré: os someterán a exámenes que pondrán a prueba vuestra resistencia..., vuestra *tempérance*. Será duro, pero confío en que superaréis esos exámenes. Cuando llegue el momento, si habéis demostrado que en verdad sois digno de ello, *jeune* Blasco, es posible que se halle una forma de cumplir los designios de Dios.

No hubo más información. No podía haberla. Aquella reunión concluyó en ese punto. Se ordenó a Blasco bajar a la capilla para la oración de gracias, y el hermano visitador de Francia le emplazó para la madrugada siguiente, en la hora prima. Sería el momento de comenzar su instrucción especial. El joven templario salió a la tarde con el ánimo renovado. El sol se había abierto camino al fin y caía oblicuamente sobre el patio de armas del castillo, cubierto de una nieve que comenzaba a mezclarse con el barro del suelo. Al llegar a la capilla se halló solo, y Blasco añadió a su oración de gratitud el reconocimiento a Dios por las nuevas que acababa de recibir.

IV

Zaragoza. Invierno de 1305

El rey de Aragón contempló ensimismado cómo el cierzo se llevaba el vaho que exhalaba su boca. De aquella misma forma, como disuelto en el frío aire zaragozano, se había esfumado su sueño de ser rey de Murcia.

Maldijo entre dientes y recorrió a lentos pasos el jardín. La escarcha perlaba la frondosa vegetación, crecida gracias a su idea de desviar las aguas del río Huerva y canalizarlas para el riego. Aparte de esa, muchas otras obras se acometían por orden suya en aquel tiempo en el palacio real de la Aljafería.

—Alteza, el señor Dezval ha llegado al fin.

Jaime II volvió la cabeza hacia el sirviente que acababa de aparecer bajo los arcos árabes que circundaban el jardín.

—Di a todos que nos reuniremos con ellos de inmediato.

El criado hizo una inclinación de cabeza y desapareció. El rey necesitaba sentirse solo un momento. De ser posible, hubiera querido despojarse por unos instantes de su dignidad real y ser un hombre más, no sujeto al inexorable deber que Dios había depositado en él. La de Aragón era una pesada corona. No solo debía pugnar contra las ambiciones de sus nobles y defender sus reinos de los enemigos; además se sentía obligado a luchar contra su propia sangre para superar a sus reales ancestros. Con la mano derecha hizo girar su capa forrada de piel y envolvió su cuerpo.

Las barras grana y oro de Aragón lo acogieron. Lo convirtieron en una estatua en el centro del jardín nacarado de escarcha. Sus antepasados habían extendido aquellas cuatro barras color sangre por mares y tierras, conquistado reinos y ganado gloria. Algunos de ellos habían dejado su propia vida en los campos de batalla y habían pasado a figurar en los anales como adalides de Aragón. Sus nombres resonaban y sus méritos los apedillaban: el Batallador, el Conquistador, el Grande...

Pero él... ¿Qué había conseguido él? ¿Qué sobrenombre le pondría la historia?

Un par de graznidos lo sacaron de sus reflexiones. Los cuervos abandonaban la ribera del río y volaban hacia el sur por encima de los árboles desnudos. Al sur.

Había sido inútil. Todo su empeño, la debilidad castellana, las llamadas desde Murcia..., le habían llevado a mirar al sur, esperanzado en una gloriosa y nueva expansión por encima de los tratados. Por eso había invadido el Reino de Murcia. Al sur, a cobrar sus propios méritos, a no quedar cubierto por la enorme y poderosa sombra de sus antecesores. Al sur, a la conquista... Castilla estaba desangrada por luchas intestinas, sus nobles cedían a las rivalidades y se mataban unos a otros. Así, persuadido también por algún que otro castellano que pretendía medrar a costa de su propia tierra, había llevado el estandarte de Aragón hacia la guerra. La campaña había sido larga y, sobre todo, costosa. Algunas villas se le habían entregado, pero en otras debió sostener largos asedios o tomarlas al asalto. Guerrear contra Castilla no era cosa baladí, desde luego. Pero lo había logrado, claro. Al final incluso había preparado todo un cuerpo jurídico para dotar de fueros a sus nuevos súbditos murcianos. Y a muchos de los castellanos que habían permanecido en los castillos les había reintegrado cada gobierno tras obligarles a jurar fidelidad. Sin embargo, el rey de Aragón acababa siempre estrellado contra su mayor obstáculo: la falta de dinero. El maldito dinero, invención sin duda de Satanás. ¿Qué ocurría con los conquistadores, los batalladores, los grandes... cuando no tenían dinero?

Por eso, incapaz de mantener una hueste que ya dejaba de

percibir sus salarios, no había tenido más remedio que pactar y esperar a que algún recodo del devenir le sorprendiera. Le ofrendara un nuevo mérito, un glorioso y rimbombante sobrenombre con el que pasaría a las crónicas.

Jaime resopló y pasó de la escarchada tierra al suelo de mármol del palacio. Recorrió pasillos, escalinatas y salones que todavía guardaban en su alma la bella ciencia de sus antiguos poseedores andalusíes. Anduvo indiferente ante zócalos de alabastro y paneles de yeso, junto a tapices y alfombras de Damasco, bajo arcos entrecruzados y techos de madera labrada. Sin embargo, a pesar de todo aquel lujo, el rey detestaba la ostentación. Tan solo se permitía escoger las mejores telas y joyas para ensalzar su propia figura, siempre en aras de la sublime elevación que un rey debía mantener sobre sus vasallos. Todo lo demás era derroche, como el que mostraban aquellas filigranas andalusíes. Arte vacío para él, construído imprudentemente por emires y califas que, a pesar de tanto despliegue de riqueza, lo habían perdido todo. Porque el dinero se emplea en la conquista, no en el boato y la ceremonia.

Empujó con ambas manos las puertas del salón de consejos, adelantándose a los soldados de su guardia personal que, acostumbrados al ímpetu del rey, se hicieron a los lados con discreción. Los miembros de su consejo se inclinaron al unísono y aguardaron a que el rey ocupara su lugar en la cabecera de la larga mesa. Jaime se quitó la capa con parsimonia. Paseó su severa mirada por los rostros de aquellos hombres. Subió a la tarima alfombrada de piel y se sentó lentamente en el trono de roble coronado por las barras de Aragón. El rey fijó su vista arriba, en las ojivas entrecruzadas y las yeserías sarracenas. Aunque había despojado de inútiles adornos la estancia, su propio lugar en el consejo resaltaba, rodeado de tapices y sedas, de modo que la majestad que desprendía se veía reflejada en toda aquella materia preciosa y reluciente. Por si fuera poco, tras el sitial del monarca se abría un ancho pórtico enmarcado en arquerías. Como se orientaba al sur, los rayos del sol se colaban y creaban la ilusión de que casi toda la luz de la estancia brotaba del propio Jaime de Aragón. Enfrente de él y al otro extremo de la larga mesa, con las mejillas aún arreboladas, sonreía a medias el secretario que había enviado a Murcia, don Beltrán Dezval.

—Tomad asiento, señores —ordenó el rey al fin.

De pronto un aullido sobresaltó a los presentes. Algunos dieron un respingo y se incorporaron, separándose de la mesa. Otros quedaron a medio sentar, en una posición ridícula y sin saber qué hacer. El aullido se repitió, esta vez más lastimero. El rey miró sorprendido hacia la puerta, cuya doble hoja había dejado abierta. Por allí entró un perro pastor que lanzaba gemidos y renqueaba, pues una flecha le sobresalía de uno de los cuartos traseros. El animal se arrastró bajo la larga mesa del consejo debajo.

—Por Dios Nuestro Señor —murmuró el obispo de Valencia, que ocupaba la silla más cercana al rey por la derecha.

Un zagal de no más de nueve o diez años entró a la carrera en la sala. Sujetaba un pequeño arco y acarreaba un carcaj vacío. El niño era delgado y su piel tenía un tono lechoso. El pelo, muy rubio, caía desordenadamente a los lados de su cabeza. Los miembros del consejo desviaron la mirada. Fingieron ignorar la entrada del pequeño. El rey, por el contrario, lanzó un bramido.

—¡Jaime! ¡Ayas del infante! ¡Guardias!

El niño se detuvo en seco y llevó sus grandes ojos claros a la majestuosa figura del rey.

—¡Le he dado, padre! —dijo con voz chillona, incluso demasiado para su corta edad—. ¡Le he dado a la primera..., pero se me han caído las flechas...!

—¡Silencio! —tronó el rey—. ¡Guardias! ¡Ayas del infante!

Los dos soldados que guardaban la puerta ya habían entrado al primer requerimiento, y ahora se atropellaban, dudando entre rebasar al pequeño infante Jaime o permanecer junto a la puerta. Miraron al rey entre interrogantes y asustados.

—¡Sacad a este animal de aquí!

Uno de los guardias se adelantó y agarró al niño por el hombro.

—¡Estúpido ignorante! —le espetó Gonzalo García, el principal consejero del rey—. ¡Se refiere al perro, no al infante!

El rostro del soldado se ruborizó de inmediato y soltó el ropaje del pequeño Jaime. El otro guardia, aliviado por no haber imitado a su compañero, se apresuró a meterse bajo la mesa del consejo para agarrar al perro, que ahora se lamía la herida alrededor de la flecha. El animal comenzó de nuevo a aullar y trató de huir, pero sus patas resbalaban en el suelo de mármol. El guardia maldijo entre dientes, avergonzado por protagonizar aquella lastimosa escena. Su arrebolado compañero no tardó en prestarle ayuda. Entonces, precedidas de unos pasos rápidos, se asomaron a la sala dos damas jadeantes. Ambas miraron con terror hacia dentro y posaron sus ojos en el rey de Aragón.

—Perdón, alteza —murmuró una con voz entrecortada por el esfuerzo—. El infante se nos escapó y...

—¡Basta! —atajó el monarca.

Las dos mujeres se separaron para dejar que los soldados abandonaran la sala mientras sujetaban con esfuerzo al pobre perro herido. El infante asistía a la escena con los ojos muy abiertos. De repente, el niño se dio cuenta de las miradas acusadoras de unos, burlonas de otros. En medio de todas ellas, su padre le señaló con el dedo.

—Jaime, por san Jorge... Un día serás rey.

Más que una afirmación o una especie de reprimenda, aquello parecía la amarga constatación de que el pequeño, que era conocido por sus desmanes a pesar de su corta edad, estaba destinado a regir los destinos de uno de los reinos más importantes de la cristiandad. El zagal pareció salir de un letargo. Entrecerró los ojos e hizo un mohín de hastío.

—Quiero volver a Valencia, padre.

—Lleváoslo ya —ordenó el rey a las ayas con los dientes apretados.

Las asustadas mujeres se acercaron a cortos pasitos al infante y lo empujaron afuera mientras susurraban dulces razones. El pequeño dejó caer su arco y el carcaj vacío y arrastró los pies junto a las dos mujeronas.

—Son cosas de niños, alteza —dijo el consejero Artal Azlor.

El rey cerró los ojos e hizo un gesto con ambas manos para indicar a aquellos que se habían levantado que debían sentarse de nuevo. Tras unos instantes, Jaime II entreabrió los párpados y tomó asiento a su vez.

—Os ruego que disculpéis al infante, nobles señores. —La voz del rey sonó más calmada—. Sed bienvenido, amigo Dezval.

Beltrán Dezval, único que permanecía en pie por no formar parte del consejo, se inclinó profundamente. Sus mejillas seguían coloradas, aunque ahora se trataba de la vergüenza ajena que le había producido la escena con el infante.

—Alteza, sed vos bienhallado.

—¿Habéis cumplido nuestra petición?

El rey hablaba con tono amable, como siempre que podía, aunque él jamás se sirviera de peticiones, sino de órdenes. Se había habituado a hacerlo así, pues bien sabía que los hombres con quienes trataba también gustaban de ocultar sus verdaderos pensamientos tras palabras agradables o sutiles falsedades.

—Tal como me mandasteis, alteza, así se ha hecho —respondió con orgullo el secretario Beltrán Dezval, que aquella misma mañana había cubierto la última parte de su viaje desde el sur—. La entrega de Murcia, Lorca y las otras villas está cumplida. El maestre de Santiago os envía saludos y os desea salud y fortuna.

El rey esbozó una sonrisa y asintió con lentitud mientras los demás miembros del consejo observaban al secretario Dezval.

—Habéis obrado lealmente y seréis recompensado por ello, amigo Dezval —dijo Jaime II.

—Serviros a vos y a Aragón es suficiente recompensa, alteza.

Pero el rey ya no prestaba oídos al secretario. Con un gesto le dio licencia para retirarse a la vez que su mente se lamentaba de la oportunidad perdida en el Reino de Murcia. Beltrán Dezval alargó otra inclinación y retrocedió cuatro pasos. Luego se dio la vuelta y salió de la estancia. Gonzalo García, que conocía al rey mejor que la propia reina, esperó a que el secretario hubiera cerrado los dos portones para hablar.

—No penéis, alteza. Pensad en lo que gana la Corona.

Jaime II se pasó la mano por la barbilla y miró a su consejero de más confianza.

—Cierto, alteza —convino el obispo de Valencia, Ramón

Despont, que ocupaba el puesto de canciller del rey—. Alicante, Orihuela, Elda...

—Elche, Guardamar, Novelda... —continuó el tesorero, Pedro Buil—, y más plazas que alargan el Reino de Valencia, alteza.

El rey enarcó las cejas un instante antes de responder.

—Vos sabéis como tesorero, don Pedro, que el coste que esta guerra ha tenido para la hacienda real no se compensa con esas pocas plazas.

—Pero, alteza —habló de nuevo el obispo de Valencia—, son villas de renombre que contribuirán con generosidad a la recuperación del tesoro.

Jaime II sonrió amargamente. Bien sabía que la guerra deja exhaustas a las poblaciones, de modo que Alicante y las demás plazas tenían bastante ya con procurarse sustento para sí mismas.

—Preguntad al señor de Segorbe si está de acuerdo con lo grato de la noticia.

El rey señalaba a su medio hermano, Jaime Pérez, al que él mismo había nombrado procurador general de Murcia en 1296. El señor de Segorbe apenas alzó la vista de la mesa. Como el rey, sentía la profunda pérdida que suponía el Tratado de Elche.

—Por cierto, alteza —continuó el obispo de Valencia—. ¿Habéis pensado en la conversación que tuvimos antes de vuestra partida a Lyon? Los pleitos con Castilla no son asunto que debamos olvidar, pues los castellanos son vecinos nuestros a más de hermanos en Cristo, por mucho que en ocasiones tengamos que dirimir las diferencias con vigor, como por otra parte ocurre siempre entre hermanos.

La mención de Lyon distrajo al rey. Le recordó la entrevista con el Papa y la forma en que este se había desentendido de la reivindicación de Cerdeña y Córcega. Jaime II veía cada vez más claro que aquellas dos grandes islas en el centro del mar eran su única salida airosa para cumplir con la historia. El consejero Gonzalo García, que había servido de representante de Aragón en el asunto de Murcia y también más de una vez ante la Santa Sede, miró al obispo con curiosidad.

El canciller real Ramón Despont, obispo de Valencia desde

hacía más de quince años, era un hombre de majestuosa presencia. Casi tan alto como el rey, con recios hombros y brazos fuertes, se diferenciaba de los demás obispos en su esbelta apariencia. Resultaba extraño ver cómo aquel gigante salía todas las mañanas, se hallase donde se hallase, a repartir limosnas entre los pobres. No solo en Valencia era idolatrado por la chusma. En Zaragoza, Tarragona, Lérida y Barcelona solía dispensarle la multitud acaloradas muestras de cariño.

—¿En qué pensáis, monseñor? —inquirió Gonzalo García—. No iréis a regalar al rey de Castilla la nueva campana que habéis mandado fundir, ¿verdad?

Ramón Despont recibió el comentario con una corta risotada que algunos miembros del consejo acompañaron. De todos era conocida la afición del obispo de Valencia de mandar construir campanas enormes para las iglesias de su episcopado. En aquellos días estaban a punto de terminar una a la que ya había bautizado como «Caterina».

—Esa campana se queda en Valencia, don Gonzalo —aseguró el obispo—, y seguirá tañendo cuando a vos no os recuerde nadie.

Tras decir esto, Ramón Despont estiró otra risotada y contempló a los demás consejeros. Gonzalo García rio brevemente, aunque una chispa de ira brotó fugazmente de sus ojos.

—¿A qué os referís pues, monseñor? —inquirió Pedro Buil.

—Oh, pues... —observó al rey pidiéndole permiso para desvelarlo, y este se lo dio con una suave inclinación de cabeza—, se trata de la unión matrimonial de nuestro infante Jaime con alguna princesa castellana.

—Pero el rey de Castilla no tiene hijas... —repuso extrañado Pedro Buil.

El obispo de Valencia entrelazó los dedos y miró beatíficamente al techo labrado del salón.

—Pero las tendrá, don Pedro, las tendrá.

—Bien, mientras tiene esas hijas —interrumpió la trivial conversación el rey de Aragón—, ocupémonos de asuntos que podamos resolver aquí y ahora. Don Pedro, no esperamos noticias halagüeñas de vos.

El tesorero, sorprendido como todos por la repentina entrada en juego del monarca, tardó unos instantes en contestar.

—Las cuentas están ajustándose, alteza. El tesoro todavía no se ha repuesto de la guerra con Castilla, pero tengo esperanzas, pues aún no contamos con los ingresos de nuestros nuevos contribuyentes en el Reino de Valencia. Lo único que me inquieta es el gasto en la reconstrucción de las villas conquistadas, sobre todo en aquellas en que las máquinas de guerra...

—No, no —atajó el rey con un gesto vehemente—. Los pobladores de las nuevas villas que se resistieron a nuestro dominio bien pudieron haberse sometido, como hicieron otros. Que ellos pechen las reparaciones.

—Además —completó Gonzalo García—, los acuerdos con Castilla estipulan la liberación de prisioneros sin rescate. Todo eso se lo ahorrarán los concejos.

El rey asintió y el consejero principal levantó un poco más la barbilla. Él había sido el principal artífice de aquellas condiciones de paz, y no dudaba en sacarlas a la luz siempre que podía. No en vano, por muy perjudicial que le pareciese al monarca, todos sabían que Aragón, y no Castilla, había salido ganando con la guerra por Murcia después del Tratado de Elche.

—Por otra parte —continuó el tesorero Pedro Buil—, tenemos por cierto que, en cuanto comience la temporada de navegación, serán muchos los bajeles que hagan la ruta a los nuevos territorios de Grecia ganados por los almogávares.

Jaime II chascó la lengua.

—Eso no nos desagrada pero, de momento, los beneficios quedarán en manos privadas.

Gonzalo García dio la razón al rey.

—Cierto, alteza, mas ved que serán esos mismos beneficiarios quienes cargarán con el coste de vuestra próxima campaña.

En lugar de chascar la lengua, lo que hizo ahora Jaime II fue gruñir.

—Sin duda os referís a Cerdeña, amigo García.

—Sin duda.

El rey estaba sentado de medio lado, miraba a otra parte mientras hablaba y hacía gestos autoritarios a pesar de su tono, amable salvo en los breves arrebatos. Apoyó las manos en los reposabrazos y se acomodó. Dirigió esta vez la mirada a su primer consejero.

—Nuestro viaje a Lyon tenía como principal motivo rendir homenaje al nuevo Santo Padre, como todos sabéis —explicó el rey ante la mirada atenta de los miembros del consejo—, y recordar la promesa de su antecesor acerca de Cerdeña y Córcega. Bien, más que recordarla, lo que pretendíamos era conseguir del Papa un compromiso para que obligara a sus partidarios a apoyar nuestra causa, bien sabido que la correcta forma de apoyar a Aragón es no entrometerse en nuestros asuntos.

»No os vamos a engañar: el nuevo Papa, como sospecháis, es un pelele del rey de Francia. Es de esperar que fomente las empresas de Felipe IV con gran afición, y que actúe en lo demás de manera que Francia no sea perjudicada. Nos somos ahora amigo del rey francés pero él a su vez tiene estrechos hilos con la Casa de Anjou, y los de Anjou guardan muchos intereses en el Mediterráneo. Nadie nos ayudará si va contra las ambiciones de sus aliados, y tampoco otros lo harán si no obtienen pingües beneficios. Así las cosas, estamos decididos a actuar por nuestra cuenta en Cerdeña y Córcega, señores.

Los consejeros encajaron las palabras del rey con preocupación y se miraron unos a otros. Pedro Buil, el tesorero, era el único que no terminaba de comprender los planes del monarca, pues estaba más ansioso por cuadrar el balance que interesado en aquellos.

—¿Así pues, alteza?

—Así pues, Cerdeña habrá de esperar, don Pedro, a no ser que vos nos prometáis llenar el tesoro por algún ensalmo o arte de brujería.

El tesorero rio nerviosamente y se encogió de hombros. Gonzalo García estudiaba al rey con los ojos entornados y se mordía el labio inferior.

—Os conozco, alteza —dijo—, y sé que si nos informáis de todo esto es porque ya habéis planeado algo.

—No hay mucho que planear, amigo García —respondió Jaime II—, salvo la manera de conseguir dinero. Lamentamos ser tan poco sutil, pero los asuntos de estado lo requieren así. Por de pronto, el propio Papa nos comentó cierta cuestión sobre la que requerimos información, y es nuestro deseo que todos vuestros esfuerzos, amigos, se vean ahora encaminados de la forma que os describiremos.

Los consejeros apoyaron los codos sobre la mesa, atentos a lo que el rey se disponía a encomendar.

—En primer lugar —continuó el monarca—: ¿alguien recuerda a un tal Esquiú de Floryan?

Los consejeros volvieron a intercambiar miradas. Los más fruncieron el ceño, otros dejaron que la vista se les perdiera entre los arabescos del techo con aire pensativo.

—Esquiú de Floryan... —repitió con lentitud Gonzalo García—, Esquiú de Floryan... Creo que lo recuerdo, sí. Un mal tipo que llegó desde Béziers. Se entrevistó con vos en Lérida. ¿Es ese?

El rey contestó con gesto impaciente.

—El mismo, sí. ¿Lo recordáis pues?

—Vagamente. —El consejero adoptó ahora un gesto de importancia y observó de reojo al obispo de Valencia—. El rufián se hizo muy pesado, pues solicitó audiencia sin cansancio hasta que consiguió ser recibido... a instancias de algún dominico, si no me equivoco.

Ramón Despont respingó. El obispo de Valencia pertenecía a la orden de los predicadores, cuyos miembros eran más conocidos como dominicos. No le había gustado el desprecio con que Gonzalo García se había referido a su orden.

—Recordamos que nos propuso una infamia —habló de nuevo el rey sin ocultar su entusiasmo, lo que en él significaba acelerar su forma de hablar y abrir un tanto más los ojos—, algo así como someter a proceso a los freires templarios por varios cargos absurdos: herejía, sodomía y otras idioteces. Nos lo quitamos de encima con la promesa de una cuantiosa suma si nos presentaba pruebas de tales delitos. Cosa que, naturalmente, no esperábamos que consiguiera.

Gonzalo García asentía al tiempo que el rey hablaba. Después el consejero completó la información del monarca.

—Desde luego. El tipo había sido templario, si no recuerdo mal, y por alguna causa fue arrojado de la orden. Sin duda tenía razones para estar molesto con el Temple. Un auténtico despojo.

El entusiasmo había ido subiendo con aquellas palabras, y los demás consejeros atendían con gran atención. De repente, el rey se dejó caer contra el respaldo de su gran sillón de madera trabajada y echó la cabeza hacia atrás; acentuó así su pose hierática mientras lanzaba una mirada llena de intención hacia Gonzalo García.

—¿Y cómo explicáis que las burdas acusaciones de ese despojo sean conocidas por el Papa? ¿Por qué, si tan solo son infamias, el Santo Padre nos ha hablado de ellas en Lyon?

Una nueva ola de desconcierto recorrió la larga mesa.

—¿Acaso deseáis, alteza, que investiguemos la veracidad de esas acusaciones a los templarios? —inquirió Artal de Azlor, uno de los consejeros que hasta ese momento se había mantenido en silencio.

—Es ese caso —intervino el señor de Segorbe—, deberíamos conocer qué cargos son esos de los que habéis hablado vagamente.

—No, no —respondió el rey—. No recordamos los cargos, ni creemos que vos lo hagáis tampoco, amigo García. —El consejero dio la razón al monarca con un gesto—. Tampoco es lo importante ahora, puesto que de cualquier forma no juzgamos que sean acusaciones fundadas. Mas es evidente que el Papa sabe algo que nos no sabemos, y que lo considera suficientemente significativo como para hablar de ello con nos. Además, nos preguntó con mucha intención si sabíamos cuánta era la fortuna que la Orden del Temple atesoraba.

Esto último lo había dicho el rey con la vista fija en el tesorero, Pedro Buil. Era quien parecía seguir con mayor dificultad las medias palabras de unos y otros.

—La fortuna del Temple debe ser amplia, sin duda. —Buil encogió de nuevo los hombros—. Son muchas las encomiendas que poseen en los reinos de vuestra alteza, así como tierras y derechos. Me consta que sus tesorerías guardan las fortunas de otros, que además usan en ocasiones con gran acierto, y formalizan comandas que aumentan su riqueza. De hecho hemos trabajado con ellos en ocasiones y hemos usado sus traslados de una a otra encomienda por la garantía que representan. Por mi parte me resultan más fiables que lombardos y judíos, alteza. Sin embargo, sabéis que cuentan con tesoreros propios y que están exentos de muchas obligaciones, así que resulta difícil conocer a cuánto asciende...

El rey interrumpió la palabrería de Buil con un ademán. Luego se volvió y ordenó al escribano, aposentado frente a sus bártulos bajo las arquerías policromadas, que abandonara la sala. Ante la mirada sorprendida de los miembros del Consejo Real, el funcionario recogió sus utensilios atropelladamente, se inclinó ante el monarca y salió. Hasta que el eco de sus pasos se hubo apagado, Jaime de Aragón se mantuvo en silencio.

—Lo que nos habéis contado es suficiente para hacernos una idea —dijo al fin el rey a Pedro Buil. Luego paseó su mirada por el resto del consejo—. Ahora nuestro deseo no es que averigüéis si los templarios son herejes o sodomitas, o si sus fortunas ascienden a tanto más o tanto menos. Lo que en realidad queremos es conocer qué trama el Papa contra ellos.

»Usad los medios a vuestro alcance. Mandad agentes a Francia, puesto que el Papa no reside ya en Roma y se prevé que traslade la sede pontificia a algún lugar cercano al rey Felipe. Usad de los amigos que tenemos allá. Centrad vuestra atención en la corte francesa, pues no dudéis de que ahí radica la solución de este enigma. Debemos saber qué se pretende acerca del Temple. Y cuanto antes, mejor. Ah, y guardad absoluta discreción sobre este asunto.

»Y ahora, si nadie tiene nada más que decir, permitid que nos retiremos, pues queremos parlamentar con el infante.

Las sillas rechinaron sobre el suelo de mármol al deslizarse para que los consejeros se alzaran al unísono. Gonzalo García se apresuró a recoger la capa del rey, le ayudó a ponerla sobre sus hombros y lo precedió camino de la salida. Antes de abrir la doble puerta, se dejó oír la voz potente del obispo de Valencia.

—Perdonadme, alteza, si os importuno una última vez.

El rey se volvió disimulando el fastidio y miró al canciller.

—Hablad, monseñor.

—Entiendo que lo que se pretende con esto es defender el buen nombre del Temple, ¿no es así?

El rey dejó de disimular. Aquello sí que le había importunado. Sin embargo, esas situaciones eran propias de los consejos reales, en los que se hablaba con insinuaciones que no siempre eran entendidas, a veces por la cortedad de los que escuchaban, otras por la parquedad de los que hablaban, e incluso en ocasiones por la buena o la mala voluntad de unos y otros.

—Entendéis bien, por supuesto —respondió el rey Jaime—. Pero dejad que nos ocupemos en persona de la defensa de la orden. Vos procurad hacernos llegar la información que os pedimos sin alertar a nadie más que a nos.

V

Inmediaciones de Monzón, Aragón.
Primavera de 1306

Durante los meses siguientes, Blasco de Exea cumplió devotamente con sus obligaciones religiosas. Rasuró su cabeza y dejó que la barba le creciera, se entregó con toda su alma al servicio de Dios, asistió a los oficios si no gozaba de dispensa, oró en todo momento —y eran muchos— ordenado por la Regla, guardó las fiestas y ayunó cuando se terciaba. Blasco acudía con el resto de hermanos a los ejercicios de combate, guardándose mucho de actuar con soberbia por su especial condición, y lo mismo a los capítulos de cada semana.

El hermano visitador francés, Hugo de Pairaud, permaneció en la encomienda de Monzón hasta bien entrada la primavera de aquel año de 1306. Sometió a Blasco a duras marchas por las sendas de la tierra, se mortificó a sí mismo y al propio Blasco al cruzar una y otra vez el gélido Cinca, porfiaron ambos en compañía contra las duras nevadas de los primeros meses del año, se sometieron a caminatas nocturnas... Frey Hugo tuvo ocasión de ejercitarse también en el arte de la esgrima con el joven Blasco y compartió con él sus conocimientos en la lucha, le mostró cómo usar el escudo para atacar y no solo como defensa. También se aplicó en descubrirle la forma de combatir sin armas, de usar sus puños y sus pies, y aun de ser preciso, los codos, las rodillas y la cabeza. Blasco se sorprendía de que existieran formas tales de lidiar, y mucho más de que se considerase honorable batirse de semejante manera. Sobre todo se asombraba de los extraños conocimientos que atesoraba el visitador francés.

Una tarde de mayo, pocos días antes de que Hugo de Pairaud abandonase Monzón, Blasco aprovechó un alto en una marcha que ambos habían iniciado de madrugada, cargado el joven aragonés con un saco lleno de piedras atado a la espalda. Frey Hugo le acompañaba en silencio, incitándole a andar ligero a trechos e incluso a correr en ocasiones. Blasco adquiría así una fortaleza que el joven ya había notado en la mayor facilidad que ahora representaban esos duros ejercicios. Además sentía cómo sus nervios se templaban día a día, veía sus miembros robustecerse y sus ropajes le oprimían ya el cuerpo. Tenía siempre un hambre endiablada que curiosamente Frey Hugo no reprobaba, pues aún le animaba a comer en buena cantidad todo tipo de alimentos, por más que Blasco insistía en su temor a pecar de gula. Así pues, habiendo dado licencia el visitador al joven Blasco para detenerse a descansar, mientras tomaba un poco de queso con pan y bebía a grandes tragos de un arroyo en medio del campo aragonés, el novicio se atrevió por fin a preguntar abiertamente a su instructor lo que hasta el momento había callado.

—¿Me dais licencia para hablar, hermano?

El francés miró a Blasco con los ojos entornados por el sol del mediodía, que ya empezaba a calentar los días de primavera.

—Valoro vuestro silencio, pues es norma de la orden que practicáis con admirable presteza —respondió Hugo de Pairaud, que también masticaba un pedazo de queso de cabra—, pero daos cuenta de que yo jamás os lo he impuesto ni os he impedido hablar, *frère* Blasco.

El joven aragonés se pasó la mano por la barbilla. Tenía el rostro tostado por el sol y, con permiso para ello, mantenía su barba no muy poblada, pues le molestaban sobremanera los sudores durante las duras jornadas de ejercicio.

—¿Dónde y de quién habéis aprendido todo lo que sabéis? —inquirió de sopetón, aunque de inmediato se arrepintió de su impulso—. Quiero decir... que, de igual modo que ahora vos me instruís, alguien os ha debido instruir antes.

Frey Hugo sonrió y se llevó a la boca el último trozo de queso. Lo masticó lentamente mientras contemplaba el cambio operado en el aspecto del joven en los últimos meses. Se levantó y le palmeó la espalda, animándole a incorporarse con el peso que aún llevaba sujeto a la espalda, acolchadas las aristas de las piedras con bastas telas dobladas y enrolladas sobre sí mismas.

—Un día, hace tiempo, yo fui muy parecido a vos, *jeune* Blasco. Mis preceptores también me enseñaron y yo, igualmente, me hice las mismas preguntas que ahora os asaltan. Ya os dije que desde la fundación de la orden hemos sido escogidos para misiones... *spécialement*... complicadas.

Blasco comprendió que el visitador no le descubriría mucho más, de modo que adoptó un aire resignado y comprobó los nudos de los cordajes de su carga.

—Disculpad, hermano, no debí interrogaros.

Hugo de Pairaud suspiró y puso los brazos en jarras.

—Oh, *Mon Dieu*... Aguardad un instante.

El joven se quedó plantado mientras el francés trataba de buscar las palabras.

—Entiendo —trató de ayudarle Blasco— que esas misiones deben permanecer en secreto, de otra forma no serían tan especiales.

Hugo de Pairaud asintió.

—Yo mismo desconozco muchas de ellas. Veréis, *jeune* Blasco, nosotros no somos mejores que los demás *frères*, simplemente Dios nos ha escogido para servirle de forma diferente...

—Por supuesto, hermano —se apresuró a contestar el joven.

—A lo largo de la existencia de la orden, algunos de nosotros hemos sido honrados con estas misiones de que os he hablado. Mas llega un momento, y esto sucede *toujours*..., es algo que ocurre siempre..., en que nuestros servicios especiales ya no son requeridos.

Blasco asintió.

—La edad nos alcanza a todos y nos acerca al momento de reunirnos con nuestro Creador... —completó el joven.

—*Précisément* —convino Hugo de Pairaud—. Sin embargo, aunque la edad nos inhabilite para servir a Dios en esas misiones... especiales...

—Sí que podemos preparar a otros hermanos, también escogidos por Dios, para cumplirlas en el futuro —remató Blasco.

El visitador abrió los brazos en gesto de conformidad e hizo un gesto para iniciar la marcha. El joven obedeció de inmediato.

—De modo que vos habéis cumplido algunas de esas misiones especiales —dijo aún Blasco mientras caminaba con energía subiendo desde la vega del arroyo.

Hugo de Pairaud volvió la cabeza para mirar al joven con un asomo de sonrisa.

—Basta, *jeune* Blasco. Si finalmente os mostráis digno de alguna de ellas, la conoceréis por vos mismo. Después mantendréis absoluto secreto sobre esas misiones.

Pero Blasco, aunque angevino de nacimiento, era aragonés de maneras y, por tanto, tozudo.

—¿Y si fuera sometido a tormento?

El visitador, haciendo gala de gran paciencia, disculpó el embate de curiosidad en el joven templario.

—Ninguno de nosotros puede asegurar qué haría en tal caso. —Dejó que su vista se perdiera—. Yo mismo sufro escalofríos tan solo de pensar en la *torture*...

Blasco observó durante un rato la actitud absorta que su instructor adoptaba ahora. Trató de imaginarse al duro Hugo de Pairaud ante los instrumentos del verdugo. Pronto se dio cuenta de lo absurdo de aquello y se ajustó de nuevo los cordajes, pero el visitador seguía extasiado, mirando al cielo con los ojos entrecerrados.

—Hermano... —reclamó el joven.

Hugo de Pairaud desvió su mirada e incluso la mantuvo fija en los ojos del joven; se hizo evidente que su mente vagaba todavía por regiones perdidas en la imaginación. Tras unos instantes de indecisión, Blasco pasó junto a su instructor y se dispuso a reanudar la marcha.

El francés suspiró largamente. Durante aquel lapso en que había dejado a su pensamiento abandonarse, había tenido una oscura y estremecedora visión... Él mismo, acompañado de una multitud de hermanos, lanzaba gritos desgarradores ante los hierros candentes y los instrumentos diabólicos de los inquisidores. De fondo, envueltos en una nube de humo negro, ardían en una enorme pira un grupo de freires templarios.

—¡Hermano! —gritó ahora el joven Blasco. Hugo de Pairaud se sobresaltó y vio que el aragonés le había tomado varios codos de ventaja. El visitador se santiguó rápidamente, se reprendió mentalmente por tan absurda fijación y apresuró sus pasos tras el pupilo.

VI

Un año después.
Inmediaciones de Monzón, Aragón. Primavera de 1307

Blasco de Exea sumergió las manos y se concentró en el frío que trataba de entumecer sus dedos. Luego alzó ambas palmas haciendo que el agua salpicara su cara. Se frotó el rostro y la barba y dejó que las gotas cayeran de vuelta al remanso. Las ondas se desvanecieron poco a poco y el joven contempló su reflejo en aquel recodo del río Cinca, no muy lejos de Monzón. El hombre que vio ante sí era muy diferente de aquel muchacho que había trepado el risco de la fortaleza templaria casi dos años atrás.

Blasco contaba veintiocho años. Con aquella edad, cualquier otro hombre de Ejea sería un honorable marido con varios hijos en su haber. Todavía era el freire más joven de la encomienda de Monzón. No había participado en batalla alguna ni se le había confiado siquiera una misión de recogida de diezmos. Por supuesto, tampoco se le había enviado a ninguna de las encomiendas del sur, cerca de la frontera con los sarracenos. Pero todos habían sido testigos del cambio de Blasco. Tras ser instruido por hermanos que llegaban y marchaban, venidos de encomiendas lejanas en la Francia, en Italia o en otros puntos de Aragón o Castilla, todos esperaban ver marchar al joven templario con destino a alguna avanzada cercana a Tierra Santa, preparando el camino de la ansiada reconquista de Jerusalén.

Pero eran esperanzas vanas, y de tal forma se lo habían advertido a Blasco sus sucesivos preceptores. Desde la pérdida de Acre, y a pesar de los continuos lamentos, se consideraba disipada la misión comenzada cientos de años antes, cuando los primeros cristianos habían llegado a Palestina para recuperar los Santos Lugares. Otros esperaban que el hermano Blasco fuera destinado al mediodía, a los aledaños fronterizos de Castilla. Que lo acuertalaran en cualquiera de los destacamentos templarios más cercanos a los reductos moros del sur de la península. De hecho, algunos de los miembros de la encomienda de Monzón habían partido hacia aquellos lugares en el transcurso de los últimos años.

Tampoco había sido así, ni lo sería.

El reflejo en las aguas estancadas en aquel remanso del Cinca mostró a Blasco a un guerrero de anchas espaldas y pecho poderoso. Más alto que la mayoría de los hombres que conocía, más rápido, más fuerte... Blasco observó sus brazos, desnudos al haberse arremangado las vestiduras para remojarse el rostro. Vasos azulados cruzaban su piel y se perdían entre las estrías y elevaciones que cincelaban sus miembros. El joven, al principio, había tomado aquellas transformaciones de su cuerpo como una afección, y hasta había temido quedar tullido, como ocurría a veces a quienes contraían una enfermedad o sufrían algún percance. Mas luego se dio cuenta de que no era tal, sino que sus músculos se endurecían, crecía su voluntad, corría más deprisa y empuñaba con mayor facilidad la espada.

Hacía ya más de tres meses que su último instructor había marchado de Monzón. Ahora era él mismo, por propia voluntad, quien sometía su cuerpo a fatigosas jornadas de marcha, carreras al amanecer y ejercicios en el patio del castillo. Tiempo hacía que los hermanos de la encomienda se habían habituado a ver que se adiestraba fuera del horario, exento como estaba de algunos de los ritos religiosos en pro de su mayor preparación como *miles Christi*.

Blasco, además, encontraba en aquella continua mortificación el bálsamo que precisaba para su atormentada alma. No eran pocas las ocasiones en que despertaba sudoroso, angustiado porque soñaba con una densa niebla. Quería acercarse a ella, pues sabía que dentro le esperaba Teresa. Oía su voz llamándole, y también podía escuchar los cascabeles de *Triguero*, su esmerejón. La sombra del halconcillo se traslucía a través de aquella nube gris. Trataba de alcanzar a ambos, pero jamás lo lograba. La niebla siempre estaba más allá, más allá... Entonces corría. Sus veloces piernas lo llevaban hasta la nube y su esperanza crecía. Llamaba a su rubia amante en sueños, le gritaba que le esperase, que ya llegaba. Una sombra comenzaba a dibujarse entre la niebla, el corazón de Blasco se alborozaba. De repente, aquella figura cobraba nitidez.

Ante Blasco aparecía un tipo alto y desgarbado que vestía con pieles y empuñaba un enorme cuchillo ensangrentado. Se reía a grandes y agudas carcajadas, y con la mano libre arrastraba un cadáver. Blasco se acercaba. Sabía que los despojos eran los de su madre, Alice de Vannes, a quien aquel tipejo acababa de asesinar. El joven quería ver su cara, porque no lograba acordarse ya de ella.

El tipo vestido con pieles seguía riendo. Reía, blandía su gran cuchillo y señalaba al cuerpo inerte de la mujer. Blasco la miraba... y veía el rostro de Teresa.

Entonces despertaba.

Blasco miró hacia delante, a la silueta del castillo que, alzado en su risco, se recortaba contra el amanecer de aquel día de primavera de 1307. La mole se enseñoreaba del conjunto de casas desparramadas al pie del cerro, como una poderosa águila que, ufana de su poder, protegiera a sus polluelos. Algunos de esos polluelos, campesinos que acarreaban sus aperos y pastores que conducían sus rebaños, pasaban cerca de Blasco y le dedicaban una mirada indiferente, como si aquellos austeros caballeros juramentados con Dios les fueran ajenos. Blasco suspiró, bajó las mangas de su gambesón y se encajó el yelmo en la cabeza; embrazó su pesado escudo de instrucción, recogió la lanza del suelo y, chapoteando, vadeó el Cinca para concluir la última parte de su carrera matutina. Mientras veía a través de las rendijas de su yelmo la fortaleza templaria, vino a su mente una vez más aquella jornada de invierno cuando, tirando de su mula monte arriba, trataba a duras penas de vencer a la nevada para incorporarse a su destino en la encomienda de Monzón.

En ese momento pudo ver a un caballero montado que trepaba camino a lo alto. La capa alba le delataba como miembro de la orden, pero en la lejanía le resultaba imposible reconocer su silueta. Además cabalgaba solo, lo que eliminaba la posibilidad de que se tratase de un hermano recaudador o de un miembro que volvía de cumplir sus obligaciones militares en el sur. Blasco dejó de prestar atención al jinete y se concentró en apresurar la marcha el último trecho, acompasando su respiración al ritmo de la carrera.

Cuando, poco después, se despojó del yelmo en las dependencias del castillo, recibió la noticia de un escudero que le extendía una jofaina con agua.

—Frey Blasco, es requerida vuestra presencia en los aposentos del comendador. Al parecer ha llegado un visitante que desea veros.

El joven asintió y decidió no hacer esperar al huésped. Se remojó con ligereza tras quitarse el gambesón y la crespina, se vistió con rapidez y anudó la capa al cuello mientras salía de las dependencias. Luego entró en la torre que dominaba el centro del patio y ascendió con gran agilidad las empinadas escaleras, iluminado a trechos el angosto pasillo por hachones. Fue recibido por el comendador de la fortaleza, quien a continuación abandonó sus aposentos y dejó a Blasco a solas con el visitante, un templario en cuyo porte reconoció las mismas transformaciones que su cuerpo había sufrido en los últimos años. El huésped estaba plantado ante uno de los ajimeces, contra la luz oblicua que recortaba su silueta y oscurecía su rostro. El joven Blasco permaneció en silencio y permitió que sus ojos se acostumbraran a la penumbra.

—¿*Frère* Blasco? —inquirió el recién llegado.

El joven reconoció de inmediato la voz de Hugo de Pairaud. Sin poder evitarlo, Blasco se abrazó a su primer preceptor con fuerza y le hizo reír brevemente.

—Sed bienvenido, hermano visitador.

Frey Hugo separó con suavidad a Blasco y dejó sus manos posadas en los robustos hombros del aragonés. Lo recorrió con la mirada y apreció el cambio que el tiempo y el adiestramiento habían operado en su pupilo. Luego fijó los ojos en los de Blasco y asintió con una pizca de complacencia. El joven templario se había convertido en un atleta al modo de los que los antiguos Píndaro u Homero describían en sus odas y epopeyas. Pero el gesto del visitador cambió como si de repente hubiera recordado algo grave. Carraspeó y adoptó una pose hierática.

—El momento ha llegado, *jeune* Blasco.

El joven asintió. Lo había sabido en cuanto reconoció en aquel visitante a Hugo de Pairaud. Una oleada de emoción le recorrió el cuerpo y, al mismo tiempo, sintió un temblor en el estómago, heraldo de los momentos inciertos que se avecinaban.

—¿Estoy autorizado a conocer ya mi misión?

—Aún no habéis templado vuestra *impatience*, por lo que veo —reprochó con una sonrisa el visitador—. No, Todavía no estáis autorizado.

Blasco acogió con resignación la noticia.

—¿Así pues?

—Así pues, partiréis de inmediato. Hoy mismo, hacia Barcelona —informó Hugo de Pairaud.

—¿Cómo? ¿Vos no venís conmigo?

El visitador suspiró y se volvió hacia el ajimez, dejó que los rayos del sol atacaran su rostro.

—Bien quisiera acompañaros, *frère* Blasco, pero otros asuntos me reclaman en Francia. Asuntos muy graves.

El joven templario adivinó la preocupación que cargaban las palabras de su maestro.

—¿Qué ocurre, hermano?

Un nuevo suspiro escapó de los labios del francés. Como si el veterano freire debiera soportar una pesada carga, se apoyó con ambos brazos en el pilar del ajimez. A Blasco le pareció que aquel hombre, que siempre había mostrado gran energía, estaba ahora acosado por algún demonio que lo debilitaba por momentos. Al volverse Hugo de Pairaud, el joven templario reparó en las bolsas violáceas bajo los ojos del visitador, detalle que hasta ese momento le había pasado desapercibido.

—Se avecinan malos tiempos para la orden, *jeune* Blasco. Mi alegría por alejaros de aquí es doble. Me complace que por fin se os haya encomendado una misión, y también me agrada que para ello debáis surcar el mar y abandonar, aunque solo sea por un tiempo, al Temple.

Blasco dio un respingo.

—¿Abandonar el Temple? ¿Se me separa de la orden? ¿Por qué?

El francés alzó las manos para pedir paciencia al joven templario.

—*Tranquille*, *frère* Blasco. Seguiréis siendo miembro de la orden, pero la misión exige que ello sea ignorado por los demás.

Blasco respiró aliviado.

—¿Y bien?

Hugo de Pairaud señaló una bolsa depositada sobre la mesa que ocupaba el centro de la estancia.

—Dinero —explicó—. La bolsa contiene sobre todo dinero. Como os he dicho, partiréis de inmediato hacia Barcelona. Viajad sin demoraros y ocupaos en hallar una embarcación que navegue hacia Cerdeña.

»Escuchad: os aconsejo que os detengáis en Lérida. Adquirid ropas nuevas, una vestimenta que os haga pasar por una persona ajena a la orden; un comerciante sería lo mejor... No precisaréis armas. Os desharéis de los hábitos, venderéis vuestra montura en Barcelona y actuaréis como si fuerais otro. No veo inconveniente en que uséis vuestro propio nombre, y pienso que no tendréis problema alguno en inventar alguna historia que resulte creíble para el caso de que se os interrogue por la razón del viaje. Por si os resulta de ayuda para crear vuestra nueva identidad, sabed que las salinas de Cerdeña dan lugar a frecuentes tratos.

»Vuestro objetivo está en la villa de Cáller, en Cerdeña. Dirigíos a una posada que llaman El Elefante. La hallaréis junto a una alta torre que están construyendo allí y que al parecer también llaman así: del Elefante. Alojaos en la posada y preguntad a la posadera por Simón de Ruán. Él os visitará y os hará llegar hasta vuestra misión.

Blasco memorizó instrucciones, consejos y nombres.

—¿Nada más, hermano visitador?

—Una vez allí, os informarán de todo lo que debéis saber. Como comprenderéis, debéis guardar la máxima discreción a partir de este momento.

Blasco asintió.

—¿Y alguna recomendación personal?

Hugo de Pairaud sonrió y se encogió de hombros.

—No os mostréis demasiado piadoso —dijo en voz baja—. Al menos no en público, pues os delataría como lo que sois. Visitad la iglesia si queréis, pero la orden os exime desde este momento de toda obligación religiosa. Adaptaos a vuestro entorno, observad a los demás y actuad como ellos. La misión que vais a cumplir me fue encomendada a mí en el pasado y os aseguro que reviste poco riesgo. Durante el tiempo que estéis en Cerdeña, procurad no descuidar vuestro entrenamiento.

—¿Va a ser mucho ese tiempo?

—Lo sabréis una vez lleguéis, Blasco. Y ahora, sin demora, aprestaos a partir.

—Se hará como decís, hermano —prometió el joven, y se dispuso a abandonar la torre. El visitador le llamó cuando el aragonés iba a cerrar la puerta tras de sí.

—Una cosa más, *frère* Blasco: dejad que vuestros cabellos crezcan y rasuraos esa barba... Y tened cuidado con las mujeres.

VII

Unas semanas después.
Cáller, Cerdeña. Primavera de 1307

El hombre que llegó al puerto de Cáller no tenía mucho que ver con aquel joven y robusto templario que recorría los campos y bosques cercanos a Monzón.

Blasco de Exea miró a su alrededor. El puerto de Cáller era la puerta de Cerdeña. Dominado, como el resto de la isla, por los pisanos. Rebosaba de mercancías amontonadas, marineros y estibadores, gentes que lanzaban gritos desde las embarcaciones o la dársena, que corrían entre los almacenes o se apresuraban en las pasarelas. Las fondas cercanas mostraban un gentío que en general tenía muy mal aspecto y resultaba harto vociferante. Las naves con la roja bandera pisana predominaban en la bahía, pero el hervidero de mástiles mostraba también colores aragoneses, napolitanos, franceses, mallorquines y sicilianos.

El joven inició la marcha para salir del tumulto del puerto y dejó atrás la coca barcelonesa que le había trasladado hasta Cerdeña. Vestía con atuendo ajustado al cuerpo, lo que le granjeaba la mirada de las primeras muchachas con las que se cruzó camino de la villa. Según los consejos de Hugo de Pairaud, Blasco había adquirido en Barcelona ropas iguales a las que veía llevar a los ciudadanos, con faldones por debajo de las rodillas y sayos con mangas cortas que caían sobre otras más largas. Había abandonado el blanco del hábito templario para sustituirlo por colores anaranjados, ocres y verdes. Ahora lucía puntiagudos zapatos de cordobán, y una repleta bolsa colgaba de su ceñidor. Acarreaba al hombro una alforja , miraba a uno y otro lado, observaba con recelo al gentío que abarrotaba las calles. Preguntó por las obras de la nueva torre, y pronto le indicaron el camino a seguir, subiendo una cuesta tras otra hacia el Casteddu.

Blasco lucía limpia la cara, sin rastro de barba, y su pelo había crecido un tanto en los días que separaban su llegada a la isla del momento en que frey Hugo lo despidiera en Monzón. No había tenido mayor problema para adquirir pasaje en la primera coca que halló en la playa de Barcelona. El destino de la nave era cruzar el Mediterráneo hacia Cassandria, previa escala en Mallorca y Cerdeña antes de dirigirse a la Calcídica, y ello para aprovisionar al ejército de almogávares que estaba llevando las barras de Aragón allende los mares. En la misma coca había conocido Blasco a varios aragoneses, casi todos oriundos de las sierras cercanas a Teruel y Valencia, que se dirigían a reforzar la compañía de almogávares destacados en tan lejanas tierras.

Era la primera vez que veía a aquellos guerreros de los que tanto había oído hablar. Un extraño sentimiento de repulsión le inundó al adivinar su condición por las vestiduras de piel y por sus armas. Blasco trató de despojarse de su aversión. Se dijo que nada tenían que ver esos hombres con aquel otro que había acabado con la vida de su madre. Eran gentes toscas y enjutas, con los miembros nervudos y la mirada aviesa, esculpido su espíritu en las últimas batallas contra los castellanos por la posesión del Reino de Murcia. Blasco consideró mejor no mezclarse con los almogávares, pues pasaron la singladura apostando sobre las tablas de la coca, maldiciendo y golpeando unos cuando perdían, carcajeándose otros como locos cuando ganaban y emborrachándose todos en ambos casos. En una de esas, mientras un almogávar la tomaba con un mástil dándole de puntapiés y blasfemaba por los dineros perdidos, uno de los otros pasajeros había intentado trabar conversación con Blasco.

—Veo que miráis con recelo a esos brutos —le había dicho en voz baja a modo de saludo—. ¿No habíais visto antes a los almogávares?

—Cuando era muy pequeño; tanto que apenas me acuerdo. Me hablaron de ellos nada más, y siempre me dijeron que vivían en la frontera. Demasiado lejos del lugar donde me crie.

Blasco no mentía. Desde su llegada a Aragón, jamás había vuelto a ver a aquellos temibles guerreros. Su padre le había explicado que los almogávares parecían salir de la misma tierra, pero solo si cerca de ella campaban los sarracenos. Eran gentes de sierra, habituadas a vivir de la rapiña, que deseaban la guerra para enriquecerse por más que empobrecerse les costara aún menos que las degollinas que hacían con los infieles. También sabía que, concluidas las campañas en el Reino de Valencia, muchos de ellos se habían trasladado a Sicilia, a Nápoles y a Constantinopla. Entre aquellas partidas que habían viajado a levante estaba la del Grifo, comandada por Ferrer Zintero. Su pista se había perdido al viajar a Grecia con el ejército de Roger de Flor.

—Pero vos parecéis aragonés, como ellos —repuso el pasajero, que hablaba en la lengua de los catalanes.

—He oído que no solo aragoneses son los almogávares —dijo a su vez Blasco—. Que los hay valencianos, catalanes, navarros, castellanos y hasta infieles.

El catalán asintió y lanzó una mirada de desprecio a los serranos que se jugaban los cuartos unos codos más allá.

—Son los menos —contestó—. Os lo aseguro, pues conozco a muchos... Oh, pero dejad que me presente. Mi nombre es Bernat de Santapau, ciudadano de Barcelona.

Blasco hizo una ligera inclinación de cabeza ante el catalán y pensó unos momentos antes de revelarle su nombre. Hugo de Pairaud había dejado bien claro que no veía problema alguno en ello.

—Blasco de Exea. Comerciante de sal.

—Sal, ¿eh? —El catalán lo repasó de arriba abajo. Sin duda encontraba raro que un comerciante tuviera semejante planta, más propia de un guerrero curtido que de un tratante. Luego señaló a los almogávares—. Yo me dedico a aprovisionar a esos brutos.

Blasco frunció el ceño.

—¿Aprovisionarlos? No comprendo.

El tal Santapau se rascó indolentemente la redonda barriga.

—Sí... Parte del cargamento de esta nave es mío. Llevo provisiones para la Compañía Catalana en Cassandria.

Blasco comprendió que seguir hablando podría ser comprometido, pues tal vez no fuera normal que un comerciante ignorara tales asuntos, pero ya la curiosidad se había despertado en su ánimo.

—Disculpad, don Bernat... ¿Qué compañía es esa?

El catalán abrió los ojos desmesuradamente.

—¿Estáis de broma, señor? —preguntó con sorna—. La compañía de almogávares que ha destrozado a los ejércitos genovés y turco, y que está asolando aquellas tierras por la deslealtad de los bizantinos...

—He oído hablar de esos almogávares, don Bernat —atajó Blasco con un gesto de la mano—, pero no sé por qué llamáis así a su compañía, sobre todo después de lo que vos mismo dijisteis acerca de ellos que casi todos son aragoneses.

Bernat de Santapau rio quedamente.

—Se os ve muy joven, amigo, y no quisiera incomodaros, pues vos mismo sois también aragonés, según habéis confesado.

Una extraña corriente de antipatía hacia aquel personaje atravesó el alma de Blasco. Casi podía adivinar el brillo de la codicia en sus ojos a través de la forma que tenía de mirar a los almogávares que viajaban en la coca. Incluso le pareció que parte de ese desprecio le era profesado a él mismo.

—Hablad sin miedo —animó Blasco al tiempo que entornaba los ojos.

El comerciante le agarró de las vestiduras con suavidad y tiró de él para alejarlo de los almogávares, que seguían apostando en círculo, y blasfemaban y escupían dentro y fuera de la embarcación.

—Veréis —empezó a relatar en voz baja Bernat de Santapau—. Es cierto que usamos a esos salvajes para abrirnos camino en aquellas tierras perdidas de la mano de Dios, pero no es menos cierto que los caballeros que mandan sus hordas son casi todos catalanes. Vos, que sois tratante como yo, entenderéis que a esta gente de guerra se le puede dar un uso más provechoso que el de conquistar plazas sin más y ganarnos enemistades por todo el orbe, ¿no lo veis así, don Blasco?

El joven asintió para que la boca del comerciante terminara de soltarse. Incluso esbozó una sonrisa socarrona.

—Creo que ya veo lo que queréis decir, amigo... Pero continuad, por favor.

—El rey Jaime, que Dios proteja, así ha sabido verlo también

—siguió Bernat—. ¿Qué hacer con esos indeseables en los territorios de la Corona de Aragón, ahora que los sarracenos son cosa de castellanos y poco más? Decidme, don Blasco, ¿acaso no habéis visto que la dinastía que nos gobierna ya no podrá obtener más tierras en las Españas? Pues está bien claro que Castilla pugnará siempre con Aragón por el Reino de Murcia. Así pues, las energías de esos brutos almogávares deben hallar salida, y razonable a poder ser.

—Todo lo que decís lo conozco —respondió Blasco.

En efecto, tal como su padre don Artal solía contarle, las conquistas del primer rey don Jaime habían agotado prácticamente las ambiciones aragonesas sobre las tierras sarracenas de las Españas. Por ello la dinastía, que ya había comenzado su aventura marítima con la invasión de Mallorca, había puesto sus ojos en las islas del Mediterráneo. Don Artal enfurecía cada vez que explicaba estos pormenores a Blasco y al hermano mayor de este, Jimeno, pues para él aquellas aventuras estaban destinadas a condenar al Reino de Aragón a la pobreza mientras los demás territorios de la Corona se enriquecían a su costa. Aparte de ello, eran muchos los compañeros que Artal de Exea había visto morir en aquellas guerras. Algunos de ellos, fallecidos entre sus brazos, lo habían hecho gustosos de servir a Aragón en el lance.

—No os engañéis, don Blasco —continuó Bernat de Santapau—. Las escaramuzas de estos no tienen otro objeto que abrir rutas y franquear puertos. Hace muchos años que la Casa de Aragón comprendió que la verdadera riqueza se obtiene mediante el comercio, y que la guerra no es sino un medio para conseguir dominar los mercados. Fijaos en los genoveses, en los venecianos... Ellos lo supieron ver tiempo ha, y así impulsaron y colaboraron con las Santas Cruzadas, y llevaron a aquellos nobles guerreros a conquistar Jerusalén. Lo que consiguieron fue el dominio del comercio desde Tierra Santa. No había caravana que no pasara por sus manos, que no embarcara en sus navíos o no pagara sus peajes. Si tenemos que competir con Pisa o con Génova en estos momentos, es porque ellas se convirtieron en grandes repúblicas gracias a esta gran verdad. ¿No os parece admirable?

—Sin duda —contestó lacónico Blasco de Exea.

—Por fortuna, como os digo, el rey Jaime, al igual que su hermano, su padre y su abuelo, ha sabido ver el potencial de mi ciudad, y él y sus antepasados han vertido todos sus esfuerzos desde hace casi un siglo en convertir a Barcelona en una ciudad que pueda competir con Génova o Venecia.

—Y para ello —Blasco señaló a los vociferantes almogávares—, nada mejor que unos brutos como esos.

El catalán soltó una agria carcajada y palmeó el recio hombro de Blasco. Su contacto asqueó al joven templario.

—Bien dicho, don Blasco. Pero no penséis que asuntos como estos pueden dejarse en manos de cualquiera, por supuesto. Ya os he dicho que la compañía está comandada por caballeros, algunos de ellos aragoneses. Ellos también obtienen pingüe beneficio.

—Aunque nada comparado con el que logramos los comerciantes —añadió Blasco mientras guiñaba un ojo y palmeaba a su vez la espalda de Bernat de Santapau, que se estremeció un instante por el manotazo del joven.

—Así es, don Blasco, así es... —El tratante suspiró y señaló al frente, a la línea azul que unía el cielo con el mar—. Os lo puedo asegurar. Ya en tiempos de mi abuelo, las campañas del difunto rey Jaime el Primero sirvieron para enriquecer a Barcelona. Ah, qué bello es ver moverse las mercaderías desde la playa al mercado por el barrio de La Ribera, y el ambiente alrededor de las barracas, los gritos de los *consellers* y los menestrales..., y cómo arrancan todas esas caravanas que se han de repartir por Cataluña entera, y por Aragón, y hasta por Navarra y Castilla... Esplendor y opulencia, don Blasco.

El joven aragonés comprendía ahora enteramente los enojos de su padre, el buen don Artal. Asintió con lentitud, y se dijo que, al fin y al cabo, aquel tratante no era culpable de los designios reales.

—Mallorca, Sicilia... —recitó Blasco— no fueron sino nuevas vías para aumentar la fortuna de Barcelona y el poder del rey.

—Mallorca, Sicilia... —repitió Bernat de Santapau con la mirada perdida en el horizonte, como si sus pequeños ojos pudieran alcanzar aquellas islas que nombraba— y los puertos abiertos por los almogávares. Y dentro de poco Cerdeña y Córcega caerán también bajo el influjo de la Corona. Os supongo sabedor del tratado que el rey Jaime II firmó con el Santo Padre y los reyes de Francia y Nápoles..., por más que se quiera mantener en secreto.

Blasco asintió. Por aquel tratado Aragón renunciaba a la soberanía sobre Sicilia, aunque, al igual que Mallorca, seguía estando bajo su tutela. Como compensación, el rey Jaime II había recibido el derecho de conquista sobre Cerdeña y Córcega, empresa que aún no se había consumado por la siempre molesta presencia de pisanos y genoveses.

—Una vez cumplido todo ello, Barcelona no tendrá rival en el Mediterráneo —auguró Blasco.

Bernat asintió con la mirada aún perdida.

Blasco fijó de nuevo su vista en los almogávares que juraban y apostaban un poco más allá. Ahora los veía de otra manera. A pesar de que ellos luchaban por dinero, la lealtad a Aragón de la mayoría de ellos estaba más que probada, o tal le había asegurado su padre. Ferrer Zintero era una excepción, decía. Blasco no debía engañarse, pues podía encontrar miserables también entre las gentes más nobles. Más tarde lo había comprobado el muchacho al conocer las desdichas de Teresa. Posiblemente a aquellos almogávares, pensaba Blasco, no les importaba o quizás incluso ignoraban que sus esfuerzos, sus peligros y sus muertes estaban destinadas al enriquecimiento de sujetos como Bernat de Santapau. Mientras el comerciante catalán soñaba con montañas de monedas y monopolios mercantiles, Blasco recordó de nuevo las palabras de su padre, cuya claridad crecía por momentos. Las campañas de conquista de los reyes de Aragón, por más que beneficiaban a Barcelona, habían supuesto la enemistad de Francia unas veces, de Castilla otras, del propio Papa en ocasiones, que había llegado a excomulgar al padre del actual rey. En cada una de aquellas empresas se ponía en juego la supervivencia de la Corona y, no pocas veces, las empobrecidas villas aragonesas debían soportar su parte en los gastos de la guerra, cuando no la guerra misma al tener a sus enemigos enfrente, mientras en la lejana Barcelona se vivía ajeno a ello, con los mercados atestados de vituallas, las tesorerías cubiertas de oro, las embarcaciones llenas de pasaje y riqueza...

—¿En qué pensáis, don Blasco? —La voz chillona de Bernat vino a interrumpir los recuerdos del joven aragonés.

—Pensaba en Valencia —respondió a media voz—. Creo que es la llaga más profunda en el alma de mi padre.

—¿Cómo decís?

Blasco hizo un gesto para quitar importancia a su comentario. Valencia.

Ahora lo entendía todo. Valencia era la última etapa de la conquista aragonesa, que durante siglos había empujado al infiel hacia el sur a fuerza de sangre y arrestos. De allí venía el justo enojo de don Artal, cuya familia, de haber transcurrido las cosas de otro modo, podría ser ahora rica y poderosa como cualquier linaje barcelonés.

Los antepasados de Blasco, en efecto, habían colaborado como los que más en los esfuerzos de los antiguos reyes de Aragón, y habían extendido las fronteras hacia el mediodía, ganando plazas al infiel, una por una, herida a herida, muerto tras muerto. Zaragoza, Calatayud, Daroca, Teruel, Ademuz..., lista larga y gloriosa impulsada por el valor de aquellos hombres que daban la vida por su rey y por su reino. Y al frente de esos valientes, reyes que marchaban como guías de su ejército y lidiaban en primer lugar, luchando codo con codo con los guerreros de Aragón, muriendo con ellos en el campo de batalla. Como Ramiro I, caído mientras asediaba Graus, o como su hijo el rey Sancho, asaeteado en el sitio de Huesca. Qué decir del primer rey Alfonso, que halló la muerte por sus heridas en el cerco de Fraga, o del valiente Pedro II, alanceado por los franceses en el prado de Muret... Fue el hijo de este Pedro, el primer rey Jaime, diferente de sus antepasados por sus acciones. Los tratantes barceloneses le nublaron los ojos, apelaron a su codicia, le hablaron del oro y los esclavos que enriquecerían a la ciudad y al rey mismo, y le señalaron el camino del mar. Mallorca se conquistó y la isla se repartió entre los catalanes, masacrada la población mora y convertido todo bien en botín de guerra. El establecimiento del nuevo reino mallorquín era poco menos que una farsa. Los tratantes consiguieron franquicias, puertos, nuevos mercados... Mientras tanto, los aragoneses no estaban ajenos al enriquecimiento de los hermanos catalanes. A fuerza de corazón, como siempre habían hecho, se aproximaban día a día a la rica ciudad de Valencia. Veían cada vez más cercano el momento de hacerla suya y emular la campaña de Mallorca. La belicosidad de las gentes y la dureza de la tierra costó sangre y años a los aragoneses, pero Valencia cayó..., y los aragoneses tuvieron el premio a su esfuerzo.

Traicionándolos, desertando de la memoria de sus antecesores, los que habían empuñado antes que él el cetro y la espada, Jaime I repartió las tierras recién conquistadas y guardó la mejor parte para sus amados súbditos catalanes. Creó un nuevo reino independiente de los anteriores, solo sujeto a la persona del rey. Cerró a Aragón la llegada al mar. Abrió una ancha y sangrante herida que, tras el paso de los años, seguía sin restañar en el corazón de Artal de Exea y de muchos otros esforzados vasallos. Con un nudo en la garganta, evocando la justa ira de su padre tras dos años sin verlo, allá en la villa de Exea, interrumpió Blasco la conversación con el tratante Bernat de Santapau. Se disculpó con brevedad y lo abandonó en cubierta. Allí quedó el barcelonés, con los ojos brillantes dirigidos al mar mientras se frotaba las manos, soñando quizá con las riquezas que las campañas del rey le depararían algún día.

Y ahora, mientras subía por una de las calles arenosas de Cáller, Blasco volvía a sentir aquel nudo al ver el ir y venir de mercaderes y clientes. Cerdeña también sería conquistada un día, pues nada se resistía a la furia aragonesa, y sus riquezas embarcarían en naves que irían a parar a Barcelona y Valencia... pero no a Aragón.

La tabernera de Cáller

I

Cáller, Cerdeña. Primavera de 1307

«Vuestro objetivo está en la villa de Cáller, en Cerdeña. Dirigios a una posada que llaman El Elefante. La hallaréis junto a una alta torre que están construyendo allí y que al parecer también llaman así: del Elefante. Alojaos en la posada y preguntad a la posadera por Simón de Ruán. Él os visitará y os hará llegar hasta vuestra misión.»

Aquellas habían sido las palabras de Hugo de Pairaud en Monzón. Blasco las había memorizado, y había evocado su recuerdo varias veces durante el viaje. Hasta ese momento no habían sido sino una sucesión de sonidos sin gran significado. Ahora, el joven aragonés observaba el cartel de madera que oscilaba a la suave brisa, con el extraño animal pintado toscamente en tonos oscuros, pero sin letras que confirmasen que aquella era la posada del Elefante. Mas así debía ser. Los martillazos de los canteros y los albañiles, los gritos de los carpinteros y los corros de curiosos señalaban el lugar donde las obras de la enorme torre tenían lugar. Blasco se dejó llevar por la curiosidad y anduvo lentamente hacia la construcción, olvidando por un momento la posada. La torre dominaba la subida a la ciudad y, por su grosor, parecía concebida para cobijar a un buen número de gente. Los obreros eran pisanos a juzgar por su jerga, y aunque era esta la lengua que más se oía en el lugar, Blasco había reconocido otras hablas mientras subía desde el puerto a aquel punto. Durante esa caminata, el aragonés había podido ver las numerosas obras de fortificación que se llevaban a cabo en la villa. No solo la inmensa torre que tenía ante sí, sino tramos enteros de muralla y puertas eran reforzadas.

Unas carcajadas y un portazo le sacaron de su ensimismamiento. Un par de pisanos, marinos por el porte, abandonaban la posada del Elefante y tomaban el camino del puerto. Blasco los siguió un trecho con la mirada, suspiró y se dirigió a la posada. Justo antes de apoyar su mano en la puerta, las tripas se agitaron para recordarle que llevaba medio día sin probar bocado.

—Calla, rufián —espetó a su propio estómago en voz baja mientras se colaba en el local—. Aclaremos esto antes de nada.

La posada del Elefante era un local bullicioso. Varios marinos, algunos obreros de la construcción cercana y otras gentes se apiñaban en corros y pedían a gritos vino y cerveza en lenguas variadas. Había un par de taberneros: un tipo grande y tosco que acarreaba varias jarras con cada mano, y otro pequeño y delgado que llevaba platos humenates a lo largo de la única y larga mesa y alrededor de los taburetes. Blasco llamó la atención de un zagal que se disponía a salir del local y que masticaba algo que, a juzgar por sus esfuerzos, era duro como la piedra.

—Perdonadme, amigo. ¿No es esto la posada del Elefante? ¿Es acaso un mesón?

El muchacho se sacó un pedazo de queso amarillo de la boca y sonrió, mostrando sus dientes sucios al templario.

—Es ambas cosas, señor —respondió en jerga pisana, se echó de nuevo el queso a la boca y desapareció.

Blasco volvió a mirar al gentío. Al otro lado del salón había un enorme hogar con un par de calderas puestas al fuego y, junto a este, una puerta comunicaba el salón con una pieza que debía servir para almacenar alimentos y bebidas. El mesonero más pequeño iba y venía, rellenaba platos con lo que Dios quisiera que se cocía en aquellas ollas, después pasaba al almacén y regresaba con hogazas de pan, pedazos de ese queso amarillo y trozos de carne fría. El otro mesonero, el más voluminoso, se encargaba de las bebidas, acopiadas al parecer en barriles guardados en la bodega aneja. La alargada y solitaria mesa, que descansaba sobre varios caballetes, ocupaba casi todo el espacio del salón, y sobre ella se apiñaban escudillas y cuencos, algunos de ellos vacíos. Los más escandalosos golpeaban la madera con sus puños mientras vociferaban y reían con sus camaradas. Blasco pudo ver a un tipo dormido, la cabeza apoyada sobre los brazos cruzados, junto a una jarra de vino volcada cuyo contenido desparramado goteaba y formaba un charco en el piso desnivelado.

Blasco se palpó la bolsa que colgaba del ceñidor. En el puerto, un cambista le había trocado los dineros de vellón catalanes por monedas de oro, las que solían usar los pisanos en Cerdeña. Miró a su alrededor y se preguntó si tal lugar sería el apropiado para hospedarse, pero se dijo que las órdenes de Hugo de Pairaud debían cumplirse. En estas reflexiones estaba cuando vio a la posadera, apoyada en la balaustrada de madera de una escalera situada a un lado de la sala. Seguramente, pensó, los escalones conducían a las cámaras de la posada. La mujer se mantenía apartada del escándalo pero, de vez en cuando, algún rufián se le acercaba y dejaba caer una grosería. Ella miraba con desdén y hacía un altivo gesto, y al punto aparecía el tipo grande que servía las mesas. Agarraba al inoportuno por los ropajes para arrojarlo sin miramiento entre el resto de la chusma. Blasco pudo ver semejante maniobra un par de veces antes de que la posadera se fijara en él. Un breve parpadeo y un respingo apenas perceptible: la mujer le había localizado junto a la puerta del tugurio. Blasco se aproximó con cautela, sin dejar de vigilar las idas y venidas del Goliat con delantal que manejaba los cuencos de barro y los marinos borrachos con la misma facilidad.

La muchacha, muy hermosa, aventajaría en al menos un par de años al aragonés, y contra lo que había visto como norma en las mujeres morenas que Blasco se había cruzado en la isla, esta tenía los cabellos color miel que caían a ambos lados de su rostro blanco. Observó al joven con los ojos entrecerrados y sin reparo alguno. Lo examinó de arriba abajo. Luego sonrió con picardía y logró que las mejillas del templario se arrebolaran.

—¿Deseáis yantar o buscáis dónde dormir? —inquirió en la lengua del lugar, que, por su gran semejanza con el puro latín, Blasco comprendía perfectamente—. ¿Ambas cosas, quizá?

Tenía la voz firme y límpida, hablaba con rapidez. Blasco notó que su templanza cedía un ápice ante el descaro de la muchacha, que seguía clavándole la mirada.

—Ya he comido algo... —mintió—, y sí, buscaba alojamiento.

La chica asintió y comenzó el ascenso por las empinadas e irregulares escaleras. Hizo un gesto al aragonés sin mirarlo.

—Seguidme —ordenó.

Blasco obedeció al punto, y se sorprendió observando el contoneo de las caderas de la mesonera al ritmo de sus pasos rumbo al piso superior. Incluso juraría que, al tiempo que ella pisaba cada escalón, un toque metálico marcaba su cadencia. Instintivamente, el joven palpó su ropa a la altura de la cintura, a cuyo alrededor, oculto, llevaba el cordón de lana que debía recordarle su voto de castidad. Inspiró con fuerza y se reprendió mentalmente, pero en esas estaba cuando ella volvió a hablar

—¿Me diréis de dónde sois, caballero, si no os molesta la pregunta? Pues está bien claro que no sois pisano ni de ningún otro país cuyas lenguas suelen oírse por aquí.

Habían subido ya el primer tramo de escaleras cuando ella se giró a esperar la respuesta de Blasco. A espaldas de la posadera quedaba ahora un angosto corredor salpicado de puertas y, más allá, un nuevo trecho hacia arriba.

—Soy aragonés —respondió con laconismo el templario.

La chica mudó la media sonrisa que adornaba su lozano rostro y apretó los labios.

—¿Aragonés? —repitió. Blasco asintió.

Con el cambio de gesto la mesonera había abierto los ojos, que hasta el momento había mantenido entrecerrados, y ahora mostraban su color verdoso. El templario se fijó de inmediato en ellos, así como en las largas pestañas que los enmarcaban. Un súbito calor se adueñó de su rostro de nuevo y, para evitar la tentación, Blasco dio la espalda a la chica y apoyó una mano en la balaustrada. Desde abajo llegaba, ahora algo más apagado, el escándalo de los comensales y borrachos que atestaban la posada.

—Escuchad, señora —habló el aragonés con voz más reposada—. Debo preguntaros por Simón de Ruán.

Un suave gritito sirvió para que Blasco encarara de nuevo a la mujer. Esta se había llevado una mano al rostro y se tapaba la boca, como si acabara de descubrir un gran secreto. Parecía imposible, pero sus ojos almendrados se habían abierto aún más y anunciaban el asombro de la mesonera.

—Por la santa Virgen, ¿es que se han vuelto locos?

Blasco se sintió azorado. En aquel momento temió haber cometido algún error. Repasó mentalmente las instrucciones de Hugo de Pairaud pero no halló falta alguna. Hasta ese momento, durante el viaje desde Monzón a Barcelona, y después, mientras permanecía embarcado en la coca catalana, había sabido domar su curiosidad y templar su impaciencia. Tiempo habría para conocer los pormenores de su misión. Sin embargo ahora, con las intensas y sin duda malsanas emociones que la presencia de la mesonera le habían despertado, se sentía casi mareado, ansioso por salir de la ignorancia en que le habían obligado a permanecer.

—¿Quiénes se han vuelto locos? —preguntó—, ¿y por qué?

Ella puso los brazos en jarras y le miró como si fuera evidente lo que se disponía a decirle.

—Los locos que mandan a esta tierra a un extraño hombre cada cinco años, por supuesto —respondió, y le señaló con el dedo—. Y esta vez envían a un aragonés. ¡Ahora! ¡A un aragonés!

Blasco se llevó la mano al mentón, acostumbrado como estaba a atusarse la barba. Pero su barba había desaparecido. ¿Cinco años? ¿Qué quería decir eso? Chascó la lengua. No recordaba haber tenido una conversación tan larga con mujer alguna en los últimos tiempos, y aquella era de las que ponían realmente nervioso. Trató de desviar la atención de sus ojos verdes antes de seguir hablando.

—¿Vos podéis darme información sobre mi cometido? —inquirió con ingenuidad—. ¿Acaso mi origen será un obstáculo para ello?

Ella se retiró el pelo de la cara con un gesto rápido. Al hacerlo, el suave aroma de su cabello fascinó a Blasco y le mostró una nueva faceta de desazón, otra que añadir a la serie de peregrinos sentimientos que le invadían desde que había fijado sus ojos en la mesonera.

—Vamos —ordenó ella de nuevo. Recorrieron el estrecho pasillo e iniciaron un nuevo viaje escaleras arriba. Blasco ya no se resistió a admirar el extraño movimiento que hacía ondular las sayas de la joven, y de nuevo pudo oír el repique apagado que marcaba sus pasos. Al acabar el ascenso, la mesonera extrajo un manojo de gruesas llaves de su faltriquera. De modo que aquella era la razón de ese extraño tintineo metálico...

—¿No me vais a contestar? —preguntó él otra vez.

Ella le pidió silencio poniendo un dedo ante sus labios. Blasco se fijó en ellos. Eran carnosos y rojos, y brillaban como las frutas recién cogidas cuando el tiempo es caluroso y la sed martirizante. La mirada del joven templario siguió el dedo que imponía mutismo cuando la mesonera señaló abajo, a la algarabía apagada de la posada.

—Hasta que os entrevistéis con Simón, no os dirijáis a nadie salvo a mí —advirtió. Luego abrió una portezuela con una de las llaves del manojo e hizo un gesto al templario para que entrara—. Y sobre todo no digáis a nadie que sois aragonés, por Nuestro Señor Jesucristo.

Blasco franqueó la puerta y se halló ante una pequeña cámara con un jergón cubierto por una manta, un taburete, una mesa desvencijada y una jofaina vacía sobre ella.

—¿No podéis decirme nada más? Ni siquiera hemos hablado del precio del hospedaje, ni me habéis pedido carta de vecindad...

—Nada de eso es necesario. —Ahora la mesonera hablaba en voz más baja. Sacó la llave del manojo metálico y se la entregó a Blasco—. Supongo que acabáis de llegar. Descansad. Yo iré en busca de Simón de Ruán y espero que podáis reuniros con él hoy mismo. Bajad de anochecida al mesón y tomad algo, os hará bien.

—Pero...

—Y recordad, no habléis con nadie. Los de abajo son mis dos

hermanos. Buenos hombres, aunque algo cortos de seso. Dejaré orden de que os atiendan cumplidamente.

—¡Leta!

La voz había subido atronadora desde la planta inferior. Por la fuerza del sonido, Blasco lo atribuyó al enorme posadero de abajo, uno de los hermanos de la mesonera. Esta se asomó a la balaustrada y gesticuló con amplios movimientos.

—¿Qué ocurre? ¿Es que no puedo dejaros solos ni un momento? —gruñó. Giró la cara hacia Blasco y le dirigió una breve sonrisa. Luego corrió por el pasillo y se lanzó escaleras abajo, acompañada del tintineo de las llaves.

El templario inspiró profundamente, retuvo el aire en sus pulmones y suspiró. ¿Qué oscuro encantamiento poseía aquella mujer? Desde su última cita con Teresa no había vuelto a sentir nada parecido. Una punzada de culpa le hirió de repente. La memoria de su amante allá en tierras de Aragón se resentía en presencia de aquella mesonera sarda. Saber perdida a Teresa había sido siempre, después de todo, una forma fácil de volcarse en la religión. Pero ahora la tentación era real y palpable, tanto como aquellos ojos verdes que aún tenía clavados en las retinas. Recordó el último consejo de su maestro, Hugo de Pairaud: «Tened cuidado con las mujeres.» Blasco cerró la puerta de su cámara, depositó la alforja sobre el jergón, la abrió y rebuscó entre los ropajes. Al fin halló lo que buscaba: un pequeño crucifijo de madera sujeto con un humilde cordel. Se lo colgó del cuello, lo besó mientras se arrodillaba y se dispuso a pedir perdón por sus pecados, comenzando por la última tentación que acababa de asaltarle.

II

Cumpliendo el mandado de la mesonera, Blasco esperó al anochecer para salir de su cámara. En cuanto la luz que se filtraba por el estrecho ventanuco descendió, el aragonés cerró la puerta de su aposento, metió la llave en la limosnera junto a algunas monedas pisanas y se presentó en la fonda, ahora menos concurrida que a su llegada. El posadero grandullón no estaba y solo se movía por la sala el otro, más pequeño y apresurado, que atendía a media docena de clientes entre la luz que proporcionaban algunos hachones y la que salía del hogar. Blasco tomó asiento a un extremo de la larga mesa y se fijó en los demás comensales. Salvo un par de ellos que departían en voz baja entre sí, los demás comían solos, como él mismo, sin alzar la vista de sus platos. El enjuto posadero ya se dirigía hacia él con una escudilla en la mano. Sonrió al acercarse y Blasco pudo ver cierta similitud en el gesto con el de la hermosa mesonera, si bien era ahí donde terminaban las semejanzas.

—¿Vino? —inquirió el pequeño servidor tras depositar el plato ante el templario.

Blasco asintió y examinó su pitanza. Algunos pedazos de carne se alternaban en la sopa con varios mendrugos de pan. No tenía un aspecto muy atractivo, pero lo cierto era que olía bien y el joven estaba hambriento. Cuando el mesonero apareció con la jarra de vino en la mano, más de media escudilla había ido a parar al gaznate del templario. El sirviente soltó una risa nerviosa.

—Os traeré más, señor.

Blasco mascculló un agradecimiento con la boca llena. En ese instante se abrió la puerta de la sala y apareció un nuevo comensal, que se detuvo un instante para mirar a los presentes. El aragonés, que seguía comiendo con avidez, no se dio cuenta de que el extraño se dirigía a él hasta que se sentó a su lado. El recién llegado apoyó los codos en la mesa, unió sus manos, dejó reposar la barbilla sobre ellas y observó fijamente a Blasco. Este se interrumpió y retuvo a su vez la vista del extraño. Era un hombre de unos treinta años, con la mandíbula cuadrada enmarcada por una fina barba negra. Su pelo, también negro, crecía desordenadamente y le llegaba por los hombros. Tenía todo el porte de un guerrero pero iba vestido a la pisana, como si fuera uno más de los tratantes que se movían por la isla. Examinó al aragonés durante unos instantes, los suficientes para que la inicial sorpresa tornara incomodidad. De repente, el extraño habló.

—*Non nobis, Domine, non nobis...*

Blasco, que sostenía su cuenco de vino en la mano, lo posó lentamente sobre la mesa. Estaba claro que aquel tipo sabía de la condición de templario del aragonés, pues acababa de recitarle la primera parte del lema de la orden. Sin duda, el recién llegado esperaba que Blasco completara el proverbio.

¿Era prudente? Hacerlo delataría al joven como miembro del Temple, y había recibido instrucciones para que eso no ocurriera. Sin embargo, las palabras del extraño servían como presentación: aquel hombre le estaba diciendo a Blasco que sabía lo que era.

Mientras el aragonés decidía qué hacer, la puerta de la taberna se volvió a abrir y la mesonera Leta surgió de la oscuridad como si un ángel brotara de la negrura del abismo, y recorrió la sala con la mirada hasta posarla en Blasco y en su nuevo y enigmático acompañante. La mujer sonrió. Luego cruzó el espacio que la separaba de la cocina y se introdujo en ella, desapareciendo de la vista. El extraño se fijó en Blasco, que había seguido los pasos de Leta, y sonrió a su vez.

—¿Quién sois y qué queréis decir con esas palabras? —inquirió al fin el aragonés.

El extraño ensanchó aún más su sonrisa, alzó la mano derecha y la agitó para llamar la atención del pequeño mesonero.

—¡Piero, vino! —gritó con voz potente. Blasco enarcó las cejas. Tal vez se trataba de algún truhán que simplemente buscaba compañía..., pero la forma que había tenido de presentarse seguía escamándole.

—¿No habéis comprendido mi pregunta, señor? —El aragonés afiló el tono.

—Mi nombre es Simón de Ruán —respondió el extraño, y volvió a sonreír—. He venido a órdenes de nuestra querida amiga Leticia.

—Ah... —Blasco suspiró y se largó un trago de vino al tiempo que Piero, el enjuto hermano de la bella Leticia, traía su cuenco al recién llegado.

—Habéis hecho bien en no responder a mi provocación —dijo en voz baja Simón—. Pero haríais aún mejor en disimular vuestro acento aragonés.

Blasco asintió y esperó a que Simón de Ruán apurara medio cuenco.

—¿Por qué tanto tiento con eso? No sois el primero que me intenta precaver.

—Oh, os daré cumplida cuenta de todo. Pero antes me sentiría mejor si conociera vuestro nombre, hermano.

—Claro, disculpad... —Blasco se interrumpió en ese instante. Simón de Ruán le había llamado «hermano». ¿Se trataba de una costumbre sarda? ¿No sería acaso que el propio Simón era...?

El recién llegado soltó una carcajada queda.

—Veo la sorpresa y la precaución en vuestros ojos, hermano. Sí, yo también pertenezco a la orden. Y como a vos, presumo, me envió a este lugar el hermano visitador, frey Hugo de Pairaud.

Blasco se relajó al fin. Si no se trataba de amigos, estaba entre gente que le había descubierto totalmente. Se dijo que lo primero era más cabal, y que de todas formas su necesidad de información superaba a su hambre, a su sed e incluso a sus temores.

—Me llamo Blasco de Exea —confesó—. Frey Hugo me encomendó una misión que todavía no conozco, pero espero que vos arrojéis luz sobre mi oscuridad.

Simón de Ruán asintió sonriente y volvió a alzar la mano.

—¡Piero, por caridad, tráeme un poco de esa bazofia humeante y más vino! —vociferó de igual manera a como Blasco había visto hacer a la chusma pisana. Luego bajó de nuevo la voz—. ¿Por dónde deseáis que empiece, don Blasco?

El aragonés no pasó por alto que el tratamiento monástico se había evaporado tan prontamente como sorpresiva había sido su aparición. Lo juzgó prudente, de modo que se atuvo a las reglas del nuevo juego.

—Sin duda vos sabéis mejor que yo por dónde empezar, don Simón.

El de Ruán asintió y aguardó a que el mesonero Piero posase una escudilla con comida y un nuevo cuenco de vino ante él.

—Como queráis pues, don Blasco. Comencemos entonces por el principio, que para mí no es otro que el mismo momento en que se esfumó la seguridad y tuvo lugar el desconcierto, tal como os ha ocurrido a vos en los últimos días. Hace ahora unos cinco años que Hugo de Pairaud vino a visitarme a mi encomienda de Montpellier. Antes de ello, el propio don Hugo había insistido en dirigir mi preparación aparte de la del resto de hermanos del lugar. Tras él, otros preceptores me guiaron en el arte de la esgrima, en el del combate con armas o sin ellas y en la equitación, curtieron mi cuerpo para poder soportar el cansancio, el frío y el calor, el dolor... Pero todo esto ya lo sabéis, pues sin duda vos habéis pasado por lo mismo. En fin, la cuestión es que, como os digo, don Hugo reapareció un día de primavera cinco años atrás y me dio instrucciones para embarcarme en Marsella con destino a Cerdeña. Mi misión consistía en llegarme hasta esta misma posada y, de incógnito, preguntar a la mesonera por un tal Arnoul de Coulommiers. Una escena tal que esta misma se desarrolló aquí hace cinco años, don Blasco. Arnoul de Coulommiers se presentó y me provocó con la primera parte de nuestro lema. *Non nobis, Domine, non nobis...*

»*Sed nomini tuo da gloriam,* completé yo inocentemente. Aquello supuso mi primera reprimenda, pues no tuve la pericia que vos habéis demostrado esta noche. Semejante error podía determinar mi muerte en el futuro si tenía la mala ventura de dar con nuestros enemigos y, peor todavía, significaría el fracaso de nuestra importante misión.

»Al día siguiente de nuestro encuentro y después de que don Arnaul me hubiera dado las pertinentes explicaciones, partimos hacia Villadeiglesias, donde desarrollaría la primera parte de mi misión. Esta consistiría en la escolta de un personaje. Mi cometido sería protegerlo a toda costa, incluso con mi vida, pues su existencia es de gran importancia para la orden y aun para toda la cristiandad. Nada más me sería dado a conocer de su trascendencia, y se me invitó a no incomodar a esta persona principal con preguntas acerca de su vida. Arnoul de Coulommiers me informó de que él partiría en la primera nave hacia Marsella, pues sus cinco años de servicio habían concluido con mi llegada. Antes que él, otro hermano había estado en la isla dando cumplimiento a la misión, y antes que aquel otro anterior, y otro, y otro..., remontándose así durante años para salvaguardar a los antepasados de nuestro protegido. Al parecer, también sus descendientes gozarán de la seguridad que la orden proporciona.

»Comencé mi servicio en Villadeiglesias. Se rebeló como un cometido fácil y tranquilo, pues nuestro protegido es hombre en apariencia sencillo, no dado a los excesos ni a los largos viajes. Residí con él en su casa de aquella villa hasta que hace unos dos años nos trasladamos a su nueva residencia. Está no lejos de aquí, resguardada por las murallas. A pesar de contar con sobrada fortuna, nuestro hombre carece de criados. Lleva una vida poco menos que monástica y solo requerirá vuestra presencia para salir a la iglesia o al mercado, poco más. El tiempo que os sobre podréis dedicarlo a los menesteres que os plazcan, siempre que no os lleven lejos de él. No cuenta con muchas amistades, pues, como os he dicho, llevamos tan solo un par de años en Cáller y nuestro protegido no se prodiga por buenos o malos lugares.

»Mañana, de amanecida, vendré a buscaros y os guiaré a vuestro nuevo alojamiento, la morada de nuestro protegido. Escuchad ahora con atención, porque dentro de cinco años, cuando un nuevo hermano acuda desde Cristo sabe dónde para reemplazaros, vos deberéis repetir estas palabras y aseguraros de que vuestro relevo cumple estas instrucciones, tal y como vos mismo haréis mañana sin excusa. Me despediré de vos en la puerta de vuestra nueva morada y, bajo ningún concepto, ambos coincidiremos en presencia de nuestro protegido. Yo habré traído hasta esta posada mis pertenencias y ocuparé la cámara que mañana abandonaréis. Dentro de cinco años, vos haréis exactamente lo mismo con quien os sustituya. ¿Está claro?

—Está claro, aunque ahora me siento más escamado que al principio —respondió Blasco, que permanecía atento a las instrucciones que Simón daba en voz baja, haciendo pausas para mirar a uno y otro lado de cuando en cuando.

—Sé que todo esto representa un misterio, lo sé, lo sé... —continuó el templario francés—, pero forma parte de nuestra misión y se impone su cumplimiento al pie de la letra.

»Recordad: mientras estéis aquí, durante cinco años, obedeceréis las órdenes de nuestro protegido. Concluido el plazo, podréis regresar a vuestro lugar de origen... Por cierto, ¿de dónde venís?

—De Monzón —contestó Blasco—. No me habéis dicho cómo se llama nuestro protegido, por cierto.

—Ha sido así de propósito, don Blasco. Ni vos deberéis revelar su nombre a vuestro relevo. Él mismo se os presentará personalmente llegado el día de mañana. Ah, y jamás descubriréis su nombre a nadie bajo ningún concepto. Os dirigiréis a él en público como «maestro».

»Venís de Monzón, decís, y eso me recuerda lo que os advertí al principio. No tiene gran cosa que ver con nuestra misión, pero dado que afecta a vuestra seguridad, es negocio de cuidar: de un tiempo a esta parte, los súbditos de Aragón no son bien vistos en la isla. Como sabéis, vuestro rey Jaime llegó a determinados pactos presuntamente secretos hace unos años con el Papa y otros príncipes. Según esos acuerdos, la conquista de Cerdeña le está reservada por derecho al rey de Aragón. Aquello no sentó precisamente bien a los pisanos, que son quienes ejercen dominio sobre la isla.

»Últimamente han tenido lugar incidentes, y algunos vasallos de vuestro rey han aparecido degollados o ahogados en rincones de la villa y recodos del puerto. Otros han sido detenidos por las autoridades pisanas acusados de espionaje, y me consta que incluso los han sometido a tormento y encarcelado bajo acusaciones peregrinas. Cuidado pues, y fijaos en que los comerciantes catalanes y valencianos, y aun los mallorquines que recalan en Cerdeña, no abandonan sus naves y almacenes si no es en nutrida compañía y con gran cautela, y que es preferible en cualquier caso permanecer lo mínimo posible en aguas sardas y retomar viaje cuanto antes. Mi consejo es que os hagáis pasar por castellano o navarro; se me ocurre que ni unos ni otros son muy conocidos en la isla y es forma hábil de disimular vuestro acento. ¿No os parece acertado?

—Sin duda, amigo mío... —Blasco reflexionó unos instantes y trató de no dejar cabos sueltos a las curiosas revelaciones de aquella noche—. Por cierto: ¿qué tiene que ver la mesonera en todo esto?

Simón de Ruán sonrió y se puso a dar cuenta de su comida, que había dejado de humear durante la charla. Entre bocado y bocado hablaba a Blasco de Exea, ya con menos premura.

—Leta... —El francés se deleitó con el nombre, como si pronunciarlo fuera más sabroso que los pedazos de carne bañados en caldo—. Leticia de Sardara, la mesonera. Recibe una paga de la orden por sus servicios y por no hacer preguntas. Su tarea consiste en la misma que llevó a cabo su padre en vida. Cada cinco años recibe a un extraño tipo venido del continente y lo reúne con otro extraño tipo llegado cinco años antes.

Al francés debió resultarle gracioso su propio comentario, porque soltó una carcajada floja. Blasco aprovechó para mirar a su alrededor. A excepción de un tipo que seguía bebiendo en el otro extremo de la mesa y de Piero, además por supuesto de los dos templarios, el mesón había quedado vacío.

—Por cierto —continuó el francés—. Ocupaos en tener al corriente a Leta de vuestro paradero cuando el cumplimiento del plazo se aproxime, pues de otro modo, vuestro sustituto no os hallará.

—Pero me habéis dicho que os mudasteis hace dos años —repuso Blasco—. ¿Es que está previsto cambiar de residencia de nuevo?

Simón de Ruán bajó la voz de nuevo.

—Según la misma Leta me confesó, en cada ocasión manda a buscar al interesado a un lugar diferente de la isla, y ya era así cuando su padre se ocupaba del cometido y recibía la paga del Temple.

Blasco de Exea asintió pensativo.

—Eso significa que habéis compartido vuestras inquietudes con doña Leticia.

El francés volvió a reír a voz en cuello.

—Cinco años son muchos años, don Blasco, y tanto en Villadeiglesias como aquí, en Cáller, he añorado la compañía de otras personas. ¿Acaso no os habéis fijado en Leta?

Blasco se incomodó notoriamente y se removió en su taburete. No quería pensar en aquella mesonera más de lo necesario, así que su voto le resultó buena excusa.

—Por Cristo, hermano —reprendió calladamente—. Nuestra

condición... No sois seglar. Recordad la obligación de continencia... Y qué decir de nuestro voto.

Simón de Ruán hizo un gesto con la mano para quitar importancia a todo aquello.

—Lo sé, lo sé..., la Regla. Pero pensad que vos no sois un templario corriente, don Blasco. —El francés aproximó su cabeza a la del aragonés y vistió de seriedad su tono—. Otros hermanos deben rezar y ser estrictos cumplidores de la Regla y, cada cual según su misión, encuentra más sencillo o complicado mantenerse fiel a los preceptos. A vos se os exonera del cumplimiento de gran parte de las obligaciones que para otros son inexcusables. Recordad que bajo ningún concepto se puede descubrir vuestra condición, y que en pos de la misión debéis aparentar ser lo que en verdad no sois. Si lucháis contra eso, no podréis realizar el importante mandado que habéis recibido.

—Eso no me parece excusa, don Simón —contestó Blasco, que quería zanjar el tema cuanto antes—. Doña Leticia es una mujer y la Regla es clara en eso. No veo por qué debemos traicionar nuestro deber para con Cristo mirando a la cara de esa hija del pecado, ni...

—Oh, basta, don Blasco —atajó el francés—. ¿Hija del pecado? ¿No debemos mirar su rostro? Cánones de fácil cumplimiento en la sobriedad de una encomienda, en un monasterio, en un cuartel o en medio de la batalla. Reglas discutibles, por cierto, y quizá no muy emparentadas con lo que Nuestro Señor predicó en verdad...

Blasco echó la cabeza atrás, mostró una mueca de desagrado y alzó la mano para detener la charla del francés.

—No puedo creer lo que estoy oyendo, don Simón. Sin duda, el alejamiento de la casa a que pertenecéis ha obrado un nocivo mal sobre vuestras mientes. Por suerte, en breve os reuniréis con vuestros hermanos y las aguas volverán a su cauce.

Simón de Ruán sonrió como si Blasco cometiera una falta de fácil perdón.

—Tal vez dentro de cinco años, después de haber convivido con..., con nuestro protegido, vos también veáis las cosas de otro modo.

—Permitid que lo dude, don Simón —respondió con severidad el aragonés.—. Oh, por santa María, habláis como si en verdad hubierais olvidado vuestro compromiso con Cristo, e incluso parece que hayáis yacido con esa mujer, doña Leticia.

El francés frunció el ceño primero, pero luego la sonrisa volvió a su rostro, aún más ancha y franca que la anterior.

—Ah, don Blasco. Veo que los encantos de Leta han comenzado a nublar también vuestra voluntad —dijo burlonamente—. Pero si os ha de servir de algo: no, no he yacido con ella.

El aragonés desencajó la mandíbula. Se levantó de golpe del taburete y rebuscó en la bolsa de cuero que pendía de su cintura. Sacó un par de monedas y las dejó caer sobre la mesa.

—Os espero mañana de amanecida, don Simón —dijo a modo de despedida—. Aguardaré en la puerta con mi equipaje.

El francés siguió sonriendo mientras Blasco se alejaba escaleras arriba. Suspiró y miró a su alrededor, grabando en su memoria cada rincón del mesón. Después apuró el resto de vino de su cuenco, se levantó y saludó a Piero con la mano. Una vez fuera, inspiró con fuerza el aire fresco y húmedo que subía desde el puerto de Cáller. En poco tiempo estaría de vuelta en casa.

III

Los cantos de los gallos se repetían como ecos por toda la villa, subían las empinadas cuestas de Cáller y se colaban en el barrio del Casteddu. Blasco de Exea aguardaba plantado ante la puerta del Elefante con su alforja al hombro. No había visto a nadie al salir de su cámara y bajar las escaleras, pero suponía que tanto Leta como sus hermanos estarían prevenidos de que Simón de Ruán iba a ser el próximo ocupante del aposento. En cuanto al pago por este, había dejado sobre la tosca mesita algunas monedas pisanas que juzgó más que suficientes. No había dormido bien. Las palabras de Simón de Ruán habían sembrado más desconcierto en su mente, pues no hacían sino abrir nuevos interrogantes y la desazón de saber que algunos de ellos no podían ser respondidos. Además, cuando consiguió conciliar el sueño, su pesadilla volvió a materializarse. Aquella extraña niebla lo envolvió hasta que, al disolverse entre jirones, su añorada Teresa apareció arrastrada por los brazos largos de un siniestro personaje vestido con pieles que manejaba un enorme cuchillo almogávar.

Ahora, de vuelta ya en la realidad, su mente había regresado a la cuestión inmediata y a lo extraño de su trabajo en Cerdeña. Al principio había supuesto que su misión sería más delicada, pues el adiestramiento recibido así lo anunciaba. Servir de protector a un hombre dócil y sencillo no requería todo aquel esfuerzo, por santa María. Bostezó por cuarta o quinta vez mientras su mente volaba de la misión a Leta. Aún sentía el rubor acudir a sus mejillas al recordar lo que le había dicho el templario francés. Sin duda el hallarse solo, estar tan lejos del hogar y vivir sin la sana influencia de otros hermanos habían sido razones suficientes para carcomerle el seso. Se había dejado seducir por la diabólica hermosura de aquella mesonera. Mientras que él trataba de alejar de sí el recuerdo de Teresa —sin conseguirlo por culpa de sus pesadillas—, el extraño hermano Simón parecía enorgullecerse de su pecado de lujuria. Sin apenas advertirlo, acudió a su sentido la imagen de Leta subiendo las escaleras de la posada, contoneando sus caderas al ritmo tintineante de las llaves que portaba y lanzando profundas miradas con sus ojos verdes.

—Dios santo... —se reprendió en voz baja—. A qué dura prueba me sometes.

Unos pasos llamaron la atención de Blasco. Simón de Ruán hizo su aparición con lentitud, dejó vagar su mirada por las casas del barrio alto y aspiró el aroma salado que ascendía desde el puerto.

—*Bonjour*, don Blasco.

El aragonés dejó que se acercara algo más. El francés acarreaba una pesada bolsa de tela, pero era demasiado apretada para contener algo más que ropajes y provisiones.

—Buen día, don Simón. Me preguntaba si, por ventura, sabéis dónde podré conseguir algunas armas sin llamar la atención. Entiendo que nuestra misión requerirá al menos tener a mano una espada.

—Claro. —El francés asintió y dejó su fardo en tierra—. Hay cosas que no os dije anoche. Espero no despedirnos sin que os haya cumplimentado del todo. De todas formas, os supongo lo bastante avezado como para encontrar la solución a cualquier problema.

Blasco entregó la llave de la cámara a Simón y empujó la puerta de la posada, que había mantenido entreabierta durante su espera.

—Es el primer aposento del último piso —explicó el aragonés.

—Ah, sí, claro... —Simón de Ruán entornó los ojos y dejó vagar su memoria—. El mismo que hace cinco años. Ah...

Y se introdujo en la posada. Blasco dio unos pasos mientras esperaba el regreso del francés. En la torre del Elefante comenzaban las obras del día, varios albañiles ascendían por escalas hasta los andamios y otros apilaban las piedras pulidas por los canteros en montones que luego izarían. La construcción estaba a punto de acabar y, junto al resto de fortificaciones, contribuía a convertir el barrio del Casteddu en un lugar poco menos que inexpugnable. Blasco recordó la advertencia de Simón de Ruán acerca de su origen aragonés.

—Costará mucha sangre conquistar esta plaza, por san Miguel —murmuró Blasco—. Espero que todo se arregle sin que haya lucha entre cristianos.

Aquella reflexión le trajo a la mente otra duda que ya le había asaltado durante la noche, y se dispuso a planteársela a Simón de Ruán, que ya salía sin carga de la posada.

—Vamos, don Blasco. —El francés invitó a su compañero a seguirle—. Os llevaré a vuestra nueva residencia.

Mientras caminaban, el aragonés expuso su pregunta.

—¿Estamos exentos de cumplir cualquier precepto de la Regla?

Simón de Ruán volvió la cabeza mientras caminaba y sonrió con la ironía que ya había mostrado la noche anterior.

—¿Os estáis pensando lo de Leta, don Blasco?

El joven templario resopló, pero trató de tomarse la broma con más diplomacia que la demostrada durante la cena.

—No. Me refiero ahora a la prohibición de derramar sangre cristiana —explicó Blasco—. Recordad que nuestra orden fue creada en Tierra Santa, donde los enemigos eran adoradores de Mahoma, y la Regla dice claramente que está vedado...

—Bien, bien, bien... —interrumpió Simón de Ruán, se detuvo y giró el cuerpo para encarar a Blasco—. Recordad esto y, en caso de duda, aplicadlo sin compasión: la única regla que debéis seguir desde ahora y hasta vuestro relevo es la obligación de cumplir esta misión con éxito. Si para ello debéis derramar sangre católica, adelante.

—Comprendido. —Blasco invitó al francés a seguir camino—. No habéis contestado a mi anterior pregunta, ya sabéis: ¿dónde conseguir armas?

Simón de Ruán se detuvo ante un caserón de buenas proporciones y dos plantas rodeado por una cerca de piedra. La puerta que daba a la calle era ancha y su madera, recia. Una fuerte cerradura la mantenía anclada y a cubierto de extraños. El francés sacó una llave de entre sus vestiduras pisanas, abrió y se la entregó a Blasco.

—Dentro, en vuestro aposento, hallaréis armas. Si precisáis algo más, podéis encontrar herreros y armeros en la villa. Ahora pasad y conoced al maestro. Os espera dentro.

Simón unió sus últimas palabras a una sonrisa afable y alargó su mano. Blasco la estrechó con firmeza.

—Buen viaje de vuelta y buena suerte en Francia —deseó—. Id con Dios.

—Quedad con él —respondió Simón. Dio media vuelta y se alejó sin mirar atrás.

Blasco apoyó la mano sobre el portón y este cedió con facilidad a pesar de su peso. Ante él se abrió un patio que rodeaba a una casa de ladrillo, al estilo de las de la Occitania, con algunas molduras y ábacos repartidos aquí y allá. Las ventanas, amplias, aparecían vidriadas y salpicadas por ambas plantas, el techo estaba rematado por una mezcla de tejas acanaladas y de pizarra. El aragonés atravesó el patio, dejó a su diestra un establo y algunas porciones de huerto y se plantó ante la entrada principal. Inspiró con profundidad y golpeó la madera de forma repetitiva.

—¡Adelante! —se oyó una voz dentro—. ¡Está abierta!

Blasco obedeció con lentitud. Al descubrir el interior, llamó su atención una pequeña vela que iluminaba apenas la figura de su protegido. Se detuvo a un par de pasos de la puerta y dejó que la vista se le adaptara al cambio de luminosidad. Frente a él, sentado a una mesa y ante un viejo libro abierto, sonreía un hombre de edad indefinible. El aragonés hizo un cálculo arriesgado y decidió que debía rondar los sesenta. El anciano lucía una barba gris y corta, y dejaba caer el pelo lacio y entrecano sobre las orejas. Sonreía, y las arrugas creaban sombras y brillos con la luz de la candela.

—Buenos días —balbuceó el aragonés.

—Adelante, amigo mío, adelante —animó el anciano con voz pausada—. Acercaos a la luz para que estos ojos cansados os contemplen... Dejad que vea vuestro rostro.

Blasco cumplió rápidamente las órdenes del viejo. El mobiliario que quedaba a la vista era también de calidad, y un olor a frescor y limpieza inundaba el aposento. Al aproximarse pudo comprobar que el anciano vestía ropajes sencillos, aunque de buena factura. Sobre la fina túnica parda que llevaba puesta, un objeto que relucía llamó la atención del aragonés. Se trataba de un relicario cilíndrico y transparente, del tamaño de un dedo pulgar y con los extremos planos. Ambos lados estaban cerrados por tapas de plata con oscuros y desgastados garabatos, y sendas pequeñas argollas servían para que el relicario se sostuviera de una cadena y pendiera del cuello del anciano. Este cogió suavemente el colgante y lo volteó entre dos dedos.

—Es un viejo recuerdo —explicó al notar la curiosidad de Blasco.

—Disculpad. No pretendía importunaros...

—Nada de eso. —El anciano soltó el relicario e hizo un gesto para quitar importancia al asunto—. Sois joven y vuestra curiosidad os puede, ¿no es cierto?

Blasco asintió.

—Me han prevenido contra esa curiosidad malsana, señor..., quiero decir, maestro.

El viejo rio quedamente.

—Maestro... Claro. Mas veo difícil que la curiosidad de un muchacho pueda ser malsana —susurró. Luego bajó la cabeza y meditó unos instantes—. Supongo que debo deciros mi nombre, sí...

Aquel hombre se entregó de nuevo a la meditación. Blasco se preguntaba a qué estaba dándole vueltas mientras hablaba. En otras ocasiones había visto ancianos que perdían la memoria, e incluso había conocido a uno en Ejea que olvidaba en un suspiro lo que acababa de ocurrir durante el suspiro anterior. Se preguntó si aquel mal de las mientes no habría afectado a su nuevo protegido, a su maestro.

—Juan de Ramatayim —soltó al fin sin dejar de sonreír—. Mi nombre es Juan de Ramatayim.

—¿Ramatayim? —repitió Blasco.

El viejo asintió. Su gesto era amable y la sonrisa no se había borrado de su rostro. En aquella sala y con esa luz suave, el aragonés se sintió a gusto. Juan de Ramatayim desprendía una extraña serenidad.

—Sentaos. —El anciano señaló uno de los taburetes. Blasco obedeció y depositó el fardo en el suelo, frente a sus pies. De repente habían quedado atrás las incertidumbres y los nervios del viaje desde Monzón a Barcelona y de allí a Cerdeña. Se sentía confortado. Una fuerte corriente de simpatía le unió a aquel hombre de cabello entrecano.

—Jamás había oído el nombre de Ramatayim.

—Es un lugar lejano del que procede mi familia, allá en Oriente —se excusó el anciano Juan—. Bien, vos ya sabéis mi nombre. ¿Qué hay del vuestro?

Blasco, azorado, respingó y se puso en pie de nuevo. Se reprendió mentalmente por dejarse llevar por la tranquilidad de aquella casa y de aquel hombre.

—Oh, perdonadme, os lo ruego. Soy Blasco..., Blasco de Exea. Soy aragonés.

Juan de Ramatayim asintió lentamente e indicó de nuevo al joven templario que tomara asiento. Después alargó una mano y cerró el libro que seguía abierto sobre la mesa.

—Continuad, don Blasco —pidió—. Contadme de vuestro pueblo, de vuestra tierra, de vuestros padres...

La voz del anciano sonaba serena. La impresión de paz que el aragonés había notado desde el principio había terminado de inundarle, y ahora se sentía tan bien como si hubiera vuelto a su casa de Ejea, y se hallara sentado frente al hogar mientras su buena madre tejía en el telar y su locuaz padre despotricaba de la Corona. Habló sin vergüenza, alentado por la sonrisa ininterrumpida de Juan de Ramatayim. Le habló de su origen angevino y de cómo sus padres habían muerto en Malta, de la generosidad de Artal de Exea y de su crianza en Aragón. De vez en cuando, el anciano detenía su charla y le pedía alguna explicación acerca de un punto oscuro, se lamentaba por lo ocurrido en el Castillo del Mar o bien reía ante una anécdota de infancia de Blasco. Le animaba a describir a sus padres adoptivos y a sus hermanos, los campos que rodeaban su villa, los bosques, los ríos, los castillos... Cambió su gesto de curiosidad por otro de pena cuando oyó contar el desenlace del romance con Teresa y se mostró comprensivo con los motivos que habían llevado a Blasco a postular en el Temple. La charla continuó hasta que la luz del mediodía atacó oblicuamente las vidrieras del caserón. Blasco se dio cuenta de que había hablado sin parar durante mucho tiempo, él, que por su natural era silencioso y a quien la Regla del Temple había inculcado el mutismo como norma. Reparó en la extraña alegría que le causaba descubrir sus secretos a aquel extraño, y en que en ningún momento se había sentido fuera de lugar, avergonzado o remiso.

—Perdonadme, don Juan —dijo al fin Blasco—. He parloteado sin cesar. No es algo habitual en mí.

El anciano se levantó con pesadez. El aragonés, que lo imitó de inmediato, apreció que se trataba de un hombre de estatura baja, con el cuerpo estrecho y carente de fortaleza física. Por un instante se preguntó dónde residía el extraordinario valor que aquel anciano tenía para la poderosa Orden del Temple y, como le habían advertido, para la cristiandad toda.

—Escuchad, joven Blasco —el tratamiento del viejo se iba

tornando familiar por momentos—, subid a vuestro alojamiento y dejad vuestros enseres. Yo prepararé algo para comer.

—De ninguna manera, don Juan —protestó el aragonés—. Dejad que me ocupe yo o que os ayude al menos.

El anciano negó tajantemente con la cabeza.

—Ni hablar. Sois demasiado joven y no habéis de manejaros con mucha soltura en el fogón. Yo me ocuparé, pues el buen yantar es uno de los pocos placeres que me permito.

Blasco se sintió incapaz de seguir protestando. Mientras ascendía los escalones cargado con su fardo, reparó en que las palabras recién dichas por Ramatayim deberían ser consideradas pecado de gula en un hombre de tanto y tan extraño significado religioso. Sin embargo, su naturalidad impedía que parecieran tal imperfección a los ojos del aragonés.

La planta superior se dividía en tres piezas. Una de ellas permanecía cerrada, mientras otras dos, abiertas, albergaban camas, arcas y bancos, así como algunos tapices sencillos y alcándaras clavadas en los muros. A través de la puerta más cercana a la escalera, Blasco pudo ver una loriga extendida sobre una cama. Recordó las palabras de Simón de Ruán, que le advertían de que el armamento preciso se encontraba en casa de Ramatayim. Blasco entró en la pieza, abrió el fardo con sus pertenencias y las desparramó sobre el suelo. Luego aferró las anillas de la cota y comprobó su solidez. A juzgar por el tamaño de Simón de Ruán, muy parejo al suyo mismo, le pareció que aquella loriga se ajustaría bien a su cuerpo. Desvió su mirada a un lado. Junto a un arcón reposaba una espada de noble factura, con una piedra negra engastada en el pomo. Blasco dio unos pasos sin dejar de mirarla, apreciando el reflejo de la luz en la cruz del arma. La empuñó, alzó la hoja y la hizo girar ante sí. En la bigotera, casi cubierta por la sombra de la empuñadura, pudo ver el pequeño sello templario: dos jinetes que cabalgaban sobre el mismo corcel. Por el otro lado había sido labrada una cruz de la orden. Encima del arcón yacía la vaina de la espada, de cuero oscuro rematado por brocal y contera metálicos, y sujeta por anillas a un talabarte que bien parecía guadamecí. Blasco dejó espada y vaina sobre la cama, abrió el arcón y descubrió el resto del ajuar en su interior. Gambesón y cofia rellena, brafoneras, almófar, un par de dagas con sus vainas, guanteletes de cuero y unas huesas, Dios quisiera que le cuadrasen, así como un par de sobregoneles parduzcos y carentes de blasón. Todo ello quedó fuera del cofre, y del fondo sacó el aragonés, envuelto en trapos, un escudo que al punto desenvolvió. Esperaba ver la cruz templaria grabada sobre él, o el esquema bicolor de los escudos de la orden, pero no era así. En su lugar, la superficie aparecía pulida y ennegrecida, sin motivo alguno pero bien remachada. Blasco suspiró. Aquello sería más que suficiente para cumplir con misión tan sencilla, se dijo. Envolvió el escudo en su traperío, devolvió los objetos al arcón y añadió la loriga. Luego enfundó la espada en la vaina, la colgó del testero de la cama y repartió sus enseres entre las otras arcas de la habitación.

—¡Blasco, bajad! —llegó desde abajo la voz de Juan de Ramatayim—. ¡Comamos!

Mientras el joven descendía las escaleras, un sabroso olor a carne de ave penetró en sus fosas nasales. Una sonrisa asomó a su rostro.

—Tanto padecer en Monzón entre la nieve, tanta fatiga, tanta estocada y quebradero... —murmuró para sí—, y ahora me veo reposando como un conde. Dios mío, qué extraños son tus designios.

IV

Unos meses más tarde.
Ciudad de Valencia. Invierno de 1307

A diferencia de lo que ocurría en Aragón, los inviernos en Valencia eran suaves y luminosos, por eso al rey Jaime le gustaba pasarlos allí. Por otra parte, la simple permanencia en el Reino de Aragón le inquietaba el ánimo. Los mayores problemas con sus vasallos los había tenido siempre allá. La nobleza aragonesa no cejaba a la hora de reivindicar fueros y pedir la confirmación de privilegios y, a pesar de que solían mostrarse leales, parecía que guardaban un mal disimulado resentimiento contra su dinastía.

En cuanto a la reina, su esposa Blanca, prefería Cataluña, mientras que el indómito infante Jaime se hallaba a gusto en Valencia. Al menos allí dejaba en paz a los perros, gatos y pájaros en Palacio, aunque el rey sospechaba que seguía con sus desviadas aficiones en las riberas del Turia o en la orilla del mar, donde se pasaba los días rodeado de la guardia real y huyendo continuamente de las ayas. De cualquier forma, Jaime de Aragón no permitía que el infante introdujera en la antigua *almunya* valenciana animal alguno, pues sabía que su afición preferida era asaetear perros y gatos o martirizar pájaros cazados al lazo. Con respecto a los animales que se guardaban en el palacio, el rey había dado orden a la guardia de mantener alejado de ellos al infante bajo pena de azotes.

Jaime de Aragón quiso olvidar aquellos malos asuntos y disfrutar del momento, aprovechando los primeros rayos del sol para, según su costumbre, pasear en solitario por los jardines nutridos de flores y árboles frutales, y escuchar con deleite el sonido de los cipreses y pinos al bambolearse sus hojas con la suave brisa que venía desde el mar. El rey inspiró con fuerza, hizo volver su mente al asunto del Temple y se complació en el éxito que se auguraba gracias a su hábil estratagema. Recordó aquel consejo en el palacio de la Aljafería, dos años atrás, cuando había encomendado a sus ayudantes que investigaran el extraño interés del papa Clemente por la Orden del Temple. Jaime II confiaba en la capacidad de sus hombres, sobre todo en la de su principal privado, Gonzalo García. En poco más de seis meses, los primeros resultados habían llegado y ahora ya podía hilarse parte de la historia: tras la negativa de Aragón, efectivamente, el tal Esquiú de Floryan había ido con su patraña de los templarios al rey de Francia, Felipe, y de alguna forma había conseguido despertar su interés. El momento y el lugar en que esto había ocurrido seguían siendo una incógnita para el rey de Aragón, pero aquello era lo de menos. Gonzalo García era un hombre de mundo, en parte gracias al propio rey Jaime. A sus órdenes había viajado varias veces a Francia como embajador de Aragón y había trabado amistad, más o menos sincera, con las personas adecuadas. Así, el consejero real había logrado saber que el rey Felipe, asesorado por su ministro Nogaret, no solo prestó oídos a Esquiú de Floryan, sino que se encargó de averiguar otras perfidias que los templarios habían llevado a cabo desde tiempo atrás. La cuestión no había sido de gran dificultad, pues no eran pocos los templarios que en los últimos tiempos habían sido expulsados de la orden. Las encomiendas de Francia se habían llenado de freires guerreros desalojados de Tierra Santa que, ociosos y sin enemigo al que batir, se habían desviado de la Regla de la orden.

Jaime de Aragón no pudo evitar una sonrisa amarga. Él no dudaba de que en las Españas se hubiera dado algún caso de perfidia en el seno de la orden, pero lo cierto era que los templarios aragoneses, castellanos o portugueses no solo eran enviados con frecuencia a Tierra Santa, sino que tenían a los infieles a las puertas de casa. Francia era diferente. Por eso, con apenas unos cuantos díscolos resentidos, Guillermo de Nogaret había conseguido formar un plantel de testigos que, llegado el momento, servirían para sembrar la negra semilla de la discordia y la duda. Los métodos inquisidores harían el resto, ya que la iglesia francesa no era por aquel tiempo otra cosa que una parte más de la administración real. Así pues, las fuentes de Gonzalo García le hicieron llegar confidencialmente, paso por paso, cómo el rey de Francia y sus ministros preparaban la celada. Y mientras en Francia se disponían a actuar, Jaime de Aragón maniobró discretamente.

A él no le importaban mucho los templarios, y de hecho no le habían gustado nunca. Reconocía la labor por ellos cumplida en otro tiempo, pues era bien sabido que gracias a esos freires se había conquistado buena parte de sus reinos. Cierto que constituían una apreciada fuerza de combate, y se sabía que el estandarte del Temple era siempre el último en retirarse del campo de batalla; y cierto que se conocía la ferocidad que demostraban en la lid. Sin duda, los templarios habían prestado un indudable servicio a la Casa de Aragón. Ahora, terminado el camino de la conquista en tierra, la dinastía miraba hacia el mar, a tierras pobladas por otros cristianos. La lucha ya no era contra el infiel, sino contra pisanos o genoveses, angevinos o franceses, tal vez contra castellanos o navarros. Hermanos de fe, en suma. Enemigos a los que el Temple, por imposición de su Regla, no podía combatir. Por ello, ¿qué motivo había para mantener viva una orden de guerreros sin guerra en la que emplearlos? ¿Qué beneficio reportaban a la Corona, si además estaban francos de no poco tributo? ¿No era acaso al revés, pues los templarios exigían diezmos de los hombres que trabajaban sus campos o vivían en las villas bajo su posesión?

Jaime de Aragón había obrado sin prisas, con la ventaja del que sabe más que el resto. De forma aislada, con cuidado de no poner en comunicación a unos señores con otros, les había advertido de la conveniencia de tener lista fuerza armada aquí o allá dependiendo de la situación de sus señoríos. Todo eso sin más explicación, por palabra del rey y bajo la promesa de beneficios, que era al fin y al cabo el secreto para mantener fiel y silencioso al vasallo. Nada había dicho a los demás consejeros, temeroso de que quisieran pensar por su cuenta y tuvieran tiempo de hacerlo. Confiaba en la discreción de Gonzalo García, que jamás le había fallado, y a través de él había tejido la invisible tela de araña por todos sus reinos. Solo faltaba su orden para que la máquina se pusiera en movimiento, y aquí era donde residían los escrúpulos del rey.

Pues sea como fuere, y tratándose de una orden religiosa, cualquier actuación debería ser autorizada por la Santa Sede. Claro estaba, en vista de que el Papa no era sino una marioneta de Felipe IV, y dado que este se disponía a clavar el primero la daga en la espalda del Temple, que el Santo Padre no debía, en buena razón, poner trabas a la misma labor si la llevaba a cabo el rey Jaime en Aragón. Mas el monarca seguía con su aprensión, pues no era menos cierto que su control de la Iglesia no podía ni por asomo compararse con el que el rey de Francia tenía sobre los clérigos galos. Y la cuestión estaba en que Felipe IV era capaz de actuar sin el beneplácito del Papa o incluso contra él, mientras que Jaime II no podría hacerlo sino con plena autorización del Santo Padre. Al menos en principio, que luego ya había métodos y métodos para sustraerse a los ojos de la Iglesia. Y aquí había estado el único punto negro de toda la operación: en la exasperante lentitud del Papa.

Felipe IV, rey de Francia, había comenzado a actuar hacía casi dos meses, un viernes día trece de octubre. Eso sí, lo había hecho con una envidiable eficacia. Aunque, todo había que decirlo, no se podía dejar de lado la profunda cortedad de miras del gran maestre del Temple, Jaques de Molay. El Papa se había entrevistado previamente con él en Poitiers, informándole de la existencia de ciertas acusaciones contra la orden. El pobre hombre, un anciano recién llegado de Chipre que aún soñaba con reconquistar los Santos Lugares, se había comprometido a abrir investigaciones en sus encomiendas y había vuelto a París sin guardar la menor precaución. Ahora estaba preso, como muchos de sus correligionarios, detenidos aquel funesto día trece en una operación simultánea en todo el Reino de Francia.

Jaime de Aragón suspiró, envidioso del buen funcionamiento de los hombres del rey de Francia. Ahora era su turno.

Caminó por los pasillos del palacio, tal como había hecho dos años antes en la Aljafería cuando dio inicio a su particular conspiración contra los templarios. Miró de reojo apenas a un tapiz rematado de oro que mostraba una escena casi bélica: su abuelo, Jaime el Conquistador, entraba en Valencia seguido de todo su séquito y los pobladores moros se inclinaban a su paso. No dejaba de ser gracioso: el rey más célebre de la historia de la Corona de Aragón, huérfano desde niño, había sido guardado y educado por freires templarios.

Cuando entró en la sala del consejo, reconoció la preocupación en los rostros de casi todos los presentes. De sobra conocían lo que ya ocurría en Francia y en otros estados, y tenían por cierto que aquella reunión convocada por el rey debía a la fuerza estar motivada por aquello mismo. Solo un hombre enfrentaba la mirada del rey con gesto decidido. Un dominico alto y muy delgado, de barbilla y nariz prominente y con el pelo estrambóticamente alborotado alrededor de la tonsura. Era la primera vez que aquel fraile de la orden de los predicadores asistía al Consejo Real, aunque los consejeros que aquel día habían acudido a Valencia lo conocían sobradamente.

El rey rodeó uno de los lados de la larga mesa, con la mayor parte de las sillas arrimadas contra ella, pues no habrían de servir a nadie. Tan solo nueve personas, además del propio rey y de uno de sus escribanos, asistían a la reunión del Consejo. Ni siguiera Gombaldo de Entenza, procurador general del Reino de Valencia, había sido invitado a aquel cónclave.

—Tomad asiento, amigos —indicó Jaime de Aragón mientras predicaba con el ejemplo. Se dejó caer con elegancia en el trono adornado en su cúspide por una efigie de dragón alado. Como siempre, del mismo modo que en los demás palacios de la monarquía aragonesa, solo el asiento del rey estaba envuelto de lujo. Dos tapices de seda blanca recamada en oro flanqueaban a Jaime de Aragón. Bordados en ellas, las armas de Aragón a un lado y el gallardete de la ciudad al otro.

Después de un rato de aislamiento con la vista fija en el techo labrado de la sala, Jaime de Aragón sonrió a sus más allegados consejeros e hizo un gesto a su escribano, que le extendió varios rollos y volvió a su lugar en el escritorio. El rey se tomó su tiempo y saboreó el momento. Si todo salía bien, en apenas unos meses dispondría de una buena inyección de dinero en sus arcas. Miró a su izquierda, a un par de puestos de su privado de confianza plena, Gonzalo García. Aquella era la silla que solía ocupar el tesorero de la Corona, tan atribulado en los últimos tiempos.

«Cerdeña se acerca un poco más», pensó antes de empezar a hablar.

—Amigos, sabemos que os preguntáis por qué os hemos convocado aquí y ahora, de modo que no os haremos esperar más.

»Tenemos aquí una misiva de nuestro querido amigo Romeo de Bruguera, prior de vuestra orden, monseñor. —Miró al canciller y obispo de Valencia, Ramón Despont, y extendió una carta que puso ante el obispo—. Como sabéis, fray Romeo enseña Teología en la Universidad de París, y comparte con nos sus experiencias mediante misivas como estas. Ahí nos cuenta los sucesos recientes, y dice con gran sorpresa que, en París y en toda Francia, los hermanos templarios han sido cautivos por fuerza del rey Felipe. Que los freires han sido conducidos a prisión e interrogados, y han confesado algunos de ellos la culpabilidad de los cargos que pesan sobre la gran mayoría.

Se oyó un apagado murmullo de sorpresa entre los consejeros.

—¿Han confesado? —preguntó escéptico el canciller Ramón Despont—. ¿Así de fácil?

El rey indicó la carta de Bruguera, escrita con la exquisita letra del dominico.

—Así de fácil. Y según parece, ha sido el mismo gran maestre Molay quien lo ha hecho, así como varios de sus más allegados y otros hermanos apresados en París. La carta está fechada en veintisiete días del pasado octubre.

El medio hermano del rey, Jaime Pérez, se llevó las manos a la cabeza.

—Había oído que estaba ocurriendo, pero no pensaba que de tal forma —dijo.

—Yo he oído que en Navarra también han empezado las detenciones de freires templarios —intervino Jimeno de Luna, obispo de Zaragoza.

—¿Y no es posible que fray Romeo de Bruguera se equivoque? —inquirió el obispo de Valencia con su recia voz—. Tal vez se trate de arrestos aislados por delitos cometidos por unos pocos...

—Tenemos otra carta —interrumpió el rey Jaime— de nuestro amigo Felipe, rey de Francia, en la que nos narra lo ocurrido con detalle. Nos informa de los cargos que pesan sobre el Temple y nos invita a imitar los arrestos que allá se han practicado, pues es preciso para el buen nombre de la Santa Iglesia y de toda la cristiandad.

El Consejo todo quedó boquiabierto a excepción del extraño y demacrado dominico que ocupaba el lugar más alejado del rey.

—¿Habéis dicho que nos invita a encarcelar a los monjes templarios, hermano mío? —inquirió Jaime Pérez. El rey hizo un gesto displicente y alargó la carta de Felipe el Hermoso al señor de Segorbe.

—Los hermanos templarios, señores, están acusados de muy grave infamia, así como de haber cometido delitos de herejía y otros pecados nefandos, todos ellos probados.

»Y habéis de saber, pues así nos lo asegura el muy prudente

rey de Francia, que con gran abominación estos freires han profanado su religión, que es la nuestra, y han ofendido a Cristo ellos y otros muchos templarios. Que ha obtenido confesión que confirma estos cargos, y no de uno e insignificante, sino de varios y principales, pues han reconocido bajo interrogatorio que sí, que ellos reniegan y hacen renegar de la católica fe, y escupen sobre la cruz de sus hábitos hasta tres veces al tiempo de profesar y que, obligando como es menester a los freires a abstenerse de conocer carnalmente con hembra, se les fuerza a hacerlo contra natura con los demás hermanos de la orden. Estos horrores que oís, amigos, eran los que de forma providencial habían llegado hasta los oídos del buen rey de Francia, pero es que los cautivos, transidos de arrepentimiento y deseosos de quedar a bien con Dios, han llegado a reconocer que aparte de aquellos sacrilegios cometían otros, como adorar a una especie de ídolo de barro que se ha de asemejar a algún demonio del averno.

Varios miembros del Consejo se santiguaron instintivamente al oír estas últimas palabras de Jaime de Aragón.

—¿Han sido sometidos a tormento los confesos? —preguntó Ramón Despont con el entrecejo fruncido y los dedos de ambas manos tamborileando nerviosamente sobre la mesa.

—Lo ignoramos —respondió el rey.

Un tenso silencio se extendió por la sala de consejos del palacio valenciano. Los consejeros intercambiaron algunas miradas entre sí y con el rey, que también agitaba repetidamente sus dedos y se pasaba la mano por la barbilla. Tras él, el escribano esperaba, cálamo en mano, a que el monarca dictara alguna orden.

—Bien, alteza —se oyó por primera vez la voz del macilento dominico—. ¿Cuál es vuestro mandato?

—Pero..., un momento... —balbuceó el obispo de Zaragoza—. ¿No vamos a inquirir nada más? Se trata de los templarios, por santa María, y jamás había oído semejante sarta de tonterías. ¿Renegar de Cristo Nuestro Señor? ¿Escupir sobre la cruz?

—¿Y qué me decís de adorar ídolos de barro? —apuntó el canciller Ramón Despont—. Es absurdo, aunque lo diga el mismísimo rey de Francia.

—Señores —atajó el monarca en tono de reproche—, estáis hablando de un rey católico y de acusaciones muy graves. De seguro, todo esto está más que probado.

El obispo de Valencia se permitió una sonrisa irónica.

—Alteza, recordad que ese rey católico fue el que mandó asaltar la morada del santo padre Bonifacio en Anagni, y tomar su persona con gran vergüenza y perjuicio para toda la cristiandad.

—El Papa quería excomulgar al rey de Francia, monseñor.

La contestación procedía del final de la mesa. El obispo de Valencia se giró hacia su hermano de orden, el delgado dominico que asistía invitado al Consejo.

—¿Es eso excusa para atacar a un Papa? ¿Os habéis preguntado si no habría acaso un motivo para esa excomunión? —alzó su vozarrón Ramón Despont. El dominico apretó los labios y eso afeó aún más su extraña faz.

—Vamos, monseñor —intervino de nuevo el rey—. ¿Acaso no han sido excomulgados en el pasado nuestros propios antecesores, reyes de Aragón? ¿Lo aprobáis quizá?

El canciller pareció disponerse a contestar, pero contuvo sus labios. La velocidad del tamborileo de sus dedos sobre la mesa aumentó y lanzó una mirada de reojo al escuálido dominico del fondo de la mesa. Jaime de Aragón apretó los dientes, haciendo que los músculos de su mandíbula se marcaran con fuerza bajo la piel. Había esperado la incredulidad, pero contaba con poder controlarla.

Bien, si los religiosos de su Consejo apelaban a la autoridad papal, él también podía confiar en ella. Sí ahora.

—Está bien, señores —volvió a decir el rey con tono más sosegado—, habéis hablado con juicio, como soléis, y es bien cierto que la Casa de Aragón no debe doblegarse sin más a las afirmaciones de cualquier rey cristiano, por muy amigo nuestro que sea. Rey somos por la gracia de Dios, y solo ante él respondemos a través de su regente en la tierra.

»Esperaremos el dictado del Papa. Será él quien nos indique si hemos de dar por ciertas las palabras del rey de Francia, o bien si debemos recabar por nosotros mismos las pruebas en nuestros reinos.

—Sabia decisión, alteza —aprobó el obispo de Zaragoza—, y además...

—Pero —le cortó el rey, alzando el índice para que le permitiera seguir—, nos confiamos en la palabra de nuestro amigo Felipe y en el juicio de nuestro súbdito Bruguera, y por ello tomaremos precauciones para que los templarios no puedan sustraerse a la acción de la justicia, y para que sus bienes, sean lícitos o ilícitos, no sean distraídos en forma alguna. Si se demuestra su inocencia, nada se habrá perdido. Si el rey de Francia está en lo cierto, habremos precavido un gran mal que no estamos dispuestos a padecer.

»Por ello mandamos a los obispos aquí presentes, y también a los no presentes con sede en nuestros reinos, que cada uno en su diócesis proceda a inquirir contra los caballeros de la Orden del Temple, pues desde este mismo instante son sospechosos de delito de herejía.

»Vos, fray Juan de Longerio —el rey señaló al delgadísimo dominico, cuya sonrisa había tornado a asomar a su boca—, como inquisidor general de los reinos de Aragón y Valencia y diputado de la fe apostólica, recibís por nos la orden de proceder a extirpar esta herejía y seta pestífera, para lo cual decretamos que dispongáis del Santo Oficio. Empezaréis, por cierto, por convocar en esta ciudad de Valencia a todos los freires templarios para ser interrogados acerca de estos cargos, y antes que a ninguno reduciréis y pondréis bajo custodia al señor Jimeno de Lenda, maestre provincial en nuestros estados.

»Mandamos, además, que nadie en nuestros reinos dé por sí o por otro ayuda a los freires templarios, pues bajo la misma pena que pechen estos, serán puestos aquellos. Tampoco bajo ninguna excusa se procederá a guardar los bienes de la orden salvo por nos y nuestros servidores, y por ello dictaminamos que se ocupe todo mueble, así como tierras, encomiendas, castillos, torres y demás posesiones, y que se depositen sus riquezas si las hubiere bajo custodia real, y se cuide que no sea nada de esto enajenado, sino que permanezca en depósito para que, según nuestra razón, lo conservemos y administremos.

»Y os emplazo a vosotros, obispos presentes de mis reinos, así como a aquellos no presentes, a formar nuevo Consejo en este mismo lugar en seis días de enero del entrante año de Nuestro Señor de mil trescientos y ocho, que por ser día señalado veremos de acordar otras medidas a este respecto o continuar las ya prescritas por nos, o anularlas todas si así se terciare.

»Y firmamos la presente —finalizó volviéndose hacia su escribano, que movía el cálamo frenéticamente sobre el papel—, nos Jaime, por la gracia de Dios rey de Aragón, de Valencia, de Cerdeña y de Córcega y conde de Barcelona, ante los testigos presentes cuyos nombres precisamente transcribiréis, en el primer día de diciembre de mil trescientos y siete.

V

Unos meses después.
Cerdeña. Primavera de 1308

Durante las primeras semanas en Cerdeña, Blasco de Exea sentía que no vivía su propia vida.

Tras años de preparación, después de asumir su mente que el destino habría de llevarle a grandes padecimientos para mayor gloria de Dios, aprendidos tantos consejos por mor de hallar el éxito de la orden allá donde fuera enviado..., ahora se veía viviendo como un burgués, olvidadas sus obligaciones como freire del Temple, ausente el peligro en su vida y en su misión. Su protegido, Juan de Ramatayim, era un hombre sencillo y amable, y su sola presencia bastaba para dejar de lado la preocupación. Hablaba poco pero, cuando lo hacía, sus palabras desprendían una gran sabiduría. Blasco se había visto tentado en varias ocasiones de preguntarle por su importancia para la Orden del Temple, pero recordaba las instrucciones de Simón de Ruán. Además temía importunar al anciano, y se decía que, con el tiempo, quizá le confiaría algún conocimiento a ese respecto.

Por lo demás, Juan de Ramatayim acudía a una u otra iglesia sin orden ni concierto, y lo mismo podía dejar pasar el domingo sin oír misa que escuchar los servicios tres días seguidos en templos diferentes de Cáller. Además, gustaba de salir de la villa y caminar por los senderos en el campo, se maravillaba ante cualquier pajarillo, insecto o planta y anunciaba a Blasco en todo momento lo asombrosa que era la vida, aun en tan pequeños y efímeros seres. Aquellas excursiones las aprovechaba Blasco para ejercitarse, y trataba siempre de no alejarse o perder de vista a Juan de Ramatayim, aunque a veces acababa por caer bajo el hechizo de su tranquila charla, por escuchar pasajes de las Sagradas Escrituras que el anciano conocía de memoria o por disfrutar de ligeros tentempiés a la sombra de los árboles. Aquella forma de ver la vida influyó en el ánimo del joven, y pronto comenzó a interesarse vivamente por todo lo que le rodeaba. Además, el extraño sueño de la niebla y el cadáver de Teresa le había abandonado. Se aplicaba en la contemplación de las estrellas por la noche, o bien se sorprendía ensimismado con cualquier petirrojo que trinaba en la rama de un árbol. Le parecía haber sido arrojado de repente al mundo, y que las criaturas de Dios le habían sido desconocidas hasta ese momento.

—Es el amor —le explicó con gran serenidad Ramatayim en cierta ocasión. Nada había dicho el aragonés pero, para su sorpresa, el anciano le desvelaba el motivo de su nuevo ánimo.

—¿Cómo decís, maestro? —fingió desconcertarse el aragonés, aunque ciertamente estaba sorprendido por la rara capacidad de Juan de Ramatayim para adivinar sus inquietudes.

—El amor que reside en vuestra alma, don Blasco —siguió el anciano, sentado a la sombra de un olivo y trazando dibujos invisibles en el suelo alfombrado de hierba—. Vuestra alma es divina, y ya sabéis que Dios es amor.

Blasco reflexionó sobre las palabras de su maestro. No recordaba haber sentido amor tras lo ocurrido con Teresa, mientras que otro sentimiento sí se había abierto paso en su alma.

—Pero... ¿Y el odio? —preguntó el templario.

Ramatayim observó de reojo al joven y sonrió a medias.

—¿Qué ocurre con el odio?

—¿No es acaso el odio un sentimiento humano?

—Muy humano, ciertamente —corroboró el anciano.

—Entonces, si el amor reside en nuestra alma divina..., ¿dónde vive el odio? ¿Fuera del alma?

Ramatayim ensanchó su sonrisa.

—¿He dicho yo que el odio no sea también obra de Dios?

Blasco dio un respingo.

—Habéis dicho que el odio es humano y el amor divino.

El anciano se levantó y ahogó una carcajada. Miró a Blasco con sus ojos pequeños y penetrantes.

—Simplificáis demasiado, amigo mío. Absolutamente todo lo que veis a vuestro alrededor —señaló con su dedo a la lejanía y trazó una larga parábola con el brazo— es obra de Dios. Incluso el mal es obra suya. ¿O pensáis que Él, siendo omnipotente, no habría podido evitar la existencia del mal?

Blasco retrocedió unos pasos y se sintió aturdido. Aquellas palabras contradecían lo aprendido hasta ese momento. ¿El mal era obra de Dios? ¿Era Dios responsable de la muerte de su madre, Alice de Vannes, humillada por aquel almogávar años atrás? ¿Había sido Dios el causante de la desgracia de Teresa? El aragonés bajó la cabeza y trató de ordenar sus ideas. Su mundo había nacido de la guerra, y por doquier dominaban el hambre, las enfermedades y la maldad. La propia existencia del Temple se debía a la necesidad de luchar contra esa maldad.

—Pero... —balbució—, ¿para qué desearía Dios crear el mal?

—Tan solo somos hombres, don Blasco —suspiró Juan de Ramatayim—. ¿Quién sería capaz de interpretar las razones de Dios?

Pero el aragonés negaba con la cabeza. Aquello no era lo que había aprendido. Él necesitaba creer que se había refugiado en el lugar correcto. Un lugar en el que todo fuera bueno y justo.

—Entonces... Un momento. ¿Acaso la injusticia es también obra divina?

Ramatayim asintió con lentitud. Seguía mirando a Blasco con fijeza, pero la sonrisa se había borrado de sus labios.

—Si Dios todo lo puede y todo lo sabe, todo cuanto nos rodea es obra y deseo suyo. La injusticia también —razonó el anciano—. Si el mal no es obra de Dios o no responde a su deseo, entonces Dios no es omnipotente, y Él mismo debe someterse a una ley superior.

Blasco no daba crédito a lo que oía. Se suponía que aquel hombre era de un valor inestimable para la cristiandad, pero en aquel momento se atrevía a dudar de la omnipotencia divina. O eso o aceptar que un ser abyecto como Ferrer Zintero era, después de todo, obra de Dios. Pero si Zintero respondía a los planes de Dios...

—No lo comprendo, maestro, no lo comprendo —insistió el aragonés con angustia—. Si pensáis así, ¿cómo podéis creer en Nuestro Señor y adorarle?

De nuevo apareció la sonrisa en los labios de Ramatayim y durante un instante sus ojos parecieron perderse en el vacío. Mas enseguida recobró su mirada serena y firme.

—Nuestro Señor me ha dado sobradas pruebas de su existencia. Nada puedo hacer yo, sino cumplir su voluntad. Para bien o para mal.

Aquellas palabras acabaron de desconcertar a Blasco, e incluso llegó a pensar que el pobre Juan de Ramatayim desvariaba, tal vez por los achaques propios de su ya avanzada edad.

Permaneció el resto de aquella jornada en silencio, meditando sobre las palabras del anciano pero sin hallar su lógica. Una y otra vez volvía a su mente la misma razón: «Lo ocurrido a lo largo de su vida había sido planeado por Dios.» La muerte de su padre en la batalla de la Gran Bahía, el asesinato de su madre en el Castillo del Mar, la perfidia que había padecido Teresa y todos los extravíos que habían dado con él mismo en aquella isla. ¿Qué más le deparaba el capricho divino?

Aquella misma noche, mientras Ramatayim calentaba algunos pasteles de carne de cabrito, Blasco se excusó y pidió licencia para ausentarse.

—¿Andáis trastornado por mis palabras, joven Blasco?

El aragonés forzó una sonrisa.

—Tal vez un poco, maestro. Quisiera pasear a solas unos instantes bajo las estrellas, si no os incomoda.

—Adelante —animó el anciano—. Os guardaré unos pastelillos y algo de vino.

Blasco hizo un gesto de agradecimiento y salió a la noche sarda. El invierno había tocado a su fin y se aproximaba la fecha en que el templario cumpliría su primer año de servicio en la isla. Conocía de sobra la villa de Cáller aunque no solía recorrerla de noche, pero en aquel momento no le apetecía compartir techo con su maestro y protegido. Anduvo calle abajo hacia la torre del Elefante. Su mente vagaba por los años de niñez, por las enseñanzas de sus mayores y los preceptos que la Regla del Temple le había impuesto. Nada de ello comulgaba con la doctrina de Juan de Ramatayim.

Un súbito ruido espantó sus negros pensamientos. El portazo había sonado a su izquierda, y de allí parecía salir ahora una sombra que poco a poco se fue convirtiendo en un hombre arropado en su capa. Más allá, un cartel de madera se balanceaba a la suave brisa de Cáller. La posada del Elefante.

No había vuelto a entrar desde su llegada a la villa, y ni tan siquiera había sentido el deseo de acercarse. Pero aquella noche era diferente. Trazó en su mente la imagen de la sala principal de la posada, con su larga mesa repleta de comensales, la algarabía de gentes que comían, bebían y gritaban, el ir y venir de los posaderos...

Leticia.

Cuando quiso darse cuenta, los pasos de Blasco le habían llevado a plantarse ante el portón de madera de la posada. Al otro lado podía oír con gran claridad el alboroto y, de repente, una voz cristalina se alzó sobre las demás y se dejó oír con fuerza en una lengua que sonaba como puro latín.

—¡Piero, por la santísima Virgen, más habas frescas! ¡Más carne salada también, haragán!

El cuerpo de Blasco actuó por propia voluntad. Su brazo empujó el portón y una oleada de calor escapó de la posada. Se plantó bajo el dintel y echó un rápido vistazo al interior, a la espera de ver el origen de aquella voz femenina.

—¡Cerrad ahí, maldita sea! —tronó un pisano rechoncho y malcarado cerca del aragonés. Blasco reaccionó sin pensar, dio un paso adelante y encajó la puerta en su alojamiento.

—Disculpad, señor —se excusó en la lengua pisana. El tipo, que había lanzado su orden sin mirar a Blasco, reparó en la envergadura de este y abrió mucho los ojos. Luego buscó a su alrededor y decidió acercarse a un corro de paisanos suyos que charlaban un poco más allá. Blasco siguió con la mirada al rechoncho pisano, que pronto se unió a la camarilla de compatriotas. Una vez allí, el hombre giró la cabeza y, con algo más de seguridad, observó de nuevo al aragonés.

—Vos por aquí... Qué extraño.

La voz había sonado a su lado. Blasco se giró de inmediato, pero ya había reconocido el diáfano acento de Leticia de Sardara.

—Doña Leticia... Qué alegría hallaros.

Las palabras habían surgido por sí mismas. Blasco se dio cuenta apenas terminada la frase. Se preguntó qué hacía en aquella posada. Ni siquiera recordaba cuál había sido la razón de dirigirse a ella, y mucho menos a qué podía deberse la alegría que acababa de confesar a aquella mujer de pelo color miel y ojos almendrados.

—¿De veras os alegráis? —preguntó ella con incredulidad. Blasco arrugó la nariz. ¿De veras se alegraba?

—Lo cierto es que sí, pero no me preguntéis por qué.

De nuevo las palabras nacían por sí solas. ¿Qué estaba ocurriendo? Ahora la sorprendida era Leta. Fruncía el entrecejo y entornaba aquellos ojos verdes y grandes mientras miraba con desconfianza al templario. Blasco se fijó en ella con detenimiento, y regresó la extraña sensación de felicidad que había notado últimamente cuando, en compañía de Juan de Ramatayim, se adentraba en los bosques sardos y se dejaba seducir por la naturaleza. Sin duda Leta era parte de esa misma naturaleza, una de sus más acertadas creaciones. Obra también de Dios..., pero ¿del mismo Dios que había dispuesto todas las desgracias de su vida?

—¿Por qué me miráis así? —Ella se hizo la ofendida. Blasco se ruborizó de inmediato, apartó la vista y la fijó en el suelo.

—Oh... Perdonadme, doña Leticia —tartamudeó—. No pretendía importunaros.

Ella tiró de las vestiduras de él para alejarlo de la puerta y consiguió apartarlo un tanto de la algarabía. Blasco se dejó llevar y, en cuanto estuvieron separados de la mesa que dominaba la estancia, Leta le reprendió:

—No habléis en vuestra lengua, señor —masculló con gesto de enfado—. ¿Es que no recordáis lo que os dije a vuestra llegada?

Blasco vaciló un instante antes de responder.

—¿Qué? ¿He hablado en aragonés?

—Y volvéis a hacerlo, vive Dios —espetó ella. El joven trató de recordar sus propias palabras, cuyo eco aún resonaba en el interior de su mente. Era cierto: se había dirigido a ella en su lengua adoptiva a pesar de que llevaba más de un año sin hablarla.

—No sé qué ha ocurrido —se excusó ya en habla sarda—. No era mi intención...

—¿Habéis bebido, señor? —Ella aproximó su rostro al del aragonés, como si quisiera hacer que su aliento lo delatara.

Blasco echó la cabeza hacia atrás y volvió a arrugar la nariz.

—Por Cristo, doña Leticia —protestó—. Por supuesto que no.

Ella enarcó una ceja. Luego miró alrededor con desconfianza.

—No debemos hablar así, a la vista de todos —murmuró Leta—. Sentaos a la mesa y pedid vino... ya que no habéis bebido aún esta noche. Pasado un tiempo, uno de mis hermanos se dirigirá a vos y podremos conversar.

Dicho esto, Leta se alejó y se perdió entre el gentío. Blasco pudo seguirla con la vista gracias a su altura, pues sobrepasaba a la mayoría de la chusma que agitaba el mesón, aunque la mesonera desapareció pronto en el almacén anejo.

—Pero ¿qué hago aquí? —se preguntó en voz baja.

Inspiró con fuerza antes de hallar una respuesta, y entonces se dio cuenta de que el aroma de Leta se había impuesto al olor a caldo de carne y vino. Era una fragancia agradable que trató de retener en la mente mientras, obedeciendo el dictado de la tabernera, se aproximaba a la mesa y ocupaba uno de los taburetes.

Muchas cosas perdían su sentido. Se sentía extraño, ajeno. Como si lo vivido hasta aquel momento fuera la historia de otro hombre. Ni siquiera se acordó de la cinta de lana que ceñía su cintura bajo la ropa.

VI

Muchos de los comensales habían abandonado la posada y algunos otros los habían sustituido mientras Blasco bebía a pequeños sorbos un cuenco de hipocrás. Llegado un momento, el mesonero Piero acercó su boca al oído del aragonés.

—Señor, haced la merced de seguirme —susurró.

El enjuto sardo no aguardó a que Blasco se alzara, sino que acarreó varias escudillas rumbo al almacén y despareció tras su puerta. El aragonés cruzó a grandes pasos la distancia que le separaba de aquella pieza y, sin mirar atrás, entró. Piero acababa de arrojar las escudillas a un tonel, levantando salpicaduras de agua sucia. Miró a Blasco con una sonrisa cómplice y le indicó que siguiera andando. Una nueva puerta comunicaba el almacén con un cuartucho, de modo que el aragonés pasó junto a los barriles amontonados, capones y liebres colgadas de ganchos de hierro ennegrecido y sacos rebosados de verdura. Dejó atrás al pequeño posadero y cruzó la nueva portezuela.

Leta estaba sentada a una pequeña mesa. Ante ella había un tazón con frutos secos y una escudilla con restos de carne de ave, una jarra y dos cuencos de barro. Hizo un gesto e invitó a Blasco a tomar asiento frente a ella. Llenó de vino la vasija más próxima al joven templario. Este ocupó el taburete que le ofrecía Leta y se llevó el cuenco a los labios sin dejar de mirarla. Un solo hachón iluminaba a medias aquel cuartucho, de modo que el rostro de la sarda quedaba tan solo insinuado. Aun así, el brillo glauco de aquellos ojos seguía horadando la oscuridad.

—Bien —habló a media voz Leticia—. ¿A qué se debe vuestra visita?

Blasco abrió la boca pero no fue capaz de contestar de inmediato. Seguía medio hechizado por la mirada de la sarda, y además no conocía las razones que le habían conducido hasta El Elefante. Dio otro trago al cuenco antes de decidirse a hablar.

—En realidad no lo sé. Necesitaba hablar con alguien conocido.

—Pero si apenas me conocéis —repuso Leta—. Ni siquiera me habéis dicho vuestro nombre.

Blasco respingó. Era cierto, no recordaba haberse presentado el día de su llegada, único en que había cruzado apenas unas palabras con aquella mujer.

—Ah, disculpad de nuevo. Mi nombre es...

—Blasco de Exea, lo sé —atajó ella—. Simón me lo reveló antes de partir hacia Francia. Como supondréis, era necesario, pues la persona que os sustituya dentro de unos años preguntará por vos. ¿Comprendéis?

Blasco asintió. Recordó el consejo de Simón de Ruán: debía tener informada a Leta de los cambios de residencia.

—¿A cuántas de esas personas habéis conocido? Es decir... ¿Cuántos relevos habéis vivido?

Leta entornó aún más sus ojos, e hizo que unos pequeños y graciosos pliegues aparecieran en sus extremos.

—Vos sois el tercero, pero recuerdo a mi padre recibiendo al menos a dos más como vos. Algunos de ellos se han prodigado más por aquí; otros, como vos mismo, apenas se dejaron ver.

—¿De verdad no sabéis a qué venimos? —inquirió Blasco. Ahora sus ojos se habían acostumbrado a la penumbra y podía distinguir mejor los rasgos de Leta. Se fijó en su nariz pequeña y en sus labios carnosos. Ella los estiró para sonreír.

—No, no lo sé. Solo sé que, de tanto en tanto, un correo se planta aquí con una bolsa de dinero procedente de alguna encomienda templaria de Francia, de Provenza, de Italia o de Aragón. Ya ocurría así en vida de mi padre. Lo único que debo hacer es poner en contacto a dos hombres cada cinco años. Eso y guardar silencio, claro. Hasta ahora he cumplido bien mi misión, creo.

—Ah, entonces sí sabéis que se trata de una misión del Temple.

Ella bajó aún más la voz.

—Lo sé porque mi padre me lo reveló. Antes de ello, mi abuelo se lo había descubierto a él, y así ha sido durante generaciones en nuestra familia. Incluso antes de que mis antepasados tuvieran esta posada a la que yo cambié el nombre a causa de esa maldita torre de ahí. Mas debéis guardar el secreto, como supongo que sabéis. Ni siquiera mis hermanos conocen estos detalles, y yo misma debería revelarlos solo a quien me suceda en este extraño cargo.

Blasco se echó hacia atrás y bebió otro sorbo de vino. El cabello de Leta desprendía ahora tenues reflejos al compás de la temblorosa llama del hachón.

—¿Vuestro padre os escogió a vos?

Leta pareció ofenderse con las palabras del aragonés.

—Ya os dije que mis hermanos son buenas personas, pero algo duros de mollera. Supongo que sois de esos que piensan que las mujeres no debemos meternos en afanes complicados. Tal vez vuestro seso no sea muy distinto a los de Piero y Paolo.

Blasco se reprendió mentalmente por su falta de tacto. No era que los conceptos que la Orden del Temple había tratado de inculcarle acerca de las mujeres hubieran surtido mucho efecto, pero desde luego sí habían conseguido hacerle bajar la guardia. Leticia no tenía por qué saber nada de eso, puesto que, aunque conocía el origen de la misión, Blasco suponía que ella ignoraba su condición de templario.

—Perdonad —trató de enmendar el mal causado—, me refería a que vos, quizá, deseéis tener hijos y no podáis dedicaros a la misión en cuerpo y alma. Además, podría entrañar algún riesgo...

—Yo no sé de riesgos, caballero, y tampoco sé de qué forma habría de dar a luz a mis hijos, puesto que no hay varón que se atreva a tomarme por esposa.

—¿Cómo decís? —inquirió Blasco, de nuevo medio escandalizado. Ella rio por lo bajo y apuró su cuenco de vino de un largo trago.

—Vuestro antecesor, Simón de Ruán, lo intentó. ¿Lo sabíais?

El aragonés, que también daba fin en ese instante a su bebida, frunció el ceño y sufrió un ataque de tos; dejó de golpe el cuenco sobre la mesa y se inclinó para retomar el aliento.

—No puede ser... —carraspeó Blasco—. ¿Él os pidió en matrimonio?

De nuevo Leta mostró un gesto de incomodidad, como si le ofendieran las palabras del aragonés.

—Primero dudáis de mi capacidad para cumplir una sencilla misión y después os sorprendéis de que vuestro amigo Simón me quisiera poseer. ¿Tan tonta y horrible os parezco, don Blasco?

—¡Oh, no! De ninguna manera, doña Leticia. Es que Simón es... —balbució el joven. Iba a explicar su reacción cuando reparó en que no podía revelar la condición de templario de Simón de Ruán—. Vos sois... hermosa..., mucho. Y vuestra inteligencia está fuera de toda duda... Yo... Perdonadme otra vez.

Ella recobró la expresión divertida y se apartó el pelo de la cara con coquetería.

—¿De veras os parezco hermosa?

Blasco seguía azorado; trataba de sobreponerse a la noticia sobre la grave falta de Simón de Ruán y, al mismo tiempo, intentaba controlar la conversación con Leticia. Se sentía estúpido a pesar de que no muchos años atrás sus requiebros a las doncellas habían adquirido fama en Ejea. Definitivamente la orden había conseguido trastornarle. Y lo malo era que, de seguir así, acabaría volviéndose loco.

—Oh, sí. Sois hermosa. La más hermosa que conozco..., pero Simón no debía..., es decir...

—Ahora me gustan más vuestras palabras, don Blasco. Bebed un poco más.

Y acompañó su invitación escanciando de nuevo vino en el cuenco del aragonés. Este aceptó gustoso y vació medio recipiente en el primer tiento. Luego resopló.

—Simón era un hombre, lo mismo que vos —continuó Leta—. No fue el primero que se me declaró, y espero que no sea el último.

Lo dijo en un extraño tono. Blasco sentía que hacía cada vez más calor en aquel cuartucho de la posada.

—Pero ¿por qué lo rechazasteis? ¿Y por qué rechazasteis a esos otros que también se os declararon? —Trató de desviar su propia atención del pecado de Simón de Ruán. Ella se encogió de hombros, miró al fondo de su cuenco y deslizó un dedo por el borde.

—Pues... no sé. Quizá no ha llegado el hombre.

—¿Qué hombre? —preguntó Blasco sin dejarla acabar.

—Eh..., el hombre... —De repente ella levantó la vista del vaso y arrugó el entrecejo—. Pero ¿y qué os importa a vos eso?

El aragonés se pasó la mano por la frente para secarse el sudor que parecía sentir resbalando por su piel, pero no encontró humedad alguna.

—Os pido perdón una vez más... —dijo antes de apurar del todo el segundo vaso de vino—. Os estoy importunando. Será mejor que me vaya.

Blasco se levantó del taburete y se dirigió a la portezuela.

—Esperad, esperad, don Blasco. —Ella se incorporó también.

El aragonés se volvió y contempló la silueta de la sarda a contraluz del hachón. Aun con las amplias ropas que llevaba, sus caderas rotundas se marcaban con fuerza y contrastaban con su cintura estrecha y su pecho prominente. Ella pareció adivinar adónde se dirigía la mirada del joven a pesar de que su propio cuerpo ocultaba el brillo de la antorcha.

—Sí. Decidme, doña Leticia.

—Llamadme Leta si gustáis. —Se acercó un paso—. Todos me llaman así por aquí.

—Sí, claro, doña Leticia..., es decir, Leta.

La sarda dio un nuevo paso y ajustó la distancia. De nuevo sus ojos verdes relumbraron en la oscuridad.

—¿Vendréis más por la taberna?

Lo había preguntado con naturalidad, de modo que a Blasco no le pareció que sus palabras encerraran intención alguna aparte de la curiosidad.

—No lo había pensado —respondió maquinalmente.

—¿Lo pensaréis ahora, Blasco?

El calor subía, el aragonés sentía la necesidad de desprenderse de su capa. La cercanía de la mujer le hacía llegar, además, aquel aroma suave. Notaba un impulso, raro porque lo creía extinguido. Necesitaba acercar su rostro al de Leta. Inspiró profundamente, cerró los ojos y apeló a Cristo antes de responder. Pero el Señor parecía no escuchar en aquel instante. Tal vez no le había escuchado nunca.

—Puede que vuelva mañana si no me lo impiden otros menesteres.

Ella sonrió. La hilera de dientes blancos competían en brillo con sus ojos almendrados. El extraño impulso volvió y Blasco precisó de toda su fuerza para no abrazar a la mujer, que era lo que su corazón le exigía en ese momento. Decidió que ya se había dejado tentar demasiado por Satanás, dio media vuelta y cruzó a zancadas el almacén, luego se abrió paso a empujones por el mesón y salió a la fresca noche de Cáller.

VII

Unos meses más tarde.
Ciudad de Valencia. Invierno de 1308

El rey Jaime salió al patio de la *almunya* y se arrebujó en su capa de seda orillada y guarnecida de piel de marta, molesto por la humedad que flotaba sobre los árboles y se colaba por entre sus ropajes. Un escalofrío recorrió el cuerpo del rey.

Arrugó la nariz cuando una ráfaga de viento procedente del sur le trajo un olor pestilente. Maldijo entre dientes y se propuso dar la orden de prohibir que los valencianos arrojaran las inmundicias al río tan cerca del palacio real. Entonces se oyó una carcajada. Jaime de Aragón giró la cara hacia un extremo del patio y vio dos figuras encogidas. Una de ellas era alargada y parecía una rama retorcida. El rey reconoció a fray Juan de Longerio, tocado con su hábito blanco y con el manto negro meciéndose con suavidad por aquella brisa del sur que acertaba a colarse en el patio ajardinado de la *almunya*. La otra figura vestía ropas más coloridas, muceta leonada y capa de paño azul forrada de piel. A diferencia de los cabellos alborotados y escasos del inquisidor general, tenía el pelo abundante y lacio. Se trataba del infante Jaime.

El rey se acercó. Advirtió que ambos prestaban atención a algo que no podía verse. Tal vez observaban algún raro insecto invernal, o quizás el dominico estuviera mostrando al infante las raíces de una planta. Una nueva ráfaga de aire trajo hasta Jaime II el olor putrefacto, y le obligó a tirar de su capa para cubrir la real nariz.

—Los he visto correr con todo esto colgando, y chillan mucho. Es muy divertido —se oyó la voz chillona del infante. A pesar de acercarse a los doce años, seguía pareciendo más joven.

—Probad a atar esto a un árbol o una columna, y azuzadlos con un pincho para que corran. Veréis qué sorpresa —respondió el dominico.

—No sé cómo podéis permanecer aquí con este olor tan pestilente —dijo el rey un momento antes de llegar a la pareja de dominico e infante.

Ambos se sobresaltaron. Se alzaron con precipitación y dieron frente a Jaime de Aragón. El dominico abrió mucho los ojos y apretó los labios en un gesto que parecía ya habitual en él y que le llenaba el rostro de desagradables surcos. Por su parte, el infante enrojeció visiblemente. El rey, que casi sonreía pensando que quizás el infante se había avenido a aprender algo útil de un hombre de Dios, mudó su gesto. Acababa de ver lo que aguantaba el joven Jaime entre sus manos.

—Por la Virgen santa... ¿Qué es eso? —inquirió, asqueado por el color parduzco y sanguinolento. El infante permaneció en silencio, ruborizado y con sus ojos claros muy abiertos, con esa expresión ausente que adquiría cuando su real padre le reconvenía, lo que sucedía con gran frecuencia.

—Eh... Estaba mostrando a Jaime... —tartamudeó el dominico, y juntó su cuerpo con el del infante para ocultar lo que había tras ellos—, me disponía a enseñarle al infante cómo funcionan los órganos...

El rey arrugó el entrecejo y se metió entre ambos, empujándolos a los lados. Tuvo que taparse la boca y la nariz con ambas manos. Lo que el infante sostenía era el intestino de un pobre perro, arrancado a medias de sus entrañas. El animal, un cachorro de cazador que probablemente había sacado de las jaurías del rey, yacía de lado sobre la tierra húmeda del jardín, encima de un charco de sangre embarrada y con la barriga abierta en un largo tajo, convulsionándose sus cuartos traseros y la lengua, que colgaba casi inerte desde la boca entreabierta por la que escapaba un hilo de sangre. Sus tripas se desparramaban desde la hendidura a excepción del intestino, que el infante apretaba como si fuera el cordel para sujetar al perro.

—¡Anormal! —gritó el rey sin poder reprimirse. Abofeteó al infante y el golpe lo lanzó a un lado. El niño soltó las asaduras del perro y cayó sobre un parterre, pero se levantó de inmediato y miró durante un instante a su padre con aquellos ojos desmesuradamente abiertos, sin dejar caer una sola lágrima ni dolerse de la tremenda bofetada.

—¡Alteza! —acertó a decir el dominico, temeroso de que el próximo golpe fuera para él—, ¡es el infante!

—¡Fuera de aquí, maldito desviado! —ordenó el rey a su hijo mayor, que estaba destinado a regir un día uno de los reinos más poderosos del mundo. El pequeño salió corriendo torpemente y tropezó un par de veces antes de perderse bajo los arcos que rodeaban el jardín. Jaime de Aragón se volvió entonces hacia el inquisidor general y creyó ver un gran parecido entre su expresión y la del infante. El dominico también abría mucho los ojos y apretaba los labios. El pensamiento huyó de la mente del rey tan fugazmente como había aparecido—. Por Dios, fray Juan, debería daros vergüenza...

—Alteza, yo...

—Basta, no queremos oírlo. Venid con nos. No soportamos esta pestilencia.

El rey anduvo a grandes zancadas hacia una de las salas anejas al jardín, seguido de cerca por el inquisidor general Juan de Longerio. Una vez dentro, Jaime de Aragón se frotó la nariz para tratar de ahuyentar aquel olor a muerte que se le había instalado dentro. Pronto descubrió que era el propio Longerio quien lo llevaba adherido a sus hábitos.

—Alteza, vuestras órdenes se cumplen sin dilación —graznó el dominico para hacer que el rey olvidara la desagradable escena recién vivida—, los templarios todos están siendo encarcelados por vuestros reinos..., salvo aquellos que se han encastillado, claro.

—¿Siguen los obispos empecinados?

Longerio sonrió, y con ello descubrió al rey un nuevo elenco de sus feos surcos.

—Continúan obstinados en la inocencia de los templarios, alteza. A pesar de ello, vuestras órdenes parecían ser esperadas, porque de inmediato se movilizaron fuerzas para los arrestos. Por desgracia, en algunos casos los herejes tuvieron tiempo para guarecerse en sus castillos.

El rey mostró su disgusto con una mueca agria.

—Las fortalezas del Temple son poderosas. Puede costar mucho expugnarlas.

—Pero no dejéis de ver una ventaja en esto, alteza —repuso Juan de Longerio al tiempo que se frotaba las manos y sonreía—. Me tomé la libertad de ordenar a vuestros escribanos que las copias con las órdenes reales tuvieran fecha posterior. Perdonadme por ello, alteza.

»Cuando los templarios escucharon de vuestros emisarios el mandato de darse presos, no fueron pocos los que desobedecieron, temerosos porque hasta sus oídos han llegado las noticias de Francia y Navarra. Ahora estos rebeldes tendrán mala salida para explicar por qué incumplieron vuestra orden de acudir a Valencia para ser inquiridos.

El rey ahogó una carcajada. Él mismo había firmado las copias dirigidas a las distintas diócesis sin darse cuenta de que le habían trocado las fechas. Fray Longerio demostraba con ello una sibilina astucia que venía muy bien a los planes de Jaime de Aragón.

—No ordenamos detenerlos hasta que ellos rehusaron nuestras órdenes de acudir libres —comprendió el rey. Longerio sonrió de nuevo. Aquel gesto tenía la propiedad de acercar las alargadas puntas de la barbilla y la nariz del dominico, lo que causaba cierto desagrado al monarca. Aun así, este lo disimuló.

—Eso sí —advirtió el inquisidor—, no puedo hacer nada por convencer a los obispos, sobre todo porque dos de ellos estaban presentes como consejeros de vuestra alteza cuando disteis la orden.

El rey se abrió la capa y extrajo un rollo envuelto en cordaje rojo y grana. Se lo extendió al dominico.

—Mientras exponíamos las razones al Consejo y confiábamos en nuestros obispos, el propio Papa redactaba epístolas dirigidas a todos los príncipes de la cristiandad. Si hubiéramos tenido esta misiva en la Epifanía, nos habríamos ahorrado discusiones.

»Aquí dice el Santo Padre que, a pesar de su inicial escepticismo, ha podido comprobar fehacientemente que los cargos de que se acusa a ciertos templarios de Francia son verídicos, y que el propio gran maestre así lo ha reconocido. Que por ello ha requerido a todos los príncipes que con cautela procedan en sus dominios a prender a los freires templarios y a ocupar sus bienes, y que se haga de forma rápida y se dé orden a inquisidores y ordinarios para investigar sobre los inculpados y juzgarlos conforme dispone esta propia misiva. El Papa solo se guarda para sí la posibilidad de enjuiciar a los más principales de Francia, como el gran maestre, el visitador y algunos comendadores de allá.

Fray Longerio recibió la epístola papal como un tesoro y la miró con ojos ávidos.

—Esto allanará la voluntad de los obispos, alteza.

—En la carta también veréis mandato del Papa de secuestrar todo bien templario, así como sus rentas y derechos, y guardarlos en seguro depósito con el fin de hacerlos llegar a la empresa de Tierra Santa en caso de caída de la orden, o bien para la devolución a esta en caso contrario.

El dominico introdujo la carta de Clemente V en una manga de su hábito y siguió sonriendo.

—Descuidad, alteza. Sus bienes están bajo custodia de don Pedro Buil, tal como ordenasteis, y algunos de ellos, de seguro, producen ya beneficios al tesoro. Solo faltan las posesiones de los irreductos, naturalmente.

Jaime de Aragón suspiró.

—¿Cómo sigue ese asunto?

—El lugarteniente de la encomienda de Puig-Reig resiste en su castillo —el inquisidor hizo memoria—, y lo mismo ocurre en Cantavieja. El más sedicioso parece Bartolomé de Belvis, que se ha hecho fuerte en Monzón y anima a la revuelta. Chalamera,

Ascó y Miravet también han seguido su ejemplo, y lo mismo Libros y Villel.

El rey caminó lentamente con las manos cruzadas a la espalda. Reflexionó unos instantes antes de contestar.

—El veguer de Osona se ocupará de Puig-Reig, ya dispusimos sobre ello... —Jaime de Aragón se pellizcó la barbilla—. Nos preocupan más las encomiendas aragonesas. Maldita sea, siempre empecinados en desafiarnos...

—Si me lo permitís, alteza: poned el máximo esfuerzo en Monzón. Si cae esta encomienda, todas las demás se derrumbarán de inmediato.

—Desde luego, desde luego... —El rey de Aragón alzó la barbilla y se lamentó de que el dominico no formara parte permanente de su Consejo. Pero recordó a su propio hijo y heredero inclinado sobre los despojos humeantes de un perro recién destripado y ahogó una mueca de asco—. Dad traslado al sobrejuntero de Huesca y Jaca de estas nuestras órdenes: que se haga escuchar por don Artal de Luna, que este le proporcione gentes y máquinas y que ponga sitio a Monzón y a las demás encomiendas dependientes, y que combata con saña para dar ejemplo a los otros. No hay posibilidad de negociación.

»Otra cosa: hemos oído que nuestro amigo, el rey de Castilla, no se muestra convencido por las razones de Felipe de Francia. Hemos de suponer que ha recibido, como nos, la misiva del Papa Clemente, pero no presta oídos a las acusaciones y no actuará con la firmeza que se requiere. Por ello, fray Juan, debéis llevar nuestra preocupación acerca del mayor peligro que esto supone, y es que los templarios irreductos de nuestros reinos traten de entrar en rebeldía y abandonar Aragón para huir a Castilla. De ninguna manera ha de ser esto consentido, y responsabilizo de ello a quien tenga bajo su señorío al fugitivo. Nuestra cólera será terrible si, además de la fuga, advertimos que los herejes han puesto sus bienes a recaudo de los castellanos.

El dominico asintió repetidas veces y se frotó las manos.

—Como vos deseéis, alteza. ¿Alguna orden para que comiencen las inquisiciones?

El rey observó el gesto ávido del dominico al preguntarlo. Si sonreía con mayor malicia, de seguro su barbilla podría chocar contra su nariz. Jaime II era el rey de Aragón, y ello le ponía en el brete de elevarse sobre los destinos de los demás hombres. Su dinastía y sus reinos precisaban de aquella política, pero no era necesaria la carnicería que sospechaba que se estaba cumpliendo en la vecina Francia. Fray Juan de Longerio se impacientaba al no recibir contestación. El rey recordó el gesto del dominico, tan parecido al del infante, después de mutilar al pobre perro cuyas entrañas perdían calor en el jardín del palacio.

—Aguardad para ello nuestras órdenes, Longerio. Os podéis retirar.

El fraile redujo la sonrisa a una pequeña mueca y congeló su gesto mientras hacía una reverencia. Luego se irguió e introdujo las manos en las anchas mangas de su hábito, acarició la misiva del Papa y se fue.

El placer del olvido

I

Dos años y medio después.
Cáller, Cerdeña. Verano de 1311

Blasco de Exea aguardó hasta que el anciano Ramatayim, vencido por el sueño, empezó a respirar entrecortadamente. Después se puso tras la vidriera de su ventana y observó el color ocre de las hojas que inundaban el jardín a la suave luz de la luna llena. Fue la misma luna la que arrancó un destello a espaldas del joven. La cruz templaria de su espada, la que el francés Simón de Ruán le había dejado como herencia para su misión, parecía cobrar vida al recibir un pálido y oblicuo rayo lunar.

Blasco suspiró y blandió el arma, como tantas veces. Hizo girar el puño en su mano y evitó mirar el sello con los dos jinetes del Temple. Un nudo se le apostó en la garganta al pensar en el visitador Hugo de Pairaud, en su hermano de la encomienda de Monzón, en el viejo templario de Añesa... y en todos los demás templarios de la cristiandad.

Las malas noticias habían llegado al abrirse la temporada de navegación aquella primavera de mil trescientos y ocho, hacía ahora tres años. El invierno anterior había estado pleno de temporales, y ni siquiera los bajeles pisanos se atrevían a bordear Córcega para llegarse hasta Cáller. Por eso en la villa habían permanecido ajenos a la desgracia que se vivía en el continente hasta que, como todas las primaveras, el pueblo sardo se apiñó en el puerto para recibir al primer navío de la temporada, en este caso una galera pisana que traía relevos para la guarnición del castillo. Los marineros y soldados del Señorío se dejaron convidar por las buenas gentes del pueblo, ávidas de noticias acerca del nuevo Papa, de los planes de Aragón y de las intrigas de los angevinos. La mala nueva corrió como un reguero y se coló en la posada del Elefante, donde Blasco, como cada mañana de aquellos días, había acudido a visitar a la hermosa Leticia. Para Blasco dejó de tener sentido el dulce sufrimiento que representaba saberse enamorado de la bella sarda. Aquello lo había tenido ocupado entre el confesionario y el maestro Ramatayim, optando al final por este último a causa de su cada vez más innegable falta de fe. Pero ese mal, que hasta tal momento había considerado la peor tortura que el Maligno podía depararle, se había transformado ahora en una nimiedad.

El aragonés hizo brillar de nuevo la cruz templaria de su espada al reflejar la luna llena, y recordó el momento de recibir la noticia en la posada.

Blasco se desayunaba con vino caliente y queso, y lanzaba continuas miradas al almacén por cuya puerta, de vez en cuando, asomaba Leta y parpadeaba coqueta. Entonces entró en tromba un panadero sardo, un tipo que abastecía el local dando las más de las veces gato por liebre a cuenta del peso de la harina que precisaba para fabricar las hogazas.

—¡Ya llegó la primera nave! —divulgó a voz en grito.

Algunos parroquianos se levantaron de la larga mesa y requirieron más noticias al panadero, que traía el semblante pálido a pesar de haber subido a la carrera las largas cuestas desde el puerto hasta el barrio del Casteddu.

—¡Los monjes templarios han caído! —anunció el truhán—. ¡Por toda la cristiandad los encierran en mazmorras y arrancan sus hábitos!

Blasco tosió con fuerza al atragantarse con el vino caliente.

Se levantó de un poderoso salto y escupió un pedazo de queso, apartó a los demás a empujones y agarró por el sayo al panadero, que miró al aragonés con los ojos muy abiertos.

—¿Qué mentiras dices, asqueroso? —tronó Blasco. Leticia corrió, aferró al joven templario y tiró hacia sí sin conseguir que soltara al asustado panadero.

—Estás hablando en tu lengua aragonesa. Cállate.

Blasco recibió como un bálsamo el susurro de la sarda, pero se resistió a soltar a su presa.

—Repite eso que has dicho —le ordenó entre dientes, ahora en el habla de la isla.

—Señor, por Dios, solo os informo de lo que dicen los marineros pisanos —se excusó, y trató inútilmente de liberarse del fuerte agarre del aragonés—. Han traído la noticia y aseguran que la orden ha caído en desgracia. Que el Papa ha decretado el arresto de todos ellos y que se ha descubierto que son sodomitas y herejes...

Blasco dejó apartarse al panadero, pues de otro modo se veía destrozándole el rostro a puñetazos. Cerró los ojos e inspiró con fuerza. Aún sentía el aliento de Leta a su espalda.

—Ven conmigo y serénate, por favor —le pidió la mesonera.

Ahora sí, Blasco se dejó llevar hasta el pequeño cuarto tras el almacén. Como flotando, mientras intentaba dar sentido a las oscuras palabras del panadero, acabó sentado a la mesa sobre la que apoyó ambos codos. Hundió la cabeza entre sus manos. Leta le sirvió al punto otro cuenco de vino caliente y removió sus cabellos negros.

—Espera aquí y sosiégate. Yo saldré ahora a recabar noticia cierta y enseguida nos enteraremos de todo.

Leta arrojó su delantal a un lado, se atusó el cabello y marchó. Blasco se tomó de un trago el cuenco entero. Fuera, en el mesón, todavía se oían las exclamaciones de asombro y el siseo de los comentarios. Mientras esperaba el regreso de Leticia, el aragonés recordó las palabras que había oído en su último encuentro con el visitador Hugo de Pairaud.

«Se avecinan malos tiempos para la orden, jeune Blasco —Había dicho frey Hugo en el castillo de Monzón—. Mi alegría por alejaros de aquí es doble. Me complace que por fin se os haya encomendado una misión, y también me agrada que para ello debáis surcar el mar y abandonar, aunque solo sea por un tiempo, al Temple.»

¿Qué sabía el visitador? ¿Qué era lo que temía? ¿Esto acaso?

Cuando Leta llegó de vuelta, halló a Blasco dando vueltas alrededor de la mesa como un animal enjaulado. Con el pelo revuelto de pasarse las manos por la cabeza y una expresión de angustia en el rostro, el aragonés se acercó a la sarda y la miró fijamente. Rogó con su gesto que desmintiera las palabras del panadero. Leta bajó la vista y acarició suavemente los hombros de Blasco. Este cerró los ojos al advertir, sin necesidad de oírlo de labios de la bella Leticia, que las malas noticias eran ciertas.

—¿Dónde está ocurriendo? —preguntó Blasco con un hilo de voz.

—Francia, Aragón, Italia... —respondió ella—. Los pisanos hablan de lo que conocen por cercano. Es muy grave, Blasco.

—¿Tanto?

Leta asintió y se esforzó en vestir de ternura a su mirada. Blasco sintió que las piernas le fallaban, pero se repuso con rapidez. Tenía que concentrarse en lo que podía hacer.

—Necesito información —apremió—. Debo saber dónde están encarcelados mis hermanos y de qué se les acusa.

Leta asintió, dispuesta a no contrariar al aragonés. Él le había confesado ya su condición de templario, pero también le estaba demostrando día a día que sus lazos con la orden y los votos adquiridos no dominaban su corazón.

—Hemos de ser pacientes —recomendó ella—. Esperemos más noticias. En unos días llegarán naves de Provenza, Aragón y Francia, y tendremos cumplida noticia de lo que allí ocurre.

—Pero es que no entiendo por qué está pasando esto. ¿Quién ha sido más piadoso que los templarios? ¿Quiénes, sino los templarios, han dejado su sangre en Tierra Santa durante dos siglos? ¿Qué estupideces son esas de herejía y sodomía? Yo no conozco tal cosa...

Leticia puso un dedo en los labios del aragonés y consiguió

callarlo. Después atrajo hacia sí su cabeza y se abrazó a él. Permanecieron así unos instantes. Blasco se preguntaba si el mundo se había vuelto loco; ella pasaba su mano por el pelo revuelto del aragonés.

Desde aquella mañana, su unión se había fortalecido.

Juntos bajaron en los días siguientes al puerto para inquirir de los marineros noticias acerca del Temple. Todos confirmaban la noticia, aunque algunos la adornaban con detalles de propia factura. Blasco se descorazonaba, y Leta le animó recordándole que se hallaba en la isla para cumplir una misión que aún no había terminado.

—No sé en qué situación dejan estos sucesos a mi misión —repuso él una tarde en el jardín de la casa de Ramatayim, al que Leta había acudido ya en algunas ocasiones.

Ella, apoyada en un árbol mientras Blasco caminaba de uno a otro lado, bajó la voz para que el viejo Juan no la escuchase.

—Te debes a ella, al menos hasta que tu plazo acabe.

El aragonés observó a la sarda. Adivinó que aquella reconvención ocultaba un secreto anhelo, lo que proporcionó una migaja de felicidad a Blasco. A pesar de todo, esa migaja se perdía en la pútrida sopa de infundios que se extendían sobre la noble Orden del Temple.

—Por lo que dicen los marinos y comerciantes, nada quedará del Temple cuando mi misión acabe. ¿Quién vendrá a revelarme, Leta?

Ella se apartó del árbol y se acercó al aragonés.

—Tal vez debas quedarte entonces.

Se miraron un instante. Los ojos de Leta reflejaban la luz del atardecer y una dócil brisa mecía sus cabellos castaños. Las penas se atropellaron en el pecho de Blasco. De repente deseó hallarse en Ejea, junto a su dulce madre adoptiva, doña Elisén, al calor del hogar mientras la nieve caía pertinaz fuera y teñía de blanco la tierra aragonesa. Lo que ambos se habían dicho con la mirada desde hacía meses se lo dijeron ahora, de nuevo sin palabras. Blasco la atrajo hacia sí y halló en ella el refugio que su alma precisaba. La besó con desesperación, como si todo su mundo se acabara y ella pudiera salvarle así, dejando que sus labios permanecieran unidos.

El ruido de la puerta al abrirse los sacó del encantamiento. Se separaron sin apartar sus miradas, incapaces de decir cuánto tiempo había pasado. El sol había desaparecido y el cielo se teñía de púrpura.

—Pasad, hijos míos —se oyó la voz de Juan de Ramatayim, que era quien había hecho sonar la puerta al abrirla—. Está anocheciendo y se levanta brisa.

—Maestro... —balbuceó Blasco, convencido de que Ramatayim los había visto. El anciano alzó una mano y sonrió, indicando al joven que no pensaba juzgarle por ello.

—Pasad, os digo. He preparado una crema de harina, leche y pasas. Y le he añadido canela, veréis qué deliciosa.

La voz de Ramatayim se perdía mientras entraba en la casa. Blasco sonrió a Leta por primera vez en muchos días. Ella le devolvió la sonrisa y tomó su mano. Aquella fue la primera de muchas cenas que compartieron los dos jóvenes en casa de Ramatayim, que se sentía contento de tenerlos allí. Así se lo hizo saber, pues lo demostraba día a día cumplimentando a la bella Leta y animando a Blasco a conocerla, que más parecía a veces alcahuete que hombre santo.

—Decidme, maestro —le inquirió Blasco un día, ya entrado aquel verano, mientras caminaban hacia el mercado—. ¿No consideráis impío mi amor por Leticia?

—Sabéis que no, Blasco. Ya os he hablado del amor en otras ocasiones.

—Pero yo juré votos y los he traicionado —repuso el aragonés—. ¿Sabéis que mi comportamiento representa una falta grave?

Ramatayim se detuvo entonces y puso una mano ante Blasco.

—Responded ahora si podéis, joven Blasco: ¿errasteis al profesar, puesto que en este mismo instante veis que no sois capaz de cumplir el voto? ¿Erráis ahora al amar a la dulce Leticia, pues os debéis a vuestro juramento? ¿Qué decís? ¿Es el voto el error o lo es el amor?

Blasco arrugó el entrecejo. Aquello era lo mismo que hacerle escoger entre la orden y Leta.

—¿Cómo saber en qué momento erré? —preguntó con un deje de desesperanza.

—Decidme otra vez por qué profesasteis —pidió el anciano, parado aún en el camino del Casteddu. Blasco miró alrededor con el temor de que su conversación fuera escuchada.

—Mi vida carecía de sentido desde la pérdida de Teresa, pues no podía amar a quien me amaba... Había sido educado para cumplir una venganza que tampoco era capaz de llevar a cabo. Estaba claro que solo Dios podía hacerme guiar con razón mi vida. Él me dio el don de la espada pero me arrebató el goce del amor.

—Pero ahora veis que Dios ha puesto ante vos a Leticia —completó el anciano.

—Cierto.

—¿Pensáis, Blasco, que vistiendo el hábito sois capaz de seguir la senda que Dios ha trazado?

Blasco reflexionó unos instantes.

—Aunque a veces dudo de ello, sigue siendo mi esperanza.

—¿Y qué os hace pensar, amigo mío, que no obraríais de igual modo sin vestir el hábito del Temple?

El aragonés arrugó la nariz. Las respuestas de Ramatayim escondían a menudo otras preguntas que obligaban a Blasco a rebuscar en lo más profundo de su corazón. También le oprimían en cierto modo el alma, pues si Dios había puesto a Teresa en su camino y había hecho lo propio ahora con Leticia, ¿qué le garantizaba que no fuera a perder a esta tal como perdió a aquella?

Siguieron camino, y la realidad volvió como un mazazo cuando un velamen apareció en lontananza. Un navío maniobraba para atracar en Cáller y en lo alto de su arboladura ondeaban al viento los colores de Francia.

—De todos modos, no pienso que quede orden a la que presentarme como errado.

Blasco lo había dicho con la misma amargura que sentía el día que tuvo noticia del proceso. Las noticias seguían llegando, y el martirio que el aragonés sentía solo se veía endulzado por la presencia de Leticia, que de vez en cuando dejaba que sus labios se rozaran a escondidas. Blasco, no obstante solazarse con aquellos breves momentos de felicidad disfrazada, no podía dejar de notar la aflicción que embargaba su alma.

II

A lo largo de todo aquel tiempo, los barcos seguían atracando en el puerto de Cáller. Sus tripulantes y pasajeros, correos de la perfidia que se manifestaba allende el mar desgranaban poco a poco la tragedia que tenía lugar en el continente. Blasco, acompañado a veces por Leticia de Sardara, acudía al fondeadero a recibir las nuevas, o las escuchaba de boca de unos u otros en la misma posada del Elefante. Así supo de la actitud del papa Clemente, que emulaba a Pilatos cuando se lavó las manos a pesar de reconocer que Cristo era un hombre justo. La condición de los pisanos, que renegaban con facilidad del Santo Padre, obligaba a Blasco a tomarse sus comentarios con escepticismo, pero lo cierto era que si alguien podía considerarse valedor del Temple..., ¿no era por ventura el Pontífice?

Supo también que por toda la cristiandad se actuaba sobre los templarios, si bien no por igual, y que Chipre o Alemania, Navarra y Flandes, Nápoles e Inglaterra, habían procedido con más o menos celo contra la orden, siguiendo unos las peticiones francesas y otros los dictados papales. Lo que más mella hizo en el corazón de Blasco, sin embargo, fue conocer la actitud que se había tomado con los otrora defensores de la cristiandad, tesoreros y guardianes de reyes y reliquias, caballeros protectores de los peregrinos y los Santos Lugares: las torturas se generalizaban. No se dudaba en acudir al tormento judicial para obtener confesiones. Blasco se había atrevido a preguntar personalmente a unos comerciantes de la Provenza por los caballeros principales que habían logrado capturar en Francia, y le respondieron sin dudar que el gran maestre Molay era la pieza más preciada del rey Felipe, y que igualmente se pudrían en las mazmorras francesas otros dirigentes templarios como los comendadores de Normandía, Ultramar y la propia Provenza.

Ah, claro, y el visitador general, frey Hugo de Pairaud.

Blasco palideció al escuchar ese nombre en boca de los mercaderes. Recordó el día lejano en las inmediaciones de Monzón, cuando su preceptor había perdido por un instante la mirada...

«Ninguno de nosotros puede asegurar qué haría en tal caso —había dicho el visitador Pairaud, agobiado por un malsano vaticinio—. Yo mismo sufro escalofríos tan solo de pensar en la tortura...»

—Ten valor, hermano —deseó Blasco con un murmullo. Ansiaba que su pensamiento volara desde aquella isla clavada en medio del Mediterráneo y se colara por el ventanuco del lóbrego lugar en que se hallara su amigo y preceptor.

También, poco antes de cerrarse al tráfico marítimo, una coca valenciana había arribado a Cáller. Sus tripulantes, con mil y una precauciones y escoltados siempre por hombres de armas, habían trasladado sus confidencias a las gentes sardas. Decían que sí, que los templarios eran también perseguidos con saña en la Corona de Aragón, que los obispos de Tarragona y Valencia habían sido designados para dirigir las inquisiciones, si bien había un personaje que, moviéndose por los territorios de la Corona, ganaba fama de carroñero. Un inquisidor que llevaba las órdenes del rey y del Papa, intimidaba aquí y allá y usaba de los recursos de villas y señoríos para apresar templarios, revelar encubridores y secuestrar bienes. Decía ser heraldo real y, bajo amenaza de tormento a las buenas gentes de Valencia, Aragón o Cataluña, entresacaba delaciones de falsos testigos y confesiones de auténticas víctimas, pues unos y otros eran tratados al fin como criminales por esta ave de mal agüero que nombraron fray Juan de Longerio. Sin embargo, bien por imprevisión del rey Jaime, bien por precaución de los propios hermanos templarios, algunos de ellos habían conseguido hacerse fuertes y resistir, se negaban a someterse a la autoridad civil, que no era la suya, y pedían aforarse a la del Santo Padre. Pero el rey había dado orden de no negociar, y para finales de aquel verano de mil trescientos y ocho, solo las fortalezas de Monzón,

Miravet y Chalamera resistían todavía, por más que se veía que sus esfuerzos eran vanos, solos como estaban en medio de la perfidia, destrozada la orden por toda la cristiandad y perdida la causa ante el único y santo posible defensor. El día que Blasco supo de estas últimas noticias por los mercaderes valencianos, abandonó el puerto, al que había acudido en solitario, y se llegó a la posada del Elefante con el ánimo vencido, dudando ante su futuro y necesitado de verse en los verdes ojos de Leticia de Sardara. Halló la posada vacía, pues era mediada la mañana y el mal tiempo comenzaba a vaciar las calles de la villa. Piero, el enjuto hermano de Leta, baldeaba el suelo de la gran estancia que hacía de mesón y rascaba para arrancar los restos de grasa y de barro que los comensales dejaban como propina. El posadero, al igual que su hermano más voluminoso, se había hecho a ver al aragonés en la posada, y sabiendo ambos de su querencia hacia la bella Leticia y confiados en las buenas maneras y mejores trazas de Blasco, lo habían acogido con cierto aprecio.

—Leta está arriba, adecentando los dormitorios —le avisó Piero al verle llegar, y siguió rascando una mezcla de aceite y queso que se había pegado a un taburete.

Blasco subió las escaleras con lentitud. Retorcía sus mientes para averiguar si debía volver a Monzón o no cuando su misión terminara. ¿Había esperanza aún de que la orden sobreviviera? Y si no lo hacía, ¿qué iba a ser de sus hermanos? Además, se suponía que tanto Ramatayim como él vivían de las rentas que la Orden del Temple enviaba con regularidad al primero.

—Vienes del puerto —adivinó Leticia en su mirada ausente. Blasco asintió sin ganas.

—Las últimas naves abandonarán la isla cuando acabe el buen tiempo y no volveremos a saber nada hasta el año entrante.

La sarda recorría los dormitorios acarreando mantos zurcidos, pues el tiempo enfriaba ya por las noches y los pocos huéspedes que quisieran albergarse en El Elefante iban a precisar de ellos.

—Será mejor así —opinó ella mientras abría una de las puertas y arrojaba un manto sobre el camastro—. Durante unos meses dejarás de recibir noticias funestas.

Leta cerró la puerta y subió el segundo tramo de escaleras. Blasco recogió un fardo de mantos y la acompañó, precedido por el tintineo metálico al ritmo de los pasos de la sarda. El aragonés esbozó media sonrisa al recordar su sensación de embeleso la primera vez que escuchó ese soniquete. Fijó su vista en las caderas de Leta, que se movían mientras ascendía a la última planta. Blasco aspiró el aroma de la mujer, que seguía extasiándole como en aquella ocasión.

—Quisiera saber qué hacer —dijo él sin poder quitar la vista de las caderas rotundas de Leticia,

—Ya sabes lo que pienso —respondió ella mientras depositaba un fajo de mantos en el suelo y rebuscaba en su faltriquera. Sacó el manojo de llaves y abrió la primera puerta. Él la observó en silencio.

Parecía que el verano se esforzaba por abandonar Cerdeña pero, pese a todo, el clima benigno de la isla proporcionaba una agradable temperatura, de modo que Leticia estaba un tanto acalorada por el esfuerzo de llevar los pesados mantos de acá para allá. Abrió el ventanuco de la estancia y logró que la brisa del mar se colara de inmediato. Luego, sin deliberación alguna, se recogió el pelo, sacó una tira de piel y se la ató para recogerlo. Su cuello largo quedó al descubierto y la joven se pasó la mano por él, estirándose un tanto. Aquello hizo que sus senos se marcaran bajo la saya. De repente vio la mirada de Blasco, que había dejado de hablar mientras observaba sus movimientos.

—Discúlpame —dijo él al darse cuenta de su descaro—. No quería importunarte.

Ella sonrió y abrió otra de las habitaciones.

—¿Me das uno de esos mantos? —pidió al aragonés.

Blasco obedeció de inmediato y entró en el dormitorio para estirar el manto sobre el camastro. Al volverse, la sarda le clavaba sus ojos con una mirada que ya conocía. El joven se sintió culpable cuando ella se acercó y comprimió sus senos contra el pecho del templario. Blasco pudo notar su dureza y pasó las manos por la cintura de Leta.

—¿No te agrado? —Ella entornaba los ojos.

—Mucho. —Blasco cerró su abrazo y dejó que el aroma de la mujer penetrara en su cuerpo.

—Pero sigues triste.

Él besó con suavidad los labios de la sarda. Su intento de sonreír fracasó, así que sintió la necesidad de disculparse.

—No puedo olvidar a mis hermanos que sufren. Mientras yo vivo feliz aquí, cerca de ti, tal vez ellos me necesitan.

Leta envolvió con sus brazos los férreos hombros del aragonés y giró a su alrededor hasta que el camastro quedó a su espalda. Entreabrió los labios y los acercó de nuevo a la boca de Blasco, que no pudo resistirse a besarla de nuevo. Esta vez sus lenguas se encontraron y juguetearon unos instantes antes de separarse. Leta respiraba ya entrecortadamente, y Blasco sentía la sangre agolparse con fuerza en su cabeza.

—Yo también te necesito —respondió ella en el mismo tono quedo.

El aragonés soltó el agarre de la sarda y rebuscó un momento entre sus ropajes. Sacó un cordón de lana envejecida y lo arrojó al suelo ante la mirada curiosa y la respiración jadeante de Leta. Luego se volvió y empujó la puerta del dormitorio.

—Piero... —dijo— puede subir.

Ella movió la cabeza negativamente, se arrancó el delantal y deshizo los lazos de su saya, que se aflojó al instante. Blasco notó que su virilidad llamaba desesperada y ahogó un gruñido. Se lanzó sobre Leticia, la arrastró al camastro y tiró de su ropa. Ella sonrió al fin y se enroscó con languidez en torno del fibroso cuerpo del aragonés.

—¿Qué es esto? —inquirió Leta a media voz. Había cogido el cordel que rodeaba el cuello de Blasco. Sacó el colgante dorado y negro y lo observó un momento. Blasco sonrió y besó el cuello de Leticia.

—Es un recuerdo. Lo tengo desde muy niño. —Paseó sus labios por la piel de la sarda.

—¿Y qué te recuerda? Seguro que es a otra mujer. ¿Es eso? —quiso saber mientras se estremecía.

Blasco separó la boca del cuello de Leticia y la miró con fijeza. Pensó un instante que sí, que en cierto modo aquel colgante tenía la misión de recordarle perpetuamente a otra mujer. A Alice de Vannes, cuya memoria aún no había sido vengada. Blasco se fijó en el hermoso color verde de los ojos de Leta.

—No hay ninguna otra mujer. Tú eres la única.

—¿Te quedarás conmigo? —preguntaba ella mientras Blasco le bajaba la saya hasta la cintura y descubría sus imponentes y firmes pechos. El aragonés acarició uno de aquellos dones de la naturaleza mientras la sarda se mordía el labio inferior y echaba la cabeza hacia atrás. El deseo arrebató a los dos jóvenes. En aquel momento podían haber prometido cualquier cosa, pues no eran dueños de su razón y tampoco de su destino.

—Me quedaré contigo —respondió Blasco de Exea.

Después dejaron de hablar mientras un golpe de brisa irrumpía en el aposento y arrastraba el cordón de lana deshilachado hasta un rincón.

III

Al mismo tiempo.
Barcelona. Finales de verano de 1311

El obispo Ponce de Gualba arrastraba su fina capa cárdena por los pasillos del palacio real, pero se la recogió con aprensión al aproximarse a las obras de la nueva capilla.

—Cuidado, Alfonso, no vayáis a tropezar.

—Descuidad, monseñor.

Miró al suelo arrugando el ceño mientras vigilaba los pasos del mozalbete que le acompañaba, aunque el muchacho salvaba con bastante agilidad los tablones y herramientas que los canteros se habían dejado tirados aquí y allá. Todo estaba lleno de polvo y las piedras y vigas de madera se amontonaban por doquier. El obispo suspiró y se asomó al interior de la capilla, en la que se habían reanudado las obras a pesar de haber sido consagrada pocos años antes. De pie, erguido en toda su altura, se encontraba allí el rey de Aragón. Permanecía quieto, daba la espalda a la puerta y miraba con detenimiento un escudo de armas labrado en la piedra del oratorio. Vestía con ropa ligera por el calor de la estación: garnacha de seda azulada con sobrecuello blanco y grande que caía sobre hombros y espalda, y bajo ella una sobreveste abierta de color marfil.

El muchacho, un zagal de unos doce años con el pelo castaño y los rasgos rectos y agradables, se adelantó al obispo.

—Buenos días, alteza —la voz infantil rebotó en los altos muros de piedra.

El rey se volvió de inmediato y se pasó una mano por los ojos. Durante un breve instante, al obispo le pareció ver que el rey lloraba, pero luego se dio cuenta de que no era así. No podía serlo. El monarca observó fijamente al muchacho.

—Alfonso, ¿qué haces aquí?

El niño salvó la distancia que le separaba de su padre y lo abrazó. Ponce de Gualba observó la escena desde la puerta de la capilla y guardó un prudente silencio mientras el niño trataba de consolarse tras la pérdida de su madre. Ahora las armas de Blanca de Anjou quedaban tras el rey Jaime, y las altas cristaleras dejaban entrar una luz triste que desanimó un tanto el corazón de Ponce de Gualba.

No hacía aún un año que la reina Blanca había muerto, dejando al rey sumido en la melancolía. Quienes lo conocían bien, como el consejero Gonzalo García, veían en su gesto una profunda e incombustible pena. Alfonso, el segundo hijo de Jaime de Aragón y Blanca de Anjou, había sufrido mucho, pues quería de corazón a su buena madre. El infante Jaime, por el contrario, no pareció penar por el fallecimiento de la reina y, a pesar de contar ya catorce años, seguía perdiendo el tiempo con trastadas insanas, perseguía a los gatos del palacio barcelonés o cazaba los gorriones con un arco.

Alfonso era distinto.

El rey Jaime permitió que su hijo le abrazara pero se abstuvo de consolar al infante. Por un momento quiso dejar de lado su actitud, distante hacia sus propios hijos para investirlos de la digna soledad del boato real. Solo durante un instante quiso acariciar los cabellos de Alfonso, tan parecidos a los de su madre Blanca. También sus rasgos eran muy similares a los de la reina angevina, a la que Jaime nunca pensó añorar tanto después de todo. Había sido un matrimonio político, como ocurría tantas veces entre casas reales, pero Blanca había demostrado ser una dulce esposa a pesar de su inconsolable amargura por la extraña personalidad del infante Jaime, heredero de la Corona de Aragón. Tal vez por ello, y por las permanentes separaciones entre rey y reina, el amor de esta se había volcado sobre su segundo hijo, Alfonso.

—La capilla está otra vez de obras, Alfonso —el rey apartó con suavidad a su hijo—, sería mejor que fueras a otro lugar a decir tus oraciones. ¿No lo creéis así, monseñor?

El obispo interpretó esas palabras como licencia para aproximarse al rey. Sonrió y bamboleó la doble papada que colgaba de su barbilla al caminar.

—No venimos a rezar, alteza. Os iba a pedir perdón por molestaros, pues tenía intención de hablar con vos, pero veo que estáis ocupado.

Jaime de Aragón volvió a mirar a su desconsolado hijo y puso una mano sobre su hombro.

—Anda, Alfonso, ve a buscar a tu hermano Jaime y procura que no haga una de las suyas.

—Sí, alteza —respondió solícito el muchacho, y salió a la carrera, brincando ágilmente entre el material de obra.

El rey dedicó una de sus frías sonrisas al obispo de Barcelona, que había tomado a su cargo la educación del infante Alfonso desde hacía unos meses. El pequeño había dicho en alguna ocasión que no le desagradaría profesar, algo que no terminaba de resultar sugestivo al monarca de Aragón.

—¿Qué opináis de Alfonso? —inquirió Jaime II al obispo. Sabía que Ponce de Gualba podía mentirle, pero el rey se enorgullecía de conocer a los hombres y de poder captar en su mirada si las palabras eran sinceras.

—Es un muchacho sagaz, alteza. Se aplica y aprende rápido, y a veces me sorprende con su buen juicio.

El rey asintió sin ocultar su satisfacción, pero su gesto tornó hacia la amargura de nuevo. Ponce de Gualba volvió a hablar:

—Todos estamos apenados por la falta de nuestra querida reina, alteza —creyó adivinar el obispo la causa de la zozobra del rey. Este hizo un gesto con la mano.

—No es eso... —dudó unos instantes—. Es Alfonso. Si él hubiera nacido primero...

Ponce de Gualba carraspeó. Todo aquel que llegaba a conocer al infante Jaime pensaba lo mismo.

—Precisamente mi intención era daros respuesta, alteza, a vuestra petición del otro día —siguió el obispo. Lo hacía en voz baja y mantenía la cabeza gacha mientras miraba por debajo de sus pobladas cejas.

Jaime de Aragón asintió. Después de ver las habilidades como preceptor del obispo Ponce, que tanto bien obraban a su juicio en el infante Alfonso, pretendía que hiciera otro tanto con el primogénito y heredero de la Corona, Jaime. Y sobre todo buscaba apartar de este la perniciosa influencia del dominico Juan de Longerio, inquisidor general. Longerio era eficaz, no cabía duda, y estaba resultando de gran ayuda al rey en el asunto de los templarios, pero no le gustaba verlo cerca del infante Jaime.

—¿Y bien, monseñor?

—No podría negarme, alteza —respondió al punto el obispo.

—No sabemos cómo tomarnos eso. ¿Lo recibís bajo vuestra enseñanza de grado o sentís que no podéis negaros a ello aunque detestéis al infante?

—¡Alteza!

El rey de Aragón hizo otro gesto con la mano mientras mostraba una sonrisa amarga.

—No hablábamos en serio, monseñor. Ya nos conocéis.

Ponce de Gualba asintió con gesto grave. Claro que conocía al rey, y por eso sabía que siempre hablaba muy en serio.

—Naturalmente, alteza. Sin embargo, el infante Jaime es ya crecido, y voy a precisar de todo mi esfuerzo y atención. Además necesitaría que se quedase aquí, en Barcelona, y también me vendría bien...

—Basta, monseñor, basta —se quejó el monarca sin ocultar su hastío—. Vuestra diócesis recibirá generosas donaciones del tesoro, no os preocupéis por ello. Las obras de la catedral también se verán beneficiadas y vos mismo seréis recompensado. En cuanto a la presencia del infante, os aseguramos que nos place que se separe de nos si es por su buena formación.

El rey había comenzado a caminar y sorteaba sin dificultad los obstáculos de los albañiles y canteros. El obispo lo siguió con el manto arremangado; intentaba no dar un traspié o torcerse un tobillo. Su voz tembló al hablar mientras saltaba torpemente.

—Por cierto, alteza, deseaba pediros permiso para algo más.

En uno de los corredores, aprovechando la luz que se filtraba desde las vidrieras, el consejero Gonzalo García departía con el maestre racional, Pedro Buil. Este sostenía un pliego con ambas manos y el privado señalaba varios puntos y negaba con la cabeza. Al ver aproximarse al rey, ambos se inclinaron.

—Vuestra petición habrá de esperar. Pues ved ahí, monseñor, a mis consejeros. De seguro se preparan para comunicarme alguna mala nueva. —El rey se aproximó a García y Buil—. ¿Qué ocurre ahora, señores?

—Calculábamos el tremendo gasto que supone el pago anual de las rentas al Papa por el Reino de Cerdeña, alteza —respondió Gonzalo García, y señaló el pliego. El rey soltó el aire entre los dientes.

El Papa seguía resistiéndose a inclinarse a un lado u otro, y la conquista se difería. Jaime II empezaba a perder la esperanza de que pudiera ver el día en que las barras de Aragón ondearan sobre Córcega y Cerdeña. Sin embargo, la Corona estaba obligada a pagar sin dilación la renta anual que se debía al Papa por la concesión del derecho.

—El dinero, el dinero..., siempre el dinero —se quejó el rey.

A pesar de liderar la poderosa y extensa Corona de Aragón, Jaime II era un monarca pobre. No es que no circulara el dinero en sus posesiones, pues no muy lejos de allí precisamente, los palacios de los comerciantes catalanes guardaban arcas que rebosaban. Aquellos mercaderes dominaban el comercio marítimo y poseían barcos y regalías en decenas de puertos por todo el Mediterráneo. Además, llevaban ya años enriqueciéndose con los privilegios que aportaban los puertos abiertos por los almogávares en la lejana Grecia.

—Nuestros súbditos nos auxiliarán, como siempre —trató de consolarse el rey, aunque hablaba sin convicción—, y además, nuestras compañías aún vencen en ultramar.

—Alteza —intervino Gonzalo García—, ocupar Cerdeña y Córcega no es tarea fácil ni barata. Hay que armar naves, contratar remeros, calafates, pilotos... Hay que preparar abastecimientos y reclutar levas...

—Por si fuera poco, el tesoro todavía no ha logrado recuperarse de la aventura de Almería, alteza —añadió Buil.

El rey asintió. Tras la guerra con Castilla, que ya había supuesto un extraordinario gasto, la Corona de Aragón se había visto obligada a comprometerse con el vecino rey Fernando en Alcalá. Los nuevos acuerdos llevarían a Castilla y a Aragón a emprender una campaña conjunta contra el Reino de Granada, que supondría la ganancia de nuevos territorios sureños para la Corona. Jaime II había llegado a pensar que esos acuerdos podrían aportar liquidez suficiente al tesoro para aproximar la campaña mediterránea, que era la que realmente ocupaba la mente y las ambiciones del rey de Aragón. Sin embargo, tras un comienzo prometedor, la campaña devino en un auténtico desastre que arruinó las maltratadas arcas aragonesas.

—Tal vez faltó diligencia a la hora de pedir dineros al Santo Padre —espetó el rey con tono irónico. El obispo Ponce de Gualba ahogó una risita sardónica.

Pedro Buil enrojeció y miró al suelo. Él había formado parte de la delegación que Jaime II envió a Viena, donde el papa Clemente celebraba concilio, para solicitar al Pontífice la declaración de cruzada de la inminente campaña de Granada. El Papa no solo había hecho caso omiso. Además había exigido la entrega de todos los bienes y derechos de los templarios de la Corona, ahora en manos del rey de Aragón.

Naturalmente, Jaime II difería el cumplimiento de esa orden.

—¿Y si aceptáramos la ayuda italiana?

El rey negó con la cabeza ante la propuesta del tesorero. No se sentía tentado de recibir el dinero de Luca, Siena o Florencia para luchar contra los pisanos, pues bien sabía que después se vería obligado a repartir con sus «colaboradores» la riqueza de Cerdeña.

—No podemos compartir Cerdeña —sentenció el monarca—. La necesitamos para que los barcos que zarpan y arriban a Barcelona vengan cargados con el grano y la sal que la ciudad precisa. Génova y Pisa saben que quien posea Cerdeña dominará buena parte del comercio mediterráneo, por eso nos pondrán trabas y procurarán estorbar la empresa.

Pedro Buil asintió. Si Aragón lograba mantener Cerdeña en sus manos tras la invasión, y con las nuevas vías abiertas a Sicilia y más allá, así como controlando las rutas al norte de África, Barcelona se convertiría en la metrópolis más poderosa de la cristiandad. Ya habían hablado antes del buen negocio de la sal, auténtico motivo de la ambición por Cerdeña.

—Sin embargo —se oyó la voz pausada de Gonzalo García—, el tesoro sigue vacío. No podemos mantener eternamente el conflicto con el Papa acerca de los bienes del Temple, pues precisamos del beneplácito del Santo Padre para cualquier empresa.

»Tenéis razón, alteza, acerca de la sal de Cerdeña. Pero hasta que la Corona domine ese asunto puede pasar mucho tiempo.

Jaime de Aragón suspiró cansado. Contaba ya cuarenta y cuatro años, y cada vez le parecía más lejana la posibilidad de plantar su señal real en aquella maldita isla del Mediterráneo.

—Suponemos que habrá de ser el infante Jaime, cuando sea rey, el que tome entera posesión de ese reino.

García, Buil y Gualba respingaron al oír el comentario del monarca. Ninguno de ellos imaginaba al pálido y extraño infante dirigiendo una campaña militar aragonesa.

—¿Qué debemos hacer con los bienes del Temple, alteza?

El rey se pellizcó la barbilla ante la pregunta de Gonzalo García. El obispo de Barcelona, que estaba al corriente de toda la operación, escuchaba atentamente.

—Debemos insistir con nuestra idea de una orden nueva.

—Pero, alteza, vos lo sabéis y nosotros también: el Papa no accederá —repuso Buil. Él mismo iba a formar parte de la delegación que en unas semanas visitaría de nuevo al Santo Padre en Viena, con la orden de proponer que Calatrava absorbiera los restos del Temple en Aragón, pero permaneciendo independiente del gran maestre castellano. Además, Buil y los otros emisarios debían volver a solicitar del Papa ayuda económica para la campaña de Cerdeña. Tampoco tenían fe en que ello fructificara.

—No importa que el Santo Padre se niegue, y no nos causará remordimientos hacer oídos sordos a sus mandatos, pues bien que recibe las rentas de una conquista que aún no hemos empezado y para la que nos niega su ayuda —contestó el rey—. Tampoco permitiremos que las riquezas de los templarios pasen al Hospital, o que se diluyan y vayan a parar al tesoro pontificio. Si hemos de cederlas a una orden, será una orden aragonesa, y por Dios que nos crearemos una a nuestro antojo de ser necesario.

—De todas formas —intervino García—, pueden pasar años hasta que deba tomarse esa decisión. El proceso a los templarios tiene visos de continuar durante algún tiempo, y eso nos beneficia.

Buil y Gualba estuvieron de acuerdo. Las últimas encomiendas rebeldes habían caído dos años antes, cuando los templarios de Monzón y Chalamera se entregaron a los hombres de Aragón. El propio Buil, asesorado por el infame dominico Longerio, había hecho recuento de los bienes, rentas y derechos que el Temple poseía. De hecho, muchas de aquellas riquezas adornaban ahora palacios reales por toda la Corona, o se hallaban en catedrales e iglesias y hasta en casas señoriales.

—Esperemos que a Castilla no se le ocurra emprender otra campaña contra los infieles del sur —bromeó Gualba.

Nadie rio la ocurrencia.

—Confiamos en haber zanjado ese problema. —El rey miró a través de la vidriera—. Para eso nos hemos decidido a reforzar el futuro matrimonio del infante Jaime y Leonor de Castilla con otro enlace real.

—Ah, desde luego —siguió hablando el obispo—, ahora recuerdo que, para festividad de Todos los Santos, la infanta María contraerá nupcias con el infante Pedro de Castilla en Aragón, ¿no es eso?

—Por cierto, monseñor —dijo Buil, ahora ya más relajado—, ¿seréis por fin preceptor de nuestro futuro rey?

Ponce de Gualba hizo vibrar su papada al asentir.

—Espero que no llenéis la cabeza del infante con vuestras extrañas ideas sobre el Evangelio —bromeó Gonzalo García, el único que podía permitirse semejantes libertades con un alto representante de la Iglesia. El obispo se sonrojó.

—No os preocupéis, monseñor —le consoló el rey—. No nos importan vuestras doctrinas, si es que hay algo de cierto en lo que dicen. Sabemos que obraréis tan buen efecto en Jaime como en Alfonso.

—Oh, alteza... No hay tales doctrinas... —El obispo se volvió huraño hacia Gonzalo García, que sonreía ante el arrobo de Ponce de Gualba—. Gracias por vuestra confianza, alteza... Disculpadme ahora, nobles señores.

El obispo movió su enorme personalidad para retirarse. Masculló palabras ininteligibles mientras se alejaba.

—¿Qué queríais decir con eso, don Gonzalo? —preguntó el siempre ingenuo Pedro Buil. El privado miró con complicidad al monarca.

—¿No habéis oído los rumores? El obispo de Barcelona se pasa las noches en blanco en su *scriptorium*, consultando antiguos libros que, de caer en manos del Papa, formarían una pira tan alta como la torre de este palacio. Eso dicen al menos.

El maestre racional se tapó la boca con ambas manos y el consejero García soltó una corta carcajada que retumbó por las paredes del palacio real.

—Importunáis al obispo, consejero —reconvino a García el rey, aunque aquel siguió sonriendo—. Retiraos ahora y llamadle para que vuelva, pues antes nos anunció que tenía algo que decirnos y finalmente no lo hizo.

Los dos consejeros se inclinaron y salieron a toda prisa tras los pasos del obispo de Barcelona. El rey quedó solo en el corredor de palacio, viendo la ronda pasar por la calle con las lanzas apoyadas en los hombros. Enseguida volvieron a oírse los pasos rápidos de Ponce de Gualba. Llegó jadeando junto al monarca.

—Alteza... Decidme..

—No. Decidnos vos, monseñor, pues el encuentro con los consejeros dejó a medias nuestra conversación. Recordad que queríais pedirnos permiso para..., ¿para qué?

El obispo carraspeó y miró al vacío corredor.

—Eh..., alteza, yo...

—No será nada relacionado con esos extraños libros de que hablaba el consejero García, ¿verdad?

Ponce de Gualba arrugó la rechoncha nariz antes de responder.

—Veréis, alteza, nunca os pediría esto si supiera que os desagradan mis estudios...

—Hablad ya, monseñor —acució el rey.

—Sí, veréis... Quería vuestro permiso para no asistir a las bodas de la infanta en Aragón, pues pretendía viajar a Francia. —El obispo parecía rebuscar en su mente las palabras exactas—. De hecho os ruego que me proporcionéis un salvoconducto y recomendación para acceder al encierro de cierto templario.

Jaime de Aragón se pellizcó la barbilla y arrugó el entrecejo. Desde luego que había oído hablar en secreto de los extraños estudios de Ponce de Gualba. Incluso algunos exagerados decían que había conseguido su diócesis a golpe de sortilegio, obviando que en realidad se trataba de un hombre inteligente y audaz. El rey conocía estas virtudes y estaba dispuesto a explotarlas sin importarle los oscuros ritos que el obispo pudiera llevar a cabo en la soledad de su *scriptorium.*

—¿Y ha de ser ahora, monseñor? Es posible que esas bodas se retrasen de todas formas, pero pretendíamos que os hicierais cargo del infante cuanto antes.

—Lo comprendo, alteza, lo comprendo —el rey vio que las razones de Ponce de Gualba debían ser poderosas, pues nadie solía contradecirle lo más mínimo—, mas tengo miedo de que nuestros amigos franceses se apresuren a quemar al hombre con quien quiero hablar, tal como han hecho ya con muchos otros freires de la orden.

Jaime de Aragón enarcó las cejas. No tenía inconveniente alguno en ayudar a Ponce de Gualba en su empresa, pero le seguía picando la curiosidad.

—Os concedemos lo que pedís, monseñor —dijo al fin, y recibió como respuesta un suspiro de alivio del obispo—, pero debéis decirnos quién es ese templario tan misterioso al que queréis ver.

—Por supuesto, alteza. —Ponce de Gualba asintió y su papada tembló de nuevo—. Se trata del visitador general de Francia, frey Hugo de Pairaud.

IV

Cáller, Cerdeña, principios de otoño de 1311

Las empinadas cuestas que subían desde el puerto de Cáller al alto barrio del Casteddu nunca le parecieron tan agobiantes a Blasco de Exea.

Cada vez que acudía a inquirir de marinos y comerciantes noticia sobre el proceso, recibía nuevas que le ahogaban el alma. No parecía haber esperanza, y todo tenía visos de encaminarse hacia la destrucción total de la orden y la humillación o muerte de sus miembros. Incluso en su tierra, en los dominios de la Corona de Aragón, se había cedido al fin a las exigencias papales de usar el tormento con los detenidos. Los aragoneses habían hecho oídos sordos a la orden en un principio, pero tras la insistencia de Clemente no tuvieron más remedio que torturar al fin a los templarios. No se obtuvo confesión alguna.

En cuanto a Francia, el proceso se había iniciado un par de años antes, pero hasta los marinos más ignorantes sabían que aquello era una burda farsa. Los testigos eran pagados por la corona francesa o las autoridades eclesiásticas, o eso se sospechaba al ver el entusiasmo que auténticos muertos de hambre demostraban al acudir a las declaraciones, más aún al verlos después disfrutar de forma harto indiscreta de sorprendentes y cortos periodos de enriquecimiento, siquiera fuera por un puñado de monedas. En cuanto a los que pretendían defender a los miembros de la orden, eran amenazados o agredidos, de forma que desistían de acudir ante los tribunales eclesiásticos. Así las cosas, a los pobres templarios, una vez atormentados sus cuerpos por los hierros y el fuego de los verdugos, no les quedaba más remedio que confesar los crímenes que se les proponía, añadiendo a veces otros de propia cosecha para contentar a los clérigos y frenar la ansiosa mano del torturador. Un fingido arrepentimiento les servía para que anidara en su corazón la esperanza de una pronta liberación, aun a costa de verse obligados a recluirse en algún monasterio. Si resistían la tortura y persistían en su inocencia, se les aseguraba el encarcelamiento perpetuo. Eso equivalía, dadas las condiciones de las mazmorras francesas, a una muerte cierta a causa de las privaciones, de la enfermedad o de la locura.

Por último estaban los relapsos.

Eran estos los templarios que, doblegados por la mano del verdugo o las amenazas de los clérigos, habían confesado sus graves e imaginarios pecados. Después, ante los tribunales que los juzgaban, embargados por el arrepentimiento y la vergüenza de haber cedido al dolor de la carne, se retractaban, insistían en que eran inocentes y que por miedo al tormento habían mentido, y juraban que eran buenos católicos y que la Orden del Temple era santa y pura.

La primera caravana de relapsos había abandonado las callejas de París en la primavera del año anterior. Medio centenar largo de templarios, con los cuerpos enflaquecidos por el hambre y deformados por la tortura, llegaron cargados en carromatos frente a una abadía cercana al bosque de Vincennes. Allí, rodeados de la chusma vociferante, fueron quemados vivos en grandes piras que elevaron columnas de negro humo a la noche francesa. Aquello se mostró como un arma eficaz para la convicción de los indecisos, por lo que se decidió seguir usándola. Unos días después se erigieron más piras, en una de las cuales ardió el propio sacerdote templario del rey de Francia. Y también se extendió la práctica a otras ciudades, entre las cuales estaba Ruán. La mención de Ruán por parte de un comerciante provenzal había provocado un escalofrío en Blasco, que deseó que su compañero Simón de Ruán no fuera uno de aquellos relapsos quemados. Al punto se arrepintió de tal deseo, pues equivalía a pretender que otro hermano desconocido hubiera ardido en lugar de su antecesor en la ocupación que ahora desempeñaba.

Contradicciones y desesperación. Esto era lo que las noticias llegadas del continente causaban al joven aragonés. Y aún sería peor a partir de ahora. Las últimas noticias habían llegado a bordo de un navío de Pisa que, desafiando al desapacible final de temporada, acababa de fondear en Cerdeña. Sus tripulantes no habían perdido tiempo en cotorrear por el puerto cuáles eran las nuevas más recientes acerca del asunto que despertaba el interés de todo el mundo, y entre aquellos oídos atentos, por supuesto, estaban los de Blasco de Exea. Por eso aquel día, después de enterarse de las últimas disposiciones papales, el aragonés subía por las calles de Cáller con el alma fatigada. La disolución se acercaba; ya se alisaba el camino para ello: según había ordenado el santo padre Clemente, todos los bienes del Temple debían pasar de inmediato a la Orden del Hospital, excepción hecha de algunos pocos reinos cristianos en que las riquezas templarias debían engordar las arcas de la Santa Sede; eso sí, con objeto de ser destinadas a las futuras campañas para la recuperación de Tierra Santa, que era en realidad para lo que había servido la Orden del Temple y para lo que se había atesorado tanta riqueza.

Sin darse cuenta, sumido en sus oscuros pensamientos y caminando bajo el vuelo indolente de las ruidosas gaviotas sardas, Blasco de Exea se vio ante la puerta del Elefante. Suspiró antes de entrar y deseó que Leticia tuviera un instante para consolar su atribulada alma. Blasco había conseguido a duras penas ocultar a su propia razón el remordimiento que le causaba disfrutar del amor de la sarda y, sobre todo, gozar de la enorme dicha que le proporcionaban sus encuentros a escondidas, en los que ambos se amaban con desenfreno. El aragonés evocó antes de empujar la puerta de la posada el cuerpo de su amante, que ella le ofrecía sin reparos, y se sintió abordado por el deseo de tenerla en sus brazos de nuevo. Así, pasó a la algarabía de la posada y buscó entre los corros de parroquianos la melena castaña de Leta.

Aquellos días de final de temporada, como si se quisiera apurar al máximo la estación de navegación, la villa rebosaba de viajeros rezagados que venían embarcados en las naves francesas, sicilianas y pisanas. Mercaderes que cerraban negocios mientras entrechocaban sus cuencos de cerveza especiada o recobraban fuerzas tras singladuras entre las islas del Mediterráneo o en las rutas comerciales que venían desde Chipre, Grecia o el norte de África. En uno o dos días, ninguno de ellos estaría ya en Cerdeña, y una invisible corriente impulsaba a todos aquellos viajeros a reunirse antes de afrontar el mal tiempo que les obligaría a permanecer en sus tierras. Blasco localizó por fin a su amante, aunque un par de moles humanas ocultaban a medias su figura. Aquellos dos gigantes flanqueaban a un tipo rechoncho y pequeño, tocado con un ridículo casquete rematado con una pluma larga y roja que le caía casi hasta media espalda. Leta parecía compungida mientras hablaba con aquellos tipos, de modo que Blasco se aproximó. Paulo, el hermano más voluminoso de Leticia, se cruzó con Blasco mientras acarreaba un par de platos con carne de liebre.

—Cuidado, Blasco —le avisó—. Son hombres del Señorío de Pisa.

El aragonés agradeció el aviso al sardo. Tanto Paulo como Piero, los dos hermanos de Leticia, habían estrechado su confianza con Blasco y notaban la felicidad que embargaba a su hermana cada vez que lo veía y, cómo no, el estado de lánguida tristeza en que quedaba Leta cuando el aragonés abandonaba la posada. No les hacían falta explicaciones. Blasco era hombre que de inmediato despertaba simpatía porque la nobleza residía en su porte y, sobre todo, porque Leticia henchía de alegría en su presencia.

Blasco se llegó hasta su amante, que lo recibió con una corta mirada llena de intenciones. En aquel momento, el tipo rechoncho de la ridícula pluma hablaba en lengua pisana. Tenía un feo rostro y rondaría los cincuenta.

—Te repito, muchacha, que no podemos hacer excepciones. Has de pagar como todos los demás.

La voz del pisano resonó en la cabeza de Blasco. Había algo extraño en ella. Un regusto amargo que el aragonés no pudo identificar. Leticia observó de reojo a su amante antes de responder.

—¿Como todos los demás? Sé que los demás no pagan tanto como yo. Esta subida del tributo solo me atañe a mí. ¿Por qué?

El pequeño y rechoncho pisano graznó más que reír, mostrando una dentadura amarillenta a la que faltaban algunas piezas, y miró alternativamente a los dos gigantes que tenía a los lados. Eran dos tipos de anchas espaldas, bastos y grasientos aunque de evidente fortaleza. Los dos sobrepasaban a Blasco, que ya era alto, en al menos una cuarta. Pero lo más curioso era la absoluta semejanza de sus rostros: eran gemelos, y serían inconfundibles si uno no se hubiera rapado completamente la cabellera y el otro no llevara una larga melena aceitosa que recogía en una coleta. Los dos lucían mirada de bravucón, mandíbula ancha y nariz prominente y colorada.

—No tengo por qué darte explicaciones, muchacha, de cómo se llevan las recaudaciones en el Señorío —dijo el pisano con su desagradable voz—. Pero voy a ser benevolente contigo y te voy a dar la solución: hay personas que se han avenido a pechar el incremento, y quienes no han podido o han preferido ahorrarse los dineros, los han sustituido con otras prestaciones. ¿Conoces a Brunella, la esposa del panadero de La Marina?

El gigantón del pelo rapado se pasó una mano de forma obscena por la entrepierna.

—Ah, Brunella... Cómo amasa Brunella —dijo con voz ronca, y despertó las carcajadas de los otros dos pisanos.

Blasco sonrió fieramente y se interpuso entre Leta y los tres tipos. Ella trató de apartarle, pero el aragonés se había plantado con firmeza.

—Blasco, por favor —rogó ella en la lengua sarda—. Es el alcabalero, tengo que pagar el tributo...

—Tal vez pueda hacer yo algo por estos señores. —El aragonés dio un tono sarcástico a su ofrecimiento en lengua sarda.

El alcabalero siguió riendo y propinó un suave codazo al tipo del pelo rapado.

—Bueno, no tienes mala estampa, pero preferimos a la muchacha.

Las carcajadas de los tres pisanos se redoblaron, y Blasco los imitó al unirse a sus risas. Tras él, Leticia enarcaba las cejas sin dar crédito a lo que ocurría.

—Ya..., cierto, cierto —dijo Blasco entre risas—, yo también la prefiero a ella... Pero no, lo que quería decir es que yo puedo caparos a los tres como a los cerdos que sois, y así vuestras ansias no os importunarán más.

Los pisanos interrumpieron las risas de golpe.

—Blasco, no. —Leticia tiró infructuosamente de la ropa del aragonés para alejarlo de aquel siniestro trío.

Alrededor de ellos, los comensales seguían con su alboroto, Paulo iba de acá para allá cargado con escudillas y lanzaba miradas de reojo a la reunión con el alcabalero. Las mejillas de este habían adquirido un tono bermejo y se sentía incapaz de decir nada ante las palabras de Blasco, tan perplejo estaba por la imprudencia de aquel joven de cabello negro y ojos claros. En cuanto a los dos gigantones, observaban al alcabalero en espera de órdenes.

—¿No me habéis entendido? Vuestro padre tampoco lo hizo —el aragonés señaló con el índice al alcabalero—, y por eso le taje las criadillas. Lo malo fue para vuestra pobre madre, que ya no pudo hallar a nadie que venciera el asco de fornicar con ella.

El recaudador abría desmesuradamente los ojos, y las venas de su grasiento cuello se habrían marcado con fuerza de no ser por la capa de sebo que las rodeaba. No parecía acostumbrado a que nadie le tosiera.

—Blasco, por Dios, te lo ruego —volvió a pedir Leticia a espaldas del aragonés.

Pero este ya había decidido que aquellos tres tipos no saldrían de buenas por la puerta del Elefante. Habían insultado gravemente a su amada, y la ira que llevaba contenida en su corazón hallaba en aquella situación la salida que necesitaba.

Uno de los gigantones, ante el silencio de su amo, estiró la mano hacia Blasco, pero este la evitó dando un ágil paso hacia atrás. El aragonés examinó rápidamente la situación: el alcabalero era demasiado gordo y sus miembros eran cortos, no suponía mucha amenaza a pesar de llevar una larga daga colgada del ceñidor, junto a una abultada bolsa que sin duda contenía monedas, tal vez conseguidas del mismo apestoso modo aquella misma mañana. Los otros dos tipos, los gigantes gemelos, parecían mucho más peligrosos a pesar de ir en apariencia desarmados. La mente de Blasco, un poco entumecida en ciertos menesteres tras aquellos años de tranquilidad, recordó las lecciones de Hugo de Pairaud y sus otros preceptores, y decidió de inmediato a quién atacar primero, cómo hacerlo y hasta qué límite. Se desplazó de lado y rodeó al grupo de modo que el gigante del pelo largo quedara más cercano a él. Aún sostenía la mano frente a sí, fallido el intento de agarrar al aragonés.

—¡Blasco! —gritó alarmada Leta, que adivinó que el aragonés se disponía a armar gresca.

El joven se movió con rapidez, tanta que el gigante no supo ver qué era lo que le había roto la nariz. El puño de Blasco se agitó como un látigo, su dorso impactó con fuerza mientras el aragonés entraba de costado. Un crujido, y un delgado chorro de sangre saltó hacia el techo. El gigante se desplomó sin sentido.

—¡A él! —ordenó el alcabalero al mismo tiempo que retrocedía y desenfundaba su daga.

Leticia se echó atrás, tropezó con su hermano e hizo caer los platos vacíos que llevaba de vuelta al almacén. Los demás clientes del mesón también lanzaron avisos alarmados y abrieron corro. Blasco se detuvo con las piernas flexionadas y la mirada clara atenta, fija en los ojos del gigante rapado. Este contempló desconcertado a su hermano, cuya cabeza yacía ladeada en un charco de sangre. Luego se giró hacia el alcabalero.

—¡Te he dicho que destroces a ese perro! —repitió este con un agudo chillido mientras sostenía ante sí la daga con mano temblorosa.

El coloso lanzó un alarido que habría helado la sangre en las venas a cualquiera y embistió a Blasco. El aragonés recibió el ataque girando sobre sí mismo e impulsó al pisano, ayudándose de la cadera y aprovechando el violento envite para proyectar al tipo, que se vio lanzado hacia delante. El italiano agitó los brazos antes de golpearse con un ruido sordo en la pared de piedra, contra la que rebotó como un pelele. Se derrumbó del mismo patético modo que su gemelo. Un murmullo de asombro se movió entre la clientela del Elefante, que aguardó con el corazón en un puño a que el gigante se levantara del suelo. Un quejido ahogado salió de entre los labios del pisano, que se llevó una mano a la espalda mientras se retorcía.

Blasco ya hacía frente de nuevo al alcabalero, y este miraba pasmado a sus dos esbirros, desbaratados en un momento por la fiera que ahora se disponía a lanzarse contra él.

—Quizá debieron capar a vuestro padre antes de que os engendrara y no después, ¿no creéis? —le provocó Blasco.

El alcabalero levantó un poco la daga, pero el temblor de su labio inferior le impidió contestar con dignidad.

—No sabes quién soy... —trató de soltar con voz amenazante—. Aún estás a tiempo de arreglarlo...

Blasco sonrió y miró a Leta, demudada junto a su hermano Paulo. La sarda estiró una mano hacia el aragonés.

—Déjalo ya, por favor —rogó—. Tiene poder para hacer que me cierren la posada.

El alcabalero asintió nerviosamente. Blasco dejó escapar el aire a través de los dientes. Calculó las posibilidades de que el incidente tuviera de cualquier modo malas consecuencias para su bella y asustada amante. Al final se decidió a aprovechar el miedo del recaudador.

—¿Cuál es tu nombre, perro? —inquirió el aragonés.

El pisano, pensando que su rápido y letal enemigo había resuelto atacarle, retrocedió un par de pasos. El temblor de la daga aumentó.

—Es Vittore, el alcabalero —contestó un comensal entre la muchedumbre que atestaba el mesón y que esperaba el desenlace de la reyerta—. Le llaman Vittorino.

El aludido giró la cabeza y trató de localizar al que había

hablado, pero su atención seguía puesta en Blasco y no pudo saber quién era el delator.

La mente de Blasco se llenó de fugaces imágenes que se entrecruzaban, y sintió un ligero mareo. Había algo que no encajaba en todo aquello... O peor aún: aquel algo realmente parecía encajar. Pero la maldita niebla lo velaba todo.

—Escucha, Vittorino —susurró la voz del aragonés, semejante en ese momento al silbido de una serpiente—. Has visto lo que he hecho con tus concubinas, ¿verdad?

Blasco señalaba a los dos gemelos desparramados en el suelo del mesón. El rapado aún se retorcía más allá, y cerca del aragonés yacía inconsciente el otro hermano, con la cara manchada de sangre y la nariz tronchada. Vittorino asintió.

—¡Hazle lo mismo a él! —Se volvió a oír la voz sarda de uno de los parroquianos.

—¡Blasco! —repuso Leta—. ¡Déjales marchar!

Se alzó un griterío en El Elefante, entre el que destacó de inmediato la voz de quienes pedían al aragonés que acabara con Vittorino. Los pocos pisanos que había en el local decidieron no hacerse notar. Blasco alzó una mano para pedir silencio.

—Bien, Vittorino. —El joven arrastró las palabras al decir el nombre del alcabalero. Un pensamiento difuso trataba de abrirse paso en su mente, pero había una especie de barrera que lo impedía—. Delante de toda esta gente que tanto aprecio parece tenerte, te juro que si mi amiga o su familia, o este mismo mesón, sufren algún percance..., te juro que si vuelvo a verte por aquí, a ti o a tus concubinas gemelas, Vittorino...

El alcabalero bajó la daga y le temblaron las piernas.

—No, no, señor, no volveremos a pasar por aquí, y tampoco...

—¡Te juro, Vittorino...! —le interrumpió Blasco—, que te buscaré y te hallaré, y desearás no haberte cruzado conmigo nunca. ¿Lo has entendido?

Vittorino dejó caer los brazos a lo largo de su cuerpo y apoyó la espalda contra la pared de piedra, aliviado por la convicción de que el peligro había pasado. Blasco, al ver que el pisano no le respondía, se fue adelante y acercó su cara a la de Vittorino. Este cerró con fuerza los ojos y pegó la regordeta mejilla a la pared. Todavía sostenía la daga con la mano derecha pero, aunque hubiera querido usarla, sus fuerzas habían desaparecido. Sin saber por qué, y en aquel caótico maremágnum de imágenes fugaces, el rostro de una joven nodriza acudió a la mente del aragonés. Su nombre se le apareció de repente como si algún anciano amanuense hubiera iluminado un pergamino con él.

Clara.

—¿Lo has entendido, Vittorino? —gritó Blasco al alcabalero con voz ronca al oído. El tipo asintió sin abrir los ojos.

—Te arrepentirás de no haber cerrado este asunto, muchacho.

La voz había salido de nuevo de entre el gentío. El aragonés consideró por un momento la advertencia y se dijo que sí, que podía ser cierto, pues nadie como un cobarde es capaz de incumplir lo jurado tanto en momentos de paz como de peligro cierto. Pero sus palabras le obligaban ya.

—Ahora recoge esa basura pisana y abandona este lugar para siempre, Vittorino.

El alcabalero guardó por fin su daga, en cuyo puño relucía como remate una piedra tan roja como la pluma de su sombrero. Luego ayudó a levantarse al gigante rapado, no sin esfuerzo y quejidos ahogados. Todos, incluido Blasco, contemplaron cómo entre los dos cargaban a duras penas con el otro gemelo, que seguía sangrando copiosamente por la nariz. Los comensales abrieron pasillo y los tres pisanos salieron a rastras del mesón, dejando tras de sí un reguero de sangre y un sinfín de sonrisas complacidas. Cuando la puerta del Elefante se cerró, se elevó una ovación y algunos clientes rodearon a Blasco, palmearon su espalda y le felicitaron. El aragonés agradeció los gestos y se abrió paso hasta Leta y Paulo, que recogían los pedazos de platos caídos. Leta observó con un mohín el charco de sangre que había dejado el coloso pisano.

—Lo sé, lo sé. No me riñas —dijo Blasco con una sonrisa—. La sangre no sale bien y quedan restos.

Leta tampoco pudo evitar sonreír. Pero enseguida lo volvió a mirar con gesto de reproche.

—Vittorino es un cerdo corrupto, pero está a las órdenes del Señorío. Puede hacer que te prendan o te degüellen en cualquier callejón. Y puede hacer también que nos arresten a nosotros —Leta señaló a Paulo—, y se queden con El Elefante.

—Yo me preocuparía más por Blasco —intervino Paulo, que seguía recogiendo los pedazos de barro cocido—. Después de lo que ha ocurrido, Vittorino no se atreverá a hacer nada sin acabar antes con él.

El aragonés mantenía su sonrisa, seguro de sí mismo.

—Bien, que lo intenten.

Luego sintió la necesidad de salir de la posada. Lo hizo a toda prisa, entre palmadas de admiración y parabienes de los comensales. Cuando llegó fuera, inspiró con fuerza el aire salobre que ascendía de la costa. ¿Qué eran todas aquellas imágenes que iban y venían? ¿Por qué la voz de Vittorino resonaba todavía en su cabeza? ¿Y por qué había acudido a su mente el rostro adolescente de aquella muchacha que recordaba entre bruma?

V

Leticia de Sardara suspiró largamente y se dejó caer sobre el cuerpo desnudo de Blasco de Exea. Este, acompasando lentamente su respiración a la de la mesonera, sintió relajarse sus músculos. Los dos jóvenes yacían desnudos sobre la misma cama en la que se habían entregado a la pasión por primera vez. Fuera, el sol se acababa de ocultar tras la muralla del Casteddu y las penumbras invadían Cáller bajo los chillidos de las aves marinas. Blasco acarició la piel perlada de sudor de Leticia, que seguía tumbada sobre él con los ojos cerrados y una extasiada sonrisa en los labios. Como en las otras ocasiones, una oleada de culpa traspasó a Blasco de Exea. Ya no se trataba de haber vuelto a gozar del hermoso cuerpo de la sarda, lo que de por sí era un auténtico atentado a su voto de castidad y un llamamiento al demonio para que se llevara su alma. Era más bien el oscuro remordimiento por haberse dado al placer mientras sus hermanos de orden sufrían tormento o ardían en piras multitudinarias ante la morbosa expectación y los exabruptos de la chusma.

—Sigues siendo un templario, lo noto. —Pasó un dedo por la boca de Blasco. El aragonés miró hacia la luz de la tarde que pugnaba por colarse a través de la gruesa vidriera del ventanuco.

—No —respondió con amargura—. He dejado de serlo. He traicionado a la orden. Aquellos hermanos de Monzón sabían bien lo que decían cuando dudaban de mí.

Leta resbaló sobre el cuerpo fibroso del aragonés y se echó a su lado sin preocuparse de cubrir su desnudez. Apoyó un codo en el camastro y su rostro sobre la mano. Observó con curiosidad a Blasco.

—Me pregunto si me amas lo suficiente.

Blasco volvió el rostro y la miró con fijeza. Los ojos verdes de Leta resplandecían al recibir la media luz anaranjada, y su cabello color miel caía desordenado sobre el rostro. Le pareció estar ante la antigua estatua de una diosa pagana.

—Te amo —afirmó el aragonés—. Te amo, puedes estar segura. Pero no puedo evitarlo. Pensar en ellos, digo.

Leticia decidió buscar otro camino.

—¿Has hablado con tu maestro de la reyerta con los pisanos?

Blasco se incorporó y anduvo lentamente hacia el ventanuco, de espaldas a Leta. Ella recorrió con la mirada la figura del aragonés, surcada de músculos que se abrían desde la cintura y acababan en los hombros anchos y redondeados. Sobre ellos, contra la moda imperante, caía libre el pelo oscuro y largo del joven.

—No. Finalmente preferí no contarle nada. Así le ahorraré preocupaciones.

—¿Y no has pensado que tu misión podría correr peligro por aquello? —inquirió ella mientras enredaba con indolencia en su dedo un mechón de pelo castaño.

—Bah. No creo que esos cobardes vuelvan a darnos problemas. Se fueron demasiado asustados.

Leta chascó la lengua y se levantó, se puso tras el aragonés y lo rodeó con los brazos.

—No conoces a ese Vittorino. Dicen que ya ha matado a más de un hombre, siempre en algún callejón oscuro y con felonía.

Blasco sonrió y acarició las manos de Leta, ahora unidas sobre su pecho, pero el nombre de Vittorino le trajo un regusto extraño. Seguía sintiendo una extraña desazón cada vez que recordaba la apariencia y la voz del pisano. Apartó aquel pensamiento de su mente y porfió en calmar la preocupación de su amada.

—No tengo miedo de ese bastardo. Y no es jactancia vana, de verdad. Ya te he dicho que no creo que vuelva a por mí. Y si vuelve, tal vez necesite algo más que un callejón oscuro y toda su felonía.

Leticia besó la espalda de Blasco, se separó de él y recogió sus ropajes. Se vistió mientras el aragonés abría el ventanuco y dejaba que la brisa vespertina le acariciara la piel, aún sudorosa por la lucha de placer que había mantenido con la fogosa sarda. Aspiró con avidez el aire salado y dejó que su vista se perdiera en el horizonte teñido de colores rojizos.

—¿Qué será de frey Hugo? —pensó en voz alta.

—¿Cómo dices?

Blasco hizo un aspaviento para quitar importancia a sus palabras y agarró sus calzas, tiradas en el suelo junto a él.

—Nada. Son añoranzas de un mundo que no creo que vuelva a ver.

Leticia se pasó la mano por la saya para alisarla y se compuso el cabello, pero no logró despojarse del aspecto de indómita lujuria que había exhibido ante Blasco.

—No tardes en bajar y sé discreto, o mis hermanos acabarán pasando de la sospecha a la certeza —sonrió ella, y salió de la habitación.

Blasco se giró de nuevo hacia la ventana y retomó sus pensamientos, que le habían llevado al otro lado del mar. Especulaba con su futuro. En unos meses, el plazo de cinco años acabaría, y con él la misión encomendada por Hugo de Pairaud. No le cabía duda de que nadie vendría a relevarlo, pues la extinción de la Orden del Temple era un hecho aunque nadie la hubiera rubricado. Además, los envíos de dinero desde las encomiendas continentales habían cesado, naturalmente, e ignoraba si las arcas de Ramatayim serían capaces de soportar aquello mucho más tiempo. Tampoco podía irse sin más, ya que la bella Leticia le tenía trabado el corazón. Por lo demás, ¿cómo abandonar a su suerte a Juan de Ramatayim?

Pospuso la decisión y, con la mente centrada en su enigmático maestro, siguió vistiéndose para ir a pedirle consejo. Bajó a la posada cuando ya rebosaba de comensales, y tras echar un atento vistazo para asegurarse de que Vittorino y sus adláteres no merodeaban por el lugar, salió a la calle y se dirigió a la casa de Ramatayim. Cubrió con paso rápido la distancia hasta allí. Por el camino no dejó de mirar con atención a su alrededor, evitó pasar junto a los callejones y receló de todos los ciudadanos con que se cruzó.

El anciano leía a la luz de una vela, tal como lo había visto el aragonés la primera vez, hacía más de cuatro años.

—Blasco, hijo mío. ¿Cómo está esa hermosa muchacha?

El aragonés aprovechó la oscuridad del aposento para sonreír. En verdad, nada escapaba de la perspicacia del anciano.

—Leticia está bien, maestro, aunque algunos recaudadores del Señorío de Pisa acosan su negocio.

—Dad al César lo que es del César... —parafraseó Ramatayim sin alzar la vista de su libro—. ¿Y tú, Blasco? ¿Qué te inquieta tanto?

El aragonés sonrió de nuevo y se sentó frente al anciano para dejar que la pequeña vela iluminara a medias su rostro. Ramatayim abandonó al fin la lectura y escrutó la cara de Blasco.

—Maestro, no sé qué hacer.

El viejo cerró el libro y una suave nube de polvo escapó de entre sus hojas.

—¿Hablas de ella?

—Bien sabéis que no —respondió Blasco—. Es el Temple. Mi orden desaparece y mis hermanos son perseguidos.

—Ah, tus hermanos son perseguidos, sí —repitió Ramatayim, y su vista se extravió en las vigas de madera del techo. Parecía recordar algo.

—No puedo volver a Monzón —continuó Blasco, habituado a los enigmáticos comentarios del anciano—. Además, es posible que se me considere un fugitivo en Aragón. Quisiera ir a Francia a ayudar a mis hermanos, pues sé que allí sufren más que en parte alguna..., pero, por otro lado, tampoco espero relevo. ¿Debo quedarme con vos?

Ramatayim dejó de lado su mirada soñadora.

—¿Conmigo? Oh, no, hijo mío. Yo nunca pedí que el Temple me protegiera, ni antes de eso... —El anciano se interrumpió.

—¿Antes de eso? ¿Qué queréis decir?

Ramatayim negó con la cabeza.

—Quiero decir que el Temple decidió por sí mismo este absurdo trajín de jóvenes que van y vienen cada cinco años, y todos esos envíos de dinero para mantenerme y mantener a mis guardianes. Oh, estoy muy agradecido a la orden, pero lo cierto es que hace mucho tiempo ya que mis enemigos murieron. Nadie se interesaría por mí ahora. No necesito protección.

Blasco se rascó la cabeza mientras se esforzaba por comprender las palabras del anciano. En apenas unos instantes le había proporcionado más información que en los cuatro años precedentes, y aun así el aragonés seguía sumido en la incertidumbre.

—Supongo que todo ha cambiado, pero no puedo resistirme a confiar en el buen juicio de frey Hugo de Pairaud y de quienes le antecedieron. Si pensaron que debía protegerse vuestra vida, sería por una buena razón.

Juan de Ramatayim suspiró y se levantó con cierto esfuerzo. Luego se alejó de la luz de la vela y se sumergió en la oscuridad. Su voz adquirió un tono extraño.

—Había una buena razón, sí. Pero como tú has dicho, todo ha cambiado. Ha sido mucho tiempo..., muchísimo. Y la espera no ha deparado nada. Puede que me equivocara.

—No os entiendo, maestro —se quejó Blasco, pero Ramatayim siguió hablando como si no le hubiera escuchado.

—Claro que sí, tienes razón, buen Blasco. Todo ha cambiado.

Se oyó una risa amarga.

—¿De qué habláis? —inquirió el aragonés—. ¿Por qué reís?

—Tiene gracia..., por eso me río. Tanto tiempo he confiado en los hombres, y al final los hombres han resultado ser una decepción.

Blasco arrugó la nariz, cogió la vela, se levantó y fue hacia Ramatayim. Cuando el rostro del anciano quedó en el haz de luz de la llama, su expresión era extraña. Fijaba los ojos en la nada y volteaba con los dedos su relicario transparente.

—Maestro, no os entiendo y aún no sé qué haré. ¿Debo quedarme con Leticia? ¿He de ir a Francia para auxiliar a mis hermanos?

Juan de Ramatayim recobró el gesto lúcido de siempre y se aproximó al aragonés. Posó una mano sobre el hombro del Blasco.

—Cuando llegue el momento, el Señor te mostrará el camino.

VI

Unos meses después.
Cáller, Cerdeña. Invierno de 1311

A pesar de la confianza que Blasco había puesto en su intimidación al alcabalero Vittorino, el paso del tiempo le había hecho reflexionar. Con el transcurso de los días, lo que había sido seguridad en sí mismo se había tornado callada precaución. La imagen del alcabalero seguía retornando a su mente. Una poderosa náusea se adueñaba de él cuando recordaba su voz, y a veces le venía a la mente la cara angelical de Clara, aquella joven muchacha de la que apenas recordaba nada. ¿Por qué ocurría aquello?

Sea como fuere, todos esos sentimientos incomodaban a Blasco como el aviso de un mal, y la posibilidad de que Vittorino tratara de cobrarse venganza se fue tornando certeza. Por eso, a pesar del buen tiempo, Blasco había empezado a salir a la calle cubierto con una ligera capa parda que ocultaba su espada. No dejaba de atraer en cierto modo las miradas ajenas, lo que en realidad no parecía muy conveniente para su misión, mas lo cierto era que, de boca de varios clientes del Elefante, se le había repetido una y otra vez que sí, que el tal Vittorino no era tipo que olvidara las ofensas, y que podía dar por seguro que antes o después se cobraría venganza. Aún más: sin conocer el origen de Blasco, los sardos le intentanban demostrar las trazas del alcabalero: le hablaban de ciertos valencianos y catalanes que habían aparecido degollados o apuñalados por la espalda en este rincón o aquel callejón. Y por si eso fuera poco, Leta seguía preocupada, miraba siempre hacia atrás cuando salía con Blasco para ir a casa de Ramatayim, sufría un sobresalto cada vez que la puerta del mesón se abría o se asustaba cuando, por azar, algún villano la rozaba en el mercado, en la panadería, en la fuente...

Sin embargo, como siempre sucede, la alerta acuciante de hoy es ligera preocupación mañana, y pasado se vuelve la sombra de una contrariedad que acaba por olvidarse al cabo de los días. Por eso, pasado ya el verano y llegado el final del otoño, Blasco caminaba junto a su maestro sin prestar tanta atención a los villanos que deambulaban por el mercado o subían y bajaban a La Marina. Andaba a un par de codos de Ramatayim, siguiéndole a través de las intrincadas callejuelas repletas de gente y de puestos. Sorteaban a campesinos que acarreaban sus cestas llenas de pescado, de panecillos o de trapos, entre los gritos de tejedores, herreros y caldereros, cambiaban del olor penetrante a cueros al aroma fuerte y graso de la carne asada.

Mientras Ramatayim observaba con los ojos entornados un cofrecillo guarnecido de plata en un puesto de quincalla, el aragonés notó con el rabillo del ojo un movimiento fugaz que le alarmó. Le había parecido adivinar una sombra rojiza que flotaba rauda tras un bulto gris y redondeado, pero al volver la cabeza solo pudo ver a las dueñas arremolinadas ante un vendedor de pescado, dándose de codazos por conseguir las mejores piezas. Blasco se empinó sobre las puntas de los pies, e hizo que su cabeza sobresaliera aún más por encima del gentío.

—¿Qué haces?

La voz de Leta había sonado a su espalda, entre curiosa y divertida. Blasco sonrió y quitó importancia a su comportamiento con un gesto.

—Buen día, hija mía —saludó cortés Juan de Ramatayim—. Cada día más radiante.

—Gracias, maestro —respondió risueña la sarda, que cargaba con una cesta llena de tortas que había cocido con pasas el panadero de La Marina.

Los dos jóvenes pasearon tras el anciano entre los puestos de mercachifles, parándose de vez en cuando a admirar el género y lanzándose miradas llenas de intención. Cuando las callejas comenzaron a vaciarse, Juan de Ramatayim se estiró mientras se echaba las manos a la altura de los riñones.

—Esta espalda no aguanta tanto ajetreo —se quejó sin borrar su afable sonrisa—. Será mejor que vuelva a casa y reponga fuerzas.

—Claro, vamos —dijo Blasco.

—Oh, no hace falta que me acompañéis, hijos míos. Andad a vuestro aire.

Blasco se volvió hacia Leta, dispuesto a proponerle un viaje a los aposentos superiores del Elefante, cuando la sombra roja pasó ante su cara de nuevo. Esta vez, sin muchedumbre en la que ocultarse, el aragonés reconoció de inmediato el ridículo casquete de Vittorino antes de diluirse tras una esquina. Leticia, que miraba a Blasco, reaccionó ante el gesto inquieto de su amante y se volvió también.

—¿Qué? —inquirió, impaciente al no ver nada raro.

—Ese dichoso pisano —susurró Blasco para que Ramatayim no los escuchase—. Acabo de verlo. Juraría que lleva un rato rondando por aquí.

Leta frunció el ceño y agarró el brazo del aragonés.

—Algo trama, seguro.

—No lo creo —repuso él sin convicción—. No es tan raro coincidir en el mercado. ¿No crees?

La muchacha observó preocupada el gentío que ya se disolvía, y trató de localizar a alguno de los compinches del alcabalero. Juan de Ramatayim, que ya había iniciado una lenta marcha, dobló entonces la esquina por la que acababa de desaparecer la pluma roja de Vittorino.

—No debemos dejarle solo —advirtió Leticia—. Pueden ir contra él.

—¿Por qué? No lo conocen. Y aunque no fuera así, tampoco hay forma de que lo relacionen con nosotros.

—Pero ¿no dices que el alcabalero podía llevar un rato rondando por aquí? ¿Y si nos ha visto juntos?

Blasco ahogó una maldición y aferró instintivamente el pomo de su espada por encima de la tela de la capa.

—Sigámosle de lejos —propuso el aragonés—. Así no corremos el riesgo de que lo vean con nosotros.

Leticia estuvo de acuerdo e iniciaron la subida al Casteddu. Ramatayim caminaba trabajosamente por las cuestas, por lo que los dos jóvenes se mantuvieron a distancia. Aprovecharon el paso de un carro cargado de tinajas y anduvieron tras él. Leticia miraba preocupada hacia atrás y estiraba el cuello antes de cruzar cada calleja.

—Ay, Blasco —gimió ella, aún aferrada al brazo del aragonés—. En qué mala hora te presentaste en la posada aquel día...

—¿Qué podía hacer? —se encogió de hombros—. ¿Permitir que aquel cerdo te tratase como a una ramera?

Ella guardó silencio. El traqueteo de las ruedas del carro y los sonidos de los golpes entre cántaros rebotaban en las paredes encaladas de las casuchas. Se aproximaban a las murallas del Casteddu y Juan de Ramatayim seguía su fatigosa marcha. De repente, Leta abrió los ojos con desmesura, apretó los dedos en torno al recio brazo del aragonés y le clavó las uñas, haciéndole proferir una queja apagada.

—¡Ahí están! —Se puso la otra mano en la boca, pues había alzado un tanto la voz.

Blasco se pegó al carro y asomó por un lado. Era cierto. Vittorino, tocado con su grotesco gorro emplumado, acababa de surgir de uno de los angostillos, y tras él aparecieron los dos gemelos y un cuarto tipo de la misma hechura que ellos. Mientras los tres esbirros se quedaban atrasados, Vittorino se puso a la altura de Juan de Ramatayim, que se sobresaltó cuando el pisano se dirigió a él. Blasco maldijo, esta vez sí, tras el carro con tinajas.

—Nos han visto con él... Nos han visto —repitió con los dientes apretados.

Ramatayim había interrumpido su marcha y observaba estupefacto a su interlocutor, que hablaba con aquella sonrisa falsa de corrupto publicano. Los otros tres tipos estaban parados a poca distancia, separados unos de otros de forma inconfundiblemente tabernera. Aquellos no estaban de paseo precisamente.

—Quédate aquí. Si no te ven, mejor.

Leticia asintió compungida y se ocultó como mejor pudo en la esquina de un callejón. El carro, mientras tanto, siguió su camino cuesta arriba, balanceándose sobre él las tinajas mientras su conductor aguijaba a un solitario buey. Blasco corrió junto al remolque, disimulados sus pasos por el zarandeo de las ruedas sobre el suelo pedregoso de la cuesta. Se plantó tras los tres matones justo cuando Vittorino agarraba de su túnica al anciano, que tuvo que asirse al brazo del pisano para no perder el equilibrio.

—¡Qué alegría verte, Vittorino! —desafió Blasco. Los esbirros respingaron y le dieron frente—. ¿Has vuelto para terminar lo que no acabamos aquel día?

—¡Es él! —apremió uno de los gemelos al cuarto tipo.

Este asintió. Era un hombre delgado y fibroso, de la misma altura que los dos hermanos pero con la mirada mucho más fiera. Su cara, cruzada por una fea cicatriz rosada, se contraía en un gesto de furia. Blasco observó el talabarte del nuevo, del que pendía una espada de buen tamaño.

«Esta vez no será tan fácil», se dijo mientras echaba su capa hacia atrás y liberaba la empuñadura de su acero.

—¡Claro que vamos a acabar, perro! —rio Vittorino. Luego dio un fuerte empujón a Juan de Ramatayim, que salió lanzado hacia una blanca pared y resbaló hasta quedar medio sentado.

Blasco escupió una nueva maldición y desenfundó su arma, arrancándole un chirrido que quedó flotando en el aire húmedo. Los dos hermanos retrocedieron sonrientes. Dejaron campo libre al nuevo esbirro, que se aprestó a sacar la espada de su vaina. Ambos contendientes caminaron de lado. Se miraban a los ojos y empuñaban con fuerza sus armas.

—¡Mátalo, Ugolino! —rugió el gemelo del pelo largo, cuya nariz mostraba los estragos que le había dedicado Blasco en su encuentro. Su voz salió ronca, perturbada por la rotura del hueso nasal y por la rabia—. ¡Destroza a ese cerdo!

El tal Ugolino se vino adelante y fintó una estocada que no engañó a Blasco. Este detuvo sus pasos, resuelto a no dar la espalda a los otros tres pisanos. Dibujó un par de molinetes que no intimidaron al esbirro y trabaron por fin, tratando este de embutirle tajo por fuera dos veces seguidas. El aragonés se defendió con pericia, acometió con golpes secos y recuperó sobrado. Luego hizo un par de desplazamientos en falso que Ugolino siguió con la vista, y descargó desde arriba. El espadazo de Blasco sorprendió al pisano pero Ugolino lo detuvo bien, aunque se desequilibró media vara. Blasco actuó rápido, tal como le había enseñado Pairaud. Solo había sido un instante, un momento que otra persona habría dejado pasar mientras decidía si era cabal meterse en la guardia del pisano..., pero el aragonés actuaba con la seguridad del que no piensa, pues su adiestramiento es tal que su cuerpo responde solo, y ataca no cuando considera que es preciso, sino cuando es preciso, sin más: el aragonés se lanzó adelante, pasó por un costado de Ugolino y dejó atrás el arma. El tajo cruzó el torso del pisano tan rápido que este no fue consciente de ello hasta que el brazo derecho, cortado el músculo del pecho a la altura de la axila, se venció sin fuerza a un lado. Ugolino abrió mucho los ojos y su espada rebotó con ruido metálico contra las pequeñas piedras del camino. El carretero, que había detenido a su fatigado buey, soltó un grito más de asombro que de sobresalto.

—¡Ugolino! —chilló el pisano de la nariz rota—. ¡Ugolinooo!

Blasco daba la espalda ya a su contendiente, seguro como estaba de que Ugolino había terminado su carrera de bravucón a sueldo del Señorío. Ahora apuntaba con su arma, teñida de sangre por todo el filo, a los dos gemelos pisanos. Vittorino, que se había mostrado seguro del triunfo de su matón, dejó caer la mandíbula hasta que adquirió apariencia de idiota.

—¿A quién capo primero? —inquirió Blasco con gran tranquilidad.

El alcabalero salió corriendo cuesta arriba al tiempo que llamaba desaforadamente a los alguaciles del Señorío y pedía a los gemelos que cubrieran su retirada. Estos, también demudados, retrocedieron un par de pasos. Ninguno de ellos iba armado, y eso fue con toda seguridad lo que les salvó la vida.

—Corred, perros —ordenó el aragonés sin alzar la voz.

Los dos pisanos obedecieron al punto, inclinados en la subida para equilibrar su peso. Vittorino, que estaba totalmente derrengado tras correr medio centenar de metros, se detuvo jadeante, apoyó las manos en las rodillas y esperó en la distancia a sus dos esbirros supervivientes. Leticia, oculta todavía tras una esquina, se mordió un puño angustiada por la escena que acababa de presenciar. Deseó llegarse hasta Blasco, que ya atendía al pobre Ramatayim, pero se mantuvo en el lugar tal como le había pedido su amante.

—¡Maestro! ¿Estáis bien? —se interesó el aragonés por el viejo. Se inclinó y puso su mano izquierda en una de las mejillas del anciano. Juan de Ramatayim había asistido a la lid desde el suelo y ahora observaba compungido el cuerpo roto de Ugolino, cuya sangre bajaba en regatos rumbo a La Marina. La espada de Blasco, aún empuñada con la diestra, también goteaba.

—Lo has matado, hijo mío —susurró con los ojos enrojecidos.

—No me quedó más remedio, maestro.

—¡Óyeme, fantoche! —se oyó la voz de Vittorino. El aragonés y Ramatayim miraron hacia el Casteddu. Desde los aledaños de la muralla, el rechoncho alcabalero blandía el puño—. Tu abuelo y tú estáis muertos. ¿Me oyes? ¡Muertos!

Blasco se alzó y, desde la distancia, los tres pisanos pudieron ver el brillo de cólera que despedía su mirada. Los gemelos, atemorizados, dieron media vuelta y continuaron su fuga. Vittorino se bamboleó tras ellos insultándoles y exigiendo que le esperaran. En cuanto desaparecieron en el primer recodo, Leta salió de su abrigo y corrió hasta Blasco y Ramatayim con las sayas recogidas. Se llevó las manos a la boca al pasar junto a Ugolino, que yacía con los ojos muy abiertos, con la misma expresión de desconcierto que tenía al darse cuenta de que Blasco le había tajado el pecho.

—Debes irte —dijo ella con premura—. Los del Señorío te buscarán para prenderte.

—Yo lo he visto todo —intervino a espaldas de Leta el boyero, que no se atrevía a acercarse y seguía junto a su carromato de tinajas—. Ha sido una lucha limpia. Y además, ellos le incitaron. Violentaron al viejo.

Blasco y Leticia se miraron. Dudaban si la ayuda del boyero podría salvar al primero.

—Ve a casa, hijo mío —aconsejó el anciano—. Leticia buscará a un alguacil. El boyero y yo aguardaremos junto al cadáver y daremos testimonio. Cuando todo esté aclarado, te avisaré.

Blasco miró alternativamente a su maestro, a Leta y al conductor del carromato. Luego limpió la hoja de su arma en las ropas de Ugolino y enfundó.

—Son recaudadores del Señorío —repuso con el entrecejo fruncido—. No se me hará derecho mejor que el de ellos.

—Vittorino es un perro —dijo el boyero—. Muchos ciudadanos lo conocen y testificarán si vencen su miedo. El Señorío de Pisa no es un nido de ratas, aunque algunas ratas aniden en él.

Ramatayim aprobó las palabras del sardo.

—Vete ya —ordenó al aragonés. Algunas personas, procedentes del mercado y de La Marina, comenzaban a llegar y a arremolinarse en torno al cuerpo sin vida de Ugolino.

Blasco tendió la mano hacia Leta, que la agarró con fuerza y la besó. Una lágrima se derramó desde sus ojos verdes antes de despedirse.

—Vete ya —repitió la orden del anciano Ramatayim. Blasco suspiró y corrió hacia el Casteddu.

Mientras marchaba cuesta arriba, reviviendo cada momento de la lucha, pensó en la bravata de Vittorino. Su vida seguía amenazada, lo que de cualquier modo no inquietaba en gran manera a Blasco. Pero ahora las bravuconerías del alcabalero también alcanzaban a su maestro y protegido. Llegado casi el fin de su misión, el aragonés se veía en el brete de cumplir precisamente lo que había venido a hacer, encomendado su cometido por frey Hugo de Pairaud. Una razón más para no fallar.

«Si tu Señorío no da cuenta de ti, Vittorino —se dijo tras atravesar la puerta del Casteddu—, yo lo haré antes de que acabe el plazo.»

VII

Calatayud, Aragón. Invierno de 1312

El rey Jaime de Aragón se retiró a prudente distancia de la muchedumbre que se amontonaba a la salida de la iglesia mayor de Santa María, en Calatayud. Su guardia, que lucía armas y atavío de gala, le siguió a distancia y se distribuyó de forma discreta a su alrededor. Necesitaba estar solo unos instantes y desprenderse del boato y, sobre todo, del falso estado de beatífica felicidad que había fingido durante toda la ceremonia.

Acababa de casar a su hija María con Pedro de Borgoña y de Molina, infante de Castilla y hermano del rey Fernando, y, junto a toda la nobleza aragonesa, departían ahora los reyes de Castilla y su séquito. Las bodas debían haberse celebrado unos meses antes, pero acuerdos de última hora habían retrasado la fecha. Primero hasta después de la Natividad del Señor, y al final hasta entrado el siguiente año. El rey suspiró. Después de las últimas desavenencias y desencuentros, de la guerra con los castellanos por Murcia y de la fallida campaña de Almería, podía considerar casi cerrado el asunto de la concordia con la gran Corona de Castilla, a la que se sentía unido por un invisible y extraño lazo como monarca de Aragón, el otro gran estado de las Españas.

Hacía frío. La nieve caída durante los días anteriores había alfombrado de blanco la villa bilbilitana. Un débil sol trataba de derretir el manto níveo, y la mayor parte de los invitados a las bodas buscaban con afán los claros iluminados entre las sombras de los árboles. El rey se arrebujó en el lujoso manto en que resplandecían, como siempre, las barras de Aragón: sangre sobre oro forrado de armiño. La fíbula dorada con que abrochaba la prenda sobre el hombro derecho refulgió con un solitario rayo de sol que se colaba entre las nubes. Observó el gentío, igualmente engalanado con suntuosas vestiduras. Cada uno lucía las armas de su linaje, las joyas de su familia y el orgullo de su casa, y todo ello contrastaba con el albo manto de nieve y con los rojizos muros de la iglesia de Santa María. Aquellos nobles e hidalgos, igual que el rey, temblaban de frío bajo sus pieles pero aguantaban a pie firme, felices de hallarse en aquel histórico momento. Habían dispuesto largas mesas sobre caballetes de fina madera para que los invitados a la ceremonia pudieran tomar el primer tentempié antes del banquete oficial, y varios condes aragoneses y castellanos se precipitaban ya sobre los capones asados, los pastelillos de hígado y las codornices confitadas. El rey de Aragón suspiró hastiado, pues le disgustaban aquellos excesos a su alrededor. Todo fuera por la Corona. Ya solo faltaba casar al infante Jaime con la infanta Leonor y podría dar por asegurada la paz y la concordia con Castilla, al menos hasta su muerte y quizá durante algunos años más.

Una pequeña algarabía se alzó junto al pórtico de la iglesia, construida sobre una antigua mezquita andalusí como muestra del triunfo de la fe cristiana. Jaime de Aragón anduvo unos pasos para interesarse por lo que ocurría. Algunos dignatarios, que aguardaban a que el monarca abandonara su momentáneo retiro, se aproximaron a él.

—¿Qué ocurre ahí? —preguntó a Gonzalo García, que lucía un espléndido manto azulado.

—Creo que los reyes de Castilla pueden por fin abrazar a su hija, alteza.

El rey asintió y se encogió de hombros. Para él, que consideraba a los hijos como un instrumento más del estado, estaban de más aquellas muestras de afecto que eran, a la postre, de debilidad. Los reyes estaban por encima de las banalidades y debían conformarse con su destino, que los colocaba por encima de los demás hombres pero los condenaba, al tiempo, a vivir privados de muchos de esas fútiles convenciones de la gente vulgar.

—Ya vemos —respondió distraídamente.

La infanta Leonor, de apenas tres años, había llegado a la corte aragonesa unas semanas antes, pues el protocolo exigía que se criara allí hasta que, llegada la edad oportuna, el infante Jaime pudiera desposarla, tal como se había acordado entre los dos reyes. Jaime de Aragón, falto tal vez de sensibilidad pero no de sentido de estado, había acogido calurosamente a la pequeña y a sus ayas, y había exigido para ella el mayor cariño como futura reina de Aragón y también como princesa castellana que era. Sin embargo el infante Jaime, que por aquel entonces contaba quince años bien cumplidos, no había hecho ni caso de la pequeña, y la ignoraba diciéndose que nada tenía él que ver con semejante mocosa, que se pasaba las noches llorando por la añoranza de su madre y que no sabía sino correr torpemente tras sus ayas por el día. El rey Jaime no se había molestado en reprender al infante, que ya había sido nombrado procurador de la Corona, como correspondía a su condición de heredero y sucesor. Además, el rey consideraba buena cosa que el infante Jaime no se hubiera interesado en demasía por la pequeña Leonor, pues vistas las extrañas y sangrientas aficiones del heredero, parecía mejor pensado mantener alejado de él al pequeño y llorón tesoro castellano que habían metido en el palacio real de Barcelona. Sin embargo, y a pesar de comulgar con la falta de sentimentalismo fatuo del infante, le inquietaba bastante que, a pesar de ser ya crecido mozo, no se le hubieran aquietado los excéntricos ánimos que le definían.

Precisamente en aquel instante, arrastrando a medio colgar su manto con los colores de la Corona, el infante Jaime pasó raudo como una flecha, demasiado mayor ya para poder ser alcanzado por los criados que el obispo Ponce de Gualba había destinado a tal fin. El rey ahogó un insulto a su propio hijo y fingió atender, con una calurosa sonrisa en el rostro, a los arrumacos que la reina de Castilla dedicaba a su jovencísima hija. La niña lloraba desconsolada. Quería abrazarse a su madre, y esta se esforzaba claramente por no verter igualmente un río de lágrimas allí mismo, delante de toda la nobleza de las dos coronas. Uno de los miembros del séquito castellano habló al oído de su rey, aconsejándole sin duda que detuviera la escena. La segunda hija de los reyes había muerto hacía menos de un año y la separación de la mayor, Leonor, amenazaba con causar una muy grave tribulación a la reina Constanza.

—Será mejor que se la lleven —aconsejó el rey de Castilla, Fernando, que lucía un espectacular manto aguadero de tonos escarlatas, color reservado en Castilla para el monarca y su esposa.

Entonces tuvo lugar un suceso que llamó poderosamente la

atención de algunos dignatarios, incluidos los reyes castellanos. Después se diría por algunos que ello constituía un presagio, mientras que otros lo tuvieron por algo sin importancia: el infante Alfonso, que esperaba a saludar a los reyes de Castilla junto a su preceptor, el obispo de Barcelona, alargó la mano hacia la pequeña Leonor. Esta ahogó un tanto sus hipidos y se agarró enseguida de su futuro cuñado. Después el muchacho, de apenas doce años, se llevó con mucho cariño a la niña y la distrajo señalándole algunas lavanderas, que picoteaban las migajas de pan blanco repartido a la hambrienta población de Calatayud con motivo de las bodas de los infantes. La niña corrió hacia los pajarillos mientras reía, olvidado ya por completo el disgusto mientras el infante Alfonso la animaba a voces.

—¡Corre, Leonor! —gritaba a la pequeña—. ¡A ver si las coges!

Se oyeron algunos comentarios elogiosos entre los invitados, pues a todos placía que los dos niños, aragonés y castellana, fueran tan avenidos a pesar de la diferencia de edad.

—Ambos se aprecian mucho desde el día de la llegada de la infanta —explicó el obispo Ponce de Gualba, un poco azorado ante la sorpresa de los monarcas castellanos.

—¿Y el infante Jaime? —inquirió entonces el rey Fernando—. ¿Dónde está?

—No os preocupéis por él, Fernando —contestó desde unos codos el rey de Aragón—. Jaime es un alma inquieta y huye en cuanto puede para dedicarse a la caza o a adiestrarse con las armas.

Fernando de Castilla sonrió, apreciando la dedicación del futuro monarca aragonés como algo propio de su posición. Jaime de Aragón, por su parte, desvió el rostro para dejar de fingir tan hipócritamente. Por supuesto que el infante Jaime cazaba y manejaba las armas: para atormentar animalillos, asaetear polluelos y clavarlos a las ramas de los árboles.

La pequeña Leonor soltó un gritito de fastidio más allá, cuando otra lavandera la esquivó y salió volando por entre los guardias reales. Tras la niña, en actitud madura y vigilante, el infante Alfonso cuidaba de que la futura reina de Aragón no se lastimara o se alejara demasiado de la ceremonia.

—Han hecho buenas migas —dijo junto al rey el obispo Ponce de Gualba, que se había alejado de la maraña de aduladores que rodeaba a los reyes de Castilla.

—Ah, monseñor —saludó el monarca—. Esperamos que estéis a gusto.

—Lo estoy, alteza, lo estoy —aseguró el prelado, aunque su nariz y orejas enrojecían por el intenso frío de la mañana—, pero quisiera volver pronto a Barcelona para seguir con la instrucción de los infantes y con mis estudios..., y con la atención a los fieles de mi diócesis, por supuesto.

Jaime de Aragón quiso cambiar de tema.

—¿Qué os pareció el veredicto sobre el Temple, monseñor?

Ponce de Gualba enarcó las cejas. Hacía apenas unos días que se había dictado sentencia exculpatoria sobre la orden en Tarragona.

—Era de esperar, alteza. Yo siempre dudé de esas infamantes acusaciones... —dijo con indiferencia el obispo.

—Claro, claro. —El rey también hizo un gesto de indiferencia. De nada le servía que los templarios permanecieran detenidos, y tampoco tenía interés alguno en que fueran condenados a prisión o ejecutados. Toda la riqueza de la orden se hallaba ya o había pasado por las manos de Jaime de Aragón, lo que estaba suponiendo un respiro para las arcas del tesoro—. Os supongo sabedor de nuestros proyectos acerca de la nueva orden que pensamos crear.

Ponce de Gualba asintió.

—Algo he oído, alteza. Encomiable empresa la vuestra, pues las órdenes militares han sido siempre fieles defensoras de la cristiandad y de vuestra Corona, por mucho que se empeñen en decir lo contrario algunos... Me refiero a ese brusco dominico vuestro, Juan de Longerio.

El rey sonrió con media boca. A él también le agradaba haber perdido de vista al inquisidor general, que ahora debería ocuparse de perseguir a herejes y hechiceras, como antes hacía, pero lejos de la corte. No obstante, la mención del inquisidor dominico recordó al monarca la extraviada personalidad del infante heredero.

—Por cierto, y aparte de las mentiras que hemos tenido que

decir al rey de Castilla, ¿por qué no está Jaime con la infanta Leonor? —El rey de Aragón repetía la pregunta que le había hecho hacía unos instantes Fernando de Castilla—. ¿No le inculcáis el deber de todo caballero de cuidar de su dama? ¿Dónde se ha metido ese anormal? De seguro ha ido a torturar lagartos.

—Estamos en invierno, alteza —corrigió el obispo, un tanto embarazado por los reproches del rey—. No hay lagartos en esta época del...

—Vamos, monseñor. —El monarca apoyó una mano en el brazo de Ponce de Gualba y ambos se alejaron de nuevo del grupo de nobles—. Sabéis a qué se deben nuestras quejas.

El obispo de Barcelona, con las mejillas coloradas por el intenso frío de Calatayud, movió la cabeza negativamente.

—Me supera, alteza. El infante Jaime hace caso omiso de mis enseñanzas y no puedo retenerle, pues sabe como nadie escabullirse y huir. Además, ahora ha aprendido a salir del palacio. Soborna o amenaza a la guardia, y se pierde solo por las callejas de Barcelona.

El rey se detuvo escandalizado.

—¿El infante Jaime anda descarriado por las calles de Barcelona? —preguntó con gesto severo—. Monseñor, ¿sabéis qué gran riesgo constituye eso para la Corona?

—Por supuesto que lo sé, alteza, y os pido humildemente que me eximáis de la obligación que me impusisteis, pues no me siento capaz de retenerlo a mi lado y muchísimo menos de enseñarle nada. No muestra el más mínimo interés, y además ahora ha hallado otro... entretenimiento.

—¿De qué habláis, monseñor?

El obispo, que seguía con el brazo entrelazado al del monarca, le atrajo un poco más lejos de la multitud y bajó la voz.

—Ya van dos veces que, tras esquivar nuestra vigilancia, se dirige a las casas más cercanas a La Ribera, alteza, y es hallado en brazos de meretrices.

El rey enrojeció ostensiblemente y se separó del prelado.

—Nuestro hijo con putas... Por Dios, monseñor, por Dios...

—En ambas ocasiones he ordenado castigar severamente a

los guardias por su impericia, y hemos arrestado también a las rameras... —trató de excusarse el obispo—, pero pienso que nada logramos así.

Jaime de Aragón se llevó una mano a la cabeza y se la pasó por el cabello, resoplando como un toro salvaje.

—Monseñor, monseñor... Os consideramos hombre de mundo, y a pesar de esos hábitos que vestís, os sabemos conocedor de remedios menos peligrosos para acallar esas ansias.

—¿Alteza? —Ponce de Gualba, un poco cohibido por el enojo del rey, no acertaba a comprender sus palabras.

—Por Cristo, monseñor, y que Él nos perdone... —el monarca se santiguó antes de continuar—, si nuestro hijo precisa de mujeres, haced que se las lleven de calidad. Que no haya de consolarse con rameras de mala muerte.

El obispo se ruborizó, aunque no por las razones que el rey pensaba. Tras una pausa y con el único fin de justificarse, se atrevió a confiarse al soberano.

—Ah, sí... Veréis, alteza. Yo tengo una esclava sarracena... Amina se llama, dulce y solícita, una auténtica beldad, os lo aseguro. —Los ojos del prelado parecieron perderse un instante—. Es camarera mía y también atiende en ocasiones las órdenes del infante Jaime... Le trae golosinas, le prepara la cama, le ayuda a vestirse...

—¿Y bien? —preguntó el rey, que se imaginaba qué clase de servicios requería Ponce de Gualba de la tan hermosa Amina.

—Jamás ha mostrado el menor interés por ella, alteza. —El obispo de Barcelona enfatizó la extrañeza que ello le causaba—. Y es algo que no comprendo, pues Amina tiene unos pechos de ensueño... y sus labios..., oh, sus labios.

—¡Monseñor!

El prelado detuvo su charla y se llevó una mano a la boca. El rey, notoriamente enfadado, dio la espalda al obispo y se sumergió por unos instantes en sus reflexiones.

—Os repito que todo eso no es normal, alteza —siguió Ponce de Gualba—. Incluso he sorprendido a Alfonso admirando las firmes nalgas de Amina cuando ella alisa sus sábanas, o asomándose a su escote mientras le sirve algún refrigerio.

El rey se volvió con los ojos desesperadamente abiertos.

—¿El infante Alfonso también?

—Oh, no, no, alteza —se apresuró a aclarar el obispo—. Alfonso no es como Jaime. Ni siquiera ha alargado una mano hacia Amina. Si incluso la trata con cortesía. Y por supuesto, jamás ha abandonado el palacio para arrojarse en brazos de cualquier meretriz en los lupanares de Barcelona. Lo que os digo es que el infante Alfonso está en edad, y es normal que le llamen la atención los encantos de las muchachas, mientras que Jaime... parece estar interesado solo en mujeres de mala vida.

El rey asintió aliviado. Aunque las noticias que recibía acerca de Jaime no eran buenas, tampoco le sorprendía en demasía que hubiera tomado aquellos derroteros. Era mucho peor el riesgo para su integridad y para el buen nombre de la Casa de Aragón que el hecho de que buscase consuelo entre putas, lo que de una forma u otra habían hecho todos los varones de su estirpe, si bien algunas rameras cobraban en joyas, títulos y oro, y vestían con sedas y brocados, mientras otras se contentaban con dineros oxidados u hogazas de pan rancio y se cubrían con harapos multicolores.

—Tomaréis medidas contra eso, monseñor. Si es preciso, instruiréis a Jaime para que vaya a los burdeles en compañía de guardias reales. Pero que lo haga discretamente, por Dios. Sobre todo, nadie debe saber que se trata del heredero del trono. Ah, y cuidaréis de que las putas están libres de dolencias del bajo vientre y les pagaréis con largueza, pues ellas también han de mantener la boca cerrada.

—Alteza, las rameras de Barcelona no suelen mantener la boca cerrada, incluso las menos charlatanas —intervino el obispo, incapaz de evitar el chascarrillo.

El rey lo miró con severidad y el prelado volvió a poner una mano ante sus labios.

—Monseñor, os sabemos hombre de grandes conocimientos y, aunque la piedad católica no esté ciertamente entre vuestras virtudes, os hemos escogido para que mostréis esa piedad a los infantes. Esperamos que no nos decepcionéis.

Ponce de Gualba, lejos de considerarse ofendido por tal comentario, suspiró.

—Con Alfonso es tan fácil... Es inteligente y cuidadoso. Hay otras familias nobles de Barcelona que han encomendado la instrucción de sus hijos a la escuela catedralicia, y no todos pretenden hacer de ellos unos clérigos. Hace unos días, los Anglesola me confiaron al menor de sus hijos. Y aún tengo otros pupilos, pero el infante Jaime... Oh, alteza, os reitero la petición de que me dispenséis de su enseñanza.

—Hemos tomado una decisión al respecto. Seguiréis trabajando con ambos. De hecho consideramos que Alfonso, por extraño que parezca, ya que se trata del menor, puede obrar como ejemplo para Jaime —indicó el rey—. Por cierto, ¿tiene acceso el infante Jaime a la pequeña Leonor de Castilla?

—No, alteza. La infanta pasa todo el día con sus ayas y mayordomos. Es demasiado joven y, cuando coinciden, está rodeada de sirvientes.

—Sin embargo os hemos oído decir que Alfonso ha hecho migas con ella —repuso Jaime de Aragón.

—Cierto, así lo he dicho. Alfonso la trata con gran delicadeza cuando la ve, y la niña parece encantada con él.

—No nos desagrada, aunque nos parece extraño —opinó el rey—. Bien, da lo mismo. Que el infante Jaime se mantenga alejado de la niña, ¿entendido?

—Perfectamente, alteza.

—Algo más, monseñor. —El monarca miró en derredor para asegurarse de que nadie escuchaba sus confidencias. Algunos nobles e hidalgos observaban de lejos la reunión de rey y obispo, pero a nadie parecía extrañarle—: No nos habéis hablado de vuestro viaje a Francia. ¿Obtuvisteis el resultado esperado?

Ponce de Gualba carraspeó, molesto porque el tema saliera a colación. Sin embargo, pensó pellizcándose la papada, era más que posible que necesitara de la complicidad del rey para llevar a cabo sus planes, aunque prefería no desvelar más que una pequeña parte de lo que sabía. Inspiró lentamente y calculó hasta dónde podía contar al rey sin arriesgar demasiado su secreto.

—Veréis, alteza: como os dije, mi intención era entrevistar a Hugo de Pairaud, que ostentó el cargo de visitador de los templarios justo antes de su caída en desgracia. Lamento no poder revelaros la causa de este deseo mío, pues se debe a una confidencia que llegó hasta mí hace ya unos años en medio de una confesión. Comprenderéis que el sigilo a que me obliga mi quehacer es sagrado, y que no puedo violar el voto ni ante vos, alteza.

Jaime de Aragón hizo un gesto de cansado asentimiento y animó al obispo a seguir.

—Continuad, monseñor. Pero por la santa Virgen, hacedlo sin violar el secreto de confesión.

—Pues bien, alteza, el pobre Pairaud, a quien por fin hallé merced a vuestras cartas de recomendación, no era ni la sombra de lo que fue. Me han contado, por cierto, que Hugo de Pairaud era, a pesar de su edad, un hombre enérgico y curtido en la batalla, ejemplo de pudor y entrega a Cristo. De fuerza y arrojo tales que, según se dice, en Tierra Santa los sarracenos temblaban con solo oír su nombre.

»El freire que yo encontré arrojado en una mazmorra pútrida era un despojo humano. El tormento al que le habían sometido los hombres del rey de Francia terminó por quebrarle la moral, amén de varios huesos y tendones. Le faltaban casi todos los dientes, y algunas de sus uñas ya nunca crecerán, pues se las han arrancado tan salvajemente que le han arrebatado con ellas buena parte de sus dedos. Además, los verdugos le han...

—Por favor, monseñor —el rey de Aragón levantó una mano—, ahorradnos la descripción de los tormentos. El señor Hugo de Pairaud fue hallado por vos en lamentable estado, sí. ¿Y?

—Os ruego perdón, alteza. La cuestión es que el visitador ha perdido algo más: el juicio.

»Así es. El hombre al que encontré era un loco que se puso a vociferar como alma en pena en cuanto me vio, convencido de que acudía a alargar su sufrimiento. Me dijo que todo lo que le habían ordenado confesar estaba confesado. Que repetiría la descripción de sus crímenes y pecados nefandos ante cualquier tribunal, añadió, pero a condición de que acabaran ya los tormentos.

Eso me lo pidió de rodillas y besando mis pies. Confieso que no le saqué de su error, al menos en parte, pues pensé que no me venía mal hacerme pasar por una de esas bestias salvajes que usan los franceses para arrancar confesión a los acusados. Sea como fuere, inquirí a Pairaud acerca de cierta persona que, según yo sabía, debía de vivir en la isla de Cerdeña. Yo ignoraba con qué nombre se hacía conocer esta persona y qué aspecto podía tener. El enajenado Pairaud reconoció enseguida que sabía a quién me refería, y confesó que él mismo había sido protector suyo durante un tiempo. Y como él, otros freires templarios que habían acudido a Cerdeña, los únicos que podían dar razón de este misterioso hombre al que preciso encontrar.

—Pero decidnos, monseñor —interrumpió una vez más el rey, que parecía interesado por aquel relato—, qué persona es esa a la que os referís.

Ponce de Gualba se llevó una mano al pecho, escenificando un gran dolor de corazón.

—Debo insistir, alteza: secreto de confesión.

Jaime de Aragón asintió con un mohín de fastidio y animó al obispo a continuar.

—Bien, monseñor, así que solo ciertos templarios conocen a vuestro hombre.

—Solo unos pocos templarios, así es —siguió el obispo de Barcelona—. El pobre Pairaud hizo grandes esfuerzos para revelar sus nombres, y no me cabe duda de que no trataba de ocultarme nada, sino más bien era que su mente ha quedado tan malograda por el tormento como su cuerpo. Al final me dio tres nombres: Arnoul de Coulommiers, Simón de Ruán y Blasco de Exea. De estos tres, los dos primeros son franceses, como ya habréis supuesto. El tercero es aragonés.

»Nada más conseguí de Pairaud, pues hasta lo que ahora sé me lo dijo entre balbuceos y ruegos por su vida, rezos deslavazados y quejidos. Lo único que pudo añadir fue que el último de los monjes que os he nombrado, el aragonés, se halla aún en Cerdeña junto al hombre que persigo.

—Muy interesante a pesar de todo. Pero seguid, monseñor.

—Usando de los salvoconductos y recomendaciones que vos me disteis con tanta gentileza, aproveché tras visitar a Pairaud para preguntar por los dos templarios franceses, Arnoul de Coulommiers y Simón de Ruán. Después de consultar los archivos de los inquisidores, me dieron al fin razón de ellos. No fue tarea fácil, alteza, pues debí recorrer varias diócesis para conseguir esta información.

—Esperamos que, al menos, fuera útil vuestro esfuerzo —deseó el rey.

—Pues nada más lejos de la realidad —respondió con amargura Ponce de Gualba—. Arnoul de Coulommiers murió en las sesiones de tortura en París. Me dijeron que era un templario fuerte como un caballo y que resistió al dolor con dignidad y valor dignos de un mártir. Tanto fue así que los verdugos, incapaces de arrancarle un solo grito de sufrimiento y menos una confesión, acabaron matándole, los muy bárbaros.

—Qué contrariedad —se lamentó teatralmente Jaime de Aragón—. ¿Y en cuanto al tal Simón de Ruán?

—Ese fue quemado, junto con otros freires de la orden, en una hoguera levantada a las afueras de su ciudad, Ruán.

El rey asintió. La historia había empezado a intrigarle por el propio secreto que la rodeaba pero, después de todas esas frustraciones, notaba que el aburrimiento se adueñaba de él.

—Así que ya solo os queda el templario aragonés que está en Cerdeña, ese tal Blasco...

—Blasco de Exea, alteza —completó el obispo de Barcelona.

—Pues bien, monseñor, mandad a buscarle por vuestra cuenta o id vos mismo a por él y encomendaos al Altísimo, pues es indudable que Aragón no se hará con Cerdeña hasta pasados varios años, tan pobre es el estado de nuestras cuentas.

Ponce de Gualba chascó la lengua. Más que localizar al templario aragonés, lo cual era por lo demás imprescindible, pretendía conseguir del rey de Aragón una pequeña expedición capaz de traerse, por la fuerza o de buen grado, al misterioso personaje que en realidad le interesaba y que vivía desde hacía mucho tiempo en Cerdeña. Y no podía esperar años para eso.

—Veréis, alteza. ¿Cómo deciros esto...? —titubeó el obispo—. Si hallara a ese misterioso hombre, el primer beneficiado seríais vos.

—¿Nos? —La conversación retomaba senderos que devolvían el interés al monarca.

—Pensad en vuestras santas y legítimas ambiciones, alteza. El mar Mediterráneo todo, las naciones que os son hostiles y aun vuestros aliados, Tierra Santa y más allá. ¿Qué no daríais por poseerlo? ¿Qué haríais, alteza, por engrandecer tanto la Corona de Aragón que nadie en el futuro recordara otro nombre más que el vuestro?

—¿De qué habláis, monseñor? —Jaime II entornó los ojos.

—Vuestro antiguo antepasado Ramiro, fundador de la dinastía. Vuestro ascendiente el primer Alfonso, que llevó la guerra al infiel sin descanso. Y vuestro abuelo, el conquistador rey Jaime... —Ponce de Gualba se afanó en usar todo su poder de convicción—, soberanos que figuran con letras de oro en la memoria de los aragoneses, de los catalanes, de los valencianos... Nada, sombras que se diluyen en la niebla comparados con vos, alteza.

El rey se dejó llevar por un momento por las palabras del prelado. El rey Jaime, el Conquistador..., una sombra que se diluye.

—¿Qué pretendéis, monseñor? ¿Qué oscuros pensamientos rondan vuestra mente?

Ponce de Gualba sonrió. Las preguntas escépticas del rey no acompañaban al ensueño de sus ojos. Supo en ese momento que quizá podría conseguir lo que anhelaba.

—Conseguidme a ese Blasco de Exea, alteza, y haré de vos el rey más poderoso del orbe. Lo juro.

El tributo debido

I

Unos meses más tarde.
Cáller, Cerdeña. Primavera de 1312

El Señorío de Pisa no era un nido de ratas aunque algunas ratas anidaran en él.

Las palabras del boyero dichas hacía unos meses habían resultado proféticas. Los alguaciles pisanos se habían presentado en el lugar de la reyerta, y hallaron al tal Ugolino desmadejado en el suelo, con la mirada vidriosa y una espada tirada a su lado. El boyero les había referido lo ocurrido, y después recibieron la confirmación de boca de Leticia de Sardara y de Juan de Ramatayim. El sargento de los alguaciles, un pisano delgado y de nariz prominente, había pintado media sonrisa en su rostro al oír que aquel matón era un esbirro de Vittorino, el alcabalero. Se alegró de saber que la lucha había sido limpia y que la provocación había llegado de parte del recaudador.

—Ese Vittorino es un timador que esquilma la Hacienda —había escupido el sargento ante la sorpresa de todos—. Extraño resultaba que nadie le hubiera metido a él o a sus tunantes un palmo de hierro entre carne y grasa. Esto era de esperar.

—¿Lo arrestaréis? —Había inquirido Leta, esperanzada por las palabras del sargento—. A quien hizo esto, digo.

El sargento arrugó su sobresaliente nariz.

—Vittorino tiene sus agarraderas. Un tal tío suyo que al parecer goza de cierta influencia en Pisa. De no ser por él, ya habría caído, pues son notorias sus fullerías en Cáller. Incluso os puedo decir que a muchos pisanos les alegraría ver muerto a ese asqueroso.

Leticia estaba realmente extrañada, pero las noticias le alegraban.

—Tan odiado es, incluso de su gente...

—Siempre se ha arrimado al árbol que mejor sombra da —continuó el sargento pisano—. De hecho, en el pasado estuvo a sueldo de nuestros enemigos. Dicen que la isla de Malta cayó en manos de los aragoneses por culpa de una traición de Vittorino. Pero de eso hace ya muchos años.

—¿Y aun así lo nombran recaudador para el Señorío de Pisa? —preguntó Juan de Ramatayim—. Realmente sus agarraderas han de ser fuertes.

—Lo son —confirmó el sargento—. De otro modo, yo mismo habría terminado ya con sus andanzas.

—Pero ha jurado matar al joven que nos defendió —argumentó Leticia, sintiendo que su ánimo volvía a decaer—. Hay que hacer justicia.

El sargento se acuclilló ante Ugolino. Estudió su porte y el tajo que le cruzaba el pecho.

—Por lo que estoy viendo aquí —señaló al muerto—, vuestro amigo tiene arrestos y es el propio Vittorino quien debería temerle. Prender al alcabalero no serviría de nada, salvo para hacerme caer a mí en desgracia.

—¿Qué hacer entonces? —se desesperó Leticia—. Si es como decís, la influencia de Vittorino hará que nuestro defensor sea arrestado.

El sargento pisano se acercó a la sarda y le habló en voz baja.

—No seré yo quien se desespere buscando a vuestro amigo. Yo, en su lugar, arreglaría este negocio rápido y sin dejar flecos. Se hará un favor a sí mismo y nos lo hará a todos.

Nada más dijo el jefe de los alguaciles. Ni siquiera preguntaron sus nombres a los testigos ni inquirieron la descripción del muchacho que había acabado con la vida de aquel baladrón. Exigieron al boyero que cargara al muerto con su carro y lo escoltaron camino arriba. Leta le fue con la noticia a su amante sin perder el tiempo y sin entrar en detalles, y junto a Ramatayim discutieron sobre lo ocurrido y, lo que era más importante, sobre lo que podría ocurrir a partir de ese instante. Sin duda habría sido preferible que Leticia hubiera hablado a Blasco del pasado de Vittorino y de su traición en Malta, pero ella no lo consideró importante. No llegaron a acuerdo alguno. Blasco reforzó una determinación que ya había tomado, pero prefirió guardársela a fin de evitar quebraderos de cabeza al anciano y a la muchacha. La casa de Ramatayim era segura, no había motivo para dudarlo, pero Leta debía vivir en la posada, que era lugar conocido por Vittorino. Así pues, Blasco decidió trasladarse al Elefante para montar guardia cercana. Se mudó con un fardo y la espada, tras rogar encarecidamente a su maestro que no abandonara su hogar. Y así pasó el tiempo entre idas y venidas de los dos amantes a la casa del viejo. Compartieron su tiempo a escondidas en la posada, fingiendo Piero y Paulo que nada ocurría pero sabedores de que no era así. Vittorino, por su parte, no apareció. Blasco llegó a pensar que quizá, muerto de miedo y tras reflexionar por lo ocurrido a Ugolino, el alcabalero habría decidido renunciar a su puesto y volver al continente, tal vez junto a los dos gemelos. El aragonés, sin embargo, no podía tener seguridad. El invierno se dehilachó al ritmo lento que los acontecimientos imponían, y Blasco se debatía entre sus temores y sus pasiones.

Una tarde de aquellas, el aragonés se decidió a fijar un rumbo y se impuso la obligación de añorar por última vez el deseo de volver al continente y reunirse con sus atormentados hermanos. Frente a la ventana de su aposento en la posada, su vista se alejó hacia el horizonte, entre los mástiles coronados de estandartes. Las naves sardas aguardaban a que el buen tiempo les permitiera hacerse a la mar, y ya algunas embarcaciones pisanas se habían aventurado a rodear la isla. Blasco recordó aquel momento, casi cinco años atrás, en que llegó al puerto de Cáller embargado por la curiosidad. Poco podía sospechar entonces que se vería envuelto en asuntos tan turbios. El soniquete de las llaves le sacó de sus pensamientos. Leta subía las escaleras para reunirse con él, como tantas veces. El aragonés sonrió al pensar en las firmes caderas de su amante y en cómo había quedado embelesado por ellas esa tarde de hacía un lustro, mientras Leta le guiaba por la posada rumbo a aquella misma habitación. La tabernera apareció sonriente, cerró con cuidado y giró la llave. El aragonés juzgó inútiles sus precauciones.

—Creo que tus hermanos lo saben.

Ella se volvió y se apoyó en la puerta recién cerrada. Sus ojos reflejaban la limpia luz primaveral que se colaba por el ventanuco.

—Sin duda.

El aragonés se aproximó a ella y apoyó las manos sobre la puerta, a ambos lados de su cabeza. Sus rostros quedaron muy cercanos.

—El plazo toca a su fin —anunció él mientras se hundía en el verde imposible de aquellos ojos. Ella parpadeó e inspiró con melancolía. Torció la cabeza y dejó que su vista se perdiera en la pared.

—Todavía no estás seguro —susurró.

Blasco tocó la cara de Leta con su frente y recorrió su piel así, apartando la cabellera castaña de la sarda. Inspiró su dulce aroma y besó la raíz de su cuello. Ella se estremeció y sus senos se alzaron para buscar el contacto con el cuerpo del aragonés.

—Te equivocas —respondió él.

Leticia soltó un quedo gemido cuando el aragonés dejó de besar su cuello y pasó a mordisquearlo, pero se zafó de él colándose bajo uno de sus brazos. Caminó hacia el ventanuco abierto.

—No juegues conmigo, Blasco. —Ella le daba la espalda—. Tu corazón está con tus hermanos de orden y sabes que irás con ellos.

El aragonés había quedado frente a la puerta cerrada, con ambas manos apoyadas sobre la madera y los ojos cerrados. Suspiró antes de seguir los pasos de la sarda.

—Leta, he hablado largamente con el maestro.

Ella miraba ahora hacia La Marina con el mismo aire taciturno que había adoptado Blasco unos momentos antes. El aragonés se puso tras la sarda, acarició su cabellera con suavidad y enredó en ella sus dedos cuando se meció con la brisa mediterránea.

—Os he visto cuchichear, sí. ¿Le has anunciado tu partida? —preguntó ella.

—Nadie viene a sustituirme, lo sabes. Él también lo sabe.

—No eres el único que habla con él, Blasco. A mí me ha dicho que no necesita que nadie te sustituya. Renuncia a la protección del Temple y no precisará de los fondos que le enviaba la orden. Tiene su casa y suficiente caudal. No estás obligado a quedarte por él.

Leticia había flaqueado al decirle la última frase. Su voz temblaba, y sus manos se crisparon sobre el alféizar.

—¿Cuándo has hablado con él? —inquirió Blasco.

—Ayer, mientras dormías. Me llegué a su casa de noche cerrada.

—Leta, por Dios. —Le lanzó una mirada de reproche por su temeridad. Ella hizo un gesto de desdén.

—Esto era más importante. Además, Vittorino debe de estar a punto de zarpar en uno de esos barcos. Si no se ha dado ya a la fuga.

El aragonés enarcó las cejas.

—¿De qué más hablaste con el maestro?

—De tu partida. Ambos sabemos que te irás en unos días.

—No le he dicho tal cosa —repuso a la sarda, y acercó la boca a su oído.

—Y aun así él sabía que te irías —completó ella, y ahogó un hipido.

—No sabía nada, Leta. El maestro es un hombre sabio, pero no perfecto.

Leticia volvió la cabeza sin mover el cuerpo. Una solitaria lágrima remoloneaba en su pómulo y, desviada por sus labios carnosos, se perdía en la comisura de la boca.

—¿Qué quieres decir?

Blasco sonrió y secó la lágrima de su amante.

—Le voy a pedir permiso para quedarme con él en su casa, y sé que no me lo negará. Viviré allí y, si lo deseas, tú vivirás conmigo. Accederá encantado.

Leticia cerró los ojos para contener la avalancha de lágrimas que, ahora sí, se desbordaban sin control. Dejó caer la cabeza hacia atrás y la apoyó en el recio pecho del aragonés. Él rodeó su cintura con los brazos y besó su sien y su mejilla.

—¿Es que me amas, Blasco?

—Sabes que sí, que te amo. Y que quiero hacerte feliz. Porque tú me amas también, ¿verdad?

Leticia abrió de nuevo los ojos, giró la cara hacia los labios de él y sollozó en silencio, dando rienda suelta a sus emociones. Blasco aguardó a que ella recuperara el aliento mientras besaba sus párpados.

—Ya me haces feliz, Blasco —respondió al fin—, y sí, te amo. Y te amaré siempre.

El aragonés sonrió por fin y exhaló un largo suspiro. En ese instante olvidó sus preocupaciones, los momentos de angustia vividos por el trance con Ugolino y hasta la turbación por los sucesos del continente. Olvidó incluso los tormentos y la muerte a que estaban sometidos sus hermanos de orden. Besó los labios de Leticia, que se entregó a él mientras recibía de frente la salada brisa de la bahía. Y él también se entregó a ella. Recorrió con sus manos el vientre de la sarda y oprimió sus senos, aflojó los lazos del sayo y acarició su piel bajo la ropa. Ella se arqueó para buscar el contacto del cuerpo joven y ansioso del muchacho.

—Dime que siempre estaremos juntos —pidió Leticia mientras ayudaba a las manos del aragonés a deshacerse del sayo. Blasco respiró entrecortadamente al sentir que su virilidad golpeaba con fuerza. El sayo resbaló hasta los pies de la sarda.

—No hay quien pueda cambiar eso. Siempre estaré contigo.

Leticia giró su cuerpo desnudo y aplastó sus pechos contra Blasco. Le besó de nuevo. Con avidez.

—Júramelo —pidió mientras levantaba la túnica corta del aragonés.

Él se despojó de la prenda y de la camisa tirando de ambas a la vez. Sus pieles se rozaron y notó la suavidad, firme, cálida y sarda, de sus senos.

—Lo juro.

Se dejaron caer sobre la cama y, una vez más, danzaron al ritmo de su sangre joven. Se abandonaron al instinto y olvidaron las absurdas conveniencias de los hombres. Sin votos ni pecados, con toda la vida por delante. Ya nada podría separarlos.

Nada salvo la muerte.

II

Leticia de Sardara suspiró, giró sobre la cama y llevó su vista a la luz cenicienta de la madrugada. Su amante acababa de abandonar el aposento tras besarla con suavidad en la frente. Ella, medio dormida, había murmurado unas palabras de despedida y un tímido «¿adónde vas?».

—Voy a ver al maestro. Él siempre se levanta antes de que salga el sol. Le contaré nuestros planes —había sido la contestación de Blasco antes de cerrar tras de sí la puerta, tratando de hacer el menor ruido posible.

Leta consintió que la felicidad se mezclara con su estado de lánguido sopor. Poco a poco, mientras su cuerpo retenía la sensación de los besos, de las caricias y del calor, recordó cada una de las palabras de la tarde anterior. Leticia se había sentido dichosa, y ella y Blasco se habían amado como nunca, rendidos del todo a los sentidos y olvidados del mundo. Una y otra vez, hasta caer exhaustos.

El canto de un gallo se dejó oír a lo lejos, y otro más respondió en las cercanías del Casteddu. Leticia entornó los párpados. Toda su vida iba a cambiar. Lo había intuido tiempo atrás, cuando aquel joven muchacho de pelo negro y ojos claros entró en la posada del Elefante con su equipaje. Leta no tenía amigos, y tan solo se había dedicado a atender el negocio de su padre. Más por cuidar de sus dos hermanos que por propio deseo. Tampoco había conocido el amor, aunque hubiera vivido varios escarceos de adolescencia con un par de marineros forasteros y algún villano de Cáller. Jamás había pensado en desposarse, se imaginaba envejeciendo en la posada mientras administraba la hacienda de la familia y cumplía la misteriosa misión que había heredado de su padre. Ahora ya nada sería igual. Debería compartir sus obligaciones con su amor. Ardía en deseos de empezar su nueva vida.

Su cuerpo se estremeció de nuevo al recordar el arrojo de su amante y una oleada de lujuria la inundó. Ansió encontrarse con él nuevamente, como si aquella felicidad fuera a acabarse enseguida y quisiera disfrutarla sin descanso. Retiró la manta y se incorporó al tiempo que se desperezaba. La brisa fría de la madrugada estremeció su piel y agitó sus cabellos, colándose por el ventanuco abierto para sacarla del plácido sopor. Se cubrió enseguida y mojó su cara con el agua de la jofaina, buscó con la mirada el sayo que Blasco le había arrebatado la tarde anterior. Un nuevo escalofrío recorrió su piel al vestirse, pero esta vez la sensación fue de desagrado. Se oyeron los ladridos de un perro en la calle, y Leta se acordó entonces de Vittorino. Aquel era el único escollo que quedaba para que su esperanzador sueño diera paso a un futuro cierto. Recordó, mientras descendía por las escaleras con un velón mediado, la facilidad con que Blasco había acabado con el matón Ugolino, y aquello la tranquilizó un poco. Se sintió orgullosa de su hombre, de cómo mostraba en la lid el mismo ardor que en el lecho.

Descalza, llegó a la planta baja y cruzó el mesón hacia el almacén. Los rescoldos del hogar despedían una tenue humareda, y las sombras de los muebles se desdibujaban en esa luz incierta que precede al amanecer. Bostezó al tiempo que se servía un pedazo de queso de cabra y partió con las manos un trozo de pan. Mientras bebía, intentó imaginar a Blasco presentándose en casa de Ramatayim. Había aprendido, como el aragonés, a apreciar al viejo y enigmático maestro, de quien solo sabía que procedía de algún lejano lugar del oriente, y que era piadoso a la par que escéptico. El anciano siempre la trataba bien, su mirada inspiraba paz y respeto. De seguro, era buen conocedor de los sentimientos que se habían despertado, ya desde tiempo atrás, entre Blasco y ella. Lo podía ver en las sonrisas de complicidad que Ramatayim dedicaba al aragonés, y también en la discreta forma de desaparecer en ciertos momentos. Sin duda era un hombre sabio. Una nueva oleada de optimismo colmó a Leticia. A pesar de la caída en desgracia de la Orden del Temple y el consiguiente cese de envío de fondos, estaba segura de que Juan de Ramatayim contaba con medios para subsistir. Además, tenían la posada para empezar, y Blasco era hombre fuerte y de gran empuje que no tendría problema en hallar ocupación que les aportara seguridad. Dejaría El Elefante, cada vez estaba más segura. Nada de lidiar con marineros y comerciantes de todos los reinos del orbe. A partir de ese momento buscaría a alguien que la sustituyese y se entregaría a Blasco, igual que él había prometido hacer con ella. Se amarían sin descanso, tal como la última noche... Y tendrían hijos. Algún día, si era voluntad de Dios, viajarían a Aragón, la poderosa patria de Blasco de Exea, para conocer a sus padres y la tierra que le había visto crecer. Él era hidalgo, de familia de rancia estirpe, y quizá...

Un ruido sordo sobresaltó a Leticia.

Había sonado fuera, en la puerta de la posada. Tal vez algún borracho había trasnochado allí, cosa que no dejaba de ser habitual cuando los marineros recalaban en Cáller después de largos viajes. Con frecuencia, los hombres de mar ahogaban sus penas en vino, hipocrás o cerveza especiada con clavo, o un poco o mucho de todo ello, hasta caer rendidos y dejarse desvalijar por los mozuelos que rondaban La Marina. A veces los guardias del Casteddu, tras cerrar las puertas de la parte amurallada, recorrían las calles y daban de patadas a los mendigos y borrachos pero, en otras ocasiones, estos pasaban la noche en los angostillos.

El ruido se repitió. Esta vez Leta estuvo segura de que era un golpe en la puerta del Elefante. Dejó el cuenco y el pedazo de pan sobre la pequeña mesa y salió, primero al almacén y luego a la sala principal de la posada. La penumbra se empezaba a disipar, pero la luz aún tenía ese tono gris y triste de la hora nefasta. Su padre le había enseñado cuando niña, que aquel momento, el que divide la noche y el día, era el más peligroso de la jornada. Como supersticioso isleño que era, le había aconsejado que jamás saliera a la calle hasta que los primeros rayos del sol se anunciaran por el horizonte, tras las colinas que rodeaban Cáller. Era el momento infausto, cuando más viejos morían, más madres perdían a sus hijos recién nacidos y más abiertas estaban, en suma, las puertas del mismísimo infierno.

Un tercer golpe sacó a Leta de su nueva ensoñación. Esta vez se asustó de veras, pues la puerta de la posada, ante la que se encontraba en pie, retumbó. La sarda retrocedió y sus pies descalzos tropezaron con un taburete que cayó al suelo con estrépito. Se detuvo. Contuvo la respiración. Tal vez debería llamar a sus hermanos, que dormían en un aposento de la planta superior. Los ladridos volvieron a oírse en la calle.

Leticia sonrió con media boca. Se trataba de un perro callejero, sin duda. Tal vez el animal había acudido al olor de las sobras de carne que algún comensal arrojara junto a la posada la noche anterior. La joven suspiró, olvidados momentáneamente sus temores, y giró la pesada llave que cerraba la entrada al Elefante. Se afianzó con una mano el escote del sayo para prevenirse del relente de la mañana y abrió la puerta.

Sintió el golpe seco en el rostro y quedó sin respiración.

Lo último que notó, antes de caer en una densa negrura, fue una risa aguda y socarrona que se desvaneció hasta desaparecer.

III

Ese mismo día.
Barcelona. Primavera de 1312

Alfonso de Aragón recorrió a largas zancadas el pasadizo que unía la catedral de Barcelona con el palacio episcopal. El joven avanzaba deprisa gracias a que los pasillos estaban casi vacíos a aquella hora tan temprana.

El infante, a pesar de contar solo doce años, era alto como un hombre. También era delgado, como correspondía a su edad, pero su porte anunciaba que iba a ser un buen mozo. El pelo cobrizo le caía ondulado sobre la capa y llevaba la mirada fija al frente, aunque de vez en cuando se giraba para atisbar tras él con premura, como si alguien le persiguiera.

Había visto a su preceptor, Ponce de Gualba, llamar discretamente a la esclava Amina tras el desayuno, y sabía perfectamente dónde se hallaba ahora el obispo. El infante se adentró en los pasillos del palacio y se cruzó con un par de clérigos de la secretaría de Ponce de Gualba, que le miraron extrañados. Al fin, el muchacho se detuvo ante una gran puerta labrada con el escudo de la ciudad. El joven Bernat de Anglesola, también pupilo del obispo y de la misma edad que Alfonso, esperaba mirándose los pies frente a la gran puerta.

—Está dentro, ¿verdad? —inquirió el infante a Bernat.

Este asintió.

—Sí. Y hace unos ruidos muy raros. Quiero pedirle permiso para...

—Para nada, vete —ordenó Alfonso de Aragón. El joven Anglesola, interrumpido mientras hablaba, enrojeció de vergüenza. Aun así sabía perfectamente que debía obedecer a su compañero de enseñanzas, que a la sazón era el mismísimo hijo del rey. Bernat volvió a mirarse los pies y salió a la carrera. El infante se aseguró de que nadie lo veía y golpeó con el puño sobre la madera. Tres veces. Pateó con impaciencia sobre el suelo de mármol de la antesala. A su espalda, un lejano rumor le avisó de que se aproximaba lo que temía.

—Qué demonios —susurró, y empujó con brío el portalón.

Un gritito al fondo de la estancia le ayudó a situar a Amina. La joven sarracena estaba de pie ante una lujosa mesa de madera noble, tenía las sayas subidas por encima de los pechos y estos puestos sobre el mismísimo tablero. Sus nalgas, firmes y de piel morena, se lucían al descubierto, lo mismo que sus piernas largas y finas. El obispo de Barcelona, Ponce de Gualba, estaba tras la muchacha, también de pie, con las manos firmemente agarradas a sus caderas y los ojos cerrados, en un estado de precisa concentración y con el hábito recogido sobre la barriga lechosa y abultada. Ni siquiera era consciente de que el infante Alfonso acababa de irrumpir en su despacho privado. La esclava miraba al muchacho con los ojos muy abiertos, incapaz de reaccionar. Su cuerpo se balanceaba con lentitud de atrás adelante, al ritmo que marcaban los embates de cadera del obispo.

—¡Monseñor! —se decidió a gritar el infante.

Ponce de Gualba se detuvo de inmediato y, aun antes de volver la vista hacia la puerta, separó su prominente barriga de las posaderas de Amina. Su hábito cayó de inmediato, cubriéndole las vergüenzas antes de que pudieran quedar a la vista del muchacho. La esclava, sin embargo, permanecía en la misma posición, con las manos apoyadas en la mesa y el pelo oscuro desparramado sobre la cara, los senos generosos aplastados contra la madera y los ojos negros aún clavados en el infante, y con aquellas broncíneas nalgas al aire.

—¡Muchacha, cúbrete! —El obispo tiró de sus vestiduras.

Alfonso desvió la mirada de las tentadoras formas de la sarracena y se dio la vuelta, grabando en la memoria la suave curva de las nalgas firmes y torneadas. Sonrió mientras hablaba con su voz todavía infantil.

—Monseñor, mi señor padre, el rey, viene hacia aquí a toda prisa. He creído oportuno avisaros.

El muchacho oyó roce de ropas y pasos apresurados tras él, y la sarracena Amina salió corriendo del aposento, pasó junto al infante y se perdió en el primer recodo del corredor.

—Alfonso, hijo mío —balbució el obispo—, estaba corrigiendo a esa infiel. No vayáis a pensar...

—No os preocupéis, monseñor —interrumpió el infante—, ya me lo explicaréis en otra ocasión.

Ponce de Gualba carraspeó y se reunió con el infante bajo el dintel de la entrada. Llegó poniéndose a toda prisa un ligero manto ribeteado de piel de zorro, justo a tiempo de ver al rey acercarse con la mirada seria. Venía acompañado de dos guardias reales y el infante Jaime caminaba ante él con la vista fija en el suelo. El obispo de Barcelona y el infante Alfonso se inclinaron con ceremonia ante la llegada del rey de Aragón y de su sucesor. Estos se detuvieron en medio del corredor. El eco de sus pasos se diluyó en la maraña de pasillos y estancias del palacio episcopal.

—Alfonso, retírate. —Jaime de Aragón señaló con el dedo al fondo del pasillo.

—Sí, alteza.

El infante volvió a inclinarse y corrió, perseguido por el vuelo de su corta capa carmesí. El obispo de Barcelona, con los carrillos enrojecidos y la frente perlada de sudor, recuperaba el aliento y se componía el manto. El rey se volvió hacia los dos guardias y les hizo un gesto para que se quedaran en el lugar. Luego apuntó al despacho particular de Ponce de Gualba.

—Entremos, monseñor.

El obispo se hizo a un lado y extendió la mano para ceder el paso a padre e hijo. El rey empujó sin miramientos al joven Jaime, que trastabilló. Una vez dentro las dos reales personas, Ponce de Gualba cerró tras de sí el portón y rodeó al rey, retiró una recia silla de la mesa de madera noble y ofreció asiento a Jaime de Aragón. El rey lo rehusó con una negación de cabeza.

El obispo se encogió de hombros y cogió un jarro de agua, del que se sirvió en una alta copa transparente.

—Disculpadme, alteza. Con vuestro permiso.

El rey asintió aunque resopló con impaciencia. Entonces, mientras Ponce de Gualba engullía a grandes tragos el agua, Jaime de Aragón se apercibió del sofoco del obispo.

—¿Qué os ocurre, monseñor?

El prelado tragó y lanzó un largo suspiro. Desvió la mirada a su derecha mientras buscaba una excusa para explicar su estado. Regresó a su mente la reciente imagen de Amina, recostada sobre la tabla y con todos sus encantos rendidos. Ponce de Gualba se pasó una mano por el escaso cabello y sonrió. La mañana no era fría, pero sería difícil explicar su sofoco en hora tan temprana.

—Es la edad, alteza —respondió—. Rozo el medio siglo.

Jaime de Aragón había preguntado por cortesía, pero sus intereses estaban en otro lugar. Junto al rey, el infante Jaime seguía cabizbajo y con los brazos colgando a los lados. El pelo rubio y lacio le había crecido, caía sobre sus ojos y le daba un aspecto salvaje. El monarca iba vestido para la caza, con huesas altas y sobreveste de cuero. La capa parda estaba cubierta por su parte alta con retazos de piel de armiño. Una larga daga le colgaba del ceñidor.

—Hoy pretendíamos salir de caza de buena madrugada, monseñor, pero las ayas de la infanta Leonor han solicitado nuestro auxilio cuando el sol no se insinuaba siquiera. —El rey contenía a duras penas la ira—. Como es nuestro deseo, la infanta oye misa no bien se levanta, pues consideramos fundamental la piedad católica en una reina de Aragón.

—Sois sabio y prudente, alteza. —Ponce de Gualba recuperaba el color poco a poco.

—Al parecer, monseñor —siguió el rey—, el infante Jaime también ha tenido la idea de visitar la catedral esta mañana, a la hora del oficio de laudes.

El obispo sonrió sin ocultar su sorpresa. En el tiempo que el joven heredero llevaba a su cargo, jamás había accedido a oír misa.

—Esa es buena noticia, alteza. —Ponce de Gualba se acercó al infante y le atusó el cabello, pero el muchacho agitó la cabeza para rechazar la caricia del prelado. Este pasó por alto el desprecio y siguió sonriendo—. Por lo que parece, nuestro futuro rey ha decidido plegarse a la fe verdadera. Había llegado a pensar que...

—¡El infante no ha acudido a la catedral a rezar, señor obispo! —Ponce de Gualba retrocedió ante la recia voz del rey. El hecho de que le hubiera llamado señor obispo no le pareció buena señal al prelado—. ¡Ya que vos lo ignoráis, nos os lo diremos! ¡El infante visita la catedral para robar los velones y usarlos en sus experimentos! ¡Al parecer se aprovecha de las obras y de las madrugadas, cuando no están los albañiles, para guarecerse tras los bloques de piedra! ¿Sabéis algo de eso?

El obispo se encogió de hombros. Un repentino calor le había subido desde el estómago y ahora le sobraba el manto recubierto de piel. Miró a su alrededor, a las estanterías y mesas repletas de libros antiguos, de pliegos y de rollos de papel, de hojas con extraños dibujos y pedazos de tela escritos en lenguas indescifrables. Esperó que el rey no hubiera cambiado de opinión respecto de los oscuros estudios de Ponce de Gualba.

—Eeh... ¿Sus experimentos? —repitió el obispo.

—Monseñor. —El rey habló ahora más pausadamente. Pestañeó con lentitud y mascó las palabras—. Vuestra labor con el infante Alfonso es meritoria. Porque supimos de ella encomendamos a nuestro sucesor a vuestro cuidado, pero vemos claro que no le habéis prestado la atención precisa.

Ponce de Gualba rompió a sudar de nuevo. Se maldijo en silencio por haberse fiado demasiado de su posición desahogada en el episcopado barcelonés. Aquello le permitía descuidar un tanto sus obligaciones clericales y dedicarse a su auténtica obsesión: el estudio de los antiguos documentos, de los evangelios prohibidos, de la olvidada sabiduría que la Iglesia se empeñaba en mantener oculta a ojos de los hombres..., pero le restaba también tiempo para la tarea encomendada por el rey. Y es que el joven heredero era insufrible. Había tratado de contener las excéntricas ansias del infante Jaime, pero aquel raro mocoso le sacaba de quicio y le causaba dolor de cabeza.

—Alteza —Ponce de Gualba buscó las palabras con tino—, el infante Jaime escapa de continuo y no puedo controlarlo. No quisiera de ningún modo decepcionar a vuestra alteza, aunque bien que os advertí de que no me resultaría fácil guiar a vuestro heredero. ¿Pero de qué experimentos me hablabais? ¿Qué hace el infante con las velas?

—¡Imaginadlo, señor obispo! —volvió a tronar el rey—. El infante las lleva al claustro, donde sabe que la guardia relaja su atención, y allí las usa para torturar a los pajarillos que atrapa y que esconde entre sus ropas. ¿Sabéis cómo nos hemos enterado de ello, señor obispo?

—Pues... —balbució Ponce de Gualba. El rey no le permitió continuar.

—¡La propia infanta Leonor, princesa de Castilla, ha llegado hasta nos de la mano de sus ayas para explicárnoslo entre lloros! ¡La niña ha sido testigo de las tropelías de este anormal que un día ha de ser su marido! ¡El futuro rey de Aragón, señor obispo!

El monarca, que había dado rienda suelta a su cólera mientras hablaba, empuñó un alto candelabro y lo apretó hasta que sus nudillos se tornaron blancos. El obispo temió que el rey fuera a arrojar la pesada pieza y retrocedió tímidamente. Se aflojó los lazos del manto y dejó que cayera al suelo, pues le parecía estar cociéndose en su propio sudor.

—Espero que no penséis que esas prácticas tienen algo que ver con mis estudios, alteza.

El rey frunció el ceño hacia el obispo, que había movido el brazo en círculo para señalar los pergaminos que llenaban cada rincón de su despacho particular, aquel en el que no admitía a ninguno de sus secretarios ni criados. Solo el infante Alfonso tenía permiso para acompañarle durante sus estudios, y jamás consentía a nadie que se ocupara de la limpieza del lugar o de asistirle mientras trabajaba en él, salvo a la esclava Amina. Jaime de Aragón soltó el candelabro. A él no le importaba que Ponce de Gualba dedicara la mayor parte de su tiempo a aquellos enigmáticos trabajos, pues lo cierto era que se las arreglaba para imbuir al infante Alfonso de un firme sentido común. Todo esto lo conocía el rey por los informes que sus muchos confidentes le hacían llegar, y por otra parte le gustaba mantener cierta ascendencia sobre sus súbditos más importantes. En caso de flaqueza, siempre se podía recordar al obispo la tenebrosa figura del inquisidor general, Juan de Longerio, quien de seguro se frotaría las manos si supiera de las extrañas aficiones de Ponce de Gualba. Aun así, el rey seguía necesitando al obispo para la guía del infante Alfonso, sobre cuyos hombros, de ello estaba seguro el monarca, recaerían algún día muchos de los esfuerzos que su hermano no estaba en condiciones de afrontar.

—Tenéis razón, monseñor. —El rey habló ahora en voz baja, se acercó de nuevo al infante Jaime y entornó los ojos—. Sus anteriores preceptores tampoco pudieron sujetar el ánimo torcido de este engendro. ¿Por qué había de ser diferente con vos, sobre todo ahora que ya es buen mozo?

El infante alzó con timidez la cabeza y sus ojos asomaron por entre los mechones de pelo claro y revuelto. Su mirada no denotaba reproche por los insultos del rey, ni culpa por los males de los que le acusaba. Simplemente perdía la vista en el vacío con la boca ligeramente entreabierta. El obispo sintió una pizca de lástima por el muchacho.

—Quiero volver a Valencia —fue lo único que dijo el infante Jaime. Y lo dijo mal, como cualquier niño demasiado pequeño al que le costara vocalizar. El rey cerró del todo los ojos y suspiró. Ponce de Gualba paseaba la vista entre padre e hijo.

—Pues bien, volverás a Valencia —decidió el monarca.

Por un instante, los ojos del infante adquirieron un brillo distinto. Un ligero temblor azotó las comisuras de sus labios. Ponce de Gualba, que había respingado ante la impulsiva contestación del rey, ladeó la cabeza y enarcó las cejas.

—Espero, alteza, que no me ordenéis acompañar al infante.

—Tranquilizaos, monseñor. —El monarca gesticuló desdeñoso—. ¡Guardias!

Los dos soldados, con la librea de Aragón en la sobreveste y armados con las largas lanzas de fresno de la guardia real, abrieron el recio portón y se asomaron al despacho.

—¿Alteza? —inquirió uno de ellos.

—Llevad al infante Jaime a sus aposentos y no permitáis que salga de ellos bajo ningún concepto —ordenó—. Usad la violencia de ser necesario y sin temor a represalias. Vos —señaló a uno de ellos, un muchacho recio de negra y cerrada barba—, trasladad al mayordomo del infante este mensaje nuestro: que deseamos y mandamos que parta hacia Valencia hoy mismo, con el bagaje preciso y sin demora, para instalarse en el palacio real. Que no se preocupe por el resto de su impedimenta, pues la haremos enviar después.

Los dos guardias asintieron y aguardaron a que el infante se dignara abandonar el despacho privado del obispo. Pero el muchacho había vuelto a bajar la mirada y parecía no haberse enterado de nada. Su padre le tocó el hombro para requerir su atención. Señaló a los soldados.

—Quiero permiso para acudir a la ciudad —soltó el infante con descaro.

—¿Qué dices? —respondió el rey extrañado.

—En Valencia —explicó él con aquella ligera dificultad para

hablar—. Quiero permiso para acudir a la ciudad. Y quiero dinero —añadió.

El rey intercambió una mirada de sorpresa con el obispo. Este abrió los brazos con las palmas hacia arriba en señal de que tampoco entendía nada.

—Un día serás rey de Aragón. —No era la primera vez que el monarca le lanzaba ese anuncio al infante como reproche—. ¿Cuándo piensas empezar a comportarte como tal?

El muchacho sostuvo durante unos cortos instantes la mirada de su padre, pero luego volvió a fijar los ojos en el cuidado mármol del suelo.

—Yo no quiero ser rey de Aragón —susurró. El obispo no oyó bien las palabras del infante, pero el monarca las había escuchado perfectamente.

—¡Fuera! —se oyó de nuevo el trueno de su voz. El muchacho se sobresaltó y se acercó a los soldados, que tomaron posición a cada lado del infante.

Los tres salieron y cerraron el portón con un golpe que resonó en los vacíos pasillos del palacio episcopal. El rey soltó el aire despacio, pugnando por recobrar poco a poco la compostura. Ponce de Gualba carraspeó incómodo, pero no pudo evitar una sonrisa de alivio al saber que el infante Jaime dejaba de estar bajo su guía.

—Tal vez cuando crezca un poco más... —quiso ayudar al rey a mantener cierta esperanza.

Con la mano diestra el monarca aferró sus guantes de cuero, que llevaba sujetos al ceñidor, y los batió contra la palma de la izquierda. De nuevo su mirada se serenó y adoptó el aire prudente que le definía. Tan solo en presencia de sus ayudantes más allegados permitía el rey que aquellos arranques de ira le pudieran. Aun así, jamás se dejaba llevar a la hora de tomar decisiones o mantener los dictados del protocolo. El obispo de Barcelona sintió otra oleada de alivio. Aquella escena demostraba que el rey le admitía en ese pequeño y cerrado círculo de sus personas de confianza. Y por cierto que prefería eso que caer en desgracia con su alteza, pues de todos era sabido que no reparaba en muestras de crueldad con sus enemigos.

—Con un par de años más que el infante, nos fuimos coronado como rey de Sicilia, monseñor —explicó con amargura—. Éramos el segundo hijo de nuestro padre, tal como el infante Alfonso es ahora nuestro segundo hijo. Ah, si él hubiera nacido primero...

Ponce de Gualba volvió a carraspear.

—Pero el infante Jaime ya ha sido jurado como sucesor, alteza, de modo que...

—De modo que se hará la voluntad de Dios. —El rey dio por zanjada aquella espinosa duda. Luego paseó su mirada por los papeles desordenados que inundaban las distintas mesas del despacho. Anduvo con lentitud mientras golpeaba a cada paso los guantes contra la palma de su mano. Se detuvo y miró con la cabeza inclinada a un voluminoso libro apoyado en un atril, abierto por la mitad y mostrando un texto iluminado con pequeños dibujos de apagado colorido, que reproducían bestias legendarias y relucientes caballeros.

—Es un viejo volumen sobre la alquimia. *La Tablilla Esmeralda*. Se trata de una copia, naturalmente, con algunos añadidos. Ese libro está prohibido por...

El rey interrumpió el repiqueteo de sus guantes y los alzó para detener la explicación del obispo.

—No queremos saberlo, monseñor. No nos molestan vuestros estudios, pero no deseamos ser cómplice de herejía o cualquier otro crimen parecido.

Ponce de Gualba sintió un ligero estremecimiento.

—Oh, no, alteza. Yo solo me intereso por esos libros para descubrir los remotos lugares en que se oculta el pecado. Cuán ingenuos han sido nuestros pontífices al prohibirlos. Al ordenar que ardan, nos niegan la posibilidad de conocer al enemigo, que reside aquí mismo, en...

Jaime de Aragón sonrió con frialdad y volvió a detener la charla del obispo de Barcelona.

—Por supuesto, monseñor, por supuesto. —Apartó la vista del libro para posarla en su interlocutor—. Y ahora que mencionáis todos esos secretos, ¿cómo va vuestro negocio de Cerdeña?

—Ah, eso.

—Sí, eso —repitió el monarca, que aunque se mostraba escéptico con aquellos galimatías más propios de hechiceros que de clérigos, se sentía intrigado por las palabras que le había dedicado Ponce de Gualba en Calatayud, cuando le relató su viaje a Francia, su entrevista con Hugo de Pairaud y su obsesión en la búsqueda del joven templario Blasco de Exea. No en vano se había ofrecido a financiar los gastos de la investigación que el obispo había iniciado.

Ponce de Gualba se dejó llevar por la ensoñación, como hacía siempre que reflexionaba sobre su oscuro proyecto. Miró a través de la ventana vidriada en rojos y celestes, adivinando los movimientos de los barceloneses más madrugadores en las calles que rodeaban la catedral y el palacio episcopal. La claridad del día intentaba abrirse paso allá fuera por entre una muralla rasgada de nubes grises.

—Mandé a unos emisarios a Cerdeña hace unas jornadas a pesar de que este año se retrasa la temporada de navegación —empezó a explicar. Jaime de Aragón se acercó despacio al obispo para escuchar mejor sus quedas palabras—. Aún no sé nada de ellos. Viajan de incógnito y tienen una misión muy concreta. Seguirán las instrucciones que me reveló Hugo de Pairaud desde su mazmorra, así que deben desembarcar en Cáller y llegar hasta una posada que llaman El Elefante, tras las murallas del barrio alto de la villa. Allí han de hallar a la posadera, única persona que conoce el paradero de nuestro templario...

—Blasco de Exea —completó el rey.

El obispo de Barcelona asintió sin mirar a su monarca, con la vista perdida en las sombras que traspasaban los colores de la vidriera. Repitió el nombre de aquel desconocido que para él representaba la llave a un antiguo tesoro, el más anhelado de su vida entera.

—Blasco de Exea.

IV

Al mismo tiempo.
Cáller, Cerdeña. Primavera de 1312

Juan de Ramatayim sonreía dichoso cuando se abrazó a Blasco de Exea. Este le devolvió el abrazo, seguro por fin de que había encontrado la felicidad que por tanto tiempo le había negado la vida.

—Para mí será una gran alegría que viváis los dos aquí, joven Blasco. —El anciano palmeaba la recia espalda del aragonés.

Cuando se separaron, Ramatayim buscó asiento y suspiró con largueza. Blasco miró ensimismado al suelo. Estaba decidido pues: se trasladarían Leticia y él a la casa de su maestro e iniciarían una nueva etapa de sus vidas. La definitiva para ambos. Todo lo demás quedaría atrás. Sin embargo, sintió un leve pinchazo de culpa. ¿Realmente era tan sencillo dejarlo todo atrás?

Atrás quedarían, sí, Simón de Ruán, Hugo de Pairaud y el resto de sus hermanos de orden, atormentados por un poder codicioso e injusto. Atrás quedarían sus votos, que después de todo no habían sido sino un escondite tras el que ocultar sus desdichas. Atrás quedaría el recuerdo de Teresa, enclaustrada en Las Huelgas, allá en tierras de Castilla. Atrás quedaría Alice de Vannes, su verdadera madre, asesinada hacía años en Malta... Y la promesa que Artal de Exea le había hecho antes de morir en sus brazos. Todas aquellas personas que se habían cruzado en su vida ya no merecían sus desvelos. ¿Así era realmente?

—Sigues preocupado por Vittorino, el alcabalero —quiso adivinar Juan de Ramatayim la desazón de Blasco.

—En realidad no pensaba en él —contestó el aragonés sin renunciar a su ensimismamiento—. Mi mente había volado a Aragón y a Malta.

Ramatayim chascó los dedos y frunció el ceño.

—Ahora que lo dices...

—¿Sí?

El anciano se mantuvo unos instantes en silencio para tratar de ordenar sus pensamientos.

—Cuando llegaste a mi casa, hace cinco años, me contaste cómo tu padre adoptivo, don Artal, te había rescatado de los brazos de tu madre muerta...

—Precisamente a aquel lance había viajado mi recuerdo, aunque lo conservo confuso y entorpecido por la bruma —reconoció Blasco.

—Me dijiste en aquella ocasión, muchacho, que tu verdadero padre era el señor de un castillo, el último reducto de Anjou en Malta, y que unos bellacos mataron a tu madre y a tu nodriza ante tus ojos.

—Así lo viví y así fue como me lo contó don Artal, ciertamente. Mas no veo qué interés puede haber ahora en ese asunto...

El anciano alzó un dedo para interrumpir al aragonés.

—¿No es cierto que los que acabaron con la vida de tu madre fueron ciertos traidores que entregaron el castillo a los aragoneses?

Blasco resopló incómodo. En un tiempo, Artal de Exea había alimentado en el corazón de su hijo adoptivo la voluntad de vengar aquella afrenta, y le había recordado una y otra vez que tenía una deuda con el almogávar Ferrer Zintero y sus brutales cómplices. Blasco buscó instintivamente el tacto de su colgante de madera. Allí seguía, pendido de la cinta que años atrás fue manchada con la sangre de aquella joven nodriza. ¿Cómo se llamaba?

Clara.

Un vertiginoso mareo acudió a la mente de Blasco. En su cabeza se mezclaron de nuevo las imágenes. Dos enormes regueros de sangre se buscaban uno a otro discurriendo por entre las piedras de un adarve. Se hallaba en lo alto de una muralla, a merced de la brisa de levante y de tres sujetos infames. Se dio cuenta del involuntario esfuerzo que había hecho durante años para olvidar todo aquello.

—El alguacil del Señorío que acudió cuando mataste a Ugolino —le sacó de su mareo Ramatayim—, nos contó que Vittorino es un tipo con bastante mala fama entre sus propios compatriotas.

—Sí, recuerdo que Leticia lo dijo aquel día.

—Lo dijo —siguió el anciano—. Pero no dijo nada acerca de ese rumor que corre acerca de Vittorino: se cuenta que él fue el traidor de Malta. El que entregó el castillo a los aragoneses.

El mareo volvió súbitamente a Blasco. La desesperación creció en él mientras trataba de hundirse en sus recuerdos. Malta. El castillo azotado por las olas. Una gran batalla en el mar y una traición. Sangre, muerte, miedo... Su madre. ¿Su madre? Su madre, sí, agonizando, y un reguero de sangre que discurría por entre las piedras... Una ráfaga roja. Una daga y una joven garganta de adolescente rasgada. De su puño cerrado y muerto sobresalía un cordel...

Blasco apretó en su pecho el medallón de madera. Hacía demasiado tiempo, y él no era más que un niño cuando todo aquello tuvo lugar. Cerró los ojos y se apoyó en la mesa en la que Juan de Ramatayim solía leer. Estaba despierto, pero la niebla acababa de regresar, como en sus sueños. El anciano se levantó de la silla, se acercó a Blasco y lo zarandeó. Lo llamó a gritos, pero el aragonés no podía oír. Estaba lejos de allí, separado de aquella casa por un mar y una retahíla larga de años. Una sombra se dibujó tras la cortina de niebla. Blasco siguió aferrando con fuerza su colgante de madera y forzó la vista en la negrura de sus párpados cerrados, tratando de adivinar qué era lo que se escondía en la bruma. Los jirones se deshilachaban y un tipo gordo y malencarado aparecía tras ellos. Llevaba un ridículo capacete del que salía una pluma larga y roja. Vittorino.

Vittorino empuñaba con la diestra una daga ensangrentada, y con la mano izquierda aferraba el pelo trigueño de una muchacha. Estaba muerta. Su cuerpo descansaba sobre un enorme charco de sangre.

—¿Clara? —preguntó angustiosamente Blasco.

Ramatayim, alarmado por el trance del aragonés, lo agarró de los hombros y trató de sacudirle, pero apenas lo movió.

—¡Muchacho! ¿Qué te ocurre?

Pero Blasco seguía sin oírle, tampoco notaba sus esfuerzos por sacarlo de aquel extraño sueño. En lugar de volver al mundo real, el aragonés se vio acercándose a Vittorino, que reía con aquel chirrido que tenía por voz. Se asomó al rostro de Clara y buscó los rasgos adolescentes de su nodriza, pero no era ella la mujer que arrastraba aquel asesino.

Era Leticia.

Ramatayim salió despedido hacia atrás y tropezó con su silla. Quedó sentado en ella. Blasco acababa de arrancar y, como una exhalación, cruzó el aposento y se apresuró a salir de la casa.

—¡Blasco! ¡Blasco, muchacho! —llamó infructuosamente el anciano.

Pero Blasco seguía sin escucharle. Solo oía un sordo tamborileo en sus sienes. El sonido de su sangre, que se apresuraba a correr por sus venas y alimentaba aquel sentimiento que, después de todo, seguía vivo en lo más profundo de su alma.

El dolor en los pies la despertó.

Algo arañaba sus talones. Encogió las piernas para alejarse de aquel daño, pero lo único que logró fue trasladarlo a los dedos de sus pies, que se doblaron. Una uña se rompió y le hizo soltar un gemido. Flotaba en una densa niebla y un silbido irritante se clavaba en sus oídos. Intentó hablar, pero le costaba mover los labios. Además notaba una molestia sorda en la cara, como si se la oprimieran.

—Ahí, metedla ahí —se oyó en la lejanía una voz desagradable que el chirrido casi lograba apagar.

Consiguió soltar un nuevo gemido, algo más largo, cuando su cuerpo cayó a plomo en el suelo. Por fin abrió los ojos. Veía sombras a su alrededor. Sombras grandes y oscuras. Y al fondo, una franja vertical de luz grisácea.

—Primero yo —volvió a oír aquella voz que parecía venir de otra habitación. Leticia reconoció algunos de sus matices, pero estaba demasiado aturdida para encadenar sus pensamientos.

—¿Por qué tú primero?

Una de las sombras grandes se había cruzado por delante y ocultaba la franja de claridad. Leticia se llevó una mano a la cara, palpó su nariz. Notó que la tenía mojada y que no sentía su propio tacto.

—Pero... Bruto ignorante... ¿A qué viene eso ahora?

—Ya estoy harto de tus prebendas, desgraciado —contestó la enorme sombra—. Por tu culpa nos hallamos en esta situación.

Leticia apoyó ambas palmas en un suelo frío e intentó incorporarse. Para ayudarse dobló las rodillas, pero un súbito escozor en las plantas de los pies le hizo soltar un gritito.

—Maldita sea —susurró la voz chillona—. Se despierta. ¿Vamos a pasarnos la mañana discutiendo?

La sombra grande volvió a cruzar ante Leta y notó un fuerte tirón del cabello. Algo la arrastraba de nuevo y la alejaba de la franja de luz.

—Aaaah —masculló con voz pastosa—, me duele...

—Calla, zorra.

El súbito bofetón estremeció el rostro de Leta. Notó el calor que subía raudo a su mejilla, y el golpe tuvo el efecto de cortar de golpe el molesto chirrido que se había instalado en sus oídos.

—Y tú no te quedes ahí mirando. Ayúdale.

La orden sonó clara esta vez. Leta recordó por fin a quién pertenecía aquella voz aguda y destemplada.

Vittorino, el alcabalero.

El mandato del recaudador surtió su efecto, y dos manos frías y grandes se metieron bajo las corvas de la sarda y la alzaron en el aire. Pero al hacerlo dio un tirón y el que la sujetaba por los cabellos se quedó con algunos de ellos en la mano. Leta chilló una vez al serle arrancada parte de su cabellera, y otra más al rebotar su cabeza sordamente contra el suelo.

—Idiotas —reprochó Vittorino el nulo cuidado de sus ayudantes—. No servís para nada.

Con las manos aferradas a su pelo, la sarda vio pasar de nuevo la gran sombra ante sí. Ahora estaba tumbada en el suelo y con las piernas alzadas por alguien. Trató de forcejear, pero ese alguien era muy fuerte. Y ella estaba agarrotada y dolorida.

—No soportaré uno más de tus insultos, Vittorino —habló una voz amenazadora—. Deberíamos partirte la cabeza, dejarte tirado en este callejón y volver a Pisa sin ti. No nos has dado más que problemas. Y no será porque no nos lo advirtieron. Por algo la gente te llamaba... ¿Cómo era?

—El traidor de Malta —completó el otro hermano.

Ambos gemelos soltaron una risita queda.

—Si algo me sucediera a mí —respondió Vittorino, aunque no con mucho aplomo a juzgar por el temblor de su voz—, vosotros quedaríais desvalidos. Poco tardarían en arrestaros por malversar el tesoro del Señorío.

Se hizo un tenso silencio. Leticia todavía intentaba zafarse, pero el gigante que la sujetaba parecía no hacer gran esfuerzo y aun así conseguía mantenerla allí.

—¿Y qué sería de ti si fuéramos nosotros los que te abandonáramos?

Vittorino murmuró algo en lengua pisana y resopló.

—Ayudadme... —pidió Leticia con voz ronca—. No me hagáis daño y yo hablaré en vuestro favor. Ha sido Vittorino... Él es el culpable de todo...

El alcabalero se adelantó un par de pasos y soltó un fuerte puntapié en el costado de Leticia. Esta se quedó sin aliento y se encogió, agarrándose el vientre con ambas manos. El dolor estalló y se repartió por todo su cuerpo. El estupor se disipó. El pánico lo sustituyó.

—Te han dicho que te calles, zorra.

Un nuevo silencio se alzó, roto solamente por un prolongado gemido que salía de la garganta de Leticia. Lo interrumpió para inhalar una bocanada de aire, pero su cuerpo lo recibió mal y empezó a toser.

—Nos van a oír —avisó una de las grandes sombras, la que le sostenía las piernas—. Ahora es cuando suben los obreros de la torre.

La otra sombra se movió y la sarda notó una mano áspera presionar con fuerza sobre su boca. Intentó respirar, pero su nariz estaba taponada.

—Por Cristo —murmuró el que la había silenciado—. Acabemos cuanto antes.

La risa socarrona de Vittorino se dejó oír de nuevo en aquel angosto y húmedo callejón, y el alcabalero se acercó a Leticia.

—Ábrele las piernas —ordenó.

La sarda, que pugnaba por meter una pizca de aire en los pulmones, sintió que aquellas manos poderosas separaban sus tobillos. No pudo hacer nada por evitarlo. Una honda angustia se apoderó de ella al notar que se se ahogaba. Trató de apartar la manaza que la oprimía, pero sus fuerzas habían huido. La desesperación creció y sus ojos se pusieron en blanco.

—Date prisa —acució uno de los gigantes.

Vittorino se despojó con prisa de sus calzas y tiró de su camisa, levantó sus piernas cortas y rechonchas para ponerse entre las de Leticia de Sardara, largas y torneadas. El pisano sintió un escalofrío por el relente que aún conservaba la mañana, pero lo dio por bueno a cambio de gozar del cuerpo de aquella puta lasciva que se había atrevido a desafiarle. En ese momento, los quejidos ahogados de la muchacha se transformaron en estertores y movió la cabeza compulsivamente.

—Si no le quitas la mano de la boca se ahogará. ¿No ves que tiene la nariz llena de sangre seca? No puede respirar.

Aquellas palabras habían sido dichas sin sentimiento, como haciendo constar una realidad que no pasaba de molestia. Vittorino, doblado hacia delante, manipuló torpemente su miembro para introducirlo en la sarda, pero se le arrugaba a cada intento y le hacía proferir maldiciones. ¿Demasiado frío? La muchacha alargó un brazo tembloroso y aferró la pluma raída que Vittorino llevaba en su sombrero. El alcabalero dio un violento manotazo y su gorro voló hasta el otro lado del callejón. Una risita apagada salió del gigante que asfixiaba a Leta.

—No puedes hacer ni eso, desgraciado impotente.

Los estertores de la muchacha se espaciaban. Ni siquiera sentía los dedos fríos del alcabalero al abrirse paso en su carne. Solo notaba una dolorosa opresión en el pecho, y de nuevo la niebla lo fue llenando todo. Dejó caer los brazos sobre el suelo.

—Se muere... —repitió con tono monocorde el grandullón que sujetaba las piernas de Leticia. Ya no precisaba hacerlo casi, pues aparte de un débil temblor, la chica había abandonado toda resistencia.

—Por Cristo... —escupió Vittorino, incapaz de penetrar a la sarda con aquel miembro fláccido y arrugado. Una nueva risa brotó de la boca del esbirro.

—Impotente, impotente, impotente... ¿Esta es la venganza que te ibas a tomar de ese tipo?

El alcabalero gimoteó de rabia. Se incorporó, ató su calzón y se subió las calzas. Ahora los dos matones rieron a la vez.

Leticia ya no sentía dolor. Oía las risas muy lejanas y se preguntaba por qué. Por qué ahora que había alcanzado la felicidad, ahora que bendecía la vida y agradecía a Dios el futuro que le deparaba. Por qué ahora se lo negaba todo. La muchacha ya no se aferraba a su existencia. Se había rendido, segura ya de su muerte. Por eso, cuando el gigante retiró la mano de su boca, no intentó respirar. Simplemente se hundió en aquel pozo negro.

—No se mueve.

—Ha muerto.

—¿Seguro?

—Claro. ¿No la ves?

—¿Y si no está muerta?

Vittorino se pasó la mano sobre la ropa para alisarla y se acuclilló junto a la muchacha. La luz de la mañana se negaba a entrar en aquel callejón, pero podía adivinarse el rostro congestionado y manchado de sangre, una mata de pelo castaño revuelto y la boca contraída en una mueca de dolor. Nadie habría podido asegurar que aquella mujer estaba muerta, aunque lo pareciera.

Por eso el alcabalero sacó su daga y, con un movimiento rápido y firme, cortó de lado a lado la piel suave de ese cuello, del que enseguida brotó un torrente negro y espeso. No era la primera vez que tajaba la garganta de una mujer con su daga, de modo que el asunto resultó bastante fácil. Vittorino se apartó de un saltito, pero no pudo evitar que el surtidor le alcanzara. Siempre cometía el mismo fallo. La muchacha no se movió. Se fue desangrando, a borbotones primero y a chorros después, hasta que no quedó más que un fino hilo rojo que regaba la tierra húmeda y sucia de aquel callejón.

—¿Y ahora?

Había sido uno de los gigantes el que había lanzado la pregunta mientras Vittorino trataba en vano de limpiarse las salpicaduras de sangre.

—Ahora nos marchamos.

—¿Cómo? ¿No vamos a ir a por él?

El alcabalero miró con desprecio a su esbirro, el del pelo grasiento y largo. El mismo que había asfixiado a Leticia de Sardara para evitar que gritara.

—Imbécil —espetó Vittorino—. ¿No viste lo que ese tipo hizo con Ugolino? ¿Quieres morir acaso, como esta zorra?

El alcabalero señalaba a Leticia, que yacía desmadejada en un charco de sangre con las sayas subidas hasta el cuello y las piernas ridículamente dobladas. Su piel había adquirido enseguida un tono pálido que parecía iluminar la escena en el oscuro callejón. Leta tenía desollados los pies y rotas algunas uñas, y las manos del gigante le habían dejado dos marcas cárdenas en las rodillas. Los dos hermanos gemelos observaron el cadáver y luego intercambiaron una mirada.

—Hay que abandonar la isla —sugirió uno de los hermanos—. Pero aún no hay muchas naves que hagan la travesía hasta el continente.

—Mañana, entre prima y tercia, zarpa una nave para Marsella —atajó el recaudador—. Conozco a su capitán. Tenemos tiempo de recoger algunas cosas y dineros y embarcarnos. Haré que nos deje en Córcega y seguiremos ruta hacia Pisa.

El gigante rapado soltó una risotada corta.

—Ya lo tenías previsto. ¿No es así?

Vittorino asintió.

—¿Y ella? ¿No es un desperdicio dejarla así? —inquirió el otro hermano.

El alcabalero le lanzó una mirada de asco y señaló el inmenso charco de sangre que se había acumulado en el callejón.

—Es un pingajo, idiota.

El gigante resopló, molesto de nuevo con el trato que le dispensaba Vittorino. Desde lo ocurrido en El Elefante y la muerte de Ugolino, había empezado a perderle el respeto a aquel felón.

—Id y cargad con lo que podáis —indicó el gemelo mientras empezaba a despojarse de sus ropas—. Me reuniré con vosotros en el puerto mañana, pasada la hora prima.

—¿Pero qué vas a hacer? ¿Estás enfermo? —preguntó Vittorino.

—Tal vez —reconoció el tipo, que se relamió mirando el vientre liso y las caderas redondeadas de la muerta—, pero no soy un incapaz como tú. ¿Quieres quedarte y ver cómo lo hace un hombre? —Cerró un puño y lo alzó para ufanarse de su virilidad.

El alcabalero escupió sobre el charco de sangre y dirigió una mirada de odio a su esbirro. Luego hizo un gesto de desdén con la mano y le dio la espalda antes de que aquel, totalmente desnudo, chapoteara en el negro líquido entre las piernas de Leticia.

V

Blasco se detuvo a un codo de distancia de la entrada del Elefante.

Aquello no era normal. La puerta de la posada estaba entreabierta, pero del interior no salía el acostumbrado aroma a vino caliente y leche de cabra. Algunos obreros de la torre, los primeros que llegaban para iniciar el trabajo del día, se asomaban extrañados al local y, tras encogerse de hombros, seguían camino hacia la obra. Leta era siempre la más madrugadora, la primera que bajaba, encendía el hogar y calentaba el desayuno. ¿Dónde estaba? Blasco tragó saliva con dificultad. Había corrido como un poseso y, aunque no estaba fatigado su mente se hallaba embotada. Un sentimiento de pánico crecía en su interior, por eso ahora se le agolpaban las sensaciones y los pensamientos. Por eso, también, tardó de más en localizar el rastro de sangre. Al principio pasó casi desapercibido. No era extraño que algún borracho pretendiera pasar la noche en la puerta de la posada, incapaz de trasladarse a su barco o de hallar un lugar decente en el que dormir. A veces la misma Leticia tenía que expulsar a escobazos a los gañanes que encontraba de amanecida en la puerta del Elefante.

Y tampoco era raro, por tanto, ver al rayar el alba los rastros de zoquetes taberneros, tan dados a la bronca como al hipocrás. Pero no. Recordaba perfectamente haber salido de madrugada de la posada, y la puerta estaba vacía y limpia.

Frente a la entrada no era más que trazo discontinuo, apenas visible, pero se iba engordando a medida que se alejaba calle abajo. Blasco lo siguió con el corazón a punto de saltar del pecho. Se cruzó con algunos grupos de obreros que lo observaron extrañados pero se guardaron de hacer comentarios. El rastro era todo un reguero que giraba para ocultarse en un callejón cuando el gemelo de larga melena hizo su aparición. Salía apretándose un ceñidor de tela y tosía por el esfuerzo. Se congeló. Mantuvo la respiración cuando vio venir a Blasco con la tez demudada y los puños apretados.

El aragonés no se molestó en preguntar siquiera. Se impulsó hacia delante y clavó la suela de su bota en el pecho del pisano. El gigantón recibió el golpe con un quejido, se vio lanzado contra la pared, rebotó y cayó de rodillas ante Blasco. Empezó a encogerse al tiempo que se agarraba el pecho y boqueaba para cobrar algo de aire, pero un nuevo puntapié de Blasco le quebró la mandíbula. El italiano cayó de lado. El aragonés se desentendió de él y entró en el callejón. La luz del día se colaba por las callejas, y acertaba a arrebatar a la penumbra aquel rincón de Cáller en el que yacía muerta Leticia de Sardara. Blasco caminó con lentitud, sin atreverse a mirar a la cara a su amante. Prefirió fijar su vista en las piernas manchadas de sangre, abiertas y desnudas; en los pies desollados y descalzos, en el camisón desgarrado y en aquel ridículo capacete coronado por una larga pluma roja. Cerró los ojos al tiempo que notaba discurrir por los pómulos la tibieza de sus lágrimas, y el sordo furor fue reemplazado por la pena. Otra vez ella, aunque fuera distinta. La misma a pesar de todo. Clara, Alice... Leticia. La sangre, el dulce cuello desgarrado, la pluma roja, su corazón destrozado. Traición, dolor, muerte... Su mente pugnó por liberarse del sufrimiento, y por eso viajó a Aragón, a su casa de Ejea.

Se hallaba frente al hogar. Calentaba sus manos junto a su

padre, Artal de Exea. Doña Elisén y Sancha estaban en la cocina, y él mantenía una de aquellas largas conversaciones con el hombre que le había adoptado en Malta.

«No debemos hacer daño a nuestros semejantes —replicaba Blasco a don Artal, parafraseando al padre Bernardo—. Ni siquiera a aquellos que nos han hecho sufrir.»

El aragonés dio un manotazo al aire para apartar de su pensamiento aquel absurdo principio. Sentía la necesidad de borrarlo de su vida.

«No se es caballero por los títulos —repetía su padre adoptivo, y su voz resonaba en la mente de Blasco—, sino por los actos.»

«¡Todos hacemos la voluntad de Dios!», oyó la advertencia del viejo comendador de Añesa, que le apuntaba con un dedo acusador.

Blasco se tapó los oídos en un vano intento por acallar aquellas voces. Parecían acusarle. Le decían que todo aquel mal ocurría por su culpa, por no haber cumplido con su deber, por haber cerrado los ojos ante la verdad. Se había ocultado tras Dios, se había puesto un manto blanco y adornado con una cruz bermeja para eludir su destino. Pero su destino le había acompañado y siempre había estado con él, muy cerca de su corazón.

Tiró del cordel que llevaba atado al cuello y sacó el colgante de madera. Lo levantó para cortar un solitario rayo de luz matutina que trataba de colarse en aquel callejón. Un callejón que hedía a muerte y a vergüenza. La madera pintada en tonos dorados giró ante su cara, y aquel grifo negro pareció carcajearse de él. ¿Cuántas víctimas más, Blasco de Exea? ¿Cuánta sangre habrá de ser derramada aún?

«Un caballero auténtico jamás permitiría que Ferrer Zintero compartiera el mismo mundo que él.»

La sentencia flotó con un eco alargado y se fue desvaneciendo en la mente del aragonés. Al hacerle aquella advertencia, Artal de Exea le pedía a su hijo que librara al mundo de todos los Zinteros que se cruzaran en su camino.

Blasco miró a la entrada del callejón. Uno de aquellos Zinteros trataba de levantarse y soltaba largos gemidos. Sangraba copiosamente por la boca y la nariz y tosía porque le costaba respirar. El aragonés recogió del suelo el capacete coronado con la pluma roja y lo apretó con fuerza. Manchó sus manos con la sangre de su amante. Quiso mirar el rostro de Leta por última vez, pero no fue capaz. Sabía que aún habría de verlo a menudo en sus pesadillas, brotando entre jirones de una oscura niebla que ocultaba a sus enemigos y también sus recuerdos más dolorosos. Salió del callejón. Se detuvo junto al gigante pisano. Este se quiso echar hacia atrás al notar la presencia de Blasco, pero el aragonés aferró su melena grasienta. El italiano, inmovilizado, tosió con fuerza y salpicó con sangre las ropas de Blasco.

—Vittorio —espetó el aragonés con una voz que no parecía la suya.

El pisano abrió los ojos y miró a su adversario. Su miedo atajó las toses sanguinolentas, pero también le impidió hablar. Blasco apretó los dientes con fuerza. Los músculos de su mandíbula se remarcaron con crueldad bajo la piel.

—¡Vittorio!

Algunos hombres aparecieron acarreando aperos. Charlaban animadamente, pero ralentizaron su paso al ver la escena junto al callejón. Más obreros de la torre del Elefante. El gigante pisano soltó escupitajos escarlatas al hablar. Los huesos rotos le impedían vocalizar, así que Blasco tiró de la melena hacia arriba y arrancó un nuevo gemido a aquel desgraciado.

—Mañana en el puerto... —balbuceó el pisano—, entre prima y tercia...

—¿Qué ocurre ahí? —se atrevió a preguntar al fin uno de los obreros. Blasco no le prestó atención.

—En el puerto entre prima y tercia —repitió el aragonés, y aflojó su agarre en el pelo aceitoso del pisano—. ¿Parte alguna nave mañana?

El italiano quiso asentir porque le dolía hablar, pero un nuevo tirón de pelo aquietó sus remilgos.

—Sí..., sí... —la lengua del tipo tropezó sibilante contra un diente roto—, a Marsella.

Un par de obreros se adelantaron. Uno de ellos había empuñado un martillo de cantero, aunque se guardaban de acercarse, precavido por la envergadura de Blasco y la del pisano herido.

—Vamos a llamar a los alguaciles —amenazó otro de los albañiles.

El aragonés lanzó una mirada de fuego a los obreros y estos se detuvieron atemorizados. Luego, sin apartar su vista de ellos, Blasco arrugó el capacete de Vittorio y lo trabó descuidadamente con su ceñidor. Soltó el pelo del pisano, que dejó caer la cabeza hacia delante y lanzó un largo y viscoso escupitajo sangriento. Blasco retrocedió un paso, se echó atrás la capa de un manotazo y extrajo lentamente la espada. Los obreros pisanos empezaron a retroceder.

El sello del Temple, con los dos freires montados a caballo, relució un instante bajo los rayos oblicuos del sol. Blasco hizo girar la espada y puso ante sus ojos la cruz templaria. Apretó ambas manos en torno a la empuñadura mientras aquella cruz lanzaba destellos plateados.

«¡Todos hacemos la voluntad de Dios!», resonó de nuevo en sus oídos la sentencia del comendador de Añesa, que volvía a través de los años y rebotaba entre sus recuerdos.

—Ya no —susurró Blasco con rabia.

La hoja fulguró en el callejón y sobresaltó a los obreros pisanos. El cuerpo del gigante esbirro de Vittorino se estremeció cuando el hierro del aragonés le arrancó la vida, y luego, al caer, su cabeza chocó contra el suelo con un ruido macabro.

VI

Blasco enroscó con prisas el gambesón y apretujó en el saco de tela las brafoneras, el almófar, los sobregoneles y el resto del ajuar. Junto con lo recogido en su aposento de la posada, eran todas sus pertenencias. Juan de Ramatayim se sentaba sobre la cama con los codos apoyados en las rodillas. Ocultaba su cabello lacio y gris entre las manos y movía la cabeza mientras se lamentaba.

—Pobre muchacha, Dios mío, pobre muchacha.

—Dios no ha tenido nada que ver en esto —replicó Blasco con la voz ronca—. Nunca ha tenido nada que ver.

—Te equivocas. —Ramatayim se puso en pie y se acercó a él para hacerle entrar en razón—. Y derramar sangre no es la solución.

Blasco alzó la mano e interrumpió con el gesto al anciano. Él también se puso en pie y ambos se miraron. El aragonés tenía los ojos enrojecidos por el llanto, y la sangre de Leticia y la del gigante pisano aún manchaba sus ropas.

—Vos sois un buen hombre, maestro —intentó hablar con serenidad Blasco—, y tal vez vuestro destino sea amar a todo semejante. ¿Sabéis lo que ocurre cuando yo amo a alguien?

El aragonés hizo la pregunta mientras mostraba a Ramatayim las palmas de sus manos, en las que la sangre seca seguía adherida.

—Pero la solución no es derramar tu odio, Blasco.

—¿No? —preguntó el aragonés con un deje de amarga sorna—. ¿Acaso no es el odio obra de vuestro Dios, al igual que lo son el mal y la injusticia? ¿Acaso no ha sido ese Dios quien me ha revestido de ese mismo odio y me ha proporcionado esta espada?

Blasco recogió su arma, alzó la hoja ensangrentada y la puso a la vista del anciano. Ramatayim bajó la mirada con el recuerdo sus propias palabras.

—Tal vez todo esto sea Su voluntad —pareció aceptar en voz baja.

—No —espetó el aragonés mientras volvía a la faena de preparar su bagaje—. No hay voluntad de Dios. Ya no. Lo que he padecido siempre, durante toda mi vida, es la voluntad de Zintero.

—¿Zintero?

—Zintero —confirmó Blasco la pregunta de Ramatayim—. Zintero y todos aquellos que son como él. ¿No lo veis, maestro? Vos mismo os habéis dado cuenta de que mi pasado regresa desde Malta para ajustar cuentas.

»Os confieso lo que de sobra sabéis. Ya antes de llegar aquí, el deseo de venganza se había enfriado en mi corazón. Primero en Teresa, luego en el Temple y más tarde en Leticia quise buscar mi vida. Pero nada de eso era mi vida. Mi vida es otra bien distinta y me persigue desde la cuna. Mi padre adoptivo, don Artal, siempre lo supo ver. Por eso insistió en recordármelo con esto.

Blasco mostró el colgante de madera con el grifo negro.

—Pero, hijo mío —protestó Ramatayim—, si sigues tu impulso, esto no terminará nunca. No debemos dejar que la sangre siga llamando a la sangre. Eso fue lo que Él —el anciano apuntó a lo alto con un dedo— vino a enseñarnos. Debemos confiar en el hombre.

Blasco movió la cabeza negativamente, cerró el saco y lo aseguró con un lazo.

—Vos tampoco confiáis ya en el hombre.

Ramatayim cerró los ojos. De nuevo sus propias palabras le traicionaban.

O no.

A pesar de todo, incluidos los buenos consejos que creía estar dándole a Blasco, él también había perdido la confianza en el hombre. Tocó a través de la túnica su propio colgante, el extraño relicario transparente que pendía de su cuello.

—¿Cómo encontrarás a ese Zintero?

Blasco se encogió de hombros y colgó la escarcela de su cinturón.

—No lo sé aún. Tal vez nunca dé con él. —El aragonés buscó a su alrededor para comprobar que no olvidaba nada de su exiguo equipaje—. Quizá Zintero esté muerto hace tiempo o quizá siga cometiendo sus desmanes. Trataré de encontrarlo y puede que lo consiga. Puede también que no lo haga y hoy mismo vaya a dar con mis huesos en una mazmorra pisana.

—Aun si no acabas encarcelado, te espera una vida de dolor.

Blasco enfundó la espada en su vaina y tendió la mano a Ramatayim. La posó sobre su hombro.

—Maestro, mi padre murió en batalla y mi madre fue asesinada cuando yo era un niño. Mis hermanos de orden arden en hogueras o se pudren en mazmorras, y la mujer a la que amaba está desangrada en un callejón no muy lejos de aquí.

»No tengo miedo al dolor que me espera.

Juan de Ramatayim bajó la mirada mientras palmeaba la mano

de Blasco de Exea. Luego le hizo un gesto para pedirle que aguardara un momento y subió las escaleras. El aragonés suspiró por enésima vez, incapaz de arrancarse la amargura que le atenazaba la garganta. Ramatayim bajó con una bolsa tintineante y se la alargó a Blasco.

—Espero que volvamos a vernos —deseó el anciano—. Así podrás devolverme este dinero templario.

Blasco intentó esbozar una sonrisa, pero apenas pudo dibujar una mueca de angustia. Estrechó la mano de su maestro.

—Yo también espero poder devolvéroslo..., pero no creo que eso ocurra.

El aragonés abandonó la casa de Ramatayim. El anciano quedó en silencio, mirando ensimismado la palma de su mano, aquella con la que había saludado a Blasco por última vez. En ella había quedado impregnado el salobre aroma de la sangre.

La mañana había amanecido brumosa, pero el sol rompía la cortina gris y se filtraba hacia Cáller para iluminar a trechos la cubierta de la coca marsellesa. Los marinos provenzales se afanaban en subir mercancía a bordo, y un par de tipos corrían de acá para allá y aparejaban cabos.

Blasco, arrebujado en su capa parda, notó uno de esos escalofríos de la hora maldita y apartó su vista de la coca. Su equipaje ya estaba embarcado, satisfecho el pago por el pasaje. La hora prima acababa de cumplirse y ahora, escondido a medias entre los fardos del puerto, pasaba inadvertido para los estibadores sardos. El aragonés miró hacia la bajada de La Marina. Era curioso. Aquella neblina gris ocultaba las callejas y, cuando alguien bajaba, su silueta se dibujaba oscura tras ella. Solo al acercarse lo suficiente se acertaba a ver al viandante.

Como en el sueño.

Blasco no quería pensar. No quería porque, cada vez que lo hacía, su mente le llevaba a la mujer degollada en el callejón. Maldijo por enésima vez su suerte cuando una nueva sombra se dibujó tras la bruma. Los jirones se apartaron asustados al tiempo que el nervudo sargento de los alguaciles aparecía en el puerto, flanqueado por dos soldados del Señorío. Los tipos se pararon y posaron las conteras de sus lanzas en el suelo, y el alguacil recorrió con la mirada el lugar, entornando los ojos en un intento de penetrar la neblina. Blasco dio un discreto paso hacia atrás y se pegó a un gran fardo envuelto en tela. Con un movimiento apenas perceptible bajó la cabeza, oculta en la capucha de su capa.

—¡Patrón de la nave! —llamó el alguacil con férrea voz.

Los marineros pararon un momento sobre la pasarela y otros se asomaron a la cubierta. Uno de ellos señaló a popa.

—¡Sí, mi señor! —respondió una voz allá arriba en lengua franca.

El alguacil se acercó a paso lento.

—Busco a un hombre de buena talla y de fuerte presencia —habló con seguridad el pisano, y se apuntó a la cabeza—, pelo negro y ojos claros. ¿Lo habéis visto, por ventura?

El patrón se rascó la barbilla y alzó una ceja. Blasco giró la cabeza levemente y miró de reojo hacia la nave. Estaba a suficiente distancia del sargento y sus hombres, pero no dudaba de que los marineros le habían visto mientras cargaban mercancía, por no hablar de los que le habían cobrado el pasaje y embarcado sus pertenencias. Si el patrón hablaba, todo estaría perdido.

—¿Por qué lo buscáis, si puede saberse?

El alguacil torció la boca y observó con torva faz al marino provenzal.

—Ha matado a un ayudante del alcabalero —explicó de mala gana—. Es peligroso y no se trata de su primera muerte.

—Si ha matado a un recaudador, no puede ser mal tipo —susurró un marinero fuerte y desgarbado que bajaba en ese momento por la pasarela de madera. Sus compañeros rieron el comentario y el patrón se rascó la cabeza.

—Conozco a un alcabalero pisano —apuntó este—. Un tal Vittore.

—Ese continúa vivo —confirmó el alguacil con un gesto de desdén—, pero no os he preguntado por él, sino por el homicida. Y aún no me habéis contestado.

Los dos soldados del Señorío se acercaron y tomaron posición a ambos lados del sargento. El patrón de la nave estiró la boca en una ancha sonrisa y negó con la cabeza.

—No sé nada del hombre que buscáis. Lo siento.

Los tres pisanos se miraron entre sí.

—También ha muerto una muchacha, la mesonera del Elefante —añadió el alguacil. Un murmullo se levantó entre los marinos y el patrón entornó los ojos.

—La conozco. Una bella mujer —susurró.

Un par de provenzales volvieron la vista hacia donde estaba Blasco y murmuraron entre sí. El aragonés aferró el puño de la espada bajo la capa.

—¿Acaso la ha matado también ese tipo al que buscáis? —inquirió uno de los marineros.

El alguacil suspiró. Desde la muerte de Ugolino sabía que aquel asunto se complicaría. La mesonera, el anciano, el alcabalero y sus ayudantes, y aquel misterioso hombre al que ahora buscaba... Maldijo para sus adentros y decidió que los desmanes de Vittorio en Cáller habían terminado.

—No, estoy seguro de que no la ha matado él —respondió al fin.

Los marineros lanzaron una última mirada al bulto pardo que era Blasco y continuaron con su labor sin dejar de prestar atención a la conversación entre el alguacil pisano y su capitán.

—Deuda de sangre. —Este comprendió la situación—. El tipo al que buscáis se ha tomado venganza por la muerte de esa guapa moza.

—La deuda no está totalmente pagada. También busco a Vittore —respondió secamente el alguacil—. Las deudas las cobra el Señorío, incluso a sus alcabaleros.

El patrón asintió y miró a su alrededor. Luego suspiró, apenado por la muerte de la mesonera del Elefante, a quien todos conocían.

—Aquí no sabemos nada de ese tipo que buscáis... y tampoco de Vittore.

Los tres pisanos volvieron a mirarse y se encogieron de hombros. Los jirones de neblina se disipaban cuando desaparecieron Marina arriba, a paso desganado y con la vista fija en el suelo. El patrón y algunos marineros hicieron un corro que no pasó inadvertido a Blasco. Este alternó la vista entre los de la nave y las callejas, a la espera de que Vittorio y su esbirro aparecieran al fin.

El capitán de la coca, acompañado de dos marinos, hizo resonar la pasarela bajo su peso y se dirigió hacia donde estaba el aragonés. Blasco suspiró con un aire de fatalidad, se echó la capucha hacia atrás y descubrió la cabeza. Observó con gesto interrogante al patrón.

—Por el momento no me interesan vuestros asuntos —aclaró el provenzal—, pero quiero saber si ha sido Vittore quien ha matado a la mesonera del Elefante.

Blasco cerró los ojos y asintió con lentitud.

—Ese hijo de perra... —masculló uno de los marineros mientras apretaba los puños.

—Vittore habló conmigo hace un par de días —continuó el capitán de la coca— y me exigió pasaje hacia Córcega para él y dos hombres más. Tuve que acceder, pues siempre me amenaza con acrecer el portazgo. Entendedme, señor: los pisanos no son santo de mi devoción, y mucho menos el tal Vittore, que a más de alcabalero es ruin. No me importa mucho pagar el diezmo de mar, pero se me llevan los demonios cuando pienso que de mis dineros disfruta más ese seboso que el propio Señorío.

—No son de mi incumbencia vuestros negocios, sean con Vittorio o con cualquier otro, ni quiero meteros a vos en mis asuntos —le interrumpió Blasco. El patrón se sobresaltó al escuchar la voz ronca del aragonés, que destilaba furia—. Únicamente os pido que no os entrometáis entre ese alcabalero y yo. Y sabed, por cierto, que ahora son solo dos los pasajeros que habéis de llevar a Córcega.

—Aparte de a vos mismo —completó el capitán.

—Yo voy a Marsella.

—Bien —respondió el patrón—. Imagino que el tercer pasajero era el ayudante muerto de Vittore. Si lo habéis matado a causa de lo ocurrido a esa mesonera...

—Habéis dicho que no os interesaban mis asuntos —le reprochó Blasco, y apretó el puño en torno a la espada.

—¿Me dejaréis hablar, por Nuestra Señora?

El aragonés miró a los marineros sin dejar de vigilar las cuestas que bajaban hacia el puerto. Vittorio podía llegar en cualquier momento, y aquel coloquio le importunaba.

—Hablad rápido.

—Bien —suspiró el patrón—. Tal vez pensáis acabar aquí con Vittore y huir después con nosotros. Veo que os lleva la ira y vuestra mente no piensa con fluidez. ¿Acaso pensáis que podéis hacer tal cosa como si nada? Por mucho que ese alguacil pisano odie al alcabalero, no es empresa fácil la que pretendéis.

Blasco entornó los ojos y aflojó la presión sobre la espada.

—¿Y bien? ¿Tenéis alguna idea mejor?

—Se acerca la hora tercia y Vittore llegará más pronto que tarde. Embarcad ya y no os dejéis ver. Permitid que terminemos de cargar la mercancía y podamos zarpar. El mar es ancho y no hay alguaciles, y el día promete viento favorable. En poco tiempo nos habremos perdido y vos podréis ajustar vuestras cuentas.

—Y las de esa guapa muchacha de la posada —añadió uno de los marineros.

Blasco reflexionó sobre las palabras del patrón. Aparte de la tripulación de la coca, otros marineros, pescadores y estibadores andaban de aquí para allá e iban llenando el puerto. Tuvo que reconocer lo juicioso del plan de aquel provenzal. Se preguntó si realmente podía confiar en él y en aquellos marineros.

En cualquier caso no tenía otra opción.

VII

Vittorio se pasó la mano por la cabeza y trató de recolocar los cabellos que el viento manejaba a su antojo. Maldijo de nuevo su descuido al perder el sombrero. Aquel capacete tocado con su querida pluma roja era suyo desde hacía tantos años que no recordaba cuántos.

—¿Dónde lo habré dejado? —susurró—. Maldito tipo. Por su culpa hemos tenido que abandonar a toda prisa la isla. Así le parta un rayo.

—No puedo creerlo —dijo a su lado el gemelo pisano de cráneo rasurado—. ¿Te lamentas porque mi hermano no ha llegado a tiempo para zarpar?

El alcabalero miró con desprecio a su ayudante. Finalmente lo había decidido: en cuanto tocaran tierra en Italia, lo despediría. Posiblemente tendría que mandar que alguien acabara con él, pues era mucho lo que sabía y muy pocas sus luces. Estaba seguro de que sería incapaz de mantener la boca cerrada ante las autoridades del Señorío, y no quería que nadie le echara en cara su gestión de la alcabala en Cáller.

—Estúpido —le escupió—. Que tu hermano se pudra en esa asquerosa isla. Me lamento por la pérdida de mi gorro.

El gigante torció la boca y contempló el horizonte apoyado en la borda. La costa de Cerdeña quedaba frente a ellos, pues navegaban hacia septentrión para dirigirse a Córcega. Aun así, la isla se hallaba demasiado lejos para salvar aquella distancia a nado. Se aferró con fuerza a uno de los obenques y trató de imaginar a Vittorio pataleando en el agua mientras la coca se alejaba con las velas bien batidas por el viento. Pero no. Siempre cabía la posibilidad de que aquellos marineros se apercibieran y trataran de salvar a Vittorio. En lugar de arrojarlo por la borda, pensó el gigantón, lo que haría sería denunciarlo no bien llegaran a Pisa. En el Señorío le darían su merecido, por muy buenas agarraderas que tuviera.

El gran pisano se alejó rumiando su venganza, harto de los desprecios y los insultos de Vittorio. Fue hacia proa y se cruzó con algunos tripulantes que recorrían la cubierta, atentos a las órdenes del patrón para no perder vista al resguardo. Habían hecho aquel viaje muchas veces, pero la presencia de la abrupta costa sarda y lo temprano de la temporada de navegación siempre incomodaban a los marineros. Por eso navegaban a buena distancia de las rocas. Se preguntó qué habría pasado con su hermano. No es que le preocupara mucho su suerte, pero sentía curiosidad. Lo había dejado allí, en aquel callejón, junto a la mesonera muerta...

—Tal vez ese loco ha acabado con él —se dijo.

Sonrió a la brisa con sus dientes ennegrecidos. Si se esquilaba el pelo era precisamente porque no le gustaba que le confundieran con su gemelo. Pero ahora, después de que aquel tipo moreno amigo de la mesonera le rompiera la nariz a su hermano, ya no había posibilidad de confusión. Se llevó la mano a la nariz y pasó el dedo índice sobre el puente recto. Ensanchó su sonrisa.

—Hola y adiós.

El gigantón había perdido la vista en los lejanos acantilados de la costa sarda mientras pensaba, por eso le sobresaltó aquella voz conocida a su espalda. Se volvió con los ojos muy abiertos, solo a tiempo de ver cómo el puño de Blasco de Exea se estrellaba en su nariz. El hueso crujió de forma macabra y el gigante se dobló sobre la borda. Enseguida notó el sabor de la sangre en la garganta. Empezó a toser mientras se vencía de nuevo hacia delante, pero entonces varias manos le aferraron los ropajes. Abrió los ojos y pudo ver a Blasco de Exea frente a él. Sonreía fieramente y estaba flanqueado por el patrón de la coca.

—Pero... ¿qué...?

El gigante pisano no pudo decir nada más. Su nariz chorreaba sangre sin parar y el golpe le había embotado los sentidos, y por eso apenas fue consciente de que varios marineros le alzaban en volandas con esfuerzo. Notó el vacío bajo él y luego se sumergió en el mar. El frío del agua le despertó bruscamente de su modorra. Braceó con desesperación y quiso gritar, pero lo único que pudo emitir fue un bronco mugido ahogado por el líquido salado y fresco. Al fin sacó la cabeza y boqueó. Tragó agua, sangre y aire a partes iguales. Un sonido ronco salió de su garganta al ver pasar el costado de la coca a toda velocidad ante él. Chapoteó con fuerza, alzó la vista y se encontró con la mirada sorprendida de Vittorio, que, asomado a la borda por la parte más cercana a popa, abría mucho la boca y los ojos.

—¡Vittorinooo! —gritó, poseído por el pánico—. ¡¡Vittorinooo...!!

El viento, que soplaba en popa cerrada, alejó con gran rapidez la coca de aquel lugar. Vittorio se inclinó sobre la borda sin dejar de mostrar aquella expresión bobalicona en el rostro. Escuchó los gritos de angustia del gigante hasta que el sonido del mar contra la madera y el crujido del velamen, restallando a cada golpe de viento, lo apagaron lentamente. Cuando su ayudante desapareció tras una ola, Vittorio cerró la boca y miró a proa, hacia donde había visto alejarse al gigante antes de aquello. Lo que vio hizo que de nuevo su mandíbula colgara estúpidamente.

Blasco de Exea se aproximaba con lentitud y le clavaba la mirada, acompañado del capitán de la coca y de varios marineros.

Vittorio gimió. Empezó a retroceder, agarrando a trechos la borda. Sintió un agudo dolor en el pecho y un bulto se le atravesó en la garganta. No quería morir ahogado, como su ayudante. Cuando chocó con el castillo de popa, Vittorio se detuvo y se llevó la mano a la daga.

—Esperad, esperad... Nobles señores, habéis hecho bien al arrojar a ese miserable al mar. —Vittorio acusó una nueva punzada en el pecho y el dolor subió hasta su hombro izquierdo. Se encogió levemente—. La verdad es que lo tenía bien merecido por lo que hizo con la mesonera, mi señor —se dirigió a Blasco—. Os lo juro...

—Tus esbirros, Vittorio, eran unas malas bestias —Blasco señaló con el dedo hacia el mar, al lugar en el que el último de los gemelos se había sumergido para siempre—, pero nunca vi armas en su poder. Sin embargo tú, puerco, pareces bastante hábil rajando cuellos. ¿No es así?

Vittorio desenfundó su daga mientras se agarraba la ropa a la altura del pecho con la mano libre. Ahora le costaba respirar y un brusco mareo se adueñaba de él.

—Os lo juro, señor... ¡Jamás he hecho daño a mujer alguna!

Blasco sonrió. Señaló el arma del pisano. A su alrededor, los marineros se habían abierto en semicírculo y acorralaban a Vittorio.

—Tu daga —exigió el aragonés.

El pisano se arrugó ante un nuevo embate de dolor en el pecho. Alargó su arma hacia Blasco y, cuando este la cogió, se agarró el brazo izquierdo, que pendía rígido.

—No me hagáis daño, por compasión. —Cayó de rodillas—. No fui yo. Fueron ellos. Jamás he hecho daño a nadie.

Blasco, que ni siquiera había tenido necesidad de extraer su espada, estudió con detenimiento la daga de Vittorio. Allá donde la guarda se unía con la hoja quedaban todavía restos negruzcos y secos.

La sangre de Leticia.

El aragonés cerró los ojos. Quería borrar de su mente la imagen de su amada muriendo a las manos cobardes de Vittorio, pero el recuerdo lo llevó al pasado, al adarve de un castillo marinero y a las tiernas caricias de su aya. La mirada de Clara clavada en la suya mientras la vida se escapaba a borbotones de su cuello abierto en canal y, detrás de ella, un orondo tipo tocado con un ridículo capacete del que colgaba una larga y absurda pluma roja. Liberó el gorro de su ceñidor y lo mostró a Vittorio.

—La primera vez que vi esto era tan solo un niño, ¿sabes?

El pisano hizo un gesto de extrañeza ante las palabras de Blasco. Boqueaba, se esforzaba por meter aire en aquel pecho que le dolía a rabiar, y su amplia frente se había perlado de pronto de sudor. Una náusea le estremeció antes de contestar.

—¿Cómo decís, mi señor? No os entiendo.

El aragonés se acercó a Vittorio y le caló el capacete de mala manera. La pluma roja quedó colgando ante los ojos del pisano, que no apartaba la vista de la daga.

—Haz memoria, Vittorio —escupió Blasco con voz sibilante—. El Castillo del Mar, en Malta, hace muchos años. ¿Lo recuerdas?

Ahora el pisano entornó la mirada. Le parecía reconocer en Blasco algo familiar. Una nueva náusea le arrugó y Vittorio cayó de rodillas.

El aragonés agarró de las vestiduras al pisano con la izquierda, tiró hacia arriba y le obligó a ponerse en pie de nuevo. Posó la hoja de la daga sobre su papada.

—Mi señor, por favor... —suplicó Vittorio con un hilo de voz—. No me encuentro bien... y no sé de qué me habláis. Yo jamás he estado en Malta. Eso que cuentan sobre mí es un embuste... No soy ningún traidor.

Blasco apretó los dientes con fuerza, sintiendo un enorme asco por aquel sujeto. Una y otra vez la mirada de Clara volvía a su mente y se alternaba con el cuerpo medio quebrado de Leticia. Ambas nadaban en sangre y le pedían venganza. La bruma que entorpecía su memoria había desaparecido por completo, y casi se preguntaba cómo no había reconocido a tiempo a Vittorino. El aragonés retiró la daga del cuello de Vittorio y, muy lentamente, acercó la punta a la oronda barriga del pisano.

—¿Es que te duele aquí? —pinchó levemente la piel.

—El pecho, mi señor... Me duele...

Blasco empujó la daga y rompió el jubón de Vittorio. Clavó una pulgada de acero en el cuerpo del alcabalero. Este emitió un grito agudo y cogió la hoja del arma con ambas manos.

—Ya está. ¿Ves? Ahora no te preocupa tanto el dolor del pecho.

Se oyeron un par de risotadas entre los tripulantes pero algunos otros empezaron a murmurar.

—Mi señor... —Vittorio empezó a sollozar mientras agarraba con fuerza la hoja de la daga—, por favor.

Blasco resopló. La decisión de acabar con aquel despojo era irrevocable, pero aunque su corazón le exigía hacerle sufrir, había algo en su propia acción que a la vez le repugnaba. Tiró de la daga de pronto y rajó las palmas de Vittorio, que volvió a emitir otro agudo chillido.

—Bien, veamos si esto ha servido para refrescarte la memoria, miserable. Malta. Castillo del Mar. La flota angevina acaba de ser derrotada por Roger de Lauria y tú permaneces en el adarve del castillo junto a tus dos secuaces. —Blasco presionó la punta de la daga contra la entrepierna de Vittorio y este redobló su llanto. Intentaba taponarse la reciente herida del vientre, pero la sangre ya manchaba la cubierta mojada.

—Sí, mi señor... Sí... —respondió el pisano antes de sufrir una fuerte arcada.

—Ferrer Zintero. —Blasco obligó a Vittorio a olvidar su dolor por un instante. El pisano abrió con desmesura los ojos pero sufrió una nueva convulsión. Cayó de rodillas. Blasco no pudo evitarlo.

—Zintero... —balbuceó el pisano mientras se doblaba ridículamente a su izquierda— se enroló en la armada aragonesa... Yo fui con él...

—Se está muriendo, y no precisamente por vuestras puñaladas —advirtió a Blasco el patrón de la nave, que seguía en pie tras él—. He visto antes ese mal. Os ruego que acabéis cuanto antes, señor.

Blasco asintió sin responder al patrón ni apartar la mirada de Vittorio.

—¿Y el gascón? —Intentó mantener erguido al pisano, aunque ya le estaba resultando difícil—. ¿Cuál era su nombre y qué fue de él?

—Bertrand... —contestó Vittorio débilmente—. Bertrand Arzac... vino con nosotros.

El pisano se desvanecía. Hasta Blasco se dio cuenta de que aquel puerco dejaría de respirar enseguida. Su ansia de venganza pugnó con su hambre de información.

—¿Qué fue de ellos? ¡Contesta!

—Zintero y su escuadra marcharon con Roger de Flor a Bizancio... No volví a saber de él. ¡Aaaggghh!

Blasco hizo un esfuerzo. Tiró del pisano y le obligó a ponerse en pie una vez más. Lo aplastó contra las tablas del castillo de popa y Vittorio soltó un nuevo gemido. Sus ojos estaban vidriosos y respiraba a golpes, ni siquiera se preocupaba de tapar la herida del vientre.

—¿Y ese gascón? Bertrand... Bertrand Arzac. ¿Qué fue de él? —preguntó con desesperación el aragonés.

El pisano tosió un par de veces y boqueó con angustia.

—Bertrand... estuvo trabajando para Nogaret... cazando templarios...

—Maldito asqueroso.

—Luego entró al servicio de un caballero... —Vittorio miró suplicante a Blasco, pero este volvió a apoyar la hoja manchada de sangre en el cuello del alcabalero—. Un caballero inglés..., sí, eso es... Pasó por Cáller hará dos años y estuvimos hablando...

Blasco se desesperó. Vittorio y Arzac habían estado en la

misma ciudad que él y ni siquiera había tenido conciencia de ello. ¿Cómo podía el hado depararle tan mala fortuna? Una nueva oleada de rabia le inundó y prometió no volver a fallarse así, y sobre todo no volver a fallar a su padre adoptivo, Artal de Exea. Ni a la memoria de su madre, Alice de Vannes. Ni a las de las dos jóvenes degolladas por aquel sucio pisano agonizante.

—¿Dónde está ahora? ¿Qué caballero era ese? ¡Responde, por san Jorge, o te rebano el gaznate ahora mismo!

Vittorio perdió pie de nuevo y se vino abajo. Agarró instintivamente las ropas del aragonés. Tiró del jubón de Blasco hacia sí y ambos cayeron de rodillas, frente a frente.

—Giles d'Argentan... —susurró el pisano—. Un caballero inglés, sí... Iban a Rodas... a luchar contra los genoveses.

Blasco no comprendía nada de aquello. Buscó a su alrededor una respuesta y vio los rostros de los tripulantes. Algunos mostraban cierta congoja por la larga agonía de Vittorio, aunque otros parecían disfrutar con el sufrimiento del recaudador corrupto. El patrón miró a Blasco y asintió.

—Debe de ser cierto —dijo el marsellés—. En esta misma nave hemos llevado soldados de fortuna a Rodas. Los caballeros de San Juan luchan desde allí para...

Una ronca y oscura risa trocó entonces los bufidos ahogados de Vittorio y salió de su garganta, interrumpiendo la explicación del capitán. Blasco observó sorprendido al pisano, que unos instantes antes luchaba por respirar y tenía los ojos nublados por el miedo. Ahora Vittorio miraba al pecho de Blasco con la tez amoratada.

—¿De qué te ríes, cerdo? —El aragonés le zarandeó con violencia y el capacete cayó a la cubierta, empapándose en la sangre del italiano. Este señaló con un dedo tembloroso al colgante de Blasco, que había quedado al descubierto al tirar de su jubón.

—No puede ser... —empezó a reír otra vez pero un golpe de tos truncó su carcajada—. Tú eres aquel niño... ¿Verdad?

Blasco se puso en pie, invadido por una extraña y repentina sensación. Por un momento le pareció haber vuelto a aquel adarve de Malta, y sin querer había rememorado el miedo que sintió cuando era un crío de cuatro años, mientras la muerte y la infamia se derramaban a su alrededor.

—Sí, claro... —habló a duras penas Vittorio. Sus ojos cenicientos se posaban en Blasco y un largo hilo de baba se desprendía de una de las comisuras de sus labios. Volvió a señalar al aragonés y un goterón de sangre cayó a cubierta desde la punta de su dedo índice—. Yo vi a aquella zorra arrancar ese colgante... del cuello de Zintero... Eres tú, claro... Eres tú, el hijo de Alice de Vannes...

Blasco notó temblar todo su cuerpo por la furia y retrocedió un par de pasos. El cuerpo de Vittorio no era más que un pingajo sanguinolento a punto de expirar, pero aún se permitía una última felonía al reírse del oscuro destino que había unido a ambos hombres.

El aragonés se pegó a su enemigo y dio un rápido tajo bajo la barbilla del pisano. La hoja penetró por entre la blanda grasa y cortó el cuello de Vittorino, pero este apenas se inmutó. La sangre cayó a borbotones sobre las tablas de la coca e incluso pareció que la mirada atormentada del pisano recobraba un ápice de serenidad. Se venció lentamente hacia delante y cayó con un golpe sordo.

La Compañía Negra

I

Unos días después.
Marsella, Provenza. Primavera de 1312

Ademar era el nombre del patrón de la coca. Bebía con lentitud un cuenco de hipocrás en la taberna del puerto. Frente a él, Blasco de Exea permanecía pensativo, con los codos puestos sobre la mesa y la cabeza apoyada en sus puños. Trataba de ordenar sus pensamientos tras lo que le había referido el capitán marsellés.

—Pero vos jamás habéis oído hablar de ese tal Giles d'Argentan, ¿no es así?

El patrón negó con la cabeza.

—Desde luego, no lo recuerdo. Suena muy normando, eso sí. Tal vez deberíais preguntar por allí.

Blasco alzó las cejas y bebió un largo trago. Dejó el cuenco con un golpe sobre la madera.

—Podría haber arreglado esto hace tiempo de haber sido más diligente.

—No había forma de saber que ese caballero inglés tenía al tal Bertrand Arzac a su servicio —trató de confortarle el patrón—. Y mucho menos que viajaría a Rodas.

Blasco negó y alzó la mano para pedir una nueva ronda.

—Quizá debería marchar allí —murmuró—. Ahora ya sé a quién buscar.

—Es posible. —Ademar se reclinó sobre el taburete para dejar que la mesonera, una matrona entrada en carnes, depositara sobre la mesa otros dos vasos de hipocrás—. Pero ¿no sería más sensato que os asegurarais de que ese caballero d'Argentan sigue en Rodas? Os advierto que las cosas no andan pacíficas en Inglaterra. Es posible que toda la nobleza del reino ande en preparativos de guerra.

Blasco recibió a la mesonera con una sonrisa fría y bebió con avidez. Luego volvió a golpear la mesa con el cuenco. Algunas gotas de hipocrás saltaron del vaso y mancharon la madera. Le recordaron al aragonés la sangre de Vittorio sobre la cubierta de la coca de Ademar.

—Por favor, repetidme lo de Rodas.

El capitán marsellés suspiró antes de empezar a hablar.

—Ya os lo dije a bordo: desde hace un par de años, los hospitalarios admiten a todo caballero de fortuna que quiera ayudarles en su lucha contra los genoveses. He viajado en dos o tres ocasiones a Rodas llevando a caballeros de fortuna y a mercenarios, y siempre hacemos escala en Cáller. Mis colegas viajan de igual modo. Son las rutas marinas.

Blasco asintió pensativo.

—Así que Giles d'Argentan viajó a Rodas para luchar junto a los hospitalarios..., y con él su servidor, el gascón Bertrand Arzac.

—Creo que el alcabalero decía la verdad, pero no podéis saber si el tal D'Argentan ha regresado a Inglaterra o sigue luchando en Oriente. Tal vez incluso murió allí, y lo mismo ese gascón que buscáis —sentenció Ademar. Blasco no tuvo más remedio que aceptar la sensata opinión del capitán. Pero no quedaba otra opción que seguir la pista del caballero D'Argentan. Aquel parecía un lugar tan bueno como cualquier otro para empezar.

—¡Vino para un templario!

Todos los clientes de la posada se volvieron al unísono al escuchar el grito. Blasco sintió erizarse el pelo bajo su jubón y se giró hacia el origen de la voz. Por un momento estuvo seguro de que se referían a él pero, entonces, el grito se repitió.

—¡He dicho que traigáis vino para este leal templario, por la santa Virgen!

El autor de tan desaforada petición era un hombre de avanzada edad con las ropas manchadas de estiércol. Su borrachera era más que notoria y acababa de entrar en la posada. Estaba en pie ante una mesa pequeña a la que se sentaba un tipo alto, pero enjuto y encorvado. La ancha mesonera cruzó como una exhalación ante Blasco y Ademar y se dirigió al borracho.

—Maldito seas cien veces, Gerald —escupió la mujerona con voz varonil—. Te he dicho que no es lo mismo venir aquí a emborracharte que emborracharte y venir aquí. ¡Fuera!

La señora acompañó la orden con un recio empellón al recién llegado, que trastabilló hacia la entrada. Antes de ser expulsado del lugar, aún le dio tiempo a gritar por tercera vez.

—¡Dad de beber al templario, pues sus carceleros le hicieron pasar mucha sed...!

Su voz se apagó con una carcajada pastosa, la mesonera cerró la puerta y dio el asunto por concluido. Blasco observó al tipo solitario, que ahora parecía encogerse más que antes. Lo señaló con el pulgar antes de preguntar a Ademar.

—¿Lo conocéis? ¿Será cierto que es templario?

El patrón se encogió de hombros.

—No conozco a ese hombre. Tal vez sea templario, ¿quién sabe? En todo caso yo soy hombre de mar y, para mí, permanecer en tierra firme tanto tiempo es como una condena. De hecho —sacó unas monedas de su limosnera y las dejó caer sobre la mesa—, me temo que ya os voy a dejar. Con vuestro permiso.

Ademar se levantó e inclinó la cabeza hacia Blasco a modo de saludo. Este hizo lo propio y sostuvo la mirada franca del marinero.

—Una vez más os doy las gracias, Ademar. Sin vuestra ayuda y la de vuestros hombres, con toda seguridad me estaría pudriendo en una mazmorra pisana allá en Cerdeña.

El patrón asintió. Sonrió y palmeó la espalda del aragonés.

—Espero que halléis lo que buscáis, Blasco. Pero os aconsejo que refrenéis vuestra ira. No os traerá nada bueno.

El aragonés recibió la recomendación encogiéndose de hombros y siguió con la vista al marinero hasta que hubo abandonado la posada. Luego miró con detenimiento al presunto templario.

—¿Deseáis algo más, señor? —inquirió entonces la mesonera, que recogía las monedas de Ademar. Blasco señaló con la barbilla al tipo encogido que se aislaba en el rincón de la taberna.

—¿Es cierto que es templario?

La señora hizo un movimiento de cejas sin mirar al aragonés.

—Eso dicen, sí. Un templario reconciliado.

Blasco quiso pedir aclaración a la mesonera, pero esta ya se alejaba para servir a otros clientes. El aragonés recogió su pesado hatillo, caminó hasta la mesa del rincón y se aproximó por un lado a aquel oscuro sujeto. Tenía ante sí un vaso vacío y se inclinaba tanto que su cabeza casi tocaba el barro del cuenco.

—¿Me permitís tomar asiento, señor?

El tipo alzó levemente la cabeza. Era mayor, aunque las arrugas de su rostro no cuadraban con la edad que aparentaba su cuerpo. Parecía que aquel hombre hubiera vivido la vida más deprisa y un siglo pesara sobre su corazón. Se encogió de hombros antes de contestar.

—Sentaos si es lo que deseáis, yo no os lo impediré.

Blasco dejó el hatillo a un lado y tomó asiento frente al extraño hombre. Su pelo y su barba eran completamente blancos, y uno de sus ojos había perdido el color. El aragonés tragó saliva. No sabía cómo dirigirse a aquel tipo ni tenía idea de hasta qué punto convenía hacerlo. Decidió dar un rodeo.

—¿Por qué ha dicho ese hombre que erais templario? ¿Tenéis algún pleito con él?

El tipo estudió a Blasco con su ojo sin vida y señaló con su vaso vacío con un breve ladeo de la cabeza. El aragonés entendió el gesto y pidió vino para ambos. La mesonera se acercó, dejó un cuenco más, y miró a Blasco con aprensión.

—Cree que sois un inquisidor. O algo peor —murmuró el extraño hombre, y luego soltó una risita queda y oscura. Cogió su vaso con mano temblorosa y dio un corto sorbo. Blasco vio cómo se pasaba la lengua por los labios ajados para recoger hasta el último resquicio del licor, y oyó el suspiro de satisfacción al tragar el vino—. A ella no le gustan los inquisidores. No son buenos para el negocio.

—¿Y vos? ¿Creéis que lo soy?

—Humm. Los conozco demasiado bien. Además —se tocó la nariz con el vaso— los huelo a leguas de distancia.

—Pues si la mesonera teme que yo pueda ser un inquisidor —Blasco cogió a su vez el vaso de vino— es porque tal vez sí seáis un templario, señor... ¿Cómo debo llamaros?

El tipo volvió a mirar al aragonés con su ojo sin vida e hizo un gesto que tal vez en otro tiempo habría podido tomarse por una sonrisa.

—No os incumbe mi nombre, caballero. Y dejaos de misterios e indagaciones. Todo el mundo aquí sabe que he sido templario.

Blasco volvió a dejar el vaso en la mesa sin llegar a beber.

—Pensaba que todos estaban encarcelados o habían sido...

—¡Todos pensáis y ninguno sabe nada! —El tipo le sobresaltó. Había gritado entre aspavientos y unas gotas de vino cayeron a la mesa. Blasco observó con extrañeza a aquel hombre que ahora se lamentaba en voz baja, dejaba el vaso sobre la madera y recogía con gran cuidado cada gota pasando un dedo por encima. Luego se lo metía a la boca, sorbía con fruición y se recreaba mientras cerraba los ojos. El aragonés sonrió y levantó una mano. La mesonera lo miró con aquella rara expresión de antipatía.

—¡Vino para mi amigo, todo el que desee y hasta que yo os diga lo contrario, mi señora!

La tabernera abandonó su gesto adusto y el arisco templario estiró la boca para sonreír. Las encías desdentadas quedaron al aire.

Ah... —dijo—. Gracias, noble señor. ¿Qué me habíais preguntado?

—¿Acaso no sufristeis persecución vos por ser miembro del Temple? —inquirió Blasco con avidez—. ¿Y los demás freires?

El tipo no respondió enseguida. Se había erguido un tanto y aguardaba a la mesonera, que ahora se acercaba con una gran jarra de vino. Sonrió bobaliconamente hasta que la mujerona depositó el cántaro sobre la mesa y sirvió para rellenar el vaso. Bebió con deleite, con los los ojos cerrados. Luego se pasó la manga por los labios y rio sin abrir la boca.

—Claro que sufrí, caballero —contestó al tiempo que llenaba de nuevo su cuenco—. Antes de que el buen rey Felipe de Francia la tomara con nosotros, yo veía con los dos ojos y tenía casi todos los dientes. Me faltaban dos, es cierto, pues los perdí al golpearme un infiel con su escudo en la caída de Acre...

—Pero —repuso el aragonés— yo pensaba que todos los templarios seguían encarcelados o habían sido ejecutados...

El tipo se largó de un trago el segundo vaso. Dejaba atrás los escrúpulos y ahora bebía sin saborear el vino. El mismo Blasco llenó el vaso de nuevo.

—Mmm. No, no... Muchos de nosotros admitimos nuestros pecados, lo de las blasfemias y todo eso...

Blasco dejó la jarra en la mesa con un golpe y agarró a aquel hombre de la pechera. Lo atrajo hacia sí con violencia. El tipo no cambió la expresión de su cara.

—¿Qué? ¿Admitisteis qué? ¡Eso no es más que una sucia mentira!

Los clientes del mesón acallaron su charla y desviaron su atención hacia el rincón, pero enseguida se desentendieron de Blasco y siguieron con sus asuntos.

—Claro que es mentira —respondió el viejo templario sin quitar vista de la jarra de vino—, pero no esperaríais que me dejara encerrar de por vida en una prisión apestosa. Mmm. Mi cuerpo se pudriría antes de morir. Vos habríais hecho lo mismo que yo.

La última afirmación había sonado como una burla. Blasco entendió lo que aquel borrachín quería decir: era muy fácil exigir lealtad ciega cuando las vidas de los demás eran las que estaban en juego. Soltó las ropas del tipo, que de inmediato retomó su tarea y engulló el tercer vaso.

—Además —continuó—, yo al menos aguanté a los inquisidores hasta que me arrancaron los dientes. Otros volvieron al convento sin un rasguño. Tal vez queráis reprochar a ellos que no se hicieran torturar a gusto.

—Así pues, todos aquellos que admitieron las acusaciones fueron finalmente liberados —concluyó el aragonés.

—¿Liberados? —El viejo dejó la vista fija en el vino de su cuarto cuenco—. Bueno, es una forma de decirlo. Aquellos que admitimos nuestros pecados fuimos oídos en confesión y, a cambio de testificar en las causas contra otros freires más obstinados, recibimos la absolución. Nos llaman reconciliados, y nuestra obligación es ingresar en alguna orden de por vida... Yo he ingresado en la Santa Orden del Vino Tinto. —El tipo soltó una ruidosa carcajada por su propia ocurrencia, pero un fuerte golpe de tos le interrumpió y volvió a inclinarse sobre sí mismo.

—¿No teméis que os vuelvan a prender?

El viejo borrachín terminó de toser y lanzó un escupitajo al suelo de la posada. Luego, para aclararse la garganta, hizo desaparecer la cuarta medida de vino entre sus encías desdentadas.

—Nadie me denunciará. —Su voz adquiría un tono cada vez más agudo—. Los villanos no nos quieren mal. ¿No visteis al herrero Gerald hace un rato, empeñado en invitarme? Casi nadie llegó a creer esas falacias del ídolo de barro y todo lo demás. Además, hay gente que me debe favores.

—¿Favores?

—El vino se acaba.

Blasco chasqueó la lengua y alzó de nuevo la mano para atraer la atención de la mesonera. Luego empujó su propio vaso hacia el viejo templario y este dio rápida cuenta de él.

—Hubo algunos estúpidos que se negaron a aceptar los cargos. —Bebió y soltó una risita que resonó en el interior del vaso de barro—. Esos se pudren en prisión. Mmm. Claro que algunos han debido morir ya...

El aragonés aceptó que aquel tipo estaba definitivamente desequilibrado. Posiblemente, pensó, había perdido la cabeza durante las sesiones de tortura.

—¿Quién os debe favores?

Pero el templario reconciliado no prestaba atención a Blasco.

Tamborileó con los dedos sobre la mesa, ansioso por dar cuenta de la nueva jarra de vino.

—Otros, los más infelices —siguió a lo suyo—, confesaron ser culpables pero luego se retractaron.

—Ya, ya. Ya lo sé —cortó el aragonés, que volvía a perder la paciencia—. Los relapsos.

—Los relapsos —repitió el tipo, que se giró una vez más para ver si la mesonera llegaba al fin—. Nos obligaron a ver algunas piras de relapsos antes de liberarnos, ¿sabéis? ¿Habéis olido alguna vez la carne de un hombre ardiendo? Es un hedor extraño... Mmm. A veces creo que aún lo huelo...

—Los favores, hermano reconciliado... —insistió Blasco—. ¿Qué favores son esos?

—Por último hubo otros que anduvieron listos —sonrió de nuevo ante la llegada de la rechoncha tabernera. Cogió la jarra de las manos de la mujer y se sirvió, derramando parte del vino sobre la mesa. Alzó el vaso con mano temblorosa y bebió. Un par de hilos rojizos se deslizaron por su barba canosa y mancharon sus ropajes. Dejó el vaso con un largo suspiro—. No se dejaron capturar y huyeron. Algunos se escondieron y no creo que vuelva a saberse de ellos. Pero otros han cometido el error de darse a conocer.

Blasco se envaró.

—¿Cómo?

—El tipo apareció por aquí hace unas semanas. —El templario arrastró las palabras. Su único ojo vivo brilló un tanto—. Buscaba a los reconciliados y a los fugitivos. Sabéis que siempre hemos guardado muy bien las cuentas, así que las listas son amplias y claras.

—¿Un tipo?, ¿qué tipo?

—¿Eh?

Blasco cogió el vaso de vino y lo apartó del templario. Este lo miró asustado.

—Esperad —habló con voz pastosa—. ¿Qué hacéis? Dadme eso.

Estiró la mano, pero Blasco evitó que cogiera el cuenco de vino.

—Contestadme y os lo daré. ¿Quién buscaba a los reconciliados y a los fugitivos?

—Ooooh... —tiró de su barba—. Un joven, un tal Fulco... Vino en mi busca y me dijo que había que ir a Aviñón. Que allí estaban reunidos los demás.

—Ese Fulco —el aragonés mantuvo el vaso lejos del alcance del viejo borrachín ante su mirada suplicante— ¿es también un templario? ¿Un reconciliado como vos?

—Sí, pero no... ¡No! Es un fugitivo. Un iluso... Vino aquí desde Toulouse, y ya había pasado por Montpellier. Se dirigía a Aviñón... Dijo que nos reuniríamos allí y tomaríamos una decisión.

Blasco entregó el vaso al viejo y este lo apuró deprisa, temeroso de que el aragonés le volviera a privar de su bálsamo. Rellenó el cuenco y fijó en Blasco su ojo sano con recelo.

—¿Y los favores? —insistió el aragonés—. ¿Quién os los debe? ¿Ese tal Fulco?

—Oh, no... Pero esperad. Mmm. Os contestaré después de beber este vaso, ¿os parece bien, caballero?

Blasco asintió y miró alrededor. Lo que aquel tipo estaba diciendo lo cambiaba todo. Tal vez incluso el propio Hugo de Pairaud estuviera entre aquellos fugitivos. Él no era de los que se resignaría a vivir encerrado. Claro que, bien mirado... ¿Hasta qué punto podía creer a un borracho que se vendía por un par de jarras de vino?

—Los favores —dijo al fin al tiempo que dejaba caer el resto del vino de la jarra en el vaso—, me los deben los hombres del rey Felipe. Ellos me dejarán en paz. No habrá más tormento, no más prisión para mí. Y tampoco quiero pudridme en un convento. Mmm. Yo he luchado en Tierra Santa, por santa María...

Una sensación de premura invadió a Blasco.

—¿Qué decís? ¿Qué habéis hecho vos por los hombres del rey?

—Bufff... Debéis estar borracho o no tenéis entendederas, caballero. —El templario escupió algunas gotas de vino al hablar—. Naturalmente, les dije dónde podrían hallar al tal Fulco. Él les llevaría hasta los demás fugitivos en Aviñón.

Blasco volvió a perder la compostura y agarró de la pechera al viejo, pero esta vez arrojó al suelo la jarra, que se quebró en mil pedazos. Atrajo al borracho por encima de la mesa.

—Perro traidor...

El viejo abrió los ojos con desmesura y de repente empezó a sollozar. Arrugó los labios y mostró una vez más ver sus encías desnudas. Balbuceó como un niño.

—Vos... Vos...

—¿Qué pasa conmigo, cobarde? —preguntó el aragonés con voz amenazadora.

—Vos no habéis sufrido tort... tortura —tartamudeó—. Y si no sabéis nada de fugitivos ni de hermanos ocultos... Vos también nos traicionasteis.

El aragonés se turbó y apartó sus manos del borracho, que seguía sollozando. Algunos clientes miraron al rincón con una mezcla de extrañeza y desagrado. La mesonera, que había hecho ademán de acercarse tras oír romperse la jarra, se mantuvo alejada al ver que Blasco hervía de furia. Una cosa era echar a patadas a borrachos y otra enfrentarse a hombres de aquel porte.

—¿Qué?

—Vos sois también templario —escupió al fin entre lágrimas el viejo—. Puede que Satanás y los inquisidores se llevaran mi buen juicio. Puede que no sea más que un cobarde, cierto. Pero aún reconozco a un hermano. Vos sois templario.

Blasco palideció rápidamente. Se puso en pie, abrió con nerviosismo su limosnera y buscó un par de monedas que depositó en la mesa manchada de vino. Luego recogió su hato y se lo echó pesadamente a la espalda. Observó a los comensales de la posada, temeroso de que alguno de ellos hubiera escuchado las últimas palabras del freire borracho.

—¿Dónde está ese Fulco? —inquirió al viejo sin volver a dirigirle la vista—. ¿Dónde le buscarán los hombres del rey?

El hombre tosió un par de veces y emitió un ronco y largo carraspeo. Luego clavó su ojo vivo en Blasco.

—Camino de Aviñón, en Saint Remy... —Recuperó por un solo instante la firmeza en su voz—. En la iglesia de san Martín.

II

Barcelona. Primavera de 1312

El rey Jaime de Aragón paseaba con lentitud junto a los cimientos de la torre. A su alrededor, la guardia real había detenido las obras. Canteros y albañiles aguardaban a resguardo del sol. Entre todas las piedras y andamios, en aquel lugar lleno de polvo y suciedad, destacaba la presencia de Jaime II. Su padre, el rey Pedro, había sido quien ordenara la construcción de las nuevas atarazanas. Barcelona necesitaba un buen lugar en el que construir sus galeras y cocas, naves con las que se llevaría a cabo la conquista del Mediterráneo. Que lo surcarían libremente de uno a otro extremo, recalando siempre en puertos aragoneses.

El rey se despojó de su manto de seda roja bordada con topacios orientales de un intenso brillo dorado. Ordenó con un gesto a uno de sus sirvientes que recogiera la prenda.

—Maldito obispo... —rezongó el monarca mientras aceptaba la copa de oro que le ofrecía su criado—. Quiera Dios que ese hombre tenga una buena razón para habernos citado en semejante lugar.

Bebió con lentitud el vino frío mezclado con miel y clavo. Notó cómo descendía, se extendía por su interior y refrescaba sus entrañas. Inspiró con fuerza y ordenó al sirviente que se alejara tras el cordón formado por los guardias. Estos sostenían las lanzas apuntadas hacia el cielo limpio de nubes y formaban un gran cuadrado mientras los obreros contemplaban sorprendidos a su rey, que paseaba indolentemente junto a las recién construidas murallas de las atarazanas. De pronto uno de los soldados, revestido con la librea real de Aragón, llamó la atención del monarca.

—¡Alteza! ¡Se aproxima el señor obispo de Barcelona!

Un leve asentimiento sirvió de respuesta al sargento de la guardia, que se hizo a un lado para que Ponce de Gualba comenzara a dar saltitos entre los cantos labrados y las herramientas de los albañiles. Jaime de Aragón sonrió al ver bambolearse la cada vez más prominente barriga del obispo, pero pronto recobró el gesto adusto.

—Amigo Gualba, esperamos que vuestra idea de tostarnos bajo este inclemente sol tenga fundamento.

El obispo se inclinó con ceremonia y resopló varias veces para recobrar el aliento.

—Alteza... Cuánto siento no ser portador de buenas noticias.

El rey gruñó sin ocultar su fastidio.

—Señor obispo... —Habló mientras cogía un pañuelo de seda bordada de su ceñidor y lo pasaba con lentitud por la frente—. Hemos dejado en el palacio a varios de nuestros consejeros deliberando sobre la nueva orden que vamos a crear. Es labor que quisiéramos ver cumplida cuanto antes, y si hemos accedido a venir hasta aquí ha sido porque confiábamos en que nos hablaríais de algo importante.

Ponce de Gualba sonrió forzadamente y unió sus manos bajo la panza, cubierta por la pulcra trama de su hábito violáceo.

—Ah, qué grato es lo que decís, alteza... ¿Cómo va esa nueva orden?

—Aún no existe —aclaró el rey mientras guardaba de nuevo su pañuelo—, y puede que tarde bastante en ver la luz. Pero estamos dando los primeros pasos. De momento ya tenemos la palabra definitiva del papa Clemente: la Orden del Temple ha sido oficialmente disuelta no bien entró la primavera.

Gualba suspiró. Un atisbo de pena cruzó sus ojos, pero fue solo un instante.

—Se acabaron los templarios...

—Así es —confirmó el rey—. En cierto modo teníamos grandes deseos de que esta farsa terminara. Ya hemos dado orden de que los monjes que aún están acusados sean juzgados y absueltos cuanto antes. Nos proponemos acabar los procesos antes de final de año, y luego pensaremos qué hacer con los bienes y con los propios monjes.

Ponce de Gualba arqueó las cejas.

—¿Pensaréis? —inquirió con cierta sorna—. Yo creía que ya estaba todo pensado.

El rey buscó la sombra de la muralla, pero retrocedió al ver unos excrementos arrimados a la tapia y arrugó la nariz. El obispo se sobresaltó. Miró alrededor, temeroso de haber pisado algo indeseable.

—Y está pensado, amigo Gualba. Pero todavía hemos de pugnar contra los maestres de Calatrava y el Hospital. Siguen empeñados en hacerse con los bienes de los templarios y cuentan con el refrendo del Santo Padre. Obtendrán sus migajas, por supuesto, después de que hayamos dispuesto de las rentas del Temple y de que hayamos fundado nuestra nueva orden. Nuestros juristas han estudiado el asunto y casi lo tenemos determinado. Hemos escogido el Reino de Valencia para empezar esta empresa. La nueva orden será flamante y servirá a la Corona, os lo aseguramos. Nada de medias tintas, como con el Temple y el Hospital. Tampoco queremos órdenes castellanas en los territorios de la Corona. Procuraremos que nuestra nueva orden absorba a los calatravos.

—Estupendo, alteza. —El obispo se frotó las manos y ensanchó la sonrisa.

—Pues claro que sí, Gualba, es estupendo —la mirada del rey se volvió tormentosa—, pero no lo suficiente para justificar el desagradable rato que estamos pasando aquí por vuestra culpa.

Ponce de Gualba congeló la sonrisa y detuvo las manos. Bajó la vista con lentitud al suelo polvoriento.

—Contestadme a esto solo, alteza, si en algún momento habéis deseado favorecer a este humilde vasallo vuestro —inquirió el obispo con precaución—: ¿acaso pensáis usar a esa nueva orden para la conquista de Cerdeña?

Jaime de Aragón frunció el entrecejo. Miró desde lo alto a Ponce de Gualba.

—Tal vez —respondió lacónico.

—Pero no en breve, supongo.

—Suponéis bien, obispo.

—Ah.

—De hecho no esperamos iniciar esa empresa con nuestra real persona, pues con toda seguridad habrá de ser el infante Jaime quien la lleve a efecto. Pero ¿por qué nos preguntáis tal cosa?

—Oh, alteza, veréis... —vaciló Ponce de Gualba—. Yo os había citado aquí, abusando de vuestra gran generosidad, precisamente para deciros que no sería necesaria tal espera para mí, ya que mis enviados a Cerdeña volverían con la persona a la que buscaba...

—Pero vuestros hombres han fracasado —adivinó el rey—. Lo que es lo mismo que decir que vos habéis fracasado, obispo.

Gualba dejó caer los brazos a ambos lados y aceptó la derrota.

—Por el momento, así es.

Jaime de Aragón pensó en abandonar cuanto antes aquella sucia construcción, pues ansiaba entrar en las frescas estancias del palacio real, pero también sentía curiosidad por los extraños planes del obispo.

—¿Y bien?

—Mis enviados, alteza —comenzó a relatar Ponce de Gualba sin mirar a los ojos del rey— acaban de desembarcar. Llegaron a Cerdeña hace unos días. Eran hombres avispados y se movieron con celeridad. En poco tiempo supieron que el templario que andaba buscando...

—Blasco de Exea —intervino el rey.

—Ese... —continuó el obispo—. Blasco de Exea ha estado por espacio de cinco años en Cáller, aunque ha ocultado al parecer su condición de miembro del Temple. Tampoco conocía nadie su origen aragonés. Eso es lógico. Como sabéis, los ánimos están exaltados y no somos bien mirados por los pisanos que dominan Cerdeña.

»El templario se ha visto implicado en un asunto turbio, alteza. Hubo un par de muertes de hombres del Señorío de Pisa. Y de una mujer sarda.

—Parece que vuestro hombre no era tan piadoso, obispo.

Ponce de Gualba se encogió de hombros.

—Todo ha ocurrido, por lo que se ve, en muy poco tiempo. Blasco de Exea parece haberse evaporado y la única que podía dar razón cierta de él era esa mujer, una mesonera que hallaron degollada y forzada en un callejón de la villa. Mis hombres sospechan que el templario se ha dado a la fuga. Dios sabe qué rumbo habrá tomado.

Jaime de Aragón suspiró, se echó las manos a la espalda y paseó lentamente alrededor del obispo.

—¿Conocéis el origen de ese templario? —preguntó—. Es decir: tendrá padre y madre..., y una encomienda de origen. Tendrá compañeros entre los freires de nuestros territorios... Si alguien ha de saber qué camino tomaría vuestro Blasco de Exea, serán sus más allegados.

El obispo asintió sin convicción.

—Es una gran idea, alteza, pero mucho me temo que eso no sirva de mucho. A poca inteligencia que tenga ese templario, evitará los lugares en los que su condición suponga un problema.

El rey soltó una risa corta y sosegada.

—¿Existe acaso algún lugar en el que un templario no sea perseguido hoy en día, obispo?

Ponce de Gualba se encogió de hombros.

—Hoy en día hay pocos lugares seguros para un templario —respondió—. Hoy en día... Pero tal vez más adelante...

El rey asintió, puso un brazo sobre los hombros del obispo y le invitó a acompañarle fuera de la obra.

—Intuimos que de cualquier forma seguiréis buscando a ese Blasco de Exea, ¿verdad, amigo Gualba?

El obispo asintió al tiempo que notaba una honda congoja en su interior. Por supuesto que seguiría buscándolo. Aunque pasara toda su vida empeñado en tal empresa.

Valía la pena hacerlo.

III

Saint Remy, Provenza. Primavera de 1312

Blasco halló a los hombres del rey de Francia a apenas dos jornadas de Marsella. Con la imponente mole del castillo de La Barben recortada contra el horizonte, el aragonés divisó a los dos tipos que, ataviados con ropajes oscuros, recorrían el viejo camino romano hacia Aviñón. Montaban sendos corceles y uno de ellos llevaba atado a un tipo que, arrastrando los pies, caminaba tras los animales. Blasco se sonrió y entornó los ojos. A pesar de llevar caballerías, los hombres de Felipe IV habían debido adaptarse al paso cansino de su cautivo. Al parecer pretendían que llegara vivo a su destino, pues sin duda serviría para dar caza al resto de los imprudentes que acudieran a aquella reunión secreta en Saint Remy. Estudió el contorno. La poblada campiña repleta de cipreses y olivares, la senda que culebreaba y la fronda que la cercaba. Se aseguró de que no hubiera testigos incómodos y apretó el paso para alcanzar a los dos guardias.

El cautivo fue el primero en oír acercarse a Blasco. Volvió la cabeza y se quedó mirando al aragonés. Trastabilló al tropezar con una de las leñosas raíces que asomaban desde el camino pedregoso. Se trataba de un hombre de la edad de Blasco, con largo cabello rubio y ojos claros. Su media barba también clara ocultaba a duras penas los moratones de su rostro. El aragonés volvió a recorrer los alrededores con la mirada mientras dejaba caer su hato a un lado de la senda. Lo desenvolvió con rapidez y extrajo la espada aún metida en su vaina. Desparramados sobre la tela quedaron el escudo negruzco, el gambesón enrollado y la pesada trama de loriga y almófar. El ruido metálico alertó a los franceses, que detuvieron a sus corceles y fijaron su atención en aquel tipo de vestiduras pardas. Uno de los guardias se dirigió al aragonés en la lengua de la Provenza con tono adusto:

—¿Quién sois y qué buscáis, señor?

Blasco ignoró al francés. Simplemente inició la carrera al tiempo que desenfundaba su arma y arrojaba la vaina. Los pasos del aragonés lo llevaron enseguida a rebasar al templario cautivo. Este abrió los ojos con desmesura ante el atrevimiento de aquel extraño que de repente asaltaba en pleno camino a dos guardias del mismísimo rey de Francia.

Uno de los franceses acertó a saltar de su montura y desembarazó el arma que colgaba de su arzón, pero el otro, el que había increpado a Blasco, permaneció quieto, con el ceño fruncido y la extrañeza en sus ojos. Blasco soltó un tajo al paso y cortó la cuerda que unía a la fuerza a la montura del guardia congelado con el rubio templario. Luego saltó, elevó la espada y cruzó el aire oblicuamente. El filo centelleó al rasgar la ropa y la carne. La sangre del jinete siguió el movimiento de la hoja y el francés soltó un gemido. Luego, muy lentamente, se inclinó a la izquierda al tiempo que su montura piafaba molesta.

—¡Alto a la guardia del rey! ¡Teneos! —chapurreó en mal provenzal el otro tipo, que ya sostenía ante sí su acero y rodeaba a los dos caballos. Blasco asentó los pies y alzó de nuevo la espada, ahora manchada de sangre. Los dos hombres se miraron a los ojos un momento mientras el primer francés se vencía lentamente a un lado y caía al suelo.

El aragonés entornó los ojos y calculó con rapidez. Su adversario temblaba ostensiblemente al tiempo que sujetaba con ambas manos la empuñadura de su larga espada de arzón. Blasco se fijó en sus nudillos enrojecidos y miró de reojo al cautivo rubio, que aún tenía las muñecas atadas entre sí.

—¿Por qué le habéis pegado? ¿Se resistió a vosotros?

El francés pareció no entender la pregunta y torció la boca. En lugar de contestar él, habló con ligero acento de *oil* el cautivo de pelo rubio:

—Soy un templario fugitivo. Acabáis de ganar para vos la ira del rey de Francia. Rendid vuestra espada ahora y tal vez salvéis la vida, de lo contrario...

Blasco soltó una sonrisa perversa.

—¿De veras queréis que me rinda? —contestó al preso sin mirarle—. Seguro que no soportáis que esté derramando sangre cristiana. Eso os turba, ¿verdad, hermano?

El guardia seguía sin entender nada. Pasó su vista alternativamente de Blasco al cautivo y de este nuevamente al aragonés.

—No quisiera que por mi causa matarais a ese hombre como habéis hecho con el otro —respondió el templario. El aragonés soltó una carcajada que escarchó la sangre en las venas del guardia francés.

—En verdad ha debido ser fácil para Felipe destruir la Orden del Temple. No creo que hubiera podido arruinarnos de semejante forma de haber desobedecido nosotros a la maldita Regla.

El rubio abrió la boca para hablar pero no dijo nada. El guardia pareció comprender al fin.

—Sois templario... —apretó los dientes—. ¿Cómo os atrevéis a alzar vuestra arma contra mí?

—¡No derramamos la sangre de nuestros hermanos! —El cautivo dio unos pasos y se colocó junto a uno de los inquietos corceles—. ¡Somos templarios, por santa María! ¡Somos templarios!

Blasco movió la cabeza con parsimonia a los lados.

—Yo ya no lo soy.

Acompañó la última palabra con el movimiento y avanzó para atacar de través al guardia. Este levantó su espada y paró el golpe del aragonés al tiempo que retrocedía.

—¡No! —gritó el cautivo.

Blasco volteó el arma de nuevo, alzándola siempre sobre su cabeza para hacerla chocar contra el acero de su oponente. Este detuvo la cadena de golpes mientras apretaba los dientes, e interpuso la espada una vez más para seguir defendiéndose, pero el aragonés culminó su celada y volteó el hierro para herir desde abajo. El francés ahogó un grito cuando la hoja abrió sus vestiduras negruzcas y cortó su quijada. Echó la cabeza hacia atrás y aplastó un arbusto al desmoronarse.

—¡No! —repitió el templario fugitivo—. ¡No derramamos sangre cristiana! ¡Somos templarios!

Blasco se volvió con furia hacia él y se acercó con rapidez. Aferró la ropa del cautivo y aproximó su rostro, acalorado por el lance contra los dos guardias.

—¡Basta! —exigió—. ¡El Temple ya no existe! ¿Oís? ¡No hay Regla! ¡No hay templarios! ¡Hemos de luchar por nuestra vida!

El rubio quedó en silencio. Blasco lo soltó y terminó de un rápido y hábil tajo con sus ligaduras.

—Ayudadme a ocultar sus cuerpos —ordenó el aragonés al tiempo que recogía la funda de su espada. El templario aún no se había movido del sitio y hasta los trozos de cuerda colgaban todavía de sus muñecas—. ¡Vamos, ayudadme!

El recién liberado templario salió de su estupor y accedió a las exigencias de Blasco. Arrastró el cuerpo de uno de los guardias para apartarlo del camino. Ambos permanecieron en silencio mientras cumplían su siniestra labor, mirando en todo momento alrededor por si aparecía algún viajero. A lo lejos, la mole de La Barben seguía enseñoreada del horizonte.

—Mi nombre es Blasco de Exea —se presentó al fin el aragonés mientras aseguraba su hato a una de las sillas de montar—. Y vos debéis ser Fulco. ¿Me equivoco?

El rubio asintió extrañado.

—Frey Fulco de Payens, para serviros, pero... ¿cómo lo sabéis?

—¿De Payens? —repitió Blasco—. Curioso. ¿De la familia del fundador, quizá?

Fulco se encogió de hombros al tiempo que dudaba si montar en el caballo de uno de los muertos, como le indicaba Blasco por gestos. Un Payens, de nombre Hugo, había fundado la Orden del Temple unos dos siglos antes.

—Eso contaba mi padre —respondió—. Pero aún no me habéis dicho cómo es que sabéis quién soy, hermano. Y también me agradaría saber por qué habéis cometido semejante tropelía.

Blasco azuzó a su montura y continuó camino, seguido de cerca por Fulco de Payens. El aragonés tuvo que gritar para hacerse oír debido al ruido de los cascos.

—¡Sois un imprudente, Fulco! ¡El mismo borracho que os delató a esos guardias del rey Felipe fue quien me dio razón de vos y de dónde hallaros! ¡A él debéis vuestra captura y también vuestra liberación! —El aragonés rio por la paradoja.

—¡Pero, hermano Blasco...!

—¡Dejad de llamarme hermano, Fulco! —le interrumpió—. ¡Llamadme por mi nombre y olvidad vuestra condición! ¡Y ahora vayamos a Saint Remy antes de que algún otro hombre del rey Felipe gane gloria apresando a ingenuos fugitivos!

Blasco se paseó por entre el grupo de hombres reunidos en la iglesia de San Martín mientras el prior observaba desde un rincón oscuro de la nave.

Se los habían encontrado allí mismo, escondidos por el clérigo, que simpatizaba con los templarios a riesgo de su propia vida. Esperaban a que llegara el imprudente hermano que, recorriendo todo el sur de Francia y la Provenza, les había citado tan cerca de Aviñón, donde el Papa tenía ahora su sede.

—Podíais haber escogido alguna estancia papal. A buen seguro, el santo padre Clemente os habría preparado un cómodo aposento —se burló Blasco.

—¿Qué mejor lugar que en la propia boca del lobo? —replicó Fulco con un punto de ironía. El aragonés sonrió.

—¿Lobo? ¿El Papa? Cuidado, Fulco. Por vuestras palabras, cualquiera afirmaría que realmente sois un hereje.

Un murmullo de protesta que mezclaba palabras francesas y provenzales recorrió la nave de la vieja iglesia. Fuera, el pueblo de Saint Remy dormía ajeno al conciliábulo que tenía lugar en uno de sus templos.

—El hermano Blasco... —comenzó a explicar Fulco de Payens a los allí reunidos, pero se vio interrumpido por una nueva protesta del aragonés.

—No hay hermandad ya, os lo repito. —Miró a su alrededor y clavó la vista un instante en cada uno de aquellos fugitivos—. ¡No soy el hermano Blasco! ¡La orden ha sido abolida!

El rubio templario resopló y su vista cayó hasta el suelo mientras el eco de las palabras de Blasco se apagaba entre las piedras del templo.

—Blasco de Exea era templario, como nosotros —cambió los términos Fulco—. Gracias a él no hemos caído todos en manos del rey de Francia.

—No es eso lo que debemos debatir aquí —alzó de nuevo la voz el aragonés—, sino qué debemos hacer para evitar a los hombres del rey. Lo que no entiendo, por cierto, es el porqué de ese empeño en capturarnos, ahora que ha conseguido lo que quería.

—No lo ha conseguido todo —atajó uno de los fugitivos, un hombre ya entrado en años que, como todos los allí presentes, había ocultado su condición dejándose crecer el pelo y rasurando su barba—. Al rey Felipe se le ha metido en la cabeza que aún conservamos parte de nuestras riquezas.

Un nuevo bisbiseo recorrió la nave de San Martín.

—Anda a la caza de todos nosotros —afirmó Fulco—, y por eso os he hecho reunir aquí.

»Algunos fugitivos llevamos un tiempo ocultos en Guyena. Aunque Inglaterra no ha sido benévola con nosotros, el ducado es lugar más seguro que las tierras del rey de Francia. Allí hemos conseguido preservar un par de naves de nuestra flota de La Rochelle, y tenemos la esperanza de hacernos a la mar con el mayor número de hermanos posible.

»Debéis escucharme: el rey de Portugal, don Dionís, ha sido respetuoso con los hermanos a pesar de los mandatos papales. No ha encarcelado a los templarios de su reino, e incluso se dice que piensa formar una orden nueva para sustituir al Temple.

—He oído que en Aragón también se habla de una nueva orden militar al servicio directo del rey... —intervino un freire occitano.

—Nada de eso vale para mí —respondió rápidamente Blasco—. De un modo u otro, los reyes de la cristiandad pretenden seguir aprovechándose de los templarios, llámense estos como se llamen. Nada os diré del rey de Portugal, pero guardaos mucho de Jaime de Aragón. Después de lo ocurrido, pienso que deberíamos ser más cautos.

El silencio se extendió por la nave mientras los fugitivos se miraban unos a otros con desconcierto. De un rincón de la iglesia, oscuro porque no llegaban hasta allí las luces de los hachones, salió uno de los prófugos, un tipo con pelo rojizo y barba hirsuta. Habló con fuerte acento y sus palabras resonaron en el templo.

—Debemos viajar a Escocia.

Un nuevo murmullo se extendió entre los antiguos templarios.

—Eso es imposible —rezongó uno de ellos—. Habríamos de navegar por aguas hostiles...

—¿Qué de bueno tiene Escocia? —inquirió Blasco sin hacer caso de los comentarios.

El pelirrojo lo observó fijamente y se acercó más al haz de luz de las antorchas.

—Su rey, Robert, ha sido excomulgado por el Papa por acabar con su rival en un templo de Dios. No ha hecho caso de las bulas ni de las órdenes de arresto contra los templarios. No puedo confirmarlo, pero he oído decir que las naves que zarparon hace cinco años de La Rochelle fueron precisamente a Escocia para acogerse a la protección de Robert Bruce. También dicen que muchos templarios ingleses han huido hacia el norte, a Escocia, para escapar de la persecución del rey Eduardo.

—Eso no son más que habladurías —repuso Fulco—. Nadie sabe qué fue de la flota de La Rochelle. Los mismos que rumorean lo del viaje a Escocia son los que dicen que aún guardamos el tesoro del Temple. Y otras patrañas similares.

El pelirrojo se encogió de hombros.

—Puede ser, pero lo cierto es que Escocia está en guerra con Inglaterra. Y el rey Robert acogerá con alegría a todo guerrero que quiera unirse a su causa —añadió.

—¿Sois escocés? —preguntó Blasco.

—Galés. Me llamo Madog Haliwell —respondió el pelirrojo.

—Y decidnos pues, Madog Haliwell —siguió el aragonés—. Suponiendo que viajemos al norte con esas naves y nos unamos a Robert Bruce, ¿qué hará con nosotros el rey de Escocia cuando termine su guerra con Inglaterra? ¿Podemos fiarnos de él? ¿Nos permitirá seguir viviendo allá, o acaso nos obligará a meternos en un monasterio?

—Robert Bruce es uno de los caballeros más afamados de la cristiandad. Se dice que solo pueden compararse a él Enrique de Luxemburgo y Giles d'Argentan —afirmó con cierto orgullo Haliwell—. Me niego a creer que pueda caer en la misma bajeza que Felipe de Francia.

Blasco dio un respingo.

—¿Giles d'Argentan? ¿Lo conocéis?

El galés se atusó la barba espesa y rojiza y miró a un par de fugitivos antes de responder.

—No personalmente, por cierto, pero su fama es grande... ¿Por qué lo preguntáis?

Blasco se pasó la mano por la barbilla con nerviosismo.

—Necesito hallar a ese caballero. Tengo una cuenta pendiente con uno de sus sirvientes.

—Pues entonces no haríais mal en venir a Escocia, pues difícilmente dejará de acudir a socorrer a Eduardo, su rey, en la guerra contra Robert Bruce —afirmó con una sonrisa el galés. Blasco se acercó a él.

—¿Pensáis que el caballero D'Argentan estará en Inglaterra?

—Nada cierto puede saberse, pues Giles d'Argentan es famoso por viajar de uno a otro confín de la cristiandad en busca de lances. Pero si queréis dar con él, el lugar más seguro ahora mismo es aquel en que Escocia e Inglaterra se enfrenten. Nada mejor ambicionaría el caballero D'Argentan que poder medirse a alguien como Robert Bruce, el rey de los escoceses.

Blasco asintió y se puso junto al galés.

—Yo ya tengo mi decisión: Escocia.

El murmullo volvió a extenderse por la nave de la iglesia.

—Hermanos templarios —intervino al fin el prior de San Martín—. Bien sabéis que os he acogido de grado, pero daos cuenta de lo peligroso que es que permanezcáis aquí. Y no solo para vosotros o para mí, sino para todo Saint Remy. Los hombres del rey Felipe os buscan y podrían llegar a pensar que la gente del pueblo os presta auxilio.

—No os preocupéis, amigo mío —trató de tranquilizarle Fulco de Payens—. Abandonaremos Saint Remy antes de que amanezca. Aunque, eso sí —se volvió hacia Blasco—, convendría saber qué decisión tomamos todos.

Las deliberaciones continuaron en voz baja. Cuando el siseo disminuyó su intensidad, Blasco tomó una vez más la palabra.

—Decís que hay dos naves en Guyena, ¿no es eso?

—En el puerto de Burdeos —contestó Fulco—. Las autoridades inglesas de allá están demasiado lejos de Londres y odian lo suficiente a Felipe de Francia, así que no se han mostrado demasiado diligentes en inspeccionar nuestros barcos.

—¿Tripulación? —inquirió de nuevo el aragonés.

—Algunos hermanos navegaron desde La Rochelle, y Burdeos siempre cuenta con un buen número de desarrapados que esperan ser contratados por cualquier patrón —añadió Fulco—. No habrá problemas para hacernos a la mar.

—Así pues...

—Yo digo que nos dirijamos a Portugal —interrumpió uno de los asistentes—. Suponed que los ingleses ganan la guerra contra Escocia. ¿Qué creéis que ocurrirá con nosotros?

Algunos fugitivos asintieron.

—Eres juicioso al temer tu suerte —respondió Blasco—. De hecho, todos aquellos que queráis profesar en una orden pacífica haríais bien en viajar a Portugal. Es un reino sereno y allí podríais olvidar vuestras tribulaciones. Ni asomo de guerra para los bienaventurados... hasta que se reanude la tensión con Castilla. Portugal no está libre de guerras. Nadie en el mundo lo está.

Blasco trataba de provocar el ánimo de sus compañeros. Muchos de ellos, como él, habían buscado en el Temple algo más que el recogimiento monacal. Algunos, los de espíritu más inquieto, se adelantaron para acercarse al aragonés.

—Escocia —dijo uno.

—Escocia —repitieron varios al unísono. Madog Haliwell palmeó el hombro de Blasco. Este miró fijamente a Fulco de Payens, que seguía quieto en el centro de la nave. Poco a poco se habían formado dos grupos. Los de edad más avanzada parecían haber escogido Portugal en silencio, pero también entre ellos había fugitivos de cierta juventud.

—Afortunadamente contamos con dos bajeles —dijo al fin Fulco.

—Apenas somos una docena para cada barco —apuntó uno de los fugitivos.

—Aquí sí, pero hay otros hermanos que han ido en busca de fugitivos y reconciliados por toda Francia. Antes de que acabe el verano debemos abandonar Burdeos. Si todo transcurre como aquí, una de las naves viajará hacia Portugal y la otra a Escocia.

—¿Adónde iréis vos, Fulco? —inquirió Blasco.

El francés reflexionó cabizbajo.

—Debo escoger entre la paz y la guerra —rumió ante el silencio de los demás.

—Hay algo que no podéis escoger, sin embargo —añadió el aragonés—: ser o no ser templario. Lo siento, Fulco. El Temple acabó. Aceptadlo ya.

El rubio francés asintió con un brillo de tristeza en los ojos. Recordó la forma brutal en que Blasco había acabado con sus dos captores un día antes, en el camino de Marsella a Saint Remy. Recordó también la gran decepción que había sentido durante los años precedentes, mientras Francia y la Iglesia de Roma daban caza a los templarios por toda la cristiandad.

—Escocia —sentenció por fin Fulco de Payens.

IV

Unos meses después.
Costa sudoeste de Escocia. Verano de 1312

Blasco de Exea y Fulco de Payens fueron los últimos en abandonar *La Dama Negra*. Ambos miraron atrás, a la galera castigada por la falta de calafateado y por las agresivas aguas de aquel tempestuoso mar.

Nadie había querido quedarse a bordo.

Al igual que los cuarenta templarios —fugitivos o reconciliados, que ya igual daba—, los tripulantes reclutados en Burdeos se negaban a hacerse de nuevo a la mar en *La Dama Negra*. Preferían viajar a pie hacia el mediodía, a tierras inglesas que estuvieran libres de la guerra con Escocia. A fin de cuentas los bordoleses eran súbditos de Eduardo II, el rey de Inglaterra.

Blasco suspiró antes de contemplar por última vez el bajel del Temple. Nadie recordaba su nombre templario, y tampoco los viajes que su casco habría realizado por las aguas tormentosas del océano. Quizá su proa hubiera hollado también las aguas del Mediterráneo para llevar a los escuadrones de templarios a Tierra Santa antes de la caída de Acre... Ya no importaba. El nombre de la nave y los blasones del Temple habían sido borrados, y a la llegada de Blasco a Burdeos funcionaba como buque de carga que supuestamente debía transportat a Southampton, en la costa del sur de Inglaterra, un cargamento de agallas de roble y acije, material que casualmente había llegado a Guyena desde territorios castellanos. Mientras las descaradas olas de aquel mar gris y frío azotaban las tablas de *La Dama Negra*, el aragonés rememoró los momentos de miedo durante el viaje desde Saint Remy a Burdeos, atravesando montañas y bosques o recorriendo el Garona en pequeños grupos para evitar las sospechas de los hombres del rey de Francia. La espera en Burdeos no había sido menos angustiosa, pues nadie sabía cuánto podía durar la indiferencia de la gente del ducado. Poco a poco, a veces en solitario, temerosos fugitivos llegaban a Burdeos y acudían a la taberna del Chivo Gris, junto al puerto. Mediado el verano, por fin, se decidieron a partir. Hacía más de dos semanas que no llegaba ningún fugitivo, y las noticias que algunos de ellos traían desde Poitou o La Marche no eran alentadoras: varios templarios fugitivos habían sido apresados, y se temía que alguno hubiera revelado bajo tortura los planes de fuga desde Burdeos.

—Los hombres de Nogaret —les había informado uno de los recién llegados en El Chivo Gris— recorren Poitou, La Marche y el Limousin e inquieren a todos los viajeros. Tienen las listas y los nombres. Prenden a todo aquel que no dé razón o sobre quien recaigan sospechas de pertenecer al Temple. De nada sirve vestirnos como comerciantes o campesinos, haber dejado crecer nuestro pelo y rasurarnos la cara. Nos están dando caza como a palomas.

Habían partido.

Las dos naves del Temple, con aspecto de desvencijarse no bien abandonaran la boca del Garona, tomaron la una rumbo al mediodía, la otra a septentrión. Cuarenta hombres, todos ellos antiguos templarios —y algunos con secuelas de las torturas infligidas en las mazmorras francesas—, componían la triste compañía que huía hacia Escocia. Aparte de ellos, unos pocos bordeleses se habían unido a los fugitivos que conocían el arte de la navegación a cambio de las pocas monedas que habían podido reunir, buena parte de las cuales provenían de las que Blasco conservaba desde Cerdeña.

El viaje transcurrió en tensa tranquilidad hasta que avistaron las costas de Cornualles. Tras eso, el miedo a las naves francesas se había trocado por el temor a las galeras inglesas. Pero por encima de ello estaba el peligro de los abruptos acantilados que encerraban aquel oscuro mar entre islas grises y amenazadoras. Durante la singladura, Madog Haliwell explicó a los demás que el cargamento que llevaban a bordo, y que había servido de excusa para pasar inadvertidos en Guyena, iba en teoría dirigido a las abadías del sur de Inglaterra. Tanto las agallas de roble bien molidas como el acije extraído de las minas ibéricas servían para elaborar la tinta negra que los amanuenses necesitaban. Ahora todo aquello se perdería, pues no era probable que pudieran darle salida entre los escoceses. Bastante tenían estos con arrancarse el yugo inglés.

Blasco había mirado al horizonte, cubierto por un velo negruzco que ocultaba a medias la imponente costa británica. Aquella neblina era demasiado parecida a la que aún aparecía en sus pesadillas, apagando las risas de Bertrand Arzac. Al menos había dejado de soñar con Vittorio, algo que el aragonés atribuía a haber acabado al fin con él en la coca marsellesa. Su cuerpo, a aquellas alturas, estaría ya devorado por los peces y las demás bestias de las profundidades. Ahora era el gascón Arzac, con su cabello rubio y su cara picada, el que brotaba de la niebla sujetando la cabeza inerte de Clara, de Alice de Vannes, de Teresa o de Leticia. Las mujeres de la vida de Blasco, se decía con una sonrisa amarga, se contaban por desgracias.

Por eso, mientras esperaba hallar al caballero Giles d'Argentan en la isla tenebrosa que bordeaban, se había decidido a usar las agallas de roble y el acije para teñir todo su ropaje de negro.

Al principio había despertado la sorpresa entre sus compañeros de viaje, que ni siquiera le habían preguntado la razón de tal comportamiento. Muy poco tiempo después, y pensando que el gesto de Blasco se debía al sentimiento de pena por lo ocurrido con el Temple, algunos habían empezado a imitarle. Ahora, mientras los recién llegados afirmaban sus pies en el suelo escocés alfombrado de hierba, Blasco observó que todos sin excepción vestían de negro. A él se debía también el irónico bautismo de la nave en la que habían llegado a la isla.

La Dama Negra.

Pero la vieja dama, al igual que el Temple, estaba destinada a ser aplastada. El resonante mar taladraría su casco y la humedad pudriría sus tablas. Finalmente se hundiría para no volver a resurgir jamás.

Hallaron a los escoceses empeñados en un sucio trabajo a muy pocas millas del lugar en que habían desembarcado. El galés Haliwell fue el encargado de entenderse con los adustos hombres que se afanaban en derribar las murallas de un castillo plantado en el centro de un claro, rodeado por arboledas y azotado por el viento salobre que llegaba desde el mar. Tras unos momentos de charla, Madog se llegó hasta el grupo de fugitivos vestidos de negro, cada uno acarreando sus hatos con lo poco que poseían.

—Hemos tenido suerte —anunció con una sonrisa en el rostro—. Son hombres de Robert Bruce. Les he dicho que pretendíamos unirnos a ellos y han mandado llamar al caballero que los dirige. Pronto llegará.

—¿Qué hacen? —inquirió Fulco.

—A mí también me ha extrañado, así que se lo he preguntado —contestó el galés—. Es el castillo de Caerlaverock. Demasiado cerca de Inglaterra, dicen. Por eso lo destruyen, para que no pueda servir de guarnición a los ingleses.

Blasco de Exea enarcó las cejas.

—Curioso. También puede servir de guarnición para los escoceses y sin embargo lo derriban. ¿Seguro que luchan contra el rey Eduardo? Más bien parece que huyen de él.

El pelirrojo Madog se encogió de hombros.

—No es aconsejable plantar cara a los ingleses. Mi tierra fue conquistada por el padre de este rey de Inglaterra. Allí sabemos que su ejército es imparable.

—Buenas esperanzas —ironizó Fulco—. Podías haberlo dicho antes de venir.

Se oyeron algunas risas desganadas, pero callaron al ver aproximarse a un caballero rodeado de varios soldados. Todos ellos empuñaban sus armas, y el caballero dejaba ver además un escudo dorado adornado por tres piezas rojas. Llevaba el yelmo sujeto bajo el brazo y contra la cintura, por eso pudieron comprobar que era de mediana edad. Una espesa barba enmarcaba el rostro cruzado por varias cicatrices. Habló en una lengua que sonó áspera a Blasco, aunque pudo identificar algunas de las palabras inglesas que había oído en Burdeos, o eso al menos le pareció. El galés Haliwell se inclinó tras la parrafada del caballero y se volvió hacia el resto. Los recién llegados aguardaban, mezclando en sus gestos el temor y la curiosidad.

—Es el sobrino del rey, el conde de Moray. Se llama Thomas Randolph y pregunta quiénes somos —tradujo Madog—. Creo que ha llegado el momento. ¿Se lo digo?

Los hombres vestidos de negro se miraron entre sí. Blasco fue el único que contestó.

—Para eso hemos venido hasta aquí.

Haliwell asintió y se dirigió a Thomas Randolph. Dialogaron largo rato. Los escoceses, al escuchar el relato de Madog, observaban a los fugitivos y murmuraban entre sí.

—¿Qué crees que ocurrirá? —preguntó Fulco de Payens a Blasco con un deje de aprensión.

—Hemos llegado a esta brumosa isla dejando tras nosotros un barco desvencijado. Si esos hombres no nos aceptan, nuestra suerte está echada —escupió el aragonés sin dejar de mirar al conde de Moray—. No obstante, no estoy dispuesto a dejarme prender —alzó un poco la voz y sonrió a los guerreros escoceses—. Estad prestos a luchar. Nos igualan en número, pero no creo que puedan con nosotros.

Algunos de los hombres cubiertos de negro también sonrieron mientras calibraban las palabras de Blasco. Madog Haliwell se giró en ese momento.

—El conde nos llevará hasta el rey Roberto. —Unió ambas manos en gesto de triunfo—. Dice que necesitan buenos guerreros y que seremos bienvenidos. Pero necesita asegurarse, naturalmente.

Un suspiro de alivio recorrió las filas de los fugitivos.

—Gracias a Dios. —Fulco se santiguó.

—Si por Dios fuera, no nos habría sido necesario venir a este oscuro país, ¿no crees? —inquirió sardónicamente el aragonés.

—Hay una cosa más —el galés intervino de nuevo—. El conde desea saber por qué vestimos de negro.

—Guardamos luto —se apresuró a explicar Fulco de Payens—. Luto por nuestros hermanos muertos y cautivos, y por la destrucción de la Orden del Temple.

Los demás asintieron, pero Blasco miró a otro lado. Era posible que, en cierto modo, compartiera los motivos de los demás, pero para él la oscuridad venía de más allá. Del alma pútrida de Ferrer Zintero y todos los que, como él, alzaban una cortina de niebla ante los ojos del aragonés.

O quizá no. Quizá la oscuridad naciera en la propia alma de Blasco de Exea. Tal vez se había dado cuenta al hundir su acero en la carne de otros, cuando escupía toda su ira y apagaba la vida de quienes se interponían en su camino. Aquel muro negro que se alzaba entre Ferrer Zintero y Blasco de Exea podía ocultar una gran distancia entre dos hombres radicalmente distintos... O pudiera ser que, después de todo, ambos se parecieran demasiado. Blasco revolvió bajo su veste negra y sacó el colgante de madera. Buscó algún reflejo, pero el cielo gris de aquel país se negaba a dejar que los rayos del sol llegaran a tierra. Apretó en su puño el emblema almogávar y sonrió aviesamente.

«Hoy estás más cerca, Zintero. Ya queda menos», pensó.

El conde de Moray sacó al aragonés de sus reflexiones con un par de aquellas palabras hoscas y una corta risotada. Madog Haliwell acompañó a Thomas Randolph en su carcajeo.

—¿De qué te ríes? —inquirió Fulco de Payens—. ¿De qué se ríe él?

—La Compañía Negra —respondió el galés—. Nos acaba de poner nombre.

V

Un año después.
Tierras de Lothian, Escocia. Verano de 1313

Blasco de Exea alzó la cabeza y miró sobre la vegetación frondosa que flanqueaba el río Avon. La silueta de la fortaleza de Linlithgow, erguida en lo alto de una suave colina, se recortaba contra el sol naciente que se demoraba en el amanecer. Aun así podía distinguir las idas y venidas de un centinela inglés tras la empalizada de madera. Más allá, la solitaria torre del castillo se alzaba imponente, oscura su piedra, reverdecida por el musgo y coronada por la bermeja enseña inglesa.

El traqueteo de la madera sobresaltó a Blasco y le hizo girar la vista a su derecha. Un carro de bueyes cargado de heno atravesaba el Avon lentamente, como si los animales estuvieran contagiados por la pereza de aquel sol pálido y frío. El carro, que hacía temblar a su paso el frágil puente de tablas, era conducido por un enorme campesino que se cubría con un manto holgado, lo que le hacía parecer aún más grande. Arreaba a los dos bueyes con un cordel sin siquiera mirarlos, con una expresión de hastío que revelaba que había hecho aquel camino cientos de veces. Junto al carromato, otro campesino de mediana edad caminaba con una mano apoyada en el canto de madera, como si temiera que el heno fuera a caer al agua. Blasco se alzó un poco más y distinguió a poca distancia el cabello rubio de su compañero Fulco de Payens. Siseó. Fulco asomó con timidez e hizo un gesto de asentimiento. A continuación el mismo Payens silbó y, algo más allá, otro hombre se dejó ver. La operación se repitió hasta que fueron siete las cabezas asomadas en la orilla del Avon, y todos a un tiempo se arrastraron por el terraplén con el cuerpo pegado a la hierba húmeda de la orilla. El carro de bueyes abandonó el puente y las ruedas avanzaron hundiéndose en el camino enlodado. El conductor arreó a los cabestros con un par de cintarazos y el acompañante ralentizó la marcha hasta quedar ligeramente rezagado.

—No hay centinelas fuera de la fortaleza. Podéis subir ahora.

El campesino lo había dicho sin dejar de mirar adelante, la vista fija en la lejana figura del guardián del castillo. Los ingleses estaban aún demasiado lejos para darse cuenta de nada, excesivamente confiados en la protección del lago Linlithgow, que abrigaba al castillo desde el norte y extendía sus orillas a este y oeste de la fortificación. Blasco apenas había entendido las palabras escocesas del campesino, pero sabía exactamente cómo actuar en tal momento.

El campesino se llamaba William Binnock y vivía a pocas millas de aquel mismo lugar. Los ingleses del castillo lo conocían de sobra y solían encargarle la provisión de forraje para los animales que guardaban en la fortaleza. Binnock cumplía en silencio los encargos de aquellos odiosos extranjeros, invasores que llevaban años asentados en su tierra. El forraje era bueno y, aunque los ingleses pagaban mal y tarde, a cambio de sus servicios solían abstenerse de molestar a Binnock y a su familia. No dejaba de ser una ventaja, porque no pocas muchachas de las inmediaciones, hijas de otros campesinos como él, habían sufrido los abusos de la guarnición inglesa. Pero las iniquidades iban a acabarse, de eso estaba seguro William Binnock.

Llevaba albergando esperanzas desde unos meses atrás, cuando el rey Roberto Bruce había comenzado a atacar los destacamentos ingleses y a asaltar por las noches sus fortalezas. Los hombres de Bruce aparecían como demonios desde la nada, pasaban a cuchillo a cuantos extranjeros podían y luego se esfumaban. O bien escalaban los muros y empalizadas de los castillos, sorprendían a las guarniciones y, dependiendo de quién encabezase el asalto, apresaban o degollaban a los pobres soldados. A continuación destruían la fortaleza de turno. Así, uno por uno, con la tenacidad del que sabe esperar y el valor de quien lucha por su libertad, los reductos escoceses en manos de los ingleses habían ido desapareciendo. El rey Eduardo II se quedaba sin bases desde las que sojuzgar Escocia. Aquel mismo año era el de la caída de Perth, Dumfries, Dalwinston, Buittle y Caerlavenrock. El rey Roberto Bruce se había atrevido incluso a desembarcar en la isla de Man y a sitiar el castillo de Rushen hasta su rendición en junio pasado.

Los escoceses estaban jubilosos. Y ahora era el turno de Linlithgow.

Linlithgow era una antigua fortaleza, maciza torre de piedra rodeada de una empalizada de madera situada al sur del lago del mismo nombre. En manos inglesas desde hacia varios años, el difunto rey Eduardo I, el llamado Martillo de los escoceses, había reforzado sus muros cambiando la madera por piedra a trechos, había ordenado excavar un profundo foso a su alrededor y construido un puente levadizo para salvarlo. Tras él, un pesado rastrillo de madera cerraba la entrada a la fortaleza. El castillo estaba bajo la responsabilidad de Peter de Luband, un gascón al que el rey había nombrado sheriff de Edimburgo. Pero Luband no solía pasar mucho por Linlithgow.

El paraje era de ensueño: el hermoso lago orlado de prados, los arroyos, los rebaños de ovejas que pastaban con placidez... Había caza de sobra para saciar las ansias de cualquier noble, y las jóvenes escocesas de los alrededores tenían fama de bellas mujeres. Aun así, Luband aborrecía Linlithgow. Podía notar el odio en la mirada de los pastores, aquellos irreductos escoceses. En cuanto a la guarnición, prácticamente todos los ingleses que llegaban destacados a la fortaleza lo hacían por sanción. A nadie le apetecía cumplir servicio en tal lugar, y menos en aquellos tiempos. Por eso los soldados estaban hastiados, reñían entre sí constantemente y se dejaban llevar por las mismas pendencias y fechorías que les habían acarreado el castigo de servir en aquella fortaleza perdida de la mano de Dios y del rey Eduardo.

Ahora, a punto de acabar el estío del año del Señor de 1313, la fortaleza se presentaba como fruta madura a los ojos de Roberto Bruce, rey y líder de las fuerzas libres de Escocia. Y aquella era la primera misión de Blasco de Exea a las órdenes de Bruce. Hasta ese momento, tanto Blasco como sus compañeros recién llegados de Francia habían estado bajo la atenta observación de Bruce y sus hombres de confianza, decidiendo si era cabal dejarles luchar bajo sus órdenes. Al fin y al cabo, junto al aragonés Blasco de Exea se hallaban varios franceses, y a los franceses se les suponía buenos amigos del rey de Inglaterra. No sin razón, pues la propia esposa del rey Eduardo, Isabel, era francesa. Hija de Felipe IV el Hermoso, nada más y nada menos. Sin embargo, tanto Blasco como los franceses que le acompañaban tenían razones de sobra para odiar al rey de Francia. Y Bruce lo sabía.

Tal vez por eso, al fin, el rey Roberto Bruce había puesto a Blasco de Exea y a sus compañeros bajo el mando de Thomas Randolph, conde de Moray.

Moray, como todos lo llamaban, era sobrino del propio rey y, aunque pesaban algunas sombras sobre su fidelidad, Roberto Bruce actuaba como si esta estuviera más que demostrada. Blasco había asistido al consejo en que Roberto Bruce había ordenado a Moray tomar Linlithgow. Sus palabras escocesas, a medias entendidas por Blasco de Exea, aún resonaban en sus oídos.

—Mi buen sobrino Thomas —había dicho el rey Roberto a Moray—. Llévate para esta misión a nuestros amigos llegados de Francia. Ya es hora de que demuestren si en verdad comulgan con la causa.

—Estoy convencido de que así es, tío —le había respondido familiarmente Moray—. He departido largamente con ellos y os aseguro que no nos traicionarán. Además los he visto ejercitarse y, sin duda, su ayuda nos ha de venir muy bien. Llevan ya un año entre nosotros y ansían entrar en acción.

El rey se había cogido del brazo de su pariente entonces y, tras apartarlo discretacmente de Blasco, le siguió hablando.

—A mí también me parecen buena gente, sobrino —Bruce bajó la voz mientras acercaba su cara al oído de Moray—, pero procura ponerlos en situación de demostrar su fidelidad sin que nuestros hombres puedan verse en apuros. Confío en tu juicio.

Naturalmente, estas palabras se habían dicho sin que Blasco de Exea las oyera, pero tampoco era necesario para que este comprendiese los reparos del rey Roberto. Era mucho lo que se jugaba en aquella campaña contra los ingleses. También por esa razón, Blasco se había propuesto demostrar su valía y la de sus compañeros recién llegados de Francia. Y así, no le extrañó que Randolph Thomas, conde de Moray, les hubiera encomendado aquella misión en Linlithgow.

—¡Ahora! —gritó William Binnock, aprovechando que la silueta del lejano centinela había desaparecido tras el baluarte de madera del castillo.

Blasco abandonó sus recuerdos recientes y salió de la orilla del Avon chapoteando, salvó la distancia que lo separaba del carro, se lanzó sobre el heno y lo apartó a manotazos para quedar cubierto por él. Tras Blasco llegaron, a la carrera y medio agazapados, Fulco de Payens y los otros cinco compañeros. Todos repitieron la acción de Blasco y pugnaron por enterrarse en el forraje del carro bajo la atenta y nerviosa mirada de William Binnock.

Blasco respiraba entrecortadamente, y junto a él podía oír igualmente los jadeos emocionados de sus compañeros. Todos ellos, como él mismo, iban completamente vestidos de negro. Se habían decidido a conservar el luto durante el largo año que llevaban en Escocia. Un color que los identificaba enseguida y los diferenciaba de los demás guerreros del rey Roberto. Por ello, cuando Blasco se abrió un pequeño hueco entre el forraje y miró hacia el cercano lago Linlithgow, pudo distinguir los ropajes de sus otros compañeros, que avanzaban en cuclillas junto a los hombres de Moray para tomar posiciones cerca del castillo.

—Si hubiéramos sabido que el puente carecía de vigía, todo esto no habría sido necesario —susurró Fulco de Payens.

—Dicen que los ingleses se han confiado desde que murió el viejo rey Eduardo. Incluso han abierto puerta baja en la torre. Todos estos descuidos nos favorecen pero, pese a todo, no podemos arriesgarnos —repuso Blasco.

—Recordad la consigna, señores —se oyó la voz de William Binnock, que seguía caminando junto al carro—. Que la grite quien quede con vida.

Blasco sintió que una mano le aferraba la pantorrilla entre el heno. A continuación volvió a sonar la voz susurrante de Fulco de Payens.

—¿Cuál es la dichosa consigna? Se me ha vuelto a olvidar.

—*Call all* —informó Blasco en voz baja—. Yo tampoco sé qué significa, pero supongo que Moray sí.

—Maldita sea —habló de nuevo el francés Fulco, que últimamente juraba e incluso blasfemaba, a veces dos o tres veces en una misma conversación—, de todos modos hemos de gritar como demonios si todo sale de la forma que esperamos, y recemos para que estos escoceses lo entiendan igual.

Blasco escupió una brizna de heno que se le había metido en la boca. El carro temblaba cada vez que las ruedas golpeaban una piedra o salían de los surcos que durante años habían horadado el camino. Sin escudos. Sin cotas siquiera. Nada de eso era prudente, no podían permitirse alertar a la guarnición inglesa con el traqueteo metálico de las lorigas. Tampoco debían cargar con nada que ralentizara sus movimientos. Eran solo ellos, aquellos hombres vestidos de negro, su valor y sus espadas.

—Blasco. —Otra vez la voz de Fulco. El aragonés pudo notar el nerviosismo que atenazaba a su compañero francés.

—¿Sí?

—Vamos a matar a esos ingleses.

Blasco de Exea sonrió con amargura. Comprendía la aprensión de Fulco, que en un cierto momento de su vida había jurado no alzar las armas contra otros cristianos. En aquellos instantes todo había cambiado demasiado. El mundo se había vuelto loco y hasta Dios parecía haberse olvidado de sus siervos en la Tierra. Nada tenía ya sentido, pero mientras permanecían ocultos entre el forraje del carro, aguardando el momento de entrar en combate, no se le ocurrió a Blasco nada que decir a su compañero para consolarle y alejar la aflicción que oprimía su espíritu. El carro se inclinó cuando tomó la subida de la colina, y la cuerda del campesino restalló contra los lomos de las bestias. Blasco recordó una vez más las enseñanzas de su padre adoptivo, Artal de Exea: la condición de caballero exigía una forma de ser más allá del simple título.

—Luchamos con nuestros amigos escoceses —fue lo único que pudo susurrar el aragonés—. Ellos nos han acogido y pelean por una buena causa: su libertad.

Blasco oyó el suspiro de Fulco a su lado y deseó que la carreta llegara de una vez a la dichosa fortaleza. Como si el Todopoderoso acabara de escuchar la plegaria del aragonés, el boyero dio una voz ronca y el carro se detuvo de golpe. Los siete hombres vestidos de negro se conmovieron al unísono, tensaron sus músculos y dejaron incluso de respirar.

—¡Binnock! —Les llegó una voz atiplada, ahogada por el heno y por la distancia—. ¡Maldito escocés andrajoso! ¿Dejas a ese muchacho seboso sentarse en la carreta y tú recorres el camino a pie? ¡En verdad sois unos brutos que precisáis de la civilización!

Blasco no comprendía todo lo que oía, pero llevaba suficiente tiempo escuchando las lenguas de aquella gran isla como para entender algunas palabras. El mismo rey Bruce hablaba a veces en inglés o en el idioma franco de los normandos con sus allegados de noble cuna, aunque con sus hombres departía en la extraña lengua escocesa.

—¡Oh, señor! —respondió William Binnock con voz carcajeante—. ¡La senda tiene tantos baches y desniveles que temo caerme del carro. Sin embargo, este amigo mío es grande y pesado y hace que las ruedas se hundan en el barro! ¡Me preocupa sobre todo vuestro forraje! ¡Nada me disgustaría más que acabara esparcido sobre el suelo!

—¡Cierra tu inmunda bocaza, escocés del demonio, y dile a ese patán que entre!

Un chirrido creciente llegó hasta los oídos de Blasco cuando la cadena que sujetaba la puerta subió y el puente levadizo cayó con gran estrépito sobre el camino, cubriendo el foso que rodeaba la fortaleza. La madera del rastrillo crujió lentamente.

—Atentos —musitó el aragonés.

El conductor del carro dio una nueva voz y los bueyes avanzaron. El sordo ruido de sus pisadas cambió cuando empezaron a caminar sobre el puente, y el carro se atascó al llegar al borde de aquel.

—¡Estúpido! —se escuchó de nuevo al centinela—. ¡Baja del carro y arrea a esas bestias, que tienen más cerebro que tú! ¿Acaso no ves que pesas demasiado para que las ruedas suban al puente?

William Binnock recibió con una carcajada el comentario del soldado inglés.

—¿No has oído? ¡Baja del carro y tira de él! —ordenó al conductor.

El campesino esbozó una mirada aviesa a Binnock y, cabizbajo, saltó sobre el puente levadizo, que tembló un instante. Después se puso tras uno de los bueyes y le dio una palmada en la cadera. El carro vaciló un momento mientras las ruedas remontaban el pequeño desnivel, luego se precipitó hacia la puerta del castillo. Blasco apretó la empuñadura de su espada y se dispuso a saltar mientras notaba cómo el corazón se le desbocaba. Entonces la carreta se detuvo de nuevo con un golpe seco.

—¿Qué pasa ahora? —Se oyó una vez más la voz del soldado inglés, aunque ahora venía desde otro ángulo.

Tres impactos secos y rápidos se sucedieron. Blasco notó que el carro se vencía hacia delante, primero lentamente, luego más rápido hasta quedar apoyado en tierra. Se detuvo con un golpe sordo, lo que le indicó que habían salvado el puente levadizo.

—¡Ahora! ¡Fuera! —tronó la voz de William Binnock.

Blasco reaccionó como un relámpago. Antes de darse cuenta se vio de pie sobre el carro inclinado, con la cabeza a un palmo escaso del rastrillo a medio subir y el pelo y los hombros cubiertos de briznas de heno. Ante él, el conductor empuñaba un hacha que, después de sacar de entre su holgado sayo, había usado para cortar el ensuyo del carro. Los animales seguían allí, parados delante del carromato, que tenía media parte dentro de la fortaleza y media fuera. Blasco se dio cuenta con premura de este detalle.

—¡Saltad del carro! —ordenó a sus compañeros, algunos de los cuales todavía surgían de entre el heno—. ¡Antes de que caiga el rastrillo! ¡Saltad!

—¡Pero...! ¿Qué...? —balbució el centinela inglés.

Los hombres vestidos de negro se desparramaron dentro de la fortaleza con sus espadas empuñadas, y el gran campesino escocés blandió su hacha. Entre los siete formaron un semicírculo que rodeaba el carro vencido y protegía la puerta. Tras ellos, los bueyes seguían parados, ignorantes de lo que ocurría a su alrededor. Se oyó un chasquido cuando el centinela, desde lo alto del adarve de madera, cortó la cuerda del rastrillo. Este cayó de golpe, pero se detuvo al tropezar con el carro que obstruía la entrada. Entonces el inglés comenzó a chillar desaforadamente.

—¡A las armas! ¡Nos atacan! ¡A las armas!

Blasco arrebató el hacha al escocés y dio media docena de pasos hacia el interior de la fortaleza. Luego balanceó el arma hacia atrás y la lanzó con fuerza. De la torre empezaban a salir los miembros de la guarnición, algunos en calzas y camisa, aunque todos empuñaban lanzas y espadas. El hacha voló hacia el adarve y alcanzó al centinela en el pecho, quebrándoselo con un ruido seco e interrumpiendo sus voces de alarma. El cuerpo rebotó contra la madera de la muralla y cayó como un fardo sobre la tierra.

Mientras Blasco se volvía para hacer frente a los ingleses, William Binnock, que había quedado fuera de la fortaleza, corrió unos pasos y agitó ambos brazos en amplio ademán. Chilló como un poseso hacia la orilla del lago.

—*Call all! Call all!*

El griterío recorrió el terraplén alfombrado de hierba. Los hombres de Moray se irguieron y abandonaron sus escondrijos para correr hacia los muros de Linlithgow. Dentro, los hombres de negro se alinearon, cerraron filas y mostraron su gesto salvaje a los ingleses que se les venían encima. Los recibieron a pie firme. Pararon la primera acometida y respondieron con estocadas cortas. Un par de gritos desgarraron el aire y una hoja teñida de sangre asomó por la espalda de uno de los ingleses.

—*Call all! Call aaaaaall!* —seguía vociferando William Binnock fuera de la fortaleza mientras señalaba a su interior. La primera oleada del destacamento inglés se había clavado en las espadas de Blasco y sus compañeros, y cuatro cadáveres yacían desgarrados a sus pies. Los del castillo, con el gesto demudado, contemplaban a aquellos siete hombres de negro y al gigante escocés que sonreía tras ellos. Entonces los gritos de Moray y sus hombres llegaron como un vendaval y helaron la sangre en las venas de los ingleses.

—¡Atrás, a la torre! —ordenó uno de ellos, pequeño y ancho de espaldas, que blandía una maza y permanecía en segunda fila.

Como uno solo, los soldados dieron media vuelta y corrieron. Blasco se dio cuenta de que podría ganar un tiempo precioso si evitaba que sus enemigos se hicieran fuertes en la torre de piedra.

—¡Fulco! —llamó mientras iniciaba una veloz carrera tras los ingleses—. ¡Sube el rastrillo y trae el carro!

El aragonés era rápido. Sus piernas respondían con gran velocidad merced a un adiestramiento de años y al impulso de su valor. Blasco alcanzó a los últimos soldados y los sobrepasó sin preocuparse de derribarlos. Ellos, totalmente acobardados, se separaron del grupo y fueron a refugiarse a las caballerizas. En ese momento llegaron los hombres de Moray, que pasaron bajo el rastrillo bloqueado y entraron en la fortaleza sin dejar de vociferar. Fulco de Payens trataba de hacerse oír, pero los escoceses semejaban una auténtica tormenta.

Algunos ingleses entraron en la torre, pero la puerta solo permitía el paso de uno a la vez, de modo que Blasco llegó cuando tres soldados se apretujaban por guarecerse en su interior. Se abalanzó sobre uno de ellos aprovechando el envite de su carrera y le golpeó con la planta de la bota en la espalda. El inglés ahogó un quejido y se vio impelido con gran fuerza contra la pared, derribó a uno de sus compañeros a su paso y cayó desmadejado sobre el suelo sucio de barro y paja húmeda. Después Blasco lanzó un tajo desde arriba con la espada y alcanzó al desgraciado que trataba de entrar en ese momento. La hoja le partió la clavícula, se hundió con fuerza y quedó atravesada entre el hombro y el cuello. El inglés chilló y cayó de rodillas, pero Blasco sujetó la espada para evitar que se fuera al suelo.

—¡El carro! —El aragonés se volvió a medias. Había conseguido evitar que los ingleses cerraran la puerta de la torre, pero aún quería acabar su trabajo.

Fulco de Payens consiguió por fin recuperar el cabo de la cuerda cortada, tiró para subir el rastrillo y la ató a la polea con presteza. De inmediato comprendió la estratagema de su compañero aragonés.

—¡Llevad el carro hasta la torre! —gritó desde el adarve.

Los escoceses, que ya ocupaban casi todo el patio de la fortaleza. Se apelotonaron ante la puerta de la atalaya. Blasco les impidió la entrada con un gesto.

—¡Aguardad! —trató de hacerse comprender—. ¡Y vigilad vuestras cabezas!

Uno de los compañeros de Blasco, vestido todo él de negro, alzó la mirada y señaló a lo alto de la torre.

—¡Cuidado! —avisó mientras se encogía.

Un cuadrillo emplumado voló raudo desde arriba y se clavó en la testa de un escocés tras atravesar su crespina de piel. Los hombres se dispersaron en busca de abrigo.

Blasco se encogió contra la puerta para quedar al amparo del ballestero, pero miró preocupado hacia dentro. Si los ingleses bajaban en ese momento, podrían hacerse fuertes en la entrada y ponerles en aprietos.

—¡Una antorcha! —pidió a gritos—. ¡Y traed el carro!

Fulco de Payens se deslizó desde el adarve por la escala y palmeó con fuerza a los bueyes. Consiguió que los animales trotaran asustados y dejaran de obstaculizar su camino hacia la torre. En derredor suyo, algunos arqueros escoceses trataban de acertar con sus dardos a los ingleses que tiraban desde la torre, pero era demasiado difícil meter las flechas a través de las aspilleras y ventanucos.

Fulco alzó la lanza del carro y pidió ayuda a William Binnock y al enorme escocés que había conducido la yunta de bueyes hasta Linlithgow. Luego llamó la atención de un par de escoceses que embrazaban escudos. Blasco vio los esfuerzos de su amigo desde la puerta de la torre. A sus pies, el inglés atravesado por su espada había muerto y su cuerpo pugnaba por caer al suelo. El aragonés plantó su pie en la espalda del soldado y extrajo la hoja para dejar que el cadáver se desplomara. Los otros dos soldados que había derribado el aragonés se arrastraban doloridos. Un zumbido le hizo encogerse. El cuadrillo de ballesta pasó junto a su cara, alzó el pelo negro y le rozó con las plumas de cuero. Atrajo la puerta hacia sí para protegerse, seguro de que no se cerraría por el estorbo del inglés al que acababa de mandar con el Señor.

—¡El carro! —apuró.

Pero Fulco ya se aproximaba.

Dos escoceses alzaban sus escudos y se protegían a ellos mismos y a Fulco mientras este tiraba del carro, y detrás de él empujaban Binnock y su gran amigo. Algunos dardos volaron desde la torre, pero se clavaban en los escudos o se perdían entre el forraje. En ese momento apareció el conde de Moray con una antorcha encendida.

—¿Es esto lo que requeríais, francés? —inquirió a Fulco. Este sonrió.

Moray arrojó la antorcha sobre el heno, y Fulco y sus acompañantes redoblaron la marcha. El fuego prendió rápido sobre el forraje, una humareda blanca empezó a brotar del carro.

—¡Empotradlo contra la puerta! —chilló Blasco. Empujó el batiente con fuerza y se apartó justo cuando un nuevo cuadrillo surgía desde el interior, atravesaba el patio y se clavaba en la empalizada. Fulco gritó con rabia al hacer un último esfuerzo y se arrojó a un lado, dejando que el carro recorriera los dos últimos codos con el empuje de los escoceses. El carro topó con estrépito contra la puerta abierta, el heno ardiente se desparramó a su alrededor y dentro de la torre entre un estallido de chispas. El fuego, que ya había hecho presa en la madera del carruaje, lanzó una humareda gris hacia el interior y subió en gruesa columna hacia las aspilleras. Blasco se reunió con Fulco bajo el techado de las caballerizas, donde los escoceses tenían apresados a los dos soldados ingleses que el aragonés había rebasado en su carrera. Moray llegó a la carrera y se unió a la alegría de los dos amigos.

—¡Bravo, señores! —felicitó en francés—. ¡Sabía que podía confiar en vosotros! El rey se mostrará muy satisfecho.

Blasco sonrió. Más allá, los arqueros escoceses seguían acribillando los ventanucos de la torre. No lograban alcanzar a los ballesteros ingleses, pero al menos les obligaban a mantenerse ocultos y les impedían lanzar agua desde lo alto para apagar la gran fogata que ya ardía en la puerta.

—Estupendo —reconoció Fulco—. Hemos tenido una sola baja y el castillo de Linlithgow es nuestro.

Thomas Randolph, conde de Moray, asintió ufano. Las voces de los ingleses que pedían clemencia llegaron entre toses desde lo alto de la torre. Blasco suspiró y volvió a mirar a su amigo Fulco.

—Todo pasó ya. —El aragonés palmeó la espalda del francés. Este se miró las manos, manchadas de escarlata. Se las había desgarrado mientras tiraba del carro de heno, pero también había sangre inglesa goteando desde sus dedos. Miró a Blasco como quien mira a su confesor y le implora perdón.

—Eran enemigos. —Fulco trató de convencerse a sí mismo.

El aragonés asintió para dar la razón a su compañero. Moray mudó su sonrisa de triunfo y se retiró mientras fingía prestar atención a la rendición de la guarnición inglesa. Blasco bajó la cabeza, incapaz de soportar la mirada de Fulco. Desvió luego la vista y la fjió en uno de los soldados ingleses apresados en la caballeriza. Era un muchacho casi imberbe que temblaba de miedo por la proverbial ira escocesa hacia los vasallos de Inglaterra. Ahora observaba con gesto de pánico a sus captores, desarmado y vestido solo con las calzas y una camisa sucia. De su cuello colgaba una cruz de madera toscamente tintada de rojo.

El aragonés dejó que sus ojos se perdieran en el punto en que los brazos de aquella cruz se encontraban. Su mente voló de allí, huyó del olor a quemado, a humedad y a sangre humana. Viajó hacia un campo nevado, hacia la inocencia de la juventud perdida años atrás, hacia el frío de su tierra y hacia una cruz roja que destacaba sobre un fondo blanco.

VI

Meses más tarde.
Edimburgo, Escocia. Marzo de 1314

Blasco de Exea se dejó caer en el estrecho saliente rocoso y jadeó entrecortadamente. Pugnaba por acallar una respiración que en el silencio de la noche se le antojaba puro tronar. Asomó la cabeza con prudencia al vacío. A la débil luz de la luna pudo entrever los reflejos de las armas de sus compañeros, como siempre vestidos de negro. Palpó la roca a su espalda, se recostó sobre ella y trató de acompasar su respiración, recordando una vez más los consejos de su buen preceptor Hugo de Pairaud. La luna desapareció tras las nubes bajas que cubrían la noche escocesa y, mientras se disponía a esperar a sus compañeros, le asaltaron los remordimientos. Al principio no había pensado mucho en ello, pues los golpes del destino habían contribuido a cincelar su espíritu. Era mucha la esperanza que le había abandonado, y por eso no había querido pensar en los desmanes de sus nuevos amigos escoceses.

Tras la toma de Linlithgow, Moray había acompañado a Blasco y a sus compañeros a Dundee, llevaron con ellos a todos los ingleses capturados en la fortaleza. Antes de abandonarla habían derruido media torre y quemado toda la empalizada, y solo quedó en el lugar un montón de ruinas y restos ennegrecidos por entre los que se colaba el ganado. Nada indicaría a partir de entonces que Linlithgow pudiera haber sido un puesto avanzado inglés en Escocia. Cuando llegaron a Dundee, Moray y sus hombres pudieron comprobar que casi todos los nobles de Escocia se hallaban en el lugar. Los escoceses de la frontera sur también habían acudido bajo amenaza de represalias y de ser considerados traidores y afectos a los ingleses. El propio Bruce, que había hecho un alto en el consejo, se aproximó a la comitiva de Moray al ver los colores de Thomas Randolph y lo recibió con un abrazo. Moray hizo un gesto a Blasco para que se acercara. El rey de Escocia vestía ropaje de guerra, cota de malla ribeteada de oro y sobreveste con su blasón.

—Tío, nuestros amigos no nos han decepcionado —anunció exultante Moray.

El rey sonrió y asintió. Luego señaló a los prisioneros ingleses. Alrededor de los recién llegados se congregaba una multitud de señores y vasallos escoceses, algunos de los cuales escupieron a los prisioneros y les insultaron con los dientes apretados y miradas encendidas de odio.

—La guarnición de Linlithgow, supongo —dijo Bruce.

—Los supervivientes, sí —confirmó Moray—. Nuestro plan funcionó a la perfección. Blasco y sus hombres mantuvieron la puerta del castillo franca para nosotros, y luego evitaron que los ingleses se hicieran fuertes en la torre.

—¿Bajas?

—Solo uno de nuestros hombres, tío, alcanzado por un ballestero inglés.

El rey ensanchó aún más su sonrisa y palmeó la espalda de Blasco. En ese momento se aproximó uno de los nobles escoceses, James Douglas. Mostraba un gesto avieso.

—Sir James, nuestros amigos llegados de Francia han tomado Linlithgow para nosotros —le señaló el rey—. Honor y gratitud.

—Bravo, señores —dijo Douglas. Luego desvió su mirada a los ingleses cautivos y sus ojos relucieron con un brillo extraño—. ¿Y estos? ¿Por qué han sido traídos hasta aquí?

El conde de Moray suspiró y observó de reojo a Blasco.

—Cumplo las órdenes del rey —se excusó Thomas Randolph—, mas sin ir contra mis principios.

—¿El rey os ordenó que respetarais la vida de esos perros, Moray?

Douglas había escupido la pregunta mirando a Bruce. Blasco se mostró desconcertado ante el sutil duelo entre los nobles escoceses. El conde de Moray mostró las palmas de sus manos al rey y se encogió de hombros.

—Sabéis que no ejecuto a los prisioneros, tío.

—Lo sé, lo sé —confirmó el rey en tono conciliador—. Pero no podemos permitirnos flaquear. Lo comprendes, sobrino..., ¿verdad?

Moray suspiró, hizo una inclinación de cabeza y se retiró. Blasco le acompañó hasta que abandonaron el círculo de escoceses, ahora ya bien nutrido, que había rodeado a los recién llegados. Fulco y los demás hombres vestidos de negro también se apartaron de la multitud vociferante. Se oyeron algunas peticiones de piedad de los cautivos.

—¿Los van a matar?

La pregunta de Blasco sonó como una afirmación.

—El rey tiene razón —respondió Moray—. No podemos permitirnos flaquear. Los ingleses deben saber lo que les espera.

Blasco asintió a pesar de que no compartía las razones de los escoceses. Sabía que cada asalto era seguido de la destrucción de las fortalezas, pues los escoceses se encontraban más cómodos en campo abierto. Usaban los bosques y montañas del país para burlar a las patrullas inglesas y atacarlas de repente, de noche o tras astutas añagazas. Golpeaban y desaparecían, se hundían en la oscuridad para volver a golpear en otro lugar, desconcertando a los enemigos, sembrando el pánico en sus corazones. Y la táctica resultaba. El débil monarca inglés, Eduardo II, no había sido capaz de reaccionar y seguía en su corte, ajeno a las dificultades de sus soldados en la frontera escocesa. Todos los crueles esfuerzos de su padre no habían servido de nada.

Pero aquello requería constancia... Una maligna constancia, por cierto. No solo los castillos eran derribados o incendiados. Además, las guarniciones inglesas eran totalmente destruidas y ejecutados los prisioneros. Por si eso fuera poco, el rey Roberto Bruce precisaba ganarse la lealtad de los escoceses, algunos de los cuales se habían mostrado harto veleidosos en los últimos tiempos. Por eso había convocado aquella asamblea en Dundee. Tras acudir desde toda la frontera, los escoceses del sur habían escuchado las severas palabras de Roberto Bruce: todo aquel que no le prestara fidelidad sería desposeído de sus tierras.

Un grito desgarrador surcó el aire de la campiña de Dundee y horadó los oídos de Blasco, que respingó.

—¿Es necesario ser cruel?

Moray frunció el ceño y siguió alejándose del lugar, acompañado de Blasco y los demás hombres de negro.

—James Douglas es cruel... ¿Lo es? —El conde de Moray se detuvo un instante y pareció reflexionar la respuesta—. Quizá tan cruel como lo sería cualquiera de nosotros de haber sufrido como él.

—¿A qué os referís? —preguntó intrigado Blasco.

Moray cogió al aragonés del brazo y reanudó la marcha. Otro chillido estremecedor rasgó la humedad del prado y los escoceses alzaron vítores, dominados por la ira y presos de ese desvarío extraño y contagioso que asalta a toda multitud cuando presencia un acto de crueldad.

—Crueldad fue lo que James Douglas tuvo que sufrir desde niño —dijo Moray—. Contaba solo diez años cuando fue testigo de la toma del castillo de Berwick por el difunto, maldito y primer rey Eduardo. Diez años nada más... Imaginad, amigo mío, lo duro que tuvo que ser para alguien tan joven.

Blasco estuvo a punto de contestar. De decir que él mismo había pasado por algo similar siendo aún más niño, pero prefirió que Moray siguiera con su relato.

—Debió ser horrible, sí.

—Esperad a saber más: Douglas era el hijo de Le Hardi, señor del castillo. Después de la conquista de la fortaleza, el rey Eduardo permitió a sus soldados saquearla a gusto Los animó a acabar con la vida de sus pobladores bajo condición de respetar a los de noble cuna. Por eso Douglas y su familia se salvaron, pero lo que no pudieron evitar fue presenciar la masacre inglesa. Durante dos días, los soldados del rey Eduardo violaron, mutilaron y mataron a los pobladores poco a poco, tomándose su tiempo. Montaron guardia en la puerta del castillo y se dedicaron a buscar por todo agujero. Sacaron a golpes a los villanos y los asesinaron ante sus familias. Dicen que, al segundo día, el rey Eduardo recorrió el patio del castillo con el manto arremangado para no empaparlo de sangre, y que al pasar junto a un rincón vio a un hombre estrangular a su propia esposa parturienta. Ambos acababan de abandonar su refugio porque la mujer estaba dando a luz, pero el marido no quiso dejar que los ingleses capturaran a la madre y al hijo recién nacido.

Blasco sintió un escalofrío subir por la espalda. De repente notó un gran apego por Douglas, al que hasta hacía un momento consideraba un ser despiadado. Y también sintió una punzada de envidia, pues él al menos lograba llevar a cabo su justa venganza.

—Oh, por Dios —rezongó Fulco de Payens, que escuchaba el relato de Moray tan atento como Blasco y el resto de la compañía.

Thomas Randolph asintió.

—Sí, dicen que el propio rey Eduardo se conmovió por fin ante esa escena y ordenó que sus hombres detuvieran la matanza. Pero el joven Douglas lo había visto todo. Durante dos largos días su mirada de niño se sació de crueldad. Y ese no es el único motivo por el que odia a los ingleses. El rey inglés respetó la vida de los señores de Douglas, y Le Hardi envió al joven James a París para ser educado lejos de los rigores y el dolor de la guerra.

»Pero mientras Douglas crecía en Francia sin poder olvidar la tragedia de Berwick, su padre fue capturado por los ingleses y finalmente asesinado. Además, sus bienes fueron arrebatados y entregados a un inglés, Robert Clifford. Cuando Douglas regresó de París, se halló en la más dura pobreza y carente de toda posesión. Al igual que su padre fue el primer noble que apoyó a William Wallace, Douglas también ha seguido al rey Roberto con una lealtad sin fisuras. Y sin fisuras ha mantenido su vivo odio a los ingleses. Tengo que avergonzarme al decir que Douglas ha sido, por cierto, mucho más leal que yo. A pesar de que no siento simpatía por él, no me queda más remedio que contaros todo esto para que sepáis de dónde viene ese odio terrible a Inglaterra. ¿Lo comprendéis mejor ahora?

Blasco no se atrevió a asentir. Desde hacía años había aprendido a ver al hombre como un ser malvado. Todo lo vivido le llevaba a desconfiar de sus semejantes, y los consideraba capaces de las más abyectas maldades. El mismo Blasco había renunciado a sus convicciones descorazonado por esa misma maldad humana. Sin embargo, había una invisible línea que no deseaba cruzar. Una línea que, pese a todo, había rozado en el viaje desde Cerdeña a Marsella, con el miserable Vittorio. Muchas veces recordaba las enseñanzas de su padre adoptivo, Artal de Exea, y se preguntaba si sería justo usar la crueldad para luchar contra la crueldad.

«Un caballero auténtico no permitiría que Ferrer Zintero compartiera el mismo mundo que él...»

La imagen de aquel monstruo que se le aparecía en sueños volvió de nuevo, arrastrando fuera de la niebla el cuerpo maltratado de su víctima. Qué atrás quedaba todo ahora. El recuerdo confuso de su madre, Alice de Vannes, el amor perdido de Teresa...

—Pero vos, Thomas, no ejecutáis a los prisioneros —repuso el aragonés.

De nuevo Moray se encogió de hombros. Algo más allá, el oleaje de la ría ahogaba los gritos furiosos de los escoceses, que seguían ensañándose con sus enemigos vencidos.

—No tengo valor para ello —reconoció—. Y confieso que me aprovecho de que hay otros que no dudan en cumplir esa tarea.

Sin embargo, de ser necesario, creo que obedecería la orden de mi rey.

Blasco miró a Fulco y levantó las cejas. El francés arrugó el ceño cuando un nuevo chillido de dolor se arrastró por la campiña. Los escoceses ejecutaban al último cautivo.

Un chasquido metálico sacó a Blasco de sus recuerdos, y la claridad opaca de la campiña de Dundee se vio sustituida por la negrura de la noche sobre Edimburgo. El aragonés se encogió instintivamente, esperando la voz de alarma inglesa desde lo alto de las murallas. Pero no se oyó nada más. El causante de aquel chasquido trepó el último trecho rocoso y, con la ayuda de Blasco, se encaramó al saliente de piedra. El aragonés adivinó a la tenue claridad lunar los colores rojos y dorados de Thomas Randolph, conde de Moray, con sus tres bermejas figuras bordadas en triángulo en la sobreveste.

La noche era muy fría y, aunque Moray sudaba por el esfuerzo, su aliento se evaporaba en forma de vaho. Blasco le ayudó a incorporarse y le hizo sitio junto a la roca. El escocés resopló y susurró un agradecimiento. Blasco sonrió en la oscuridad. Sus últimos pensamientos le habían llevado a Dundee, lugar en que había conocido la tragedia de James Douglas. Ahora estaba allí, junto al hombre que se la había relatado, dispuesto a acompañarle en un nuevo asalto nocturno al que, si todo salía bien, tal vez seguiría una nueva masacre con la guarnición inglesa. El aragonés se preguntó si Moray sería capaz de cumplir esta vez su sangriento deber. O si esperaría de nuevo a que fuera Douglas quien lo hiciera. Blasco había aprendido a respetar el dolor y el rencor de James Douglas, e incluso en su mente se había abierto paso una especie de envidia por su ira irrefrenada y la crueldad que demostraba con sus enemigos. La prueba era que más tarde, en los momentos que había tenido que compartir con Douglas, sus acciones no le habían parecido ya tan monstruosas.

Unos meses después de lo de Linlithgow, el propio rey Roberto Bruce había tratado de sorprender a los ingleses en Berwick, el lugar en el que Douglas había sido obligado a contemplar los desmanes ingleses, pero había fracasado. Aquello había sentado como un jarro de agua fría no solo para Bruce y los planes escoceses, sino especialmente para la moral de James Douglas. Berwick encerraba un sentido especial para él, por más que el rey no le hubiera permitido acompañarle en la expedición de conquista.

Pero en apenas unas semanas, James Douglas había tenido oportunidad de desquitarse por tal fracaso. Todo había ocurrido una noche de febrero en Roxburgh.

El rey Bruce había ordenado a James Douglas tomar el castillo, y había puesto bajo sus órdenes a Blasco y a sus compañeros. Estos, desde su llegada de Francia, se habían ganado ya buena fama. Y eran conocidos entre los guerreros escoceses con el nombre que se les otorgó al desembarcar. Compañía Negra. Siempre de oscuro. Sin blasones en ropas o escudos. Douglas se había alegrado de contar con ellos, pues conocía su mérito en la toma de Linlithgow. James Douglas, a más de resentido con los ingleses, era hombre de gran inteligencia, y por ello no despreciaba el auxilio de la Compañía Negra para llevar a cabo su misión. Así pues cruzaron todo Lothian a caballo, él y la treintena de componentes de la Compañía Negra, y dejaron sus monturas escondidas en un bosque. Después, tras aguardar a que la larga noche del invierno escocés se cerniera sobre Roxburgh, se aproximaron a la fortaleza al amparo de la oscuridad. El propio Douglas, pensando que así se aproximaba más al corazón de aquellos guerreros extranjeros, se había ataviado con ropajes negros para comandar la compañía, y encabezaba la marcha hasta que se toparon con un rebaño de bueyes que pacían tranquilamente en la campiña cercana a la fortaleza. Douglas alzó la vista por encima de los animales y contempló el castillo. Había luna llena y el cielo estaba limpio de nubes, por lo que los ríos Tweed y Teviot resplandecían con un color plateado. James Douglas chascó la lengua.

—¿Qué ocurre? —inquirió Blasco en voz baja.

Douglas señaló al frente.

—La luna ilumina el maldito prado. Los perros ingleses nos verán llegar y darán la voz de alarma.

Fulco, que se había agazapado junto a Blasco, propuso una alternativa:

—Tal vez si nos acercamos desde otro flanco... Quizá por el norte no se nos vea tanto, pues la luna roza el horizonte tras nosotros.

—No, no —atajó Douglas—. Imposible. El castillo está rodeado de agua por todas partes y los ingleses nos verían cruzar la corriente. Fijaos en cómo resplandece esa maldita superficie.

Fulco asintió. Los dos ríos confluían allí mismo. Y la fortaleza se había edificado en una elevación del terreno rodeada por ambas corrientes. El único modo de aproximarse era dirigiéndose al portón, justo desde el lugar que ocupaban en ese momento.

El buey que les servía de refugio se puso de marcha entonces y los tres hombres se lanzaron sobre la hierba. Los demás miembros de la Compañía Negra se habían distribuido por la campiña. Se hallaban igualmente agazapados tras otras reses o tumbados en el suelo. Sus ropajes oscuros les ocultaban de momento a la vista de los ingleses. Blasco observó al buey que hasta hacía unos instantes le había servido de abrigo. El animal caminaba con apatía hacia el castillo. A su paso se le unieron un par de reses más y, juntas, anduvieron un trecho hasta que tuvieron a bien detenerse.

—Sir James, mirad esas bestias —indicó Blasco.

El escocés dirigió su vista a los animales. Había muchos en la campiña. Algunos de ellos estaban aposentados y rumiaban con lentitud, otros caminaban de un lugar a otro. Roxburgh era un lugar rico en pastos y ganado, y por ello poderosamente defendido por los ingleses. Además, esos bueyes negros tenían fama por su estupenda carne. Abastecían las cocinas de las guarniciones enemigas por todo el sur de Escocia.

—¿Y bien?

—Mirad ahora a nuestros compañeros.

Douglas lo hizo, pero le costó un poco localizarlos en la campiña, pues semejaban negras sombras que se confundían con gran facilidad con los bueyes.

—Maldita sea —rezongó el escocés, y a continuación dio una palmada en la espalda del aragonés.

—Pero ¿qué ocurre? —preguntó Fulco de Payens, que no entendía aquella conversación a medias palabras.

—Los bueyes vienen y van a sus anchas ante el castillo. —James Douglas estaba entusiasmado—. Y nosotros mismos nos confundimos con ellos.

—Podemos acercarnos de frente, los ingleses nada sospecharán —completó Blasco de Exea.

Fulco entrecerró los ojos y luego los paseó a su alrededor para comparar las siluetas de sus compañeros con las lánguidas figuras de los bueyes. Salvo por el tamaño, unos y otros se confundían, merced sobre todo al negro color que todos lucían.

—Veamos —susurró Blasco, y acto seguido se lanzó adelante, aprovechando que uno de los animales caminaba hacia el castillo. Se agazapó a su lado y siguió su ritmo. Douglas y Fulco, lanzados sobre la hierba húmeda, observaban los movimientos de Blasco y del buey hasta que ya no fueron capaces de distinguir a uno del otro. De repente, el animal giró a su derecha y se dejó caer sobre el suelo alfombrado.

—¿Dónde está? —preguntó Fulco.

Una mano se alzó desde la lejanía y se movió medio codo, justo en el sitio en que el buey había cambiado de dirección.

—Ahí —señaló James Douglas—. Ahí está. Fijaos, Fulco... No lo habría distinguido si él mismo no hubiera delatado su posición.

El francés asintió.

—De acuerdo. Se lo contaré a los demás y nos iremos aproximando.

—Sea —convino el escocés—. Nos reuniremos al pie de la muralla.

Dicho esto, James Douglas se arrastró hasta el animal más cercano y empezó a moverse como si de verdad fuera un buey, apoyando pies y manos sobre la hierba. Pronto se perdió de vista y siguió su avance, aprovechando unas veces el abrigo de algún animal e imitándolos otras. Cuando llegó junto al muro de Roxburgh, ya a salvo de las miradas de los centinelas, distinguió la sombra oscura de Blasco de Exea acuclillada a unos pasos de distancia. Ambos aguantaron la respiración mientras el resto de la compañía se llegaba hasta el mismo lugar. A duras penas podían ver más que sombras que se movían plácidamente de un lado a otro de la campiña. Fulco se arrastró el último trecho sin atreverse a alzar la cabeza de la hierba.

Uno a uno, todos los integrantes de la Compañía Negra lograron acercarse sin ser detectados por la guardia de la fortaleza.

—Esto es como Roxburgh, amigo Blasco.

Las palabras de Thomas Randolph, conde de Moray, devolvieron al aragonés al presente. De nuevo se hallaba en aquel saliente rocoso, al pie de las murallas rocosas de Edimburgo. Blasco inspiró con fuerza. Sí, aquello se parecía mucho a Roxburgh.

Ambos, el aragonés y el escocés, se asomaron al vacío desde el saliente. Blasco creyó distinguir una sombra a su derecha: otro compañero había hallado abrigo al pie de la muralla.

—Aquella vez, después de usar a los bueyes como parapeto, fuisteis vos quien se encaramó en primer lugar —dijo Moray, a quien habían relatado la hazaña de Blasco con lujo de detalles. Blasco asintió en la oscuridad.

—Supongo que ahora también debería subir yo primero.

El escocés lanzó un quedo gruñido.

—Por Dios que yo treparía antes que nadie... si no fuera porque temo no ser capaz de cumplir como vos.

Blasco asintió de nuevo. No tenía razones para dudar del valor de Moray. Sabía que lo que estaba diciendo el escocés era bien cierto. De entre todos los componentes de la Compañía Negra, el aragonés era el más indicado para llegar al adarve sin ser visto. Para sobrevivir allá arriba y ayudar al resto a subir. Como en Roxburgh.

Sin una palabra más, Blasco deshizo el lazo de la maroma que llevaba atada a la cintura, la extendió y la dejó con sumo cuidado sobre el saliente. A su izquierda sonó el roce de una loriga. Otro compañero llegaba a su meta a pocos codos, cubierto por la negra noche escocesa. El aragonés desató del pomo de su espada un bulto blando y desenrolló los trapos que habían servido para silenciar sus golpes. Cuando el garfio estuvo al desnudo, escogió algunos de esos mismos trapos y envolvió con tiento cada una de las tres puntas curvadas. Moray le ayudó a atar la cuerda al artilugio de metal.

—Espero que la idea de Douglas dé resultado —deseó el aragonés.

—En verdad no comprendo por qué hacéis esto vos y vuestros amigos, Blasco.

El aragonés comprobó la firmeza de los nudos y, poco a poco, soltó cuerda para que el garfio envuelto en trapos colgara precipicio abajo. Hizo el trabajo con movimientos mecánicos, calculando la longitud de la maroma que extendía.

Moray no tenía por qué entenderle, por supuesto. Aquel escocés tenía su propia cuenta que saldar con los invasores ingleses, lo mismo que James Douglas o el propio rey Robert, mientras que Blasco y los suyos habían llegado y se habían unido a ellos simplemente porque eran los únicos que estaban dispuestos a acogerles en aquella parte del mundo. Para Blasco aquello sería bastante por sí mismo pero, aparte de agradecimientos, él seguía teniendo sus propias y poderosas razones para hallarse allí.

—Roxburgh era más difícil —trató de animarse el aragonés—. Sus murallas eran aún más altas.

Moray apretó el hombro del aragonés y se pegó a la pared de roca para dejarle la máxima libertad de movimiento. Blasco miró hacia arriba, entornó los ojos e intentó calcular la distancia exacta. Al mismo tiempo empezó a balancear el garfio a modo de péndulo. Lo hizo oscilar en la oscuridad del precipicio.

—Que Dios nos ayude —susurró Moray.

«Esto no es cosa de Dios —pensó Blasco al oír la breve plegaria del escocés—. Él ya nos ha ayudado suficiente, gracias.»

La cuerda oscilaba hasta casi alcanzar la horizontal. En el último vaivén, el aragonés se ayudó de la cadera para impulsar el garfio hacia arriba. Apretó los dientes, esperando oír el ruido del metal. Hubo un sonido sordo, como el de una piedra al caer a un lecho de barro. Blasco tiró de la cuerda con fuerza hasta tensarla y se agazapó, pegado a la pared. Era el momento de esperar.

Una suave brisa se levantó mientras la Compañía Negra al completo aguantaba la respiración. Notaban cómo el sudor frío resbalaba bajo sus cotas de malla. Dejaban que sus miembros se entumecieran al frío de marzo después del esfuerzo de la trepada. El tiempo pasó sin que nada se oyera.

Roxburgh no había sido igual.

Aquella otra noche, todos habían lanzado sus garfios desde el pie de la muralla. Un sonido infernal había alertado a los centinelas cuando los hierros chocaron estrepitosamente contra las almenas, e incluso un par de asaltantes habían fallado el tiro y repetido el intento. Cuando Blasco llegó arriba, trepando como un diablo, los centinelas habían abatido con sus ballestas a dos compañeros. Pero no era suficiente. En unos instantes, el adarve de Roxburgh estaba lleno de furiosos guerreros que, tras degollar a los centinelas, se habían desparramado por la fortaleza. Hubo lucha y otros dos miembros de la compañía cayeron en ella, pero los ingleses no habían tenido tiempo de organizarse pese a la temprana alarma de los centinelas. El castillo fue tomado con facilidad. Sir James Douglas lo celebró gritando con furia a los cuatro vientos.

—¡Óyeme, Inglaterra! ¡Óyeme bien: soy James Douglas y ahora caes ante mí! ¿Me oyes? ¿Me oyes, Inglaterra?

Douglas era gran guerrero, implacable con el enemigo y valiente ante el peligro, y también era escocés, por eso Blasco comprendía aquellos arranques de locuacidad casi fanática. Además, todo había salido a pedir de boca.

¿Todo?

Todo no: habían cometido un error. Un soldado inglés, uno solo, pudo huir de la fortaleza tras el arrebato de locura del escocés. Y lo hizo de la forma más burda: abrió la puerta y corrió entre los bueyes negros.

James Douglas maldijo aquel fallo y acribilló a estocadas a los prisioneros ingleses de la guarnición que cayeron en sus manos. Blasco se obligó a apartar la mirada mientras el escocés los acuchillaba uno tras otro, sin piedad. Sin escuchar los gritos de súplica que le lanzaban los desgraciados. Ni uno quedó con vida... Ni uno salvo aquel que se había fugado entre los bueyes.

En tan solo un mes corrió la voz entre los ingleses: James Douglas, al que ahora llamaban El Negro, había tomado Roxburgh al mando de una compañía de hábiles guerreros, todos ellos, incluido Douglas, ataviados con ropas oscuras y tras trepar las murallas por la noche.

Por eso ahora, en Edimburgo, debían cambiar de estrategia.

El momento de esperar había acabado. Si los ingleses se habían apercibido del asalto, ya nada podían hacer. Blasco inspiró con profundidad y dio un poderoso salto para salvar la primera parte de su duro ascenso. Los músculos de sus brazos se tensaron al agarrar con fuerza la maroma y apoyó los pies en la roca de la muralla. Luego, con una cadencia rápida y silenciosa, alargó primero una mano, luego la otra, salvando la distancia que lo separaba del adarve. Era el instante más delicado de la operación. Si era descubierto por un solo soldado, por inexperto y apocado que fuera, Blasco moriría estrellado contra las rocas del fondo del desfiladero o atravesado por un cuadrillo de ballesta.

Lo que en realidad duró unos instantes, al aragonés se le antojó una eternidad. Cuando llegó al adarve, sin resuello por el esfuerzo llevado al máximo, se impulsó con ambas piernas, salvó las almenas y cayó al otro lado con agilidad felina. Miró a ambos lados. Divisó una sombra a unos codos. Contra una nube gris tras la que la luna se movía con parsimonia, pudo ver la silueta de un centinela con la espalda apoyada contra el muro. Tenía la lanza suelta y descansada sobre su propio hombro. Estaba claro que el truco del garfio envuelto en paños había sido toda una ocurrencia. Idea de sir James Douglas, al que los escoceses llamaban El Bueno y los ingleses habían apodado El Negro, tanto por su crueldad como por las vestiduras de su asalto en Roxburgh.

Al buen Douglas no le había sentado bien aquello, porque se había apresurado a despojarse de las vestiduras negras. Desde aquella noche llevaba su blasón estrellado bien visible sobre la veste.

Blasco desenfundó lentamente su daga y, en cuclillas, avanzó hacia el inglés. A su mente volvió como una ráfaga la masacre que James Douglas había llevado a cabo en Roxburgh. Unos años atrás, ese recuerdo le habría despertado náuseas. Aun a punto de entrar en una acción que le costaría la vida a él mismo o a muchos otros, se permitió esbozar una sonrisa irónica.

«¿En qué me estoy convirtiendo?», pensó.

Llegó hasta el centinela sin que este se diera cuenta. Se movió con certera eficacia, y resumió en el tiempo de un parpadeo años de adiestramiento, de preparación mental y de voluntad grabada a fuego en el corazón. Rodeó con el brazo izquierdo el cuello del inglés y le tapó la boca con la mano. Al mismo tiempo rebanó su cuello con un movimiento rectilíneo, cortando de dentro afuera. Un largo chorro de sangre salió despedido hacia la oscuridad. Blasco aguantó el cuerpo que caía a plomo mientras se sacudía con violencia. Depositó el cadáver en el adarve, con cuidado de que la lanza no cayera al patio y sin importarle que su ropaje oscuro se empapara de sangre inglesa. Luego, tras asegurarse de que no había más centinelas en aquel sector de muralla, volvió a su garfio y agitó la cuerda con fuerza para avisar a Moray. Después recorrió las almenas mientras miraba hacia abajo. Se fijó en cada saliente del precipicio, esperó a cada claro de luna para forzar la vista en busca de reflejos y movimientos apenas perceptibles. Él sabía qué buscar y lo encontró rápido. Desenrolló otras dos cuerdas que había llevado consigo, en torno a su cintura, las ató a los merlones y las dejó caer sobre otros dos compañeros. Para ese momento, Moray se encaramaba a la muralla y hacía lo propio con otros cabos que el escocés había acarreado.

—Bravo, Blasco. Como siempre.

—Gran idea de silenciar el garfio con paños la que tuvo sir James —susurró Blasco a su vez. El escocés asintió y aseguró una de sus cuerdas para dejarla caer al vacío.

El aragonés se desentendió de aquello y siguió recorriendo el adarve. A poco trecho había una torre salpicada de aspilleras y, bastante más allá, otro centinela. Este parecía más atento al exterior. Blasco se acercó con su silencio furtivo, le rebanó el pescuezo de igual modo que al primero y dejó su cuerpo tendido en el adarve. Luego empujó levemente el pequeño portón que comunicaba la muralla con la torre.

En su interior había un hachón que se consumía. Bajo su haz de luz trémula dormitaba otro centinela fuera de turno. Roncaba con fuerza, sentado en un taburete que había vencido hasta apoyarse en la pared. Su lanza y su espada yacían sobre la mesa, junto a un jarro vacío y un sinfín de migas de pan. Blasco anduvo sigiloso, miró a uno y otro lado antes de taponar la boca de su víctima y cercenó su cuello. Esta vez el chorro de sangre le atacó de frente, obligando al aragonés a cerrar los ojos. El taburete se vino abajo con gran estrépito y el inglés se sacudió como un demonio al tratar de gritar. Tan solo consiguió emitir un estertor burbujeante antes de que el resto de la sangre abandonara su cuerpo. Se oyó una voz que venía de abajo. Blasco enfundó la daga y sacó su espada. Despacio. Arrancando al silencio un chirrido prolongado que alargó su nota metálica mientras el aragonés se colocaba junto a la puerta de la torre. Pronto oyó los pesados pisotones que subían desde el cuerpo de guardia. La puerta se abrió de golpe, un muchacho rechoncho y con grandes coloretes entró en la sala y miró a ambos lados: llevaba una sobreveste desgastada con la librea de Inglaterra toscamente bordada, y de su ceñidor colgaba una espada. Se trataba del jefe de la guardia. Sus ojos se abrieron con desmesura al ver ante él a un tipo que le sacaba un palmo, todo vestido de negro y con la ropa y la cara cubiertas de sangre. Ni siquiera gritó cuando aquel demonio de pelo oscuro y ojos claros le atravesó con una espada reluciente como la plata.

Blasco sacó su acero de la carne inglesa y, antes de que el gordo sargento cayera al suelo, ya estaba bajando los escalones de la torre de dos en dos. Salió al patio de Edimburgo sin hallar más oposición. Alzó la vista, vio oscuras siluetas que se movían por el adarve y se perdían en el interior de la torre que acababa de asegurar. En pocos instantes, la Compañía Negra se reunió con él en el patio. Se saludaron en silencio, alegres de no haber sufrido baja alguna. Solo quedaban treinta hombres de aquellos que habían llegado a Escocia una mañana brumosa dos años atrás. Moray se unió a ellos en ese momento. Empuñaba un hacha de guerra y lucía sus colores de familia entre todas aquellas sobrevestes negras. El escocés inspiró con fuerza, cerró los ojos y mantuvo durante unos instantes una dura pugna consigo mismo. Cuando sus párpados se desplegaron, apretó el hacha hasta que sus nudillos se tornaron albos. Blasco vio claro que la matanza iba a comenzar. Daba la empresa por finalizada con éxito.

A un gesto de Moray, la Compañía Negra se desparramó por el interior de Edimburgo. Pronto sembrarían la muerte a su alrededor y la ciudad sería suya. El fin se acercaba.

—Edimburgo ha caído —sentenció el conde de Moray, que se había quedado junto al ensangrentado Blasco de Exea—. Solo nos queda por tomar Stirling.

El aragonés asintió mientras se pasaba la mano izquierda por el rostro para limpiarlo de sangre. Stirling era la puerta de Escocia, y tal vez los ingleses no dejaran que cayera con tanta facilidad.

—Algo me dice que la sangre no ha hecho más que empezar a correr —anunció Blasco mientras contemplaba su mano manchada de escarlata.

La última carga del Temple

I

Tres meses después.
Inmediaciones de Stirling, Escocia. Junio de 1314

Blasco de Exea tiró de las riendas de su caballo, que se detuvo tras resbalar brevemente sobre la hierba húmeda de la colina y escarbó un par de veces antes de quedar definitivamente quieto. Ahora que el jinete había rebasado los últimos árboles, el sol le deslumbraba con fuerza desde el sudeste. Alzó la mano derecha para proteger sus ojos y oteó el paisaje al sur del bosque de Torwood. El larguísimo amanecer arrancaba nubes de vapor de la humedad del suelo, de modo que tuvo que forzar la vista hacia el cercano pueblo de Falkirk. Blasco ahogó una maldición e hizo retroceder unos pasos a su montura para volver a ocultarla entre los árboles. Se incorporó sobre los estribos, giró a medias el cuerpo e hizo gestos a Fulco para que se detuviera tras él. El francés sofrenó a su caballo y repitió la advertencia a los demás jinetes que arribaban al borde de Torwood. El buen sir James Douglas llegó en cuarto lugar y se detuvo justo detrás de Blasco. Hizo resbalar su escudo por el tiracol, dejándolo a la espalda, y avanzó hasta ponerse en paralelo con el aragonés.

—¿Habéis visto a esos perros ingleses, Blasco?

Sir James había hecho la pregunta en su lengua escocesa, pero

Blasco, habituado a oírla en los últimos dos años mezclada con el francés, el inglés y el gaélico, había entendido las palabras con suficiente claridad.

Blasco señaló a las nubes blancas que se alzaban del verde brillante de la campiña.

—Ved allí, sir James. Caballería inglesa.

El escocés, a pesar de ser algunos años más joven que el aragonés, tuvo que forzar la vista. Arrugó la nariz al localizar los jinetes que se aproximaban por el camino romano.

—Los colores de Hereford —murmuró al reconocer la enseña azul y dorada del conde Humphrey de Bohum, cuñado del rey Eduardo—. Y tras él, toda la asquerosa caballería pesada inglesa.

—Vienen a buena marcha —apuntó Fulco de Payens con su acento francés—. Estarán en Stirling antes del mediodía.

James Douglas negó con la cabeza.

—No podrán moverse tan deprisa cuando entren en el bosque... —susurró entre dientes—. Pero debemos regresar e informar al rey.

Sin cruzar una palabra más, los jinetes hicieron girar a sus monturas y recorrieron el camino de vuelta hacia el norte. Grabada en las retinas de Blasco de Exea había quedado la estampa que el alba le acababa de presentar. Aquellos caballeros ingleses iban armados hasta los dientes y acorazados como fortalezas. Lucían orgullosos colores, blasones y gualdrapas mientras avanzaban por la senda que habría de llevarles al castillo de Stirling. Blasco ocupaba ahora la cola de la patrulla de reconocimiento que había cruzado Torwood. Se fijó en los compañeros que trotaban delante de él hacia el norte. A todos los conocía, y con más de uno había compartido ya las penurias del combate. Muchos eran escoceses, aunque con el mismo Blasco se hallaban también los extranjeros alistados en las filas del rey Roberto Bruce. Valientes luchadores vestidos de negro que habían llegado fugitivos, huyendo del tormento y la muerte, y que ahora se disponían a darlo todo por la libertad de aquel país húmedo y sombrío..., guerreros avezados, hábiles y feroces, pero que no podrían enfrentarse de tú a tú con la potente y arrolladora caballería pesada inglesa.

El destacamento montado atravesó el bosque de Torwood por el antiguo camino romano y emergió al praderío ondulado que descendía suavemente hacia el arroyo Bannock, o Bannock Burn, como lo llamaban aquellos escoceses de piel blanca, mejillas sonrosadas y cabellos rojizos. Siguieron cabalgando hacia el norte, rumbo a los árboles que marcaban el inicio del bosque New Park. Más allá, en lo alto de una loma, se alzaba el todavía inglés castillo de Stirling.

Un jinete apareció de repente. Salía del New Park y trotaba para encontrase con la patrulla de reconocimiento. Un brillo áureo rodeaba el yelmo de aquel caballero, que lucía un escudo dorado adornado por un fiero león rojo. Sir James Douglas se detuvo ante él en medio del prado y se llevó la mano derecha al pecho en señal de saludo. El jinete de la corona le correspondió despojándose del yelmo para mostrar su rostro amable. El rey Roberto Bruce tenía por aquel entonces cuarenta años, y una frondosa barba pelirroja enmarcaba su cara cruzada por los surcos de una vida de desasosiego. Aquel hombre había conseguido plantar cara al poderoso Reino de Inglaterra y le estaba arrebatando, una por una, las posesiones ganadas antaño en Escocia mediante la brutalidad del difunto rey Eduardo I, el monarca más sanguinario que los hombres del norte habían tenido la desgracia de conocer.

Blasco y Fulco, así como los demás jinetes de la patrulla, se aproximaron al paso a la reunión de Bruce y Douglas, pero quedaron sutilmente apartados.

—Hereford comanda la vanguardia inglesa —informó sir James—. Caballería pesada. Imposible saber su número por la bruma de la mañana, pero apostaría a que vienen en cantidad suficiente como para temerlos.

Robert Bruce chascó la lengua. Humphrey de Bohum, conde de Hereford, era un experimentado guerrero que llevaba años lidiando contra los escoceses. Era notoria su habilidad como luchador, pero Bruce temía aún más sus virtudes como líder del ejército inglés. El rey miró a su espalda, al bosque New Park. Entre aquellos árboles se hallaba la única esperanza de Escocia, el último obstáculo que se interponía entre el joven rey Eduardo II y la dominación del norte. Por momentos había albergado esperanzas, pues el nuevo rey inglés no tenía ni por asomo la inteligencia y la agresividad de su padre, pero ahora sentía regresar de nuevo el temor que le había atenazado durante años. ¿Debía enfrentarse a los ingleses en una batalla, tal como ellos pretendían? ¿Acaso no sería mejor retirarse, volver a las montañas y seguir luchando como serpientes, acosando al enemigo y atacando sus puntos débiles, esperando que por fin se cansara y regresara al sur?

El caballo de Blasco piafó molesto. Casi podían leerse los pensamientos del atormentado rey Roberto en los surcos que formaba su ceño al fruncirse, en la manera de entornar los ojos o en su gesto abstraído. Los escoceses eran pobres y carecían de un ejército lo suficientemente armado. No tenían caballería pesada, apenas podían contar con fuerzas de arqueros y ni siquiera se permitían disponer de maquinaria para los asedios. Todos sus avances habían sido logrados a fuerza de voluntad y sacrificios.

—Mowbray ha salido hacia el sur con un salvoconducto mío —anunció el rey. Se refería al gobernador inglés del castillo de Stirling, que los escoceses mantenían sitiado—. Informará a su rey de que estamos aquí y de nuestro pacto de caballeros. Si ese sodomita de Eduardo acepta auxiliar Stirling, el asedio debe cesar.

Bruce lo había dicho con mal disimulada rabia. Su propio hermano había dirigido el sitio a Stirling y había llegado a un acuerdo con Mowbray: si el 24 de junio el castillo no había recibido relevo inglés, se rendiría a los escoceses. El rey Roberto había enfurecido al conocer el pacto, pero se trataba de un acuerdo entre gentilhombres y no podía echarse atrás sin afrentar el honor de su propio hermano, el conde de Carrick. Ahora, al conocer que los ingleses se plantarían ante Stirling en la fecha señalada, ellos tendrían que retirarse y posponer el sitio.

—No hemos visto a Mowbray en parte alguna —respondió sir James Douglas, que ansiaba medirse a los ingleses—. Y Hereford venía pisándonos los talones.

Bruce asintió ante la recomendación velada del buen Douglas. De nuevo guardó silencio unos instantes y cambió sus miradas entre el bosque de Torwood al sur, como si esperara ver asomar a la caballería inglesa en cualquier momento, y la loma de Stirling al norte. Más cerca, ocultos entre los árboles del bosque New Park, se hallaban ahora los escuadrones de piqueros escoceses, las fuerzas que él personalmente había entrenado para medirse con el temible ejército inglés.

Blasco de Exea adelantó su caballo un paso, hacia el rey escocés. Este le devolvió una mirada franca. Ambos se conocían desde la llegada del aragonés al país dos años antes, y había dado suficientes muestras de lealtad a Roberto Bruce como para esperar su atención. Blasco iba descubierto, sujeto su yelmo negro al arzón de la silla de montar. El resto de su indumentaria era también negra, y el rey Roberto conocía perfectamente la razón.

—Decidme, don Blasco —invitó Bruce al ver que el aragonés pretendía dirigirse a él.

—Si me lo permitís, alteza —habló Blasco en la áspera lengua escocesa—. Creo que es momento de recordar a Wallace.

Robert Bruce frunció el ceño ante las palabras del aragonés. Luego sonrió. El recuerdo de William Wallace despertaba sentimientos encontrados en el rey. Por una parte la culpa le aguijoneaba cada vez que cavilaba acerca del difunto Guardián de Escocia, asesinado por los ingleses años atrás. Por otra parte, la voz de Wallace retumbaba día tras día en su cerebro y le espoleaba el ánimo. Wallace había liderado a los escoceses, los había llevado a un paso del triunfo e incluso había llegado a poner en jaque al temible Eduardo I, con todo su potente ejército y su orgullosa caballería pesada.

Y él no siempre había estado a su lado.

—Y es momento también —completó Douglas— de recordar lo que una y otra vez habéis demandado a nuestros soldados.

El rey asintió lentamente.

—Ganadlo todo o morid con honor —repitió el lema que tan a menudo había gritado al frente de sus guerreros cuando les pedía el sacrificio máximo.

Morir con honor. Quizás aquello era también lo único que le quedaba por hacer a Blasco, pues era consciente de que el camino que le había llevado hasta allí, tachonado de decepciones, de sufrimiento y de falsas esperanzas, podía acabar ese mismo día con su cadáver tendido sobre la hierba de aquel país remoto. Y, de todos modos..., ¿por qué no? Mejor aquello que acabar borracho y chiflado, como aquel templario delator de Provenza..., o podrido por la enfermedad y la tortura en una mazmorra francesa. Mucho mejor que andar dando tumbos por el mundo en busca de un almogávar al que, con toda seguridad, jamás hallaría. Blasco aspiró el aire húmedo de la campiña y volvió a observar a ese rey extranjero, que ahora era también su rey. Miró también a sus compañeros de infortunio, que teñían de negro aquel ejército desesperado que se disponía a dejar la sangre en el intento de conseguir la libertad. Un buen día, una buena causa. Una buena compañía para morir.

—Escocia recordará este día hasta el fin de los tiempos —aseguró Blasco con firmeza.

—Y los ingleses también lo recordarán, os lo juro. Al menos aquellos que sobrevivan a esta jornada —apostilló sir James Douglas.

El rey se caló el yelmo y embrazó su escudo. Desenfundó un hacha de batalla que colgaba del flanco diestro de su montura y la extendió hacia el New Park.

—Aguardad la llegada de Hereford y penetrad en el bosque —ordenó—. Bajo ninguna excusa os enfrentéis con la caballería inglesa. Unios al escuadrón de Moray y desmontad para luchar a pie. Que Dios nos ayude.

—¡Que Dios nos ayude! —repitieron a coro los miembros de la patrulla montada.

Todos menos Blasco de Exea. Él no esperaba nada de Dios.

El perezoso sol escocés, contento de haber podido estirar su brillo en una interminable mañana, cubría ya más de la mitad de su curso cuando Blasco de Exea sintió la débil sacudida. Al principio fue un simple temblor, apenas perceptible si no se fijaba la atención, pero luego notó un ruido sordo retumbando en sus entrañas. Como si fueran un solo hombre, los jinetes de sir James Douglas volvieron su vista al sur. El bosque de Torwood lucía hermoso aquella tarde. El sol conseguía imponerse con cierta fuerza en el oeste, contra la costumbre en unas tierras casi siempre cubiertas de nubes grises o azotadas por la lluvia, incluso en esos días de verano que el mismísimo demonio se encargaba de alargar como si la noche fuera una desconocida en aquel país. Una brisa suave arrancaba reflejos irisados a las hojas de los árboles y les hacía silbar con un deje monótono y adormecedor.

De pronto, el susurro de los árboles desapareció bajo el sonido grave que se alzaba poco a poco. El temblor crecía, subía desde la alfombra de hierba a los caballos y de allí a los jinetes del rey de Escocia.

—Hereford va a salir del bosque —anunció el buen sir James Douglas—. Cumplamos las órdenes del rey y recordad su aviso acerca de las trampas.

Los demás asintieron, azuzaron a sus monturas y siguieron el camino que el propio sir James abría ya al trotar hacia el New Park. Douglas miraba atento por delante de su caballo, buscando los hoyos que los escoceses habían cavado para entorpecer la carga inglesa. Del fondo de los agujeros, de un pie de anchura, sobresalían cortas estacas de madera que apuntaban a lo alto sus picos, afilados a hachazos y cuchilladas. Blasco de Exea giró la cabeza cuando apenas unos codos le separaban del arroyo Bannock. Entre los árboles de Torwood se distinguían ya los colores de los blasones ingleses, dorados, azules, rojizos, blancos... La caballería pesada del conde de Hereford asomó acompañada de ese temblor que helaba la esperanza, y unió al ruido de los caballos acorazados un grito de alegría al ver que los últimos escoceses se mostraban al fin a su alcance, aunque huyendo para ocultarse en el New Park. Blasco llevó de nuevo la vista al frente para salvar el Bannock y descubrió que los piqueros escoceses avanzaban de forma ordenada hacia ellos. El rey Roberto, que venía a su cabeza, gritó un par de órdenes. El escuadrón se abrió para que la patrulla de sir James Douglas pudiera pasar a la seguridad del New Park. Más atrás, los ingleses seguían vociferando. Lograban que sus gritos se unieran al retumbar del suelo en un coro infernal que ponía los vellos de punta.

Los piqueros del rey cerraron filas en cuanto los jinetes de Douglas desaparecieron del prado, y siguieron avanzando en una ancha línea hacia el arroyo Bannock. El rey ordenaba las filas y las recorría al galope. Ignoraba los groseros insultos que los caballeros ingleses ya le hacían llegar. Blasco se detuvo un momento y dejó que sus compañeros se alejaran. Hizo girar a su montura y observó la disciplinada marea de picas que se alzaba hacia el cielo escocés: miles de puntas metálicas relucían y formaban un impresionante mar erizado que se adelantaba hacia el Bannock. Por delante, los colores gualda y rojo del rey Roberto Bruce destacaban contra el verde oscuro de la pradera escocesa.

De repente el rey se detuvo y clavó su atención en un caballero inglés que, destacándose de los suyos, se había plantado a poca distancia del arroyo, justo entre ambos ejércitos. Alzaba una lanza hacia el cielo una y otra vez y vociferaba como un demonio a pesar de que sus gritos eran ahogados por el metal de su yelmo. El caballero parecía engalanado para una justa, cubierto todo él y su montura de colores turquesas y salpicados de leones dorados, con una ancha franja roja atravesando escudo y gualdrapa.

—¿Qué ocurre?

La voz había sonado a la espalda de Blasco de Exea. Fulco de Payens había picado espuelas y regresaba al extrañarse de la tardanza de su amigo aragonés; ahora se reunía junto a él en el borde del New Park.

—Aquel caballero —Blasco señaló al jinete inglés plantado en medio de la llanura— parece desafiar al rey.

Fulco movió la cabeza para ver a través del mar erizado de púas. Ambos jinetes se irguieron sobre los estribos. Entonces el caballero inglés enristró la lanza, espoleó a su montura y se lanzó hacia delante. Su maniobra sería suicida si chocaba contra la masa de piqueros.

—¡Oh, por el amor de Dios! —exclamó Fulco.

Blasco contuvo la respiración. Conocía lo suficiente al rey de Escocia como para saber que no rehuiría el encuentro con el inglés, pero se daba cuenta del gran peligro que aquello entrañaba. Roberto Bruce encaró su caballo y lo hizo trotar hasta alcanzar casi el curso del arroyo Bannock. El rey seguía empuñando su hacha de batalla y alzaba su escudo ante él, como si esperara la embestida del jinete enemigo en aquel mismo lugar. El inglés lanzó un grito agudo y se encogió, apretando su codo derecho para afirmar el agarre de su lanza. Los cascos de su caballo levantaron salpicones de agua al atravesar el Bannock y dirigió la punta de su arma al cuerpo del rey Roberto.

—Pero ¿qué hace? —gritó con voz ronca Blasco. El aragonés se encogió instintivamente al darse cuenta de que el caballero inglés iba a atravesar sin más al rey de Escocia, cuando este hizo un movimiento brusco y clavó las rodillas en los costados de su montura mientras tiraba de las riendas hacia su izquierda.

Era imposible distinguirlo desde la distancia y a través de las delgadas rendijas de su yelmo, pero Blasco podría jurar haber visto los ojos del inglés abriéndose con desmesura ante el salto que el fiel caballo del rey dio hacia un lado. La embestida del jinete enemigo era salvaje, desprovista de piedad. Cargaba con tanta fuerza que resultaba imposible frenar su marcha. El inglés echó la espalda hacia atrás en un desesperado intento de corregir su intención, pero la misma cabeza de su alazán se interponía, le impedía mover la lanza para buscar el cuerpo de Roberto Bruce. El rey alzó la mano derecha y el filo del hacha relumbró al cruzarse ante un rayo de sol. Luego chilló en la antigua lengua de sus antepasados mientras descargaba un golpe colosal sobre el yelmo del inglés.

Todos los sonidos del mundo cesaron en ese instante. El suelo dejó de retumbar bajo los cascos de la caballería inglesa, los murmullos de ánimo de los piqueros escoceses se silenciaron y hasta las hojas detuvieron su siseo al impulso de la brisa de verano. Tan solo se oyó un crujido siniestro al quebrarse el hacha del rey y quedar la hoja del arma clavada en el brillante yelmo del jinete inglés. Cayó sin un quejido. El suelo cubierto de hierba acogió primero su lanza virgen. Luego, su cuerpo se desplomó inerte mientras el alazán seguía su camino hacia el escuadrón de piqueros. El animal corrigió su avance, giró hacia el oeste y trotó ante los sorprendidos escoceses. Paseó los colores azules, dorados y rojos de su gualdrapa. Uno de los piqueros reconoció el blasón y gritó el nombre del desafortunado y temerario caballero.

—¡Henry de Bohum! ¡Ese era Henry de Bohum! ¡El sobrino del conde de Hereford!

Un grito de triunfo se alzó de las filas escocesas, que se abrieron para recibir a su rey. Roberto Bruce, libre su mano diestra al haber perdido el hacha de batalla, se despojó del yelmo coronado antes de atravesar el escuadrón. Su ceño estaba fruncido y resoplaba. Se detuvo junto a Blasco y Fulco antes de secarse el sudor de la frente y recobrar su posición a retaguardia del escuadrón de piqueros.

—¡Bravo, alteza! —felicitó Fulco de Payens con sincera admiración. El rey lo agradeció con un gesto casi imperceptible.

—Eso ha sido imprudente, alteza... —recriminó sin embargo Blasco—. Admirable, pero imprudente.

Roberto Bruce volvió la vista hacia el aragonés. Más allá del arroyo Bannock, los ingleses se reponían de su estupor y comenzaban la carga al galope.

—Puede ser... —admitió a medias el rey—. Lo único que siento es la pérdida de un hacha magnífica.

Después se volvió y ordenó avanzar al escuadrón. Los piqueros de vanguardia descendieron las puntas de sus armas al unísono y las dirigieron al frente, avanzando con absoluta disciplina hasta el borde mismo del arroyo Bannock. Blasco lanzó una mirada a la carga desesperada de los ingleses. Entonces pudo ver que aquello distaba mucho de ser el potente ejército del que le habían hablado hasta la saciedad.

—Esto debe ser solo la vanguardia —advirtió el aragonés.

Su amigo Fulco entornó los ojos y trató de calcular el número de caballeros que se apresuraba hacia la barrera de púas de los escoceses.

—El resto de ellos ha debido rodear el campo —aventuró el francés.

Blasco de Exea asintió y volvió grupas.

—Vayamos a nuestro puesto de combate —sugirió—. De seguro seremos necesarios en breve.

Los dos jinetes vestidos de negro se internaron en la espesura y se cruzaron con el escuadrón del conde de Carrick. Los piqueros acudían a reforzar a las tropas del propio rey. El conde, hermano de sangre de Robert Bruce, dirigió una mirada inquisitiva a Blasco y a Fulco, pero pasó a su lado sin hablar, ansioso por unirse a la matanza.

La carga inglesa hacia el New Park fue un absoluto fracaso. El conde de Hereford, tío del temerario y ahora difunto Henry de Bohum, se dirigió enfurecido hacia la barricada espinada de picas de los escuadrones escoceses. Junto a él cargó como una bestia salvaje el conde de Gloucester, que clavó literalmente a su montura en las armas de los piqueros. Como él, muchos ingleses se estrellaron contra la barrera humana que Roberto y Edward Bruce habían alzado junto al arroyo Bannock. Pasado el primer momento de furia, los caballeros del sur advirtieron al fin que morían en vano. Arrastraron al caído Gloucester, sobrino de Eduardo II, y se dieron a la fuga hacia el bosque de Torwood. Los escoceses, eufóricos por aquella primera victoria, corearon el nombre del rey y persiguieron durante un breve trecho a los otrora orgullosos jinetes pesados de Eduardo II de Inglaterra.

Mientras esto tenía lugar al sur del New Park, Blasco de Exea y Fulco de Payens llegaron junto a los demás jinetes, que ya habían desmontado y ponían sus caballos a resguardo en el bosque. Thomas Randolph, el conde de Moray, esperaba a sus amigos extranjeros. Al verlos llegar con retraso, adivinó que habían presenciado el combate de más allá.

—Solo oímos gran estruendo. —El conde de Moray se acercó a ellos—. ¿Sabéis si todo va bien?

Blasco sonrió y se dejó caer a un lado de su montura.

—Todo está yendo bien allá —confirmó el aragonés. Moray recibió la noticia con un suspiro de alivio, pero mudó el gesto al ver que Blasco también trocaba su sonrisa por una mirada seria.

—Pero... —El escocés animó al aragonés a seguir.

—La fuerza que está atacando al rey es limitada. Ni arqueros ni infantería, tan solo un cuerpo de caballería enloquecido.

—Y no hemos visto el estandarte del rey Eduardo —añadió Fulco de Payens.

El conde de Moray gruñó y se giró hacia su escuadrón de piqueros. El tercer cuerpo escocés estaba allí y cubría el camino que, tras llegar en paralelo a la calzada romana, se unía a esta en aquel punto. Era la vía apropiada para plantarse en Stirling evitando el peligroso New Park. Los piqueros, preparados para la contienda, observaban a su líder y esperaban órdenes. Blasco y Fulco también cruzaron la vista entre sí y con el conde de Moray.

—Maldita sea —dijo este entre dientes, y examinó a su escuadrón de piqueros. Todos quedaron en silencio. Por la mente de Blasco cruzó la posibilidad que tal vez temía Moray. Si el grueso del ejército inglés se presentaba por aquel flanco, el tercer escuadrón no podría resistir su choque. De todos era conocida la habilidad inglesa para diezmar a las tropas enemigas con sus lluvias de flechas lanzadas por los temibles arqueros galeses. Después de eso venía la irrefrenable carga de la caballería pesada.

Fulco escupió al suelo y maldijo en voz baja. Él también temía que el ataque de Hereford y Gloucester desde Torwood hubiera sido una añagaza. De ser cierta tal cosa, ahora se enfrentaban a la destrucción: el rey Eduardo rodearía a Bruce tras acabar con Moray y le atacaría a través del New Park, desde la retaguardia.

Pero todos ellos se equivocaban.

El rey Eduardo II distaba mucho de ser el estratega inteligente, astuto y despiadado que había sido su padre. En realidad la vanguardia inglesa, compuesta y dirigida por nobles caprichosos e irresponsables, se había adelantado por su cuenta y había llegado a las posiciones escocesas por los dos caminos mientras el grueso del ejército seguía dirigiéndose al lugar a millas de allí. La verdad se presentó de repente, y obligó a Moray a reaccionar deprisa para no verse sorprendido por la rápida caballería inglesa. Apenas un millar de jinetes aparecieron por el camino y se detuvieron frente a los escoceses, lo suficientemente cerca como para verse el blanco de los ojos. Los gritos y las carreras se sucedieron. Moray formó a su escuadrón para dar el frente a los caballeros ingleses, pero pronto se dio cuenta de que estos podrían maniobrar y rodearlos. Blasco y Fulco, junto al resto de los hombres de sir James Douglas, observaron la indecisión del conde desde la linde del New Park.

—¡Permaneced atentos! —ordenó el buen sir James—. ¡Moray no ha cerrado el camino y los perros podrían atacar al rey por la espalda!

Fulco y Blasco se miraron nerviosos. Los jinetes de James Douglas no llegaban a la mitad del contingente de caballería pesada inglesa. Si se enfrentaban, serían barridos como polvo a merced del viento a pesar de que junto a ellos se hallaban los escasos arqueros del ejército escocés. Moray reaccionó entonces y, para evitar ser flanqueado y atacado por varios frentes, ordenó a su escuadrón formar un cuadro. Blasco se admiró ante la estampa. Casi dos millares de piqueros componían ahora un auténtico erizo cubierto de espinas relucientes por todas partes.

—Hoy es el día de la estupidez —asentó Fulco.

El aragonés se extraño ante el comentario de su amigo.

—¿Por qué dices tal cosa?

—Mira —Fulco señaló al cuerpo de caballería inglés. Un jinete se había destacado e iniciaba la carga, y en ese momento arrancaba el resto de ellos, embistiendo de frente el erizo escocés. Un murmullo de sorpresa recorrió el cuadro de piqueros. Las armas asentaron sus conteras en el blando suelo de la campiña para aguantar la arremetida de la caballería pesada. A pesar de la alfombra de hierba, el estruendo creciente se unió al temblor del suelo cuando todos aquellos animales, cargados de caballeros enfundados en hierro, se aproximaron a sus enemigos. Blasco contuvo la respiración.

Un único y angustioso relincho se alzó cuando las monturas inglesas se clavaron en la puntiaguda barrera del escuadrón escocés. Los soldados del rey Roberto se aplicaron entonces con saña, tal y como habían sido instruidos. Con las conteras de sus largas lanzas bien fijadas en el suelo, encajaban el choque de la caballería. Los desgraciados corceles, guiados por sus jinetes, resultaban atravesados por una o varias de aquellas larguísimas y robustas picas que los escoceses empuñaban con ambas manos. Los ingleses caían a tierra sin haber tenido la oportunidad de ensartar a sus enemigos con sus lanzas o hendir sus cráneos con las hachas y mazas que portaban. Los que no resultaban aplastados por su caballo o por los demás animales que cargaban tras ellos, eran rematados por los escoceses. Algunos de estos, situados en las filas posteriores, usaban para ello las propias picas y las hundían en los cuerpos de sus enemigos. Otros soldados escoceses, armados con largas hachas, se metían entre las filas de piqueros y aplastaban las cabezas de los ingleses, cercenaban sus miembros o los arrastraban hacia sí para apuñalarlos a placer.

Un inmenso griterío se extendió por la pradera y congeló la sangre en las venas de Blasco. Los ingleses suplicaban piedad, se dolían de las terribles brechas que sufrían, los animales heridos trataban de levantarse de entre aquel mar de muerte. Algunos lo lograban para volver a caer tras tropezar con sus propias entrañas, y todo se sucedía mientras el cuadro de picas escocesas permanecía incólume.

—Están locos... —gimió Fulco, aterrorizado por la matanza.

Blasco, que había retirado la mirada para que aquella imagen no le atormentara durante toda su vida, alzó la vista y descubrió que los ingleses seguían cargando, y sus caballos saltaban sobre los cadáveres de sus compatriotas para verse ellos mismos atravesados por las aceradas púas del escuadrón escocés.

—Vayamos en ayuda de Moray —ordenó sir James Douglas sin mucha convicción. Él, temido por los ingleses por su falta de piedad hacia ellos y su encarnizamiento en la batalla, se hallaba también consternado por la carnicería.

—Oh, Dios mío —se quejó amargamente Fulco. El francés no tenía miedo de la lucha, pero aquella matanza le estaba pareciendo inhumana incluso para la propia inhumanidad de la guerra.

Pero Douglas abrió la marcha empuñando su maza y con el escudo embrazado, de modo que los demás le siguieron y flanquearon al cuadro escocés. Conforme se aproximaban al lugar del combate, los gritos se fueron clavando con más fuerza en sus oídos y su vista se sació hasta el horror con la imagen de los muertos que se hacinaban junto a sus caballos destripados. Algunos heridos se arrastraban y trataban de salir de la montonera. Otros, mutilados, tan solo podían agitarse y alzar la voz para pedir cuartel y ayuda. Blasco desenfundó su espada mientras aguantaba la náusea y buscó a un enemigo con el que batirse. A su lado, Fulco se abalanzó contra un inglés desmontado que arremetía con una maza.

El aragonés se desentendió de la suerte de su amigo cuando vio a un caballero avanzar hacha en mano. El jinete había perdido la fuerza de la carga, pero flanqueaba la carnicería y trataba de aproximarse por el costado del escuadrón. Entonces fue cuando el inglés vio a Blasco. Espoleó a su caballo, un animal totalmente blanco y salpicado de sangre. El aragonés presentó su escudo negro y el inglés descargó su arma, pero Blasco rodó a un lado, se irguió por el flanco contrario y enfundó su espada en el vientre del caballero. El inglés cayó con un bufido y alguien lo remató en el suelo con una pica. Blasco dobló ligeramente las rodillas para esperar a un nuevo enemigo cuando vio que algunos caballeros ingleses, por fin, retrocedían y se daban a la fuga.

—¡Atrás! —gritó sir James Douglas a sus hombres mientras él mismo retrocedía para ceder el triunfo a quienes se lo habían ganado a golpe de pica—. ¡Atrás! ¡La victoria es de Moray!

Blasco se dejó caer sobre la hierba y apoyó la espalda contra un árbol. A su lado, Fulco de Payens dormía plácidamente. El aragonés sonrió al ver el pecho de su amigo ascender y descender con parsimonia. Pero Blasco no podía dormir. Cuando cerraba los ojos, los gritos de dolor retumbaban de nuevo en sus oídos; los cuerpos destrozados de los caballeros ingleses volvían a sangrar y se arrastraban para huir de la carnicería; los animales relinchaban de dolor y pataleaban, tratando de no ahogarse en un mar de sangre...

Al final del combate, los hombres de Moray habían tenido la cortesía de rematar a los hombres y caballos heridos, respetando solamente las vidas de aquellos caballeros que por su alcurnia pudieran aportar un suculento rescate. Tras ello, todos se aplicaron a recoger del campo de batalla una infinidad de armas inglesas: impotentes por no poder cerrar combate contra los escoceses, los caballeros del rey Eduardo habían terminado por arrojar hachas, mazas y hasta espadas al escuadrón de piqueros del conde de Moray.

Después de eso, el rey Roberto mandó reagrupar a las fuerzas. Los hombres descansaron y pudieron recuperarse.

Escocia era un país extraño, lo eran sus hombres, sus mujeres y hasta sus días y sus noches. En aquella época del año, el sol asomaba muy poco después de ocultarse, y esto lo hacía cuando en cualquier otra tierra del Señor era medianoche. Por eso, en la media luz tardía, los escoceses pudieron ver cómo los hombres del ejército inglés llegaban y acampaban a lo largo del arroyo Bannock, fatigados del viaje, temerosos de los escoceses y abatidos por las dos derrotas del día. Finalmente, en la oscura seguridad del bosque New Park, el rey Roberto celebró consejo de guerra con sus oficiales.

En definitiva, el ejército inglés había aparecido, dijo, y como todos habían esperado, superaba con creces a las fuerzas libres de Escocia. Los hombres de Eduardo II no se atreverían a luchar de noche en aquel terreno salpicado de arroyos, charcas, barrizales y bosques, pero a buen seguro, en cuanto despuntara el día, el rey inglés formaría línea de batalla con sus eficaces arqueros, su infantería de campaña y su caballería pesada. Roberto Bruce sabía demasiado bien que la combinación de estas fuerzas daría el triunfo a los ingleses. Que no caerían en los errores del día anterior. Por ello propuso retirarse. Hacerlo con el honor de las victorias alcanzadas aquel domingo. Y volver a hacer la guerra a Inglaterra como hasta ese momento se la habían hecho: desde la seguridad de sus montañas y bosques, rehusando el choque en campo abierto, golpeando deprisa y desapareciendo en la oscuridad... No todos eran de la opinión del rey. La discusión se alargó hasta que la oscuridad se cernió sobre el New Park. Entonces, para dirimir aquellas diferencias, tuvo lugar un hecho esclarecedor.

Los centinelas alertaron de la llegada de un hombre desde el campamento inglés. El visitante era sir Alexander Seton, un caballero escocés al servicio del rey inglés Eduardo II. Aquello no resultaba extraño, pues eran muchos los escoceses que el rey Eduardo, al igual que antaño hiciera su padre, había comprado con la dación de tierras y privilegios en el norte de Inglaterra y el sur de la Escocia invadida. Este Alexander Seton, sin embargo, no comulgaba sino con la causa de Roberto Bruce y, reclutado a la fuerza para el ejército inglés, había aprovechado la confusión y el abatimiento en el campamento enemigo para deslizarse en la oscuridad y alcanzar a sus verdaderos hermanos y compatriotas. El desertor pidió comparecer ante el mismísimo rey Roberto, y ante algún que otro insulto apagado y varias miradas recelosas, el pelirrojo Bruce lo recibió ante sí.

—Alteza —dijo Seton, rodilla en tierra—. Antes de suplicaros el perdón para mí y los míos, debéis oír algo que interesa mucho a la causa de la libertad de nuestro pueblo. Oídme, pues el futuro de esta batalla está escrito desde la muerte del primer rey Eduardo.

»Sabed que el ejército inglés es una fuerza anárquica y falta de disciplina. El pusilánime y actual Eduardo solo se parece a su padre en el nombre. No cuenta con la obediencia de sus barones y los caballeros actúan motu proprio, sin buscar otra cosa que su comodidad o la gloria personal. El propio rey no piensa más que en su gozo y en sus diversiones frívolas, carece de la voluntad de su padre y la guerra es un arte desconocido para él. Ha puesto al frente de la caballería a su amigo y pariente, el conde de Gloucester, y ha dividido el mando entre este y el conde de Hereford, lo que ha ocasionado continuos enfrentamientos y desacuerdos. En estos instantes, el ejército inglés trasnocha acostado sobre la humedad, el cansancio y la desesperanza. Ninguno de esos soldados dará mañana su vida por ese rey invertido y cobarde.

»Si aún no creéis mis palabras, alteza, fijaos en lo ocurrido en la jornada de hoy. ¿Cuándo, en vida del difunto rey Eduardo, visteis semejante descoordinación de fuerzas? ¿Habría cometido él los errores en que hay caído hoy su hijo, que ha llevado a la muerte a muchos valerosos caballeros ingleses?

Aquellas preguntas hicieron reflexionar a Roberto Bruce. Tras considerar cuán en lo cierto estaba Alexander Seton, el rey de Escocia cambió de parecer y, con el beneplácito de sus oficiales, se acordó presentar batalla con las primeras luces del día siguiente. Así pues, se aplicaron todos a decidir cuál habría de ser la mejor estrategia y la forma de aprovechar el difícil terreno, la valía de los piqueros escoceses, la baja moral inglesa y los defectos del rey Eduardo. En cuanto a la caballería ligera escocesa, entre la que se contaban hombres como los propios Blasco de Exea y Fulco de Payens, lucharía a las órdenes de sir Robert Keith, mariscal de Escocia.

Blasco alzó la vista hacia la falsa oscuridad de la noche escocesa. Se cubrió con el manto y se dispuso a esperar el sueño. Como tantas otras veces, su mente viajó al pasado, a los momentos de su vida que determinaron su destino.

II

Blasco despertó sobresaltado y miró alrededor. Junto a él, Fulco de Payens seguía durmiendo, y lo mismo hacían los demás integrantes de la Compañía Negra. El mismo sir Robert Keith roncaba bajo un manto a pocos codos de allí.

El aragonés observó el cielo, aún cubierto por la débil oscuridad. Le parecía que acababa de cerrar los ojos y, sin embargo, todos los fantasmas de su pasado le habían hecho el honor de visitarle. Como siempre, entre aquella bruma maldita que se encargaba de mortificarle.

«Demasiados recuerdos para una noche tan corta», se dijo. Cuidadoso, se levantó y pasó por entre los guerreros que montaban guardia. Caminó arrebujado en un manto y llegó hasta donde había visto quedarse al desertor del día anterior, Alexander Seton. Sintió el frescor de la mañana prematura trepar por su piel y miró a levante, allá donde la aurora pugnaba por aparecer. Bajo la tenue claridad, las hogueras inglesas tachonaban de luces la campiña. La visión del lejano fuego le trajo al recuerdo la noticia que él y los demás caballeros de la Compañía Negra habían recibido apenas un mes antes: el terrorífico epílogo que cerraba aquella obra absurda en la que los malvados triunfaban y las buenas gentes sufrían. La historia de su vida. Y es que en los umbrales de la primavera pasada y en una islita del Sena en París, el gran maestre de la Orden del Temple, Jacques de Molay, había ardido vivo. Como relapso, tras retractarse públicamente de sus confesiones arrancadas a fuerza de tormento. Con su último aliento, el maestre Molay había lanzado una horrible maldición hacia el mismísimo Papa, hacia el rey de Francia y hacia quienes habían hecho posible la cruel farsa que acabó con el Temple. Y su antiguo preceptor y amigo, el buen Hugo de Pairaud, había estado a punto de correr la misma suerte. Convertido en un pingajo humano, el visitador no había tenido valor de renunciar a la vida en cautiverio perpetuo. Su último acto había sido de cobardía. Blasco sintió un escalofrío. Cobardía como último acto de la vida... ¿Le pasaría lo mismo a él? Pronto lo comprobaría. Pero antes, ingenua esperanza, el aragonés se disponía a acabar con el rescoldo final de misión. La oportunidad postrera que solo podría aprovechar a un paso de la muerte.

—¿Quién va? —La voz conocida sacó al aragonés de sus pensamientos.

—Sir James, soy yo.

—¿Vos tampoco podéis dormir? No es poca cosa la batalla que nos espera, amigo mío.

El aragonés sonrió. James Douglas estaba sentado contra el tronco de un árbol, contemplando el lejano resplandor de las hogueras inglesas.

—Ya he dormido suficiente —respondió Blasco—. Ahora necesito hablar con sir Alexander. Debo preguntarle algo antes de entrar en combate.

Douglas *el Bueno* hizo un mohín de desprecio.

—Hombre de dudosa fidelidad —dijo—. Si por mí fuera, no duraría mucho.

Después señaló a su espalda.

Blasco fue hacia el lugar y descubrió un cercado de madera. Algunos ingleses de alcurnia permanecían allí, custodiados por varios escoceses armados con hachas de larga asta. Un par de prisioneros dormían, pero los demás estaban sentados en el suelo con la mirada perdida. El aragonés localizó al hombre que buscaba.

—Sir Alexander, por favor.

Uno de los guardianes miró a Blasco con cara de pocos amigos, pero otro hizo un gesto para que no le molestara.

—Es de la Compañía Negra —informó—. Tienen la confianza del rey.

Seton ya se había aproximado al cercado. Entornó los ojos y estudió con extrañeza los ropajes oscuros de Blasco.

—¿Quién sois?

—Es largo de explicar, sir Alexander. Disculpad que os importune, pero necesito haceros una pregunta. Es muy importante para mí.

El cautivo se encogió de hombros.

—¿Y bien?

—Se trata de los caballeros que han venido con el rey Eduardo...

—Ya he hablado de eso con nuestro rey, y también con su hermano y con el conde de Moray —atajó Seton—. Tienen toda la información. Y vos no parecéis ser uno de los príncipes de Escocia.

Blasco sonrió afablemente, como si no hubiera entendido la observación del desertor.

—Solo os preguntaré por uno de esos caballeros: Giles d'Argentan.

Alexander Seton arqueó las cejas.

—¿Lo conocéis?

—No, pero a fe que me gustaría hacerlo —respondió el aragonés sin borrar la sonrisa.

—Pues bien, es posible que lo consigáis —espetó Seton—. El conde de Pembroke y Giles d'Argentan forman la guardia personal de Eduardo de Inglaterra. ¿Tendréis el coraje de llegar hasta ellos y vivir para contarlo?

La sonrisa afable de Blasco cambió paulatinamente por una mueca de triunfo. D'Argentan allí. Y si estaba él, tal vez hubiera venido acompañado de otra persona. La resignación cedió paso a otro sentimiento. El ansia de venganza, apaleada por las escenas de desquite vividas en Escocia y adormilada por el paso del tiempo, despertaba de nuevo. Aquello cambiaba las cosas. Mucho.

—Entonces ha venido...

Sir Alexander se animó. Le divertía la actitud de aquel raro tipo vestido de negro que hablaba con un acento extraño.

—Sí. Las cartas que escribió el rey Eduardo surtieron efecto y, al fin, lo liberaron de su cautiverio. El rey no podía dejar que Giles d'Argentan faltara a esta cita. Él tampoco se lo hubiera perdonado a sí mismo, siempre ansiando la lucha, siempre buscando batallas...

—¿Lo habéis visto? —le cortó Blasco, presa de una gran excitación—. ¿Habéis hablado con él?

—Tranquilizaos, señor. —Seton alzó ambas manos y sonrió con ironía—. Parece que deseéis apresurar vuestra muerte. Os advierto que Giles d'Argentan no tiene rival en la lucha... Claro que, si tanto ímpetu tenéis, lo reconoceréis por su blasón rojo plagado de cruces plateadas. Aunque lo más fácil para vos será buscar un caballero al que rodeen decenas de cadáveres.

Sir Alexander dejó escapar una risita.

—¿Conocéis a los escuderos y sirvientes del caballero D'Argentan? —siguió Blasco—. ¿No irá con él un gascón rubio y con la cara picada?

El desertor borró la sonrisa e hizo un gesto de hastío.

—Bah, dejad de molestarme, señor. ¿Pensáis que voy fijándome en todo el mundo? Con el rey Eduardo y con Giles d'Argentan hay una nutrida hueste: los Berkeley y los Kingston, John de Hastings, Mautravers... Incluso el hijo de John Comyn, *el Rojo*, que acompaña al conde de Pembroke.

—No conozco a esa gente —contestó el aragonés con cierta decepción—, pero sí me interesa mucho el gascón del que os he hablado. Tratad de recordar, sir Alexander...

—Dejadme en paz, os digo —exigió el desertor, y volvió con el resto de los cautivos.

Blasco maldijo por lo bajo y desanduvo lo andado. Al menos, Giles d'Argentan estaba en el campo. Pero si era verdad que se hallaba junto al rey de Inglaterra, sería casi imposible acercarse a él.

—Vamos —habló en voz alta sin darse cuenta—. Has luchado dos años junto a estos escoceses con la esperanza de encontrar a D'Argentan.

—¿D'Argentan está con el ejército inglés?

La pregunta sobresaltó a Blasco. La había hecho sir Robert Keith, el mariscal de Escocia, que se hallaba en pie y se atusaba el pelo escaso. Aquel hombre sería el comandante de Blasco en la batalla que se avecinaba.

—Sir Robert... —El aragonés no supo qué responder—. Sí, eso parece. Dicen que fue libertado y ha comparecido.

—Excelente —se felicitó el mariscal, un hombre tan mayor que Blasco dudaba que pudiera subir siquiera a su caballo—. Sería un gran honor batirse con él.

—Desde luego —contestó el aragonés, seguro de que sir Robert caería al primer golpe en caso de enfrentarse con D'Argentan.

—Desgraciadamente, no creo que podamos hacerlo —siguió el mariscal—. El rey me ha encomendado que nuestra fuerza combata a pie, junto a los piqueros.

Blasco sintió una punzada de decepción. Habría miles de guerreros en el campo de batalla, y tan solo luchando a caballo cabía la posibilidad de ir al encuentro de D'Argentan. Eso lo ponía todo muy difícil.

—Oh.

—Entiendo vuestra desilusión, joven. —El mariscal posó la diestra sobre el hombro del aragonés—. No obstante, mi posición me permite tomarme algunas libertades. Es cierto que nuestra caballería no puede medirse a la inglesa. De hecho, los guerreros más parecidos a los ingleses con los que contamos sois vosotros, los del Temple..., y por eso precisamente se os han suministrado monturas y se os ordena batiros como caballería. Ah..., ¿qué mejor caballería que la de los freires templarios?

—Ya no somos templarios, sir Robert —corrigió cortésmente Blasco—, nuestra orden desapareció y...

—Vos, Blasco —el mariscal tocó con su índice el pecho del aragonés—, comandaréis a vuestra Compañía Negra y entraréis en el bosque de Balquhiderock. No es muy grande, pero la compañía es pequeña y vuestros ropajes ayudarán a ocultaros.

Blasco sonrió con los ojos entrecerrados. Eso volvía a cambiar las cosas. ¿Podría llegar hasta D'Argentan?

—¿Con qué objeto nos ocultaremos?

—Veréis, amigo Blasco. —Sir Robert cogió del brazo al aragonés y le invitó a acompañarle entre los árboles. Esquivaron a zancadas a los escoceses que dormitaban a la espera del temprano amanecer—. Nuestro ejército está formado por hombres valientes. Ya visteis cómo ayer fueron capaces de rechazar la carga suicida de los ingleses.

—En dos ocasiones —remató Blasco.

—En dos ocasiones, sí. Pero mañana nuestros enemigos no cometerán el mismo error, salvo que el joven rey Eduardo sea, además de sodomita, un retrasado. ¿Habéis oído hablar de los arqueros galeses?

Blasco recordó lo que había oído decir de ellos, tanto a su compañero Madog Haliwell como a los escoceses con los que llevaba dos años conviviendo.

—Sí. Ellos podrían destrozar nuestros escuadrones de piqueros. ¿No es eso?

—Eso es, Blasco. —Keith hizo detenerse al aragonés y le miró a los ojos—. Lo que os voy a pedir es grave. No lo haría si no pensara que vuestra compañía es la única capaz de realizar tal acción.

»Las líneas de arqueros galeses suelen estar protegidas por la cercanía del resto de la fuerza inglesa. A mi orden, vos y vuestros templarios negros deberéis salir del bosque y cargar sobre los arqueros. Romperéis su formación y evitaréis que disparen. Durante unos instantes combatiréis en solitario. En sumo peligro. Pero solo así podrán nuestros piqueros cerrar con el ejército inglés sin dejar miles de muertos en el camino.

»¿Lo entendéis?

Blasco sostuvo la mirada del mariscal de Escocia. Trataba de adivinar sus pensamientos.

—Del resultado de esta batalla dependerá en gran medida la libertad de vuestro pueblo, sir Robert —dijo Blasco en voz baja—. ¿Confiaréis esta peligrosa misión a la única fuerza no escocesa de vuestro ejército?

El mariscal sonrió con su dentadura estropeada.

—No me queda mucho por vivir, Blasco. En realidad, el resultado de esta batalla no cambiará demasiado mis esperanzas ni mis ilusiones.

»Os diré la verdad, amigo mío. A lo largo de mi vida he aprendido que la lealtad de cada uno hacia su rey o hacia su reino es lo de menos. Escoceses, ingleses, franceses, irlandeses... ¿Qué importa? Me glorío de reconocer a las buenas personas, y entre ellas a quienes rigen su vida por el código de la caballería. Giles d'Argentan, por cierto, es una de esas personas, al igual que nuestro rey Roberto. Si le sigo no es por fidelidad a mi señor natural, sino porque el rey es un caballero. Y vos, Blasco, también lo sois.

»Ignoro qué es lo que os atormenta, porque estoy seguro de que vuestra alma no está en paz. Os he observado mientras fijabais vuestra mirada más allá, cuando salíais a arrasar Lothian junto a Moray o a Douglas. Os he oído hablar en alto mientras dormíais aquí o allá, y he visto vuestra pesadumbre en esos momentos. No cualquiera sufre así y, desde luego, muy pocos se comportan como vos hacéis a pesar de todo. Al igual que Giles d'Argentan o Roberto Bruce, vos habéis recorrido el mundo en busca de algo. Os repito que ignoro qué es lo que os causa semejante desazón, y ni siquiera quiero saberlo. Pero sí sé que sois de esa clase de gente que admiro.

»Os lo repito, Blasco: quizá no poseáis un condado en Galloway, ni seáis mariscal ni guardián de Escocia..., pero sois un auténtico caballero. Y yo solo encomendaría esta misión a un caballero.

III

Un sol apagado iluminaba a medias la madrugada escocesa cuando los guerreros de Roberto Bruce, mirándose unos a otros con el rostro demudado y la boca seca, salieron a paso lento de entre los árboles. Una marea de hombres y lanzas brotó del bosque y se extendió por el praderío. Cada pocos codos, un estandarte colorido se alzaba y crujía con los leves golpes de brisa matinal. Se movían en silencio, aunque de vez en cuando se oía el entrechocar de una lanza o una tos apagada. Más allá, el eco trajo los toques de corneta y los gritos de los comandantes ingleses, y pronto los estandartes ondearon, arrastrados por sus portadores a lomos de caballos adornados con gualdrapas y pecheras y tocados con elegantes plumajes.

Blasco de Exea saludó a sir Robert Keith desde lo alto de su corcel negro.

—Permaneced atento a la batalla, Blasco, y sobre todo a las líneas de arqueros galeses —aconsejó el mariscal de Escocia—. Confío en vuestro juicio para atacar en el momento adecuado, pues la arboleda impedirá que veáis aviso alguno por mi parte. No seáis loco, por Cristo, y evitad el enfrentamiento con la caballería inglesa, pero salvadnos de esos arqueros. ¿Lo haréis así?

—Así se hará, sir Robert —prometió el aragonés.

—Que Dios os ayude, amigo mío.

Blasco de Exea inclinó la cabeza para agradecer el deseo de su comandante, aunque estaba convencido de que Dios no estaba ese día allí. Y tampoco en ningún otro lugar. Tiró de las riendas y se dirigió al sitio en que le esperaba la Compañía Negra. Fulco de Payens y Madog Haliwell le recibieron con la cara apresada por la rigidez. Blasco se detuvo tras agacharse al pasar el corcel bajo una rama, y miró a su alrededor. Los templarios fugitivos, todos ellos experimentados guerreros templados por los asaltos vividos en aquella isla gris, esperaban las órdenes del aragonés.

—Flanquearemos al ejército sin dejarnos ver —explicó—. Entraremos en el bosque de Balquhiderock y esperaremos allí, al acecho.

Sin decir nada más, espoleó con suavidad a su montura y la puso al paso por entre los árboles, seguido de cerca por la Compañía Negra.

Abandonaron el New Park fuera de la vista de los ingleses, dejando ya tras ellos el mar de estandartes escoceses y su silencioso ejército, y pronto comenzaron a pasar por entre los cadáveres de los caídos el día anterior. Blasco miraba a su alrededor mientras su caballo bufaba, molesto porque no quería pisar todos aquellos cuerpos destrozados. Caballeros ingleses, sus propias monturas y algunos cuerpos de piqueros escoceses sembraban el campo, y un hedor dulzón y penetrante se mezclaba con la humedad matutina. El aragonés lanzó una ojeada tras de sí y descubrió a Fulco demudado al contemplar la escena de muerte. La matanza se presentaba totalmente distinta a la del día anterior, cuando la urgencia del momento impedía centrarse en la terrible carnicería de la batalla. Allí, rodeados por el tenebroso silencio del amanecer, los hombres habían dejado de existir, habían perdido todo rasgo de humanidad y eran solamente fardos inertes. Nadie habría dicho que un poco antes fueran padres, esposos, hijos y hermanos, personas con ilusiones y miedos. Era solo un ejército de espectros petrificados, con el rictus de la agonía aún pintado en el rostro. Blasco no pudo evitar pensarlo de nuevo: tal vez esa mañana él mismo sería uno más de esos cadáveres. Quizá terminara todo allí, en aquella remota tierra, tan distante y tan distinta de Aragón. Tal vez todos sus esfuerzos habían sido inútiles y ni siquiera llegaría a ver a Bertrand Arzac. Eso resultaba especialmente doloroso, pues sabía que el gascón podía hallarse allí mismo, casi a su alcance. Aunque, ¿era eso lo peor posible? No. Su corazón, espoleado de nuevo por el sentimiento de venganza que había dejado apagarse, se encogía al imaginar lo que tal vez ocurría en ese mismo momento: el propio Ferrer Zintero podía estar gozando de la vida mientras él, Blasco de Exea, se disponía a morir por una causa ajena. Y no. Eso no. No debía permitirlo. Ese día llegaría hasta Giles d'Argentan. Y si Arzac estaba con él, el sol no se pondría sin averiguar dónde buscar a Ferrer Zintero. Necesitaba vivir. Vivir para matar a aquel almogávar.

—No moriré hoy —se juró en voz baja el aragonés.

Tiraron de las riendas a la izquierda en el mismo silencio en que se habían movido hasta el momento. Se acercaron a la masa arbolada de Balquhiderock.

—Somos muy pocos —oyó Blasco la voz del galés Haliwell—. No tendré problema en cargar contra toda la maldita caballería inglesa, pero lo cierto es que no me explico qué pretendemos.

Blasco se ajustó la crespina acolchada y subió su almófar hasta que le cubrió la cabeza. Luego miró atrás antes de soltar el yelmo que llevaba sujeto al arzón.

—Son tus queridos paisanos, amigo mío —respondió el aragonés—. Los escoceses temen que los arqueros galeses los desbaraten, así que nosotros nos encargaremos de que eso no ocurra.

Madog se encogió de hombros.

—Lástima. Habría preferido batirme con los ingleses. Espero que no os llevéis una mala impresión de mí si mando al infierno a un buen número de mis paisanos.

Blasco sonrió. El hombre a quien por sobre todas las cosas deseaba quitar la vida, Ferrer Zintero, era después de todo un paisano suyo. Recordó las palabras del mariscal de Escocia: ¿qué importaba si se servía a este o aquel rey, a un reino o a otro? Ingleses, galeses, escoceses..., aragoneses.

—No seré yo quien te reproche nada —contestó Blasco a Haliwell.

La Compañía Negra se dispersó al pasar bajo las primeras ramas. Sus oscuros ropajes pronto desaparecieron entre las sombras del bosque de Balquhiderock.

Giles d'Argentan dejó que el sirviente le vistiera pausadamente. Inspiró con fuerza, llenando sus pulmones del aroma de la campiña escocesa, y por eso también pudo oler el miedo que aleteaba como un ave negra sobre el campamento inglés.

A su lado, un tipo rubio y con la cara llena de pequeños hoyuelos intentaba atisbar qué ocurría más allá de las filas de infantes.

—Calma tu ánimo, Bertrand —aconsejó d'Argentan con tono sereno—. Lo más seguro es que no entremos en combate.

Bertrand Arzac sonrió a medias. El gascón ciñó con fuerza su gambesón pardo en torno a la cintura y se calzó la loriga que sir Giles le había regalado al volver a pisar tierra inglesa. Se afanó en acomodar las anillas a sus hombros, pero ya no era aquel jovencito que se enroló en la armada aragonesa para luchar contra los angevinos, sus antiguos amos.

«Ah, si volvieran aquellos tiempos...», pensó.

Todo entonces era mejor. Siempre había un botín que ganar y cientos de enemigos a los que degollar. Ferrer Zintero había sido su compañero hasta que la guerra acabó. Durante todo ese tiempo, el almocadén había demostrado una aguda sagacidad para encontrarse siempre en el sitio adecuado y en el momento oportuno. Mientras otros caían a su alrededor, Zintero no solo sobrevivía: además aprovechaba la situación. Buenos tiempos, sí señor..., pero la guerra entre Aragón y Anjou terminó un día. Entonces aquel almogávar decidió marchar al este, a Grecia. Por eso se separaron.

Las riquezas que había ganado bajo el estandarte de Roger de Lauria pronto desaparecieron, esfumadas como humo. Bertrand Arzac no sabía vivir en paz. Era como si una inquieta serpiente se removiera en sus entrañas y le aguijara a abandonar la vida tranquila. Buscó nuevas guerras y hasta pasó un tiempo huido en el monte por la muerte de un campesino. Al muy idiota le sentó mal que Bertrand se propasara con su mujer mientras él se deslomaba arañando la tierra, así que no le quedó más remedio que rebanarle el pescuezo. La redención de sus crímenes llegó con la caza de los templarios. El ministro de Felipe IV, Guillermo de Nogaret, había mandado a sus agentes por toda Francia, por Navarra, por Gascuña y por Provenza para reclutar voluntarios. Buena paga e indulgencia a cambio de perseguir freires fugitivos, hallarlos en sus escondites y entregarlos a los alguaciles. No pocos de aquellos tipos habían ido a parar a las mazmorras gracias a la sagacidad sin escrúpulos de Arzac. Pero ese trabajo tampoco duró mucho: al fin y al cabo los principales dirigentes del Temple estaban a buen recaudo, y las pagas de los cazadores eran mayores que el beneficio que podía sacarse de los pobres templarios fugitivos.

Cuando todo parecía perdido, cuando ya la vida había dejado de tener emoción para Bertrand Arzac, pasó por Gascuña aquel caballero inglés, Giles d'Argentan. Se dirigía a Rodas, a luchar bajo la bandera de los caballeros de San Juan contra los orientales. Necesitaba servicio y pagaba bien, pero sobre todo prometía lucha y botín. Alardeaba, además, de que despreciaba la ganancia material, pues por sobre todas las cosas aquel caballero buscaba gloria.

Al gascón Arzac le pareció que no había necesidad de que el aguerrido caballero d'Argentan tuviera que ganar riquezas, que para eso estaba él. Barruntaba buen negocio, y a fe que lo fue mientras todo marchó bien.

Pero cayeron prisioneros de los genoveses.

Fue en una trampa mientras viajaban en una nave del Hospital: los italianos se hicieron pasar por mercaderes sarracenos que navegaban hacia el mar Negro y, al ser abordados, aquellos puercos asomaron a cubierta armados con ballestas enormes y atravesaron en un abrir y cerrar de ojos a media tripulación. Mientras los caballeros hospitalarios pugnaban por desclavarse de las tablas de cubierta, Giles d'Argentan se enfrentó en solitario a una horda de genoveses, y desbarató a varios de ellos antes de ser reducido a golpes y hecho prisionero. A Bertrand Arzac no le quedó más remedio que entregarse, no sin antes avisar de la gran alcurnia y renombre de su señor, y del pingüe rescate que podían ganar los genoveses a su costa.

—¿Decís que no entraremos en combate, mi señor? —inquirió Arzac mientras se retiraba de la cara el cabello rubio y se ajustaba la crespina.

—El rey exige que forme con él en reserva —explicó Giles d'Argentan al calarse el yelmo. Era un modelo nuevo, recién adquirido en Londres, uno con visera que basculaba, y dejaba descubierto el rostro o lo protegía según los deseos de su dueño. El caballero ajustó el barboquejo y movió la cabeza a ambos lados para comprobar la sujeción del casco.

—¿Y qué hay del botín? —preguntó decepcionado el gascón.

—¿Botín? —El caballero sonrió con media boca—. Esos escoceses son pobres como ratas, Bertrand. No estamos aquí por botín.

El gascón lanzó un resoplido y se colgó un talabarte con una gran daga.

—¿Y ni siquiera vamos a tener la oportunidad de destripar a alguno de esos miserables? Es lo menos que merecen después de habernos hecho venir hasta aquí. Luchar por nada... —se quejó Arzac—. Esto es absurdo.

—Haces mal en despreciar a esos hombres, Bertrand. —D'Argentan seguía hablando con gran calma. En ese momento apareció un caballero tocado con veste escarlata que saludó con una inclinación de cabeza a sir Giles—. Buen día, amigo Umfraville.

—Buen día, amigo D'Argentan —redobló el saludo Ingram de Umfraville, un angloescocés comprometido con la causa de Eduardo II—. Veo que dais buenos consejos a vuestro escudero.

—Pero, mis señores. —El gascón, impertinente, señaló al campo escocés—. Se dice de ellos que son unos desarrapados... ¿No haríamos mejor en estar en Italia, en las luchas entre las facciones? Grandes riquezas se mueven allá, y he oído...

—Calla tu boca, Bertrand. —Giles d'Argentan hizo un gesto con la mano enguantada en piel y hierro—. El rey ha sido el artífice de nuestra liberación. De no ser por él, aún estaríamos pudriéndonos en Salónica. Lo menos que podemos hacer para demostrar nuestro agradecimiento es acompañarle en este trago.

—Vos no os perderíais esta guerra por nada, amigo D'Argentan —sonrió Ingram de Umfraville—. Os conozco y lo sé.

Sir Giles también sonrió.

—Estupendo, dos de nuestros mejores caballeros juntos antes de la gloriosa jornada. El día promete, amigos.

Los dos caballeros se volvieron al unísono y se inclinaron al reconocer la voz de Eduardo, el segundo rey de Inglaterra con ese nombre. Había llegado montado por su espalda, y ahora sonreía desde su montura.

Eduardo II era alto y de buen porte, y ocultaba su cabello rubio y cuidado bajo un yelmo abierto coronado de oro. Incluso los rizos de su barba parecían esmeradamente colocados para asomar con gracia desde el almófar. Llevaba embrazado su escudo rojo con los tres leopardos dorados de Inglaterra, los mismos que lucía en la veste y en la amplia gualdrapa de su corcel blanco. A su lado y ligeramente rezagado, siempre en silencio pero mirando con gesto desafiante, venía Hugh Le Despenser, el favorito del rey.

—Alteza, buen día —saludaron al unísono Giles d'Argentan e Ingram de Umfraville.

—Pero no nos demoremos más, amigos —continuó el rey con

un tono monocorde, como si fuera un niño repitiendo una lección aprendida de memoria. Los miró con sus ojos pequeños y azules y señaló a poniente—. Los escoceses esperan que les demos muerte, y no queremos hacerles esperar.

Los dos caballeros requirieron a gritos sus monturas y se apresuraron a flanquear al rey de Inglaterra y a Le Despenser. Bertrand Arzac alargó a su señor el escudo y la lanza y montó su propio corcel, un poco rezagado con el resto de escuderos y sirvientes.

Un jinete se aproximó, esquivando a golpes de rienda a los infantes que aún cruzaban el campamento inglés a la carrera, y se detuvo ante el rey y sus acompañantes. Se llevó la mano derecha al pecho antes de hablar.

—Alteza... Mis señores... El ejército escocés se ha detenido entre el bosque y el arroyo que llaman Pelstream. Están a buena distancia, pero en tierra firme.

—Excelente —se felicitó Giles d'Argentan—. Empezaba a temer que tendríamos que luchar en este barrizal.

—A nos también nos incomoda este lugar, amigo D'Argentan —hizo una mueca de asco el rey, rápidamente imitada por Le Despenser—. Pero vayamos. Es nuestro deseo ver a los escoceses.

Aguijaron con suavidad a sus monturas y se dirigieron al paso hasta la línea de caballería, que había formado en el estrecho espacio entre árboles y riachuelos. Los infantes ingleses abrieron paso con reverencias y murmullos, y el cuerpo real llegó a la vanguardia.

—Dejadnos ver —exigió Eduardo a algunos de los jinetes, que se hicieron retroceder a los caballos.

Ante los ojos del rey se abrió el pasillo verde que se extendía hacia delante en una alfombra de suave ondulación. A la izquierda, el bosque de Balquhiderock subía en dócil pendiente, y a la derecha se abría camino un laberinto de arroyos que parecían estrecharse aquí y ensancharse allí, hasta desembocar en el fangal que había servido de cama al ejército inglés.

—Interesante. Los enemigos dejan el New Park a su espalda y se cortan así la retirada —observó D'Argentan.

—¿Acaso presentarán batalla esos jóvenes escoceses? —El rey observó a sir Ingram. Umfraville asintió mientras entornaba los ojos.

De repente un tenue murmullo llegó hasta el campo inglés. Entre los estandartes que flameaban a la brisa y el mar de picas que se elevaba hacia el cielo, los escoceses comenzaron a arrodillarse con un breve batir de hierros y cuero. Desde la distancia se les vio inclinar la cabeza.

—Ajá —dijo el monarca inglés con un deje de satisfacción—. Los jóvenes escoceses se arrodillan y nos suplican piedad.

Giles d'Argentan carraspeó.

—Suplican piedad de seguro, alteza —respondió Ingram de Umfraville con tono apagado—, pero no a vos. Suplican a Dios por sus pecados. Han dejado el New Park a su espalda y nos tienen a nosotros delante. No hay opción a la huida. Los jóvenes escoceses vencerán o morirán, alteza.

El rey apretó los labios y el silencio se hizo entre las filas inglesas. Umfraville sintió una pizca de extraño orgullo por aquellos guerreros enemigos que formaban un ingente erizo metálico en la lejanía.

—Cuidaos de los escoceses, alteza —aconsejó desde un par de yardas el conde de Gloucester, que el día anterior había estado a punto de morir en el furioso ataque inicial tras el combate singular entre el rey de Escocia y Henry de Bohum. Gloucester había montado sin lucir su sobrecota, y tan solo por los colores de su escudo se percibía su linaje—. Lo más sabio sería simular una retirada y llegarnos a un lugar más favorable. Este maldito pantanal es una trampa. Alteza...

Una carcajada de burla se oyó entre la caballería.

—Es vergonzoso temer así a los escoceses —murmuró alguien en voz lo suficiente alta como para que tanto Gloucester como el rey lo oyeran—. Lo que Gloucester insinúa es más propio de un traidor que de un caballero inglés.

El conde de Gloucester enrojeció bajo su yelmo.

—El difunto rey Eduardo se cortaría las venas si pudiera ver cómo tiembla hoy Inglaterra —se burló otro.

—¡¡Silencio!! —Giles d'Argentan volvió la cabeza y miró con ojos afilados bajo la visera alzada de su yelmo.

El mutismo se volvió a hacer entre las filas inglesas, pero las chanzas seguían flotando en el aire. Le Despenser se ruborizó, Gloucester bajó la vista apesadumbrado y Umfraville apuntó con el dedo al ejército escocés.

—Terminan su plegaria. Preparémonos a luchar.

El rey se removió nervioso en su silla y apoyó la lanza en su estribo, pero resbaló con un chirrido metálico.

—¿Cargamos, sir Giles? —susurró su pregunta al caballero D'Argentan.

—Alteza, si me lo permitís —volvió a intervenir Umfraville—. El conde de Gloucester tiene razón. Este terreno no nos favorece, deberíamos retirarnos hasta...

—¡Dejaos de excusas, Umfraville! —tronó con voz chirriante Le Despenser—. ¿Queréis que vuestro rey se humille retrocediendo ante esa chusma de campesinos? Tal vez deberíamos planteamos vuestra fidelidad.

Ingram de Umfraville apretó los dientes y clavó la mirada en el favorito del rey, sabedor de que era alguien a quien no debía enfrentarse, y menos ante el propio monarca.

—Nuestro buen amigo Le Despenser tiene razón, Umfraville —refrendó el rey la salida de su amante—. Es el momento de la verdad. Luchemos por nuestro honor.

Gloucester suspiró con fuerza y Umfraville hizo lo propio.

—Evitemos al menos los errores de ayer —propuso este con un deje de humildad en su voz—. Nuestros arqueros pueden aniquilar a la mayoría de los escoceses antes de cargar. Atacar de frente es un suicidio.

El monarca miró a D'Argentan para buscar confirmación.

A regañadientes, luchando contra su propia ansia de gloria, Giles d'Argentan bajó levemente la cabeza para aceptar como buena la opinión de sir Ingram. El rey inspiró con fuerza y dirigió una ojeada a su alrededor. Hombres y caballos se apelotonaban hasta el punto de que se empujaban unos a otros, y los lanceros pugnaban por no recibir pisotones de los pesados caballos de batalla que llenaban las filas delanteras. Las lanzas escocesas empezaron a moverse en la lejanía, y el sol arrancó débiles destellos de las filas de guerreros con aspas cosidas a sus gambesones.

Finalmente Eduardo miró a su favorito, Le Despenser, con un reflejo de angustia en los ojos.

—Arqueros, Hereford —indicó al fin el rey a su condestable.

Humphrey de Bohum, aún dolorido por la muerte de su sobrino en el comienzo de la batalla del día anterior, ordenó a uno de sus portaestandartes alzar una oscura bandera y ondearla de lado a lado. El grito voló por las filas inglesas llamando a los arqueros, y un caótico movimiento tuvo lugar entre los lanceros y jinetes. A través de voces de protesta e insultos apagados, miles de hombres avanzaron al tiempo que formaban filas y se fueron alejando de la línea inglesa.

Umfraville sonrió con un punto de tristeza en la mirada.

—Vuestro padre lo habría hecho así, alteza —aseguró al rey. Este asintió, un tanto incómodo por el comentario, y se alzó sobre los estribos para otear el campo escocés.

—¿No se alejan demasiado? —preguntó de nuevo a D'Argentan, aunque su gesto apático pretendía que su duda no fuera demasiado evidente.

—Los escoceses carecen de arqueros y su caballería es inútil, alteza —le tranquilizó de inmediato Umfraville. Sir Giles seguía callado, molesto por la tremenda ventaja de los ingleses sobre el enemigo.

IV

Blasco de Exea se encogió instintivamente. Ya se oían los pasos de los arqueros que aplastaban la hierba ante ellos, aunque la frondosidad de Balquhiderock mantenía a la Compañía Negra a cubierto del enemigo. El aragonés entornó los ojos y recorrió con la mirada el trecho que separaba a los arqueros del ejército escocés, tratando de calcular el alcance de las flechas galesas.

—Dime algo, Haliwell —rogó en voz baja a su compañero galés, que se hallaba a su lado sobre un caballo tordo.

—Estos fueron los tipos que acabaron con Wallace mucho antes de que le destriparan en Smithfield —contestó Madog. Blasco lanzó una mirada punzante al pelirrojo y este arrugó la nariz al sonreír.

—¿Cuándo estarán a distancia de tiro?

—Pronto —siguió sonriendo el galés—. Luego harán como en Falkirk: acribillarán a nuestros amigos escoceses. Cuando se acaben las flechas, cargará la caballería y rematará al ejército del rey Roberto.

Blasco inspiró con fuerza y tiró de las riendas para colocarse frente a sus compañeros. Su corcel obedeció con suavidad y pasó bajo las ramas. Observó a los miembros de la Compañía Negra, que esperaban sus palabras con atención y lanzaban ojeadas a través de los árboles, hacia donde los arqueros galeses avanzaban en una perfecta línea.

—Amigos míos. —Blasco subió un poco la voz. Confiaba en no ser oído por los miles de enemigos, pues pisaban ahora la hierba a poca distancia y levantaban un siseo continuo—. Os conozco bien porque he luchado a vuestro lado, y por eso sé que no es necesario que busque palabras para excitar vuestro valor. Sin embargo, nunca antes nos habíamos visto en una situación igual.

»Hace dos años abandonamos el continente. Huimos de la crueldad de aquellos por quienes gustosos habríamos dado la vida... Nos escondimos como perros acobardados, temerosos porque nadie se atrevía a acogernos, tristes porque todos querían acabar con nosotros. Lo sabéis bien. Durante años y años nuestros antecesores derramaron su sangre en la primera línea de todas las batallas contra el infiel. Siempre el Temple fue modelo para los caballeros de la entera cristiandad, y la sola vista de su estandarte era motivo de esperanza para amigos y razón de congoja para enemigos.

»Cobarde corazón tuvieron aquellos que, despreciando esta herencia, nos despojaron de la vida, de la libertad y del honor, nos apresaron y nos arrojaron en sucias mazmorras, profanaron nuestra carne con el hierro y el fuego del verdugo y nos hicieron consumirnos en piras. Nunca aquellos merecieron nuestro esfuerzo, nunca debieron tener derecho a que muriéramos en tierras lejanas mientras ellos medraban en palacios y castillos y en lugares seguros... Pero los hombres de esta tierra nos han demostrado que son dignos, mucho más que aquellos otros a los que ahora deploramos. Estos escoceses nos acogieron y compartieron sus penurias con nosotros, y por eso luchamos a su lado.

»Hoy es el día en que todo acaba o todo comienza. Hoy nuestros amigos perderán la vida y la libertad para siempre, o bien alcanzarán la merecida gloria y podrán vivir en paz en sus casas, con sus familias. Ellos por encima de cualquier otro se habrían hecho merecedores de la sangre que el Temple ha derramado durante años y años.

»Yo os digo ahora que estos escoceses, más que nadie en el mundo, han de vernos luchar por ellos como nunca antes lucharon nuestros hermanos.

—Hagamos que se sientan orgullosos de nosotros —añadió Fulco de Payens con los ojos brillantes.

—Hagamos que nos recuerden —completó Madog Haliwell.

—Hagamos que el mundo vea que aún existimos —Blasco elevó un poco más la voz—. Mostradles que seguís vivos..., que nunca moriremos. Enseñémosles a todos quiénes han sido los mejores guerreros de la cristiandad.

A la espalda de Blasco, el rumor de hierba pisada cesó. Un aterrador silencio se extendió por la campiña y penetró en la arboleda, erizando el vello de los jinetes de la Compañía Negra. Luego, miles de cuerdas hicieron crujir la madera al combarse bajo la tensión de los arqueros galeses, y un grito prolongado dio la orden de ajustar la primera andanada de muerte contra el ejército escocés.

—Sed rápidos, amigos míos —urgió Blasco de Exea al tiempo que dejaba resbalar el escudo negro sobre su hombro y aferraba con fuerza las correas entrecruzadas de su dorso—. No os entretengáis rematando a los heridos..., aplastad la línea y recorred su frente. Amparemos a nuestros amigos de la muerte y démosles la oportunidad que nosotros nunca tuvimos. Luego seguidme a la salvación o al propio infierno.

—¡Cabalguemos! —gritó excitado Fulco de Payens al tiempo que la primera salva de flechas abandonaba los largos arcos de los galeses.

—¡¡Cabalguemos!! —repitieron los caballeros desde sus monturas.

Blasco alzó la lanza coronada por un estandarte negro y lanzó la última orden antes de espolear a su caballo.

—¡Sois los últimos! —gritó—. ¡Los mejores! ¡Que nos vean, hermanos! ¡Que nunca olviden este día! ¡Que sean testigos de la última carga del Temple!

Giles d'Argentan menospreciaba a los arqueros.

En su corazón, fraguado en la forja de la antigua caballería, no había cabida para quien luchaba de lejos. Nada como batirse de cerca, hierro contra hierro. Mirar a los ojos del oponente a través de las hendiduras de un yelmo, sentir su ataque, resquebrajar su defensa... Nada más admirable que un buen oponente. Alguien lo suficientemente digno como para merecer el honor de la derrota ante uno de los más afamados guerreros de la cristiandad.

Por eso arrugó el ceño bajo su celada cuando la lluvia de flechas cruzó el cielo escocés con un silbido siniestro.

—Bien hecho, muchachos —susurró a su lado Bertrand Arzac. D'Argentan miró de reojo a su servidor y volvió la vista de nuevo a la cortina de muerte que ya terminaba su parábola y caía sobre el mar de picas escocesas.

No le gustaba Arzac. Para él era uno más de aquellos seres odiosos que anteponían su propio placer a todo lo demás, incluido su honor. Sin embargo, debía reconocer que el gascón tenía su utilidad. Era imposible moverse en el mundo de la época confiando en la honorabilidad de los demás. Había demasiada mediocridad, y la gente como Arzac servía de puente para que caballeros como D'Argentan cruzasen los ríos de podredumbre en que se habían convertido los reinos europeos.

Gloucester, herido en su orgullo y deseoso de demostrar que no era ningún cobarde, había adelantado unos pasos su montura. Miraba hacia delante con la cabeza erguida, esperando que los arqueros destrozaran las filas enemigas para cargar y desquitarse de los insultos de Le Despenser y de los demás idiotas encorajinados e ignorantes de la guerra. D'Argentan observó al rey, que asistía a la lluvia de flechas con gran interés.

—Alteza, ¿me permitiréis acompañar al condestable en la carga?

Eduardo II enarcó las cejas y, en silencio, consultó a su favorito Le Despenser. Este le hizo un gesto casi imperceptible. No pensaba prescindir de D'Argentan.

—Quedaos a nuestro lado, sir Giles, os lo ruego —contestó al fin el rey—. Dejad que los jóvenes de corazón inquieto arrasen al enemigo y vos, mientras tanto, ocupad vuestro lugar al lado de quienes están por encima de todo eso.

D'Argentan inclinó la cabeza y la volvió hacia la batalla mientras ahogaba un juramento, pero en ese instante la brisa trajo un chillido que al momento se multiplicó.

Varios jinetes vestidos de negro aparecían a la izquierda de las líneas de arqueros. Brotaban como por ensalmo del bosque de Balqhiderock.

—¿Qué es eso? —dio un respingo Umfraville.

—Pero... ¿Quiénes...? —balbuceó el rey.

Los caballeros negros siguieron surgiendo de la arboleda y cabalgaron entre las filas de arqueros, entraron como dagas por el flanco e hicieron saltar a los enemigos al embestirlos. Un intenso griterío se alzo entre los galeses y la segunda andanada quedó abortada. Algunos arqueros dirigieron sus arcos hacia los jinetes negros, pero la confusión era espantosa y varios de sus propios compañeros fueron alcanzados. El brillo de las espadas al alzarse devolvió los rayos del sol hacia levante y se levantaron surtidores de sangre al paso de las monturas.

—¡Alteza! —se volvió a medias Gloucester para pedir órdenes al rey.

—Dios mío... —susurró Le Despenser.

Giles d'Argentan sonrió bajo el yelmo y una gran excitación se apoderó de él. Los caballeros vestidos de negro habían acabado de salir del bosque. Eran menos de medio centenar y ni siquiera tenían espacio para una carga en regla, pero ya ponían en fuga a los arqueros galeses. Embestían sin parar, recorriendo la línea de izquierda a derecha, más interesados al parecer en interrumpir las salvas de proyectiles que en matar. La huida de las filas de retaguardia se convirtió en un caos y los gritos de horror llegaron hasta el campo inglés. Miles de galeses volvían la cabeza antes de soltar sus armas y correr.

—¡¡Alteza!! —repitió su grito Gloucester.

Pero el rey estaba demudado y revolvía en su cabeza quiénes eran aquellos jinetes salvajes que habían desbaratado sus líneas de galeses. No fue capaz de contestar al comandante de su vanguardia.

—¡Al Demonio! —este alzó su lanza—. ¡Formad junto a mí! ¡¡A la carga, por san Jorge!!

Gloucester hervía de rabia y ni siquiera esperó a que sus caballeros se aprestaran en la línea, sino que bajó la lanza y espoleó a su montura, que levantó algunas briznas de hierba al arrancar. Giles d'Argentan, con tremenda inquietud, se removió una vez más en su silla.

—¡Alteza, os lo ruego! —suplicó al monarca. Este negó con firmeza y gritó al conde de Gloucester, aunque el escándalo que se levantaba entre la fuerza de caballería impedía que este le oyera.

—¡Gloucester! —se desgañitó el rey—. ¡Los arqueros!

Pero el conde de Gloucester no veía a los galeses a pesar de que miles de ellos corrían hacia él presas del pánico. Su vista estaba puesta más allá, a través de las rendijas de su yelmo. Fija en los caballeros vestidos de negro que aún se movían entre los arqueros más rezagados y se aseguraban de que no pudieran reorganizarse.

Blasco de Exea tiró de su espada y la sacó del hombro del arquero galés. La hoja ensangrentada regó la hierba y el enemigo muerto se derrumbó sin un quejido. Levantó la vista para observar con deleite la fuga del enemigo.

Había perdido la lanza, incapaz de sostenerla tras llevarse por delante a varios galeses al principio de la carga. Después de desnudar la espada, había cabalgado mientras descargaba tajos, recorriendo la línea enemiga hacia el Pelstream. Tras él, haciendo gala de la disciplina que solo la caballería templaria poseía, sus compañeros habían pintado de negro y rojo la campiña y sembraban el terror entre los arqueros.

Blasco tiró de las riendas y su caballo caracoleó hacia poniente. Con los estandartes tendidos al frente, tres fuerzas de piqueros avanzaban a buen paso y en formación cerrada. La masa herrada de Edward Bruce se había adelantado y sobrepasaba a los piqueros del rey por la derecha de este. Por la izquierda de Roberto Bruce, ligeramente atrasados, avanzaban los hombres de Moray. Como si una profunda ola, arrancada del mar por el estrépito que provoca la tierra cuando se conmueve, quisiera inundar cuanto a su paso se alza, la marea de piqueros escoceses llenaba ahora la campiña entre el bosque de Balquhiderock y el arroyo Pelstream.

—¡Blasco, atento a los ingleses! —avisó con premura Fulco de Payens.

El aragonés siguió el consejo de su amigo y giró la cabeza hacia la masa de arqueros galeses puestos en fuga. La caballería inglesa, reluciendo con sus colores y sus cotas de malla, venía de frente hacia ellos y atropellaba a los arqueros a los que las piernas habían dado más brío. Al frente de la carga, un temerario caballero sin sobrecota apuntaba con su lanza a la Compañía Negra, que se reorganizaba como si el gonfalón Baussant, el legendario estandarte templario, campeara entre la muerte. Blasco señaló al cuerpo de piqueros de Edward Bruce, el hermano del rey de Escocia.

—¡Cabalguemos hacía el conde de Carrick y pasemos entre su fuerza y la del rey Roberto!

Fulco movió su espada en círculos para atraer la atención de sus compañeros, pero lanzó una última mirada a los pobres arqueros galeses, arrasados por la propia carga de caballería inglesa. Había tan poco sitio en aquella estrecha campiña... ¿Y si los escoceses dejaban que el enemigo aplastara a la Compañía Negra contra sus picas?

—¡No tenemos por dónde salir! —avisó Fulco a Blasco.

Este espoleó a su montura, que saltó hacia las filas de los piqueros.

—¡Confiad en nuestros amigos! —gritó—. ¡¡Adelante!!

El aragonés encabezó la huida cuando los gritos ingleses ya llegaban nítidos a sus oídos. Tras él, los demás miembros de la compañía se estiraron en una columna negruzca que se apartó de la hierba regada con la sangre de los arqueros galeses. Roberto Bruce, a caballo en el centro de su cuerpo de piqueros, observó la maniobra de Blasco y miró con preocupación al yunque erizado en que se había convertido el ejército escocés. A aquella velocidad y perseguidos de cerca por la caballería inglesa, a los hombres de Blasco les resultaba imposible huir a través del bosque de Balquhiderock.

—¡¡Abrid paso a los templarios!! —gritó con desesperación—. ¡¡Abrid espacio con el cuerpo de mi hermano!!

El propio conde de Carrick se dio cuenta de la apurada situación de la Compañía Negra y lanzó la misma orden sobre el flanco izquierdo de su fuerza de piqueros. Los escoceses, adiestrados en los últimos tiempos para no ser aquel ejército inconmovible que cayó arrasado en Falkirk, se apretujaron para formar un pasillo entre los escuadrones de los dos hermanos Bruce.

—Bravo, alteza, lo habéis comprendido... —susurró Blasco mientras picaba espuelas y ajustaba el galope en aquella dirección.

La serpiente negra en que se había convertido la compañía de templarios fugitivos onduló tras el aragonés y, uno tras otro, los caballeros pasaron por entre las largas picas y recibieron los vítores y gritos de ánimo de los escoceses. Roberto Bruce lanzó una nueva orden y un chasquido metálico rubricó el cierre de las dos fuerzas. Justo en ese instante, Gloucester se dio cuenta de lo ocurrido y, ocultos sus ojos por el hierro de su yelmo, derramó una solitaria lágrima. Embistió al cuerpo de piqueros de Edward Bruce.

Blasco de Exea tiró de las riendas. Su montura se envaró, resbaló sobre la hierba pisoteada por los miles de escoceses que se disponían a escribir el futuro de su país. Luego giró el cuerpo, se puso rígido sobre los estribos y atisbó el campo de batalla por entre el bosque de picas.

Los hombres de la fila delantera de Edward Bruce se detuvieron y pusieron rodilla en tierra, las larguísimas picas bajaron al unísono para recibir a los ingleses, comandados por un loco caballero carente de blasón. Gloucester lanzó un horrísono chillido cuando su caballo se empaló en las lanzas de vanguardia. El animal ni siquiera se quejó. Arrastró en su caída a varios escoceses y Gloucester se derrumbó con estrépito. Antes de poder levantarse, varias puntas metálicas horadaron su loriga y se clavaron en la carne. Ell joven Gilbert de Clare, conde de Gloucester, murió a sus veintitrés años con un alarido de rabia.

Blasco de Exea se estremeció ante el estruendo metálico que se alzaba desde el campo de batalla. Los caballeros ingleses, coléricos por la muerte de su comandante, se lanzaron contra el muro erizado de Edward Bruce. Gritos roncos brotaban de las gargantas, y formaban un coro infernal al ser amortiguadas las voces por el hierro de los yelmos. Los relinchos de los animales atravesados se mezclaron con las órdenes de los líderes escoceses, que ordenaron a las primeras filas resistir.

Una línea tras otra, los ingleses llegaron para hallar a sus compañeros caídos ante la fila de hierro escocesa. Los hombres se lanzaban a la muerte en la esperanza de forzar la resistencia de los escoceses, pero estos afirmaron las conteras sobre la tierra húmeda y cerraron los ojos. Las esquirlas de metal volaron, restallaron las astillas de madera y los salpicones de sangre mancharon los rostros de los combatientes delanteros. A la vista de la cruel carnicería que tenía lugar ante el cuerpo de piqueros del conde de Carrick, algunos caballeros ingleses trataron de desviar su carga a la derecha, solo para hallar que los hombres de Roberto Bruce y del conde de Moray seguían avanzando. Los que intentaron volver grupas fueron atropellados por quienes venían detrás, y hubo quien trató de salvar las primeras filas escocesas saltando por encima con su horrorizado corcel.

—¡Atrás! —gritó un caballero mientras tiraba con rabia de las riendas—. ¡Volved atrás!

—¡Adelante! —ordenó con firmeza Edward Bruce—¡¡Aplastadlos!!

—*Alba qu bra!!* —gritaron todos al unísono.

Alba qu bra. Escocia para siempre. Los piqueros de vanguardia se incorporaron y empezaron una cantinela grave y monótona que marcaba el ritmo de sus pasos; desgranaban la letanía de muerte mientras avanzaban a largas zancadas. Los ingleses, atrapados bajo sus monturas y sus pesadas lorigas, trataban de apartarse de la senda de sangre, pero el ejército escocés se había transformado de repente en una máquina implacable que devoraba hombres y bestias y teñía la campiña de negro.

Blasco recorrió la retaguardia espantado, viendo los despojos que los tres cuerpos de piqueros dejaban tras de sí: un reguero en el que se mezclaban cadáveres mutilados con armas, hierba aplastada y un sanguinolento lodo que se extendía por doquier.

—¡Amigo Blasco! —tronó la voz del mariscal de Escocia. El aragonés buscó con la mirada el origen de la llamada y localizó a sir Robert Keith en los linderos del New Park, sujetando desde el suelo las riendas de su caballo. Blasco cruzó de un corto galope la distancia que les separaba, enfundó su espada aún chorreante y se despojó del yelmo para tomar aire.

—¡A vuestra disposición, sir Robert!

El viejo mariscal señaló la matanza que, de forma lenta pero inexorable, se alejaba hacia el campo inglés.

—¡Bravo por vos y vuestra compañía, Blasco! ¡Escuchad ahora! ¡No hemos vencido todavía!

Blasco apoyó el yelmo en el arzón y, en un gesto instintivo, se pasó el dorso de la mano enguantada por la frente aunque la tenía cubierta por el almófar.

—¿Dónde están los demás jinetes, sir Robert?

—El rey ha mantenido su plan. Luchan a pie con los piqueros.

Blasco trató de desembarazar su mente del soniquete de hierro y alaridos en que se había convertido el avance escocés. Agitó el yelmo en lo alto y llamó a gritos a sus compañeros. Poco a poco fueron congregándose junto a él.

—¿Desmontamos nosotros también? —inquirió el aragonés mientras la Compañía Negra se reagrupaba.

—No. —El mariscal habló sin alzar la voz, pues la batalla se distanciaba por momentos y, con ella, también se alejaban los chasquidos metálicos, los relinchos de dolor y los gritos de agonía y desesperación—. Prefiero que flanqueéis el campo y vigiléis a los arqueros que han sobrevivido. Temo que se reorganicen y nos causen algún descalabro.

Blasco ahogó un bufido de fastidio. Su deseo era llegarse hasta la retaguardia inglesa y buscar a sir Giles d'Argentan.

—Se hará como ordenáis —aseguró de todas formas. Volvió a calarse el yelmo sobre el almófar y ajustó las correas bajo la barbilla.

Al tiempo, un pequeño grupo de arqueros escoceses abandonaron a la carrera la protección del New Park. Siguieron a un oscuro estandarte que se adelantó hasta las últimas filas de piqueros y comenzaron a lanzar desde la retaguardia. Las flechas trazaron parábolas cuyo destino no podía conocerse.

—¡Seguidme! —ordenó Blasco a sus compañeros, y arrancó por la senda del castillo de Stirling.

V

Sir Giles d'Argentan apretaba con rabia las riendas de su caballo blanco. Frente a él, a menos distancia de la que desearía, la infantería inglesa había tratado inútilmente de auxiliar a la caballería pesada. El efecto de esa ayuda había sido nefasto, pues lo único que habían logrado era presionar aún más a los animales contra la inexorable ola de hierro que aplastaba al ejército inglés. En aquellos momentos los escoceses no luchaban: se limitaban a avanzar con aquellos pasos acordes y clavaban sus picas en espaldas, piernas, brazos y cabezas de personas inmovilizadas por la masa aterrorizada. Estaba llegando el momento en que los combatientes de primera fila se limitaban a pisotear a sus enemigos vivos y dejaban que sus compañeros de las líneas posteriores los remataran al paso.

Alrededor de D'Argentan, una multitud indecisa comenzaba a darse cuenta de la magnitud de la tragedia que se avecinaba. Como siempre, las voces de los cobardes se alzaron con mil y una excusas para cimentar su huida.

—¡Repleguémonos ahora y hagámosles frente luego! —decían unos mientras acopiaban todos los enseres que podían.

—¡Yo no pienso morir en este país, y menos por esta cuadrilla de nobles engreídos y por este rey invertido! —gritaba otro al tiempo que salía a la carrera.

Otros, los más, preferían callar la boca y poner piernas en movimiento, y así fueron abandonando la larga caravana de provisiones que habían traído desde Wark.

—Bertrand —llamó con forzada serenidad sir Giles—. A mi lado.

El gascón espoleó con timidez su caballo y se acercó a regañadientes. D'Argentan apartó con el codo el escudo y lo dejó colgar de la espalda. Cambió de mano la lanza y se santiguó varias veces con la cabeza inclinada.

—¡Alteza! —dijo cuando hubo terminado sus oraciones—. ¡Ha llegado el momento de abandonar el campo!

Eduardo II no oyó las palabras de D'Argentan. Atendía a la carnicería que se desataba ante él con los ojos desmesuradamente abiertos. Dejaba entrever un ligero temblor en los labios y se inclinaba sobre el cuello de su corcel. El monarca sufría un pequeño espasmo cada vez que le alcanzaba uno de aquellos bramidos graves que marcaban el ritmo de la máquina escocesa de picar carne. Junto al rey, Hugh Le Despenser movía a gran velocidad su pierna izquierda como si fuera presa de convulsiones.

—¡Alteza! —intervino también Aymer de Valence. El rey sí oyó la llamada de este.

—¿Sí, Pembroke? —respondió con timidez.

—Alteza, hemos de abandonar el campo... —repitió el conde de Pembroke las palabras de D'Argentan.

El rey negó con la cabeza ante el espanto de su favorito.

—Alteza, no deben capturaros —habló de nuevo sir Giles—. Sería un desastre para el reino.

—¡Tienen razón, alteza! —apremió Le Despenser—. ¡Vayámonos ya!

—No... —balbuceó el rubio monarca—. No aún. Mirad... Los arqueros todavía pueden arreglarlo...

El rey señalaba con dedo tembloroso al arroyo Pelstream, donde algunos arqueros galeses, medio metidos en el agua, disparaban a bulto sobre la batalla. Su rostro se congestionó cuando los caballeros vestidos de negro volvieron a aparecer al otro lado del Pelstream, lanzando alaridos que pusieron en fuga a los arqueros de inmediato.

Sir Giles d'Argentan bajó la visera de su nuevo yelmo y recuperó el agarre de su escudo, clavó las rodillas en los flancos de su montura y pasó ante el rey. El gascón Bertrand Arzac le siguió totalmente lívido, cubierto con un casco abierto. Empuñaba una maza de guerra.

—Amigo mío —se dirigió D'Argentan al conde de Pembroke—. El rey debe scr puesto a salvo ya. —Apuntó con la lanza hacia el castillo de Stirling, que se erguía en una suave ondulación a la vista del campo. Aymer de Valence miró en la dirección que le señalaba sir Giles. Algunos escoceses armados con largas hachas llegaban en ese momento hasta el cauce del Pelstream y alcanzaban a los arqueros más rezagados.

—Habremos de abrirnos camino —advirtió Pembroke.

Giles d'Argentan miró por sobre los infantes escoceses. Más allá, entre el Pelstream y Stirling, los jinetes vestidos de negro refrenaban a sus monturas. A su frente, un guerrero hacía oscilar la espada e indicaba a los demás que volvieran atrás. D'Argentan decidió en ese momento que debía batirse con aquel jinete.

—¡Basta de demoras! —sir Giles sobresaltó al propio rey—. ¡Vayamos a Stirling ya o esta noche seréis prisionero de Bruce, alteza!

La orden, inesperada para el monarca, le hizo salir de su modorra. Desenfundó la espada tachonada de oro y tiró de las riendas a la derecha, dispuesto a seguir a sus caballeros. El conde de Pembroke alzó la lanza adornada con el estandarte albo y azul de su familia, y al instante la guardia real formó alrededor de Eduardo II.

Iniciaron el galope cuando los supervivientes de la batalla, aterrorizados, llegaban al lugar. Pasaban corriendo tras haber arrojado sus armas y tomaban el camino de levante, o bien huían hacia el cercano río Forth. Otros fueron alcanzados al intentar cruzar el Bannock, y allí mismo se les masacró sin más trámite.

El conde de Pembroke abría la marcha hacia Stirling, y el rey alzaba la cabeza en una última muestra de orgullo. Huían hacia la derecha de sus líneas, por una ruta que hasta hacía poco se mantenía limpia de escoceses, pero en ese momento llegaban varios enemigos, caballería desmontada sin duda a juzgar por sus vestiduras, de mayor calidad que las de los piqueros.

—¡En línea a mi lado! —exigió Aymer de Valence a sus mesnaderos cuando algunos soldados escoceses se plantaron ante ellos con hachas y lanzas. Giles d'Argentan se situó en el flanco izquierdo de la línea, deseoso de llegarse hasta aquel caballero negro antes de que abandonara el campo de batalla.

Pembroke soltó un alarido, su caballo relinchó al sentir las espuelas del conde clavadas en los ijares. Al momento, los demás caballeros, incluidos el propio rey y su favorito, cargaron con furia. D'Argentan aguantó la respiración. Vio pasar de soslayo el campo tintado de sangre, los árboles, los arroyos y los piqueros escoceses, que corrían para cortar la retirada del rey de Inglaterra.

No fue difícil destrozar la oposición de aquellos que lo habían intentado primero. Pembroke ensartó en la lanza a un tipo y se llevó por delante con el caballo a otros dos. El rey pasó tras él como una exhalación. Sin embargo, un escocés deslizó un hábil tajo bajo el caballo del monarca y el animal se vino de rodillas, resbaló e hizo caer a Eduardo II. Un grito de horror brotó de la garganta de Le Despenser.

D'Argentan, ansioso por acabar con aquel molesto obstáculo, ensartó la punta de su lanza en el cuello del escocés. La fuerza de la cabalgada estuvo a punto de arrancar la cabeza entera.

—¡Un caballo para el rey! —Pembroke detuvo su corcel.

Uno de los escoceses pareció hacerse eco de la orden, pues tuvo la fortuna de envasar su lanza en las tripas de un caballero inglés antes de caer él mismo atravesado por Giles d'Argentan, que ahora se movía como una furia entre los enemigos. Aymer de Valence desmontó de un salto, ajeno a su propia seguridad, arrojó la lanza a tierra y ayudó al rey a levantarse. Pronto, los caballeros de la guardia formaron un círculo protector mientras D'Argentan mantenía a raya a los escoceses. Pembroke empujó al caballero muerto y lo hizo caer de su montura. Se agarró al arzón y alzó a su monarca, aturdido después de la caída.

Bertrand Arzac, por su parte, trataba de evitar la pelea. Con ese fin guiaba a su caballo por la parte más alejada del combate y ya había conseguido llegar a la orilla del Pelstream, pero se vio atacado por un tipo que empuñaba una enorme hacha. Arzac gritó, azotó los costados de su caballo, pero el animal había quedado atascado en el barro. El escocés alzó su arma ante la mirada de terror del gascón..., pero el pecho de aquel se abrió y, por la brecha, apareció la punta de una lanza y un estandarte ennegrecido.

Arzac suspiró aliviado y miró con agradecimiento a su señor. Se afanó en liberar a su montura del lecho lodoso de la orilla. D'Argentan tiró de la lanza para desclavarla del enemigo, pero este caía en ese momento y el asta crujió antes de partirse, despidiendo una lluvia de sangre y astillas. Sir Giles maldijo antes de arrojar la ya inútil madera. En ese instante, la comitiva real cruzaba el Pelstream a unas yardas y cobraba velocidad hacia Stirling. El paso estaba libre. El rey podía considerarse a salvo. El caballero buscó a su alrededor con premura.

—¡Bertrand! ¡La lanza del caído!

D'Argentan señalaba el arma del jinete muerto en cuyo caballo había montado el rey Eduardo. Arzac saltó a tierra con el rostro desvaído y obedeció la orden de su señor.

—¡Ahora recupérate, Bertrand, y sígueme! —ordenó D'Argentan. El caballero espoleó a su caballo blanco al tiempo que hablaba y, de un ágil salto, se metió en el arroyo.

El gascón no se lo pensó dos veces. Una horda de escoceses se acercaba. Empuñaban armas ensangrentadas y, por sus alaridos, se veía claro que aún no habían satisfecho su avidez. Montó de nuevo en su caballo e hincó las espuelas en sus ijares. Miró atrás al tiempo que salvaba la corriente. La batalla había llegado a su fin hacía rato, lo que tenía lugar era ya una matanza. Pero aquello había dejado de ser asunto suyo, por lo que hizo trepar al caballo por la orilla opuesta y se lanzó tras Giles d'Argentan, que inexplicablemente viraba ahora a la izquierda para dirigirse a un grupo lejano de caballeros de oscura apariencia.

—¡Precaución, Blasco! —avisó Fulco de Payens a la espalda del aragonés. Este se volvió y recorrió la ribera del Pelstream con la vista; pronto descubrió a los dos jinetes que venían al galope hacia la Compañía Negra. Blasco refrenó a su caballo, que ya iniciaba el regreso a la retaguardia escocesa. Estiró los labios en una sonrisa de satisfacción.

—No puedo creerlo —susurró al reconocer los colores rojo y plata que le había descrito aquella misma mañana Alexander Seton—. Es el caballero Giles d'Argentan.

—¡Están locos, sin duda! —aseveró Fulco desde su montura al tiempo que enristraba su lanza.

—¡Espera! —Blasco adelantó su caballo—. ¡Déjamelo a mí!

Giles d'Argentan cabalgaba unas yardas por delante de su ayudante, que le acompañaba más por miedo a quedar solo en aquel campo de muerte que por afán de combate. La tez del gascón palideció al ver que dos de los jinetes negros retenían su marcha, les esperaban y se aprestaban para la lucha. El resto de la compañía de caballería seguía moviéndose hacia poniente, ignorantes de que dos de sus miembros habían quedado atrás. Bertrand Arzac tiró de las riendas, se detuvo y dejó que el caballero D'Argentan arremetiera solo contra los dos caballeros negros.

—¡Es mío! —bramó Blasco al tiempo que azuzaba a su caballo. Fulco de Payens obedeció a su amigo y retuvo a su montura, dispuesto a presenciar la liza.

Ambos jinetes apretaron los dientes y se encogieron tras los escudos, estirando las piernas para tensar los estribos. D'Argentan aferró con fuerza la lanza y la apretó contra el costado, pero Blasco tiró del bocado a la izquierda y cruzó su trayectoria.

—Maldito seas... —susurró sir Giles al ver la maniobra de su oponente. Alzó el codo derecho y giró el cuerpo. Trató de picar al cruce a Blasco. El aragonés lanzó un tajo con la espada para desviar la lanza del inglés y las dos armas chocaron en el aire. El asta de Giles d'Argentan se quebró, y en un instante la arrojó al suelo. Mientras desenfundaba la espada con un movimiento inusitadamente rápido, arrancó un relincho a su montura al obligarla a derrapar.

Blasco hizo lo propio con su caballo y buscó de nuevo el encuentro, ahora sin velocidad. Los hierros resonaron en la campiña al chocar las espadas de los dos caballeros, y los colores rojo y negro se mezclaron recortándose contra el cielo gris. Los dos corceles giraron al tiempo que sus jinetes descargaban terribles tajos. Ambos hierros relampagueaban y parecían dejar estelas azuladas con cada ataque. Era como si los guerreros se aprestaran a danzar y cada uno conociera los pasos de su oponente. Aún no se había retirado un escudo cuando ya el filo de la espada volaba y chocaba contra la madera y el cuero. Los dos caballeros se empleaban en silencio, soltando cortos resoplidos con cada espadazo propio y ajeno, sin atreverse a parpadear. Porque tanto uno como otro habían cobrado ya conciencia de que era el tiempo de un chispazo lo que el enemigo necesitaba para terminar con aquello. D'Argentan cambió el giro de un tirón y rompió el intercambio. Luego miró a través de las rendijas de su yelmo a aquel caballero que le plantaba cara. Blasco también se detuvo.

A poca distancia, Fulco de Payens comenzó una queda plegaria. Era la primera vez que veía un oponente resistir tanto tiempo el ímpetu de su compañero Blasco de Exea, implacable en la batalla. Más allá, Bertrand Arzac tragó saliva con dificultad, sorprendido ante el empuje del oscuro oponente de su señor.

—¿Quién sois? —inquirió Giles d'Argentan—. ¡Debo saberlo antes de mataros!

Blasco sostenía el escudo negro ante sí, y dejaba asomar tras él las dos rendijas oscuras de su yelmo. Su voz sonó metálica.

—¡Os lo diré con gusto, señor, si vos también complacéis un ruego mío!

D'Argentan se acercó el puño de la espada a la cara. Se alzó la visera de la celada con el pulgar.

—¡Hablad! —concedió sir Giles.

Blasco bajó su arma antes de preguntar.

—¡Busco a un gascón! ¡Su nombre es Bertrand Arzac!

D'Argentan torció el gesto sin ocultar su sorpresa. Miró a su servidor, que no podía oír la conversación entre los dos oponentes.

—¡Me decepcionáis, señor! —espetó sir Giles—. ¡Os tengo por un hábil guerrero desde que hemos cruzado nuestros aceros, y si buscáis rival digno pienso que habríais hecho mejor en preguntar por mí! ¡Sea como fuere, me habéis encontrado, así que temo que ya no hallaréis a ese gascón!

El aragonés bajó la mirada con impaciencia antes de responder.

—Sé de sobra quién sois, sir Giles. ¿Me complaceréis o no, señor? —insistió Blasco—. ¡Solo así podréis saber quién se dispone a daros muerte!

La bravuconada del aragonés consiguió el efecto esperado. Giles d'Argentan sonrió con una mezcla de sorpresa y admiración.

—Bertrand Arzac es mi servidor —contestó sin señalar al gascón, y acercó su montura a la de Blasco para no gritar.

—¿Está aquí? —inquirió el aragonés. D'Argentan enarcó las cejas.

—Son dos ruegos ya los vuestros, señor. Más de lo acordado. Decidme ya con quién tengo el honor de batirme.

Blasco miró a los ojos al inglés y de inmediato creyó todo lo que le habían dicho sobre aquel hombre. Con un movimiento ágil desembrazó el escudo y lo dejó colgado del tiracol. Liberó su cabeza del yelmo para dejar que D'Argentan pudiera verle la cara.

—Mi nombre es Blasco de Exea. Soy aragonés y combato por Escocia.

Sir Giles estudió de arriba abajo a su rival.

—¿Por qué vestís de negro, sir Blasco? ¿Por qué lo hacen todos vuestros compañeros? No es propio de caballeros ocultar el linaje.

—No ocultamos nada, sir Giles. Mostramos el luto por nuestros hermanos caídos.

D'Argentan dibujó una sonrisa burlona en el rostro.

—¿Hermanos? ¿Qué sois? ¿Freires acaso?

—Lo fuimos, sí. Templarios.

El inglés asintió mientras susurraba un juramento. Ahora lo entendía todo.

—Claro que sí..., claro... Solo los templarios habrían cargado como vuestra hueste ha hecho hace un rato... Templarios... Pero, un momento. Si sois templarios, ¿cómo os atrevéis a derramar sangre cristiana? ¿Qué hay de vuestra Regla?

—Ya no somos templarios. No nos ata ninguna Regla. Y es nuestra sangre la primera que fue derramada.

—Comprendo... —aceptó sir Giles—. Así que es eso: sois fugitivos de la ira del Papa y de los reyes cristianos. Gran injusticia la que se cometió con vuestra orden, lo reconozco. Bravos caballeros acabaron de forma ignominiosa para vergüenza de la cristiandad.

Blasco inclinó la cabeza en señal de agradecimiento.

—El rey Roberto nos acogió sin reservas. Lucho a su lado por ello, pero no tengo nada contra vos, sir Giles.

El inglés también hizo una leve inclinación.

—Yo tampoco tengo nada personal contra vos, pero es la guerra y somos adversarios... —Tocó con la guarda de la espada la visera y esta cayó con un golpe para ocultar de nuevo su rostro—. ¿Estáis dispuesto a morir, sir Blasco?

—Os he informado cumplidamente, sir Giles —se quejó el aragonés—, pero vos aún no me habéis contestado: ¿está aquí Bertrand Arzac?

D'Argentan pasó la pierna derecha sobre el arzón y se dejó caer del caballo. De inmediato, y siguiendo el código de honor, Blasco le imitó para luchar a pie firme.

—Mi servidor está aquí, sí —reveló al fin el inglés, y alargó la espada hacia el gascón, parado aún a distancia prudencial—. No sé para qué lo buscáis, pero he de suponer que vuestras razones son poderosas y, sin duda, justas.

Blasco giró la cabeza un momento y observó a Arzac, que seguía expectante la conversación entre los dos caballeros. Inspiró con fuerza y sintió la rabia correr como un veneno por sus venas. Luego advirtió que algunos soldados escoceses cruzaban el Pelstream y se acercaban a la carrera. Miró a Fulco.

—Haz la merced de acercarte a ellos y detenerlos para que nos dejen dirimir este pleito como caballeros, amigo mío —señaló a los guerreros que se aproximaban. Luego hizo un gesto con la barbilla hacia Bertrand Arzac—. Que tampoco le hagan nada a él.

Fulco de Payens asintió y arreó a su montura hacia el Pelstream.

Blasco encaró a su adversario antes de calarse otra vez el casco. Luego embrazó de nuevo el escudo, alzó la espada y puso la cruz ante el yelmo para saludar a sir Giles d'Argentan. El inglés devolvió la cortesía. Ambos caballeros flexionaron las piernas, se asentaron sobre la hierba y antepusieron sus escudos para esperar la acometida del rival. El rojo de D'Argentan reflejó el sol mientras el negro de Blasco revelaba la oscura ira que desbordaba su corazón.

El primero en atacar fue el inglés. Soltó un tajo de través, rápido y seco. Blasco movió el escudo y detuvo el golpe, que resonó en la campiña, y devolvió el espadazo a la misma altura.

Durante unos instantes, los dos rivales se turnaron en los ataques y repitió uno el embate que le propinaba el otro. Ahora no era como unos instantes antes, con el intercambio rápido de espadazos desde las monturas. Luchando a pie, ambos guerreros se lanzaban con todo su peso, se desplazaban de lado o encadenaban los golpes y defensas mediante giros. El cuero claveteado de los escudos se marcó con cada tajo, y los huesos de los contendientes temblaron con fuerza. De súbito, el inglés trocó la rutina y se aplicó con tres golpes seguidos a la cabeza, que el aragonés detuvo alzando su defensa. En el último tajo, D'Argentan rompió el giro y viró sobre sí mismo con la intención de herir el costado derecho de Blasco. Este no se dejó sorprender y antepuso su acero, que arrancó un tañido metálico a la mañana al chocar con el de su enemigo. D'Argentan, descubierto por su arremetida, retrocedió dos pasos para recuperarse.

Era el turno de Blasco: en lugar de dejar que su oponente se guarneciera de nuevo, se lanzó hacia delante con el escudo, que golpeó al del inglés y le hizo trastabillar. D'Argentan cayó de espaldas y rodó sobre sí mismo, temeroso de que Blasco quisiera rematarlo. Pero el aragonés se había detenido y ahora apoyaba el filo de su arma sobre el borde superior del escudo. El inglés se levantó con lentitud y agradeció el gesto de caballerosidad de Blasco con una casi imperceptible reverencia.

Alrededor de los dos luchadores, los guerreros escoceses se congregaban con las armas bajas. Fulco les había detenido y ahora gritaba mientras Blasco y sir Giles se miraban a distancia sin moverse.

—¡Nadie toque al inglés si vence en la lid! —exigió el de Payens—. ¡La batalla ha terminado y esto es cuestión de honor!

Luego tiró de las riendas de su corcel y arrancó hacia Bertrand Arzac, que de inmediato inició la fuga. El caballo del francés se alejó a galope tendido al tiempo que los dos caballeros reanudaban la lid. Fue de nuevo el inglés quien tomó la iniciativa. Atacaba de lado primero y se retiraba, pero al punto acortaba la distancia otra vez. Golpeaba a distintas alturas y obligaba al aragonés a aprestarse a cada asalto. Un murmullo se alzó entre los guerreros escoceses que rodeaban a los combatientes.

De repente, tras fingir una de aquellas retiradas, D'Argentan inmovilizó con su escudo al del aragonés y soltó un tajo corto en el costado izquierdo de Blasco. La hoja cortó la veste negra y golpeó la loriga, y las anillas de hierro se clavaron a través del gambesón en la piel del guerrero. Un gruñido escapó de los labios de Blasco, los espectadores aguantaron la respiración. Giles d'Argentan se movió en torno a su adversario mientras este se cubría con el escudo, el cuerpo doblado por el dolor del golpe.

El inglés descargó un fuerte espadazo con la esperanza de doblegar por fin al aragonés. Gritó al tiempo que su arma cortaba el cuero y la madera del escudo negro. Blasco se dejó caer, rodó hacia atrás. Quedó a tres yardas largas de su adversario, que soltó un rugido de triunfo mientras preparaba un nuevo tajo, pero el aragonés, en lugar de esperarlo en el sitio, se impulsó venciendo al dolor.

La punta de la espada resbaló por la arista del rojo escudo de Giles d'Argentan, pasó bajo la visera del caballero y cortó el cuero pardo del barboquejo. El grito de victoria del inglés se convirtió en un gorjeo ronco al hendir la carne la ferruza y penetrar en la garganta del caballero, medio palmo hacia arriba.

La campiña quedó en silencio, roto el murmullo de los escoceses por la certera estocada del aragonés. Por un momento, Giles d'Argentan se mantuvo a pie firme, el escudo ligeramente ladeado y la espada empuñada en lo alto, presta para descargar el golpe. Más de uno de aquellos guerreros pensó que sí, que todavía tendría fuerzas el inglés para tajar y que cazaría a su adversario, ahora desprotegido y con el acero aún envasado en el cuello de D'Argentan.

Blasco retiró el arma chorreante, se alzó y retrocedió un par de pasos.

Sir Giles d'Argentan cayó hacia delante, con el puño férreamente apretado en torno al puño de su espada y sin emitir un solo gemido. Su yelmo golpeó el suelo almohadillado de verde y quedó inmóvil.

El aragonés clavó la espada en tierra y se agarró el costado izquierdo al tiempo que soltaba un quejido. En ese instante los escoceses levantaron sus armas y gritaron con rabia, celebrando el triunfo de Blasco de Exea.

VI

Fulco empujó con el pie a Bertrand Arzac, que cayó de rodillas ante Blasco de Exea. El gascón contemplaba horrorizado el cadáver de su señor, incapaz de creer que alguien lo hubiera vencido al fin. Luego abrió los ojos azules y llorosos y juntó ambas manos con los dedos entrelazados. Blasco estaba fatigado, casi derrengado. El duelo con D'Argentan había sido espantoso y había requerido de todas sus fuerzas, toda su concentración y toda su resistencia. Tan solo la premura del combate le había librado de convencerse de que la muerte había planeado sobre él hasta casi posarse en su corazón. Ahora sus piernas temblaban y su cuerpo parecía gritarle. Blasco sabía que jamás, en lo que le quedaba de vida, fuera mucho o poco, volvería a medirse a un rival tan extraordinario como Giles d'Argentan. El orgullo por el triunfo se mezclaba con la amargura de haber dado muerte a un caballero sin igual. Pero había más trabajo. El turno de la caballerosidad acababa de pasar y llegaba el momento de ajustar cuentas con otra clase de persona. Sus ojos se posaron en el rostro pálido de Arzac.

—Mi señor —murmuró el gascón con voz quejumbrosa—. Apiadaos de mí, que solo soy un pobre sirviente. Vine aquí acompañando a sir Giles, pero nada tengo contra vuestro país. Así recobréis pronto la libertad y os libréis del yugo de los ingleses...

—¡Silencio, Arzac! —tronó Blasco, que seguía aferrándose la veste cortada a la altura de la cintura. Le dolía al respirar, pero no sangraba, lo que tomó por buen indicio.

El gascón se sobresaltó al oír su nombre. Miró con curiosidad a Blasco y trató de reconocerlo, pues el aragonés se había despojado del yelmo y había dejado caer hacia atrás almófar y crespina.

—No sabes quién soy, ¿verdad? —inquirió con rabia Blasco.

Arzac negó con la cabeza. El acento de Blasco le sonó enseguida y supuso que estaba ante un aragonés, lo que le llevó a esforzarse por recordar sus tiempos de luchador a sueldo del rey Pedro III. ¿Quién era aquel tipo? Parecía demasiado joven para haberlo conocido en las campañas contra Anjou.

—¡Mirad! —avisó de repente uno de los soldados escoceses—. ¡El rey de Inglaterra y sus caballeros huyen hacia Torwood!

Todos giraron sus cabezas. Todos menos Blasco, que seguía con la vista puesta en Bertrand Arzac.

El gascón no se parecía mucho al turbio recuerdo que de él guardaba el aragonés. Las arrugas campaban por su rostro lleno de hoyos y dos grandes bolsas le adornaban los ojos. Además estaba enflaquecido, sin duda por el tiempo de encierro en Salónica. Los pómulos se marcaban con fuerza y le faltaban algunos dientes.

—¡Avisad a sir James Douglas para que capturen a ese sodomita! —gritó alguien, y dos de los caballeros de la Compañía Negra arrancaron sus monturas hacia poniente.

A la derecha del grupo, en el escenario de la cruenta batalla, el ejército escocés descansaba o se dolía de las heridas, o bien despojaba los cadáveres aplastados de los ingleses. Más allá, al otro lado del Bannock, muchos soldados saqueaban ya los carros de pertrechos que había traído el enemigo. El mismo estandarte de Roberto Bruce ondeaba a lo lejos, en los linderos del Balquhiderock.

—¿Qué queréis de mí, mi señor? —gimoteó Bertrand Arzac.

—Que mueras, perro —respondió en voz baja Blasco. El gascón sufrió un estremecimiento y redobló sus lágrimas. Trató de congraciarse recurriendo al origen de aquel extraño caballero vestido de negro.

—Perdón, mi señor. Perdón. Tened compasión de este viejo soldado que sirvió bajo la señal real de Aragón. Nada os he hecho. Ni siquiera he usado mi arma.

Blasco observó la maza de guerra que Fulco había traído al capturar al gascón. El arma, totalmente limpia, descansaba sobre la hierba no lejos del cuerpo de D'Argentan.

—Ya veo. —El aragonés escupió las palabras—. No has sido lo suficiente hombre como para luchar. Lo tuyo son las mujeres, ¿verdad? Esas son más fáciles de matar.

Arzac frunció el ceño mientras seguía descargando lágrimas. Se pasó la mano por la cara y miró alrededor, incapaz de comprender.

—Blasco, no entiendo qué pretendes —habló Fulco tras el prisionero.

—¡Esto es entre este puerco y yo! —respondió con voz amenazante el aragonés, el rostro enrojecido por la rabia y el puño apretado en el lugar en que D'Argentan le había herido.

Fulco estiró los labios, se dio la vuelta y montó en su caballo. Luego miró a su compañero un momento y clavó las espuelas en los ijares del animal.

La bofetada restalló en la campiña y el rostro de Arzac se estremeció al recibirla. Cayó de lado, pero Blasco aferró las anillas de su loriga envejecida y lo levantó de nuevo. El gascón quedó otra vez de rodillas.

—Recuerda. —Clavó la mirada en Arzac—. Recuerda, perro.

Recuerda una bofetada como esta. Recuérdala. Fue hace mucho tiempo, Arzac, en Malta. Golpeaste a una dama, perro, a una mujer tan noble que la mismísima Virgen María debió estremecerse en el Cielo al sufrir el revés.

—¿En... Malta?

Blasco se soltó el costado y echó la mano atrás. Desenfundó la daga que llevaba colgada a la diestra. Se la mostró al gascón y la hizo girar ante él.

—¿La reconoces? ¿La has visto antes, Arzac?

El gascón negó repetidamente. Una gran mancha roja aparecía por momentos en su pómulo izquierdo, allá donde Blasco había descargado su golpe.

—Te ayudaré —continuó el aragonés—. Su dueño se cubría con un gorro que lucía una ridícula pluma roja. Roja, como la sangre que hizo brotar del cuello de mi nodriza en el Castillo del Mar, en Malta. Roja, como la sangre que salía a borbotones de la cabeza de Alice de Vannes... ¿Te acuerdas ya, Arzac?

El gascón entornó los ojos y abrió la boca, olvidado por un instante del trago que estaba pasando. Ahora recordaba. La pluma roja y aquella daga eran de Vittorio, claro. Y el único que había salido vivo de aquel episodio en Malta había sido... el niño. El gascón movió la mano con lentitud para señalar a Blasco, y este asintió.

—Sois... Sois aquel niño... ¿Sois aquel niño?

—El mismo, Arzac —respondió Blasco mientras acercaba su rostro al del gascón—. Soy aquel niño. El mismo que tuvo que ver cómo forzabas a su madre moribunda... El mismo niño que estuviste a punto de arrojar contra las rocas al pie de aquellas murallas. Soy el hijo de la mujer que tú mataste, Arzac.

Bertrand aflojó la mandíbula y se dejó caer sobre los talones, abandonado ya a su suerte. Las lágrimas dejaron de brotar y sus ojos quedaron fijos en la nada, seguro por fin de que exhalaba sus últimos suspiros.

—Tu asqueroso socio, el pisano Vittorio, se pudre desde hace años en el fondo del mar, Arzac. —Blasco pasó la hoja de la daga por el rostro del gascón, parándose en cada hoyuelo mientras hablaba en voz baja. A su alrededor, algunos escoceses observaban curiosos. Otros habían abandonado el lugar y se unían a la rapiña, deseosos de cobrar alguna pieza de los muertos enemigos.

—Matadme ya —rogó con voz grave Arzac. Blasco sonrió aviesamente.

—Al menos demuestras más temple que tu amigo pisano —reconoció—. Sí, por supuesto que te voy a matar, pero antes me dirás dónde puedo encontrar a Ferrer Zintero.

El gascón miró de nuevo a Blasco, los ojos claros de uno a pocas pulgadas de los ojos claros del otro. Aunque su labio inferior temblaba, Bertrand acertó a esbozar una sonrisa lastimera.

—Jamás podréis con Zintero —aseguró—. Zintero siempre prevalece. Vos no seréis capaz de acabar con él. No tenéis madera.

—Eso déjalo de mi cuenta.

El gascón hizo acopio de los últimos rescoldos de valor antes de una muerte que ya había aceptado. Señaló al cadáver de sir Giles d'Argentan.

—No penséis que será como con él. Vos no sabéis jugar a su juego. Zintero vence siempre.

La mano izquierda del aragonés agarró de nuevo la cota de malla bajo la barbilla de Arzac, y la derecha apretó un poco más la daga contra la piel de su cara.

—Dime dónde está y que me derrote si puede.

—¡Acabad ya con él, señor! —rogó un escocés de los que se había quedado a mirar el duelo singular con D'Argentan—. ¡Hasta para un inglés es suficiente humillación! ¡O dejadlo si queréis y nosotros lo mataremos!

Blasco hizo caso omiso de aquellas palabras. Arzac sonrió por última vez y la duda se abrió camino en la mente del aragonés. Topar con Vittorio había sido poco menos que un capricho del azar. Econtrarse con Arzac le había requerido años de esfuerzo y espera. ¿Qué necesitaría para topar con Ferrer Zintero? Su pista llegaba hasta aquel lugar, en el prado de muerte de Bannockburn, pero el mundo era muy grande y había pasado demasiado tiempo. Mas no. No podía ser. Debía hallar a Zintero. Aquel almogávar no podía haberse desvanecido en las tinieblas sin más.

¿O sí? ¿Podía hacer tal cosa? ¿Sí? ¿No? Blasco se desesperaba por momentos. Desgargó su ira con un nuevo revés en la cara de Bertrand Arzac y el gascón rompió a sangrar por la nariz. Sin embargo, la sonrisa no desapareció de su rostro. Parecía encontrar un oscuro placer en no ser capaz de ayudar a quien le iba a matar.

—¡Ferrer Zintero! ¡Dime cómo encontrarlo! ¡Debe haber un modo! ¡Alguien tiene que saber algo!

Soltó un tercer golpe. Esta vez la piedra roja que remataba el pomo de la daga abrió la piel del rostro del gascón. La sangre brotó de la herida. Se mezcló con la que salía de la nariz, pero Arzac no dejaba de sonreír.

—Nadie sabe qué fue de Zintero. Tal vez siga en Grecia o quizás haya vuelto a Aragón. De lo que estoy seguro es de que vive. Y también estoy seguro de que vos no podréis hacer nada para remediarlo.

Blasco encajó aquellas palabras con una punzada de dolor. Sabía que el gascón decía la verdad. Lo notaba en la forma en cómo se alegraba a pesar de todo. Era una última jugarreta del destino. Una burla casi postrera. Sintió una gran impotencia. Allí mismo, ante aquel gascón envejecido y derrotado, parecía acabar su camino. Y era peor después de que las primeras luces de ese día le hubieran traído un rayo de esperanza. Incluso al verse enfrentado a Giles d'Argentan le había parecido ver recobrada su fe. Ese Dios del que había renegado ¿ponía a su alcance al hombre que había buscado a través de mares e islas? No, claro. Si Dios existía, en aquel instante debía estar riéndose a grandes carcajadas. Riéndose de él. El mundo era excesivamente grande y caótico, y Zintero, al parecer, demasiado escurridizo. Ese temor se convertía por instantes en certeza. Había fallado a su madre, a la pobre Alice..., y al buen don Artal, que lo crio con un fin que jamás alcanzaría. Un nudo le oprimió la garganta al asumir que nunca conseguiría llevar a término su venganza.

Miró a los ojos del gascón una vez más.

—Por ti, madre.

Arrojó la daga al suelo, frente a Bertrand. Soltó su loriga y rodeó al gascón, que seguía de rodillas. Aferró la maza de guerra impoluta y, sin pensárselo, golpeó la cabeza de su enemigo.

El cráneo crujió como aquella mañana, más de treinta años atrás, cuando Alice de Vannes sintió estrellarse su vida contra las piedras del Castillo del Mar. Bertrand Arzac cayó como un fardo, con los ojos aún fijos en la daga de Vittorio y la seguridad de que Blasco de Exea jamás podría completar su venganza de sangre.

SEGUNDA PARTE

Quien tira una piedra al aire, sobre su propia cabeza la tira; el golpe a traición devuelve heridas.

Quien cava una fosa caerá en ella, quien tiende una red, en ella quedará preso.

Quien hace el mal, lo verá caer sobre sí sin saber de dónde viene.

Escarnio y ultraje son cosa de orgullosos, mas la venganza como león acecha.

Eclesiástico, XXVII: 25-28

El otoño del rey

I

Tres años después.
Huesca. Finales de verano de 1317

Jaime de Aragón inspiró con profundidad y cerró los ojos. A su lado, el consejero Gonzalo García se mantenía en silencio.

Habían anunciado la llegada del embajador Vidal de Vilanova y del obispo Ponce de Gualba, que habían recorrido a marchas forzadas la distancia desde Barcelona a Huesca tras fondear en la playa la nave que les traía de vuelta de Aviñón. De las noticias que trajeran dependería parte del futuro de las rentas y posesiones del Temple. Y mucho más. Además, el esfuerzo que el propio rey de Aragón había invertido en aquel proyecto había acabado por transformarse en una auténtica obsesión. Gonzalo García lo sabía, por eso deseaba que todo hubiera llegado a un fin satisfactorio. Las cosas iban bien para la Corona y necesitaban alguna buena noticia.

—Tened confianza, alteza —animó el consejero al rey en un susurro—. Vilanova es hábil e inteligente. Y el obispo, muy convincente. Hasta ladino diría yo.

El rey asintió de forma casi imperceptible. Se sentaba a la cabeza de la larga mesa del Consejo Real, rodeado como siempre de la majestad con la que se engalanaba en cualquiera de sus palacios. A la izquierda del rey, Gonzalo García se rascaba la barbilla. Su mente ya cavilaba cuál sería el próximo paso si la embajada a Aviñón no había resultado.

El eco de unos pasos resonó por los pasillos del palacio oscense. Jaime II abrió los ojos y los fijó en las puertas de madera labrada. Ante él, la mesa del Consejo rebosaba con un sinfín de pergaminos enrollados. Otros, extendidos y fijados con lastres nobles, mostraban sus garabatos y anotaciones. Tablillas, plumas coloridas y una copa de plata mediada de vino indicaban que aquellos dos hombres no habían estado ociosos durante la mañana. El rey vestía con las armas de Aragón bordadas en el pecho. Su capa de paño rojo forrada de armiño, demasiado espesa para el calor que aún pesaba sobre Huesca, colgaba descuidadamente en el cabezal de la silla.

Un sargento de la guardia abrió la puerta, hizo una inclinación y apoyó la contera de la lanza en el suelo de la sala. Jaime de Aragón interrogó al soldado con la mirada.

—El señor obispo de Barcelona y el procurador Vidal de Vilanova están aquí, alteza.

El rey hizo un gesto con la mano y el sargento se hizo a un lado, retirándose de la entrada. El primero en entrar fue el consejero real, que lucía un jubón ajustado y llevaba la espada colgando del talabarte. Flanqueó la mesa del Consejo y, a dos codos del monarca, puso rodilla en tierra.

—Bienvenido, amigo Vilanova —saludó el rey.

Ponce de Gualba llegó jadeante, sujetándose con ambas manos la muceta de fino paño negro forrada de carmesí. Se detuvo un instante y tosió junto al sargento de la guardia real. Luego se puso a la par de Vidal de Vilanova.

—Señor obispo... —El rey advirtió que Gualba necesitaba recuperar aliento para hablar. Estuvo a punto de alargar una mueca burlona—. Nos es grato veros tras tanto tiempo.

—Alteza, sed bienhallado —respondió al fin el consejero real Vilanova, mientras se incorporaba con agilidad. Ponce de Gualba apoyó una mano sobre la mesa y se pasó el dorso de la otra por la sudorosa frente. El rey señaló a la copa de plata.

—Bebed, señor obispo, antes de que caigáis derrengado.

Gualba sonrió y se apresuró a tomar el fresco vino de un solo trago.

—Os aguardábamos con impaciencia... —Hizo una ligera inclinación Gonzalo García—. ¿Nos contaréis toda la negociación u oiremos de inmediato las nuevas?

Jaime de Aragón extendió la mano a su izquierda para que Gonzalo García dejara hablar a los recién llegados.

—Exponedlo como gustéis, amigo Vilanova —concedió el rey.

—Alteza —empezó a hablar el alto y delgado consejero real, que también era procurador del rey—: varios meses ha que nos enviasteis al señor obispo y a mí para entrevistarnos con el nuevo Santo Padre por ver si este os era más favorable. Nos encomendasteis no regresar hasta haber conseguido un resultado satisfactorio para la Corona, y nosotros mismos nos fijamos ese objetivo.

»Cuando llegamos a Aviñón, nos encontramos con el nuevo Papa enfrascado en asegurar su puesto, así que no pudimos hacer otra cosa que esperar y orar a Dios para que nos fuera más favorable.

—Hacía falta bien poco para eso —metió baza Gonzalo García—. El anterior Papa, el santo padre Clemente nos fue nefasto.

—Por cierto —saltó el obispo al oír nombrar al fallecido Papa—. ¿Sabéis que se dice que Clemente pereció por la misma maldición que Felipe de Francia, aquella que lanzó el gran maestre del Temple desde la hoguera?

El rey de Aragón sonrió a medias, divertido ante el comentario trivial de Ponce de Gualba. Ciertamente, Felipe IV había muerto a finales de 1314, tan solo siete meses después que el papa Clemente V.

—Afortunadamente no mandamos quemar a ningún freire templario en nuestras tierras —contestó con deje sardónico—. De otro modo, nos mismo habríamos pagado ya con la muerte, seguramente por algún rayo caído del cielo o el mordisco de un conejo salvaje.

Gonzalo García soltó una carcajada y miró, burlón, al obispo. Este calló para que Vidal de Vilanova pudiera continuar con su informe.

—El señor obispo y yo mismo expusimos al Santo Padre vuestras preocupaciones y ruegos, y por fin, tras deliberarlo largamente, el Papa decidió oír las peticiones de Aragón: en junio el Santo Padre ha tenido a bien promulgar una bula mediante la que crea una nueva orden, Santa María de Montesa, que será destinada a dominar a los moros de la frontera del Reino de Valencia. Por ello se otorga facultad al rey del Aragón para destinar a tal fin los bienes de la extinta Orden del Temple en ese reino, así como los que tenga al momento la Orden de San Juan del Hospital, a excepción de algunas casas y castillos que luego os referiré. El Papa ha pensado en la tutela de Calatrava para la nueva orden y en la Regla del Císter para sus caballeros.

Jaime de Aragón estiró al fin sus labios en una amplia sonrisa que poco a poco fue convirtiéndose en risa. En unos instantes, sus carcajadas resonaban en el alto techo de la sala de consejos del palacio real de Huesca.

—¡Por fin! —Se levantó y, por una vez, dejó que el contento asomara libre. Aplaudió con ganas y después agitó los puños en señal de triunfo—. ¡Por fin! ¡Montesa!

Gonzalo García se unió a la alegría del monarca. Se acercó a Vilanova para estrechar su mano. Luego palmeó el hombro del obispo de Barcelona. Pero Vidal de Vilanova se mantuvo serio, ajustado a su oficio.

—Debo informaros no obstante, alteza, de que el Papa os manda que entreguéis los demás bienes del Temple a la Orden del Hospital, y ha designado a la persona del castellán de Amposta para recibirlos. También ha nombrado nuncios apostólicos para inquirir sobre los frutos de los templarios durante estos años. En breve llegarán para hacerse cargo de su misión.

Jaime II chascó la lengua, dispuesto a que nada le amargara la alegría por la buena nueva.

—Que inquieran, amigo Vilanova, que inquieran. Todo lo que encuentren lo pueden administrar en nombre del Santo Padre.

Gonzalo García sonrió. Poco iban a poder hallar los inquisidores del Papa.

—¿Qué le contasteis al Papa, señor obispo? —preguntó el consejero a Ponce de Gualba—. ¿Le convencisteis vos o fue el señor de Vilanova?

—Oh, el mérito es del consejero, sin duda —se quitó importancia el obispo, que estaba deseando olvidar aquella misión para regresar a sus trabajos—. Le contamos que nuestras fronteras están sempiternamente amenazadas por el infiel, que los moros de las tierras del rey son levantiscos y traicioneros, que los piratas berberiscos asolan las costas de Valencia...

—No diríais nada de Cerdeña, ¿verdad? —preguntó el rey a sabiendas de la respuesta.

—Por supuesto que no, alteza.

—¿Y qué actitud tiene el nuevo Papa ante el Hospital?

—Los hospitalarios, al igual que los calatravos, ponen trabas a la nueva orden. Tantas, que pienso que habréis de lidiar con ellos, alteza —advirtió Vilanova—, pero el nuevo Santo Padre no es tan pusilánime como Clemente.

—¡Vilanova! —soltó en tono reprobatorio Ponce de Gualba—. Vigilad vuestras palabras. El difunto Santo Padre os estará escuchando desde el Paraíso.

—No disimuléis, señor obispo —le atajó el rey—. Vos también le odiabais. De estar el difunto Clemente en algún sitio, ha de ser más caliente sin duda que esta ciudad en la que uno se cuece en su propio sudor.

Gualba se sonrojó un poco más y volvió a callar. Vilanova siguió:

—El caso es que el papa Juan ve con buenos ojos vuestros proyectos en Cerdeña, pues es bien sabido que los pisanos no son santo de la devoción de ningún papa. Y en cuanto a la orden nueva, el Santo Padre es consciente de los grandes territorios que los templarios tenían en vuestro Reino de Valencia y sabe que, de añadirse estos a los que ya posee la Orden del Hospital, la misma Corona se fragmentaría gravemente.

»Mi opinión es pues, alteza, que tenéis al Papa de vuestra parte.

Jaime de Aragón inspiró con fuerza de nuevo, llenó los pulmones de aire impregnado de esencia de jazmín.

—Ah, sí... —sonrió con gesto de ensoñación—. Por fin todo sale como debía. Habéis hecho una buena gestión, caballeros.

—Por Aragón, alteza. —Vilanova se inclinó.

—Marchad a descansar, amigo, y ya nos mostraréis con calma los documentos con los detalles.

El consejero real repitió su inclinación y abandonó la sala. El rey se quedó mirando a Ponce de Gualba. Hizo un gesto para indicar a Gonzalo García que debía dejarles solos.

—Amigo Gualba, realmente nos alegramos de teneros aquí de vuelta —dijo el monarca en cuanto García hubo abandonado el aposento.

—Para mí también es motivo de alegría volver, alteza. Estoy deseando que este destierro pase.

El rey asintió. Unos meses antes, el obispo se había visto obligado a desterrarse de los estados de la Corona. Todo había sido por culpa del infante Jaime, que como gobernador general ejercía su cargo de forma rigurosa y severa. De hecho había comenzado varios procesos contra principales del reino, lo que incluía a nobles e incluso a clérigos de alta jerarquía, como el propio Gualba.

—No tuvimos más remedio que aconsejar vuestro destierro temporal, amigo Gualba. El inquisidor Longerio pretendía llevaros a juicio por hereje. Ese maldito dominico...

El obispo sonrió amargamente.

—No os pregunté si realmente creísteis las acusaciones de Longerio, alteza.

El rey se levantó y miró severamente a un lado de la sala. Gualba notó un punto de vergüenza en la expresión del monarca.

—El infante Jaime... —empezó a decir con los dientes apretados— odia a todo el mundo salvo a ese desviado de Longerio y al puñado de moscones que lo rodean. Siempre os hemos dicho que no nos importan vuestros estudios y que nos traen sin cuidado vuestros libros. Pero el infante encuentra un raro placer en buscar el mal de nuestros consejeros y de todos aquellos buenos hombres que nos son más queridos... Parece que el propio diablo le tienta a arañar el corazón de la Corona.

Gualba suspiró. Su proceso se había saldado con suma discreción gracias a la intervención del propio rey. De no ser por él, el inquisidor general Longerio estaba decidido, lo sabía, a que el obispo de Barcelona fuera condenado por hereje. Algo inaudito. Y tan extraño como eso era el odio que el infante Jaime guardaba hacia Ponce de Gualba. Desde que salió de su cuidado, el reservado y extraño príncipe le había mostrado una gran animadversión. El obispo pensaba que la razón era la envidia. Envidia de Alfonso, su hermano.

Ponce de Gualba negó con la cabeza. Cuando el rey muriera, el infante Jaime heredaría la Corona, y entonces...

—En breve ordenaremos vuestro regreso a Barcelona, amigo Gualba —sentenció el rey—. Ni el infante ni Longerio osarán importunaros. Nos aseguraremos de ello.

—Os lo agradezco de corazón, alteza —se inclinó levemente el obispo.

—Bien. ¿Habéis averiguado algo sobre vuestro misterioso templario en Aviñón, amigo Gualba? —cambió de tema el monarca.

—Cómo me conocéis, alteza. —El prelado entrelazó los dedos bajo la oronda panza—. Lo he intentado, sí, pero no he tenido mucho éxito. Nadie se atreve a hablar del Temple en Francia, y tampoco en la Provenza. Hay quien dice que algunos templarios fugitivos abandonaron Francia para viajar hacia Escocia, Portugal y otros lugares.

—Ah, Portugal...

—Así es. El Santo Padre también concede al rey de Portugal licencia para crear una nueva orden. Todos sacan provecho de la destrucción del Temple.

El rey anduvo lentamente y rodeó la mesa hacia el obispo.

—Lamentamos también que hayáis perdido el rastro de ese templario, el tal Blasco de Exea. ¿No se llamaba así?

—Así mismo, sí. Una pena. Él era la única forma de encontrar a quien en realidad ando buscando...

—En Cerdeña —completó el rey. El obispo asintió.

—Y a propósito de Cerdeña, alteza, supongo que ahora os sentiréis más animado a comenzar esa empresa.

Jaime de Aragón vio un destello de codicioso interés en los ojos de Ponce de Gualba. El rey señaló a uno de los pergaminos abiertos sobre la mesa del Consejo.

—Nuestras cuentas mejoran, sí, y tal vez podamos emplear a esta nueva orden en la conquista. Pero, desgraciadamente, no creemos poder afrontarla personalmente.

—¿Por qué decís eso, alteza?

—Contamos ya medio siglo de edad, amigo Gualba. Y la conquista todavía se ha de demorar unos años. Por lo pronto debemos hacer frente a la hambruna que ya azota nuestros reinos. No, nos ya no guerrearemos al frente de las huestes de Aragón. Pero no temáis por ello. El infante Jaime será un buen general para nuestro ejército.

Ponce de Gualba no pudo evitar un gesto de incredulidad, pero miró hacia otro lado para que el rey no se apercibiera de ello.

—Ah, el infante Jaime...

El monarca suspiró y golpeó la mesa a través del pergamino garabateado con tinta.

—Por san Jorge... —susurró con enojo—. A vos no podemos engañaros, amigo Gualba. El infante Jaime llevaría al ejército a la derrota. Nos lo sabemos, vos lo sabéis... Hasta el mismo infante lo sabe.

—Me duele en el alma hablar así de vuestro hijo, alteza..., pero no creo que el infante cambie.

—Por supuesto que no. Vos lo sabéis bien porque habéis tenido que padecer sus trastornos —reconoció el monarca—. El infante es un desequilibrado. Afirma que jamás casará con Leonor de Castilla, y ahora dice que quiere profesar. Desea entrar en la Orden del Hospital, por cierto.

El obispo alzó una ceja.

—¿Puede haber sido la influencia de don Arnaldo Soler? —aventuró más que afirmó.

—¿Quién sabe? —habló de nuevo el rey—. Arnaldo Soler es un buen caballero, por eso lo escogí como ayo del infante. Nunca le echaríamos la culpa de sus desvaríos. Tal vez Longerio esté de nuevo detrás de esto. Pero eso no nos consuela. El infante Jaime es el heredero.

Ponce de Gualba suspiró. Después de todo, parecía que no era necesaria ninguna maldición templaria para que los asuntos de la Corona anduvieran torcidos.

—Cuando se case con la infanta Leonor, todo cambiará —quiso creer el obispo—. Las mujeres son algunas como un bálsamo, como un veneno otras, alteza, os lo aseguro. El infante parece envenenado, así que no le hará mal yacer con hembra virtuosa para variar.

Jaime de Aragón sonrió. Obsevó de reojo a Gualba.

—¿Y qué sabéis vos, hombre santo, de las bondades de las mujeres? No habréis quebrantado vuestros votos, ¿verdad, amigo Gualba?

El obispo se volvió a ruborizar.

—¿Y el infante Alfonso? —intentó cambiar de tema—. ¿Goza de buena salud? Tengo ganas de saludarle.

—Alfonso está bien, según creemos —contestó el monarca—. Se ejercita en el arte de la guerra, ocupado con los asuntos que le encomendamos, y aprende a ser un buen príncipe. Hicisteis un buen trabajo con él, amigo Gualba. Su espada y su mente funcionan envidiablemente. Os felicitamos.

Por fin pudo sonreír tranquilo el obispo. Su mirada se perdió en las cristaleras coloreadas, a través de las que se transparentaba el límpido y azul cielo oscense. El rey lo imitó y dejó que su alegría diera rienda suelta a la imaginación. Sin saberlo, ambos hombres tuvieron a un tiempo el mismo deseo.

Que fuera el infante Alfonso quien heredara la Corona.

II

Unos meses después.
Inmediaciones de la ciudad de Valencia. Otoño de 1317

El caballero Gonzalo Zapata olfateó el viento que traía desde el mar el olor de la sal. Dejó que su vista se perdiera en el horizonte y su mente viajó años atrás, cuando acudió a la guerra contra los moros en los barcos del rey.

Habían sido buenos tiempos. Gonzalo Zapata había ganado reputación de buen marino y fiero luchador entre los castellanos, que por aquella época asaltaban las plazas granadinas y africanas. Aunque esas expediciones jamás habían reportado pingües beneficios, en verdad habían contribuido a su enriquecimiento con honores y privilegios otorgados por el rey Jaime. Ahora parecía que el monarca se hubiera olvidado de él, e incluso que la misma guerra hubiera desertado del ánimo de los aragoneses. A lo sumo, los señores del norte se disputaban castillos y tierras en sus querellas privadas, como siempre. Pero aquello no era de su incumbencia.

Sin embargo, los rumores que se extendían por todo el territorio de la Corona mudaban ahora el humor del caballero. Se decía que por fin se acercaba la campaña de Cerdeña. No de inmediato, cierto era. Pero a no mucho faltar, las barras de Aragón volverían a ondear cruzando el mar, conquistando nuevas tierras... Zapata suspiró. Ya no era un muchacho, aunque todavía tenía mucho que decir y que hacer. Su mandíbula cuadrada y sus ojos penetrantes, enmarcados por un rostro de fina y cuidada barba oscura, eran solo una muestra de su personalidad fuerte. Su habilidad y su astucia habían sido apreciadas, y sabía que se contaría con él para lo que se avecinara.

Una carcajada a su espalda le hizo volverse. Sonó lejana porque la fuerte brisa se llevaba los gritos de sus mesnaderos, demasiado ociosos durante largo tiempo. Gonzalo Zapata, con el mar a la espalda, recorrió las dunas con la vista. A su izquierda quedaban las murallas de Valencia y frente a él, salvado un trecho de playa, sus hombres de armas disparaban un arco contra una diana dispuesta a casi cien codos. Más allá, los caballos holgazaneaban atados a los arbustos del arenal. Uno de los guerreros tensó el arco con fuerza y rozó su mejilla con la cuerda. Aguantó un instante antes de disparar. La flecha voló sobre la arena y pasó de largo al lado de la diana de mimbre que habían erigido sobre un caballete. Al menos diez flechas se habían clavado más allá, entre las dunas, y el tonelillo de ramas aguantaba orgulloso y sin que ninguno de los guerreros hubiera podido ensartarlo.

—¡Arma de cobardes! —gritó el guerrero que había errado el tiro. Arrojó el arco al suelo.

Mientras los demás hombres de armas soltaban risotadas y se burlaban del enfurecido soldado, un viejo con ropas morunas se acercó, recogió el arco y pasó su mano alrededor de la madera para limpiarla de arena. Luego sopló en la unión de la cuerda con las astas.

—Déjame probar a mí ahora —reclamó otro guerrero. El mudéjar alargó el arco al hombre que lo pedía, sacó una nueva flecha del carcaj que llevaba suspendido del ceñidor y se la entregó también.

—Hace demasiado viento para apuntar... —se excusó el que había fallado por última vez—. Debéis calcular la fuerza del levante, señor. Recordad cómo han fallado vuestros compañeros y compensad el error —aconsejó el mudéjar.

Gonzalo Zapata llegó hasta donde tenía lugar el divertimento. El musulmán echó unos pasos atrás y se puso junto a un joven. Llevaba ropajes anchos y pobres y se cubría la cabeza con un turbante descuidadamente pasado sobre la boca, de modo que solo quedaban al descubierto sus ojos.

—El viento viene desde el mar, señor —advirtió una vez más el viejo—. Desviad vuestro tiro a la derecha.

El guerrero tensó el arco y los tendones del arma se estiraron un instante. Luego soltó la cuerda y el dardo voló. Todos contuvieron la respiración.

—¡Imposible! —se lamentó el hombre de armas al ver pasar su flecha a más de tres codos de la diana.

—¿Y dices que tus arcos tienen fama de ser los mejores de toda Valencia? —se burló otro guerrero—. Lo del viento no es más que una excusa. Esas armas son de mala calidad. Lo que es por mí, estoy muy contento con mi ballesta y es lo que pienso usar si, como dicen, vamos a la guerra. No tengo intención de comprarte nada.

—Jamás dudaría de vuestra ballesta y mucho menos de vuestro tino como arquero, señor —repuso el mudéjar con una sonrisa—. Pero con este arco podéis lanzar hasta doce veces en el tiempo de una oración. Quince si os adiestráis. Mientras que la ballesta no os permitirá disparar más de dos o tres virotes. Además, debéis saber que si os halláis lejos de...

—¿Te refieres a una oración de verdad o una de las vuestras? —se burló uno de los guerreros—. Hablas demasiado, moro. No me sirve de nada que lances quince flechas en un padrenuestro y aun en un amén. Antes de cargar la segunda, yo ya te habría atravesado con mi ballesta.

Todos rieron, incluido el mudéjar. Tan solo se mantuvieron silenciosos el joven de la cara tapada y Gonzalo Zapata. Cuanto los demás terminaron de reír, este alzó la voz:

—Si hay guerra, nos las veremos con el enemigo en un lugar húmedo e insalubre, anciano. Todo el mundo sabe que esos arcos curvados resisten mal la lluvia y la brisa del mar. Yo también prefiero a mis ballesteros, sin duda. Cualquiera de ellos podría destrozar vuestra diana de cañas a esta distancia, mientras que ese arco se muestra inútil en ese menester.

—Oh, mi señor —habló sin dejar de sonreír el mudéjar—. Vuestros hombres no son diestros con el arco. De otro modo no diríais tales cosas. Además, uso un tratamiento especial para mi madera, pues no en vano vivimos en un lugar húmedo...

Uno de los guerreros se hizo con el arco y se lo entregó al anciano golpeándole levemente el pecho.

—Ya te he dicho que hablas demasiado. Así que no somos diestros, ¿eh? Acierta tú a la diana si tu arma es tan buena.

—Ah, señor, mi pulso ya no es lo que era... —se excusó el mudéjar, y señaló con el arco al joven de cara tapada—, pero permitid que él haga un lanzamiento.

Los hombres de armas rieron y animaron al joven a tomar el arco y disparar. El muchacho se acercó y cogió el arma. Luego extrajo un puñado de flechas del carcaj de su padre y las clavó con firmeza en la arena. Puso una rodilla en tierra. Alargó el brazo izquierdo.

—Fallará —aseguró uno de los guerreros—. Apostaría mi vida.

El joven desclavó una flecha y la aposentó con suavidad sobre la cuerda. A continuación tensó. El suave trapo que rodeaba su boca aleteaba al viento marino.

—Si acierta —dijo el anciano mudéjar— me compraréis cada uno un arco. Si falla, todos recibiréis uno de regalo.

Los guerreros prorrumpieron en vítores y el muchacho miró de reojo con sus ojos negros al viejo. Este hizo una ligera inclinación de cabeza que no pasó inadvertida a Gonzalo Zapata. El joven volvió a fijar la vista en su objetivo e inclinó un poco la cara, dejando que el viento se la acariciara. Movió una pulgada el arco a su derecha. Soltó la cuerda, que resonó al despedir la flecha. El proyectil voló ante el repentino silencio de todos, recorrió la distancia sobre las dunas y se clavó en el centro del tonel de mimbre, dejando fuera media cuarta de madera y plumas. El viejo mudéjar abrió los labios y mostró sus dientes amarillentos; recorrió con la mirada la expresión bobalicona de los cristianos.

—¡Ha sido suerte! —adujo uno de ellos.

—¡Cierto! —intervino otro—. ¡No podría repetir ese tiro ni en una semana!

—¡Pagad vuestra apuesta! —Gonzalo Zapata dio un paso adelante—. El muchacho ha vencido en buena lid, soy testigo.

El joven clavó los ojos negros en el caballero, se levantó y, con gran rapidez, tomó una flecha y la llevó a la cuerda, tensó, apunto un momento y disparó. Luego cogió una segunda y repitió la operación con rapidez, y aún aferró una tercera, lanzando esta vez sin detenerse a apuntar. Una tras otra, sin tiempo apenas para comprobar cada tiro, las tres flechas se clavaron en el mimbre.

Un murmullo de admiración recorrió la playa y Gonzalo Zapata abrió la boca en gesto de sorpresa. El muchacho entregó el arco al anciano y se retiró media docena de pasos.

En silencio, los hombres rebuscaron en sus bolsas y sacaron varias monedas que entregaron al anciano sin dejar de observar al muchacho, que ahora paseaba por la playa en dirección al mar. El mudéjar sonreía, agradecía a cada guerrero su compra y entregaba los arcos que guardaba en un saco.

—Mantenedlos a cubierto y bien guardados, y no dudéis en

venir a verme si necesitáis más armas. Vuestro señor sabe bien dónde vivo.

Gonzalo Zapata sonrió y se acercó al anciano.

—¿Tu aprendiz? —Señaló con la barbilla al muchacho, quieto ahora junto a la orilla del mar. El mudéjar suspiró antes de contestar.

—Mi hijo. Aprendiz, sí, aunque se resiste a seguir el oficio de su padre.

Gonzalo Zapata asintió y se despidió del mudéjar. Tomó junto a sus hombres el camino de la ciudad.

El viejo se acercó cansadamente a la diana y la desmontó, aunque antes desclavó las flechas y comprobó minuciosamente las puntas. Luego arrastró el tonelete de mimbre hacia la mula vieja y achacosa que había atado a un arbusto no lejos de allí, aún uncida a un pequeño carro. El muchacho se acercó y se entregó a la tarea de buscar y recoger las flechas que los guerreros habían desperdiciado con sus tiros fallidos. El viento del mar se volvió frío, las olas arreciaron, dibujaron líneas de espuma junto a la orilla.

—Lo has hecho bien... —felicitó el anciano al joven—. Ha sido una buena venta, pero mejor que eso es la fama que nos vamos creando. Dentro de poco, todos los caballeros de Valencia nos encargarán que construyamos sus arcos. Entonces les mostraré también las ballestas, y nuestra reputación se extenderá por todo el reino. ¿Quién sabe si dentro de poco no vendrán gentes desde otros lugares? Tendremos que contratar más aprendices y tornear sin descanso, y tú bien harías en afanarte más en trabajar la madera, porque yo solo no puedo...

—Tenían razón —el joven habló con voz aguda y señaló a los hombres que se alejaban hacia la ciudad amurallada—: hablas demasiado.

—Eres irreverente. Debería azotarte por insultar así a tu padre.

El joven miró alrededor y se quitó el trapo que le cubría la cara. Al hacerlo quedó al descubierto el rostro de una mujer hermosísima, morena de piel, de ojos negros y grandes. Apretaba los labios con furia al mirar al anciano.

—Azótame y me habrás visto por última vez.

El viejo cogió las flechas que le extendía su hija y las tiró con rabia en el carro, al lado de la diana y el caballete.

—Eres un castigo de Dios, no me cabe duda —se quejó con amargura el anciano—. Primero me envió una sola hija mientras a todos mis vecinos y parientes les bendecía con nutrida familia. Luego se llevó a tu madre, que Él guarde, y después hizo de ti una desviada. En lugar de vestirte como un hombre y comportarte como tal, deberías estar ya casada y haberme dado nietos. Más nos valdría que te afanases en tus labores y que fueras más discreta. No está lejos el día en que un inquisidor te prenda. Entonces no pagaré la multa que se deba por ti, sino que dejaré que te pudras en la mazmorra y así aprenderás a respetar a Dios y a tu padre.

—Sigues hablando de más. Cállate.

El viejo arreó a la mula, que renqueó al tirar del carro y desenterrar las ruedas de la arena. Tomaron el camino de la pequeña aldea que se vislumbraba a poniente mientras la chica se volvía a cubrir la cara para ocultar su condición de mujer.

III

Dos años más tarde.
Barcelona. Verano de 1319

El momento por fin había llegado.

El rey Jaime alzó la cabeza y sonrió mientras admiraba el artesonado de la capilla de santa María, cubierto de ricos colores. En aquel oratorio, estaba seguro el rey, aún residía el espíritu afable de la reina Blanca de Anjou, de la que todavía seguía enamorado pese a todo. Cerró los ojos un momento mientras las palabras de Ponce de Gualba resonaban con tono monocorde contra las piedras de la capilla, y sintió en su mano la de su actual esposa, María de Lusignan. El rey abrió los ojos y la miró con beatitud fingida. A sus pies, bajo la tribuna real, la nobleza de la Corona asistía a la ceremonia. Todos lucían sus mejores galas y la capilla brillaba con los mantos forrados, los trajes de paño fino y las joyas, el oro y la plata. A su alrededor, cubriendo las obras que llevaba a cabo el maestro de obras Jaumé del Rei, colgaban preciosos tapices de seda. El monarca buscó con la vista al infante Jaime, que se había negado a sentarse junto a los reyes en la tribuna. Estaba de pie abajo, en un lateral de la nave y junto a varios caballeros de la Orden del Hospital. A su lado, como una ironía del destino, colgaba una tela recamada con las armas de Aragón y la efigie del rey conquistador, el primer Jaime, coronado con un dragón alado.

El rey dio un suave manotazo al vacío para apartar de su pensamiento los desvaríos del infante. Aquella misma mañana su primogénito se lo había repetido, mientras ocultaba como siempre su mirada bajo el flequillo rubio y observaba el suelo: Jaime no quería ser rey. Su intención todavía era profesar, preferentemente como caballero hospitalario, aunque no le haría ascos a aquella nueva orden que su padre había creado. El monarca, tras montar en una silenciosa cólera, se había mostrado implacable: el infante se casaría con Leonor, la infanta castellana, después del verano. Aragón no podía permitirse tener un enemigo en la vecina Corona castellana. Y mucho menos ahora que la empresa de Cerdeña se hallaba tan cerca. Nada de renunciar al matrimonio de estado, nada de obviar obligaciones. Aragón necesitaba tener cerca a Castilla.

A pesar de todo, parecía que el destino se negaba a dar descanso al rey Jaime. Hasta el castellano maestre de Calatrava, López de Padilla, se había mostrado obstinado al no otorgar los primeros hábitos de Montesa, misión que le había sido atribuida por el propio Papa. Al final, tras gran insistencia del rey Jaime y del Santo Pontífice, el maestre había decidido ceder poderes al comendador calatravo de Alcañiz, Gonzalo Gómez, que se hallaba en la capilla listo para nombrar a los primeros caballeros de Montesa. Precisamente en ese instante calló la voz del obispo Ponce de Gualba, el maestre de Alcañiz se adelantó y se puso frente al altar. Se dio la vuelta y desplegó un rollo de pergamino que comenzó a leer con voz pausada. La reina María no pudo evitar un bostezo que cubrió con una mano.

—Hace mucho calor, Jaime, nos encontramos un poco mal —se excusó la reina con su suave acento francés. Jaime de Aragón volvió a sonreír sin demasiado interés.

—¿Os vuelve a molestar ese dolor de cabeza, querida María?

—Así es. Y además nos da mucho sueño y nos quita el apetito.

—¿Por qué no os retiráis? —propuso el monarca, harto de las indisposiciones de su esposa—. Ya habéis oído misa, y esto puede alargarse un poco.

La reina agradeció con un gesto la licencia de su real esposo y se levantó. De inmediato la rodearon sus doncellas, que se hallaban tras la pareja en la tribuna. Las mujeres descendieron la escalera de madera labrada sin llamar la atención y desaparecieron del templo. En aquel momento, un anciano se adelantó y cayó de hinojos frente al maestre calatravo de Alcañiz. Era Guillermo de Eril, un achacoso caballero que tosió varias veces antes de que la ceremonia pudiera continuar. El abad de Santes Creus miró al de Valldigna con las cejas enarcadas. No hacían falta palabras para darse cuenta de que aquel caballero que estaban ordenando no viviría largo tiempo.

Después de Guillermo de Eril, al que tuvieron que ayudar a levantarse tras recibir el hábito, fueron nombrados en voz alta los demás nuevos caballeros de la Orden de Santa María de Montesa: hasta diez hombres, casi todos ellos freires hospitalarios, se pusieron de rodillas ante el maestre calatravo de Alcañiz y recibieron los aplausos de los invitados al acto. Miembros de las órdenes del Hospital, de la Merced y de San Jorge de Alfama intercambiaron miradas de envidia o de escepticismo cada vez que un nuevo caballero vestía el blanco hábito cisterciense y le anudaban al cuello la capa negra. El abad de Santes Creus, Pere Alegre, reclamó la atención de todos para llamar de nuevo al anciano Guillermo Eril a su presencia. El viejo arrastró su nueva capa negra y recibió el nombramiento de primer maestre de la orden ante más de una sonrisa irónica. Pere Alegre levantó la cabeza hacia la alta tribuna, fijando su vista en el rey. Este se puso en pie y apoyó ambas manos en la balaustrada. Todos los que se hallaban en la capilla de santa María esperaron las palabras del monarca.

—¡Amigos! —retumbó su voz en la antigua roca de la sacristía, tallada en la misma muralla romana—. ¡Hoy es un gran día para Aragón y para toda la cristiandad! Hoy nace una nueva orden que habrá de ser garante de la piedad en nuestros dominios...

Uno de los asistentes al acto, un hombre de escaso cabello rubio que vestía hábito hospitalario, dejó de prestar atención a las palabras del rey de Aragón. Miró a su alrededor, a los nobles que ocupaban la nave tras los miembros de las órdenes militares. Uno de los recién ordenados, Galcerán de Bellera, hizo un gesto amable al rubio hospitalario y señaló la puerta del templo.

—Desde que Dios tuvo a bien inspirar en nuestro espíritu la creación de esta nueva orden —seguía hablando el monarca desde lo alto—, estuvo en nuestra voluntad fijar como su casa madre un castillo muy querido para nos, y que a buen seguro será desde ahora lugar de recogimiento y de guarda de nuestros vasallos, pues a vosotros, caballeros de Montesa, os ordenamos y mandamos que vigiléis las fronteras y las costas de nuestros reinos, que seáis celadores de la sagrada fe católica y que nos obedezcáis en todo, ya que sois caros a nuestro corazón como nos lo somos al vuestro.

»Cedemos pues a la Orden de Santa María de Montesa, para ser sede principal y casa madre, el castillo y villa del mismo nombre que poseemos por nos en el Reino de Valencia, así como todo lo que se halle en su término. Y pertenecen a la orden desde hoy y por nuestra voluntad todos los bienes y derechos que poseían hasta ahora los freires hospitalarios, y los que tuvieron los templarios en el dicho Reino de Valencia, con las salvedades que oportunamente comunicamos a nuestro querido maestre del Hospital.

Se oyó un molesto carraspeo entre los hospitalarios que levantó algunas sonrisas entre los asistentes y que no pasó desapercibido al rey de Aragón, pero este continuó con su discurso hasta que lo terminó, momento en que la nave de la iglesia se llenó con los aplausos y vítores de los invitados.

La nobleza de la Corona bebía, comía, reía y conspiraba entre los manjares dispuestos sobre las largas mesas cuando el ya caballero de Montesa Galcerán de Bellera, orgulloso de su nuevo manto negro, se llegó hasta el obispo de Barcelona. Ponce de Gualba se refocilaba en el acto. Desde poco tiempo antes, el rey había puesto fin a su destierro y le había recibido de vuelta en Barcelona con honores públicos. No solo eso: había desautorizado al heredero de la Corona, el infante Jaime, le había reprendido por obcecarse en inquirir contra los principales nobles de la Corona. El infante no había acogido de grado la corrección y, de nuevo, había jurado su intención de profesar en una orden religiosa.

El caballero catalán Galcerán de Bellera besó el anillo del obispo y se alzó. Señaló a uno de los invitados que se abstenía de mezclarse con los demás. Era el rubio sargento hospitalario.

—Lo he traído hasta aquí porque veo buenas aptitudes en él —explicó Bellera a Gualba mientras ambos se acercaban al sargento. El obispo lo observó con curiosidad al tiempo que avanzaba con ayuda de su báculo episcopal—. Llegó hace un par de años y pidió ingresar en la orden. Lo que voy a contaros ahora es secreto, monseñor. No quiero que ese hombre tenga problemas para postular por Montesa en el futuro.

—Podéis confiar en mí, hijo mío —aseguró Ponce de Gualba.

—Hace ya un tiempo —Galcerán de Bellera bajó la voz un poco más— me preguntasteis por templarios que hubieran adoptado el hábito de San Juan. Si no recuerdo mal, os interesaban aquellos fugitivos que hubieran podido escapar por sí mismos a la persecución del rey Felipe de Francia.

—Así fue —confirmó el obispo.

—Pues bien. Este amigo mío es francés, antiguo templario huido de su país. Según me contó, tanto él como un buen número de otros templarios consiguieron hacerse a la mar desde Guyena. Algunos navegaron al sur, hacia Portugal, y otros como él mismo fueron a Escocia.

—Algo había oído, aunque no terminaba de creerlo.

—Al parecer fueron bien recibidos allí. Según me ha dicho, casi todos los fugitivos se afincaron en ese lejano país —continuó

Bellera—. Mi amigo es muy discreto y no habla de esto con nadie. Bueno, con casi nadie —se señaló con el pulgar.

Ponce de Gualba escuchaba con gran interés las palabras del caballero de Montesa cuando ambos llegaron donde estaba el rubio sargento del Hospital. A la vista del obispo y cuando vio que se dirigía a él, el hospitalario se inclinó y besó su anillo.

—Se llama Fulco de Payens —le presentó Galcerán de Bellera.

Ponce de Gualba miró a los ojos del freire, que pasaba de sobra la treintena y tenía el rostro marcado por un par de cicatrices.

—Dejadnos, por favor, Bellera.

El caballero catalán exageró una reverencia. Volvió al ruidoso grupo de comensales que se apiñaban en la plaza del palacio.

—Frey Fulco de Payens... Curioso nombre para un templario —admitió el obispo al recordar el nombre del fundador de la orden.

Fulco no ocultó su sobresalto y observó a Bellera, que se perdía entre las ricas sedas de los nobles.

—¿Os ha dicho él que soy templario? —inquirió Payens con su acento francés.

—No sois tal cosa —corrigió Gualba—. El Temple ya no existe.

Fulco expulsó el aire por la nariz con fuerza.

—Cierto, señor obispo.

—No temáis. Nada tengo contra el Temple. Nada tuve jamás. Ha sido una gran pérdida para toda la cristiandad su destrucción, y a mí me ha costado muchos, muchísimos quebraderos de cabeza.

—Ya nada se puede hacer —remató lacónico Fulco. El obispo inclinó la cabeza y sonrió.

—¿Nada, nada...? —inquirió Gualba—. Los templarios fuisteis demasiado severos en todo momento. Más flexibilidad, amigo mío. Siempre hay algo que se pueda hacer.

Fulco enarcó las cejas.

—Vos diréis, monseñor.

—Escuchadme, muchacho... —agarró del brazo a Payens y lo alejó del tumulto—. Llevo años buscando a un hombre, pues necesito su ayuda. Quiero que sepáis antes de nada que, en caso de hallarle, procuraría favorecerle en todo cuanto esté en mi mano, que como podéis imaginar es mucho.

»El hombre al que busco fue un templario, como vos. Un aragonés que se hallaba en Cerdeña al tiempo de desatarse la injusta ira del papa Clemente y del rey de Francia. Ha de ser un caballero muy capaz para asuntos de guerra y, a buen seguro, no se habrá dejado capturar por los soldados franceses.

Fulco se desasió de la mano del obispo, se detuvo y lo miró con la cara demudada.

—Vuestro gesto —siguió Ponce de Gualba— me dice que sabéis de quién hablo.

Payens fijaba su vista en los ojos del obispo, notaba cómo la impaciencia se apoderaba de él. Gualba, por su parte, sintió acelerársele el corazón. Interpuso entre ambos su báculo para dejar patente la relación de superioridad que obligaba a Fulco.

—Suponiendo que sepa algo de él, ¿qué queréis de ese hombre? —inquirió nerviosamente el francés.

—Eso es cosa mía, pero os aseguro de nuevo que no sufriría ningún daño. Todo lo contrario.

—Monseñor... —vaciló el antiguo templario—, vos sabéis las tribulaciones horrendas que sufrimos... Comprended que aún tememos...

—Lo comprendo, lo comprendo —atajó Gualba—, pero no deberíais desconfiar de un siervo de Cristo como yo.

—Quienes nos arrojaron a las mazmorras y nos hicieron arder eran también siervos de Cristo —repuso Fulco. Gualba echó la redonda cabeza hacia atrás y cerró los ojos.

—Oh, cuánta razón tenéis, hermano Fulco —reconoció—. Pero sé que en el fondo vos no habéis perdido la confianza en la Santa Madre Iglesia. ¿Cómo si no habéis vuelto a su seno y profesáis en el Hospital? ¿Cómo si no haréis para pertenecer a la nueva orden del rey, Montesa?

—No estaréis intentando comprarme, ¿verdad, monseñor?

El obispo no se ofendió por la observación.

—Vamos, Fulco. Yo no soy uno de esos salvajes franceses que arrancaban a latigazos las confesiones de vuestros desafortunados hermanos. Si así fuera, no estaríamos hablando aquí de forma amigable.

Fulco miró al suelo. Calibró las palabras del obispo.

—¿Cómo se llama el hombre al que buscáis?

Ponce de Gualba sonrió casi imperceptiblemente. Estaba seguro de conseguir su objetivo con aquel rubio sargento del Hospital caído del cielo. Era el momento de averiguar si realmente podía serle útil o no.

—Blasco de Exea.

IV

Unos días después.
Inmediaciones de la ciudad de Valencia. Verano de 1319

—Maldiga Dios a las mujeres que tratan de parecerse a los hombres y a los hombres que tratan de parecerse a las mujeres. Palabras del Profeta.

El hombre que acababa de hablar sonrió ante el aplauso de su tío, Malik al Burayÿi.

—Bravo, sobrino, bravo —le felicitó el viejo Malik, el fabricante de arcos y ballestas—. Pero no desees mucho mal para tu prima Suhaila, pues no querrás que tu esposa esté maldita.

El hombre que había recitado el *hadiz* se sentó de nuevo a la mesa y cogió un pastelillo de almendra molida que saboreó con lentitud.

—Tío Malik, solo por poder comer estos manjares sé que seré feliz con Suhaila.

Malik observó a su sobrino, Isa ibn Hamid, y trató de sonreír lo más sinceramente posible. Sabía que sería empresa difícil convencer a la rebelde Suhaila de contraer matrimonio, y la veía muy capaz de cumplir sus amenazas y escapar de la barraca si la obligaba a ello, a pesar de que estaba en su derecho de padre y que Isa, el primo de Suhaila, tenía también derecho preferente a desposarla.

—Son muchos los que ansían casarse con Suhaila, pero pocos

los que se atreverían a hacerlo —se quejó Malik—. Temo que te falte temple, sobrino.

Isa protestó, pero al hacerlo escupió varias migajas de pastelillo sobre el suelo.

—Soy dueño de las tierras que trabajo, tío. Eso es más de lo que pueden aportar la mayoría de campesinos de este lugar.

Malik al Burayÿi se levantó y movió la tela que colgaba en la puerta para que entrara un poco de frescor.

—No me refiero a eso, sobrino, sino al carácter de mi hija. Bien sabes que la manía de vestirse de hombre no viene de ninguna desviación.

—Que Dios te oiga —murmuró Isa.

—¿Dios? ¡Alabado sea! —Malik se golpeó los muslos con las palmas de las manos—. Esta hija mía tampoco es piadosa. Se empeña en provocar a todos y en romper las leyes divinas.

—Tío —dijo Isa al tiempo que cogía otro pastelillo de almendras—, si sigues hablando así de mi prima, te va a ser difícil encontrarle marido.

Malik resopló y dejó la vista fija en el orondo Isa ibn Hamid. El joven se había hecho con un buen porvenir gracias a las plantaciones de arroz, pues sus tierras habían sido de las menos dañadas en las inundaciones de los últimos años.

—Equivoqué mi oficio —se quejó el anciano.

—Oh, no digas eso, tío. Todos saben que eres el mejor armero de la Huerta. Tus arcos son conocidos en toda Valencia.

—Cierto, cierto..., pero nadie me los compra. Nunca pensé que diría esto, sobrino, y que Dios me perdone, pero echo de menos una buena guerra.

Isa pareció no oír al anciano. Se hizo con otro pastelillo que devoró con gula y se volvió a la puerta.

—Anochece ya, tío.

Malik suspiró. Suhaila debía estar de vuelta, pues no era decoroso para una mujer estar fuera de casa cuando el sol había marchado. Pero ella era especial. Bien sabía su hija que Isa les visitaba ese día, y también que debía acicalarse y ponerse su mejor vestido para resultar agradable a su primo.

—Dios —el anciano miró al techo de la humilde barraca—, ¿por qué me castigaste así?

Un par de perros ladraron fuera, los dos hombres pudieron oír pasos que se acercaban. Suhaila apareció en la puerta y se plantó en ella. Observó con desprecio a su rechoncho primo Isa. La mujer había alzado la tela con la mano izquierda mientras sostenía un arco con la derecha.

—¡Prima Suhaila! —El campesino se levantó y alargó los brazos hacia la mujer—. ¡Tan hermosa como siempre!

La mujer sonrió con gesto displicente. Llevaba vestido de hombre y además cristiano: camisa parda con jubón largo mal ajustado a la cintura. Disimulaba el abundante cabello negro con un turbante. Habría pasado por un joven de no ser por los labios carnosos y los suaves rasgos de su cara.

—¿Estaban buenos los pastelillos, primo? —inquirió con ironía—. Bien parece que te hayas alimentado de ellos desde que mi tía te retiró el pecho.

Isa enrojeció y se detuvo mientras Malik lanzaba un juramento cristiano. Suhaila soltó la cortina, pasó adelante y metió el arco en un envoltorio basto que yacía sobre un almohadón. A la espalda, colgada del ceñidor, llevaba una aljaba con varias flechas.

—Tío..., ¿qué hago? —preguntó apesadumbrado Isa. Malik hizo un gesto para que el campesino permaneciera en el lugar y se dirigió a su hija.

—¡Ni siquiera con mis invitados eres capaz de ser amable! —le reprochó—. ¡Veneno es lo que corre por tus venas, no sangre! ¿Piensas que eres mejor que tus paisanas? Todas las muchachas de tu edad son madres de varios hijos, pero tú te dedicas a holgazanear y juegas a ser un guerrero... ¡Basta ya! ¡Muestra respeto a tu prometido!

Suhaila se volvió con lentitud y contempló a Isa.

—No lo acepto como esposo —dijo sin manifestar emoción alguna.

Isa ibn Hamid subió un par de tonos el rojo de su piel, recogió un puñado de pastelillos de almendra y salió como una exhalación de la barraca.

—¡Espera, sobrino! —Malik corrió tras él—. ¡No hagas caso! ¡Tú la domarás! ¡Piensa en sus pastelillos! ¡¡Sobrino!!

Un coro de perros se unió a las llamadas desesperadas de Malik mientras Suhaila se desprendía del turbante y dejaba suelto su cabello oscuro y ondulado. Sacudió la cabeza y miró a la puerta. No hubo de esperar mucho para ver a su padre de regreso.

—Te casarás con él —sentenció el anciano al entrar, congestionado por el esfuerzo de la carrera tras el campesino—. Lo harás o abandonarás mi casa.

Suhaila enarcó una ceja.

—Es posible que me case.

Malik dio un respingo.

—¿Sí? ¿Lo considerarás? Dios ha oído mis plegarias...

—Es posible que me case —le interrumpió la mujer— con quien yo desee, no con quien tú me digas.

El anciano dejó caer los brazos a los lados del cuerpo.

—Es la costumbre... Debemos seguir la costumbre.

Suhaila negó con la cabeza.

—Me voy a dormir —anunció, y dio por terminada la conversación.

El caballero Gonzalo Zapata saltó de su montura y se dirigió a un campesino que se alejaba de la pequeña aldea con los aperos al hombro.

—Dime, buen hombre. ¿Dónde vive Malik, el armero?

El mudéjar señaló una barraca al otro extremo, cubierta por la sombra alargada de la pequeña torre que dominaba la aldea. Zapata ató la montura a un poste y se dirigió a la barraca, cuya puerta estaba abierta, sin duda para permitir que el fresco de la mañana entrara y se extendiera por su interior. El caballero paró en la entrada.

—¡Malik!

Zapata observó la antigua torre de vigilancia árabe mientras esperaba respuesta. Algunas piedras habían sido ya retiradas para usarlas en otros menesteres por los pobladores de la pequeña aldea, y ahora formaban parte de paredes y muretes o servían simplemente como mojones para separar los campos de chufas y de arroz. El sol ascendía desde el mar y teñía el cielo de un tono dorado pero, al parecer, el viejo armero era tardo para saludar a la mañana.

—¡Malik! —repitió el caballero.

—Voy, voy —se oyó dentro de la barraca.

El armero hizo su aparición con el canoso pelo revuelto y los ojos legañosos. Sonrió e hizo una inclinación al reconocer al caballero.

—Mi señor, qué agradable sorpresa... —Extendió la mano hacia el interior de su casa—. Pero pasad, por favor, no os quedéis fuera.

Zapata rehusó la invitación con un gesto y puso los brazos en jarras. Malik salió y se colocó frente a él.

—¿Aquí tienes tu taller? —preguntó el caballero.

—En la parte de atrás, mi señor. —El mudéjar señaló con el pulgar por encima de su hombro—. ¿Habéis venido a comprar más arcos? Los que os vendí eran magníficos y su precio inigualable. Seguro que vuestros amigos sienten envidia de las armas que ahora tienen los hombres que os acompañaban. También puedo suministraros ballestas de excelente calidad. Precisas y de buen material. Si lo preferís, puedo hacer algún encargo especial. ¿Necesitáis un arco pequeño para vuestro hijo? ¿Tal vez algo hermoso para regalar a un pariente? Podéis contar conmigo para lo que apetezcáis, mi señor. Es más, os haré precio especial por tratarse de vos, con quien ya he hecho negocios antes...

—Calla, por favor, Malik. —Zapata arrugó la nariz—. No he venido a comprar nada, aunque si me eres de ayuda, tal vez te recomiende a otra gente como armero.

Malik se volvió a inclinar y apoyó las manos en las rodillas.

—Ah, mi señor, soy vuestro siervo. Ordenadme lo que queráis.

—Tu hijo —espetó Gonzalo Zapata—. Necesito hablar con él.

Malik el armero apretó los labios y palideció en un instante. El caballero frunció el entrecejo.

—Por san Vicente, Malik, que es la primera vez que pierdes el habla así. ¿Qué te pasa?

—No... Nada, mi señor... ¿Mi hijo?

—Tu hijo, sí.

—Eeeeh... Veréis, mi señor: mi hijo no está ahora mismo.

—¿Y cuándo volverá?

Malik se mordió el labio inferior al oír un ruido sordo dentro de la barraca. El caballero Zapata giró un poco la vista pero no pareció prestarle atención.

—Pues... lo cierto es que no lo sé. Ha ido a visitar a unos parientes que viven lejos, hacia el mediodía..., en Denia... Pero ¿qué queréis de él? Os advierto que aunque lleva tiempo ayudándome con las armas, es bastante torpe. No me subestiméis porque me veis viejo, pues estas manos aún son capaces de fabricar...

—Ah, basta ya, Malik, parloteas demasiado —protestó Zapata—. Cuando tu hijo esté de vuelta, quiero verle. Dile que venga a mi casa en Valencia. Necesito hablar con él.

—Pero ¿es que ha hecho algo malo, mi señor? —Malik empezaba a sentir una gran angustia. Tal vez alguien había descubierto las peligrosas costumbres de Suhaila—. Decídmelo y yo le daré su merecido.

Zapata alzó la mano mientras volvía hacia su caballo.

—No ha hecho nada malo, que yo sepa —respondió—. Necesito sus servicios, es algo que seguro le interesará. Dile que puede ganar mucho dinero y tendrá la oportunidad de viajar. No creo que le venga mal a juzgar por este lugar en el que vivís.

Gonzalo Zapata espoleó a su montura. Tras de sí, la fina capa verde flotaba al tiempo que se alejaba por el azagador que llevaba al arrabal de la Vilanova. Malik observó al caballero mientras varios campesinos tomaban la senda hacia las huertas y los pescadores más remisos se alejaban camino del mar.

—Interesante —murmuró Suhaila desde el portal. El viejo armero se volvió con la tez aún demudada.

—Hay que pensar algo —dijo—. Tendrás que salir de casa, naturalmente. Convertiremos la mentira en verdad: viajarás a Denia, donde vive mi hermana pequeña con su marido, y mientras prepararemos tu boda con Isa. Yo le diré al caballero que has desaparecido y me mostraré afligido. Hay muchos bandidos por ahí y no le extrañará que...

—Ya te dije ayer que no me casaré con Isa —le cortó la muchacha. Se asomó y miró hacia Valencia, a la figura lejana del caballero.

—¿Quieres abandonar ya esos malos modos? —le recriminó Malik—. ¿Sabes qué pasará si descubren que eres una mujer? Demasiado vergonzoso es para mí que algunos de nuestros vecinos sepan de tus andanzas. El inquisidor Longerio tiene multitud de agentes, y sabes bien que tanto los judíos como nosotros somos sus presas favoritas. ¿Quieres acabar quemada o ahorcada frente a la catedral? ¿Qué sería luego de mí? No quiero enemistarme con cristianos, y menos con gente de alcurnia como ese caballero Zapata. Esta vez obedecerás.

—Sí, obedeceré... —Suhaila asintió lentamente.

—¿Es cierto lo que oigo? —Malik, risueño, abrazó los hombros de su hija—. ¿Me harás caso por una vez? Oh, alabado sea Dios... Es un primer paso, desde luego. Dentro de poco accederás a casarte con Isa si es que recobras el juicio. Por de pronto haremos como te he dicho. Prepara algo de ropa y comida... Haz unos pastelillos para mi hermana. Salimos para Denia. Hace buen tiempo y podremos pasar la noche en...

—He dicho que obedeceré, pero no a ti —interrumpió la perorata Suhaila—. Hace mucho que quiero salir de esta miseria.

—¿Qué?

—Obedeceré el recado de don Gonzalo. Mañana mismo me presentaré en su casa.

Las tablas del puente sobre el Turia resonaron al paso de Suhaila, que vestía como siempre, al modo cristiano y como si fuera un muchacho.

Se detuvo en la puerta de La Hoja, donde los escribas mudéjares alquilaban sus servicios a quienes los necesitaran para algún negocio o para confeccionar una misiva. Preguntó a uno de ellos que vio desocupado, sentado ante una tabla y con sus instrumentos descansando sobre ella.

—La paz de Dios sea contigo, buen hombre. Busco la casa del caballero Gonzalo Zapata.

El escribiente frunció el ceño, extrañado por la suave voz de aquel muchacho que se cubría media cara. Señaló intramuros.

—Aquí mismo tienes el barrio catalán. Pregunta a algún cristiano.

Suhaila asintió y esquivó las mesas de los demás amanuenses antes de cruzar la puerta. Arrugó la nariz por el olor de las cercanas caballerizas. Pronto reparó en un muchacho cristiano que acarreaba una yegua a tirones.

—¿La casa de Gonzalo Zapata, por favor?

El cristiano contempló a Suhaila de arriba abajo.

—Camina hacia allí —indicó un laberinto de estrechas callejuelas atestadas de gente—. Pregunta por la Cofradía de san Jaime. Es la casa del al lado.

La muchacha inclinó la cabeza en gesto de agradecimiento y se introdujo en la turba que abarrotaba Valencia. Era el momento en que los mercaderes ultimaban las ventas y los rezagados se apresuraban para conseguir género a precio rebajado. Mientras tanto, elegantes caballeros valencianos requebraban a pudorosas doncellas que, en grupos de tres o cuatro, ocultaban sus risas pícaras y corrían a cortos pasos agarradas del brazo. Los mercaderes cerraban sus tratos en las esquinas y los rufianes se apostaban a la entrada de los callejones con pose de perdonavidas, siempre atentos a las jovencitas que llegaban desde el campo o a las viudas de aparente riqueza. Los vendedores de encajes y sedas trataban de recoger su género mientras las oportunistas reclamaban una última rebaja, y los zagales cruzaban las callejuelas a la carrera, perseguidos por algún hortelano deshonrado por el hurto de una verdura.

Suhaila tuvo que inquirir por su ruta hasta tres veces llamando la atención de los que aún deambulaban entre las tiendas, y al fin, junto al antiguo palacio del Rey Lobo, se plantó ante la gran puerta de madera de la casa de Gonzalo Zapata.

Un criado se presentó en la entrada al oír los golpes de la muchacha.

—Vengo por llamada de don Gonzalo Zapata. Soy... —Suhaila vaciló un instante. No había preparado nada, ningún nombre, ninguna coartada. Se reprendió mentalmente por ser tan impulsiva—. Soy Ruy, el hijo del armero. Me espera.

El criado, sin responder a la presentación, desapareció en el caserón y dejó a Suhaila fuera. Volvió al cabo de un rato e hizo un gesto para que la mujer pasara.

—Aguardad aquí. Mi señor saldrá a recibiros.

Suhaila obedeció y se plantó en el centro de un patio rodeado por una balconada. Aunque la huella andalusí era notable, el lugar estaba repleto de las muestras de la conquista. Cierto era que varios estandartes estropeados y un par de arcones habían sustituido a algunas de las plantas trepadoras, a los tapices y a la decoración de las paredes. Aquella era la casa de un guerrero cristiano, sí: fría, adusta y amenazadora..., pero al parecer su dueño no había querido desprenderse de toda la herencia de la antigua Balansiya.

—Parece que no has tardado mucho en volver de Denia —saludó el caballero Gonzalo Zapata al tiempo que descendía por una escalera de madera labrada—. Empiezo a pensar que tu padre miente cada vez que habla, lo que no es poco.

Suhaila se dobló en amplia reverencia y esperó a que el caballero hubiera llegado a su altura.

—Disculpadle, mi señor. Mi padre temía que fuera a ocurrirme algo malo.

—Bien, no importa —respondió el cristiano—. Acompáñame.

Suhaila asintió y anduvo tras el caballero. Por el camino reparó en que tal vez tendría que descubrir su rostro. Un súbito temor la asaltó. Había llegado a aquella mansión sin plan alguno. Arrastrada por su pasión y por el deseo irrefrenable de abandonar la barraca de la Huerta. No había calculado el peligro que ahora corría. Era una mujer que se hacía pasar por hombre, mudéjar para más señas... Una punzada de arrepentimiento le subió desde el pecho. Gonzalo Zapata la guio por un largo corredor y pasaron junto a la cocina de la mansión, por cuya entrada entreabierta adivinó Suhaila el ir y venir de criados y esclavos. Un fuerte olor a carne inundaba el salón en el que se había dispuesto una tabla ancha y alargada sobre un par de caballetes. Una criada joven y bonita escanciaba vino en dos copas.

—Come conmigo. Tengo que hablarte de algunas cuestiones. —Zapata señaló a un taburete. Suhaila se sentó y apoyó los codos en la tabla con el corazón martilleándole el pecho. El caballero tomó la copa de vino y la extendió hacia su invitado; después bebió de la suya un largo trago. Antes de retirársela de los labios, miró sobre ella al otro lado de la mesa. Suhaila enrojeció.

—No serás de esos moros recatados que no prueban el vino, ¿no?

La muchacha no supo qué contestar. Zapata dejó la copa sobre la mesa y gritó a la criada para que sirviera la mesa. Reapareció con una bandeja y, sobre ella, varios muslos de ave y algunos pedazos de pan. El caballero pinchó un pedazo con la daga y arrancó una buena porción de un mordisco.

—Come —ordenó con la boca llena—. Y bebe. Olvida ahora los remilgos.

Suhaila asintió y cogió un muslo. Lo hizo girar ante sí sin descubrir su boca.

—¿No tenéis hambre, mi señor? —La criada sonrió a Suhaila. Se trataba de una muchacha de tez tostada por el sol, ojos vivos y pecas en los pómulos y la nariz. Miró con dulzura al extraño invitado antes de guiñar un ojo—. Si lo preferís, puedo traeros otra cosa.

Suhaila retiró la vista de inmediato y la clavó en el suelo. Zapata soltó una carcajada.

—Anda, Inés, y déjanos solos. Tenemos que hablar.

La criada hizo una rápida reverencia y abandonó el salón, pero antes se demoró en los bonitos ojos del invitado que se negaba a descubrir su rostro.

—Le has gustado, no hay duda —rio el caballero tras tomar otro sorbo de vino—. Cuidado con Inés, te lo advierto. Es hacendosa en el hogar pero, te lo digo por experiencia, también en otros menesteres. Y la verdad, no quisiera que tuviera problemas por andarse con un infiel.

Suhaila notó cómo se le encendían las mejillas.

—Disculpadme, mi señor, pero me puede la curiosidad —trató de hablar con tono grave—. Quisiera saber en qué puedo serviros.

Zapata respondió con un gesto de enojo.

—Ah... Olvida ahora las ceremonias. ¡Te he dicho que bebas! ¿Por qué tenéis que complicarlo todo tanto? Ahora no estás en tu casa, sino en la mía. ¡Bebe!

Suhaila dio un respingo y tomó la copa. Se apartó la tela de la boca, llevó el vino a los labios y sorbió con lentitud. Carraspeó levemente antes de devolver el recipiente a la mesa. Gonzalo Zapata enarcó las cejas y mordió de nuevo el muslo. Royó con avidez el hueso hasta dejarlo desnudo. Tomó otra pieza de carne que siguió comiendo ante la mirada avergonzada de Suhaila. Esta no dejaba de pensar. Ahora estaba segura de que debió seguir el consejo de su padre. ¿Cuánto tardaría el caballero en descubrir que su invitado era en realidad una mujer? Y sobre todo, ¿debía continuar con su ardid sin saber aún qué era lo que Zapata quería de ella?

Se levantó del taburete de repente y sujetó la tela frente a la boca.

—Mi señor, decidme ya para qué me habéis llamado, os lo ruego.

El caballero detuvo su gesto con los dientes hincados en un alargado pedazo de carne. Entornó los ojos y los clavó en Suhaila durante un corto tiempo que, sin embargo, a ella le pareció interminable. Dejó caer la comida en el plato y se pasó la lengua por entre los dientes.

—Ah... Está bien. —Clavó la daga en la tabla. El arma tembló un momento y Suhaila se sobresaltó, pero mantuvo la pose ante el caballero. Zapata se levantó. Dio un par de pasos hasta una alcándara de la que colgaba un arco curvado. Suhaila lo reconoció como uno de los que fabricaba Malik.

—Si lo que queréis son más arcos, hablaré con mi padre. —La muchacha endureció la voz—. Os procuraré un negocio ventajoso, no os preocupéis...

—No quiero arcos —atajó aviesamente Zapata—. Quiero al arquero.

Suhaila inclinó la cabeza, no muy segura de lo que había oído.

—¿Mi señor? —Esta vez olvidó disimular la voz y su tono agudo resonó un momento en el salón. El caballero torció el labio.

—A veces me parece que hablo con un niño... ¿Eres demasiado joven acaso?

Suhaila tragó saliva.

—No soy un niño, mi señor.

—Ah, bien. —Zapata quitó importancia al comentario con un gesto—. De acuerdo, no eres un amable invitado precisamente, así que te diré ya qué deseo de ti.

»Lo primero que debes saber es que nada de lo que oigas aquí podrás repetirlo fuera. No consentiré que me desobedezcas en esto, y te advierto que sé perfectamente dónde vivís tú y tu padre... ¿Soy suficientemente claro?

Suhaila asintió, notó cómo se le secaba la boca. Miró de reojo a su copa de vino, que ahora le apetecía llevarse a los labios.

—Muy claro, mi señor —contestó.

—De acuerdo. He recibido un encargo de un poderoso noble. En su momento, si se tercia, sabrás de quién se trata. Este señor me encomienda que encuentre a ciertas personas duchas en el arte de la guerra. Se me pide no que descubra a cualquiera, sino que halle a los mejores. Llevo muchos años al servicio del rey, he acudido a guerrear siempre que me ha reclamado y aun cuando no lo ha hecho. He conocido a muchos hombres, amigos y enemigos, y jamás había visto a ninguno disparar una flecha como tú lo haces. Me ha dicho mi criado que te haces llamar Ruy. Pues bien, Ruy: me trae sin cuidado que prefieras un nombre cristiano al tuyo verdadero, o si rezas a Cristo o a Mahoma. No vería diferencia en que fueras noble o plebeyo. Te quiero a mi lado por tu arco, y te prometo buenas ganancias y aventura. De momento es eso lo que necesitas saber.

»¿Aceptas?

Suhaila dejó caer el paño, cogió la copa y se bebió de un trago todo el contenido. Cuanto terminó, tosió un par de veces y el cabo del turbante quedó colgando a un lado.

—Mi señor —sintió el tamborileo del corazón en la garganta—. Antes de que acepte vuestra propuesta, vos también debéis saber algo.

Gonzalo Zapata volvió a entornar los ojos mientras Suhaila se desenrollaba el turbante. Al hacerlo y caer en cascada su cabello oscuro y ensortijado, el caballero echó la cabeza atrás y pestañeó un par de veces. Suhaila permaneció en pie con la copa en una mano y el turbante en la otra, arrastrando su punta en el suelo del salón.

—Por la santa Virgen... —susurró el caballero.

—Os ruego que no me denunciéis —habló la muchacha sin ocultar ya la entonación de sus palabras.

—Pero... ¿Por qué...? —tartamudeó Zapata—. Es decir... No lo entiendo.

—No penséis mal de mí, mi señor. Comprended que no está bien visto que una mujer se aficione a costumbres masculinas... como es la de los arqueros. No es culpa mía, además. Mi madre murió al poco de darme a luz y mi padre me crio sin hermanos. Yo fui quien tuvo que ayudarle en su oficio. Me crie entre flechas y virotes. Aprendí a tirar antes que a andar...

—Está bien, está bien... —Alzó una mano Gonzalo Zapata para detener las excusas de la mujer—. Tranquila, no te descubriré... por Dios bendito... ¿Estás loca? Haces bien en temer que alguien te denuncie. ¿Sabes lo que te pasaría si...? Uf, Longerio se despellejaría las manos de tanto frotárselas. Una muchacha mora que se hace pasar por varón cristiano...

Suhaila dejó caer el turbante al suelo, posó la copa en la mesa y empezó a dar la vuelta.

—Vos no me denunciaréis, estoy segura, pero tampoco quiero causaros problemas. Habéis sido muy amable, mi señor —dijo a modo de despedida—. Siento haberos decepcionado.

El que unos momentos antes era Ruy, el hijo del armero,

anduvo hacia la entrada de la estancia ante la mirada confundida de Gonzalo Zapata.

—¡Esperad! —requirió él al fin—. No os vayáis todavía.

Suhaila se detuvo y quedó de pie al fondo del salón. La luz que el sol proyectaba a través de las ventanas no la alcanzaba ahora y su silueta quedaba en media penumbra.

—¿Habéis oído la historia de La Varona? —preguntó el caballero mientras se acercaba a su sitio y tomaba asiento. Se sirvió una nueva copa de vino.

—No —contestó Suhaila desde la sombra.

—Sentaos, doña... Vaya, me temo que de nuevo ignoro vuestro nombre.

La mujer percibió el cambio de trato con respecto a unos momentos antes.

—Mi padre me llamó Suhaila —respondió ella al tiempo que se acercaba y se sentaba al otro extremo de la mesa.

—Bien, amiga Suhaila. Hace tiempo, en Castilla, me contaron una historia que después de todo no creí. Hablaba de una mujer, una tal María. Era castellana y andaba por tierras de frontera cuando la guerra de nuestro rey Alfonso contra su mujer, Urraca. Esto ocurrió en tiempo de los abuelos de nuestros abuelos... No, mucho antes, mucho antes.

»María, de noble cuna, había crecido con dos hermanos y, como ellos, había aprendido el manejo de las armas. Tanto, que en la caza ella los aventajaba a pesar de que entre los tres se amaban mucho y bien. Unos a otros se socorrían, pues eran huérfanos de padre y madre, y entre todos gobernaban sus tierras y también las defendían.

»Llegado el trance de la guerra y por hallarse el castillo de los tres hermanos en tierras de frontera, se dispusieron los varones a despedirse de María con gran tristeza y preocupación, pues sola había de quedar si ellos caían bajo las armas de Aragón. Así, María decidió vestir las armas y acompañar a sus hermanos, y haciéndose pasar por guerrero y sin dejarse descubrir, acudió a Toledo para valer a su rey, el de Castilla.

»Pero he aquí que entrose el ejército de Aragón por las tierras de los hermanos, y María, como ellos, acudió a la refriega a la cabeza de una hueste y entró en liza con los nuestros. Matáronse los hombres y se alzó la niebla de la guerra, y cayó el manto de la noche y aún los halló lidiando. En la confusión, María quedó aislada de su tropa y se vio enfrentada a un caballero aragonés que le arremetía a muerte. Ambos lucharon, y María, que se batía como un león, logró desarmar al enemigo. Cuando este se descubrió, halló la mujer que no con cualquiera había peleado, sino con el mismísimo rey de Aragón. Hincó rodilla en tierra la mujer, pero el soberano era muy cortés y se entregó preso a la dama. Juntos se llegaron hasta la tienda del rey castellano. Allí mismo y en señal de rendición, nuestro rey se desprendió de su anillo y se lo entregó al enemigo.

»Como familia que eran ambos monarcas y por así dictarlo las leyes y costumbres, volvió al final el rey Alfonso a Aragón, y el de Castilla, que quería premiar el arrojo de su súbdita María, diole el anillo del rey nuestro y le otorgó que por siempre la conocieran por La Varona, pues con más valor que muchos varones se había conducido la dama. Y por tener el anillo ofrendado las barras de Aragón grabadas, así quedó el blasón de La Varona, luciendo las armas de nuestra Corona...

»¿Qué os parece este relato?

Suhaila sonreía, y sus dientes contrastaban poderosamente con la tez morena y el pelo negro. Se lo retiró con gracia de la cara antes de contestar:

—Yo tampoco me lo creo.

V

Unas semanas después.
Monasterio de San Juan de la Peña, Aragón.
Verano de 1319

La imponente roca rojiza se irguió ante los dos viajeros y su escolta, empequeñeciéndoles hasta hacerles casi desaparecer. El obispo de Barcelona pidió ayuda a un criado para descender de la mula y, al coger con avidez el odre de agua, derramó parte del contenido sobre su ropa. El caballero Bernat de Anglesola se adelantó y estiró el cuerpo un tanto, impresionado por la formación rocosa que protegía al monasterio. Anglesola era un hombre muy joven, de apenas veinte años, alto, enjuto y con los rasgos prominentes. Llevaba el pelo castaño corto e igualado, como correspondía a un noble acostumbrado a cuidar con esmero su aspecto.

A la vista de los visitantes, un monje se arremangó el hábito negro, corrió desde la puerta del monasterio y se plantó solícito ante los recién llegados. Ponce de Gualba estiró la mano para mostrar su anillo al benedictino mientras el caballero le presentaba.

—El señor obispo de Barcelona, monje.

El hombre clavó la rodilla en la tierra pedregosa del camino. Se inclinó para besar la joya, mostrando el único mechón de pelo blanco que la tonsura había respetado.

—Monseñor, sed bienvenido. Y así también vuestros acompañantes. Soy el hermano portero y me alegro en el corazón de que nos visitéis. Pero, nobles señores, no nos habéis avisado... —protestó con suavidad el religioso al tiempo que se alzaba—. De otro modo habríamos dispuesto el recibimiento que os corresponde. Mandaré de inmediato que os preparen alojamiento. Aunque tengo que comunicaros, monseñor, que el señor abad no está aquí y que el prior se encuentra enfermo de unas fiebres... Bien, no os haré esperar más.

Ponce de Gualba lanzó un aullido al desperezarse y sus ojos se posaron de nuevo en la enorme piedra rojiza que coronaba el monasterio de San Juan de la Peña. El monje, por su parte, ya corría de vuelta para poner a trabajar a todos los ocupantes de monasterio. Hacía tiempo que el santo lugar estaba de capa caída y no era habitual que altos barones lo visitaran.

—Tal vez no esté ya aquí —aventuró el caballero catalán.

—Confiemos en que sí. —El obispo apoyó ambas manos en los riñones—. No quisiera haber hecho este viaje en balde.

Los criados se entretuvieron descargando fardos de las acémilas, y el caballero de Anglesola, admirado, siguió observando la imposible disposición topográfica de aquel viejo monasterio en la peña. El hermano portero regresó con compañía y, entre todos, siguieron al obispo y al caballero hasta la puerta de piedra. Pasaron bajo los arcos y se detuvieron mientras su vista se acostumbraba a la escasa luz de los hachones.

—Acompañadme, monseñor, y dirigid la oración —pidió el hermano mayordomo al tiempo que señalaba a la cercana capilla. El obispo resopló. Sabía que la costumbre benedictina era llevar a cabo la oración con el visitante a la llegada de este, pero la espera de años podía con su paciencia.

—Más tarde rezaremos, hermano. —Puso Ponce de Gualba sus manos sobre las del mayordomo—. Ahora, antes siquiera de descansar, necesito que me digáis algo.

—Claro, monseñor. ¿Es algo relacionado con los documentos para el archivo?

—Por supuesto, sí..., documentos para el archivo de Barcelona —mintió el obispo, que casi había olvidado aquella manida excusa oficial—. Trataremos ese importante asunto después, pero antes de eso quisiera saber otra cosa. Según me han informado, vive en el monasterio un peregrino llamado Blasco de Exea. Es un hombre alto y fuerte, de unos cuarenta años o poco menos.

El mayordomo hizo un gesto de extrañeza y miró atrás lentamente, a los demás hermanos que esperaban la preceptiva oración de bienvenida al huésped. El obispo se mordió el labio, contrariado por la parsimonia de aquella gente acostumbrada a vivir despacio.

—El hermano Blasco vive aquí, sí —respondió al fin el monje.

Un largo suspiro salió de la boca de Ponce de Gualba.

Por fin había dado con él. Después de tantos años, y sobre todo tras haber perdido la esperanza, seguro ya de que aquel antiguo templario habría dejado su vida en el mar o en la Francia de Felipe el Hermoso. Casi se había negado a creer del todo en las palabras de frey Fulco de Payens en Barcelona. Y ahora Blasco de Exea estaba allí, quizá muy cerca.

—¿Dónde? ¿Dónde está? Necesito hablar con él.

El hermano mayordomo arrugó la nariz. Le desagradaban aquellas muestras de poca templanza en un obispo.

—Después de laudes se va. Suele dedicar la mañana a recoger leña para la cocina. A veces nos acompaña en la comida, pero otras desaparece y vuelve al anochecer si no tiene ninguna tarea que hacer —explicó el religioso.

—Ah, pero entonces —intervino Bernat de Anglesola—, ¿no se trata de un monje como vos?

—Oh, no. —El mayordomo movió el dedo índice de su diestra a los lados y luego se rascó la tonsura—. Es peregrino llegado de lejos y vive con nosotros. Buen hombre, aunque demasiado reservado incluso para un monasterio de san Benito.

—¿Dónde puedo encontrarlo? —inquirió impaciente Ponce de Gualba.

—No andará lejos, pero sería mejor que lo esperarais aquí, monseñor. Qué gran desgracia si os sucediera algo malo. Hay peñas muy traicioneras aquí arriba y no creo que vos conozcáis las sendas —advirtió el monje. El obispo negó con la cabeza.

—Ni hablar. Habéis dicho que a veces desaparece hasta la noche. No, mandaréis a buscarlo de inmediato.

—Pero, monseñor... —quiso quejarse el mayordomo.

—Obedeced al obispo, monje —aconsejó el caballero de Anglesola—. Viene en misión importante y no andamos sobrados de tiempo.

El mayordomo se encogió de hombros y mandó acercarse a los tres benedictinos más jóvenes.

—Andad hacia el praderío y dejaos llevar por el ruido de los hachazos. Encontrad al hermano Blasco. Decidle que gente muy principal le reclama.

—Perfecto. Gracias... —Hizo un gesto condescendiente el obispo—. Y ahora, si nos permitís, me gustaría enseñarle al caballero Anglesola una cosa.

El hermano mayordomo, resignado ya a los caprichos de aquel preboste de ciudad, hizo una inclinación y depuso su intención de convencerle para asistir al oficio. Los dos recién llegados subieron los altos escalones que llevaban a la iglesia superior del monasterio. Atravesaron el panteón y abordaron la nave, cuya penumbra se veía acentuada por el techo, parcialmente tallado en la roca viva. El obispo se arremangó la túnica y anduvo deprisa, demasiado para su acostumbrada flema y su escandalosa redondez. Señaló con un dedo al fondo de la nave, en cuya cabecera se repartían el espacio tres ábsides enmarcados en arcos de medio punto.

—Allí, en el ábside central.

Gualba se acercó preso de un notorio nerviosismo. Olvidó persignarse siquiera. Se aproximó al altar de piedra reteniendo poco a poco su prisa y, con lentitud reverencial, pasó la mano sobre un cáliz de ágata adornado con un soporte de oro y puesto sobre una base guarnecida también en oro. Anglesola enarcó las cejas en gesto de escepticismo.

—¿Ese es?

Gualba sonreía beatíficamente y acariciaba la superficie de la copa con el dorso de los dedos.

—Sí.

—No sé... —dudó el joven caballero catalán—. Es raro que esté tan expuesto. ¿No tienen miedo los monjes de que alguien lo robe?

—No, no. —El obispo entornó los ojos al examinar el interior del cáliz—. Piensan que está protegido por Dios. Cualquiera que se lo lleve, caerá fulminado por un rayo..., o quizá se convierta en polvo... ¿Qué sé yo?

Anglesola sonrió socarronamente.

—Espero que no tengan razón.

Blasco de Exea dejó caer el hato de leña recogido con una cuerdecilla y entornó los ojos para observar al hombre rechoncho y bajito que, con vestiduras episcopales, se erguía frente a él y disimulaba a duras penas una extraña emoción. Estaban a unos codos de la puerta del monasterio, a merced de un sol inclemente. El joven monje que había hallado a Blasco acarreando la leña para la cocina hizo una rápida reverencia ante Ponce de Gualba y desapareció a la carrera.

—Así que vos sois Blasco de Exea... —susurró Gualba.

El antiguo templario ladeó la cabeza, cuyos flancos empezaban a mostrar algunas canas. También la corta barba que se había dejado le nacía blanca junto a las comisuras de los labios. El obispo asintió, sumido en sus propios pensamientos. Claro que era él.

Ese era el hombre que había buscado durante años, el mismo al que había seguido la pista desde Aragón a Cerdeña, hasta que la perdió en un misterioso viaje por el mar tras una cadena de crímenes en Cáller. Al obispo no le extrañó que aquel hombre de anchas espaldas hubiera sido escogido entre los demás de su ya extinta orden. Su presencia era imponente y los anchos ropajes que llevaba no podían disimularlo. Además, su mirada clara y franca no dejaba lugar a dudas. Solo a alguien así podría encomendársele una misión especial, como en su día había hecho Hugo de Pairaud, el visitador general del Temple.

—El hermano Ramón me ha dicho que sois el obispo de Barcelona —habló al fin Blasco—. Supongo que venís a por legajos para llevar allá. Sed bienvenido a la Peña, monseñor.

A Ponce de Gualba no le pasó por alto la ausencia de ceremonia en el saludo, lo que era aún más extraño al tratarse de un antiguo templario y de alguien que estaba acogido en un monasterio. Sin embargo, el obispo se cuidó de reprenderle y decidió empezar de nuevo.

—Soy Ponce de Gualba, obispo de Barcelona y fiel confidente de nuestro amado rey Jaime. —Acercó con disimulo su anillo enjoyado, que Blasco debía besar según la obligada costumbre.

—Yo soy Blasco de Exea, peregrino y huésped del monasterio y fiel consejero de mí mismo —replicó el aragonés sin acercar su boca ni un ápice al anillo.

Gualba sonrió. Cada nuevo gesto le abría más la personalidad de aquel hombre.

—Puede pareceros extraño, don Blasco, pero me hallo aquí por vos. He viajado acompañado del caballero Bernat de Anglesola y de nuestra escolta y séquito. Venimos desde Barcelona padeciendo el calor y la rudeza del camino, de modo que esperaba un poco de amabilidad por vuestra parte.

Ahora fue Blasco quien sonrió. Señaló al hato de leña que había arrojado al suelo.

—Espero que esta madera caliente una buena comida, y que esa comida os reponga de vuestras fatigas tanto a vos como al caballero Anglesola. Me temo que, aparte de conseguir la leña para guisar vuestro condumio, poco más puedo hacer por vos.

Gualba miró alrededor para asegurarse de que nadie más asistía a aquella entrevista. Se acercó a Blasco con pasos lentos. Observó desde abajo los ojos claros, flanqueados por algunas arrugas casi imperceptibles.

—Vos no sois leñador —indicó el obispo—. Ni siquiera un peregrino. Vuestro puesto no está aquí, sino en menesteres más importantes.

—Me halagáis sin razón, monseñor. O, ahora que lo pienso, sí debe de haber alguna razón... ¿Cuál?

Gualba se puso a girar su anillo alrededor del dedo descuidadamente y guardó unos instantes de silencio. No dejaba de escrutar la mirada azul de Blasco de Exea.

—La historia os propone un reto, amigo mío —habló al tiempo que sonreía—. Vuestro rey os reclama para una misión de inexcusable cumplimiento.

—Explicaos, monseñor —pidió Blasco, inmóvil bajo el sol que ya empezaba a calentar en demasía la testa del obispo.

—Aragón se prepara para la guerra. Guerra en Cerdeña —explicó Gualba, por cuya frente despejada comenzaban a correr goterones de sudor—. Nuestras fuerzas pronto se harán a la mar y combatirán lejos, en un lugar apartado por el mar, en una tierra que muchos desconocemos. Al frente de los ejércitos de Aragón irá el príncipe Jaime, heredero de la Corona. Vos, Blasco de Exea, habéis sido escogido para formar parte de su guardia personal y para aconsejarle en el sitio de Cáller.

Blasco enarcó las cejas.

—¿Yo precisamente? ¿Por qué?

—Oh, amigo mío. No cometáis el error de subestimarme —advirtió el obispo—. Sé de vuestro adiestramiento desde joven por los mejores preceptores del Temple. Sé que habéis vivido en Cerdeña y también sé que luchasteis en Escocia. Sé, por último, que vos fuisteis quien dio muerte a Giles d'Argentan. Solo un luchador formidable podría haber conseguido tal cosa.

Blasco escuchó al obispo atentamente y supo que, tal como le acababa de advertir, no debía subestimarle.

—¿Cómo sabéis...?

—Eso ahora no es lo importante —le interrumpió Gualba—. Lo realmente importante es si estáis dispuesto a cumplir vuestro destino o si huiréis de él.

El aragonés se llevó la mano a la barbilla. Pasó el dedo índice bajo el labio mientras entornaba la mirada.

—Solo una persona os puede haber hablado de Giles d'Argentan.

Gualba hizo un gesto de fastidio.

—Ya os he dicho que eso no es lo importante ahora. Estáis ante un momento crucial y debo saber qué pensáis.

—¿Qué tal está Fulco? ¿Goza de buena salud?

El obispo, aunque irritado por la actitud desafiante de Blasco de Exea, sonrió y desvió la mirada hacia el suelo pedregoso de la senda.

—En breve postulará por Santa María de Montesa, la nueva orden que ha creado nuestro rey. Goza de muy buena salud por lo que sé y, de hecho, no sería de extrañar que luchara en Cerdeña.

Blasco asintió con un rescoldo de melancolía en los ojos. Elevó la mirada hacia la peña roja que coronaba al viejo monasterio.

—Él no pudo hablaros bien de mí. Cree que soy un ser cruel. Cuando nos separamos, no muy lejos de aquí, apenas hubo despedida —explicó sin apartar la vista de las rocas de la montaña.

—Sí. —Gualba sacó de la manga un largo pañuelo de seda púrpura y se lo pasó a toques por la frente y bajo la papada—. Fulco me contó que no tuvisteis piedad de vuestros enemigos en Escocia. También me contó que hay demonios que corroen vuestra alma... Remordimientos que no sois capaz de confiar ni a vuestros amigos, según creo. Por lo que parece, vuestro viaje a Escocia no estuvo motivado sino por esos oscuros pensamientos precisamente.

Blasco sacó casi sin pensar el medallón de madera descolorida que colgaba bajo su camisa y lo sostuvo entre los dedos. Su mirada seguía perdida en lo alto.

—He sido cruel, desde luego —reconoció—. Hay muchas cosas de las que me arrepiento. He vertido demasiada sangre ajena y al final no he conseguido lo que buscaba. He fallado a mis seres más amados... —Blasco volvió la vista hacia el obispo—. Ahora vos me pedís que marche de nuevo a la guerra. ¿Por qué debería seguir matando? ¿Para qué?

Gualba se encogió de hombros.

—Para cumplir con vuestro deber. Por vuestro rey. Por Aragón... Sois un caballero.

—No. Ya no. —Blasco miró a los apagados tonos dorados y negros de su medallón—. No merezco ese título.

El aragonés guardó el pedazo de madera bajo su camisa y recogió de nuevo el hatillo de leña.

—Es una orden del rey. No podéis negaros —replicó Gualba con desesperación—. Se os obligará a servir a la Corona.

—No lo creo. —Blasco cargó el montón de ramas sobre su hombro derecho—. ¿El rey enviará a sus alguaciles a arrestar a un peregrino al mismísimo monasterio de San Juan de la Peña? Además, ¿qué ganaríais obligándome a ir a Cerdeña? Si fuera de buen grado, tal vez podríais contar con mi ayuda, tal como decís requerir. Pero si soy coaccionado, no podéis esperar que me afane en mi tarea. Además, si lo que precisáis es escolta para el príncipe, buscad a caballeros dispuestos a batirse, no a leñadores.

El obispo apretujó su pañuelo y se lo restregó por el cuello. Blasco había empezado a caminar hacia la puerta del monasterio. Gualba le siguió con pasos cortos y rápidos.

—¡Esperad! —rogó—. Debe haber una forma de convenceros. Habéis dicho que fallasteis en algo. Explicadme en qué. Yo os ayudaré a arreglarlo, sea lo que sea... ¿Qué puedo hacer para que confiéis en mí?

»Conoced que yo mismo he sido víctima de Juan de Longerio, el perro dominico que condujo a la ruina a los templarios de Aragón. ¿Sabíais que fui acusado de herejía por ese puerco? Es uno de mis peores enemigos, sin duda. Además —mascullo sin apenas contener la rabia—, por su culpa ardieron muchos de mis preciados libros, algunos de ellos escritos por el buen Arnau de Vilanova...

El aragonés detuvo su camino y se volvió hacia Gualba. Por un momento pensó que sí, que tal vez el obispo de Barcelona era lo suficientemente poderoso para ayudarle a arreglarlo todo, y a lo mejor era alguien en quien poder confiar. Quizá sí, ahora, después de tantos años, pudiera llevar a cabo su auténtica misión..., una misión que había comenzado en el adarve de un castillo lejano, en una pequeña isla del Mediterráneo. Observó al obispo. A la cruz enjoyada que colgaba de su cuello y a su anillo episcopal. Sin saber por qué, le vino a la mente Teresa, su antigua amante recluida en un convento por otro poderoso clérigo como Gualba. ¿Qué podía esperar de él? ¿Y del príncipe? ¿Y del mismísimo rey Jaime?

—No quiero derramar más sangre —sentenció Blasco de Exea, y desapareció tras la puerta del monasterio.

VI

Tres meses después.
Tarragona, Condado de Barcelona. Invierno de 1319

El obispo Ponce de Gualba retrocedió un par de pasos para hundirse en el gentío que abarrotaba el monasterio de los Frailes Menores de Tarragona. Ante la nobleza catalana, el rey de Aragón sentenciaba la indisoluble unión de sus estados.

—Por esta constitución —leía solemnemente el monarca, ataviado con una túnica de satén escarlata bordada con hilos de oro—, nos, Jaime, proveemos que nuestros reinos de Aragón y Valencia, así como el Condado de Barcelona, están unidos perpetuamente bajo un solo dominio, el nuestro y el de nuestros sucesores, y a ello adherimos el dominio justo y los sacros derechos que nos pertenecen en el Reino de Mallorca y en sus islas, así como en los condados del Rosellón, Cerdaña, Conflente y Valespir, y los vizcondados de Ormelades y Carladés. Esto lo juramos ante vosotros presentes en este acto de cortes, e igualmente juramos que no podrán separarse los unos de los otros, ni se podrán donar ni otorgar por testamento, salvando lugares, castillos y heredamientos que nos y nuestros sucesores podamos dar.

»Y proveemos asimismo —el rey miró de reojo al infante Jaime, que ocupaba un sitial al lado del suyo— que cualquiera de nuestros sucesores, al tiempo de ser coronado y recibir homenaje vuestro, jure de igual forma guardar y cumplir este estatuto, y que vosotros, prelados, ricoshombres, caballeros, infanzones, mesnaderos, ciudadanos y villanos todos, no estaréis obligado a servir al rey ni a obedecerle en cosa alguna si antes no prestare este juramento.

Mientras el rey seguía con su discurso, Ponce de Gualba miró a la puerta del inmenso salón en cuya piedra resonaban las palabras de Jaime de Aragón. El caballero Bernat de Anglesola apareció agazapado, procurando no llamar la atención de los asistentes a la sesión de Cortes. Esquivó a los espectadores hasta llegar junto al obispo y se inclinó hacia él.

—Buenas noticias, monseñor. El padre de Blasco de Exea vive. Acaba de llegar mi agente desde Ejea y así me lo ha confirmado. Es un caballero viudo que apenas puede valerse por sí mismo. Vive con su hija en la casa de la familia.

—Saldremos para allá enseguida —aseguró Gualba—. He de hablar con ese hombre, y me pregunto por qué no lo habré hecho antes...

—Hay más —le interrumpió Anglesola—. El propio Blasco de Exea lleva muchísimo tiempo sin ver a su familia. Exactamente desde que ingresó en el Temple, hace unos quince años.

El obispo arrugó la nariz.

—¿Quince años? Pero si vive a unas jornadas de camino. —Gualba trató de discernir qué motivos podía tener alguien como Blasco de Exea para no presentarse ante su padre, sobre todo tras años de alejamiento, de viajes a países remotos, de guerra, de desventuras...—. Extraño sujeto, ese templario.

—Esperad, monseñor, algo pasa con el infante... —Anglesola asentó su mano sobre el brazo del obispo. Ambos posaron su mirada en el estrado en el que se hallaba el rey. Gualba tuvo que ponerse de puntillas, ayudándose del apoyo del caballero catalán. El infante Jaime, erguido y con la vista al frente a través de su flequillo rubio, hablaba con voz chillona.

—¡Lo que tengo que deciros es ya sabido de su alteza, el rey mi padre! —se dirigió a la nobleza catalana. Un murmullo apagado se extendió por la alargada nave del monasterio. El rey de Aragón, con la tez congestionada, tensaba los músculos de su mandíbula y entornaba los párpados.

—Dios mío, ¿y ahora qué? —susurró Ponce de Gualba.

—Mucho ha tratado mi padre de que no cumpliera mi deseo, y en ello ha perseverado enviándome a sus privados y con múltiples promesas y amonestaciones; pero he tomado una decisión y debéis escucharla todos.

»Algunos fuisteis testigos de lo ocurrido en Gandesa hace unas semanas. Si me presté a casarme, fue por bien de la Corona y por no desairar a su alteza el rey o a la infanta Leonor. Ahora bien, no es mi deseo ser heredero ni sucesor de la Corona de Aragón.

»Por eso —el infante señaló con el dedo a los asistentes y dibujó con la mano una parábola— os libero del juramento de fidelidad y homenaje que me hicisteis, y renuncio a la sucesión y primogenitura, y la dejo en manos de su alteza el rey, mi padre, para que pueda disponer de ellas a su voluntad.

Un espeso silencio se propagó por la nave mientras el eco de aquellas palabras se apagaba. Frente al infante, sus hermanos dejaban caer la mandíbula en gesto de enorme sorpresa. El infante Juan de Aragón, que acababa de ser elegido arzobispo de Toledo, miró a su hermano mayor, el segundo en la sucesión. Alfonso fijó los ojos en los de su padre, esperando una reacción.

—Hemos oído lo que teníais que decir, infante Jaime —intervino de nuevo el monarca sin ocultar la rabia que destilaban sus ojos—. Aquí, y en estas cortes, proclamamos ante todos que aceptamos vuestra renuncia y os emancipamos y expulsamos de nuestra patria potestad. Y os ordenamos a vos, don Arnaldo de Soler —el rey señaló al comendador de San Juan en Aliaga, que, cubierto con el hábito hospitalario, asistía a la escena—, que como allegado al infante procuréis su rápido ingreso en vuestra orden.

El comendador sanjuanista asintió con la tez arrebolada. El monarca dejó de señalarle para apuntar al infante Alfonso.

—Vos, infante Alfonso, atended a lo que tenemos que decir ante todos.

»No ha de quedar nuestra Corona sin heredero, y a vos os corresponde en este momento ser jurado como sucesor en nuestros reinos después del cumplimiento de los días que Dios tenga a bien concedernos.

»Subid, Alfonso.

El infante, vestido con jubón adamascado y una pesada capa ribeteada de piel, ascendió al estrado y encaró a la más alta nobleza de Cataluña. Sus ojos brillaron al darse cuenta al fin de lo que estaba ocurriendo, y mostró que de ningún modo había esperado Alfonso llegar a ocupar el puesto de su hermano mayor. Su rostro atractivo y sereno se iluminó. El recién despojado infante Jaime pasó junto a él como una sombra, descendió los escalones de madera y se perdió entre el gentío.

El primero en besar la mano del príncipe fue su hermano, el jovencísimo arzobispo de Toledo. Puso una rodilla en tierra y juró fidelidad futura y perpetua a Alfonso. Después le dedicó una sonrisa de complicidad que el príncipe devolvió. Uno a uno, todos los nobles catalanes se apresuraron a reconocer como sucesor a Alfonso.

Ponce de Gualba lucía una gran sonrisa y se sentía en un prolongado estado de embelesamiento. Aquel muchacho al que todos prometían fidelidad se había educado a su lado y compartía muchos de sus secretos. Las oscuras nubes que cubrían su mente se esfumaron y, con ellas, el temor al infante Jaime y al inquisidor Longerio. Conocía a Alfonso, sabía que su posición estaba ya asegurada. Por si fuera poco, el nuevo príncipe era un caballero aguerrido y hábil, y no dudaba de que comandaría la expedición a Cerdeña con mucha mayor esperanza de vencer que su hermano.

El obispo se volvió hacia Bernat de Anglesola, que aún seguía sumido en el estupor.

—Esto nos facilita mucho las cosas —dijo Gualba—. Muchísimo.

Río de furia

I

Unos meses después.
Villa de Ejea, Aragón. Primavera de 1320

El obispo de Barcelona, Ponce de Gualba, paseó la vista a su alrededor, a los muros del viejo pero cuidado caserón de don Artal de Exea en el barrio de La Corona. Aunque la temperatura era agradable fuera, el hogar mantenía encendido un tímido fuego con los restos de leña que habían sobrevivido al invierno. Un par de viejos estandartes angevinos y colores de armas que le eran desconocidos a Gualba lucían colgados de las paredes, muestras de las antiguas batallas que a lo largo de su vida había librado el viejo caballero. Junto a ellos, algunas armas, varias de ellas melladas e incluso rotas, y un par de escudos abollonados completaban la panoplia de trofeos bélicos de Artal de Exea.

—No os levantéis, don Artal —pidió el obispo con una mirada llena de admiración.

El anciano sonrió. Rebasaba los sesenta años y su azarosa vida había añadido unos cuantos más a sus espaldas. Las guerras en el mar, en Navarra y en Castilla pasaban factura tarde o temprano.

—Disculpad mi pobreza, monseñor... —rogó el caballero, sentado en una silla y con las piernas cubiertas por una manta—.

De haber sabido que tendría visita de gente principal, os habría preparado una digna bienvenida.

—Es perfecta, don Artal —insistió Gualba, y señaló a los trofeos de las paredes—. ¿Qué hay más digno que todos estos premios, ganados en combate por nuestro rey?

Artal de Exea tosió unas cuantas veces y sonrió.

—Sancha, por favor, tráeme agua —pidió a su hija, que estaba de pie junto a él—. Y trae también vino para nuestros invitados.

Sancha de Exea, viuda al igual que su padre, había terminado dedicándose al cuidado de este. Los achaques del viejo caballero, que habían empezado a manifestarse tímidamente en la madurez, empeoraron poco a poco hasta casi condenarle a aquella silla en la que pasaba los días.

Cuando Sancha desapareció en la bodega del caserón, el obispo se adelantó para acercarse a don Artal.

—Os preguntaréis qué hago aquí, supongo.

El caballero asintió. Tras el obispo, el joven Bernat de Anglesola lanzaba miradas de envidia a los laureles obtenidos por el dueño de la casa. Un escalofrío recorrió el vello del catalán al comprobar los horribles tajos que tenía uno de los escudos.

—La verdad es que siento curiosidad, sí —contestó don Artal.

—Pues bien: vengo a hablaros de vuestro hijo Blasco.

El caballero apoyó ambas manos en los brazos de la silla e intentó erguirse, pero padeció un nuevo ataque de tos. Sus ojos se llenaron al instante de lágrimas, aunque Gualba no supo si la razón era la enfermedad o el recuerdo de Blasco de Exea.

—¿Qué sabéis de él? —preguntó con voz ronca cuando dejó de toser—. Hace tanto tiempo...

Sancha apareció en ese momento con una bandeja de madera que depositó en la mesa de la sala. Escanció vino en dos cuencos y se los ofreció a los invitados. Anglesola cogió el suyo y lo agradeció con un gesto cortés. Gualba lo rechazó con una sonrisa.

—Bebed, padre. —La mujer alargó un vaso con agua al viejo caballero y este lo apuró.

—Entonces es cierto... —murmuró el obispo—. ¿Cuánto tiempo hace en realidad que no veis a Blasco?

Sancha miró extrañada a Gualba.

—Blasco marchó de aquí hace quince años para ingresar en... —empezó a decir.

—Se hizo religioso —la interrumpió su padre, y le lanzó una mirada que, aunque anegada en lágrimas, indicaba a su hija que debía guardar silencio. Sancha apretó los labios y se hizo atrás.

—No temáis, don Artal —intentó calmarle el obispo—. Sabemos que fue templario. Pero eso no debe preocuparos. En primer lugar, aquella horrenda farsa del proceso contra el Temple ya terminó, demos gracias a Dios... En segundo lugar, nunca tuve nada contra los templarios. Más bien al contrario.

El caballero observó alternativamente a Gualba y a Anglesola.

—Claro... Los templarios llevaban sus libros muy bien, de modo que no era difícil saber los nombres de todos ellos, ¿verdad? Así habéis podido llegar hasta aquí.

—Es verdad. Eso también facilitó su caza al desalmado de Longerio y a sus perros inquisidores —admitió el obispo.

Don Artal dejó caer la mirada y su rostro adquirió un rictus iracundo, como cuando mucho tiempo atrás, aún en vida de su esposa Elisén, se arrebataba de furia y despotricaba contra el rey y sus allegados. El caballero se mordió el labio inferior y apretó los brazos de la silla.

—Blasco marchó a Monzón antes de que todo eso comenzara. Supimos por el comendador de Añesa que le habían mandado lejos, a una misión de la orden —explicó don Artal sin separar la mirada del suelo—. Después empezaron los arrestos y los asedios a los castillos templarios. Nunca más supimos de él. Ni siquiera una carta... Nada.

Ahora las lágrimas que rodaban por las mejillas del caballero eran de pena, de eso estuvo seguro el obispo.

—Vuestro hijo sigue vivo. Está bien y no mora lejos de aquí.

Artal de Exea alzó la mirada hacia Ponce de Gualba. Una ancha sonrisa iluminó el rostro ajado y marcado del viejo guerrero.

—¿Y por qué no ha venido a ver a su padre? —inquirió desde las sombras Sancha—. ¿Sabe acaso que su madre murió hace casi cinco años?

El caballero movió una mano desde la silla para pedir silencio a su hija, pero a continuación dijo:

—Ella tiene razón... ¿Por qué?

El obispo de Barcelona se acercó a una silla vacía que arrastró hasta ponerla frente a la del caballero y tomó asiento. Luego lanzó una mirada llena de intenciones a don Artal de Exea y movió la barbilla hacia Sancha.

—Hija mía. —El caballero comprendió la petición callada de Gualba—. Acompaña a don Bernat de Anglesola a la bodega. He notado que le gustan las armas y allí guardo algunas de la guerra contra Navarra. Seguro que son de su interés.

A regañadientes, Sancha se dirigió de nuevo a la bodega y desde su puerta hizo un gesto a Anglesola. El caballero catalán pasó junto a ella y los dos desaparecieron.

—Vuestro hijo no os escribió mientras estuvo en misión para el Temple porque no podía hacerlo —empezó a explicar Ponce de Gualba a la vez que recordaba su entrevista con Hugo de Pairaud en una infecta mazmorra francesa—. Cumplía con su deber de templario.

—¿Qué paso durante el proceso? —preguntó el caballero—. ¿Fue arrestado? ¿Le obligaron a ingresar en algún convento?

Gualba negó con la cabeza antes de contestar.

—No fue arrestado. Sé que regresó de su misión y recaló en Francia, y de allí viajó a Escocia.

—¿A Escocia? —repitió con gesto de incomprensión don Artal de Exea.

—Allí no debía temer persecuciones por su condición de templario. Luchó junto a los escoceses contra el ejército de Inglaterra... —siguió Ponce de Gualba—. Luego viajó al sur de nuevo... —El obispo se preguntó si sería bueno revelar al viejo caballero el paradero real de su hijo. Reflexionó durante unos instantes y decidió posponer esa información—. Ahora vive en un monasterio, aunque no ha tomado hábitos.

—¿Dónde? Antes habéis dicho que no está lejos de aquí... —inquirió con avidez don Artal—. ¿Está en el reino? ¿En tierras catalanas, tal vez?

Ponce de Gualba hizo un gesto de lamentación.

—Siento no poder decíroslo aún. Él mismo me lo pidió.

El caballero se dejó caer contra el respaldo de la silla y su mirada volvió a perderse en el suelo.

—No lo entiendo... —musitó—. Aún recuerdo el abrazo que me dio antes de marchar. Lo queríamos mucho..., muchísimo, tanto como si fuera nuestro verdadero...

Don Artal detuvo su charla susurrante, que había iniciado casi olvidando la presencia del obispo.

—Vuestro verdadero... ¿qué? —Ponce de Gualba entrecerró los párpados—. ¿Qué queréis decir?

—Bueno... Blasco no era hijo nuestro realmente —respondió quedamente el caballero—. Todo el mundo lo sabía por aquí. Lo traje desde Malta después de la batalla de la Gran Bahía. Hace tanto tiempo de eso...

Ponce de Gualba tocó descuidadamente su fláccida papada sin dejar de clavar la mirada penetrante en los ojos nublados de Artal de Exea.

—Pero eso no significa nada —siguió hablando el caballero como si lo hiciera consigo mismo—. Él era muy pequeño cuando lo adoptamos y siempre lo tratamos como a uno más. Ahora parece que Sancha le odia, pero deberíais haber visto cómo jugaban aquí mismo cuando eran unos críos. Y tampoco se llevaba mal con mi hijo mayor. No lo entiendo.

Una nueva lágrima discurrió por el pómulo remarcado de Artal de Exea y cayó sobre la manta que cubría sus piernas ya casi inútiles.

—Blasco es un hombre difícil, lo reconozco —dijo Ponce de Gualba, y consiguió de nuevo la atención del caballero—. Parece atormentado, como si persiguiera algo imposible de alcanzar. Desde luego no considero que deba avergonzarse de sus actos, porque me consta que siempre ha obrado como un probado caballero —miró con insistencia a don Artal—, pero igualmente es como si hubiera cometido una gran falta... Un pecado que le agravia. Quizás algo que le impide presentarse ante vos.

Artal de Exea subió una ceja y una sonrisa amarga ocupó su rostro.

—Pobre Blasco —se lamentó el anciano—. Tal vez sea culpa mía... Yo le eduqué para que fuera eso, un caballero, y estos tiempos no son buenos para los probados caballeros, como vos decís. Demasiada codicia, demasiada traición..., demasiada maldad.

El obispo decidió jugar su última carta.

—Hay algo... —tocó su crucifijo de oro enjoyado que pendía de una gruesa cadena también dorada—, que parece parte del tormento de Blasco. Es un pequeño colgante que lleva, creo que de madera. Está tan desgastado que apenas se aprecia, pero juraría que luce un grifo negro.

Ponce de Gualba sintió ganas de lanzar un grito de triunfo. Ante sus últimas palabras, el caballero Artal de Exea había abandonado de sopetón su estado de languidez y ahora parecía recuperar toda su viveza. Miró al colgante del obispo, cargado con piedras preciosas, y asintió lentamente.

—Así que se trata de eso... —murmuró—: es Ferrer Zintero.

Gualba guardó ese nombre en su mente como si fuera un tesoro. Algo le decía que le abriría puertas que hasta entonces se habían empeñado en mantenerse cerradas.

—Habladme de Ferrer Zintero, don Artal —pidió el obispo de Barcelona.

II

Unos meses después.
Ciudad de Valencia. Verano de 1320

El caballero Gonzalo Zapata anduvo entre las piedras amontonadas junto a la orilla del río Turia. Atardecía en Valencia y el sol coloreaba en naranja y ocre las nubes de poniente. Era el momento en que los ciudadanos aprovechaban el fresco de la tarde para salir de casa. Pero nadie acudiría allí, a las obras del nuevo puente de piedra.

Creando una alargada sombra se hallaba el palacio real, en el que también se llevaban a cabo obras de reparación y de ampliación. Al otro lado del puente a medio hacer, un convento ocultaba al caballero Zapata de las miradas indiscretas que pudieran venir de la ciudad. Las obras transcurrían demasiado lentas. Los pilares del puente eran un amasijo de piedra informe y el material se amontonaba en muros que venían muy bien a los propósitos de Zapata.

Suhaila al Burayÿa apareció por la orilla del río, vestida como siempre al modo de los hombres cristianos. Por consejo del caballero Zapata había cortado su cabello negro, que ahora dejaba al aire orejas y la nuca. Aun así llevaba puesta una crespina que afeaba su rostro. Toda precaución era poca.

—Don Gonzalo —saludó la muchacha, y dejó el bulto alargado con el que cargaba encima de una piedra pulimentada. Al parecer, Suhaila tenía pensado llegarse hasta algún lugar cercano para practicar el tiro después de aquella cita.

—Algún día vamos a tener un disgusto —se lamentó el caballero al tiempo que movía la cabeza a los lados.

—¿Por qué?

Zapata chasqueó la lengua y extendió la mano hacia el rostro de la mujer.

—Demasiado hermosa —pareció recriminarle—. Debes tener mucho cuidado, las cosas no andan bien. Esta misma tarde van a quemar frente a la catedral a un cristiano y una judía por ayuntarse. Los inquisidores se muestran como dignos seguidores del desviado de Longerio. Recorren Valencia en busca de herejes y pecadores, hacen acusaciones tan encendidas que la plebe les teme. Por eso, en cuanto hallan a alguien con quien descargar su ansia, todos les vitorean en la esperanza de no ser quemados también por su tibieza.

Suhaila se encogió de hombros.

—¿Qué puedo hacer?

El caballero se rascó la barbilla y miró los imponentes ojos negros de ella.

—Por de pronto te cambiaremos el nombre... —Empezó a dar cuerpo a su plan—. Las leyes son más permisivas para las cristianas, de modo que, a partir de ahora, se acabó tu relación con los moros.

Suhaila sonrió.

—Se lo comentaré a mi señor padre, a ver qué le parece.

—Te despedirás de tu padre hoy mismo —ordenó el caballero sin encontrar la gracia del comentario—. Mañana te trasladarás a mi casa, donde vivirás a partir de ahora. Búscate un nombre cristiano. Si alguien te descubre y te acusa de vestir como varón, invócame como tu valedor. Nadie se atreverá conmigo, ni siquiera los inquisidores.

—Me llamaré Catalina —decidió Suhaila sin pensárselo demasiado.

—Bien. Suhaila al Burayÿa, a partir de ahora serás Catalina de Alborach —aceptó el caballero Zapata—. Mañana de amanecida mandaré un par de hombres para que te ayuden a trasladarte. Llevarán dinero para pagar el silencio de tu padre.

—Mi padre habla demasiado. Temo que tiréis vuestro dinero.

—Tu padre no es tonto. Sabe a qué atenerse, y miedo y dinero se bastan solos para cerrar las bocas más locuaces. También tomarás las mejores armas que haya en tu casa y tu padre recibirá su precio. Escoge aquellas con las que más cómoda te encuentres.

Suhaila, ahora Catalina, asintió. Ambos se volvieron al oír los pasos ruidosos de alguien que se aproximaba pisando las piedras y las vigas de madera. El gigante rubio apareció tras una columna a medio construir, destinada a sostener uno de los muchos arcos que tendría el puente de piedra. Catalina alzó la cabeza para poder mirar a aquel hombre a la cara.

Llevaba la larga melena clara recogida en una coleta. Barba y bigote crecían salvajes, le daban aspecto de bárbaro. Dos profundas arrugas marcaban su entrecejo en trazos verticales, y un tosco parche de cuero ocultaba su ojo izquierdo. El jubón le quedaba demasiado estrecho, se apretujaba contra sus poderosos hombros de tal forma que parecía a punto de rasgarse. El gigante sonrió con sus palas rotas de forma simétrica.

—Catalina de Alborach, te presento a Konrad von Hesse —señaló Gonzalo Zapata al recién llegado—. Será tu compañero de armas a partir de ahora.

—¿Compañero de mujer? —preguntó el rubio con un fuerte acento gutural.

Catalina, desafiante, sostuvo su mirada desde abajo.

—No seas presuntuoso, desteñido —le contestó—. Para ser mi compañero tendrás antes que ganártelo.

El tuerto echó la cabeza hacia atrás para soltar una estridente carcajada, y luego dirigió al caballero Zapata su único ojo, de un azul tan claro que parecía blanco.

—Me gusta. Seremos buenos amigos —anunció.

—Ni lo sueñes. —Ella hizo un gesto de asco.

—Basta —interrumpió el intercambio de ironías don Gonzalo, y miró a la mujer—. Konrad es un buen guerrero, y no solo por su tamaño. Es teutón, aunque ya lleva un tiempo con nosotros.

—¿Teutón? —repitió Catalina.

—Teutón, *ja* —asintió Konrad von Hesse—. Pertenecí a la *Ritterorden*, aunque tuve que abandonarla por algunos problemas con gente poco divertida. Demasiada sangre en Pomerania, Letonia... Muchos prusianos muertos. Mujeres muy blancas, muy frías. Mejor aquí —señaló la tez morena de Catalina.

—Konrad ha servido a Fadrique de Aragón, el rey de Sicilia, en su guerra contra los angevinos —aclaró Gonzalo Zapata.

—Un mercenario... —espetó con desprecio Catalina de Alborach.

—*Ja*. Pero vuestro rey pide a su hermano Fadrique que firme paz con Anjou y yo me quedo sin trabajo. Ahora es cosa vuestra emplearme —dijo el gigante con su voz atronadora, y soltó una nueva carcajada—. Desde lo de Castelamar que no aplasto la cabeza a ningún enemigo. ¡Yo solo! —Konrad se golpeó el pecho con su manaza—, ¡yo fui el primero en salir de torre y matar angevinos! ¡Castillo cae por mi hacha!

El teutón volvió a reír y Catalina miró extrañada al caballero Zapata. Este se encogió de hombros.

—Konrad también se queda en mi casa —explicó—. Esperamos a dos caballeros más que han de venir desde el norte.

—¿Y entonces? —inquirió la mujer.

—Entonces será cuestión de tiempo partir para la guerra.

—¿Explicarás en ese momento misión? —preguntó Konrad al caballero valenciano. Este le miró, también desde abajo.

—No. Vuestra misión la conoceréis antes —respondió.

III

Dos meses después.
Zaragoza. Otoño de 1320

El obispo Ponce de Gualba aguardaba, rodeado de su comitiva, a la salida de la iglesia de San Salvador.

Hacía ya más de un mes que se habían iniciado cortes en Zaragoza. El rey no había tenido más remedio que convocarlas para que los aragoneses juraran como sucesor suyo al infante Alfonso, al igual que habían hecho ya los catalanes en Tarragona. Una vez jurado, Alfonso de Aragón había marchado para seguir con los preparativos de la expedición a Cerdeña, que veía muy cercana y cuya dirección esperaba le fuera encomendada. Pero en los primeros días del otoño, con el calor aún apretando en la vieja ciudad aragonesa, el infante había vuelto para recibir de manos de su padre el castillo y la villa de Luna, no lejos de Ejea. Con Alfonso había llegado la triste infanta de Castilla, Leonor, afincada en Tortosa desde el humillante rechazo del infante Jaime.

Los guardias reales salieron de la iglesia. Apartaron a codazos a los mirones, abrieron pasillo y tomaron posiciones a cada lado mientras afirmaban las conteras de sus lanzas en el suelo. Los zaragozanos, que sabían de la presencia de la castellana Leonor, habían acudido azuzados por la curiosidad y el morbo de ver a una princesa avasallada, y ahora se apelotonaban y empujaban, poniéndose de puntillas para asistir a la salida del cortejo real. El primero en surgir del templo fue el rey, flanqueado como siempre de su privado Gonzalo García. Al pasar junto al obispo de Barcelona, el monarca se detuvo.

—Amigo Gualba, ¿cómo es que estáis aquí y dejáis a Barcelona sin vuestro cuidado?

El obispo hizo una inclinación y sonrió al monarca.

—Mi procurador Bernardo de Vilalta se ocupa de esos menesteres. Tiene gran experiencia, como sabéis, pues él fue quien me sustituyó durante el destierro; así que no debéis pasar apuro.

—Algo nos dice que habéis venido a hablar con el infante Alfonso. —Jaime de Aragón atendió de reojo a la puerta de San Salvador, por la que de un momento a otro aparecería el príncipe—. No lo entretengáis demasiado. Debemos despedirnos de él, pues nos llevamos a la infanta Leonor a Castilla y el infante tiene que seguir con ciertas gestiones por nuestros reinos.

El obispo asintió y Gonzalo García le dedicó una sonrisa de circunstancias. Después, el séquito abandonó el lugar. Los murmullos y los empujones aumentaron cuando el infante Alfonso salió por fin, llevando sobre su mano extendida la de una delgada y pálida muchacha vestida con largo brial blanco, con amplio escote ribeteado de armiño y una enorme cruz de oro entre sus senos.

—Mírala, esa es —oyó comentar Ponce de Gualba entre el gentío.

—Pobrecica mía, los ojos que lleva de llorar —cuchicheó una mujerona con delantal de panadera.

—¡Ay! ¡Qué penica me da! —se afligió una vieja que, relegada a las últimas filas del público, ni siquiera podía ver a la infanta.

—¡Os teníais que haber casado vos con ella, don Alfonso! —gritó alguien entre la muchedumbre. Leonor, que había oído perfectamente el reproche de aquel villano, miró con desconsuelo a los ojos del infante Alfonso. Este le sonrió y palmeó dulcemente su mano. Entre ambos se había tejido un invisible lazo de comprensión y cariño mutuo que muchos percibieron al instante.

—Siempre habéis sido bueno conmigo, Alfonso —susurró la infanta—. Mi tristeza por abandonar Aragón no es nada comparada con el dolor que siento porque no volveré a veros jamás.

—No digáis eso, Leonor —le reprendió con suavidad el príncipe—. Nadie sabe qué ocurrirá en el futuro.

La castellana sonrió amargamente cuando el infante besó su mano.

—Adiós, Alfonso —se despidió ella con los ojos arrasados. Un inquietante silencio se extendió entre la chusma, que contuvo la respiración como si asistiera a una representación de cómicos en día de mercado y se acercara el final de la escena cumbre. La princesa castellana acercó sus labios a la mejilla de Alfonso y depositó un fuerte y prolongado beso, apretando los labios contra la piel del aragonés y cerrando los ojos mientras dos regueros húmedos recorrían los pómulos de Leonor.

Alfonso quedó boquiabierto cuando la infanta de Castilla se separó de él y, rodeada por sus damas de honor y los soldados de su guardia, se dirigió a su palanquín. El infante tragó saliva con dificultad y abrió la boca para aspirar una bocanada de aire al tiempo que, a su alrededor, los zaragozanos lo observaban con cariño y un par de dueñas sollozaban quedamente por la tierna despedida.

Alfonso de Aragón suspiró cuando el vestido de la infanta Leonor desapareció tras las cortinas bordadas del palanquín. Al tiempo que el cortejo de la castellana se alejaba, se dijo que haría lo posible por volver a verla, aunque solo fuera para recordar los momentos de felicidad pasados en la niñez.

El príncipe, con la jura de los aragoneses aún resonando entre las piedras de San Salvador, abandonó su melancolía cuando vio el palio del obispo de Barcelona. Tras él, el caballero Bernat de Anglesola acompañaba a Ponce de Gualba, como siempre tras el regreso de este desde el destierro. Alfonso se acercó al obispo al tiempo que la guardia real abría un amplio círculo entre ambos. La gente, sin embargo, había perdido el interés al ver partir a la desconsolada Leonor, y los zaragozanos se marchaban del lugar. No en vano llevaban más de un mes de cortes, y la vista de infantes y nobles se había convertido en rutina diaria.

—Monseñor, sed bienvenido. ¿Abandonáis a vuestros feligreses catalanes para asistir a mi jura en Aragón? En qué alta estima me tenéis —sonrió amigablemente Alfonso.

El obispo acarició levemente la mejilla del príncipe cuando este besó el anillo enjoyado. Aquel muchacho al que había visto hacerse un hombre le hacía sentirse orgulloso de sí mismo.

—Qué pena lo de Leonor, querido Alfonso —se lamentó Ponce de Gualba—. Qué pena.

El infante volvió la cara hacia el lugar por el que había desaparecido el séquito de la castellana.

—Hoy mismo, ella y mi padre saldrán hacia Calatayud. Después viajarán a la frontera con Castilla. Aunque nuestro cariño no se ha resentido, temo que Leonor guardará desde ahora un profundo odio hacia Aragón.

Gualba se encogió de hombros. Tras él, Bernat de Anglesola asistía en silencio y contemplaba con sobrecogimiento la regia figura de Alfonso de Aragón, que lucía sobreveste cerrada con las armas de la Corona y manto de terciopelo rojo con esclavina de camocán persa. El príncipe dejaba caer su pelo castaño sobre las orejas, y sus ojos estaban brillantes por la emoción de la reciente despedida.

—Alfonso, he venido a hablaros de Cerdeña —dijo al fin Ponce de Gualba.

—¿Vos también, monseñor? Últimamente todos me hablan de lo mismo.

El obispo se acercó al infante para poder bajar la voz. El caballero Anglesola, a la vista de ello, se volvió para asegurarse de que ningún miembro de la guardia o del séquito se aproximara demasiado.

—Lo tengo casi todo listo —informó Gualba—. Ha sido poco menos que un milagro, pero al fin he podido hallar a Blasco de Exea.

Alfonso de Aragón asintió con levedad.

—¿No se lo habéis dicho al rey?

—Vuestro padre perdió la atención por este asunto hace tiempo —arrugó la nariz el obispo—, y no le culpo, ciertamente. Creo que jamás me concedió demasiado crédito y que me escuchó más por cortesía que por interés.

—Pues debéis sentiros halagado, monseñor —reconoció el príncipe—. Mi padre no suele dispensar tales deferencias.

—Sé que me aprecia. Lo demostró al confiarme vuestra educación y, después, la de vuestro hermano. Y al desterrarme también lo hizo por nuestra amistad, estoy seguro. Temía que el inquisidor Longerio terminara por acusarme de herejía ante un tribunal. Pero debo ser realista, Alfonso: el rey nunca ha tomado en serio mis estudios. Es un hombre escéptico. Si permite la presencia de astrólogos y arúspices en su palacio es por no desairar a la reina y dar sensación de normalidad. Él no cree en adivinos ni hechicerías.

—Pero vuestros estudios se basan en la lectura de los pergaminos —adujo Alfonso—, no en conjunciones astrales y vuelos de grajos. La existencia de Blasco de Exea es prueba de que vuestras investigaciones son serias.

—Exacto, exacto —aprobó Ponce de Gualba—, pero no puedo desvelar más de lo que el rey estaría dispuesto a creer. Lo que busco es demasiado... legendario.

—Bien, no tiene tanta importancia de todos modos. —El príncipe miró a ambos lados antes de bajar aún más la voz—. Aunque no se ha hecho público, el rey no acudirá a Cerdeña al frente de nuestros ejércitos. Yo lo haré. Ya está decidido, así que podéis respirar tranquilo. Mi padre desea que la expedición esté preparada antes de dos años. Será complicado, porque quiere reunir una gran flota y contar con los ejércitos de Mallorca y Sicilia. Desgraciadamente, el rey de Mallorca tiene demasiados consejeros franceses y habrá que convencerle... amistosamente. En cuanto a Sicilia, la enemistad de mi tío Fadrique con Roberto de Anjou se ha convertido en un obstáculo.

Ponce de Gualba se rascó la papada.

—Dos años... —murmuró—. Bien, creo que tendré tiempo. Escuchad, Alfonso, y decidme si estáis de acuerdo con mis planes: sabía que el rey Jaime no acudiría en persona a Cerdeña, ya que él mismo así me lo confirmó personalmente. Por ello llevo un tiempo preparando un pequeño grupo para la escolta de nuestro general. La renuncia de vuestro hermano y vuestra jura como heredero os coloca en la posición que más nos beneficia a ambos.

—¿Una escolta? —repitió Alfonso—. Pero yo ya tengo mi guardia real.

Ponce de Gualba observó con escepticismo a los soldados que encerraban la entrevista.

—Los hombres que estoy reuniendo son los mejores. Guerreros excelentes que velarán por vuestra seguridad. Nuestros soldados llevan demasiado tiempo en paz y no están hechos a la refriega. Que de vez en cuando se rebele algún noble y haya que asediar un castillo no es suficiente. El grupo que os preparo reúne a hombres escogidos. Además, vos sois el príncipe de Aragón. Llegado el momento, cuando Cerdeña esté en vuestras manos, vos no podréis dedicaros a culminar mi misión. Vuestra escolta especial se encargará de ello.

Alfonso asintió y reflexionó sobre lo que decía el obispo. En cualquier caso no venía mal contar con unos cuantos buenos luchadores y, al fin y al cabo, él no tenía que hacer ninguna concesión ni poner en riesgo su reputación.

—Habéis dicho que finalmente hallasteis a ese Blasco de Exea al que buscábais sin descanso —recordó el príncipe—. ¿Formará él parte de mi escolta?

—De eso quería hablaros especialmente, Alfonso —contestó entusiasmado el obispo—. Ese Blasco es un hombre extraño y obstinado, pero nos resulta imprescindible. He hallado la forma de atraerlo a nuestro bando y mantenerlo fiel a la misión, aunque para ello necesito de cierta información que vos podéis proporcionarme.

Alfonso se mordió el labio inferior y observó cómo el obispo de Barcelona extraía un pedazo de vitela de su manga izquierda. La desdobló cuidadosamente y enseñó al infante la figura plasmada en ella. Era un dibujo coloreado que mostraba a un grifo negro sobre polvo de oro.

—¿Qué es esto? ¿Ahora buscamos animales fabulosos?

Gualba sonrió por el comentario del infante y le entregó la vitela tras doblarla de nuevo.

—Esa es la enseña de una escuadra almogávar, la de un tal Ferrer Zintero. Hace mucho que no se sabe nada de ella, pero mis informaciones me dicen que puede estar en Grecia, en los territorios conquistados por los almogávares. Necesito perentoriamente conocer el paradero exacto de ese Zintero.

IV

Unos meses después.
Ciudad de Barcelona. Primavera de 1321

El criado recorrió a la carrera los pasillos que llevaban al despacho del obispo. En la mano llevaba una carta con el sello aún intacto y sus pasos resonaban en las lóbregas paredes. Varios clérigos dedicaron al siervo miradas de enojo, se apartaron para no ser atropellados y murmuraron comentarios de desprecio hacia la poca disciplina que inculcaba Ponce de Gualba en sus trabajadores. Al llegar ante el portón de madera tachonada de bronce, el criado lo aporreó. Esperó jadeante, sabedor de que nadie entraba en aquel despacho privado. Muy pocas eran las personas a las que el obispo había consentido sustraerse a esa prohibición: el infante Alfonso, el caballero Anglesola y alguna que otra esclava de las que se dedicaban a tareas de limpieza. El siervo escuchó los pesados pisotones de Gualba al otro lado y tiró de sus ropas. Cuando se abrió el portón, hizo una reverencia.

—Monseñor, carta de Valencia. —Estiró la mano para ofrecerle el pliego.

—Pareces exhausto... —observó el obispo la tez sonrojada de su criado—. ¿Era necesaria tanta prisa, hombre?

—Monseñor, vengo con presteza para anunciaros lo que se rumorea por las calles de Barcelona. Se dice que la reina se muere.

Ponce de Gualba hizo un gesto repentino de pesar.

—¿Qué dices? ¿Estás seguro?

—Va de boca en boca. Sabéis que los rumores se extienden con facilidad, pero este se lo he oído decir a un secretario del palacio.

El obispo se pellizcó suavemente la papada e ordenó al criado con un gesto que se retirara. Este obedeció. Se fue mucho más pausadamente de lo que había venido. Gualba cerró y anduvo reflexivo hasta su mesa. Sentado en una silla, el caballero Bernat de Anglesola observó el gesto ensimismado del obispo.

—Lo he oído —dijo el caballero—. Puede ser cierto. La reina

María lleva mucho tiempo enferma y últimamente su salud ha empeorado.

—Espero que esto no cambie la idea de nuestro rey y todo siga adelante.

—No me cabe duda —aseguró Anglesola—. El rey está más decidido que nunca, y el infante Alfonso también parece resuelto a acabar con la cuestión de Cerdeña de una vez por todas. Deberíais haberle visto el mes pasado, cuando salimos a batir al rebelde vizconde de Cardona. Nuestro príncipe es muy aguerrido. Si ha actuado así contra un catalán, talando sus bosques y aplastando sus castillos con máquinas de guerra..., ¿qué no hará en Cerdeña con los pisanos?

El obispo, inquieto, paseó por su despacho y se detuvo ante el largo pie con el atril sobre el que descansaba un volumen viejo y grueso abierto por sus páginas centrales.

—Tenéis razón, joven amigo —reconoció—. Este es el momento de acometer esa empresa y el rey lo sabe mejor que nadie. Pero es que estoy impaciente, comprendedlo. Llevo muchos años esperando; es tanto lo que he apostado en esto...

Anglesola se levantó y se acercó hasta el atril con el libro abierto. Observó la miniatura por cuyos bordes deslizaba el obispo sus dedos gordezuelos y cortos. El dibujo representaba el Descendimiento de Cristo, con un Mesías ya muerto que era desclavado por la Virgen María, el apóstol Juan, José de Arimatea y el discípulo Nicodemo. Anglesola, que no sabía leer, pasó su vista por encima de los abigarrados escritos del volumen.

—Me gustaría poder descifrar esto... —murmuró el joven catalán con un deje de pena.

—Vamos, vamos, Bernat —dijo el obispo sin perder su ensimismamiento—. A vos se os da mejor la espada, por eso os hice aprender la esgrima con los mejores maestros de Barcelona. Dejad a otros las letras.

—Y hablando de letras, monseñor... —Anglesola señaló al pergamino que el obispo aún sostenía en su mano—. La carta.

Gualba dio un respingo y volvió a su silla de madera labrada, sobre la que se dejó caer. Rompió el sello, abrió el rollo y lo enfrentó al haz de luz que se colaba por la vidriera policromada. Entornó los párpados para leer, pues su vista estaba ya muy cansada después de años de examen de antiguos manuscritos y pinturas casi indescifrables. Además, el día había amanecido gris y una suave lluvia oscurecía aún más el ambiente.

—Es de Gonzalo Zapata... —El obispo recorría con la vista los garabatos trazados de tinta—. Ha recibido mis cartas.

La cara de Gualba se iluminó con una sonrisa mientras seguía leyendo la misiva del valenciano.

—¿Qué ocurre, monseñor? —inquirió con impaciencia el joven Anglesola.

—Estupendo..., estupendo —murmuró. Luego movió los labios en silencio al reproducir las palabras plasmadas en el pergamino. Elevó los ojos hacia el caballero Bernat—. Sin duda Dios está de nuestra parte, amigo mío. Preparadlo todo al punto. Salimos de viaje a Aragón.

Anglesola asintió y corrió hacia la puerta. Antes de abrirla, se volvió una vez más.

—¿Adónde vamos exactamente? —interrogó.

Ponce de Gualba enrolló de nuevo el pergamino y lo introdujo en un arcón de viaje situado a su espalda antes de contestar.

—A San Juan de la Peña, naturalmente.

El obispo de Barcelona dejó a su procurador Vilalta al frente de la diócesis, como siempre. A nadie extrañó que Ponce de Gualba se ausentara de su episcopado durante la pública agonía de la reina María, pues de todo el mundo era conocida la afición del obispo por viajar. Por otra parte, desde las maniobras de Longerio también era notoria la querencia de Gualba a dedicarse a extrañas y secretas labores, como las de recopilar documentación para el recién creado Archivo Real. A pesar de su aspecto, el obispo no era desde luego un hombre de despacho o sacristía. Desde luego, dotar de contenido al nuevo archivo era una excusa inmejorable para las gestiones de Ponce de Gualba.

El viaje hasta San Juan de la Peña fue largo e incómodo. Una lluvia torrencial acompañó durante todo el camino a la comitiva y provocó no pocas interrupciones. Las ruedas de los carruajes se hundían en los lodazales en que se habían transformado las sendas, los animales se negaban a avanzar y los hombres se agotaban, extenuados bajo el auténtico diluvio que se abalanzaba sobre la tierra. Cuando llegaron al monasterio, el cielo encapotado y la descarga de agua pesaban sobre las rocas rojizas y dibujaban un paisaje agobiante que parecía sacado de una ilustración del Apocalipsis.

—Este año seguirá lloviendo —aseguró el hermano portero mientras proporcionaba paños secos al obispo para secarse—. Lo dicen los campesinos, y ellos nunca se equivocan.

Ponce de Gualba se frotó el escaso pelo y arrojó el paño con enojo a una cesta ya repleta. A su lado, Bernat de Anglesola restregaba el calzado para librarse del barro.

—¿Es que no podía haber escogido otro lugar ese Blasco de Exea para aislarse del mundo? —rezongó el obispo—. Este agujero está perdido de la mano de Dios.

—Ah... —comprendió el monje—. De modo que venís a ver a ese peregrino una vez más.

—Así es, y espero que siga aquí. Solo me faltaba haber padecido esta lluvia infernal para nada.

El hermano portero asintió y señaló al bosque cercano. Gualba y Anglesola atisbaron a través de la puerta abierta a las copas de los árboles, azotadas por la cortina de agua que caía con fiereza.

—Blasco ha salido a cortar leña.

Los dos recién llegados se miraron con gesto incrédulo.

—¿Con este tiempo? —preguntó Bernat de Anglesola.

—Todos los días, llueva o nieve, el peregrino Blasco sale a cortar leña —aseguró el monje.

Ponce de Gualba apoyó ambas manos en el dintel, se inclinó y asomó la cabeza. Al otro lado de aquella inclemente turbonada de agua, sus sirvientes terminaban de desuncir las caballerías de los carruajes y se apresuraban a cargar con el bagaje para descansar de una vez bajo techo.

—Tendremos que esperar —decidió el obispo.

Blasco se detuvo en el umbral de la puerta y dejó caer el hato de leña chorreante ante el hermano portero.

—No entiendo para qué os molestáis, Blasco —señaló aquel a la madera mojada—. La leña que habéis traído esta semana tardará mucho tiempo en secarse. Si no lo creéis, fijaos en esos nubarrones. ¿Por qué os empeñáis en salir todos los días? No es necesario, y además tampoco hace tanto frío

Blasco tomó el paño que le tendía el religioso y se frotó el pelo con fuerza.

—Necesito salir, hermano portero —se justificó—. No podría aguantar aquí encerrado. ¿Lo entendéis?

El portero se encogió de hombros.

—Tenéis ilustre visita de nuevo —le informó—. El obispo de Barcelona ha venido otra vez a veros acompañado de ese joven caballero catalán. Han ido a descansar después de entrevistarse con el abad, pero me han dejado orden de avisar al obispo cuando lleguéis.

Blasco hizo un mohín de disgusto.

—¿Otra vez? Pero ¿qué es lo que pretende ese hombre?

—Según suele decir —respondió el fraile con una sonrisa irónica—, viene a por documentos para el nuevo archivo del rey. Esa fue la excusa de la última vez, aunque después de todo se olvidó de buscar esos documentos y no se llevó nada.

El hermano portero se alejó hacia el dormitorio de los monjes, donde habían habilitado lugar para los visitantes. Blasco quedó pensativo. Se preguntó a qué venía tan grande interés en su persona. ¿Es que no había otros buenos guerreros a los que acudir? Al fin y al cabo él ya era un hombre en la cuarentena que, además, había escogido una vida de recogimiento. Miró fuera, al diluvio que anegaba las montañas. Aquel obispo había elegido para viajar el peor momento, y sin duda se había visto sometido a las inclemencias del tiempo y a la dureza del camino. ¿Por qué tanto afán?

El obispo apareció tirando de su hábito purpúreo con una mano mientras se restregaba los ojos con la otra. El escaso y lacio cabello de su cráneo aparecía ridículamente encrespado, lo que demostraba una vez más que aquel hombre desbordaba de impaciencia por hablar de nuevo con Blasco, y que le importaba bien poco adecentarse o no tras la cabezada que sin duda había echado. En un gesto mecánico, Ponce de Gualba extendió la diestra y mostró su anillo episcopal, pero el aragonés miró a los ojos del obispo sin moverse.

—Sed bienvenido otra vez, monseñor —saludó Blasco. Gualba permaneció unos instantes con la mano extendida y luego se la pasó nerviosamente por la papada para quitarse el sudor. A pesar del temporal de fuera, dentro del monasterio hacía un calor bochornoso.

—Sed vos bienhallado, don Blasco. Vengo desde Barcelona dejando atrás importantes compromisos. ¿Sabéis que la reina doña María se muere?

El aragonés inclinó la cabeza a un lado y apretó los labios.

—Vaya, qué mala noticia. El rey estará destrozado...

Gualba carraspeó incómodo, y tras él apareció el caballero Bernat de Anglesola atusándose el cabello.

—Como os decía —continuó el obispo—, he abandonado Cataluña excusándome de acompañar a la reina en tan grave trance, y además he venido... Hemos venido atormentados por esta lluvia de Satanás.

—Entiendo, monseñor, entiendo —atajó Blasco—. Habéis hecho un gran esfuerzo para venir hasta aquí y yo tengo la obligación de ser considerado. ¿Es eso?

Anglesola llegó hasta los dos hombres y, como siempre, se mantuvo a la sombra de Ponce de Gualba. Escuchó en silencio, con gran atención.

—Estáis resentido contra la Santa Madre Iglesia, me doy cuenta —excusó el obispo al aragonés—. No os culpo por ello dado vuestro pasado templario, pero tened en cuenta mi posición. Os repito que ambos tenemos los mismos enemigos. Y, a poco que os esforcéis, llegaréis a la conclusión de que también poseemos los mismos amigos.

Blasco mostró con un gesto su escepticismo.

—Eso habrá que verlo —retó.

—Lo veremos —aceptó el desafio Ponce de Gualba, y extendió la mano hacia Anglesola—. Don Bernat, por favor, la carta de Zapata.

El caballero catalán asintió y volvió sobre sus pasos a toda velocidad.

—¿Zapata? —repitió Blasco de Exea.

—Gonzalo Zapata es un caballero valenciano —explicó Gualba—. Trabaja para mí, como muchos otros en los estados del rey de Aragón. Después de nuestra última entrevista, don Blasco, me permití ordenar a mis agentes investigar sobre ese raro colgante que lleváis pendido del cuello.

El aragonés frunció el ceño y, tras hurgar en su ropa mojada, extrajo el chorreante pedazo de madera casi descolorida. El obispo pudo apreciar el revelador cambio en la atención de Blasco.

—Seguid, monseñor —pidió. Ponce de Gualba sonrió con displicencia. Ahora era cuando su golpe de efecto podía desarmar a aquel obstinado aragonés.

—En primer lugar debo deciros que Ferrer Zintero sigue siendo el líder de la escuadra almogávar del Grifo, y que ha vivido hasta hace poco tiempo en Grecia a sueldo de varios caballeros catalanes y aragoneses.

—Lo sabía. —Blasco apretó en su puño el colgante. Un chorro de agua se escurrió y goteó sobre el suelo empedrado—. Vive todavía... Pero, ¿quién os ha dicho...?

—Hace un tiempo abandonó los territorios conquistados en Grecia, viajó a Sicilia y se contrató a sueldo del ejército de don Fadrique, el hermano de nuestro rey —continuó el obispo—. Ha estado guerreando contra los angevinos, siempre al mando de su escuadra almogávar.

»Pero, como sabéis, nuestro rey prepara una gran armada para la conquista de Cerdeña, empresa que quiere acometer cuanto antes. Por ello ha mandado varias embajadas al Santo Padre, a su hermano Fadrique y al rey Roberto de Anjou. Les pide que detengan la guerra por Sicilia, pues es gran obstáculo para los planes de Aragón. Las negociaciones se alargan, más que nada porque el angevino se niega a aceptar las condiciones que le ofrecen nuestro rey y don

Fadrique, su hermano. No obstante parece ser que Ferrer Zintero, a la vista de la situación, considera que la nueva guerra que se avecina en Cerdeña ha de serle más rentable, porque ha bien poco que desembarcó en Valencia a la busca de nuevo contratante.

La reacción de Blasco sobresaltó a Ponce de Gualba. La mirada del aragonés ardía y sus puños cerrados temblaban como un volcán a punto de reventar. El obispo dio un paso atrás. Aguardó unos instantes, los necesarios para que el antiguo templario recobrara el dominio de su ira.

—¡Zintero aquí! —siseó Blasco—. ¿Es eso cierto?

—No aquí. En Valencia —corrigió Gualba sin poder evitar una sonrisa burlona—. Ah, claro: vos sois uno de esos aragoneses obstinados que considera al Reino de Valencia como algo arrancado de vuestro Aragón, ¿no es así?

—Me viene de familia... —susurró Blasco.

El obispo asintió en silencio. De familia... pero ¿de qué familia?

—Por cierto, y a propósito de familias y de tozudos caballeros aragoneses... Vuestro padre os añora y no comprende por qué no habéis ido a verle.

Blasco cerró los ojos y se mordió el labio. De modo que esa era la causa de que Ponce de Gualba hubiera sabido relacionar la desazón del aragonés con el almogávar Zintero.

—No soy digno de presentarme ante mi padre —confesó Blasco en voz baja—. No soy digno...

Anglesola reapareció en ese momento con una carta aún humedecida por el viaje. El obispo de Barcelona la tomó y se la entregó a Blasco.

—El caballero Zapata y yo mantenemos una fluida correspondencia, y de todas las misivas que me ha enviado, esta es sin duda la más interesante. ¿Sabéis leer?

—Sí —respondió lacónico e impaciente el aragonés, que retrocedió para dejar que la tenue luz iluminara la carta. Leyó con avidez las palabras valencianas de un caballero que se dirigía al obispo Ponce de Gualba.

De don Gonzalo Zapata, caballero, al venerable obispo de Barcelona don Ponce de Gualba. Salud y fortuna.

Os remito la presente con nuevas de vuestro interés, pues las pesquisas que ordené a mi gente dan por fin resultado.

Me mandasteis que averiguara si un almogávar de nombre Ferrer Zintero, aragonés al mando de una tal escuadra del Grifo, había pasado por el Reino de Valencia o si alguien del dicho reino podía conocer cosa cierta sobre él, y me indicasteis que habíais ordenado la misma indagación a vuestros agentes por los demás estados de la Corona de Aragón.

Pues bien, sabed que unas semanas después de entrada la primavera de este año, fondeó en aguas de Valencia una nave siciliana en la que llegó la hueste del tal Zintero con él en cabeza, y por cierto que dejaron a pagar albergue y conducho por precio de cinco jornadas en una fonda de Mislata.

El tal Zintero buscó contratación militar con los escribientes del rey, habiendo dejado razón en una taberna que llaman El Collonet, en un callejón tras La Yerba, y en el lupanar del Galliner, en El Bordell, y teniendo además interesada su busca para pagar multa por el alguacil por maltratar de obra a una meretriz de la dicha mancebía.

Según mis agentes han conseguido saber, Ferrer Zintero no ha llegado a un acuerdo de soldada, por lo que abandonó Valencia en otra nave con destino a Chipre y con intención de desembarcar en Cerdeña y concertarse a sueldo de la Señoría de Pisa, llevando consigo a su partida de almogávares.

Quedo a la espera de vuestras órdenes.

Dada esta carta en Valencia, a diez días andados de abril del año del Señor Mº CCCº XXº y primero, por el dicho caballero Gonzalo Zapata.

Blasco elevó la mirada desde las letras hasta los ojos de Ponce de Gualba. Tanto el obispo como el caballero Anglesola esperaban la reacción del aragonés con los brazos cruzados. Fuera, la lluvia repiqueteaba con fuerza y un cargado cauce de agua lodosa discurría por la senda de subida al monasterio. El aragonés sintió cómo una fuerte desazón crecía en su interior: él no disponía de las posibilidades del obispo, de sus agentes y de su capital, pero no podía evitar que le asaltara la culpa por no haber sabido dar con el paradero de Zintero por sí mismo. De repente se veía otra vez como alguien incapaz de cumplir su obligación. Su fracaso se le hacía palmario de nuevo, como aquel día en el campo de batalla de Bannockburn, con Bertrand Arzac muerto a sus pies y las almas de sus seres queridos pesando en su conciencia. Pecados sin retribución, maldades sin pena..., muertes sin venganza.

—Venganza —murmuró Blasco con la vista perdida en la penumbra del monasterio. Ponce de Gualba intercambió una mirada de complicidad con Bernat de Anglesola.

—Venid a Cerdeña, don Blasco, y yo os garantizo que daréis al fin con Ferrer Zintero. Tendréis vuestra venganza.

V

Unas semanas después.
Camino de Valencia. Verano de 1321

La partida de San Juan de la Peña se hizo esperar aún mucho. Ponce de Gualba, hastiado de la copiosa lluvia, prefirió quedarse en el monasterio y pasar largos ratos en la capilla superior, frente al altar central y al cáliz que lo presidía. Bernat de Anglesola, por su parte, ayudó a Blasco a desembalar su fardo polvoriento, arrinconado en la despensa del monasterio. Después se decidieron ambos a viajar hasta Jaca, donde el caballero catalán hizo notoria exhibición de dineros y adquirió un caballo de gran alzada y bella estampa para el aragonés. El animal, negro como la pez por deseo de Blasco, se mostró ciertamente indómito y receloso, aunque demostró en el viaje de vuelta que no se amilanaba por andar bajo la lluvia intensa ni le asustaban los truenos que el verano se empeñaba en descargar sobre las montañas aragonesas.

Después, aprovechando que el temporal ofrecía una engañosa tregua de dos días, Gualba se despidió de Blasco de Exea y de don

Bernat de Anglesola. El obispo partía hacia Barcelona. Esperaba, dijo, llegar a ver a la reina aún con vida. En cuanto a los dos caballeros, ambos deberían viajar al sur, a Valencia, para reunirse con don Gonzalo Zapata. Se llevaron consigo como sirvientes a varios de los que había traído el obispo, y formaron una gris comitiva que recorría Aragón de norte a sur.

Fue en ese viaje cuando Bernat de Anglesola se decidió por fin a hablar a Blasco.

—Vuestra madre murió hace un tiempo —anunció de sopetón—. ¿Lo sabíais?

Blasco recibió la noticia como un mazazo. De su vista desapareció el sendero embarrado y sus oídos se taponaron, amortiguando el sonido de la lluvia y los estampidos que atronaban el horizonte a levante. En su lugar apareció la siempre amorosa imagen de doña Elisén, tejiendo frente al hogar y dispuesta en todo momento a procurarle el mismo amor que derrochara con el adusto Jimeno o la alegre Sancha. El dolor y la culpa atenazaron a Blasco de Exea a partes iguales y parecieron crecer hasta tensar su alma, amenazando con quebrarla. Miró a su compañero de viaje, que permanecía callado, respetuoso mientras el aragonés rumiaba. Fue el propio Blasco quien necesitó acabar con aquel silencio, solo punteado por el caminar de los caballos y el eco lejano de la tormenta.

—Cuando la vi por última vez, yo era solo un muchacho —murmuró con tristeza.

—No lo entiendo, don Blasco —siguió el catalán, cubierto por la gruesa capucha de su manto—. Ejea está muy cerca de San Juan de la Peña, pero vos no habéis sido capaz de acercaros en todo este tiempo.

—¿Y don Artal? Él amaba a su esposa por encima de todo —ignoró Blasco el comentario de Anglesola—. ¿Cómo está?

—Por lo que vimos, pasa los días en casa cuidado por doña Sancha, que a más de bella mujer y hacendosa hija es hermana resentida, pues está muy enojada con vos. Ella también es viuda, por lo que nos dijeron. Vuestro hermano Jimeno tiene casa aparte y no lo conocimos, así que no sé qué piensa de vos.

Blasco resopló con un nudo en la garganta.

—¿Y mi padre? —inquirió—. ¿También don Artal me odia?

—No —respondió el catalán—. Vuestro padre, simplemente, no entiende. Y a decir verdad, os lo repito, yo tampoco. El obispo Gualba piensa que la ira ha devorado vuestro corazón en tal medida que habéis olvidado el amor por vuestros seres queridos. ¿Es cierto?

Blasco de Exea, con los ojos humedecidos por el recuerdo de su madre adoptiva, miró de reojo a Anglesola.

—¿Y qué más piensa el obispo?

El catalán apretó los labios y dirigió la vista al frente. Sabía que no debía dar al aragonés más información que la que interesara.

Fue un viaje largo y trabajoso.

Durante ese verano, la lluvia martilleó incansablemente los campos. Los campesinos sufrían por sus cosechas y los pastores juraban por las tormentas. Las villas semejaban cementerios. Las pocas personas que se cruzaban en las sendas, caminaban arrastrando los pies por el lodo. Tenían la tez cetrina y el gesto cansado.

Blasco había querido evitar el paso por su villa, Ejea. Huía de sus fantasmas o tal vez seguía considerándose indigno de presentarse ante don Artal, su padre adoptivo. Por ello tomaron el camino de Huesca y pasaron después por Zaragoza, Daroca y Teruel, siempre en pos del camino de los antiguos conquistadores aragoneses para buscar el mar. Todas las villas mostraban el mismo aspecto. Además los posaderos se revelaban huraños, agriados porque esperaban a los recaudadores de la Corona. Eran malos tiempos. No había viajeros, las cosechas eran escasas y los mercados parecían pantanales. Y no contentos con ello, los alcabaleros del rey reunían a los concejos de las villas y pedían dineros para la campaña de Cerdeña. El paso por Teruel les había mostrado a un río recrecido que anegaba con aguas turbias la huerta e inundaba caminos y calles. Pudieron ver a los hermanos franciscanos achicando en su propio convento, con los hábitos arremangados y el gesto adusto, y también vieron el puente sobre el Turia con la corriente discurriendo sobre él en lugar de hacerlo por debajo. Ni siquiera las dos bellísimas torres gemelas recién construidas alegraban el verano de la villa, que los caballeros abandonaron para completar la última parte de su viaje.

—Esto no debe ser nada para vos, don Blasco —había provocado Anglesola ya casi a las puertas de Valencia—. Después de recorrer tantos países, habréis visto fuertes tempestades e inundaciones. Desde luego está claro que Dios no está de nuestra parte, pero el rey se niega a prestar atención a los astrólogos. Primero fue el escándalo de la boda del infante Jaime, luego su renuncia a la sucesión de la Corona... Nuestra reina se muere y, por si fuera poco, el Señor nos envía un segundo diluvio. No. No es buen momento para la campaña de Cerdeña. ¿Os dais cuenta, don Blasco, cuán inmisericorde es la naturaleza?

Blasco detuvo a su caballo negro, al que por un asalto de añoranza había nombrado malamente *Triguero*, y contempló la muralla que, tras el arrabal de La Alcudia de la Ribera, se extendía paralela al río Turia.

—No hay nada tan inmisericorde como los hombres —contestó—. Y de eso sí he sido testigo en mis viajes. Ahora, don Bernat, entremos en Valencia.

El catalán asintió y siguió al aragonés a través de las casas bajas del arrabal. Tras ellos, los criados de Gualba conducían cansinamente a las mulas cargadas de fardos. Como en los lugares anteriores, las calles aparecían enlodadas y vacías. Anglesola exhibió el salvoconducto del obispo al centinela que hacía guardia junto al puente de piedra. El soldado lo examinó con desgana y señaló la ciudad a los dos caballeros, a sus escuderos y sirvientes.

—Tenéis caballerizas en la puerta de más abajo. Si buscáis alojamiento habéis tenido suerte, pues no hay viajeros este año y las fondas están vacías —dijo, y se volvió a introducir en su garita.

Pasaron bajo las dos torres que protegían el puente y lo cruzaron, avanzando entre las tiendas y talleres montados a ambos lados. Ninguno de ellos estaba abierto, lo que daba a todo un aspecto de tristeza que servía de colofón al viaje infernal que habían sufrido.

—Contemplad el río —indicó Anglesola—. Casi alcanza al puente.

Blasco miró descuidadamente al fiero torrente de agua turbia y volvió a fijarse en Valencia. Era la primera vez que veía sus murallas y sus puertas, y una vez más volvió a su mente don Artal de Exea.

—Ah, si estuvierais aquí, padre.

—¿Cómo decís? —inquirió don Bernat.

—Nada, nada. —El aragonés tiró de las riendas de *Triguero* a la izquierda para buscar las caballerizas—. Guardemos nuestras monturas y vayamos en busca del caballero Zapata.

—¡Sed bienvenidos, amigos míos! —saludó Gonzalo Zapata a la vista de los dos caballeros, a los que obsequió con una amplia sonrisa—. Pero pasad y secad vuestros ropajes. Enseguida os darán alojamiento, y mis criados se ocuparán de vuestros sirvientes.

Blasco y Anglesola obedecieron los consejos del valenciano y pronto mudaron sus ropas húmedas por otras secas y ligeras. A pesar de la lluvia, un calor sofocante se extendía por toda la ciudad y se colaba en el caserón de Zapata.

—Don Gonzalo, este es don Blasco de Exea, el hombre del que os habló el obispo.

El anfitrión ordenó servir a los recién llegados copas llenas de un líquido blancuzco y bandejas con pastelillos de miel y almendras, buñuelos y varias confituras diferentes. Zapata cogió una de las copas y se la alargó a Blasco mientras una criada de cara pecosa y caderas rotundas paseaba una bandeja de plata ante los presentes.

—Probad esta maravilla. Os aliviará la sed y os refrescará.

El aragonés observó receloso aquel líquido y lo probó despacio. Lo saboreó, asintió y se largó el resto del contenido de un trago.

—Estupendo —admitió.

—Es horchata, amigos míos. Agua de chufas —explicó al tiempo que ofrecía la otra copa al caballero catalán.

—He oído hablar de ella —dijo este.

—Bien, pero seguro que no habéis probado jamás pastelillos de almendra como estos. Receta de una persona que conoceréis al instante.

Zapata dio un par de palmadas y los dos criados que habían traído la horchata y los dulces desaparecieron del salón. Tanto Blasco como Bernat pudieron comprobar que a Zapata le gustaba dar un toque mudéjar al sobrio estilo cristiano de su vivienda. La casa tenía los muros llenos de arabescos, algunos de ellos flanqueando grandes crucifijos, y varias plantas se enredaban o colgaban de las balaustradas.

Anglesola alababa el sabor de los pastelillos cuando una de las puertas del salón se abrió y aparecieron dos personas. Una de ellas era un hombre de gran tamaño, con el pelo rubio, largo y enmarañado y una frondosa barba también rubia. Lucía un parche en el ojo izquierdo y una sonrisa difícil de interpretar. Tras él entró una mujer de piel morena y cabello corto y ondulado apenas cubierto por un velo transparente. Vestía cotardía añil ceñida a la cintura y una ancha cadena sostenía entre sus senos una cruz de plata. Blasco se fijó de inmediato en los ojos negros de la mujer. Las largas pestañas querían enmarcarlos para hacerlos más dulces, pero su oscuridad parecía no casar con la sosegada elegancia que aparentaba su dueña. Con un vistazo de reojo, el aragonés se fijó en la mirada de desprecio que la criada pecosa largaba a la bella morena.

—Os presento a Catalina de Alborach y a Konrad von Hesse —extendió su mano Gonzalo Zapata—. Los caballeros Blasco de Exea y Bernat de Anglesola.

Hubo inclinaciones de cabeza y miradas de curiosidad, pero durante unos instantes se hizo el silencio en el salón. Fuera, la lluvia seguía cayendo con fuerza.

—Bien. —Blasco depositó su copa vacía, aún impregnada con el deje albo del agua de chufas, sobre la mesa montada con caballetes—. Ahora que ya nos conocemos todos, me gustaría saber algo más de nuestra misión. ¿Qué espera el obispo de nosotros?

Catalina entornó los ojos y los fijó en los del aragonés. Junto a Zapata, parecía que Blasco de Exea era el de mayor edad de los allí congregados. El anfitrión hizo un gesto a la criada, que aún sostenía en sus manos la bandeja de plata repleta de dulces.

—Inés, retírate —ordenó—, pero deja aquí la bandeja.

La criada depositó los dulces en la mesa y lanzó a Blasco una mirada pícara que al aragonés no le pasó desapercibida, lo mismo que el mohín de disgusto que enfatizó la tal Inés al pasar junto a Catalina.

—Me preguntáis por los planes del obispo Gualba para con nosotros. Más o menos ya estáis enterados de ello —habló Zapata de espaldas al hogar apagado—. Nuestro trabajo será acompañar al infante Alfonso, príncipe de Aragón, en la campaña de Cerdeña. Deberemos protegerle y cumplir sus órdenes en todo momento. Tendremos a nuestra disposición la guardia real, así como cualquier otra fuerza que nos encomiende el infante.

»El rey planeó que la expedición saliera el próximo año, aunque hay quien dice que no habrá tiempo para prepararlo todo. Además, Aragón debe asegurarse el concurso de Mallorca y Sicilia, y procurar que la guerra de don Fadrique con los angevinos se detenga.

»Viviréis aquí, en mi casa, hasta que salgamos para unirnos al infante. Imaginad que estáis en vuestro hogar. Yo soy viudo, mi pobre esposa murió sin haberme dado un solo hijo..., de modo que esto no dejará de ser una alegría. Aparte de los criados y esclavos, este viejo caserón resulta muy aburrido a veces. En el tiempo que queda hasta que entremos al servicio del infante, nos conoceremos y nos adiestraremos para luchar juntos.

Blasco miró una vez más a Catalina de Alborach.

—¿Y ella?

El rubio von Hesse soltó una carcajada y señaló a la mujer.

—Hace pastelillos de almendra —bromeó. Catalina lo fulminó con la vista.

—Forma parte del grupo —respondió Gonzalo Zapata—, y además es mi protegida. Sois caballeros, y por tanto no es necesaria advertencia alguna, pero sabed que no permitiré ningún agravio hacia Catalina.

—Pero cuando estemos en Cerdeña, con el ejército... —empezó a decir Blasco.

—Solo vosotros sabéis de mi condición de mujer —habló por fin Catalina sin dejar de observar al aragonés—. Pero es un secreto que debemos guardar hacia los demás.

—No la subestiméis, amigos míos —advirtió de nuevo Zapata—. Sería capaz de atravesaros tres veces antes de que lograrais acercaros a ella.

El aragonés asintió, prometiéndose que comprobaría lo que Zapata decía. Luego estudió al gigante rubio y tuerto que acompañaba a Catalina. Konrad le devolvió la mirada con gesto a la vez burlón y desafiante.

—Cada uno de nosotros tiene su origen y su historia, no creo que sea necesario que los demás los conozcamos —intervino el caballero valenciano—. Ahora dejemos que don Blasco y don Bernat descansen de su viaje. Hoy tenemos una estupenda comida: probaréis nuestro estupendo cerdo en salsa de pimienta, unas costillas asadas con miel y más dulces almendrados.

Los cinco guerreros intercambiaron una última y tensa mirada. La reunión se disolvió en silencio.

VI

Unos meses después.
Ciudad de Valencia. Otoño de 1321

La reina María seguía padeciendo una larga agonía. Su relación con el rey Jaime había sido como su boda: fría. Ni un solo hijo les había nacido. Si era difícil ver a Jaime de Aragón acompañado de su anterior y amada esposa, Blanca de Anjou, mucho más anecdótico fue su segundo matrimonio. Por ello se decía que, aunque María estaba viva, el rey no dudaba en buscar próxima pretendiente.

Mientras esto ocurría, y puesta el alma del monarca en la empresa de Cerdeña, el rey de Aragón se apresuraba a solucionar el problema de la dudosa fidelidad mallorquina. Tras la muerte del anciano Jaime, el único hijo vivo del rey conquistador, su hijo Sancho, había heredado el trono. Enterado de que los consejeros franceses del rey de Mallorca trabajaban en contra de sus intereses, Jaime de Aragón lanzó un órdago a Sancho y le advirtió que debía reconocerle como señor según los antiguos pactos, o de otro modo sería reputado de traidor y sus posesiones dadas al príncipe de Aragón, Alfonso.

Todo parecía indicar que Sancho de Mallorca inclinaría la cabeza ante Jaime de Aragón, y así se hizo en las cortes que este convocó para los catalanes: Mallorca rindió homenaje y se comprometió a participar en la invasión de Cerdeña.

—El rey pretende que nos hagamos a la mar el año próximo —indicó Gonzalo Zapata en un descanso, mientras señalaba al cercano palacio real—. No creo que dé tiempo, pero aun así debemos obrar como si pudiera ocurrir.

Blasco de Exea tomó un trago de agua y dejó que la lluvia chorreara por su cara y se llevara el sudor. Habían estado practicando la esgrima Anglesola y él bajo la atenta mirada de Zapata. El caballero catalán se batía bien, pero desde luego no podía igualar la habilidad de Blasco.

—Debéis enseñarme esas fintas, don Blasco —pidió Anglesola, sentado sobre una de las piedras de la construcción del nuevo puente—. Así conseguiría que el combate acabara con rapidez.

El aragonés pareció no hacer caso de las palabras de su compañero.

—Si vamos a estar aquí poco tiempo, quisiera cumplimentar aquello de que os hablé. No tardaré mucho —se dirigió a Gonzalo Zapata.

El valenciano resopló.

—¿Es que no es suficiente con lo que averigüé? Vuestro Ferrer Zintero estuvo una semana aquí y, como no le cuadró el sueldo, prefirió alistarse con los pisanos. Un traidor, como podéis comprobar.

Blasco observó la atronadora corriente del río. Había crecido aún más en los últimos días, seguramente porque aguas arriba el diluvio arreciaba. El nivel del Turia tapaba por completo las obras del nuevo puente inacabado y todo a su alrededor se había convertido en un impracticable barrizal. Aun así, los cinco nuevos compañeros se adiestraban a diario. Se habían acostumbrado a trabajar bajo la tenaz lluvia. Catalina incluso lograba calcular el desvío de sus proyectiles por el viento y el agua.

La mujer apareció en ese momento acompañada por Konrad von Hesse. Ella traía su arco enfundado, como siempre, para procurarle el menor deterioro posible.

—No es que no os crea, don Gonzalo —retomó su conversación Blasco—. Pero necesito saber todo lo posible sobre Zintero. Vuestra información fue casi perfecta, pero tal vez a vuestros agentes se les escapó algo, no sé...

—Ah, maldita sea —bufó el caballero valenciano—. Haced como os plazca. Tenéis dinero del obispo para aflojar las lenguas de las putas y los rufianes, así que aseguraos por vos mismo y acabemos ya con esto.

Blasco correspondió con una ligera inclinación y, sin decir más, echó una mirada a Catalina de Alborach. Luego abandonó el grupo y se dirigió al cercano puente de tablas. La mujer siguió con la vista la marcha del aragonés. Lo señaló con la barbilla.

—¿Adónde va?

—Quiere indagar por sí mismo ese asunto de Zintero —contestó Zapata.

—En cuanto lleguemos a Cerdeña, si puede acabar con él, lo hará —vaticinó Anglesola—, y no me extrañaría nada que desde ese momento decidiera abandonarnos. El deseo de venganza es la sangre que corre por las venas de ese hombre.

—Yo no me preocuparía por eso —intervino Zapata—. Si es necesario, yo mismo le obligaré a quedarse. Además, no será tan fácil que dé con ese almogávar.

—No sé... —dudó el catalán—. Blasco es muy hábil luchador. No será sencillo obligarle a nada.

Konrad von Hesse terció su enorme hacha de guerra y la hizo saltar en sus manos como si manejara una caña.

—Si hace falta, yo convenceré —prometió.

Gonzalo Zapata movió la cabeza a los lados.

—El éxito de la misión depende de que Blasco de Exea permanezca a nuestro lado, y luchar contra él no servirá a ese fin. Habría que buscar otra forma de asegurarnos de ello, pero... ¿cuál?

Los tres hombres se miraron entre sí y, como una, sus vistas se dirigieron a Catalina de Alborach, que aún mantenía los ojos clavados en la ya lejana figura de Blasco de Exea.

Blasco necesitaba cerciorarse.

Guardaba demasiado resquemor contra la Iglesia y contra la Corona como para confiar ciegamente en Ponce de Gualba. El obispo había demostrado un insólito interés por él, tanto como para investigar a partir de un simple colgante de madera y para ir a Ejea a entrevistarse con su padre; tanto como para recorrer los estados de la Corona bajo el peor temporal que podía recordarse y para granjearse la ira regia abandonando la corte.

La taberna del Collonet se hallaba en un callejón sin salida cerca de la catedral. Su fachada encalada estaba sucia por los chorretones oscuros que resbalaban desde el tejado, y sobre su puerta se bamboleaba un solitario cartel de madera con un cuenco de vino pintado a trazos groseros. Blasco entró en el local, se depojó de la capucha y habituó la vista a la penumbra interior. En ese momento el mesonero llegaba a la planta baja, haciendo crujir bajo sus pies la escalera de madera. Se trataba de un tipo alto y grueso, con brazos y piernas exageradamente largos y que se inclinaba hacia delante al andar.

—Sed bienvenido, mi señor —inclinó su cabeza el tabernero y señaló una de las dos mesas del local—. Soy Nicolás *el Collonet*, y os traeré presto un buen vaso de vino si otra cosa no me pedís. No seáis exigente de todas formas, pues aparte de pan de arroz y alguna que otra rata, poco puedo ofreceros. Por eso está vacío mi local, lo cual no es frecuente. Primero fueron las malas cosechas, y ahora esta maldita lluvia.

—Vino está bien, gracias. —Blasco dejó un reguero de agua a

su paso. Tomó asiento y esperó a que el Collonet volviera y sirviese en un vaso sucio una generosa ración de vino.

—Es castellano. De Requena, mi señor. Una delicia —informó el mesonero.

—No lo dudo. Y os pagaré bien por él. —Blasco hizo vibrar su escarcela repleta de dinero valenciano—. Y aun os daré una propina si tomáis asiento junto a mí y respondéis a mis preguntas.

El Collonet aceptó de buen grado y no se mostró demasiado extrañado cuando Blasco nombró al almogávar Zintero.

—Parece que ese Zintero ha hecho buenos amigos por aquí —observó.

El mesonero se mostró harto locuaz cuando el aragonés dejó caer unas monedas sobre la mesa. Su tintineo apagó por un momento el repicar de la lluvia sobre las anegadas calles de Valencia, y el Collonet contó a Blasco lo que sabía sobre Ferrer Zintero. Después de satisfecha su curiosidad, el aragonés salió de nuevo a la calle. Encontró que el agua le corría por sobre los pies, pero no prestó demasiada atención a aquello.

El Bordell era el lugar en que las putas de Valencia ejercían su oficio públicamente. Las había más recatadas, desde luego, y que laboraban en casas propias o ajenas, pero los jurados de la ciudad consideraban que, de verse en la obligación de permitir la prostitución, lo menos malo era reunir a todas las meretrices en el mismo lugar. Había incluso quien proponía acotar el sitio y dotarlo de vigilancia. No fue muy complicado hallar El Galliner. Un nuevo cartel, pintado esta vez con más arte, indicaba el lugar al que debían acudir los varones poco piadosos a fin de desfogarse. Las calles del Bordell estaban vacías, como las del resto de la ciudad, y el agua corría por ellas aún con más fuerza, pues la cercana rambla se había desbordado. Inmundicias de todo tipo engalanaban el arrabal de La Boatella, ya fuera de los muros, y un ruido atronador venía del cauce del río.

—Mi señor, si buscáis compañía en este tiempo tan desagradable, dejadme deciros que El Galliner es el lugar indicado. —Habló desde el portal un tipo mal vestido que lucía dos enormes cadenas doradas—. Aunque os advierto que hoy solo tenéis disponible a

Belasquita *la Castellana*, y a Andresa de Játiva. —El rufián sacó la cabeza fuera para acercarla al oído de Blasco—. Yo os recomiendo a Belasquita, pero debéis esperar porque ahora está ocupada. No tardará mucho, no obstante. El huertano que la ha requerido suele acabar rápido.

—La mujer que busco fue maltratada hace un tiempo. Ando detrás del que lo hizo. Su nombre es Ferrer Zintero, almogávar aragonés.

El rufián examinó las ropas de calidad de Blasco y la loriga que no se había quitado tras el adiestramiento junto al río. Se pasó la lengua por los labios llenos de pústulas e hizo un gesto al caballero para entrar en El Galliner.

Blasco prefirió volver hacia el puente de tablas cruzando la ciudad. El agua en La Boatella llegaba ya casi a las rodillas y había visto el cadáver de un jabato flotar cerca de la rambla.

La jornada de investigación había sido totalmente inútil a pesar de toda la información que atesoraban taberneros, meretrices y proxenetas. El Collonet había confirmado una por una las palabras de Gonzalo Zapata, describiendo con lujo de detalles a Ferrer Zintero. A Blasco le sorprendió oír que el almogávar, a pesar de su edad, estaba fuerte como un toro. En cuanto al rufián del Bordell, le había confirmado que Zintero se despachó a gusto con una puta mallorquina a la que había rajado la cara en ambas mejillas. Nadie osó en aquel momento enfrentarse a Ferrer.

La partida del almogávar desde Valencia hacia Cerdeña era también notoria. El mismo alguacil que había ido en su busca así lo había garantizado. Tanto él como sus hombres dejaban a deber no pocos dineros en una fonda de Mislata, y sus pendencias por Valencia les habían proporcionado una semana de efímera fama.

Algunas de las calles de la ciudad se habían transformado en auténticos arroyos cuando Blasco llegó a la puerta de La Hoja. El río se estrellaba contra el puente y alzaba cortinas de agua que caían sobre la planchada de madera.

—Dios mío. —Blasco miró corriente arriba. Más allá, el antiguo puente de piedra sufría también las acometidas del Turia, que saltaba por encima con un ruido atronador como si el río se hubiera encarnado en una bestia gigante y salvaje, capaz de arrollar cuanto se hallara a su paso.

El aragonés sujetó el puño de su espada y se dispuso a lanzarse a la carrera sobre el puente de tablas. Tras él, uno de los animales de las caballerizas lanzó un agudo relincho que de inmediato fue repetido por los demás.

—No podremos volver... —susurró al notar cómo el puente de tablas temblaba a cada embate del río.

Entró de nuevo en la ciudad y corrió hacia las caballerizas, cuyos vigilantes se resguardaban asustados junto a los muros.

—¿Qué hacéis? —preguntó uno de ellos a Blasco al verlo entrar—. Buscad refugio, señor. ¡Es una riada!

El aragonés hizo caso omiso de la advertencia. Buscó a *Triguero* entre los animales asustados y desató un par de caballos más.

—¡He de recoger a algunas personas al otro lado del río! ¡Los devolveré!

El guardián que le había advertido quiso impedir que Blasco se llevara los caballos, pero los animales estaban tan inquietos que no fue capaz de moverse entre ellos. El aragonés, sin embargo, había conseguido ensillar a *Triguero* y se disponía a hacer lo mismo con el segundo corcel. Recibió varios empujones y golpes de los caballos. Los animales resoplaban y pataleaban, lanzando sus grupas a los lados para tratar de soltarse. Blasco ató las sillas como buenamente pudo y, tirando de las riendas, se decidió a sacar a las tres monturas de las caballerizas.

Al pasar junto a los guardianes, y al ver que sería imposible evitar lo que fuera que aquel loco quisiera hacer, uno de ellos intentó ayudarle, siquiera con un consejo cabal.

—¿Dónde están esas personas? —interrogó cuando ya conseguían salir bajo el diluvio.

—Junto a las obras del puente nuevo —respondió el aragonés.

El paje se asomó a la puerta de La Hoja y vio los estallidos de agua contra el puente de tablas. Los tablones crujían y parecían chillar como si estuvieran vivos.

—¡Volved por el de piedra! ¡La madera va a ceder!

Blasco asintió, arrojó la capa al barro y saltó a la silla de *Triguero*. Agarró con la diestra sus riendas y tomó las de los otros animales con la izquierda. Los animales clavaron los cascos en el lodo y avanzaron con dificultad por el camino. Semanas de lluvia y el constante ir y venir de los valencianos convertían las sendas más transitadas en mares embarrados. Los caballos relincharon de furia, impotentes para arrancar. *Triguero* pugnó, y sostuvo su peso y los tirones de los otros animales hasta que consiguió pisar la madera del puente.

—Vamos, pequeño —animó en voz baja Blasco. Podía sentir el miedo de los corceles al temblar el puente bajo sus cascos mientras recibían un baño de agua.

El aragonés pudo ver árboles que, arrastrados por el Turia, chocaban contra la estructura de madera. Un deshojado olivo golpeó la barandilla y saltó como disparado por un trabuco, con las raíces desnudas y girando a toda velocidad. Pasó sobre ellos y cayó río abajo. Uno de los caballos quiso adelantarse a Blasco, pero este retuvo las riendas para evitarlo. En ese instante cedió una tabla bajo las patas del animal y un relincho estremecedor recorrió el puente.

—¡Vamos! —Blasco espoleaba a *Triguero*—. ¡¡Vamos!!

El caballo accidentado sacó sus patas de la trampa y dejó tras de sí un tenue reguero de sangre que la riada se llevó de inmediato. Un espeluznante bramido se extendió por el puente y el temblor creció. Blasco pudo ver cómo la pasarela se inclinaba a su derecha.

—¡¡Venga, Triguero!! —Clavó las espuelas en las ijadas de su montura—. ¡¡Sácanos de aquí!!

La noble bestia se alzó de manos y corcoveó, haciendo un último esfuerzo para tirar de todo el peso que debía soportar. Bajo él, una tabla despareció de repente, tragada por el caldo negruzco que retumbaba río abajo. El animal se impulsó hacia delante y salvó el último tramo.

Zapata, Anglesola, Hesse y Catalina subían ya a la carrera desde el arrabal de la Vilanova. El agua que saltaba contra las orillas alzaba muros que los hacía desaparecer a veces, pero enseguida reaparecían con el gesto demudado. El teutón, mucho más pesado y lento que sus compañeros, parecía tener dificultades para moverse. Sin embargo, lo hacía con serenidad, con su gran hacha apoyada en el hombro.

—¡Gracias a Dios, don Blasco! —Bernat de Anglesola trepó al caballo herido. Luego tendió su mano para tomar la de Zapata y le ayudó a montar tras él.

—¡¡Rápido!! —apremió el aragonés—. ¡¡Hay que llegar al puente de piedra antes de que ceda!!

En ese instante se oyó un quejido ronco y las tablas saltaron tras ellos, vencidas por la terrible presión del agua. Como si en lugar de fuertes vigas de madera se hubiera tratado de ramitas secas, el puente de tablas desapareció de su vista.

Catalina llegó con el pelo manchado de lodo y agarró la mano de Blasco.

—¡He perdido mi arco! —se quejó mientras se dejaba alzar por el aragonés—. ¡Era uno de los mejores de mi padre!

—¡Yo os regalaré uno, descuidad! —El aragonés se dirigió con *Triguero* y el animal libre hacia Konrad von Hesse. El teutón llegó con la sonrisa en los labios y atrapó la silla del animal, evitando que se moviera con su férreo agarre.

—¡¡Lluvia del demonio!! *Mein Gott!!*

Anglesola ya dirigía a su animal, que cojeaba por el accidente en el puente. Evitó pasar por la orilla y se abrió para avanzar junto a las casas del arrabal. Blasco pudo ver que algunos de los habitantes de La Alcudia de la Ribera abandonaban el lugar a la carrera, huyendo de la furia del agua. Algunos acarreaban fardos, pero se veían obligados a tirarlos al comprobar que se hundían en el barro y no podían avanzar.

Uno de los talleres del puente de piedra comenzó entonces un insólito vuelo. Arrastrado por un espeluznante golpe de agua, la tela se hinchó al viento y las maderas que lo sostenían se clavaron en el barro unas, sumergiéndose en el caudal turbio otras. Catalina abrió con desmesura sus ojos negros al ver cómo aquel inesperado pájaro de tela era impelido por el viento y desaparecía tras las murallas de Valencia. La mujer se abrazó con fuerza a la cintura de Blasco de Exea, *Triguero* luchó de nuevo por avanzar. Ahora el río se abría paso, derribaba a tramos las propias orillas y saltaba hacia los guerreros.

Cuando Blasco y Catalina llegaron al puente de piedra, su centinela había abandonado el puesto. Su casco aún estaba allí, clavado de lado en el barrizal. El aragonés miró atrás y comprobó que Hesse venía tras ellos.

—¡Agarraos fuerte, Catalina! —avisó al tiempo que espoleaba una vez más a *Triguero*.

El fiel caballo se lanzó al galope sobre el puente de piedra, alegre por ver sus cascos libres del lodo, y sus crines despidieron una lluvia plateada. Blasco se encogió y Catalina se aferró con fuerza al aragonés, clavando las uñas en la loriga. A su derecha, el río levantaba murallas parduscas que luego se despeñaban, y dejaba caer sobre el viejo puente ramas, guijarros y hasta pececillos destripados. *Triguero* resopló al tirar su jinete de las riendas. Se detuvieron bajo el arco de la puerta de Roteros y miraron atrás. La escena parecía sacada de un viejo volumen de los que se atesoraban en San Juan de la Peña. Quizás aquel poeta que llamaban Dante debería haber visto semejante catástrofe para describir su *Infierno*: Konrad von Hesse, preso de un extraño éxtasis, cabalgaba sobre un animal blanco con el pelo rubio azotado por el viento y el agua. Blandía su enorme hacha y gritaba como un poseso mientras, tras él, la piedra desaparecía bajo el empuje del agua.

No era la primera riada en Valencia, y desde luego no sería la última.

Sin embargo, esta había sido de las peores. Los muertos se contaban por centenares. Muchas casas de dentro y fuera de la ciudad habían caído, y la gente empezó a padecer penurias por falta de pan y de carne. Se sucedieron los saqueos, muchas veces cometidos por valencianos famélicos que se negaban a morir de hambre. El propio rey tuvo que hacerse cargo de la catástrofe dirigiendo órdenes a las autoridades de la ciudad, y el obispo Ramón de Gastón se vio obligado a procesionar con el *Lignum Crucis* para desterrar aquel mal demoníaco.

Mientras legiones de valencianos se refugiaban en conventos y hospitales, Gonzalo Zapata y sus compañeros trataban de olvidar el trance en el caserón de aquel, provisto de recios muros que habían detenido la avenida.

—La ciudad está toda de luto... —se lamentaba el caballero valenciano—. No hay material para reconstruir las casas y la gente tiene que ir a buscar comida caliente a las puertas de las iglesias. Valencia tardará años en reponerse de este desastre.

—¿Pensáis que esto afectará a la campaña? —preguntó Anglesola.

Zapata arrugó la nariz. Los dos caballeros conversaban en el patio de la mansión para aprovechar los primeros y tímidos rayos de sol que aparecían por primera vez en muchas semanas.

—No lo creo. El rey Jaime está muy decidido. —El valenciano cogió entre sus dedos las ramas aplastadas de una planta trepadora, desmadejada sobre el suelo del patio—. Es la empresa de su vida, y pienso que no quiere morir sin verla cumplida. Sin embargo, ahora podemos estar seguros de que la partida se retrasará. La armada no puede prescindir de la flota valenciana y nosotros no estamos para alharacas.

En ese instante apareció Blasco de Exea. Portaba un bulto alargado envuelto en basta tela parda. Saludó con una inclinación de cabeza a ambos caballeros, cruzó el patio y se dirigió al ala del caserón en que vivía Catalina de Alborach. Zapata y Anglesola siguieron con la vista el camino del aragonés.

—De no ser por él... —musitó el catalán. El resto de la frase quedó en el aire.

Blasco atravesó el salón principal y subió las escaleras, bordeadas por una elegante balaustrada y adornadas sus paredes por ajados estandartes moros y por fina cerámica de Manises y Paterna. Halló la puerta del aposento abierta, y a la doncella que Zapata había asignado a Catalina cepillando el corto pelo negro de esta. Las dos mujeres se volvieron al oír los golpes de Blasco en la puerta. La doncella, aquella jovencita de cara pecosa y anchas caderas, frunció el ceño y miró a su morena ama con una sonrisa falsa. En ningún momento había ocultado el disgusto de servir a aquella mujer, lo que todos achacaban entre cotilleos a la envidia por la belleza esbelta de Catalina. Tal vez pudiera deberse también a un pellizco de celos, porque para nadie era un secreto que la criada Inés calentaba de tarde en tarde el lecho de Gonzalo Zapata. No sería extraño que aquel honor que el caballero concedía a Inés en el tálamo lo viera amenazado la criada por la presencia de aquella imponente y arrojada morena.

—Déjanos, Inés, por favor. —Catalina se levantó de la silla.

—Sí, mi señora. —La doncella obedeció al instante y lanzó una pícara mirada a Blasco de Exea al pasar junto a él. Este dio un par de tímidos pasos para entrar en el aposento. Como el resto del caserón, estaba recargadamente decorado al ecléctico modo mudéjar que tanto parecía gustar a Gonzalo Zapata. Blasco observó que la presencia de Catalina en aquel lugar era algo natural, como si formara parte de ello.

—De nuevo debo daros las gracias. —La mujer evitó mirar a los ojos al aragonés—. De no ser por vos, quizás estaría muerta.

—No lo creo... —dudó Blasco—. Nunca he conocido a mujer más audaz. Tal vez el teutón hubiera muerto..., pero vos no.

Catalina sonrió. Su aspecto despertaba sentimientos contradictorios en Blasco. Llevaba puestas camisa y calzas, ni siquiera se molestaba en cubrirse con un manto. Su pelo corto y su timidez la hacían parecer un muchacho, pero el aragonés no podía dejar de pensar que bajo aquellos ropajes se ocultaba el cuerpo de una mujer.

Catalina miró al fin a los ojos de Blasco. Ella, que nunca se amilanaba ante ningún hombre, sentía una extraña desazón cuando el aragonés estaba cerca. Siempre tan taciturno, tan atormentado, tan distante... Probablemente, pensó ella, todo lo que le habían contado acerca de Blasco la hacía sentirse desarmada.

Él carraspeó.

—Os dije que os daría un nuevo arco —Blasco apoyó el bulto alargado que traía en el suelo—, y aquí lo tenéis.

—¿Eso es un arco? —inquirió extrañada Catalina—. Parece

demasiado grande. ¿Estáis seguro de que no le vendrá mejor a Konrad?

—Oh, no... —sonrió Blasco. Catalina pensó que era la primera vez que veía a Blasco mostrar alegría, aunque fuera solo por un instante—. Para manejar este arco hace falta fuerza, pero aún es más necesaria la destreza.

El aragonés desató el par de nudos que mantenían atado el fardo y desenrolló la tela. Una larga asta de color rojizo, tan alta como el propio Blasco, salió a la luz. Varias fibrosas cuerdas enlazaban el asta.

—Pero... es demasiado largo. —Catalina acarició la suave y flexible madera—. Mis arcos son más pequeños.

—Debéis probarlo —animó el aragonés—. Es un arco galés, un invento de gente descolorida que vive al norte. Bien manejado y con las flechas adecuadas, podréis traspasar las lorigas mejor entrelazadas y hasta los yelmos más resistentes. Vuestros dardos volarán tan lejos como nunca.

Catalina hizo vibrar la madera de tejo al zarandearla.

—Es muy interesante, os lo agradezco. Pero debe ser difícil de usar.

—Lo es —admitió Blasco—. Tal vez podríais acortarlo un poco. No mucho, desde luego. A vos os gusta practicar y, por lo que parece, la guerra aún tardará en empezar.

La mujer volvió a sonreír y tapó de nuevo el arco con su cobertura.

—Lo trajisteis de vuestros viajes al norte, ¿eh? ¿Por qué no me contáis cómo es aquello? ¿Es verdad que el sol no sale durante el día? ¿Comen carne cruda, como algunos cuentan? ¿Es cierto que son sus mujeres quienes mandan en las tribus?

—Pero ¿quién os ha contado todo eso? —interrogó Blasco divertido.

—Habéis vuelto a sonreír —observó Catalina—. Dos veces en un solo día. Felicidades.

Vencer o morir

I

Un año más tarde.
Monasterio de Santes Creus, Condado de Barcelona.
Navidad de 1322

La reina María falleció al fin tras su pertinaz enfermedad. Y Jaime de Aragón, que actuaba desde hacía tiempo como si su esposa ya estuviera muerta, se apresuró a enterrarla en Tortosa, lugar preferido para la difunta de entre todos los de la Corona. Tres meses largos después, el rey celebró la Navidad casándose con la que sería su última mujer, Elisenda de Moncada.

Elisenda, de treinta años, era una mujer exuberante y alegre, hija del influyente señor de Aitona, el senescal Pedro de Moncada. Todos vieron que el rey buscaba con este último matrimonio estrechar sus lazos con una de las más poderosas familias catalanas. Muchos dijeron también que semejante esposa, tan lozana y vivaracha, supondría demasiado trasiego para el rey, que, a más de sacar quince años a la novia, tenía su real salud ya trastocada. Jaime de Aragón pareció revivir en los días posteriores a la fiesta de la Natividad. En el monasterio de Santes Creus, cerca de Tarragona, los recién casados disfrutaban de su luna de miel en el palacio adosado, que el propio rey iba agrandando junto a la sobria austeridad de la abadía cisterciense.

Precisamente en la oscura sala capitular, alumbrada tan solo por un par de solitarios hachones, tenía lugar la vespertina reunión entre tres hombres que combatían el frío arrebujados en sus mantos. Uno de ellos tosió sonoramente. El infante Alfonso aguardó a que su padre, el rey de Aragón, contuviera su acceso. Miraba de reojo a Ponce de Gualba, que una vez más había abandonado su diócesis para, sin comunicarlo siquiera al arzobispo de Tarragona, presentarse en Santes Creus.

—Hemos conseguido no pocas aportaciones, alteza. —El príncipe decidió mantener el buen humor del rey—. En cuanto mandé sacar mi estandarte en Barcelona, los comerciantes se dejaron vencer por la euforia. Ya ven sus negocios acrecentados, para mí que hasta han incluido las ganancias de Cerdeña en sus libros de cuentas.

»He acompañado hasta aquí al obispo de Barcelona, pero mañana mismo partiré hacia Aragón. Aún no hemos recaudado nada de las comunidades y villas, y pienso que también de allí habremos de sacar pingüe beneficio. Según me informan mis consejeros, tan solo de la comunidad de Teruel hemos de ingresar más de cien mil sueldos.

Jaime de Aragón sonrió satisfecho, ya aplacada la tos. Su envejecimiento se había acelerado y se hacía notorio a pesar de los subidos coloretes de sus mejillas. Ponce de Gualba sonrió al imaginar al rey intentando satisfacer a la voluptuosa Elisenda de Moncada.

—Sancho, el de Mallorca —Jaime de Aragón evitaba usar la palabra rey para su pariente, ya que en el fondo se consideraba a sí mismo titular de la monarquía isleña—, contribuirá al fin con veinte galeras armadas, y se ha ofrecido a mantenerlas durante cuatro meses.

—Tal vez nos demoremos más de cuatro meses en conquistar Cerdeña —observó con preocupación el príncipe.

—Con toda probabilidad —admitió el Rey—, pero en su momento volveremos a exigir a Sancho más aportaciones. Después de todo, esta empresa favorece mucho a los mallorquines.

»En unos días viajaremos a Tortosa con nuestra nueva y bella esposa. Es un buen lugar, a medio camino entre Barcelona y Valencia —continuó el monarca—. Desde allí mandaremos mensajeros a Luca y Florencia. En su día se comprometieron a ayudarnos. Sabéis que no es de nuestro agrado tal ayuda, pero si ellos arremeten contra Pisa en el continente, nuestro trabajo en Cerdeña será más fácil. También ordenaremos avisar a los Doria y al juez de Arborea, Hugo. Ellos nos prestarán ayuda en la isla cuando vos, Alfonso, desembarquéis en ella.

El rey suspiró y tomó asiento en el banco corrido que rodeaba el perímetro de la sala. Su rostro quedó momentáneamente oculto por la sombra vacilante de una de las columnas de doble fuste.

—Aun así —repuso el príncipe— no podremos contar con todos los recursos que esperábamos.

El rey reprimió un gruñido en la oscuridad.

—Nuestra petición de ayuda al Papa ha caído en saco roto —se lamentó—. Fadrique de Sicilia no podrá ayudarnos en Cerdeña, y el Santo Padre nos exige que detengamos los preparativos de guerra. Además, no contábamos con la riada de Valencia. La ciudad aún tardará años en recuperarse.

A Ponce de Gualba le asaltó el temor de que el monarca tornara su humor hacia la ira, así que decidió intervenir. Se dejó iluminar por la tenue luz que llegaba desde el claustro a través de los ventanales.

—Alteza, si me lo permitís... quisiera pediros algo.

Jaime de Aragón tosió un par de veces desde la oscuridad.

—Amigo Gualba, os dijimos que el infante Alfonso os ayudaría en vuestras intenciones. Nos nada podemos hacer ya, salvo esperar seguir vivo cuando Cerdeña y Córcega caigan bajo nuestra Corona.

—Caerán, alteza, caerán —aseguró el obispo de Barcelona—. Conozco al infante y sé que no regresará hasta que eso ocurra, y os disponéis a preparar la mayor armada que haya visto la cristiandad.

La exageración de Gualba no pasó inadvertida al rey, que resopló aburrido. Se sentía exhausto, pero aún le embargaba el deseo de volver junto a Elisenda, su nueva esposa, para tomarla una vez más.

—Decid qué queréis ya, amigo Gualba.

—Tal vez sepáis que por fin hallé a Blasco de Exea, el antiguo templario.

—Lo sabemos, sí —respondió el monarca.

—Mis planes están dando resultado. Un día hace ya años, en Calatayud, os dije que podría convertiros en el monarca más poderoso del orbe... Ahora más que nunca estoy cerca de conseguirlo.

Jaime de Aragón se levantó del banco, anduvo hacia el centro de la sala capitular y pasó bajo los arcos entrecruzados.

—Amigo Gualba, siempre os hemos escuchado porque os apreciamos, ya lo sabéis. También sabéis que somos poco dado a la superstición. No prestamos oídos a las profecías y agüeros, y nuestros astrólogos no son más que un divertimento para nos... Nunca hemos terminado de entender vuestra obsesión con ese templario, y tampoco qué oscuro sortilegio puede hacer que nos superemos en fama y gloria a nuestros antepasados, los reyes de Aragón.

Alfonso se rascó la barbilla, miró al obispo de Barcelona y se decidió a intervenir en su favor.

—Alteza... Yo he crecido con las enseñanzas del señor obispo. Sé que sus estudios nada tienen que ver con supercherías ni augurios. La sabiduría de nuestro amigo Gualba es la misma que puede entresacarse de las Santas Escrituras, la que llevaron a cabo los padres de la Iglesia o la de vuestro vasallo predilecto que en gloria esté, don Arnau de Vilanova.

—¿Por qué, Alfonso, nos decís esto ahora? —se quejó Jaime de Aragón—. Nada sino la astucia y la fuerza de las armas podrá hacer de vos un rey poderoso. Vednos, Alfonso. A pesar de todo nuestro denuedo, nuestro reinado ha transcurrido anclado a la realidad por las miserias de la vida. Ningún arcángel del Cielo bajará a ayudarnos en la lucha contra Pisa, del mismo modo que Jesucristo no guio nunca a nuestras tropas contra Castilla... Ni siquiera san Jorge, nuestro santo patrón, se dignó comparecer en las batallas que tuvimos contra los moros de Granada.

»Prestadnos atención en pos de vuestro futuro reinado, Alfonso: las profecías y las cartas de los astrólogos son mentiras, fantasías que sirven al populacho y a los ignorantes de espíritu. Rodeaos de consejeros inteligentes, de capitanes leales y de guerreros valientes, y haréis grande a la Corona de Aragón.

Ponce de Gualba sintió caer sobre sus hombros el peso de la impotencia. Aunque compartía en cierto modo las palabras del rey, pensaba que no todo lo oscuro era superstición ciega.

—Pero, alteza —insistió Alfonso—, aunque lo que decís es una gran verdad, debéis tener en cuenta que las gentes son crédulas, y de ello no se libran vuestros súbditos. Sin ir más lejos, entre ellos ya empiezan a correr fábulas acerca de los malhadados freires templarios y de sus reliquias ocultas. Tal vez no sean más que cuentos para viejas, pero vuestros vasallos los creen. Decís que las leyendas y las supersticiones jamás harán caer murallas ni rendirán coronas a vuestros pies, pero... ¿acaso no lucharán con más denuedo vuestros hombres si se saben protegidos por Dios? ¿Por qué, si no, aprobasteis la salida del *Lignum Crucis* en Valencia después de la riada? ¿Acaso no fue para que el populacho, a la vista de la Vera Cruz, creyera firmemente en su redención y en la de su ciudad? Vos sabéis que los antiguos cruzados vencieron batallas perdidas solo por la vista de la sagrada reliquia en la que murió Nuestro Señor. Decidme, alteza, si no es por eso que nuestras tropas reciben la extremaunción antes de entrar en combate. Decidme por qué nuestros estandartes lucen la cruz de san Jorge, y por qué gritan su nombre nuestras tropas antes de lanzarse al ataque. Explicadme por qué los guerreros de Aragón son los más osados de la cristiandad, si no es porque se saben favoritos de Dios y de todos los santos.

El rey Jaime contempló unos instantes a su hijo Alfonso mientras el eco de sus palabras se perdía entre las piedras del monasterio. Finalmente el monarca sonrió.

—Sí que debiéramos dar gracias a Dios de que seáis vos, Alfonso, quien nos suceda como rey de Aragón.

El príncipe hizo una inclinación de cabeza, halagado por aquellas insólitas palabras. Incluso el obispo mostró su sorpresa, pues el rey no era hombre dado a las confidencias de ese tipo.

—¿Escucharéis pues al obispo, alteza? —inquirió el príncipe.

El monarca suspiró y miró fijamente a Ponce de Gualba, aunque se quedó de pie como muestra de que no aceptaría una larga explicación. El obispo tragó saliva nerviosamente.

—Veréis, alteza...: de entre todas las reliquias de las que ha hablado el infante hay una... —Gualba buscaba las palabras. Miraba a ambos lados y se pasaba la lengua por los labios—. La reliquia más valiosa que jamás haya existido..., y se halla en vuestros dominios.

»Después de muchos años de búsqueda, ya os lo he dicho, he conseguido dar con Blasco de Exea. Desde luego, él no es vuestra valiosa reliquia, pues por muy templario que haya sido, se trata de un hombre atormentado y pecador, lujurioso y vengativo, incluso cruel en ocasiones.

»¿Sabéis dónde di por fin con ese extraño y oscuro caballero, alteza?

»Os lo diré: en el monasterio de San Juan de la Peña, en Aragón. Allí estaba, escondido del mundo, en ese mismo lugar. Fue como si una extraña fuerza hubiera guiado a Blasco de Exea hasta el monasterio. Porque os diré algo más: la reliquia de que os hablaba también se encuentra allí, sobre un sencillo altar de piedra, tan a mano que cualquiera podría cogerlo y hacerlo desaparecer... Tan protegido por una mano invisible que nadie jamás se atrevería a robarlo.

»Os estoy hablando del cáliz de Cristo, alteza. De la copa que usó Nuestro Señor en la Última Cena... Aquella en la que José de Arimatea recogió la sangre de Jesús a los pies de la Cruz.

»No hay duda, lo he comprobado fehacientemente. Durante años he devorado volúmenes y he atendido a sabios de todas partes. Son varias las sagradas copas que se atribuyen el honor de ser el Santo Cáliz, pero la única verdadera es la vuestra. He seguido los pasos de la copa a través de los siglos: sé que san Pedro lo llevó con él desde Palestina después de que José de Arimatea recogiera la sangre de Cristo. Sé que el cáliz fue entregado en tiempos de persecución a un legionario de origen hispano, un cristiano que se comprometió a preservarlo, y que este lo trajo a su patria.

»A Aragón.

—Aquí ha permanecido —Alfonso tomó el relevo del obispo—, escondido en uno u otro lugar, de Huesca a las montañas mientras huía de la invasión del Infiel... de una iglesia a otra, hasta acabar en San Juan de la Peña.

—Alteza —quiso concluir Ponce de Gualba—, lo que os pido es que me deis licencia para sacar el cáliz de San Juan de la Peña. Yo carezco de jurisdicción allí. Ni siquiera el metropolitano de Zaragoza podría imponer en el monasterio su criterio. El abad de San Juan de la Peña está en su derecho de negarlo, y sé que se negará. Solo vos podéis hacer que la copa salga.

El rey observaba con media sonrisa irónica al obispo de Barcelona.

—Algo nos pareció oír en cierta ocasión, es verdad; pero jamás dimos crédito a ese cuento —espetó el monarca—. Además, suponiendo que esa fuera la auténtica copa en que Cristo bebió durante la Última Cena... ¿De qué nos serviría a nosotros? ¿Acaso pensáis que podréis llevar el cáliz a Cerdeña y allí hacer que de él, en medio de una nube y una columna de fuego, salgan rayos que cieguen a nuestros enemigos? ¿Pretendéis que los pisanos se arrodillen a la vista de la copa y nos rindan vasallaje, temerosos del poder de Cristo reencarnado? Amigo Gualba... ¿Para qué queréis ese cáliz?

De nuevo el silencio se adueñó de la oscura sala capitular. Un suave viento silbó al descender hasta el claustro de Santes Creus y atravesar la estancia, discurrió por entre las columnas de piedra y escapó por los ventanales de levante. Ponce de Gualba era otra vez prisionero de sí mismo. No podía revelar toda la verdad al rey y eso le impediría llevar a cabo su cometido. Miró al infante, que le animaba a hablar libremente... Pero el obispo resopló y dejó caer sus hombros en gesto de cansancio.

—No me concederéis esta gracia entonces, alteza.

—No lo haremos, amigo Gualba —sentenció Jaime de Aragón—. No es por incredulidad, a pesar de que no creemos ni una palabra de esa quimera del cáliz de Cristo. Es, como bien ha dicho nuestro hijo, por el valor de la reliquia. De nada nos sirve la copa fuera del monasterio, expuesta a su extravío o a nuevas fabulaciones. ¿Pensáis que la visión de la copa enardecerá a nuestras tropas? ¿Que amilanará a nuestros adversarios? Bien: haced que se construya una igual. Nos mismo os pagaremos el gasto y os proporcionaremos las piedras preciosas y el oro, e incluso os prestaremos a nuestros mejores orfebres para ajustarla. Decid, con nuestro beneplácito, que lleváis a la cabeza de nuestro ejército el Grial de Jesucristo. Todos os creerán. ¿No os sirve eso igual?

—Lo cierto es que... no.

Jaime de Aragón reprimió su cólera. El obispo de Barcelona se permitía demasiado. Demasiado incluso para él. Nadie contradecía al rey de aquella forma.

—Escuchad, señor obispo —cambió el tratamiento el rey—. No volveremos a escuchar esas patrañas. Tal vez dentro de muchos siglos, cuando los hombres lean crónicas que entonces serán antiguas, se solazarán pensando que los caballeros templarios fueron seres demoníacos o angelicales. Tal vez creerán que sí, que la sola visión del Grial destruye ejércitos. Nos tendrán por seres salvajes e incivilizados del mismo modo que nosotros pensamos tal cosa de nuestros antepasados. ¡Puede que todo eso ocurra, pero no dirán que Jaime de Aragón, hijo de Pedro el Grande y nieto del Conquistador, era un patán supersticioso capaz de creer en fábulas!

Ponce de Gualba miró al suelo y se mordió la lengua. A su lado, el príncipe Alfonso palmeó su espalda mientras el rey de Aragón, que jadeaba quedamente por el parlamento encendido, abandonaba la sala capitular. Los pasos del monarca resonaron hasta perderse y de nuevo el viento, bajando desde las cercanas montañas de Prades, silbó al atravesar el oscuro recinto monacal.

—Pero —habló en voz baja el infante—, ¿por qué no le habéis dicho toda la verdad?

—No podía... Disculpadme, Alfonso, pero vuestro padre es tan incrédulo que sería peligroso hacérselo saber todo. Lo mejor es que solo vos y yo estemos al corriente. Hemos hecho bien en dar a cada uno una porción diferente de conocimiento, y seguiremos haciéndolo. Recordad las palabras que vuestro abuelo, don Pedro el Grande, dijo a la armada antes de partir a la guerra contra Anjou: «Si nuestra mano izquierda supiera lo que tiene intención de hacer la derecha, nos mismo nos la cortaríamos.»

—Lo siento, monseñor —se lamentó Alfonso de Aragón.

Pero Ponce de Gualba no era hombre que se amedrentara. Habían sido muchos años dedicados a una secreta empresa los que le habían consumido. Una vez se había creído rendido por el desánimo, pero ahora que la esperanza había renacido, no la dejaría escapar.

—Todavía no he sido derrotado —aseguró—. El cáliz seguirá en San Juan de la Peña por orden del rey, pero él no puede controlarlo todo.

II

Cuatro meses después.
Port Fangós, desembocadura del Ebro. Frontera entre el Reino de Aragón y el Condado de Barcelona.
Primavera de 1323

—¡Vamos, *Triguero*!, ¡vamos abajo!

Blasco de Exea animaba así a su caballo a bajar de la tarida que, tras arribar desde Valencia, había aplastado con su pasarela las arenas de Port Fangós. Como él, otros caballeros gritaban a sus escuderos y sirvientes. Los animales habían navegado con buen tiempo, pero pocos eran los que habían probado antes el molesto trajín de hallarse hacinados en un lugar que olía a sal y a humedad, que se movía bajo sus cascos y les impedía mantener el equilibrio. Al fin, *Triguero* se dejó llevar por el joven escudero que tiraba de sus riendas, bajó a tierra y pisoteó contento la arena.

—Raro nombre para un caballo negro, señor —observó un hombre de caros ropajes que observaba las labores de desembarco.

Blasco lo miró. El caballero, catalán por su habla, mandaba tomar notas con su cálamo a un secretario. El amanuense resultaba un poco cómico, pues se sentaba sobre un taburete que hundía sus patas en la arena y frente a sí tenía una pequeña mesa ladeada.

—Le puse ese nombre en honor a un halconcillo que tuve —explicó el aragonés.

—Pensé que seríais valenciano —replicó el hombre con un deje de desprecio al oír la lengua en la que hablaba Blasco—. ¿No viene de Valencia este barco?

Blasco sintió una instintiva oleada de repulsa por aquel hombre. Miró a la flota que había abandonado la playa de Valencia. Las galeras y taridas fondeaban, pero los barcos más grandes se mantenían anclados a distancia prudencial. Veinte galeras en total, más varias taridas y leños. Un poco más al norte de su varadero podían verse las otras veinte galeras catalanas y las embarcaciones menores que las acompañaban.

—Soy Blasco de Exea, aragonés. —Alzó la barbilla.

El caballero de ricos ropajes, de edad ya avanzada, dictó a su secretario.

—Escribe esto: cada uno por su parte respectiva, todos los ricos hombres y las ciudades, los obispos y arzobispos, abades y priores, siendo con esto tan grande el socorro que encontró el señor rey en Cataluña, que era una maravilla...

El hombre, que rondaría ya los sesenta años, se interrumpió en su dictado y estudió de reojo a Blasco, como si esperara respuesta.

—¿No ha venido nadie de Aragón? —preguntó con ironía el de Ejea—. Desde aquí puedo ver estandartes que reconozco como de mi tierra, si la vista no me engaña. Ved allí los colores de Luna, los de Cornel y los de Maza. Y un poco más allá acampan los hombres de Ahonés y de Foces. Y conmigo vienen también caballeros valencianos de rancio linaje, como los Carroz o los Vilarragut.

—Soy don Ramón Muntaner, señor. Cronista del rey y de sus antepasados —dijo con mucho orgullo el caballero mientras el escribiente atendía para seguir plasmando en el papel las palabras de su señor—. No será necesario a estas alturas conocer quién viene a este lugar y de dónde. A saber con qué honores habrá tenido que convenceros nuestro rey don Jaime para que por fin abandonéis el calor de vuestros hogares en Aragón y os lancéis a la lucha. Por mi parte, dejaré para la posteridad estos escritos —señaló los garabatos que el amanuense había tejido sobre el albo soporte—, y enseñaré a las gentes venideras cómo Barcelona dominó al mundo de su época.

Blasco calló. A él nada le importaban aquellos aires de grandeza y los disfraces con que el tal Muntaner quisiera vestir a la empresa. Bernat de Anglesola, sudoroso, ya bajaba la rampa delante de sus dos caballos. El catalán se había vestido para la guerra y cargaba sus espaldas con gambesón y loriga.

—Teníais razón, don Blasco —dijo el muchacho—. Debí dejar todo este herraje para cuando el enemigo esté cerca.

El aragonés se acercó a Anglesola y le habló en voz baja.

—¿Dónde está Catalina?

Bernat señaló con disimulo a la nave.

—Espera a salir en último lugar. No quiere mostrarse mucho a la luz del sol.

Blasco observó el cielo casi despejado. Tan solo unos jirones blancos volaban a toda prisa hacia poniente, empujados por un viento que se había alzado a mitad de travesía. Subió por la pasarela de madera y entró de nuevo en la tarida; se apartó al paso de los escuderos y los animales. Los pisotones de los cascos hacían temblar la madera y los gritos de los caballeros recorrían la cubierta. Halló a Catalina en el castillo de popa, la vista puesta en el mediodía con un aire de añoranza. La mujer, que como siempre disimulaba sus rotundas formas con una túnica holgada, miró de soslayo bajo la basta crespina que cubría su cabello y parte de su cara.

—Nunca había salido de Valencia —explicó sin necesidad de que Blasco preguntara nada—. ¿Qué diría mi padre si pudiera verme?

El aragonés apoyó ambas manos en el antepecho de madera. La señal real tremolaba y su tela crujía al embate del viento.

—Sois muy valiente, Catalina. Os arriesgáis mucho. Yo en vuestro lugar no habría sido capaz de...

—No debéis llamarme Catalina, Blasco —le interrumpió ella con una sonrisa—. Se os escapará delante de la tropa y entonces sí podría tener problemas. Llamadme Ruy, como acordamos.

—Cierto. Perdonadme otra vez, pero no me acostumbro a que ahora os llaméis Ruy. En cualquier caso seguís siendo valiente.

Catalina hizo un gesto con la mano para quitar importancia al asunto.

—Estamos bajo protección de don Gonzalo. Y él está protegido por más altos señores aún. De todas formas me cuidaré de no ser reconocida.

Blasco contempló a la mujer, que todavía tenía puestos sus ojos fijos en el horizonte. Admiró su perfil, su nariz levemente aguileña y sus labios, ni finos ni gruesos pero con ese ligero volumen heredado de sus antepasados andalusíes. Catalina, al sentirse observada, cruzó sus ojos negros con los claros del aragonés. La mirada rasgada de ella, enmarcada por sus finas cejas y por el tono aceitunado de su piel, se clavaba con tal fuerza que Blasco no fue capaz de sostenerla.

—Aun así mantengo que sois excepcional —insistió Blasco con sinceridad—. Vuestros motivos han de ser muy poderosos.

Catalina sonrió entornando los párpados. Tras ellos, los últimos caballos abandonaban la galera y saltaban a tierra para dirigirse a las caballerizas construidas a un trecho. Por todas partes se repetía la escena y los recién llegados se apresuraban a desembarcar y a montar sus tiendas, cada uno en el terreno adjudicado por los hombres del infante Alfonso. Los aragoneses y valencianos a la derecha de la corriente, y los catalanes a septentrión. Miles y miles de personas llevaban cargas, gritaban órdenes, ajustaban postes, tiraban de cuerdas, conducían caballos, acarreaban armas, plantaban estandartes. Antiguos compañeros de batalla que se reencontraban entre abrazos, caballeros que mostraban su rivalidad al cruzarse con miradas de reojo. Por ambas orillas del río, saludos corteses, inclinaciones de cabeza, repasos de listas, broncas a los criados, maldiciones e insultos, los primeros brindis con vino y cerveza, vivas al rey, loas a san Jorge... Ahora, con la reunión de todas aquellas huestes, empezaba a verse la auténtica envergadura de la empresa que se avecinaba. Y eso cuando aún faltaba por añadirse el contingente mallorquín, las veinte galeras armadas que se sumarían a la flota de invasión al pasar por las Baleares.

—Hago esto por dinero, por supuesto —confesó ella—. Don Gonzalo me prometió una paga lo suficientemente tentadora. Supongo que como a vos, don Blasco.

El aragonés asintió con desgana.

—Sí, claro. Pero vuestro caso es distinto. Arriesgáis mucho.

—¿Arriesgo? —repitió con sorna—. De haber rechazado la oferta de Zapata, a estas horas sería la esposa de un campesino rubicundo. Cocinaría pastelillos de almendra durante el día y tendría que oír las absurdas conversaciones de los hombres de mi aldea durante la noche, a la fresca de la huerta.

—¿Y no es eso lo que hacen las mujeres de vuestra...? —Blasco no quiso acabar la pregunta.

—¿De nuestra qué? ¿Nuestra raza? ¿Nuestra religión? ¿Nuestra condición? ¿Son iguales todas las mujeres que habéis conocido, don Blasco?

El aragonés apretó los dientes arrepentido por su poco tacto. Recordó la resignada sumisión de Teresa, enclaustrada en Las Huelgas, y el fuerte carácter de Leticia hasta su muerte en Cáller. No. No todas las mujeres de su vida eran iguales, pero el futuro no era halagüeño para las osadas y las rebeldes.

—La culpa, por raro que parezca y por mucho que ahora le pese —continuó Catalina—, es de mi padre. Me crio como a un muchacho, entre armas y herramientas, encordando arcos y probando el temple de la madera, ensamblando flechas, calibrando ballestas...

Blasco observó la sonrisa de Catalina mientras hablaba.

—He oído decir antes de mujeres que se comportaban como hombres. En Ejea había una chica, una tal Juana, que vestía de varón y pretendía comportarse como tal. Pero era zafia y nos reíamos de ella. Algunos la corrían a pedradas y el arcediano hacía cruces cuando la veía.

—No os llevéis a engaño sobre mí, don Blasco. —Volvió a clavar su mirada oscura en el aragonés, ahora con un destello fiero—. No quiero ser un hombre. Soy una mujer, podéis estar seguro de ello. Cuando entremos en batalla no esperéis ver en mí a un varón. Veréis cuánto coraje puede tener una mujer.

Catalina dio por terminada la conversación y se dirigió hacia la escala que comunicaba el castillo con la cubierta.

—Decís que jamás habíais salido de Valencia —se volvió Blasco antes de que la mujer se alejara—. Nunca, pues, habéis vivido una guerra. No es algo agradable, os lo aseguro. Ni para hombres ni para mujeres.

Ella se detuvo antes de desaparecer escala abajo.

—Os creo. Pero me temo que deberé descubrirlo por mí misma. Y esto tomadlo como si os lo hubiera dicho tanto Catalina como Ruy.

El campamento del ejército se estableció en torno a la boca del Ebro. Durante días siguieron llegando gentes: mesnadas de los lugares más lejanos, que habían escogido la vía terrestre, partidas de mercenarios en busca de contratación y algún que otro soldado de fortuna.

Se preparó una tienda especial para el infante y junto a ella se dispuso su guardia. El caballero Zapata tendió la suya allí mismo, lo que proporcionó no pocas comodidades a Blasco y a sus nuevos compañeros. Los vendedores ambulantes pasaban por ese privilegiado sitio en primer lugar y había oportunidad de escoger las mejores piezas, y también aguadores, armeros y otros mercachifles rondaban el lugar, sabedores de que donde hay más dinero hay siempre más oportunidad de negocio.

La partida se difería. Casi un mes pasaba de la fecha señalada para el comienzo del viaje, pero los vientos contrarios y el retraso de algunas mesnadas anclaban en Port Fangós a la gran armada aragonesa. La causa más importante, empero, había sido la última embajada del rey a Aviñón. Vidal de Vilanova había acudido una vez más a pedir al Papa su ayuda para la empresa. Y una vez más, el Santo Padre se la había negado.

Pero ya no había más tiempo que perder.

El juez Hugo de Arborea, impaciente por la conquista que por fin podría librarle de los pisanos, había iniciado por sí mismo la guerra. En un repentino golpe de mano, el sardo había ordenado la muerte de todos los pisanos de sus territorios. Como reacción inmediata, los hombres del Señorío se habían fortificado en Cáller y Villadeiglesias, y algunas embarcaciones ya cruzaban la lengua de mar que separaba Cerdeña del continente para dar aviso a Pisa. Por ello, y en vista de que la llegada aragonesa se retrasaba, el angustiado Hugo de Arborea aprovechó el viento favorable y mandó un bajel que se presentó en Barcelona el segundo día de mayo. Enterados del rompimiento de las hostilidades, los consejeros de Jaime de Aragón propusieron a este enviar una fuerza de vanguardia. Lo suficiente como para mantener encastillados a los pisanos hasta el gran desembarco del ejército. El vizconde Dalmau de Rocabertí capitaneó las tres galeras repletas de guerreros que partieron unos días después rumbo a Cerdeña. Acto seguido, el infante se presentó en Port Fangós y tomó posesión de su real.

La tienda del príncipe era enorme. Anclada al suelo por largas varas y sujeta por cuerdas de fuerte trenzado, había sido diseñada para imitar la agradable vida palaciega a la que estaba hecho Alfonso de Aragón. El pabellón disponía de un aposento central dispuesto a modo de sala de consejos, con una larga mesa y sillas, y servía igualmente para los banquetes a los que el infante convidaba a los ricoshombres de los estados aragoneses. Los aposentos daban cabida al príncipe y a su esposa, Teresa de Entenza, que le acompañaría en el viaje. Había piezas separadas para sirvientes y doncellas, así como para los privados que el infante había decidido llevar consigo. Alfombras de piel cubrían el suelo arenoso y coloridos tapices daban un aspecto policromo a las telas que servían de paredes. Por fuera, un gran estandarte con la señera coronaba la parte central de la tienda, la más elevada, y era visible desde cualquier parte del campamento. Incluso desde el lado norte del río, donde se hallaban las huestes catalanas, se admiraba el boato de la corte en campaña. Alfonso de Aragón y su mujer, Teresa, habían llegado a Port Fangós en una coca engalanada con los colores reales. El barco, más grande y de mayor calado que las galeras y taridas, estaba anclado en la salida del Ebro y dejaba pasar a sus costados la corriente del gran río.

A instancias de Zapata, Catalina de Alborach había sido agregada por unos días a la guardia real, y disponía por ello de aposento en la tienda del príncipe. Eso solucionó un engorroso problema, pues los soldados, hacinados en un campamento que cubría gran trecho, se aliviaban en cualquier sitio y sin esconderse, preferentemente junto al río, pero también bajo los árboles y en los alrededores de la acampada. El real del infante, sin embargo, estaba perfectamente acondicionado con un pozo ciego y letrinas separadas.

La penúltima tarde de mayo, Catalina de Alborach vistió un jubón de cuero pardo reforzado con placas del mismo material que se enlazó con fuerza para aplastar sus pechos y aplanar su figura. Se caló una crespina de piel y colgó un carcaj del ceñidor. Tomó el arco galés regalado por Blasco y se acercó a las caballerizas. Allí halló al aragonés, junto a *Triguero*. Cepillaba al caballo lentamente y arrancaba relumbrones a la piel del animal. Blasco acababa de enterarse de que el portaestandarte del infante Alfonso era un miembro de la familia Urrea, y su mente viajaba al pasado y recordaba el rostro dulce de Teresa, su pelo rubio, su callada resignación...

—Tarea de sirvientes, don Blasco. —Catalina disfrazó con un tono ronco su voz. Un par de criados que se encontraban en el lugar rellenando los abrevaderos se alejaron con pozales de agua.

—Ah, don Ruy —sonrió el aragonés, y sacudió el recuerdo de su juventud—. Me gusta cepillar a *Triguero*. A veces hablamos también de nuestras cosas.

Ella sonrió un poco más.

—Muy solo debéis sentiros si conversáis con un caballo. Acompañadme y hablad conmigo. Os mostraré mi dominio de esta invención que trajisteis del norte.

Blasco asintió y se apresuró a ensillar a su corcel y uno de los que Zapata había añadido a la expedición. Era un caballo tordo de no mucha alzada, algo que a Catalina no pasó desapercibido. Los criados se acercaron para hacerse cargo de la tarea, pero Blasco los despidió. En unos momentos cabalgaban ya río arriba, rumbo a Amposta. Se alejaron hacia el sol y dejaron atrás el trasiego y el mal olor del campamento. No tardaron mucho en calmar el paso de los animales. Trotaron a la par por la senda. A su derecha, las cañas crecían altas cubriendo la ribera y algunos pescadores se metían hasta las rodillas mientras lanzaban los sedales a la corriente.

—Partimos mañana. Se lo he oído decir a la infanta Teresa.

Blasco asintió a las palabras de Catalina. Gonzalo Zapata les había prevenido a ellos también, y por eso Blasco, sabedor de la poca gracia que le hacía a *Triguero* navegar, había acudido a pasar la tarde con él.

—El rey pasará mañana mismo por este camino. Está en Tortosa, ha venido a despedirnos —añadió el aragonés.

—No lo decís con mucho entusiasmo —apreció la mujer. Llevaba la crespina desatada, y los lazos, que volaban tras su cabeza, imitaban a una cabellera que ella no podía lucir.

—Es que el rey no me entusiasma.

—Cuidad vuestras palabras, Blasco —advirtió ella—. Sois guerrero de Aragón. Debéis lealtad y respeto al rey.

—¿Conocéis al rey? —Él se desvió del camino hacia un grupo de árboles.

—No. Lo he visto a veces en las monedas, pero como nunca he tenido muchas.

—Yo tampoco lo he visto jamás —sonrió él—. Aunque conocí a un rey hace tiempo. Fue en Escocia.

Catalina se mostró interesada.

—¿Conocisteis al rey de Escocia? ¿Os invitó a su palacio?

—No, no... —Blasco acentuó la sonrisa—. Ese rey no tenía palacio. O si alguna vez lo tuvo, yo no lo vi. Dormía en tiendas mucho más pobres que las que tenemos nosotros aquí. A veces incluso pasaba las noches al raso.

—¿Un rey sin palacio? Eso no es un rey —afirmó ella—. O vuestros amigos escoceses son más bárbaros de lo que pensaba.

Llegaron bajo los árboles y Blasco señaló a un chamizo en ruinas a unos codos de distancia. Desmontó de un salto y ató las riendas de *Triguero* a las ramas bajas. Catalina hizo lo propio y empezó a desenvolver su arco.

—El rey del que os hablo era un verdadero rey. De esos que luchan al frente de sus tropas. Yo le vi batirse entre dos ejércitos de igual a igual con un enemigo, arriesgando su vida para dar ejemplo a sus súbditos —explicó Blasco. Catalina frunció el entrecejo.

—El rey no debe arriesgar su vida. Es demasiado importante. Para eso estamos nosotros. ¿Queréis probar?

Blasco tomó el arco encordado de manos de Catalina. La mujer lo había recortado por ambos extremos para adaptárselo, pero seguía siendo un arco galés. Agarró una flecha y puso la punta herrada frente a su cara.

—Las habéis hecho vos, ¿no es así?

Catalina asintió.

—He preparado algunas, sí. Son más largas. ¿Qué os parece aquella viga tronzada? Aquella —señaló Catalina a la casucha medio caída—, la que apoya en el suelo.

Blasco asintió, tomó la flecha con dos dedos y la puso en la cuerda. Al tensar sintió la fuerte resistencia del arco a medida que se combaba. Un tenue chirrido acompañó la última parte de su recorrido.

—Soy mal arquero —avisó—. Prefiero luchar de cerca.

—Claro, claro —admitió con ironía la mujer.

El aragonés volvió a sonreír. Se dijo que no era algo difícil al lado de Catalina. Cerró un ojo y movió la mano izquierda para apuntar a la viga de madera ennegrecida por el tiempo. La cuerda impulsó el proyectil con un chasquido y la flecha voló rasante hacia la casucha. Pasó a dos buenos codos de la viga, perdió altura y se clavó en tierra un largo trecho más allá.

—Os dije que era mal arquero —se excusó, y devolvió el arma a Catalina. Esta curvaba una sola ceja. Se quitó la fea crespina y la dejó caer. Blasco observó que el pelo negro había crecido un poco, aunque seguía más corto que el suyo propio.

—No os preocupéis —le consoló sardónicamente—. Es un arco difícil. Además, el blanco está demasiado lejos.

Blasco se apoyó en el árbol y cruzó los brazos.

—Los ingleses no hacían puntería con él. Disparaban al aire cientos de flechas que luego caían como lluvia —explicó—. Eso sí, eran hombres adiestrados y fuertes. Hasta a mí me ha costado tensar la cuerda. ¿Cómo podréis hacerlo vos?

—Oh. —La mujer mantuvo el tono mordaz—. ¿Cómo la débil muchachita podrá tensar este fuerte arco?

Catalina tomó una flecha con soltura y la apoyó en la cuerda, luego alzó ambos brazos por encima de la cabeza y puso rígido el codo izquierdo.

—Curioso —admitió el aragonés—. Jamás había visto tirar así. ¿Queréis hacer un agujero en el suelo para las hormigas?

La mujer estiró los labios en una sonrisa burlona.

—No os había oído bromear antes —observó mientras bajaba lentamente el brazo izquierdo—. Tenéis razón, no obstante. Es demasiado difícil para mí tensar, así que he descubierto esta forma de hacerlo. En lugar de tirar de la cuerda hacia atrás, empujo el arco hacia delante.

Blasco observó asombrado cómo Catalina descendía lentamente el arco mientras su brazo derecho permanecía en la misma posición, aguantando la cuerda. Las plumas de la flecha rozaban la mejilla morena de la mujer. Catalina no cerró el ojo para disparar. Mantuvo la tensión apenas un momento y dejó marchar a la flecha con delicadeza. Su mano permaneció pegada a la piel de su rostro mientras el proyectil recorría su senda con un silbido. Blasco apartó la espalda del árbol y siguió con la vista el recorrido. Su punta se hundió en la madera de la viga hasta media asta.

Catalina lo miró con gesto triunfante. Seguía en la misma posición desde que el dardo había abandonado el arco, y su mano diestra colgaba indolente junto al rostro.

—¿Qué os parece?

—Me habéis impresionado —reconoció él.

—Probad de nuevo —animó Catalina—. Pero ahora no aguardéis tanto. Tirad enseguida, casi sin pensarlo. Y abrid los dos ojos, pues los necesitaréis a ambos en la batalla.

—Ya os he dicho que yo no uso arco —se quejó él, pero tomó el arma y la flecha que le ofrecía la mujer.

Catalina se puso tras Blasco y este asentó las piernas en el suelo. Luego colocó el dardo en su sitio y elevó ambos brazos, tal como le había visto hacer a ella.

—Bien, así —dijo ella desde atrás. Cogió la mano derecha de Blasco y la guio hacia abajo con suavidad—. Descended el brazo sin doblarlo y dejad que las plumas toquen vuestra cara.

El aragonés obedeció, sintió el roce de las manos de Catalina, que le guiaban en la maniobra. La mujer se pegó a él para agarrar su brazo derecho y Blasco pudo notar su presencia. Su mente le abandonó. Deseó por un traicionero momento que el jubón de ella no existiera para poder sentir la dureza de sus pechos. La flecha salió disparada con un chasquido, pero se fue arriba y se perdió tras la casucha.

—Vaya, habéis tirado peor que antes —observó ella—. Qué mala maestra soy.

La mujer había hablado con la los labios pegados a la oreja del aragonés, aupada para llegar a su altura. Blasco sintió un pequeño y lánguido mareo al percibir que el aliento de Catalina se deslizaba por sus mejillas. Hacía muchos años que no notaba algo así.

Se volvió despacio, con la mano de Catalina aún aferrada a la suya. Los ojos negros de ella se abrían cándidamente, invitaban a Blasco a hundirse en ellos y perderse en su oscuridad. El aragonés se sintió embriagado por el exotismo que olía a sándalo, que sonaba a laúd y a timbal y que le trasladaba a la quietud del desierto. Blasco carraspeó, pugnó sin decisión por escapar de aquel hechizo. Se soltó del agarre de Catalina y retrocedió turbado.

—Soy muy mal arquero. —Dudó entre devolver el arma a su dueña o seguir con él en la mano. Se decidió por lo primero y volvió a cruzar la mirada con Catalina, aunque de nuevo fue incapaz de sostenerla.

La mujer apoyó distraídamente el arco en el árbol y miró alrededor. La extensión que se abría hasta la ribera del río estaba vacía. Más allá se erguían altas las cañas y los arbustos. A ambos lados, juncales y carrizos se peleaban con las charcas por la posesión del suelo y, al otro lado, la casucha en ruinas cerraba el paisaje. Ni un alma transitaba el lugar.

—Me muero de calor —dijo Catalina, y empezó a desatar los

lazos de su jubón, que cubría parte de sus piernas. Una camisa cruda asomaba levemente por debajo.

—¿Qué hacéis? —protestó sin convicción Blasco—. Si descubren que sois una mujer, tendremos que dar muchas explicaciones.

Ella movió la cabeza negativamente y dejó caer la prenda parda. Se pasó una mano por la frente, imitando el gesto de secarse el sudor.

—Nadie puede vernos, Blasco. —Catalina se volvió y tomó el arco de nuevo. La camisa cruda vestía el cuerpo de la mujer hasta medio muslo y llevaba las piernas cubiertas por calzas. Sin embargo los senos, libres de apreturas ahora, mantenían un enconado duelo con la ligera tela de lino. Blasco apartó la mirada y la dirigió a la lejana viga tronzada. Pero no vio la flecha que recorrió de nuevo el carrizal y se clavó junto a la otra, tan cercana que las plumas de ambos dardos casi se tocaban. Su vista estaba nublada por la imaginación. Demasiado tiempo sin estar con una mujer le trajo a la mente el suave tacto de la piel de Teresa, el embarazoso encanto de yacer con ella junto al río allá en Añesa... O la firme dureza de las redondas nalgas de Leticia, el cosquilleo de sus labios al recorrer la piel del aragonés...

Miró a Catalina. La arquera mantenía su arma a la altura de la cara y la mano derecha rozando su mejilla, en aquella fascinante pose que había hecho suya tras años de adiestramiento. Los brazos subidos tiraban de la camisa, dejaban al descubierto sus muslos y las ligas que sostenían las calzas masculinas. Sus ojos negros se clavaron de nuevo en los del aragonés y una vez más le invitaron a adentrarse en palacios de ensueño.

Blasco lanzó un gruñido animal. Se acercó a Catalina. La aferró por la cintura y la hizo moverse hasta el árbol. Cuando la espalda de ella tocó el tronco, los labios de ambos estaban ya unidos, sus lenguas se buscaban, se entrelazaban con avidez al tiempo que las manos del aragonés escudriñaban bajo la camisa de lino. El gemido apagado de ella coincidió con el ruido del arco galés al caer al suelo. Blasco se sintió como un muchacho, incapaz de resistirse, de aguardar, de alargar el momento... Necesitaba tomarla ya.

Hacerla suya. Hizo girar sobre sí misma a Catalina, que se agarró con fuerza a las ramas bajas del árbol mientras él manipulaba los ropajes de ambos. La mujer soltó un chillido agudo cuando el aragonés, impaciente, apartó la camisa y embistió con fiereza. Su cuerpo entero tembló al recibirlo.

Los gemidos se repitieron al ritmo casi salvaje de Blasco. Catalina giró la cabeza. Miraba con los ojos entreabiertos a su impulsivo amante y asomaba la punta de la lengua entre los labios. La cadencia creció lentamente, y ella colaboró arqueando la espalda, apretando las nalgas contra la hombría del aragonés. Los dos caballos patearon con impaciencia el suelo, inquietos por los jadeos de Blasco y los dulces quejidos de Catalina. Blasco apresuró su cadencia y asió la cintura de ella. La retuvo para ensartarla con furia. La valenciana se sacudía a cada envite, sus senos se bamboleaban bajo la camisa con un frenesí creciente. Las uñas se clavaron en la corteza de la madera, los dientes de ella mordieron sus labios y su piel se estremeció al sentir el cálido torrente inundando su interior. Catalina cerró los ojos, se dejó llevar y soltó un ronco gemido que se alargó hasta dejarla sin aire.

Cayeron de rodillas, aún unidos por la comunión de sus sexos. Luego se desplomaron lentamente a un lado y quedaron tumbados entre la hierba. Los jadeos disminuyeron y los latidos de sus corazones se acompasaron. Blasco acarició la nuca desnuda de Catalina y besó su cuello. Ella lanzó un suspiro lánguido.

Más allá, el viento rolaba a levante. Los estandartes cuatribarrados dejaron de tremolar hacia occidente y apuntaron con orgullo al mar. A Cerdeña.

A la guerra.

El sitial de madera estaba colocado de forma que tras él, a la vista de todo el ejército, podía apreciarse la inmensa armada aragonesa que llenaba la extensión del mar.

Los catalanes, ya embarcados, asistían al acto desde sus galeras y taridas, asomados a la cubierta. Se demandaban silencio y se repetían de una a otra borda las palabras del rey de Aragón, que llegaban hasta ellos apagadas por la distancia. Frente al sitial, miles de soldados aragoneses y valencianos, soldados de fortuna de Castilla y Navarra, mercenarios portugueses y freires guerreros de la Orden de Montesa, caballeros, escuderos, sirvientes de mesnada, almogávares, criados, y detrás de ellos la hueste inmunda que se une a todo ejército en campaña. Incluso algunas de las esposas de los mesnaderos de Amposta, de Tortosa y de otras villas cercanas se habían acercado a Port Fangós a despedir a los héroes, que pasarían meses lejos de casa, luchando una vez más para extender los dominios de la Corona de Aragón. Algunas carretas ya casi vacías se alineaban en la orilla. Los criados terminaban de embarcar bastimentos y herramientas para las máquinas, aceite y cebada, cirios y rollos de trapos para curar las heridas, sacos y barriles llenos de vino y agua, arenques y camarones en salazón, guisantes, habas y pescado seco, sal, cebollas, ajos y galletas, sobre todo galletas.

En las primeras filas de las galeras catalanas, los agentes comisionados por los comerciantes barceloneses copaban los lugares de honor. Destinados a abrir y ampliar sus consulados y a cerrar los negocios que desviarían toda la riqueza que ahora recibía Pisa, asistían con una sonrisa de circunstancias al discurso real. Las gaviotas y los charranes planeaban sobre aquel inmenso gentío y chillaban como si formaran parte de él, y el agua perlada de espuma deshacía sus olas mansamente contra los bajíos.

Jaime de Aragón estaba en pie, y mostraba parte de la majestad regia que había impuesto en la corte aragonesa. Tras él, sentada en una elegante silla de madera labrada, Elisenda de Moncada lucía espléndida, descubierto el pálido nacimiento de unos pechos generosos, maquillada y peinada al estilo francés. Repartía sus miradas a uno y otro lado, despertaba la envidia e incluso la lujuria de los prelados, ricoshombres, caballeros y capitanes de la tropa. De vez en cuando se alisaba el vestido de amplio vuelo, adornado con cintas y bordados, ceñido a la estrecha cintura de la reina. El rey alzó ambas manos para pedir silencio al enfervorizado ejército. Llevaba puesta una muceta de seda escarlata y se cubría con una capa del mismo color ribeteada de oro. El viento de poniente, al alzar el manto, confundía los colores grana y dorado como si quisiera vestir con la señal real al acto.

—¡Amigos y vasallos, súbditos de Aragón! —empezó a recitar cuando las gentes acallaron sus gritos—. ¡Tiempo ha que soñábamos con este momento! ¡La alegría desborda nuestro corazón al ver que por fin, después de tantos años, los más valientes soldados del orbe se disponen a aumentar la gloria de nuestros antepasados!

»¡Legítimamente hemos dispuesto del Reino de Cerdeña y Córcega a ojos de toda la cristiandad y bajo la bendición del mismísimo Papa! ¡Aun así, el deplorable Señorío de Pisa se ha obstinado en desafiarnos, y retiene contra la naturaleza y contra la voluntad de Dios lo que por derecho pertenece a la Corona de Aragón! ¡Largo tiempo hemos padecido estas tribulaciones, y contra nuestra voluntad y nuestro ánimo, los enemigos de la Corona se han jactado de ello y han pretendido que no éramos suficientes por nos y por nuestros vasallos, que nuestra blandura no era propia de hombres y que Dios no estaba de nuestra parte! ¡Poco conocen esas gentes odiosas a Aragón! ¡Ya no recuerdan todos los hechos de armas que llevaron a cabo vuestros antepasados y que en todos ellos se aventuraron con valor y gallardía, y que ganaron honor y reconocimiento por parte de los estados cristianos y aun por los infieles!

El rey tomó aire mientras miraba a los ojos de quienes se hallaban más cerca. Todos escuchaban con atención, ajenos ya al dulce rostro de la reina, a la pujanza de sus senos o al brillo de las joyas que lucía. Solo veían al monarca y, tras su aura, cientos de estandartes que tremolaban al viento. Jaime de Aragón movió el brazo en parábola lentamente y señaló toda la extensión a sus pies; a los miles de guerreros de toda condición, a las naves fondeadas en la boca del río, en la playa ganada al mar a través de milenios, a las cocas ancladas más allá...

—Sois el ejército más poderoso de la cristiandad. En vuestra presencia han temblado los franceses, que corren a esconderse tras sus fronteras. Roberto de Anjou, atemorizado, ha mandado guarnecer sus puertos y sus castillos, y huye a cobijarse bajo el palio del Santo Padre. ¡Los propios pisanos se han ofrecido a pagar todos los gastos de esta armada si nos volvemos contra el Reino de Granada!

Una fuerte risotada se extendió por todo el campo. Como un mar agitado por la tempestad se revuelve, y la espuma de las olas lo recorre hasta estrellarse contra el acantilado, así los vítores marcharon entre las huestes. Los guerreros alzaban sus armas, daban vivas al rey y a Aragón, invocaban a san Jorge y prometían suplicio y muerte a los pisanos y sus aliados. El rey soltó una carcajada de satisfacción y miró a la reina. Elisenda parpadeó coqueta, impresionada por el poder de su real esposo. Su busto subió y bajó al ritmo de sus suspiros prometiendo a Jaime de Aragón goces sin fin. El monarca señaló con el dedo a las primeras filas de caballeros que se apelotonaban frente al sitial. La guardia real se plantaba allí con las lanzas apuntadas al cielo azul, en orgullosa ostentación de sus libreas rojigualdas y sus yelmos relucientes.

—¡Príncipe Alfonso!

El infante salió de entre la hueste, subió los improvisados escalones de tablas, y se plantó frente a su padre. Hizo una ligera inclinación de cabeza a la reina, que respondió con una sonrisa bobalicona. Luego hizo ademán de arrodillarse, pero Jaime de Aragón agarró sus hombros para impedírselo. Alfonso sonrió orgulloso. Se había convertido en un hombre de gran talla, como lo eran los de su linaje. El pelo castaño volaba al son de la brisa y su veste dorada brillaba en medio de aquel gentío. Por primera vez en mucho tiempo, más del que podía recordar, le pareció observar una mirada de sincero cariño de su padre.

—¡Príncipe Alfonso! —El monarca alzó aún más la voz. Un unánime «¡Aur!» se alzó entre la tropa y fue coreado por los miles de valencianos, catalanes y aragoneses, e incluso por los extranjeros que se sumaban a la hueste.

Un escalofrío recorrió el vello de Blasco. Aquella arenga estaba planeada hasta el mínimo detalle. Los estandartes que flameaban al viento, la majestad del rey y la gallardía del príncipe, incluso la lasciva hermosura de Elisenda de Moncada... Reconoció que él también se sentía embargado por aquel extraño éxtasis. Junto a él, el joven Bernat de Anglesola se desgañitaba a gritos y alzaba su espada. Más allá, Gonzalo Zapata sonreía y Konrad von Hesse blandía su hacha sobresaliendo de entre los demás guerreros. De repente, un brillo oscuro e inquietante atrapó la mirada de Blasco. Catalina entornó los párpados y sonrió de forma imperceptible, como si el aragonés todavía arañara sus entrañas. Este inspiró el aire salobre con fuerza y notó el golpeteo de sus venas en las sienes.

—¡Príncipe Alfonso! —La voz del rey volvió a imponerse y el griterío se acalló poco a poco—. ¡Invocamos en vuestra presencia, príncipe, los triunfos de nuestros antepasados, los reyes de Aragón! ¡Acordaos de ellos y no los deshonréis! ¡Haced honor a las victorias que ellos alcanzaron, y comportaos como buen caballero y general de estos valerosos hombres que ponemos bajo vuestro cuidado! ¡Sed el primero en dar la batalla y acometed con valor! ¡Herid a nuestros enemigos y mostrad el arrojo cierto de vencer!

»¡Pues de tal forma ha sido siempre entre nuestros antepasados y siempre así será entre nuestros descendientes: venced, Alfonso, o morid!

—¡¡Vencer o morir!! —aulló el infante Alfonso, presa de una gran excitación que de inmediato contagió a la hueste.

—¡¡Vencer o morir!! —gritaron todos a una, y prorrumpieron en un fuerte aplauso.

Los cómitres y patrones de las galeras se abrieron paso entonces hacia el río y la playa como si alguien les hubiera hecho una señal. Las tripulaciones de las galeras abandonaron las bordas y empezaron a aplicarse con los aparejos. Las trampas de las taridas resbalaron por sobre la madera húmeda y se clavaron en la arena, y varios olifantes arrastraron sus ecos hasta las cocas ancladas frente a la desembocadura.

El rey extendió la mano hacia Elisenda de Moncada. La reina la cogió y se levantó de la lujosa silla. Los monarcas se pusieron tras el infante Alfonso, que ahora miraba con orgullo al ejército y asumía el protagonismo del acto. En las caras de todos imperaba el ansia por hacerse a la mar y batirse contra los ejércitos de

Pisa, y si era necesario contra los de Anjou, los de Francia o los del propio averno. La reina se retiró con un grácil gesto un mechón de pelo que colgaba fuera del velo de seda transparente.

—¡Hermanos! —rugió el príncipe de Aragón, y cerró la mano derecha mientras apuntaba con la izquierda hacia el mar—. ¡Dalmau de Rocabertí, con cientos de leales caballeros y almogávares, se embarcó ha poco hacia Cerdeña! ¡Ellos han sido nuestra avanzadilla, llegada a la isla para batirse junto a nuestros aliados sardos y librarles del yugo pisano! ¡Ahora luchan allí, alzan los colores de Aragón y esperan nuestra llegada!

»¡Hermanos! —repitió Alfonso al tiempo que abría ambos brazos a los lados—, ¡hay aragoneses luchando en Cerdeña!

El suelo tembló cuando el ejército pugnó por moverse hacia las embarcaciones. Los patrones y capitanes ya vociferaban a lo lejos para organizar el embarque. El paroxismo iba en aumento y amenazaba con estallar. El príncipe lanzó su última acometida.

—¡¡Hermanos!! —gritó por tercera vez, y desenfundó su espada—, ¡¡hay aragoneses muriendo en Cerdeña!!

El éxtasis se adueñó de todos los corazones. Los caballeros gritaban a sus escuderos y los capitanes a sus tropas. Los hombres de armas vociferaban empujando a los sirvientes de mesnada y los almocadenes insultaban a sus almogávares. Como un animal dotado de vida propia, el ejército se precipitó a las escalas y rampas y ocupó sus lugares en las naves.

Catalina logró, dejándose llevar, llegar hasta donde Blasco era arrastrado por la corriente humana. Pegó su pecho enfundado en una ancha túnica a la espalda del aragonés y su susurro se abrió camino hasta imponerse al bullicio.

—Aún te siento dentro de mí.

Blasco buscó con su mano la de ella. Entre codazos, empujones e improperios, los dos se enlazaron sin que la vista de los otros fuera estorbo. Detrás de ellos, a cubierto de las incomodidades por el cerco de la guardia real, Gonzalo Zapata se dio cuenta de que Blasco y Catalina caminaban unidos. Demasiado unidos.

Una sonrisa alumbró su rostro y asintió antes de dirigirse a su embarcación.

III

Unos días más tarde.
Puerto de Mahón, Reino de Mallorca. Primavera de 1323

La coca del príncipe Alfonso era sin duda el bajel más lujoso de la armada. La habían bautizado *Santa Eulalia*, y era propiedad de la familia catalana de los Ballestar. Junto a Alfonso de Aragón, por supuesto, viajaba la infanta Teresa de Entenza, su esposa. La infanta era una mujer de baja estatura y algo entrada en carnes, tenía la cara rellena y pálida aunque unos rubicundos coloretes adornaban sus mejillas. El pelo rubio, que siempre llevaba oculto, tenía que ser cepillado varias veces al día sin excusa alguna.

Catalina, en su papel del escudero Ruy, continuaba como parte de la guardia personal de la infanta, lo que seguía suponiendo una ventaja a la hora de desaparecer de la vista de los demás hombres. A decir verdad, todas las mujeres de la expedición acompañaban a Teresa de Entenza. Una hábil jugada de Gonzalo Zapata que contaba, por supuesto, con el visto bueno del príncipe Alfonso. El resto del grupo escogido por Zapata también viajaba en la coca, al igual que la guardia real y la legión de sirvientes que acarreaban las tiendas, tapices, alfombras, arcones, estandartes, vajillas, vestidos, armas... Todo un palacio flotante dispuesto para llevar la propia corte de Aragón a primera línea de batalla.

La flota llevaba cuatro días detenida en Mahón por el viento contrario. El príncipe Alfonso había hecho llegar al valenciano Francés Carroz, el almirante y jefe de la armada, la orden de que los hombres y los caballos desembarcaran en Menorca para aprovisionarse y recoger agua. El infante no quería que el ejército se desmandara, así que fue estricto y responsabilizó a cada capitán de sus hombres. No le hacía gracia que toda la chusma embarcada se perdiera por la ciudad y causara problemas entre la población de Mahón.

La flota mallorquina se acababa de unir a la armada, y la vista de todas aquellas velas en las aguas adyacentes a Menorca era un auténtico deleite. Sesenta galeras armadas y llenas de gente, más cuatro cocas, de entre las cuales sobresalía el buque insignia del príncipe. Además, un sinfín de otras naves como taridas y bajeles menores se apiñaban en torno a los buques de guerra. Un total que casi alcanzaba las trescientas embarcaciones, todas ellas haciendo ondear al tiempo los colores de Aragón. La noche había caído, y los fanales reflejaban sus luces en el mar en calma. La armada, detenida en la quietud oscura del Mediterráneo, semejaba un cielo tachonado de estrellas. Blasco se hallaba solo, apoyado en la borda, y contemplaba las lejanas luces de Mahón. Cuando oyó los pasos suaves tras de sí, reconoció de inmediato el andar de Catalina. La valenciana se puso a su lado. Llevaba puesta su túnica ancha y la fea crespina dejaba colgar a ambos lados los lazos sueltos.

—¿Qué piensas? —inquirió ella en voz baja. Un poco más allá, los soldados de guardia recorrían la cubierta perezosamente. Blasco inspiró el aire salado.

—Dentro de poco llegaremos a Cerdeña —contestó—. Es un lugar que guarda muchos recuerdos para mí.

Ella asintió y miró en la misma dirección. Permitió que sus ojos se perdieran entre los fuegos de la costa.

—¿Qué dejaste atrás la última vez?

Al aragonés le molestó aquella pregunta. Cerdeña era el símbolo de su claudicación, un lapso de cinco años durante los que había olvidado su deber y había perdido un tiempo precioso. Pero sobre todo, Cerdeña era el lugar en el que había amado a Leticia de Sardara. Y el lugar en el que ella había muerto.

—Una mujer —afirmó con seguridad la misma Catalina para responder a su propia pregunta. Blasco sonrió sin ocultar un deje de amargura.

—No me gusta hablar de eso —confesó él.

—De acuerdo —se avino ella—. Entonces no lo haremos.

Sus ojos se cruzaron. Los de Catalina apenas eran visibles, confundidos con la oscuridad. Un par de personas con hachones se movieron a popa hasta entrar en los aposentos del príncipe. Blasco señaló hacia allí con la barbilla.

—Carroz ha llegado en una barca. Hay consejo esta noche.

—Lo sé —respondió Catalina—. El infante ordenará que partamos enseguida. El viento de levante se ha calmado y llevamos retraso.

Blasco enarcó las cejas ante las palabras de ella.

—¿Cómo...?

—Estar cerca de la infanta me permite conocer ciertas cosas —atajó Catalina—. El príncipe quiere llegar a Cerdeña antes de que se cumpla una semana desde hoy.

—¿Reunión nocturna? *Ja?*

Catalina y Blasco se volvieron a un tiempo. El gran Konrad von Hesse se había acercado en silencio y estaba plantado tras ellos. El teutón se había pasado los días anteriores carcajeándose en cubierta, burlándose de los hombres que se desprendían de sus entrañas agarrados a la borda. Les increpaba diciendo que aquel mar era un sucio y caliente caldo, y les contaba historias de olas gigantes y monstruos de las profundidades que moraban en los mares del norte.

—¿Ya has cenado? Has acabado pronto hoy de atiborrarte —replicó Catalina con malos modos.

El gigante rubio soltó una carcajada.

—Ya cené —confirmó—. Solo me falta buen vino y buena mujer. Hay buen vino a bordo, no hay buena mujer, pero me conformaré contigo.

Al decir esto último lanzó su manaza y agarró uno de los glúteos de Catalina, que seguía asomada a la borda. El teutón apretó los dedos con fuerza y arrancó un grito agudo a la valenciana.

—¡Puerco descolorido! —La mujer trató de desprender la garra adherida a su trasero.

Hesse rio de nuevo, divertido porque Catalina no conseguía deshacer el agarre.

—Déjala, estúpido —ordenó Blasco—. ¿Qué pasará si te ven? Pensarán que eres un invertido.

El gigante dejó de reír, pero no apartó la mano grande y peluda de la nalga de Catalina. Ella continuaba forcejeando y su rostro denotaba que la presa le dolía.

—Déjame, por favor —rogó aferrada a la fuerte muñeca del teutón.

—No invertido —observó a Blasco fijamente—. Más hombre que tú.

El aragonés decidió que había pasado el momento de las palabras. Alzó su pie derecho y lo hizo impactar desde abajo con el brazo de Konrad. El gigante no gritó cuando su muñeca salió despedida. Catalina soltó un suspiro de alivio y se frotó la nalga dolorida.

—Cerdo —musitó mientras se alejaba hacia popa.

Konrad von Hesse seguía plantado, sin reírse ni quejarse, con sus ojos fijos en los de Blasco mientras su muñeca se empezaba a hinchar a toda velocidad. El aragonés mantuvo la mirada del teutón atento a cualquier movimiento. Hesse era grande y muy fuerte, y Blasco tenía tras de sí la borda de la coca. Pensó que hacía mucho que no se medía a nadie en un combate real, y aquella no era una opción muy ventajosa.

—¿Qué ocurre aquí?

La pregunta había salido de la oscuridad, y tanto Blasco como Konrad reconocieron de inmediato la voz de Gonzalo Zapata.

—Una diferencia de pareceres respecto de la forma de tratar a las damas —explicó el aragonés sin quitar vista del teutón.

—No dama —escupió Konrad—. Mora desviada. En mi tierra quemamos a putas como esa.

Blasco atravesó con la mirada el ojo azul del gigante.

—Basta. —Zapata abandonó la oscuridad—. Vuestras diferencias esperarán hasta que acabe nuestra misión, u os haré detener a ambos y pasaréis el resto del viaje remando en una galera. En cuanto a ella —miró a Hesse—, es un miembro más del grupo. No es una puta, Konrad..., ni tampoco vuestra barragana, Blasco.

—Yo no... —quisó protestar el aragonés, pero Zapata se alzó una mano.

—No me importa lo que hagáis en privado, pero Catalina no es una mujer cuando estamos ante los demás. Es Ruy. —Clavó un dedo en el pecho del teutón—. A Ruy no se le estruja el culo —luego apuntó a Blasco—, y a Ruy no se le trata como a una princesa. ¿Estamos?

—Estamos —aceptó a regañadientes el aragonés.

—*Ja* —respondió quedo Konrad, que no había apartado ni por un momento la vista de Blasco.

—Muy bien. Y ahora fuera de aquí —ordenó por último Zapata—. Los dos.

Blasco se movió de lado, pasó junto al gigante y tomó el camino de popa. Konrad von Hesse se quedó mirando un momento cómo se alejaba el aragonés y, cuando este se confundió con la noche, anduvo hacia proa. En cuanto a Zapata, permaneció junto a la borda, moviendo la cabeza y con la vista perdida en los reflejos de los fanales en el agua quieta.

Desde la bonanza de aquella noche en Mahón, por cuya culpa se precisó aferrar los remos para iniciar singladura, la estación se había tornado agresiva. Tanto había cambiado el tiempo hacia oriente que, cuando la armada vislumbró a lo lejos la silueta de Cerdeña, una fuerte tempestad amenazaba a los navíos desde el norte.

Alfonso de Aragón había pasado a la nave insignia del almirante Carroz junto a su guardia ya en aguas mallorquinas, y ordenó que las galeras y taridas se hicieran a la mar al remo. Ya seguirían las demás naves cuando el viento fuera propicio. La infanta Teresa quedó en la *Santa Eulalia*, y con ella Catalina. Ahora, a la vista ya de Cerdeña, el príncipe había ordenado venir a su consejo, y en ese instante trepaban a bordo los capitanes catalanes más destacados. En lugar de acudir a su aposento bajo la cubierta, el infante habló en presencia de todos, incluidos tripulantes y guardia real. Blasco de Exea atendía desde un aparte.

—Mandad una barca a la costa y que avisen de nuestra llegada a Rocabertí. A estas alturas los pisanos ya deben habernos localizado, así que conviene actuar con rapidez. —El infante hablaba con seguridad y miraba a sus hombres a los ojos—. Almirante, llevadnos hacia el mediodía. ¿Conviene con este viento?

—Es lo más adecuado, mi señor —admitió Carroz—, aunque debo avisaros de la presencia de islotes y acantilados. Si la tormenta se cierne sobre nosotros podría ser peligroso.

—Ahora lo que importa es desembarcar antes de que la costa se convierta en un hervidero de pisanos. Hagámoslo en un lugar a medio camino entre sus bases: Villadeiglesias y Cáller. Rocabertí debe poner sitio a Cáller ya —ordenó al capitán, que se disponía a partir para reunirse con los aragoneses que ya estaban en la isla—. Que no entre ni salga nadie de la ciudad y que aguarde órdenes.

—Así se hará, mi señor —contestó solícito el capitán, y bajó por la escala hacia su barca, atada a la borda de la coca del infante.

Carroz y su asistente desplegaron un mapa amarillento de la isla. La costa, pintada en tonos negros, estaba tachonada de nombres amontonados para identificar cada saliente, cada golfo, cada aldea y fortaleza. El almirante puso su dedo sobre el mapa.

—Podemos desembarcar aquí, en Palma de Sols. Es un puerto natural resguardado entre la costa y la islita de San Antioco. El lugar dará cabida a toda la armada, incluso a las naves que llegan rezagadas.

—Bien. Dejad un par de lanchas ligeras para dar aviso al resto de la armada y vayamos para allá prestos —concluyó el príncipe.

Todos corrieron para alejarse hacia sus respectivas galeras, y cuando ya el viento provenzal hinchaba las velas, la flota viró a mediodía y siguió la línea de costa dejándola a babor.

La navegación en galera era más incómoda que en la coca, por lo que Konrad von Hesse atronó con sus carcajadas la cubierta al ver vomitar a los guerreros mientras se ataviaban con la indumentaria de combate. El oleaje crecía y empujaba las naves a tierra, por lo que debían corregir su rumbo constantemente. De repente, cuando ya la oscuridad se extendía como un velo sobre las naves, se vislumbró la masa rocosa de la isla de San Pedro. El bajel saltaba de una ola a otra y los hombres, pálidos como nieve, se agarraban las tripas y juraban a Dios y a Lucifer. El príncipe Alfonso, quieto en el castillo de popa, miró atrás.

—La noche se nos echa encima.

—No me gusta navegar por ese pasillo rocoso —añadió el almirante Carroz—. La armada tendrá que estirarse.

—Los mallorquines vienen en cola. Cuando sea su turno, la oscuridad será total y quizás el temporal haya empeorado.

Todos asintieron en silencio. En cierto modo les alegraba no hallarse en el lugar de los hombres del rey de Mallorca, pues el viento hacía crujir ahora las velas y la madera chirriaba al golpear la superficie marina tras cada salto.

Los temores del infante y su consejo se revelaron fundados. Con la caída de la noche, la armada pasaba entre la costa sarda y la isla de San Pedro. Las naves catalanas y valencianas consiguieron llegar hasta su destino maniobrando con sumo cuidado, pues la senda marina se estrechaba cada vez más. Por suerte Palma de Sols quedaba resguardada por la línea de costa del traicionero viento provenzal. Pero los mallorquines no tuvieron tanta suerte. La oscuridad llevó a una de las galeras a aplastarse contra las rocas. Los hombres que comandaba el caballero Ramón de Peralta, presas del pánico, saltaron al mar para evitar hundirse, pero sus cuerpos fueron arrastrados a los acantilados o se ahogaron con toda la impedimenta puesta.

El sol iluminaba el horizonte sardo y alargaba las sombras cuando las galeras valencianas, en cabeza de la formación, clavaron su quilla en las arenas de Palma de Sols. Los primeros en tomar la playa fueron los almogávares, que se movían con viveza merced a su equipamiento ligero. Los almocadenes gritaban al tiempo que sus hombres corrían en línea desde cada embarcación varada y asentaban sus posiciones. En un par de padrenuestros se había creado un espacio seguro para el desembarco.

Las taridas abordaron la playa con pesadez mientras los hombres de armas descendían de las galeras. De inmediato, mientras algunos caballeros y ballesteros corrían a reforzar las escuadras almogávares, los sirvientes se apresuraron a desalojar las naves de transporte. Los caballos relinchaban, presas de miedo, y saltaban o resbalaban por las pasarelas.

—¡Anglesola, Exea...! —señaló Gonzalo Zapata—. ¡A caballo conmigo!

Los dos caballeros dieron con sus monturas entre los animales desembarcados. Más allá, las tropas se habían hecho fuertes aprovechando roquedales y dunas.

Los tres jinetes espolearon sus monturas para alejarse de la abigarrada línea de costa. Cabalgaron tierra adentro, pasaron por entre dos escuadras aragonesas agazapadas, erizadas de puntas de hierro y al acecho, y subieron el pequeño desnivel que dominaba la costa. Una vez arriba, hicieron caracolear sus monturas. Blasco llevaba su vestimenta negra puesta sobre la loriga, y su brazo izquierdo sostenía el escudo también negro cruzado de tajos y lanzadas.

—Esto está desierto —observó Zapata.

Anglesola señaló tras de sí al otro lado del estrecho, a la cercana costa sarda.

—Por allá tampoco se ve nada —informó.

Gonzalo Zapata se subió la celada y entornó los ojos al recibir los rayos del sol de frente. La playa, desde allá arriba, se veía totalmente invadida. Los barcos catalanes, que ahora tomaban tierra un poco más a septentrión, dibujaban estelas que se perdían contra la arena, y sus tripulaciones descendían para asegurar la costa. Algunas de las taridas, que transportaban el material de los artificios de asedio, habían quedado rezagadas y ancladas en el estrecho. El caballero valenciano agitó la mano derecha en amplia parábola.

—¡Limpio aquí!

Una voz le respondió desde la playa y pasó el aviso a su vez a la galera de Carroz. El príncipe asistía al desembarco desde el castillo de proa de su nave, apoyado en un mangonel fijo a las tablas y orgulloso de la rápida maniobra de su ejército. Desde esa galera saltó a tierra el abanderado del infante, don Juan Jiménez de Urrea, y con gesto teatral clavó la enseña cuatribarrada en la playa. Un clamor se extendió por la costa y alcanzó a las naves catalanas.

Las barras de Aragón ya ondeaban en Cerdeña.

IV

Día siguiente.
Puerto de Palma de Sols, isla de San Antioco.
Primavera de 1323

A lo largo de toda la mañana siguiente llegaron las cocas y el resto de embarcaciones que habían quedado en Mahón. La playa, recorrida de grandes dunas, estaba dominada de sur a norte por las galeras valencianas, catalanas y mallorquinas.

El príncipe Alfonso había instalado su real en las antiguas ruinas púnicas cercanas a la playa. Nadie había quedado en las casas que salpicaban la costa, lo que indicó a los aragoneses que, efectivamente, los pisanos conocían de su llegada. La primera comitiva de la mañana fue la de la infanta Teresa, a la que prepararon un recibimiento especial cuando su lancha, navegando desde la gran coca, varó en la arena. Junto a ella venían algunas de sus doncellas, sus sirvientes y algunos miembros de su guardia. Blasco reconoció de inmediato a aquel joven de baja estatura y cara limpia de barba que flanqueaba a la princesa con una ballesta cruzada a la espalda.

Poco después, entre muestras de gran alegría, se dio la bienvenida a Hugo, juez de Arborea, que desembarcó acompañado de varios de sus leales. Venían ricamente ataviados en lugar de vestir armas de guerra, lo que en principio desconcertó al infante Alfonso. El príncipe recibió al juez cubierto con loriga, almófar, placas de metal protegiendo rodillas y codos y el yelmo emplumado sostenido a un lado. Urrea enarbolaba a su lado el estandarte y la guardia real formaba en línea tras ellos.

Mientras el juez Hugo rendía vasallaje a Aragón en el antiguo teatro púnico, Blasco de Exea se perdió disimuladamente entre la multitud expectante. Acudió a la tienda de los príncipes, única que se había montado porque la intención era pasar a Cerdeña de inmediato. En la puerta halló a Catalina, que se resguardaba del sol bajo las telas de la entrada. Ambos se alejaron hacia un alto y se detuvieron junto a los restos de un árbol consumido por el fuego. Quizás un antiguo rayo había dado cuenta de él y ahora solo quedaba su esqueleto, negruzco y retorcido. Blasco contempló la línea de costa, repleta de embarcaciones y de guerreros que recorrían la orilla, los barcos anclados en el estrecho y, más allá, las montañas que se alzaban entre aquel lugar y Cáller.

—No ha sido muy difícil —dijo la valenciana.

—Esto está vacío. La gente ha huido temerosa de nosotros, y seguramente están refugiados en casas de familiares o en los bosques de la isla. Los pisanos habrán hecho lo mismo —aventuró Blasco con deje de fatalidad.

—Bien —celebró ella—. Nos temen.

Blasco movió la cabeza a los lados.

—Tomar una ciudad puede ser mucho más costoso y amargo que luchar en campo abierto.

—Sobre todo para los sitiados —observó Catalina.

—En ellos pensaba.

La mujer se quitó la crespina, tranquila porque se habían alejado lo suficiente del campamento. Se secó con ella el sudor a golpecitos.

—¿Temes por algún sardo?

El aragonés chascó la lengua.

—No sé si seguirán aquí... —empezó a contestar, aunque se detuvo enseguida.

—Está bien. —Ella puso una mano sobre el hombro de Blasco, recubierto por su gambesón teñido de negro—. Sé que te duele recordarlo...

Blasco miró a la valenciana a los ojos y ella sonrió para mostrar su comprensión. Paseó su vista alrededor, se aseguró de que nadie se fijaba en su reunión y la abrazó con fuerza. Ella respondió pasando sus brazos tras el cuello del aragonés y apoyó su cabeza en el pecho amplio de su amante. Él se sintió a gusto. Le reconfortaba saberse cerca de Catalina. Acarició su pelo corto con lentitud y notó en ella ese calor del que había carecido durante años y que, ahora se apercibía, había añorado con intensidad. Se separó de ella suavemente y su vista se perdió de nuevo a levante, entre las colinas sardas.

—Pasé aquí cinco años de mi vida.

—Lo sé. Por eso te escogieron para esta misión. —Ella también miró a las montañas de la isla—. ¿Era ella hermosa?

Blasco sonrió con amargura y observó a Catalina. La mujer permanecía a la expectativa, como una niña que pregunta por qué el cielo es azul o dónde se esconde el sol por las noches.

—Era muy hermosa, sí. Pero su hermosura se perdió. Murió.

La valenciana volvió a apretar cariñosamente el hombro de Blasco.

—Y tú no pudiste evitarlo —adivinó—. Y por eso te culpas.

—Esa es una de mis culpas, sí —asintió el aragonés—. He pasado mi vida huyendo de ellas pero, de una u otra forma, mis culpas se las arreglan para dar conmigo.

La sonrisa amarga se le había acentuado al decirlo. Catalina tomó asiento en lo alto de una pequeña duna mientras el sol descendía tras ellos. Blasco también se sentó a su lado, tomó una ramita y empezó a arañar con ella la tierra del montículo.

—¿Sabes lo que me dijo una vez el caballero Zapata? —inquirió ella ensimismada en el dibujo que Blasco trazaba en el suelo—. Me dijo que habías sido templario. Uno de los últimos. Entonces no le presté atención, pero ahora está claro que no es cierto. No es cierto, ¿verdad?

Blasco terminó de trazar su dibujo, un extraño animal alado que lanzaba sus garras amenazantes hacia delante.

—Vestí el hábito del Temple, don Gonzalo no te engañó —confesó él—. Pero jamás merecí ser llamado templario.

—Entonces es verdad... —susurró ella.

—Fue hace tiempo. Yo era joven y sobre mis hombros se había depositado una gran carga. El Temple fue mi refugio... Una forma de huir de mi deber. Fui un cobarde al profesar, aunque no me di cuenta de ello hasta mucho más tarde.

Blasco soltó la ramita y borró de un manotazo el grifo garabateado sobre la arena. Sus ojos volvieron a dirigirse al frente.

—No es necesario...

—No, quiero contártelo —la interrumpió. Le dolía, bien cierto era, pero tampoco era falso que necesitaba dejar salir toda su furia. Tal vez, si ella recogía sus pesares, fuera capaz de aligerar un poco la carga que lo abrumaba—. Quiero que lo sepas todo. Desde el principio.

»La recuerdo entre bruma, y después, a lo largo de los años, así es como la seguí viendo. Era morena, como tú. De pelo negro y ojos oscuros. A veces puedo sentir que su mano acaricia mi mejilla, y he soñado con el calor de su pecho cuando me recostaba en su regazo... Se llamaba Alice...

El cronista Ramón Muntaner, ufano de su sabiduría y de su experiencia en el arte de la guerra, había recomendado tiempo atrás al rey que atacara Cáller en primer lugar. Después, cuando escribió su historia, Muntaner achacaría todos los males de la expedición a la renuncia que se hizo de sus consejos.

Sea como fuere el juez Hugo de Arborea convenció al príncipe para dirigirse en primer lugar contra Villadeiglesias. Aquel lugar le era más cercano y de allí provenían todos los pesares que padecía el juez. Además aclaró que los arboreos podrían ayudar sin cortapisas al ejército de Aragón, y que cuando Villadeiglesias cayera se dirigirían todos sin excusa a tomar Cáller. De otro modo el infante Alfonso no podría contar con él, pues precisaba de sus fuerzas para defender el feudo. Así pues, el príncipe mandó al noble aragonés don Artal de Luna, al mando de una hueste de caballeros, a reconocer el objetivo.

Los de Villadeiglesias estaban encastillados. Lejos de salir a hacer frente a De Luna, se apresuraban a reforzar los parapetos y anclaban sobre las torres pequeñas máquinas de guerra. Una vez lo supo Alfonso de Aragón, y tras deliberar en las ruinas cartaginesas de Palma de Sols, decidió llevar a todo el ejército contra Villadeiglesias y mandó al almirante Carroz, con veinte galeras, a completar el cerco que Rocabertí mantenía sobre Cáller.

El antepenúltimo día de junio, con un tórrido calor calentando ya las testas de los soldados, el ejército llegó a las inmediaciones de Villadeiglesias. La fuerte muralla estaba salpicada por una veintena de torres, y sobre ellas podía verse a la gente del Señorío.

El príncipe celebró consejo a la llegada y repartió los lugares para el asedio.

—Están muertos de miedo, mi señor —aseguró Jiménez de Urrea—. Sin duda podríamos hacernos con las murallas al asalto.

Algunos de los líderes de la tropa celebraron la propuesta del portaestandarte, pero otros se mostraron remisos. El propio Gonzalo Zapata fue uno de estos últimos.

—Los de dentro están frescos. Aún han de padecer hambre y desesperación. Cerquemos el lugar y usemos las máquinas. Estamos protegidos de la ayuda de Pisa por nuestra armada y el ejército de Aragón es inmenso. Tarde o temprano se darán cuenta de ello y claudicarán.

El infante Alfonso se rascó la barbilla mientras contemplaba las murallas.

—Los hombres de Artal de Luna dicen que el foso es estrecho. Y esa muralla es demasiado larga como para poder defenderla toda por igual. Un ataque total debería poner sus puntos débiles al descubierto...

—Mi señor —insistió Zapata—. Esperad al menos que lleguen los trabucos y comprobemos la solidez de esas murallas. Empezar la campaña con una derrota sería malo para la tropa.

—Comenzar con un triunfo, sin embargo, sería un acicate para los hombres y destruiría la moral pisana. —Jiménez de Urrea miró a Gonzalo Zapata. Ambos guerreros se respetaban, pero un hilo de tensión se tejió entre ellos.

—Basta —ordenó el príncipe de Aragón—. Esperaremos a las máquinas, que ya deben estar desembarcadas en Canelles, y mientras completamos el cerco examinaremos esas murallas. Tomaré una decisión en unos días. Ahora todos a sus puestos.

Los caballeros que comandaban las compañías montaron en sus caballos y se dirigieron hacia donde sus hombres mantenían cada sector del asedio. Ahora, cada vez que algún pisano se asomara desde los muros de Villadeiglesias, lo único que podría ver en todas direcciones sería un ejército interminable abarrotado de estandartes cuatribarrados. Blasco, junto con Gonzalo Zapata y la guardia real, tomó su posición frente a Santa María de Valverde, una de las iglesias de la villa cuyos tejados sobresalían fugazmente por sobre la muralla. Las mulas que transportaban los bastimentos fueron llegando. Tras los parapetos de madera, sujetos por estacas y encarados a las murallas, se depositaron escalas rematadas por garfios metálicos. Un poco más atrás, en una porción de terreno allanada, los ingenieros empezaron a dirigir la erección de una de las máquinas. Los sirvientes martilleaban con fuerza los clavos que, aferrados a la tierra, inmovilizaban las vigas de madera. Todo esto ocurría a la vista de los sitiados, vigilantes desde las almenas.

La isla de la muerte

I

Una semana más tarde.
Sitio de Villadeiglesias, Cerdeña. Verano de 1323

Gonzalo Zapata abrió la tienda de pronto, retirando a un lado la tela parda.

—¡Arriba! —ordenó—. ¡Todos al arma! ¡Rápido!

Konrad von Hesse respingó y su único ojo miró al frente tratando de aclarar en qué lugar se encontraba. Bernat de Anglesola, por su parte, dio un salto y se puso a correr de un lado a otro de la tienda sin saber muy bien qué hacer.

—¿Una salida de los pisanos? —inquirió Blasco mientras se ponía en pie y se ajustaba las calzas.

—No. —Zapata entró y se dirigió al aposento de Catalina, separado del resto por un bastidor de tela—. El infante ha tomado la decisión de asaltar las murallas. Ese Jiménez de Urrea le ha convencido. ¿Ruy?

La valenciana respondió desde dentro.

—Lo he oído, ya voy.

—Bien, ha llegado el momento. —Zapata abrió el gran arcón en que guardaba parte de su impedimenta—. El príncipe querrá encabezar el ataque. Nos mantendremos junto a él y le protegeremos. No quiero estupideces. No me servís de nada muertos o mutilados. Sed cautos... ¿Entendido?

Konrad, todavía vestido únicamente con su calzón, pasaba un dedo por el filo de su gran hacha de combate. Sonrió aviesamente y clavó en Blasco su ojo sano. El otro ojo, sin parche, aparecía vacío y rodeado de piel arrugada.

—Entendido —respondió con su vozarrón.

Se vistieron sin pronunciar palabra, entre choques de metal y roces de telas acolchadas. Los sirvientes entraron a una orden de Zapata, repartieron pan, vino y pedazos de carne fría y recogieron las cotas de malla, alzándolas para cubrir los cuerpos de los guerreros. Catalina, que prescindía de loriga, salió en poco rato. Se había tocado con un capacete metálico rodeado por un turbante de tela. Uno de los extremos de la prenda rodeaba la nuca y cubría también su boca y nariz, lo que le otorgaba aspecto de guerrero sarraceno. Llevaba puesto su jubón de cuero reforzado, que presionaba y disimulaba sus formas. Aseguró a un lado del ceñidor la aljaba repleta de flechas y aferró el arco galés. Sonrió a Blasco desde detrás de su disfraz.

—Toma. —El aragonés le entregó una daga enfundada. Su empuñadura estaba rematada por una piedra rojiza—. Espero que no tengas que usarla.

Catalina inclinó la cabeza en gesto de agradecimiento y remetió el arma en el cinto. Luego, sin esperar al resto del grupo, salió de la tienda.

—¿Cuidamos ella también? —preguntó Hesse a Zapata con su fuerte entonación y su raro modo de hablar.

Este entrecerró los ojos hasta convertirlos en dos pequeñas ranuras horizontales.

—Procura mantenerte a su vista y tal vez ella te salve la vida a ti.

La risotada atronó la tienda, pero fuera había ya mucha algarabía y los guerreros corrían de un lado a otro del campamento mientras llamaban a sus sirvientes y ocupaban sus puestos. Asomaron a la entrada de la tienda justo cuando uno de los capellanes repartía bendiciones y absolvía de sus pecados a aquellos que se disponían a morir. Catalina hincó la rodilla en tierra y se santiguó rápidamente. Un clérigo caminó frente a ellos y cruzó una mirada con Blasco, que seguía en pie, ignorando de forma insolente las extremaunciones y examinando las murallas de Villadeiglesias.

—Bien. —Don Gonzalo se alzó—. Vamos allá.

Zapata guio a sus hombres hasta el parapeto más cercano. Una escuadra almogávar había ocupado los primeros puestos y los hombres se mantenían agazapados. Algunos, los más mayores, todavía vestían a la vieja usanza, con sus antiparras y redecillas de cuero. Otros más jóvenes habían adoptado gambesones y hasta lorigas, y se armaban con ballestas, alfanjes y rodelas. Además se conducían con disciplina, y en nada recordaban a aquellas partidas de desarrapados que el padre de Blasco le había descrito.

Blasco de Exea, embrazando su escudo negro sujeto con el tiracol, se acuclilló junto a un joven de barba rizada y rojiza. El chico le miró de reojo y sus ojos se abrieron como escudillas al ver las huellas que lucía el escudo negro de Blasco. Konrad von Hesse llegó con paso tranquilo y el hacha al hombro. Él sí vestía loriga, aunque había perdido muchas anillas y la llevaba desmadejada a trozos, lo que le daba el aspecto de un auténtico bárbaro. El pelirrojo se volvió a asombrar al ver al enorme teutón junto a Blasco y dio un codazo al almogávar que tenía a su lado.

—Lo que es yo, pienso quedarme junto a estos —susurró.

El sonido de un cuerno vibró a sus espaldas y los sirvientes de mesnada corrieron a agarrar las escalas. Los ballesteros también se aprestaron tras los parapetos y Gonzalo Zapata tocó, uno a uno, los hombros de los componentes de su grupo: Anglesola, Blasco, Hesse y Catalina.

—Ahí viene el príncipe. Aprestaos.

Alfonso de Aragón apareció tras las vigas de madera del inacabado trabuco. Venía olvidando la discreción, dispuesto a que tanto aragoneses como pisanos tuvieran presente quién dirigía el asalto. Llevaba una larga veste barrada en oro y escarlata, del mismo color que eran el haz de su escudo y las plumas que remataban su yelmo. Empuñaba una maza plateada y caminaba con decisión junto a su portaestandarte, Jiménez de Urrea. Los guardias reales formaron una línea ante él y las flechas empezaron a volar desde las murallas de Villadeiglesias, pero se quedaron cortas por mucho. El infante alzó la maza y la mantuvo en alto un instante. Lanzó un alarido al bajarla y encabezó la carrera hacia la muralla. Los toques de olifante se repitieron para trasladar la orden de ataque, el griterío recorrió la línea de asedio que circunvalaba Villadeiglesias. Los almogávares profirieron sus gritos tradicionales que mandaban despertar al hierro y, todos a la vez, cargaron bajo las andanadas de cobertura de los ballesteros.

Zapata esperó con la mano alzada a que el infante pasara junto a ellos y, con un gesto, se lanzó a la carrera. Blasco y Anglesola lo flanquearon, Catalina y Konrad aguardaron a que los rebasara el príncipe y se colocaron tras él.

Blasco jadeaba bajo el yelmo ennegrecido.

Por las aberturas horizontales, sus ojos vislumbraban a los sirvientes de mesnada con las escalas. Algunos caían alcanzados por los proyectiles pisanos, pero otros ocupaban su lugar y seguían corriendo. Junto a ellos, libres del lastre de las armas más pesadas, los almogávares se lanzaban hacia el foso. Algunos de ellos se detenían a ratos, alzaban una ballesta y disparaban, obligando a los defensores a esconder la cabeza tras las almenas.

—¡Por san Jorge! —oyó Blasco la voz del infante Alfonso arengando a sus tropas—. ¡Aragón! ¡Aragón!

Anglesola repitió los gritos del príncipe entre gallos. Corría junto a Gonzalo Zapata y pegado a Blasco, al igual que el joven almogávar pelirrojo, fiados ambos muchachos en la sensación de seguridad que despedía aquel raro caballero oscuro. Por detrás de ellos, Konrad von Hesse se afanaba por mantener el ritmo. Catalina apretaba el paso, adelantaba al príncipe y a Urrea, luego se detenía, cargaba su arco galés, lo alzaba, lo tensaba y disparaba una flecha. Los dos primeros tiros alcanzaron a sendos pisanos, pero pronto aprendieron los demás que debían ocultarse cuando aquel guerrero de cara tapada tensaba su arco.

Una primera escala empezó a subir en la línea de vanguardia. Sus portadores la afirmaban en el fondo del foso y la empujaban desde la orilla. De inmediato se vieron acribillados por una lluvia de dardos y piedras, pero consiguieron apoyarla en la muralla.

—¡Por santa María...! —se quejó Jiménez de Urrea—, ¡las escalas no llegan a las almenas!

El príncipe ahogó una maldición pero siguió avanzando, protegido por su propio escudo y por los de Blasco, Zapata y Anglesola. El traqueteo uniforme de los virotes contra los escudos y las piedras les obligó a mantenerse agazapados. Se detuvieron y, rodilla en tierra, esperaron a que la tormenta de proyectiles amainara.

El aragonés sacó la cabeza por encima del borde del escudo y miró a través de las hendiduras del yelmo. Un estandarte almogávar que lucía un macho cabrío estaba clavado al otro lado del foso y varios guerreros trepaban por la escala. El primero de ellos mantenía una rodela alzada, y se protegía a sí mismo y a sus compañeros. Todos gritaban para darse ánimos. Zapata se volvió a medias y buscó a Catalina.

—¡Ruy! —Alzó un poco su celada basculante—. ¡Barre las almenas!

Catalina comprendió. Estaba junto a Hesse y, carentes ambos de escudo, se habían refugiado tras la barrera formada por sus compañeros y por la guardia real. La mujer se irguió con el arco acostado y la cuerda tensa, apuntó en un instante y soltó. La flecha silbó por encima de la cabeza del príncipe. Un pisano que empuñaba una especie de horca de madera se afanaba en llegar a la escala, cuyos garfios de metal quedaban a un par de codos de las almenas. Pretendía separarla de la piedra para que los que trepaban por ella cayeran al foso. La flecha de Catalina entró bajo el ala de su capelina y sacudió su cabeza hacia atrás bruscamente. Un grito de triunfo salió de la garganta de los almogávares.

—¡Sigue! —ordenó Zapata—. ¡Sigue!

Catalina asintió en silencio. Extrajo otra flecha de su carcaj, la apoyó en la cuerda y trató de tensar, pero al mantenerse en cuclillas le resultaba difícil. Notaba la tensión del combate, la fatiga y el miedo. Lo intentó un par de veces, pero no tenía suficiente fuerza. Hesse, arrodillado a su lado, sonreía. Su único ojo se entornaba burlón.

—Mujer débil —escupió.

La valenciana apretó los dientes, se puso en pie y alzó los brazos para estirar la cuerda. La flecha voló de nuevo certera, y penetró la loriga de un hombre de armas que levantaba en ese momento una roca. El tipo perdió la fuerza y la piedra cayó sobre su propia cabeza para hundirse después tras el parapeto de madera que coronaba la muralla. El príncipe elevó su mano hacia los valientes que trepaban la escala con su mano. Los señaló con un dedo revestido de cuero y metal.

—¡Cubriré de oro a esos hombres! —gritó—. ¡Ayudadles!

Catalina tensaba de nuevo, pero ya había sido divisada por los defensores y se avisaban unos a otros de su certero tiro. Los virotes dejaron de acribillar las líneas de la mesnada y convergieron en el grupo del infante.

Uno de los dardos se clavó en el jubón crudo de la valenciana, que apartó el brazo. La flecha que pretendía disparar la mujer subió hacia el cielo y la arquera cayó tras Hesse.

—¡Catalina! —Blasco metió la cabeza tras el escudo.

—¡Silencio! —ordenó Zapata cuando el aragonés cometió su desliz—. ¡Konrad, arrastrad a Ruy bajo los escudos!

El teutón aferró a la valenciana por un tobillo. Tiró hacia sí sin contemplaciones mientras ella trataba de arrancarse el virote, que había cosido una de las tiras que reforzaban el jubón por encima del hombro.

—¿Tú bien? —inquirió el gigante.

—Yo bien —respondió Catalina entre dientes—. Creo que solo me ha arañado la piel.

—¡No llegan! —se desesperó Jiménez de Urrea—. ¡No llegan!

Zapata subió el escudo y se acercó al foso en cuclillas. Un par de sirvientes de mesnada lo adelantaron a la carrera para tratar de llegar a las escalas, pero ambos cayeron al mismo tiempo con varios dardos clavados en el pecho. El valenciano se asomó a la cava y lanzó una maldición. Observaba los cuerpos tendidos en el fondo, algunos de ellos moviéndose aún. Regresó del mismo modo que había avanzado, hacia atrás y con su escudo interpuesto. Uno de los virotes pisanos llegó a atravesar el lienzo y el alma de madera y dejó aparecer su punta herrada, que quedó a unas pulgadas del rostro de Zapata. Cuando llegó al grupo del príncipe, frunció el ceño y negó con la cabeza.

—Nuestra información era mala —anunció—. El foso es más profundo de lo que pensábamos. Los ingenieros han ajustado todas las escalas, y no nos sirven ni más largas ni más cortas. Es inútil, mi señor.

Aunque los ballesteros aragoneses disparaban sin descanso, apenas podían apuntar por lo férreo de la defensa pisana. Por fin uno de los encastillados logró arrojar un pedrusco que impactó en la rodela del almogávar de la escala. El tipo lanzó un chillido al sentir romperse su brazo y cayó, arrastrando al foso a dos de sus compañeros. Un tercero, un individuo maduro revestido con pieles y subido a media altura, recibió un flechazo en la cabeza que atravesó su redecilla de cuero. El príncipe Alfonso reprimió una lágrima de impotencia. Bajó la mirada y la fijó en su maza limpia de sangre. Luego levantó la cabeza y su vista recorrió la muralla a ambos lados de su sector. No vio una sola escala apoyada en los muros, y sí a muchos mesnaderos que arrastraban cuerpos para sacarlos del alcance de las ballestas.

Un gemido entrecortado sonó al lado de Blasco. Cuando este miró, el joven almogávar pelirrojo se desangraba con un virote atravesado en su garganta. Se convulsionó un par de veces y quedó inmóvil.

—Ordenad retirada —mandó el príncipe a Jiménez de Urrea.

Este ahogó un juramento y miró a Zapata. El portaestandarte había sido el más impetuoso a la hora de recomendar el asalto, y ahora aquello se saldaba con una primera derrota. Todos sabían que eso iba a debilitar la moral de los aragoneses y a envalentonar a los pisanos. Alzó el estandarte y lo puso en horizontal mientras llamaba a gritos a un mesnadero cuyo olifante colgaba del ceñidor.

—¡Retirada! ¡Pasa la orden! ¡Retirada!

Blasco deslizó un paño por el hombro de Catalina. El virote había rasgado la piel morena de la valenciana, abierta ahora en un corte no muy profundo. El aragonés retiró con cuidado los hilachos impregnados de sangre que se habían pegado a la herida y se resistían a abandonarla. Ella lanzó un suave quejido.

—Hemos tenido suerte —dijo él—. Si la llaga hubiera sido más profunda, debería verte uno de los médicos. Así no podrías ocultar tu condición.

Catalina sonrió fatigada. Estaban en su aposento, en la tienda de Zapata. Al otro lado del bastidor, Anglesola y Hesse se despojaban de su aditamento con ayuda de los sirvientes. La valenciana se había quitado el jubón y despojado de la camisa ensangrentada, que estaba arrojada a un lado. Blasco tenía que hacer ímprobos esfuerzos para no desviar la vista hacia los desafiantes pechos de Catalina, rematados por dos pezones oscuros que parecían llamarle a gritos.

—Estoy un poco mareada —se lamentó ella, ajena a las miradas de Blasco y a la desnudez provocadora de su busto.

—Descansa. Te traeré bebida y comida. Y no vuelvas a arriesgarte de ese modo.

Un dulce quejido salió de los labios de Catalina mientras Blasco anudaba un nuevo paño sobre el rasguño. La valenciana se dejó caer en el jergón y el aragonés la tapó, a pesar del calor.

—¿Por qué no te has arrodillado al paso del clérigo? —inquirió ella cuando Blasco se disponía a salir.

Él se volvió un poco sorprendido, pues pensaba que la mujer estaba casi inconsciente. Recordó el momento de la extremaunción antes del combate.

—Mis cuentas he de rendirlas en este mundo, no en otro. No pienso morir hasta que arregle un asunto con cierto almogávar.

—Zintero... —recordó ella la conversación de unos días antes sin abrir los ojos.

Los de Blasco se desviaron a la tela opaca de la tienda, como si pudiera ver a través de ella las murallas de Villadeiglesias.

—Zintero, sí. Tal vez se halle en esos muros.

—No hay forma de saberlo —repuso Catalina—. Solo entrando en la ciudad podrías enterarte.

Él asintió con un gruñido.

—¿Y tú? ¿Por qué te arrodillaste al paso del cura? No me habías dicho que fueras cristiana.

—No lo soy —respondió ella con un hilo de voz, a punto ya de dejarse vencer por la fatiga—. Ni mahometana tampoco. Yo decidiré lo que quiera ser, no mi padre, ni mi rey, ni...

Blasco notó que Catalina había caído rendida. Salió al aposento común y se reunió con Bernat y Konrad.

—Os he oído —dijo el catalán—. Esa mujer es valiente, voto a Dios, pero también es una loca. Acabarán por prenderla. Si no es por ser hembra y hacerse pasar por varón, lo harán por fingir la fe que no posee o por ser una descreída. Y vos también deberíais tener cuidado, Blasco. Claro que rendiréis cuentas al Altísimo. ¿Cómo podéis dudarlo?

—Sois joven, don Bernat, y habéis crecido bajo la tutela del obispo Gualba. Os queda mucho por vivir —replicó el aragonés.

—A otros no —intervino Konrad mientras abría un cuero de vino sin mezclar—. Otros morirán pronto.

Blasco miró al teutón, que ahora subía el odre y dejaba surgir el chorro de vino y empapar su poblado bigote rubio.

—¡He visto decenas de valientes morir justo ante mí! —tronaba el infante en su real. Sin pudor alguno, se dejaba despojar del ropaje por unos sirvientes y se mostraba ante los generales del ejército en ropa interior. El príncipe exhibía un cuerpo proporcionado y fuerte que brillaba por el sudor de la contienda recién acabada.

—Mi señor —intervino Zapata, convocado al consejo por expreso deseo del príncipe—. Debo pediros que no volváis a arriesgar así vuestra vida. Los pisanos saben bien cuáles son vuestros colores e intentarán por todos los medios mataros. Si tal cosa ocurriera, la desgracia se abatiría sobre toda la Corona...

—¡No es eso lo que me preocupa ahora! —le interrumpió

Alfonso de Aragón con la cara enrojecida de ira y de vergüenza—. Mi padre me lo encomendó muy claramente, y vos, don Gonzalo, estabais presente al igual que todos los demás. Debo comandar a mi ejército; que vean claramente quién se bate contra Pisa. Vencer o morir, don Gonzalo, vencer o morir... ¿Recordáis?

Zapata expulsó el aire a través de los dientes cerrados e hizo una leve inclinación.

—Hoy habéis demostrado vuestro valor, mi señor. Pero no volváis a hacerlo, por Dios —insistió el valenciano.

—¿Por Dios? —repitió el infante, y arrebató un paño a un sirviente para secarse el torso desnudo—. Por Dios cabalgaba mi antepasado, el rey conquistador, cuando guiaba a las tropas que ganaron vuestra ciudad, Valencia, y por Dios luchaba su padre, don Pedro, en la gloriosa batalla contra los moros...

—Y el día de su muerte, en Muret —se atrevió a atajar Zapata—. Y las consecuencias de su valentía estuvieron a punto de significar el fin de la Corona.

El infante clavó su mirada franca en los ojos de Zapata unos instantes y pareció relajarse. Asintió y se acercó al valenciano. Aferró su hombro aún acorazado por la loriga.

—Tenéis razón, mi fiel don Gonzalo, y sé que decís todo esto por mi bien. Y yo sería cabal si hiciera caso de vuestras palabras y de vuestra experiencia. Incluso tras la muerte del rey Pedro, mi antepasado el Conquistador se vio resguardado por caballeros como vos, fieles al rey. Pero debéis entenderme. No permaneceré aparte, resguardado en mi tienda mientras los hombres mueren por mi herencia. —El infante se volvió hacia don Artal de Luna y pareció que la ira volvía a cambiar su semblante—. ¡Y los hombres de mi ejército han muerto hoy inútilmente, don Artal! ¡Esos valientes han llegado hasta el pie de las murallas para encontrar un foso ancho y profundo, mucho más de lo que vos habíais dicho! ¡Por san Jorge, las escalas se quedaban cortas y los guerreros morían antes de tocar el adarve!

El caballero aragonés, sujetando su yelmo con ambas manos a la altura de su cinturón, lo miraba avergonzado.

—No lo entiendo, mi señor. Cuando llegamos aquí juraría

que el foso era mucho menor. Han debido ensancharlo estos días. Quizá por las noches. Mis hombres me dicen que la tierra estaba removida...

Alfonso de Aragón se volvió y aferró con fuerza uno de los pilares de madera que sostenían la tienda. Su brazo tembló, se tensaron los músculos y sus nudillos se tornaron blancos. Los asistentes al consejo permanecían en silencio, pesarosos por la reciente derrota. En ese momento, a buen seguro, los defensores de Villadeiglesias celebraban su triunfo.

—Mi señor, rindamos la villa por hambre —propuso el portaestandarte Jiménez de Urrea, uno de los que más entusiasmo había mostrado al aconsejar el asalto—. Yo me equivocaba. En breve nuestros ingenieros habrán terminado la construcción de las máquinas y podremos amartillar a esos pisanos tal como merecen.

—¿No lo entendéis? —voceó de nuevo el príncipe—. ¡Es el honor de Aragón lo que hemos puesto hoy en juego, y hemos perdido la partida! En estos momentos, los pisanos estarán pensando que pueden plantarnos cara. No solo eso. Los malditos genoveses se enterarán de esto y quizá vengan a tomar parte. El resto de la isla nos observa... Si Villadeiglesias cae, todos temblarán ante nosotros.

Artal de Luna se adelantó un paso.

—Asumo la responsabilidad de todo esto, mi señor. Castigadme como os dicte vuestra conciencia, que lo aceptaré de grado.

El príncipe soltó el pilar de madera y miró al caballero aragonés de reojo. Suspiró antes de hablar.

—Voy a dar órdenes para prevenir la llegada de auxilio desde Italia. Mientras tanto nuestros ingenieros se apresurarán con los trabucos, y vos, don Artal, haréis un examen minucioso de las defensas de Villadeiglesias, sobre todo de ese foso. —Levantó un dedo acusador y señaló al caballero De Luna—. Os ocuparéis personalmente de que el cerco se estreche, y elaboraréis un plan de ataque que me presentaréis antes de dos semanas. Entonces, estén o no dispuestas las máquinas, asaltaremos y tomaremos esas murallas.

Los generales se inclinaron ante las palabras del infante y

empezaron a salir de la tienda. Jiménez de Urrea aguardó a Gonzalo Zapata y le cogió del brazo.

—Os pido disculpas por dudar de vos, don Gonzalo... —El portaestandarte miró alrededor y habló en voz baja, decidido esta vez a prestar oído al valenciano—. ¿Qué opináis de las ideas del infante acerca de ese nuevo asalto?

—Será un plan abocado al fracaso —sentenció el valenciano. Palmeó la mano del aragonés en señal de que aceptaba sus disculpas y se alejó hacia su tienda.

II

Una semana más tarde.
Sitio de Villadeiglesias, Cerdeña. Verano de 1323

Blasco de Exea rasgó un poco más la tela basta y sucia que había hallado entre los desperdicios del ejército. Miró hacia sus compañeros, dormidos aún mientras la guardia se pasaba la consigna. Amanecería pronto y el ejército se disponía a despertar. En unos instantes empezarían a oírse los furiosos martillazos de los ingenieros y sus obreros, que erigían enormes trabucos y amontonaban ya la munición junto a ellos.

—¿Adónde vas?

Blasco miró al bastidor que separaba el aposento de Catalina. Esta, con el corto pelo negro revuelto, asomaba la cabeza y fruncía el entrecejo.

—Voy a hacer lo que me dijiste.

—¿Yo? —La valenciana se restregó los ojos—. ¿Qué te dije yo?

—Solo entrando en la ciudad podré saber si Zintero está en ella.

—Ah. —Catalina asintió y miró la indumentaria de Blasco.

El aragonés se había vestido a la vieja usanza almogávar. Polainas de piel, gonela, calzas y redecilla de cuero y metal. Un sucio y mellado cortel colgaba de su cinto.

—Su dueño ya no lo necesita. —Empuñó el enorme cuchillo

y recordó al veterano caído de la escala en el foso. Blasco lo había localizado entre los montones de cadáveres tras la tregua para recogerlos.

—Te está estrecha —apuntó ella a la gonela.

—Es igual. Los almogávares no destacan por su elegancia, ¿sabes? Sobre todo los viejos curtidos.

—Estás loco —aseguró Catalina.

—¿Qué ocurre? —él sonrió—. ¿Tú nunca te disfrazas?

La valenciana esbozó también una sonrisa y recibió el breve beso del aragonés. Blasco se levantó y salió con sigilo de la tienda. Se movió entre los más madrugadores y lanzó un vistazo a la muralla, pero la oscuridad no permitía aún vislumbrar a los centinelas pisanos. Anduvo en paralelo al foso, siempre dentro de las líneas de asedio, hasta que divisó los colores de Jiménez de Urrea. Frente a aquel sector se hallaba una de las puertas de la ciudad, la que llamaban de Montebarlao. El aragonés simuló caminar con desidia por entre las tiendas y se acercó a la guardia.

—¿Adónde vas, hombre? —preguntó un ballestero mallorquín—. Si te ven los del castillo te ensartarán.

—Deja, deja —habló con voz pastosa Blasco—. Tengo que desahogarme, y cuanto más cerca de esos puercos, mejor.

El mallorquín se encogió de hombros y siguió andando a lo largo de los parapetos de madera. Blasco desapareció entre unos arbustos y se encogió. Comprobó que nadie prestaba atención a sus movimientos. Frente a él se hallaba ahora la muralla. Junto a los matorrales pasaba la senda que desembocaba en la puerta, protegida por matacanes y cerrada por un puente de contrapeso. Afinó la vista contra la media oscuridad del cielo y pudo ver el movimiento de dos cabezas en las almenas que había sobre la puerta. Se arrastró lentamente para cubrir la distancia que separaba la línea de seguridad de la muralla de Villadeiglesias. Avanzaba en perpendicular al foso. Aquello era simple pero tedioso, pues requería cruzar un amplio trecho muy despacio. A su mente vinieron los años en Escocia y el recuerdo de James Douglas y Thomas Randolph, junto a los que había asaltado las fortalezas inglesas de forma silenciosa y furtiva. Una sonrisa melancólica asomaba a su rostro mientras se aproximaba al foso cuando, de repente, oyó el característico ruido del agua al correr. Se detuvo un instante mientras giraba la cabeza lentamente para localizar la procedencia de aquel sonido. Reptó hacia la cava esperando no ser localizado desde arriba y, al asomarse, vio la caña que salía de entre la tierra. Brotaba de la misma pared del foso y se abría en su parte superior a medio camino, tal vez para recoger el agua de lluvia y añadirla a la que la cañería conducía bajo tierra desde Dios sabía dónde, o quizá rota por un pisotón o una pedrada durante el asalto de unos días antes. Blasco pudo ver el pequeño torrente de agua que discurría por el arcaduz. Bajaba ligeramente hasta que la caña volvía a cerrarse y se introducía en la pared opuesta, justo bajo la muralla de Villadeiglesias. No era una gran cantidad de líquido, pero sí la suficiente.

—De modo que así os aprovisionáis de agua, ¿eh? —se dijo en un murmullo.

Se dejó caer dentro del foso, resbaló por la pared inclinada y ligeramente húmeda y siguió arrastrándose hasta que vio la silueta del matacán sobre él. Se alzó, seguro de que no podía ser oído ni visto desde las líneas aragonesas, y habló en la lengua pisana que había aprendido en aquella misma tierra más de quince años antes.

—Ah de la ciudad. —Esperó unos instantes sin recibir respuesta—. ¡Ah de la ciudad!

—¿Quién va? —inquirió alguien desde arriba.

—Almogávar aragonés. Busco a la partida del Grifo. Abridme la puerta.

Blasco se encogió a la espera de la respuesta, tanto si esta era pacífica como si los centinelas le arrojaban algún pedrusco. Pasaron unos instantes sin contestación.

—¿Vienes a negociar? —se oyó.

—¡Estúpido! —Blasco forzó las palabras—. ¡Me paso de bando! ¡Me han dicho que vosotros pagáis mejor que ellos!

De nuevo se hizo el silencio y el corazón latió con fuerza dentro del pecho de Blasco. Si no le creían, lo más seguro era que le atravesaran allí mismo. Y todo sin saber si realmente Zintero estaba dentro de Villadeiglesias. Un suave chirrido metálico indicó al aragonés que manipulaban la puerta. El traqueteo era el típico de los rastrillos de madera: alguien lo alzaba antes de bajar el puente. Las vigas bascularon para salir de la muralla y la puerta se separó, descendiendo con rapidez hasta tocar el otro lado del foso. Blasco se asomó con cautela y vio a media docena de pisanos armados con largas lanzas: el cuerpo de guardia de la puerta de Montebarlao. Uno de los pisanos de la guarnición dio un par de pasos sobre el puente y apuntó con su lanza a Blasco. Se aseguró de que no hubiera nadie más en el foso e hizo un gesto con su arma.

—Entra —ordenó.

Blasco se encaramó, apoyó un pie en la pared del foso y se acercó hasta que la punta de la lanza tocó su barriga.

—Tu arma —exigió otro de los guardias al tiempo que tendía su mano.

El aragonés extrajo el cuchillo y se lo entregó. Tras él, las vigas volvieron a accionarse por su contrapeso y la puerta se encajó con un golpe en la muralla.

—Debo hablar con alguno de la partida del Grifo. Si me hacéis caso, ganaréis una buena hueste y la perderán esos de ahí detrás. —Apuntó por sobre su hombro con el dedo pulgar.

Los pisanos se miraron entre sí.

—Vosotros dos —señaló uno de ellos al que apoyaba su lanza en el cuerpo de Blasco y al que había cogido el cortel—, llevadle ante el señor Di Settimo.

—Camina —ordenaron a Blasco a punta de lanza. El aragonés obedeció sin perder detalle de lo que veía. Los pisanos no habían confirmado que los del Grifo se hallaran allí, pero tampoco parecían extrañarse de oír el nombre de la escuadra. Había esperanzas. Le condujeron entre las casas pegadas a la alta muralla por un camino que subía a la colina sembrada de árboles. El castillo interior, encerrado en la población, dominaba el cerro que llamaban de Salvatierra. Blasco recorrió con la vista los adarves de la muralla exterior, por los que caminaban vigilantes los ballesteros. Los hombres, tocados con capelinas y repartidos de forma precisa, daban un impresionante aspecto de orden. El aragonés se detuvo a indicaciones de los pisanos en el patio de armas del castillo, una construcción cuadrada que parecía hecha para dar cabida a una pequeña guarnición. Un hombre de armas recibió el saludo de los guardias y fue informado de inmediato.

—Un desertor, mi señor. Dice que busca a la partida del Grifo.

El tipo miró de arriba abajo a Blasco sin ocultar una mueca de desprecio.

—¿Tú también vendes tu lealtad? —le preguntó.

Blasco sintió ganas de dar un alarido de triunfo. Aquellas palabras eran esclarecedoras. Pero había que seguir adelante con la farsa: golpeó con un dedo la bolsita de piel que colgaba de su cinto.

—Mi lealtad está vacía en estos momentos, y me temo que esos de ahí fuera no la llenarán. Mi escuadra entera se ofrece a vuestro servicio.

—¿Y a qué se debe que hables tan bien nuestra lengua?

La pregunta había llegado de sopetón. No debía subestimar a aquellos pisanos, eso estaba claro. Los latidos se apresuraron en el corazón de Blasco y pensó con rapidez. Necesitaba saber cuanto antes lo que había ido a averiguar y no tenía tiempo para preocuparse por lo que ocurriera después.

—Trabajé varios años al servicio de un alcabalero del Señorío de Pisa, allá en Cáller —improvisó Blasco casi al tiempo que hablaba—. Pagaba bien, muy bien. Por eso prefiero vuestro dinero.

El sargento asintió e hizo una señal a los soldados.

—Seguidme. Iremos a ver al señor Di Settimo.

Se introdujeron bajo los arcos y subieron por una estrecha escalinata iluminada por teas.

—Pensaba que seríais un puñado, pero veo que esto es algo más que una simple guarnición. Me alegro de poder luchar bajo vuestra bandera —comentó con desenfado el aragonés.

—¿Una guarnición? —rio uno de los soldados—. El Señorío lleva meses manteniendo aquí todo un ejército. Solo con los ballesteros podríamos defender Villadeiglesias, hay casi setecientos y...

El sargento de armas se volvió a medias, con el rostro apenas iluminado por un hachón. Sonreía mostrando una fila irregular de dientes, algunos de ellos rotos.

—Si vas a dar más información a este mercenario, asegúrate de decirle dónde hallar a tu padre y a tu madre. Lo digo por si los aragoneses asaltan Pisa el verano que viene.

El soldado enrojeció y apretó los labios. Blasco hizo un gesto con la mano para quitar importancia a aquello.

—No temáis. A partir de ahora estamos del mismo lado.

Continuaron en silencio hasta llegar a una sala en la que desayunaban dos caballeros junto a una mujer de no poca belleza. Algunos criados iban y venían con jarras y escudillas.

—Mi señor —el sargento adoptó una posición erguida y se dirigió al caballero de mayor edad—: este almogávar aragonés se nos ofrece con su escuadra. Dice querer hablar con los del Grifo.

Giacomo Di Settimo, el pisano enviado a dirigir la defensa de Villadeiglesias, se levantó y observó al aragonés sin ocultar la admiración por su planta. Tras el rápido examen, habló con voz autoritaria y con las manos cogidas a la espalda.

—Jamás había visto un ejército semejante al que asedia nuestra ciudad. Y vos pretendéis cambiar de bando —dijo el caballero—. ¿Por qué?

—Mi señor, el ejército de Aragón es tan grande como pobre. Nuestras pagas han empezado a escasear no bien abandonamos la costa. Para colmo, el asalto del otro día nos ha demostrado que deberemos pasar aquí mucho tiempo antes de acceder a vuestras riquezas. —Blasco enarcó las cejas y alzó ambas manos con las palmas hacia arriba—. A mí no me importa si esta maldita isla está bajo dominio de Pisa o de Aragón. En nada cambiará mi vida si Villadeiglesias cae, y otro tanto podría decir si la ciudad resiste. Eso sí, mientras tanto, prefiero contar con dineros en mi bolsa. Mis hombres piensan igual que yo: no quieren pasar todo el verano aburridos, mirando a vuestras murallas desde lejos y sin dineros que gastar... Apuesto a que tan poderosa villa tiene un hermoso lupanar, y alguna que otra taberna también —sonrió el aragonés—. ¿Me equivoco?

Di Settimo también sonrió. Tras él, el otro caballero y la dama se miraron.

—¿Y qué os hace pensar que precisamos vuestro servicio?

—Oh, ya he visto que las murallas están bien guarnecidas, y en nuestras propias carnes comprobamos que no andáis faltos de audacia... Pero también sé que tenéis almogávares a vuestro servicio. Seamos sinceros, mi señor: un tercio de la riqueza del Señorío de Pisa procede de esta isla. No escatimaréis en gasto si se trata de conservarla en vuestro poder. Pero decidme ya: ¿hay o no hay casa de putas en esta villa?

Giacomo Di Settimo se volvió y la dama hizo un gesto de desagrado ante el comentario de Blasco.

—¿Y por qué deseáis ver a los del Grifo?

—Pues, veréis... —carraspeó el aragonés—. Me dijeron que se habían contratado para el Señorío y que andarían por aquí. Mi idea era... ajustar el precio de nuestros servicios según lo que les paguéis a ellos; si no os molesta, mi señor.

—¿Cuántos sois? —inquirió el caballero que permanecía sentado a la mesa.

—En mi escuadra, mi señor, somos una veintena larga —se inclinó un poco Blasco—, pero si se ofrece buena paga, os aseguro que serán muchos más los que vengan hasta vosotros. Os lo prometo.

Los dos caballeros se miraron. La dama seguía asqueada por la presencia de semejante truhán en su casa. A buen seguro estaba hecha a una vida de elegancia y comodidades allá en Pisa.

—Somos suficientes —advirtió el más joven.

—Nunca hay suficiente hueste ante un ejército como el que ha traído Aragón. Además, se trata de almogávares... —repuso Di Settimo—. ¿No habéis oído hablar de ellos? Eso que cuentan de Grecia...

—Lo sé, es impresionante —admitió el caballero joven—. Pero no me fío de ellos. También me han contado que muchos son traicioneros y que solo se mueven por dinero. Este tipo es la prueba, y esos puercos del Grifo a los que damos cobijo también. Venderían a sus propios hijos a cambio de plata.

Giacomo Di Settimo se acercó a la mesa y tomó una copa de la que bebió lentamente. Ninguno de ellos mostraba el menor problema por tratar aquel tema delante del mismo Blasco. Eso no gustó al aragonés. Si al fin decidían no contratarle, estaba claro que no le dejarían ir, y menos tras conocer todos aquellos detalles.

—Dinero tenemos de sobra —dijo Di Settimo—, y el Señorío nos recompensará muy largamente si conservamos Villadeiglesias en la fidelidad de Pisa. Sabéis bien, amigo Vico, que esto se arreglará de dos formas: o con la ayuda del Señorío o con nuestra rendición. Los aragoneses jamás conseguirán tomar la ciudad al asalto. —Se acercó un poco más a su interlocutor—. Si terminamos capitulando, dará igual qué cantidades debamos a estos mercenarios. Si finalmente recibimos refuerzos y salimos a combatir, prefiero que estos almogávares estén de nuestro lado.

—Los admiráis demasiado —reprochó la dama—. No es propio de un caballero, marido mío.

—Yo digo que los contratemos. Ofrezcámosle a este buena paga y que traiga consigo a una hueste grande. Todos los que estén con nosotros el día decisivo, no estarán con los aragoneses —propuso Di Settimo—. Además, el almogávar nos da su promesa de que convencerá a más de los suyos, ¿no es cierto? —Se volvió hacia Blasco. El aragonés volvió a sonreír.

—Así es. Y os lo vuelvo a prometer.

Era evidente que el caballero Vico, a pesar de su juventud, seguía receloso del aragonés. Con una mueca se quejó de la poca precaución que mostraba Giacomo Di Settimo.

—Jamás, don Giacomo —advirtió el joven antes de limpiarse los labios con un fino paño—, jamás os fieis de la promesa de un almogávar.

Y desapareció por una puerta lateral. Blasco se encogió de hombros sin abandonar su sonrisa, y la dama también se levantó de su silla para seguir al caballero Vico.

El sector de muralla septentrional lindaba con la puerta de San Antonio. Frente a los muros se abría un valle por el que discurría el camino del norte.

Allí, cerca de la puerta, habían destinado a los almogávares del Grifo.

Blasco de Exea sintió una especie de vértigo cuando vio el estandarte clavado en el suelo. Sus ojos se prendieron de aquel grifo negro pintado sobre la tela dorada. El inexistente viento mantenía el pendón inerte, como si la bestia legendaria siguiera dormida. A su alrededor, los almogávares tomaban su desayuno. Algunos, con los ojos llenos de legañas, escupían al suelo o se arrimaban a la muralla para orinar. Otros se sentaban sobre vigas de madera y rodeaban una pequeña hoguera sobre la que se hallaba dispuesto un trípode. Uno de los almogávares, acuclillado frente al fuego, removía el denso líquido de la olla con un palo. A fuerza de codazos los medio dormidos almogávares se fueron avisando de la llegada de Blasco. El aragonés esperaba un recibimiento caluroso, pues al parecer los del Grifo eran los únicos de su fingida clase dentro de Villadeiglesias. Sin embargo aquellos tipos, casi todos bien entrados en edad, le miraban recelosos y de arriba abajo. Era como si pudieran olerle... ¿Percibían acaso que Blasco no era un auténtico almogávar?

—¿Y tú quién eres? —preguntó uno al fin.

Blasco inspiró profundamente antes de hablar. Notaba cómo los nervios le impedían concentrarse. Por fin estaba allí, ante ellos. Observó uno a uno a todos los almogávares, se fijó en sus rostros sucios, en sus cicatrices, en sus pelambreras enmarañadas...

—Soy Blasco, de la escuadra del Choto. Me paso de bando.

Un par de ellos se levantaron y clavaron en el aragonés sus miradas afiladas.

—¿Qué escuadra es esa? Nunca oí hablar de ella.

—Gente joven casi todos. Habéis pasado demasiado tiempo fuera.

—Es que fuera era donde había trabajo, amigo —replicó uno de los almogávares—. Pero sabes cómo es esto. Te cruzas con un camarada aquí, u oyes decir de él por allá...

—Eso es verdad —respondió Blasco sin perder de vista el movimiento envolvente que, con sigilo tabernario, llevaban a cabo aquellos tipos. A distancia prudencial, el sargento de armas y los dos soldados asistían a la escena con curiosidad. No habían devuelto su cortel al aragonés—. Por eso yo había oído hablar de vosotros... y de Ferrer Zintero.

Blasco aguantó la respiración mientras observaba la reacción de aquellos rufianes. Tenía uno puesto ya a su espalda y otros tres frente a él, y los demás le examinaban con atención desde sus asientos alrededor del trípode.

—Pero tú no eres joven, amigo... ¿Dónde has trabajado? —preguntó uno de los que le miraban de frente.

—Pues... en la frontera, para los castellanos. No pagan mucho mejor que los nuestros, pero siempre hay botín del que tirar. Y en los lindes con tierra mora, la putas son más baratas, claro.

El tipo pareció dar por buena la respuesta y se giró a medias. El grito que dio estuvo a punto de detener el corazón de Blasco.

—¡Ferrer, ven a ver a este!

Miró con avidez hacia la puerta de San Antonio y notó que su colgante le quemaba bajo la gonela. Zintero apareció desde dentro de una de las casas clavadas al pie de la ladera. Andaba con lentitud y se hurgaba las uñas con la punta de su cortel.

Blasco sintió una oleada de decepción.

En su recuerdo, Ferrer Zintero seguía siendo aquel avispado zagal de diecisiete años. Aun entre las brumas tejidas por el tiempo y la tristeza, el aragonés podía ver el rostro juvenil del almogávar, sus ojos hundidos y oscuros y sus miembros desgarbados. Ahora veía a un hombre que pasaba la cincuentena, con una ligera barriga que contrastaba con el resto de su delgada figura. El cabello tiñoso ya no existía, y en su lugar lucía el cráneo pelado y cruzado por un par de cicatrices. Cargaba las espaldas, como antaño, pero ahora parecía más fruto de la edad que una costumbre.

—¿Qué pasa?

La voz era la misma. Aguda y desagradable. Blasco notó la náusea subir como si llevara semanas esperando. Sus puños se apretaron y su abdomen empezó a temblar.

—De la escuadra del Choto. Que se pasa a nuestro bando, dice —explicó uno de los almogávares—. Que te conoce de oídas, parece.

Zintero, que había venido mirando ante sus pies, alzó la cabeza y clavó sus ojos negros y hundidos en los de Blasco. Los entornó aún más y estiró los labios para esbozar un inicio de sonrisa en un imperceptible instante.

—Ah, la escuadra del Choto, ya...

—¿Los conoces? —preguntó con tono incrédulo uno de sus hombres—. Claro, no me extraña. Si tienes más años que todos nosotros juntos...

Un par de carcajadas sonaron entre los almogávares y Zintero siguió con la vista clavada en Blasco.

—¿Y qué se le ofrece a este camarada?

El aragonés tragó saliva. Por primera vez en su vida iba a cruzar sus palabras con el hombre que más había odiado en su vida, y al que podría volver a odiar por encima de todo en cien vidas más.

—Ya nada —respondió Blasco presa de la tentación. Calculó la distancia a Zintero y la posición de los demás hombres. Incluso las posibilidades de los almogávares que le rodeaban de impedir que le rompiera el cuello a Zintero allí mismo—. Solo quería asegurarme de que la famosa escuadra del Grifo estaba en Villadeiglesias. Ahora que lo sé, y en cuanto les diga a los míos lo que nos van a pagar estos pisanos, contaréis con buena compañía en breve.

—«La famosa escuadra del Grifo» —se pavoneó uno de los almogávares mientras ponía sus brazos en jarras y se paseaba a largas zancadas ante sus compañeros—. Nos han llamado de todo: zarrapastrosos, desuellaconejos, jodegallinas... Pero nunca «la famosa escuadra del Grifo».

—Siéntate con nosotros. —Ferrer Zintero señaló una piedra plana puesta junto a la olla—. Es la cena de anoche, pero aún le queda grasa. La veo flotar ahí.

El almocadén rodeó la olla y se puso frente a la piedra, con lo que dejó entre Blasco y él a los demás almogávares y al propio desayuno. Blasco agradeció la invitación con una sonrisa tensa y miró al interior de la olla. Las palabras de Zintero habían sonado amables, como las de un buen veterano dando la bienvenida a un camarada. Se sentó y comenzó a calcular qué arma podría usar para atravesar el pecho del almocadén. Eligió al tipo que se sentaba a su derecha. Solo había que esperar un descuido...

—Así que los pisanos te han contratado, ¿eh? —siguió Zintero con familiaridad—. Estos italianos, siempre igual. Gustan de los mercenarios. Esos ballesteros que ves ahí son casi todos genoveses, ¿sabes? Y hay mucho guerrero a sueldo entre los hombres de armas. Manejan dinero, los jodidos.

—En realidad aún no me han contratado —aclaró Blasco—. El señor Di Settimo lo discute con otro caballero, un tal Vico.

Zintero asintió y arrebató el palo a su compañero. Removió el desayuno con más fuerza. Un olor a carne rancia se extendió entre los almogávares y Blasco tuvo que arrugar la nariz.

—Vico Di Rosellino, sí. No le gustamos por lo de Grecia. Se ha hablado mucho de eso... Tú tienes edad para haber estado allí.

—No estuve —replicó el aragonés sin quitar ojo del cortel del tipo de su derecha—. Yo me dedicaba entonces a otros menesteres.

—Ah, Grecia... —Zintero miró al vacío—. Qué buenos tiempos. Qué rápido llenábamos la bolsa.

—Más rápidamente aún la vaciábamos —completó enseguida uno de los almogávares, y se ganó las risas de los demás.

—A este le llamamos Churrascao. —Ferrer Zintero señaló con un dedo al tipo que acababa de hacer la gracia mientras miraba a Blasco—. Fue por una faena que hizo en Grecia, ¿sabes?

El aragonés sonrió hacia el almogávar que acababa de indicar Zintero. El tipo tenía falta de varios dientes y mostraba las encías desnudas al reír.

—¿Ves esto? —Churrascao se señaló a la boca—. Me lo hizo una monja hereje en Galípoli.

—Fue cuando se cargaron a Roger —explicó Zintero con la vista aún perdida en ninguna parte—. Tuvimos que enseñar a esos griegos que no está bien incumplir los contratos ni ir matándonos por ahí. Aquí el amigo entró en un convento para buscar a esos traidores, y una monja escondida detrás de una puerta le partió los dientes con una estaca.

Los almogávares rieron al recordar el trance.

—Tenías que haberlo visto. Salía del convento arrastrando a la monja por el cuello y con la estaca en la otra mano. —Se burló otro de aquellos tipos—. Escupía los dientes mientras la insultaba, ¿verdad?

—Verdad, verdad —reía también Ferrer Zintero—. Bueno, como no eran buenas cristianas, tampoco pienso que Dios te guarde rencor por eso.

Churrascao elevó el puño al cielo.

—¡Y si me lo guarda, peor para él!

Las risas se redoblaron entre los almogávares. Entre carcajadas, Ferrer Zintero siguió con la historia.

—Este desgraciado cogió la estaca, la calentó al fuego y se la metió a todo el convento por... ¿Te imaginas por dónde?

Blasco estiró los labios para disimular mientras una profunda náusea se adueñaba de él.

—«¡Aquí huele a churrascao!», decía el muy cabrón cada vez que le metía la estaca a una monja. Luego se iba a por otra, nos la hacía coger, le levantaba las sayas y hala, ¡para dentro!

—¡Qué desperdicio! —siguió riendo otro de los almogávares—. ¡En lugar de la estaca requemada, podrías haberles metido otra cosa!

—¡Calla, calla! —Churrascao sumergió un dedo en el caldo y lo sacó enseguida. Lo chupó con aquella boca desdentada y saboreó el desayuno; luego usó ese mismo dedo para apuntar a su camarada—. ¿No te acuerdas de lo feas que eran las jodidas?

Las risas continuaron mientras Ferrer retiraba la olla del fuego. Al bajar de intensidad las carcajadas, el almocadén murmuró para sí:

—Qué buenos tiempos. Matamos a tanta gente que debimos taponar las puertas del infierno.

Blasco casi podía notar las arcadas. Al asco inmenso que le producían aquellas palabras se unía el insoportable hedor del desayuno. El almogávar de su derecha se incorporó a medias y alargó su escudilla para recibir una ración de caldo. Su cortel quedó al alcance de Blasco. El aragonés solo tenía que empuñarlo y saltar sobre los rescoldos humeantes. Ferrer Zintero estaría muerto en un instante... Después vería qué hacer. Ellos eran demasiados y estaban todos muy cerca, era cierto. Además, Blasco no estaba acostumbrado a aquella arma almogávar, y tampoco era ese muchacho de veinte años capaz de moverse como un gato... Pero daba igual: moriría bien a gusto. Su cuenta estaría saldada y el alma de su madre podría descansar en paz. Si tan solo Artal de Exea pudiera saber, allá en las lejanas tierras aragonesas, que la deuda estaba ya cobrada, si Clara pudiera recibir la noticia en su tumba...

El recuerdo de Catalina asaltó de repente al aragonés, justo un momento antes de apoderarse del cuchillo del almogávar. Ella estaba allá fuera, tan cerca que aún podía sentir en los labios el breve beso de despedida que se habían dado esa misma mañana. Un escalofrío recorrió su espalda al pensar en ella, en su piel morena rasgada por el virote pisano, en la suavidad de su nuca bajo el cabello negro y recortado, en la turgencia de sus caderas junto a aquel árbol cerca de Port Fangós..., en que jamás volvería a verla.

—Ahí viene el señor Di Rosellino. —Zintero señaló con un dedo tras Blasco.

El aragonés suspiró, y el almogávar de su derecha volvió a sentarse con la escudilla llena de caldo. El cuchillo quedaba ya fuera del alcance de Blasco.

—Escuchad, aragonés —dijo el caballero pisano sin acercarse a la soldadesca—. Muy a pesar de mis consejos, el señor Di Settimo ha decidido contrataros. Os las deberéis arreglar para volver al campamento enemigo; haceos con la mayor hueste posible. La paga será la misma que acordamos con estos. —Señaló a los hombres del Grifo—. Os damos de plazo una semana. El séptimo día a partir de hoy, justo cuando amanezca. Salid corriendo de vuestras líneas hacia la puerta de Montebarlao, por la que habéis entrado. Nuestros hombres estarán sobre aviso y os franquearán el paso. Si alguno queda rezagado será abatido. ¿Lo habéis entendido bien o debo repetirlo?

Blasco hizo un movimiento afirmativo con la cabeza. Sentiá una rara simpatía por aquel caballero que era su enemigo. A pesar de todo lo que les separaba, Rosellino despreciaba a los mercenarios casi tanto como él mismo. Se le notaba en la forma de mirar a los almogávares del Grifo, en la manera de hablar, en el gesto de asco de su boca. Se dijo que sería una lástima acabar con él, y por un momento pasó por su mente la imagen de Giles d'Argentan. Uno de los soldados de la guardia devolvió su cortel al aragonés.

—Así se hará, mi señor —confirmó Blasco. Se volvió hacia los almogávares del Grifo. Todos se aplicaban ya con aquel repugnante caldo que, por suerte y finalmente, no iban a compartir con él. Alzó la mano a modo de saludo y clavó sus ojos claros en Ferrer Zintero. La voluntad mantenía dentro de Blasco un callado duelo contra la pasión. Aún calculó un tardío embate. Llegar hasta el almocadén no sería difícil, y tampoco era probable que no pudiera matarlo... Pero había una mano invisible que retenía su ansia de sangre. Unos meses antes no le habría cabido duda: su propia vida era precio aceptable por llevar a término su venganza, tantos y tan largos años esperada..., y sin embargo ahora el influjo de Catalina nublaba el ánimo de Blasco.

Suspiró. No renunciaba a completar su venganza, desde luego. Su corazón clamaba con furia y hasta sus manos temblaban por la proximidad de aquel almogávar. Esperaría. Esta vez había unas murallas rodeando a su enemigo y una guerra uniéndolos. Sin lugar donde esconderse ilimitadamente o al que huir si la villa cedía: Zintero caería en sus manos tarde o temprano.

—Hasta dentro de una semana, camaradas —dijo al fin Blasco.

El almocadén fijó en él sus ojos hundidos y sonrió a medias.

—Nos veremos —se despidió.

III

Aquella misma noche el caballero Gonzalo Zapata pidió audiencia con el príncipe del Aragón, el infante Alfonso. Uno de los miembros de su guardia había anunciado a un almogávar que, procedente de Villadeiglesias, acompañaba al caballero valenciano. Eso fue lo que desconcertó al infante.

—¿Decís que don Gonzalo Zapata viene con alguien que ha estado dentro? Nadie me ha informado de ninguna misión así.

—Tal vez sea un desertor.

—Bien, interrogadle pues y ved si es de fiar.

—Mi señor —repuso el guardia—. El caballero Zapata insiste en que habléis con él.

Alfonso ahogó un gesto de fastidio y se levantó de la mesa. Frente a él cenaba la rolliza infanta Teresa, ajena a todo cuando había condumio en las inmediaciones. El infante se limpió las manos con un paño tras declinar la jofaina que le ofrecía uno de los criados, y recorrió la alfombrada tienda hasta su antesala. El caballero Gonzalo Zapata se hallaba flanqueado por un almogávar fuerte y alto, con pelo negro y ojos claros. Su cara le resultaba familiar, pero en la oscuridad que penetraba en la tienda no supo reconocerle.

—¿Y bien, don Gonzalo? —inquirió el príncipe.

—Mi señor, este es Blasco de Exea. —El valenciano señaló al almogávar.

Alfonso de Aragón respondió con un gesto repentino de sorpresa. Miró de arriba abajo al tipo que tenía ante él. Blasco hizo una ligera inclinación.

—Ah, sí —balbuceó el príncipe—. Vos estuvisteis junto a mí durante el asalto del otro día. Por cierto..., ¿qué tal ese arquero..., Ruy?

—Está bien, mi señor. —Blasco se señaló el hombro—. Solo fue un rasguño.

—Un valiente guerrero, a fe mía..., pero ¿qué hacéis vos de esa guisa? —Se volvió hacia Zapata—. ¿Y qué significa eso de que traéis a alguien de dentro de Villadeiglesias.

—Mi señor —se adelantó el valenciano—. Don Blasco se ha infiltrado en la ciudad esta mañana disfrazado de almogávar... Acaba de regresar.

El infante frunció el entrecejo.

—He permanecido casi todo el día tendido en el foso, a la espera de la noche —explicó Blasco—. No podía dejarme ver saliendo como si nada...

—Un momento, un momento... —Alfonso levantó la mano—. ¿Cómo es que no estoy al corriente de esa operación de espionaje? ¿Lo habéis ordenado vos, don Gonzalo?

—Él no tiene nada que ver, mi señor —se apresuró a intervenir Blasco—. Ha sido todo cosa mía. Necesitaba entrar para asegurarme de la presencia de cierta persona, y he averiguado cosas que de seguro os interesarán.

El príncipe se rascó la barbilla. Aquel era ese Blasco de Exea que había oído nombrar tantas veces a Ponce de Gualba. Sabía perfectamente cuáles habían sido las maniobras del obispo de Barcelona para atraerlo a su lado y hacerle viajar a Cerdeña, pero la tensión de la expedición y del asedio casi le habían hecho olvidarse de todo aquello. Por último, sabía que a quien Blasco había entrado a buscar a Villadeiglesias era a un tal Ferrer Zintero. No tuvo ninguna duda de que las palabras de Blasco de Exea eran sinceras. Decidió no comentar los motivos pretendidamente ocultos del aragonés.

—¿Y bien?

Blasco se relajó ligeramente y señaló con el pulgar sobre su hombro en dirección a la villa sitiada.

—Cuentan con una buena guarnición mercenaria. Unos setecientos ballesteros, muchos de ellos genoveses, y aún más hombres de armas, además de una escuadra de almogávares aragoneses... Traidores asquerosos. He entrado en la ciudad simulando pasarme de bando y he conseguido contrato ventajoso: cuentan con dinero, pero la villa está bastante poblada y no tienen pinta de estar racionando sus provisiones. No obstante, debo deciros que las defensas son extraordinarias y será difícil, si no imposible, tomar Villadeiglesias al asalto.

—¿Y qué sabéis vos de eso? —inquirió con interés el infante—. ¿Habéis participado antes en la toma de una ciudad?

—Así es, mi señor... En varias ocasiones.

»Como os digo parecen bien provistos, y no temen por la falta de agua. Pero debo informaros de que por casualidad he hallado un arcaduz que entra en la villa cerca de Montebarlao. La cañería queda al descubierto en el foso. Si conseguimos arrebatarles el suministro, podríamos rendirlos por sed.

»El señor al mando de la tropa pisana es un tal Giacomo Di Settimo. En su discusión con otro caballero acerca de mi contratación le oí decir que su esperanza es el auxilio que ha de venir de Pisa. Intentarán aguantar hasta entonces.

El infante siguió acariciando su barbilla y paseó de un lado a otro del aposento de tela.

—Nuestra flota se encargará de impedir que los pisanos lleguen a auxiliar a Villadeiglesias —murmuró—, pero no quiero rendir la villa por sed o por hambre... Quiero que caiga bajo nuestras armas.

—Mi señor, si me permitís —habló de nuevo Zapata—. Don Blasco tiene razón: la ciudad está muy bien pertrechada y sus murallas son macizas, recién reforzadas y cubiertas por esos ballesteros genoveses. Si cortamos totalmente sus suministros...

—Don Gonzalo —atajó el príncipe—, nosotros tampoco tenemos suministros para fijar un asedio de meses. Esta tierra no es opulenta precisamente, y el ejército es muy grande. Además, aun después de rendir Villadeiglesias deberíamos dirigirnos a Cáller. ¿Cuánto tiempo hemos de pasar aquí hasta que la isla caiga?

—Mucho tiempo, mi señor, mucho tiempo —reconoció el valenciano—. Tal vez un año o más... Pero intentar el asalto será estrellarnos una y otra vez contra esas murallas. Incluso el campesino más hambriento aguantaría antes de cosechar un fruto inmaduro.

El infante seguía pensativo.

—Debo convocar a mi consejo, pero mi ánimo es asaltar la plaza. Tal vez no tengamos que estrellarnos. Don Blasco, ¿pensáis que podría intentarse otra incursión como la vuestra?

El aragonés torció la boca. No le gustaba lo que empezaba a proponer el infante, pero no podía mentirle sin faltar a sus principios.

—Un solo hombre, dos quizá... Pero ahora ellos esperan que vuelva en una semana con todos los desertores que halle. Me han prometido una buena paga.

—¿En una semana?

—Así es. Al amanecer del séptimo día, todos los desertores que haya reclutado debemos correr hacia la puerta de Montebarlao. Abrirán para dejarnos entrar.

—Muy bien, muy bien... —Alfonso de Aragón se detuvo de nuevo frente a los dos caballeros—. Entonces dentro de siete días, justo al amanecer. Aprovecharemos que abren esa puerta para penetrar. No será necesaria mucha fuerza... Solo algunos hombres bien armados que aguanten en el portal hasta que podamos llegar.

Aquel plan era muy parecido al de Linlithgow, en Escocia. Blasco recordó al boyero que atoró el rastrillo de la fortaleza y la sorpresa reflejada en los rostros de la guarnición inglesa, unos hombres demasiado fiados en sí mismos que no esperaban semejante ataque... No, bien pensado, aquello no era igual que Linlithgow. Además en Villadeiglesias contaban con aquel pisano precavido que desconfiaba de los almogávares.

—Mi señor, debo advertiros —intervino de nuevo Blasco—. Junto al señor Di Settimo hay un caballero, Vico Di Rosellino... Se me antoja un hombre muy capaz. No se ha fiado de mí. Estoy seguro de que tomará mil precauciones.

El infante sopló el aire entre los dientes.

—Por san Jorge, señores, que no mostráis mucho entusiasmo por el triunfo.

—Mi señor, escuchadnos de todos modos, aunque solo sea por nuestra edad —pidió Gonzalo Zapata—. Hagamos como vos decís, pero no cerremos la puerta a la posibilidad del asedio. Ese caño de agua que abastece la plaza...

—Está cerca de Montebarlao, bastante protegido por los matacanes —completó Blasco—. Creo que solo yo lo he visto, y pienso que lo hallaré enseguida. Si vamos a asaltar la villa al amanecer, dejad que aproveche la confusión para destrozar el arcaduz. Nada perdemos con ello, y si nos derrotan de nuevo podemos apretar el asedio.

El aragonés aguardó la respuesta del infante. No podía evitar la amargura por haber renunciado a completar su venganza por más que trataba de justificarse pensando en Catalina. Soñaba con la capitulación de la villa y con su guarnición entregada al ejército invasor. Casi le parecía ver a toda la escuadra del Grifo, con Zintero a la cabeza, mientras rendían sus armas y su estandarte. Entonces podría hacerlo.

El príncipe de Aragón miró a Blasco a los ojos y, finalmente, asintió.

—De acuerdo. Os encargaréis de negarles el agua por si somos derrotados. Pero esta vez no nos derrotarán.

El infante Alfonso, deseoso de presentar a su padre una rápida y gloriosa conquista, despachó un mensajero con órdenes para la armada; mandaba al almirante Francés Carroz subir a bordo a una parte del ejército y costear Cerdeña. Debería desembarcar ante las plazas pisanas, todas ellas de mucha menor entidad que Cáller o Villadeiglesias, intentar su conquista y proseguir, rodeando la vecina Córcega, hasta plantarse delante de la misma Pisa. Su objetivo, sobre todo, sería detectar e impedir el refuerzo continental a las villas sitiadas en la isla.

Mientras el valenciano Carroz empezaba a cumplimentar las órdenes de su príncipe, un consejo de guerra en el asedio de Villadeiglesias señaló a los hombres que deberían encabezar la añagaza. El vigésimo día de julio, al amanecer, el caballero aragonés don Artal de Luna tendría la posibilidad de enmendar la falta del primer ataque. De Luna había acogido la misión de buen grado, Mandó a su propio hijo que le acompañara y escogió a varios buenos guerreros. Aunque se habló de disfrazar a los caballeros de almogávares, ninguno de ellos accedió, pues les resultaba deshonroso. Además adujeron que no podrían mantener la posición si no era con sus armas acostumbradas, lo que convenció al infante. Algunos almogávares auténticos y la oscuridad del momento jugarían a favor de los aragoneses.

Los ingenieros daban los últimos toques a los trabucos. Sus contrapesos eran ya rellenados de tierra y se apilaban junto a la base los bolaños, cuidadosamente tallados por los canteros según los cálculos de tiro. Además, en previsión de que el asalto fallara y por la desidia que invadía a la tropa, el infante había ordenado comenzar el minado de la muralla. Tras los parapetos, varios sirvientes de mesnada cavaban por turnos y apuntalaban los túneles que deberían avanzar hacia el foso de Villadeiglesias.

El ejército aragonés oyó misa la noche anterior y de forma discreta. Se pretendía así no alertar en absoluto a la guarnición pisana. El campamento debería parecer dormido al amanecer, y por eso todos tenían orden de armarse en silencio. La mayor parte de la hueste se trasladaría, fuera de la vista de las murallas, al sector de Montebarlao para explotar el triunfo de don Artal de Luna. No obstante, y para no permitir a los pisanos concentrar toda su defensa en la trampa, el ataque sería simultáneo y total.

Don Gonzalo Zapata, Bernat de Anglesola y Konrad von Hesse habían salido ya hacia el lugar escogido, pues el propio infante deseaba ser testigo del asalto y penetrar por la brecha. La noche había cubierto con su manto Cerdeña y Catalina, remolona, recogía con desgana las armas que pretendía usar en el ataque del día siguiente. Solo ella y Blasco, de entre el grupo de escolta del príncipe, se habían rezagado.

—La herida se cura bien, pero no creo que pueda usar el arco —explicó a Blasco mientras este le alcanzaba una ballesta finamente labrada.

—Quiero que tengas mucho cuidado —le advirtió él, que seguía en camisa—. Lo de mañana es tan inútil como el primer ataque, pero el príncipe es joven y le puede la pasión.

La valenciana recogió la ballesta y una aljaba repleta de dardos, y los dejó caer sobre el paño que se disponía a transformar en hatillo.

—Yo también soy joven y apasionada...

Blasco sonrió y miró a los ojos de Catalina.

—Ni demasiado joven ni demasiado apasionada para mí —dijo, y se acercó lentamente. La valenciana simuló retroceder asustada mientras respondía a la sonrisa.

—¿Me vas a tomar como en Port Fangós?

Blasco no respondió. Aquella era la razón que le había hecho vacilar tras años de seguridad. Cerró con la mujer y la besó, llevándola despacio hasta su jergón tras el bastidor. Luego la desnudó lentamente, sin prisas. Por fin podían disfrutar de intimidad desde la llegada a la isla; tenían tiempo aún, y el día siguiente podría ser el postrero para cualquiera de ellos. Por eso el aragonés, libre ya de la desesperación del tiempo y de la tristeza, se recreó en el cuerpo moreno de Catalina, en sus pechos duros y redondos y en su grácil cintura, y ella se sumió en el placer que le proporcionaba Blasco, en el roce de su lengua, en la habilidad de sus manos y en el experto embeleso de sus caricias. Cada uno de ellos se solazó, exploró el cuerpo de su amante y saboreó su piel. Viajaron juntos hasta el éxtasis de saber que aquella comunión podía ser la última de sus vidas.

Una línea de claridad asomaba por levante cuando don Artal de Luna, tras santiguarse tres veces seguidas, arengó a su pequeña compañía.

—Los ojos del príncipe de Aragón están puestos sobre nosotros —susurró para los oídos de los guerreros nerviosos que le acompañaban—. De nuestros actos de hoy depende que los camaradas triunfen o de que se agosten sus vidas en un largo asedio. Si vencemos, la gloria de Aragón y la nuestra perdurarán por siempre y tendremos el agradecimiento de todos. Para esto nacimos —miró a su hijo, que tenía el mismo nombre que él—, y para esto hemos vivido. Escribamos con sangre nuestros nombres en los anales de Aragón.

—Y en los de Pisa —completó su hijo.

El caballero De Luna sonrió con los labios apretados y empuñó con fuerza su maza. Delante de él formaba una línea de almogávares escogidos cuya misión sería encabezar la carrera para conseguir la ilusión de la deserción. Los pisanos no debían sospechar de la trampa hasta que fuera demasiado tarde. Los guerreros se despidieron unos de otros con palabras amables, bromas nerviosas y promesas de reunirse más allá, y las espadas, hachas y mazas salieron a relucir.

—Vos, don Blasco —se volvió Artal de Luna—, no expongáis vuestra vida en el asalto salvo lo necesario. Cortad ese caño... Destruidlo totalmente. Si nosotros caemos, que no todo haya sido en balde.

Blasco de Exea asintió y ajustó el tiracol para asegurar su escudo negro en la espalda. Él correría en último lugar.

—Por san Jorge —exhortó el hijo de don Artal con un ligero temblor en la voz. Todos los demás repitieron la invocación en voz baja. A su espalda, tras los parapetos y entre las tiendas, confundidos con los arbustos y las rocas que cercaban la villa, los demás guerreros del ejército aguardaban la orden de correr a penetrar por la brecha. Las oraciones eran dichas en voz baja, y cada cual guardaba un recuerdo para su esposa o para sus hijos, para sus amigos, sus padres o sus posesiones. El delgado hilo de luz crecía sobre las colinas orientales y enmarcaba ya el final de la noche, dispuesto a iluminar el campo de muerte en que se iba a convertir Villadeiglesias..., y don Artal de Luna dio la orden de avanzar. Los almogávares iniciaron la marcha, poco a poco primero, más deprisa después; tras ellos iban los caballeros y demás hombres de armas. Todos corrían unidos como un solo hombre y consumían la distancia que los separaba del foso. Blasco de Exea avanzaba en último lugar, empuñando un hacha e inclinado para ocultarse de los ojos pisanos.

En el adarve de Villadeiglesias, Vico Di Rosellino entornaba los ojos para vislumbrar el lejano grupo que se aproximaba a las murallas. Acababan de rebasar la línea de alcance de los mangoneles pisanos y pronto entrarían la de los ballesteros genoveses. A lo largo del camino de ronda, una nutrida hueste de mercenarios agazapados esperaba la orden de disparar. Abajo, frente a la puerta de Montebarlao y a su rastrillo subido, otro buen contingente de genoveses aguardaba en dos líneas, una de ellas rodilla en tierra, la otra en pie, todos con los virotes prestos a atravesar a los enemigos.

—Estupendo —exclamó con satisfacción Giacomo Di Settimo, también junto al señor Di Rosellino—. Fijaos en eso, amigo mío. Una buena compañía de guerreros que engrosa nuestras filas.

—No estaré seguro hasta que los tengamos aquí entregados, desarmados y dispuestos a jurar fidelidad. Y aun así, solo fiaré de ellos mientras podamos pagar su soldada.

—Sois demasiado cauto —le reprochó el gobernador de Villadeiglesias—. Dejémosles venir si quieren y prometámosles riquezas sin fin. En un par de meses seremos más que nuestros enemigos y nos permitiremos salir y quemar sus máquinas. Tengo el capricho de esa estupenda tienda que luce los colores de Aragón. Sin duda es la de su príncipe.

El grupo de fingidos desertores seguía corriendo y dejaba atrás a un campamento aún dormido. Totalmente tranquilo, pensó Di Rosellino desde las murallas..., demasiado vacío, de hecho, pues ni siquiera se veía a los acostumbrados vigías de los puestos de asedio. Vico Di Rosellino dio un respingo.

—Por san Rainiero. —Se inclinó sobre una almena y miró a ambos lados de la línea de sitio aragonesa.

—¿Qué? —se quejó el caballero Di Settimo—. ¿Qué pasa ahora?

Di Rosellino señaló hacia el campamento enemigo.

—¿Dónde están los centinelas aragoneses? Esos hombres están desertando en grupo y nadie los intenta detener. Nadie parece haberles preguntado nada siquiera... ¿No os parece extraño?

El gobernador pisano imitó a su compañero y buscó con la mirada a los guardias que diariamente patrullaban el cerco. No vio a nadie. Era como si el campamento estuviera abandonado, como si hubieran olvidado su disciplina de asedio... Incluso los muchos fuegos que orlaban el campamento aragonés parecían desaparecer justamente ante la puerta de Montebarlao. Di Settimo cambió la expresión soñadora por otra de angustia y miró a Di Rosellino. Luego se separó de las almenas y, vuelto hacia el contingente pisano que esperaba abajo, gritó con ambas manos a los lados de su boca.

—¡Es una trampa! ¡Cazadlos bajo el rastrillo!

—¡No! —le contradijo el prudente Di Rosellino—. ¡No les abramos la puerta!

Pero ahora Di Settimo lucía un gesto de ira. Se sentía engañado, y peor aún era la sensación de remordimiento que ya crecía en su interior por no haber prestado oídos a las advertencias de don Vico. Empeñado en no pensar en ello, deseoso de enmendar el error, bajó a saltos por la primera escalera. Ahora tendría la oportunidad de enfrentarse a aquellos tipos que les sitiaban y que querían arrebatarles la isla. Llamó a gritos a sus dos escuderos y corrió hacia la formación de ballesteros. Algunos de los guardias tiraban ya de las vigas, las hacián bascular para que la puerta se tendiera sobre el foso. Desde el adarve, Vico Di Rosellino aprestó a los hombres de las almenas. Les ordenaba mediante gestos que se mantuvieran alerta a cualquier movimiento en la línea de asedio.

Mientras tanto Giacomo Di Settimo había tomado su yelmo, del que colgaban varias cintas negras y doradas; embrazó su escudo y descolgó de su ceñidor una maza, y se apostó junto a los hombres de armas detrás de las dos líneas de ballesteros. La puerta descendía su último tramo en aquel momento. Tocó el otro lado del foso ante los almogávares que se acercaban a la cabeza del grupo desertor. Giacomo sonrió y ordenó entre dientes.

—Esperad a que estén dentro, encajonados en el arco.

Don Artal de Luna lanzó un alarido y empujó a los almogávares que corrían ante él. Se abrió camino entre ellos y antepuso su escudo decorado con la luna creciente de su linaje, que rielaba en plata sobre un mar de gules. La primera andanada de virotes barrió el puente levadizo, acribilló a los almogávares y se clavó entre las anillas de las lorigas. Los gritos de dolor se mezclaron con los alaridos de don Artal, que ponía rodilla en tierra y apoyaba su defensa en las tablas. Su propio hijo se plantó a su lado y otros varios guerreros formaron una pequeña muralla humana. Ante ellos, la mitad de los ballesteros genoveses de primera fila retrocedieron para recargar mientras los demás apuntaban, dispuestos a mantener un ritmo de disparo suficiente para inmovilizar al contingente de asalto. Con sus armas ya encaradas, aguardaron al grito de Giacomo Di Settimo y las cuerdas crujieron siniestramente. Un tableteo marcó la lluvia de saetas en los escudos aragoneses y el hijo de don Artal se venció hasta caer de espaldas. El asta de un virote había hallado vía en su cota de mallas y, clavada junto al visor, rompía el barboquejo y atravesaba su almófar.

Las tiendas del campamento vomitaron al ejército aragonés, que se aprestaba a aprovechar la brecha abierta por la trampa. Los gritos de invocación a san Jorge llenaron el aire al tiempo que Blasco de Exea se dejaba caer a un lado del puente. Se agarró con la mano libre al borde de madera y flexionó ambas piernas al caer. Luego se encogió bajo el escudo negro que protegía su espalda y recorrió el foso, calculando el espacio que le separaba del arcaduz. Sobre el puente, los quejidos y maldiciones aumentaban, y dentro de la fortaleza se alternaban las órdenes en pisano con el crujir de cuerdas.

Alfonso de Aragón juró en voz baja. Desde su posición, detrás de la línea de trabucos, podía ver que los ballesteros pisanos se aprestaban en las almenas. Los mangoneles de las torres también bajaban sus brazos. En unos instantes recibirían en sus cucharas los proyectiles que pronto lloverían sobre los atacantes.

—Los pisanos no han caído en la trampa, pero nuestros hombres resisten en la puerta —observó.

—Solo un poco más... —Jiménez de Urrea apretó su puño en torno al mástil del estandarte.

Las fuerzas de reserva rebasaban en ese momento los parapetos, y las primeras rocas empezaron a volar desde las torres pisanas. Los pedruscos se elevaron sin orden en el tiro de cálculo que precisaban los artilleros. La mayor parte pasó de largo sobre las cabezas de los atacantes, y otros cayeron entre estos y el grupo de Artal de Luna. Alrededor de toda la villa, tal y como se había planeado, el ejército corría hacia las murallas para mantener ocupada a la guarnición. Ligeros como nadie, los almogávares tomaron la delantera. Corrían separados, pero no tenían más remedio que confluir a medida que se aproximaban al puente. Ese fue el momento que esperaban los ballesteros de las almenas. La tanda de virotes fue escupida a una orden, dibujando una línea oscura y siniestra que voló hasta los pechos de los guerreros aragoneses.

—Allí —señaló Gonzalo de Zapata a un punto de la muralla cercano a la puerta de Montebarlao—. Aquel hombre dirige la defensa de las almenas.

El príncipe y su portaestandarte entornaron los ojos instintivamente y recorrieron la línea intermitente de merlones, las defensas pétreas que coronaban la muralla de Villadeiglesias. Allí estaba. Su loriga lanzaba tímidos destellos al reflejar los primeros rayos del sol, y alzaba la mano manteniéndola en alto. Cuando el brazo del caballero caía, una nueva lluvia de hierro y madera salía desde el adarve para acribillar a la fuerza de asalto. El infante Alfonso miró a Catalina, de nuevo transformada en Ruy y con su ballesta terciada. El paño que le cubría boca y nariz se movía al ritmo de su aliento.

—Don Gonzalo, necesitamos un tirador hábil para acabar con aquel caballero.

El valenciano vio hacia dónde se dirigía la vista de su príncipe. Arrugó la nariz e hizo un gesto a Catalina.

—Ruy, acércate lo mínimo, ni un codo más. —Luego miró a Konrad von Hesse—. Coge mi escudo y cúbrele, y si puedes tráete a Blasco de vuelta.

El teutón no recibió el encargo con entusiasmo. Movía su gran hacha nerviosamente, ansioso por entrar ya en combate, pero lo último que quería era hacer de niñera para aquel oscuro y taciturno tipo y para aquella invertida que se disfrazaba de hombre. Konrad lanzó un bufido similar al que habría emitido un toro salvaje y agarró su arma cerca del hierro. Embrazó el escudo del valenciano, que le quedaba demasiado pequeño y le daba un aspecto cómico, y se lanzó adelante sin esperar a Catalina. Corrió con todas sus fuerzas, deseoso de salvar el peligroso espacio batido por bolaños y virotes.

—Adelante, Ruy —animó el príncipe.

—Sí, mi señor.

Jiménez de Urrea frunció el ceño y miró a su señor. Este también hizo un gesto de extrañeza. Juraría haber oído una voz femenina. La mujer salió a la carrera en pos del teutón. Este ya corría pesadamente, braceando sin ritmo y tomando una senda recta en lugar de zigzaguear, como hacían los almogávares a lo ancho de todo el ataque. Konrad no tardó en fatigarse por la violenta arrancada y bajó su velocidad, provocando un quejido sordo a la tierra cada vez que la pisaba. Catalina alcanzó a Hesse justo cuando delante de ellos se clavaba en el suelo una roca disparada desde un mangonel. El bolaño alzó una nube de tierra, guijarros y hierbajos que ascendió cansinamente hacia el cielo gris del amanecer.

Konrad jadeaba como un buey demasiado cansado de tirar del arado. Apenas podía bracear, sentía la boca seca y la garganta áspera, y al tomar aire aspiraba el polvo que levantaban los proyectiles de los mangoneles. Salieron de la nube levantada por el último bolaño justo a tiempo para ver al grupo destrozado. Apenas media docena de hombres rodeados de cadáveres aragoneses quedaban en pie sobre el puente, y no habían logrado avanzar un solo codo. El resto del ejército tampoco conseguía progresar, pues los ballesteros los diezmaban con tino desde lo alto dirigidos por el caballero de las almenas. Konrad se detuvo, miró hacia arriba e hizo rechinar sus dientes.

—¡Derríbalo! —gritó a Catalina.

La valenciana atisbó el terreno ante ellos. Los virotes de los pisanos se clavaban un poco más adelante y sus astas asomaban a medias. Era justo el lugar en el que se habían detenido los demás aragoneses.

—¡No! ¡Está demasiado lejos! —se opuso ella—. ¡Hay que acercarse más!

El teutón lanzó una maldición en su áspera jerga del norte y arrancó de nuevo con el escudo de Zapata por delante.

El infante Alfonso se dio cuenta de lo que ocurría entre los cada vez más certeros disparos de los mangoneles pisanos.

—¡Ordenad que avancen todos! —mandó a Jiménez de Urrea—. ¡Que los pisanos no concentren sus tiros sobre Ruy!

Urrea obedeció. Los estandartes se alzaron según las consignas y los olifantes lanzaron su agudo mugido. Como impulsados por un resorte, los almogávares y hombres de armas en reserva avanzaron en zigzag. Algunos sirvientes de mesnada se unieron desde los parapetos. Acarreaban las escalas, ahora convenientemente medidas y ajustadas.

Konrad exclamó un nuevo juramento germano al ver caer a su lado a los hombres. Un almogávar recibió una potente pedrada procedente de una máquina: de repente su cabeza desapareció, pero el guerrero aún corrió varios pasos antes de caer desmadejado.

—¿Ya? —preguntó angustiado el teutón.

—¡Un poco más! —respondió tras él Catalina de Alborach.

Konrad gimió. No quería morir así, atravesado por una lluvia de virotes o aplastado su cráneo por una piedra. Él prefería batirse de cerca, escupir a la muerte a la cara y partírsela con su hacha. Miró adelante, a don Artal de Luna y a los caballeros que aún resistían en la puerta.

—*Scher dich zum Teufel!*

Clavó la punta del escudo de Zapata en la tierra, de forma que quedara erguido por sí mismo; sacó el brazo de las correas, se volvió y agarró a la valenciana con la manaza libre. La obligó a agazaparse tras el escudo. Luego empuñó su hacha con ambas manos y volvió a correr, esta vez directamente hacia el puente levadizo.

—¿Qué? —inquirió sorprendida la valenciana—. ¿Qué has dicho?

El teutón miró atrás sobre su hombro mientras las saetas silbaban a su alrededor. Catalina oyó la respuesta ahogada por la fatiga.

—¡Vete al infierno!

Catalina rezongó un insulto a la madre de Konrad y agachó la cabeza para ocultarla tras el escudo de Zapata. Luego asomó los ojos negros y los paseó rápidamente sobre las almenas. Localizó al caballero enemigo enseguida. Señalaba a aquel gigante loco que corría sin defensa hacia la puerta de Villadeiglesias y al que los ballesteros no conseguían acertar. La mujer sacó un virote de su aljaba, colgada a un lado de su cinto. Lo puso sobre el canal y agradeció llevar la cuerda armada. Aquel no era sitio para ponerse en pie y usar el estribo, y menos aún para enganchar el garfio a la cuerda. Apoyó el bastidor sobre el borde del escudo y acercó la mejilla a la madera. Inspiró con rapidez, se obligó a ignorar el sonido de las saetas pisanas y enfocó la mirada. Suspiró lentamente. Dejó que el aire saliera hasta casi vaciar sus pulmones. Luego se paralizó, acarició la llave y la presionó despacio. El chasquido la sorprendió y la cuerda se liberó para empujar al proyectil hacia las murallas. Cruzó el aire, rasgó la nube de polvo y muerte y buscó con avidez a su presa.

A Vico Di Rosellino se le esfumó el aliento cuando notó el súbito golpe en el pecho. En ese instante prometía una semana de mazmorra para todos los ballesteros de la muralla si no conseguían derribar a aquel tipo rubio y grande que corría con una enorme hacha de guerra. El pisano se miró el torso y vio el fino astil de madera que descollaba en la loriga. Luego, con una expresión de sorpresa en el rostro, localizó el escudo escarlata clavado en el suelo, a medio camino entre los parapetos aragoneses y el foso pisano. Sobre el borde asomaba una cabeza cubierta de paño blanco. En la lejanía le pareció que aquel ser, un antiguo guerrero sarraceno salido de algún ardiente desierto sirio, le clavaba sus ojos negros y le deseaba un feliz viaje a la gloria. El caballero se desplomó y su cota de mallas resonó contra el adarve.

La caída de Vico Di Rosellino tuvo el efecto que esperaba el infante. Los ballesteros dudaron un instante y, al comprobar que su jefe estaba muerto en lo alto de la muralla, empezaron a disparar por su cuenta. Algunos asaeteaban el puente para alcanzar o rematar a los aragoneses que habían logrado llegar hasta allí. Otros tiraban a lo lejos, ansiosos para intentar que los refuerzos enemigos no se atrevieran a avanzar. Los menos, más expertos, seguían las carreras de los almogávares para tratar de cazarlos en marcha.

Don Artal de Luna volvió la vista atrás una vez más. Con un nudo en la garganta intentaba ignorar el cadáver de su propio hijo, que yacía atravesado a su lado. Pugnaba consigo mismo por no mirarlo, por no recordar cada esperanza puesta en él, toda la ilusión, todo el amor..., pero no podía. Su propio hijo. El dolor era espantoso. Su corazón gritaba desgarrado, incapaz de asumir que simplemente su hijo ya no existía. Él, que debería haber enterrado a su padre... Don Artal de Luna se negó a pasar por el trago de sobrevivir a eso: había decidido ya que moriría junto a su vástago, sobre las tablas de ese puente pisano y separado de su patria por un mar y una guerra. Pero no quería caer sin más. Su sacrificio había de servir a Aragón para conquistar Villadeiglesias, y sobre todo para vengar aquella muerte. Su esperanza, sin embargo, no se veía satisfecha. Con gran amargura veía que los compañeros no lograban alcanzar el foso y caían ensartados por las saetas o destrozados por las rocas. Y ellos ni siquiera habían logrado avanzar y seguían bajo el rastrillo. Miró de reojo, a través de las lágrimas de desesperación y pena, al foso que circundaba la muralla. Blasco de Exea seguía agazapado y trabajando. Al menos conseguiría ganar tiempo para que aquel caballero vestido de negro acabara su misión. Notó un par de punzadas más en el escudo. Al peso de la tristeza se unía el de los virotes pisanos, que habían erizado de madera la luna plateada de su familia. Uno de los dardos, además, había logrado atravesar las planchas de piel y madera y cosía la muñeca del caballero aragonés a las correas. Artal de Luna, con los ojos anegados de lágrimas, miró atrás una vez más y esta vez vio acercarse al gigante rubio que blandía un hacha. Parecía una ilusión. Uno de aquellos guerreros legendarios salidos de un cuento antiguo. El tipo, tuerto y sonriente, venía sin escudo y corría pesadamente. Por algún extraño milagro, las saetas volaban a su alrededor sin conseguir clavarse en su cuerpo.

De repente la lluvia de dardos cesó en Montebarlao.

Artal de Luna volvió de nuevo su atención al disciplinado grupo de ballesteros pisanos que los había acribillado a placer, y vio que todos ellos retrocedían y dejaban paso a los hombres de armas. Empuñaban mazas, hachas y espadas, y avanzaban cubiertos por sus escudos. El noble se incorporó y dejó que el brazo izquierdo le colgara a un lado, incapaz ya de soportar el dolor de la herida y el peso del escudo erizado de saetas. A su lado se plantaron los únicos caballeros que quedaban con vida y, en unión de aquel gigante rubio que ya avanzaba sobre el puente haciendo resonar la madera, se lanzaron al ataque dentro de Villadeiglesias.

Blasco se arrastró hasta el borde del foso más próximo a la muralla y contempló su obra. Los primeros rayos del sol llegaban ya hasta las piedras de Villadeiglesias, y aunque la mayor parte del trabajo lo había hecho a oscuras, se felicitó mentalmente. No solo había destrozado totalmente el arcaduz. Además había machacado las paredes de tierra del foso, de modo que era imposible adivinar en qué punto asomaba antes la cañería. El agua se filtraba por entre los guijarros y era rápidamente absorbida por el fondo seco. El aragonés supuso que pronto empezaría a encharcarse, pero aquel ya no era asunto suyo. Acababa de negar a la ciudad el acceso al agua. Miró al puente levadizo y cobró conciencia de cómo iba el asalto. Una expresión de desánimo asomó a su rostro. El par de virotes clavados en su escudo no le habían dado muestra de lo que sucedía más arriba. Un sinfín de cadáveres sembrados en el campo anunciaba que los aragoneses se habían sacrificado a decenas para llegar hasta Montebarlao. Algunos de ellos habían caído junto a sus escalas, en una masacre todavía peor que la del primer asalto. En cuanto al puente, podía oír el ruido de la refriega un poco más adentro, bajo el rastrillo. Se encaramó rápidamente a la puerta basculante, llena de guerreros muertos o agonizantes. Estaba tan taladrada de virotes que Blasco rompió varios al avanzar hacia el pequeño grupo que aún resistía allí. Sus órdenes eran volver en cuanto destrozara el caño, pero no podía dejar atrás a aquellos valientes mientras se batían. Comprobó que la puerta estaba libre de los tiros de los ballesteros. Los hombres de armas pisanos habían cerrado con los aragoneses. Los superaban en número y los hacían retroceder a mandobles y hachazos. Vio la enorme espalda de Konrad von Hesse y un nudo se le aposentó en la garganta. Miró alrededor en busca de los demás compañeros, pero no había ni rastro de Zapata o de Anglesola. Tal vez el teutón había llegado por su cuenta. Se acercó al grupo cuando el germano descargaba un poderoso hachazo a un pisano. Destrozó su escudo, inútilmente puesto para evitar el golpe, y cercenó el brazo de su dueño, que lanzó un alarido y cayó sobre su espalda. A continuación, Konrad movió su arma en horizontal y consiguió mantener a raya a los enemigos. Él solo parecía cargar con la lucha mientras los aragoneses pisoteaban a sus caídos, amontonados de tal forma que no sería posible bajar el rastrillo. Blasco reconoció la voz de Giacomo Di Settimo tras un yelmo coronado por cintas negras y doradas. El gobernador pisano, percibiendo que había subestimado a aquel pequeño grupo de supervivientes aragoneses, ordenaba a los ballesteros que volvieran a formar línea.

—¡Los estamos desbordando! —gritó Blasco a Konrad, que apenas lo miró de reojo mientras contenía a los enemigos a hachazos—. ¡Pero no somos suficientes!

El teutón giró un istante la cabeza y vio que el ejército no conseguía acercase a reforzar el puente.

—¡Tengo órdenes! —le contestó con su recio vozarrón—. ¡Debo llevarte a seguro! *Kommt schon!*

Los ballesteros ya formaban una línea tras los hombres de armas pisanos. Di Settimo se volvía y les urgía con gestos para que aprestaran sus armas. Blasco ignoró las órdenes que le había transmitido Konrad. Si volvían la espalda, los asaetearían a placer. No podían dejar aquella amenaza tras de sí. Se lanzó hacia delante y largó un primer hachazo que destrozó el escudo de un pisano. Este lo dejó caer a un lado, solo para recibir un tremendo patadón en el torso. La loriga retumbó por el golpe y el hombre se vio lanzado hacia los ballesteros. Konrad von Hesse, ante el ímpetu de su compañero, lo imitó y empezó a desbaratar las líneas pisanas. Entonces Blasco notó una oleada de furiosa alegría: tras las filas de los ballesteros, entre las casas de Villadeiglesias, se acercaba un estandarte dorado en el que campaba un grifo negro.

El aragonés lanzó un grito, abandonó a los hombres de armas de Di Settimo y arremetió contra los ballesteros, que se atemorizaron ante aquel guerrero rabioso acompañado de un gigante rubio. Ambos se asemejaban a dos leñadores que talaran un bosque. Blasco se abría paso con inusitada rapidez. Golpeaba ora con el filo, ora con el asta de su arma, hasta llegar a la última fila de ballesteros. Konrad, por su parte, volteaba su enorme hacha por encima de la cabeza y, a cada golpe, un cuerpo desmadejado salía despedido hacia sus compañeros. La fuga de los ballesteros no se hizo esperar y los almogávares del Grifo quedaron a la vista.

—¡Ah de las murallas! —gritó Giacomo Di Settimo—. ¡Disparad aquí!

Tras la orden, que fue escuchada por varios mercenarios genoveses, el gobernador pisano cerró con don Artal de Luna. El noble manejaba su maza mientras el escudo colgaba inútil a un lado. El pisano cruzó su arma con la del aragonés un par de veces, pero pronto vio que la resistencia de De Luna estaba vencida. El aragonés, apesadumbrado por la muerte de su hijo, cargó contra Di Settimo sin esperanza alguna. El pisano solo tuvo que retroceder para dejar que la maza volara ante su rostro, y un recio tajo quebró el cuello de don Artal bajo la loriga. El aragonés cayó con los ojos vidriosos. Su cuerpo rebotó contra el suelo y una sonrisa siniestra apareció en el rostro de Giacomo Di Settimo. Miró atrás, a los dos hombres que habían desbaratado las líneas de ballesteros después de ignorar a los hombres de armas.

—¡La puerta! —ordenó a sus guerreros—. ¡Subid la puerta! ¡Encerrémosles!

Konrad von Hesse, enseñoreado de una espeluznante montonera de cadáveres, se volvió al oír la orden de Di Settimo. Un par de saetas rozaron su cabello rubio, y dirigió su único ojo al adarve. Cobró conciencia de que solo él y Blasco habían sobrevivido al asalto y ahora estaban a punto de quedar encerrados en Villadeglesias. Un nuevo virote se clavó en el escudo de Blasco, aún colgado en su espalda y erizado de saetas. El teutón agarró por un hombro a su compañero y lo arrastró hacia la puerta de Montebarlao.

—¡No! —tronó Blasco—. ¡Déjame! ¡Espera!

Pero su desesperación no podía evitar que Konrad, más fuerte que él, lo apartara del combate hacia la salida.

—¡Nos matarán, *verrückte*...! ¡Loco estúpido! ¡Hay que volver! ¡Ayúdame!

Podía ver a Ferrer Zintero en cabeza de la carga almogávar. Lo tenía allí mismo, a un latido de corazón. Pero Blasco se volvió y ahogó una blasfemia. Giacomo Di Settimo se colgaba de una de las vigas mientras sus hombres hacían lo propio con la otra. El puente se elevaba ya lentamente. El aragonés tajó a un pisano al pasar junto a él, y consiguió que el puente subiera más despacio. El teutón y él corrieron sobre las tablas, brincaron por encima de los cadáveres que ya rodaban hacia dentro. Saltaron hasta el otro lado del foso y siguieron la carrera. Konrad von Hesse, totalmente asfixiado, corría despacio y mugía con cada exhalación. Blasco temió que algún virote alcanzara al teutón desde la muralla, pero aquel gigantón germano tenía la fortuna de su parte.

—¡Blasco! —Oyó el grito a su izquierda.

Se giró angustiado. Entre los sirvientes de mesnada que arrastraban a sus compañeros hacia las líneas propias, divisó el escudo de Gonzalo Zapata clavado en el suelo. Tras él, agazapada mientras sostenía una ballesta, identificó la inconfundible silueta de Catalina ataviada con su jubón de cuero y su turbante, con la cara cubierta, dejando ver únicamente sus ojos oscuros. Cambió la dirección de la huida y llegó junto a la valenciana. Luego pasó el tiracol del escudo de Zapata por el cuello de Catalina y lo ajustó a la espalda, de igual modo que él llevaba el suyo.

—¡Corre! —palmeó su turbante—. ¡Ahora te sigo!

La valenciana obedeció y recibió una saeta en la trama escarlata del escudo nada más iniciar la marcha. Blasco lanzó una mirada a lo largo de la muralla y al foso. Comprobó la gran mortandad que habían producido los virotes pisanos. La puerta de Montebarlao ya estaba cerrada, y en el interior quedaban los cadáveres de los valientes comandados por don Artal de Luna.

El ataque había sido un rotundo fracaso.

IV

Unos meses después.
Cerco de Villadeiglesias, Cerdeña. Invierno de 1323

Pasarían meses antes de que Ferrer Zintero pudiera quedar de nuevo al alcance de Blasco de Exea. El infante Alfonso de Aragón, totalmente apesadumbrado por el fracaso de su plan, se vio obligado a admitir la cruda realidad: Villadeiglesias debería ser rendida por hambre y sed. El fallido asalto había dejado un buen número de muertos en las líneas aragonesas, entre ellos el propio don Artal de Luna, miembro del consejo del príncipe, junto al que habían caído todos los caballeros del grupo de ataque a la puerta de Montebarlao. Tan solo dos hombres habían conseguido cruzar el foso de vuelta: Blasco de Exea y Konrad von Hesse.

Muy poco tiempo después —demasiado poco como para no considerarlo una burla del destino— los trabucos de las líneas de asedio quedaron terminados y empezaron a martillear las murallas. Mientras las minas avanzaban bajo tierra hacia las posiciones pisanas, los proyectiles rocosos volaban regularmente y atronaban las recias piedras con que los pisanos habían reforzado las defensas. En cuanto a la armada, el almirante Francés Carroz partió con un buen número de tropas a bordo y consiguió tomar la fortaleza de Ullastre. Tras fallar una nueva intentona en Terranova, cumplió las órdenes del príncipe: bordeó Córcega y se dirigió hacia la propia Pisa. Sin embargo, la enfermedad empezó a adueñarse de los marineros y guerreros embarcados. Eso y la falta de provisiones decidieron al almirante a virar y regresar a Cerdeña, y a refugiarse en el golfo del Cáller ante eventuales asaltos navales de los pisanos.

La epidemia que se reveló en el mar no era un asunto aislado. El campamento aragonés notó los primeros brotes antes de acabarse el verano. Unos lo achacaban a los malsanos aires de aquellas tierras. Otros a que el agua estaba envenenada por los pisanos y sus colaboradores sardos. Unos pocos, los menos, hablaban de que el infante Alfonso se había vanagloriado de sí mismo al pretender que comandaba un ejército invencible; Dios le había castigado con el fracaso de los dos asaltos a Villadeiglesias y ahora, como escarmiento final, el Todopoderoso se disponía a exterminar a los aragoneses con una horrenda peste. Además, que aquella empresa no contaba con el beneplácito del Santo Padre, y no era baladí la influencia que el Pontífice tenía con Nuestro Señor Jesucristo. Y si aquellos pisanos irreverentes y gibelinos tenían al propio Dios de su parte..., ¿quién estaba de parte de Aragón?

—El infante no debería dejar de lado a los astrólogos, tal como hace su padre, nuestro rey.

El joven Bernat de Anglesola lo había dicho con los ojos perdidos en la copiosa lluvia que caía sobre Cerdeña. Dejó caer la tela para cerrar la tienda y se volvió al jergón en el que reposaba

Gonzalo Zapata. El caballero había contraído las fiebres, al igual que casi la mitad del ejército invasor. Catalina le enjugaba el sudor que perlaba su frente mientras, en el exterior, un extraño y húmedo frío serpenteaba entre las fuerzas de asedio.

—Tonterías —espetó Konrad von Hesse a la vez que largaba una ojeada lasciva a las piernas de Catalina, que podían verse cuando la valenciana se acuclillaba para atender al caballero Zapata. La mirada no pasó desapercibida para Blasco, que se cruzó descuidadamente entre el teutón y la valenciana.

—Estoy seguro de que los astrólogos habrían desaconsejado al rey emprender esta campaña ahora —insistió Anglesola—. En estos momentos el Papa debe de carcajearse de nosotros, al igual que los franceses, los angevinos, los castellanos y, por supuesto, los pisanos. Nos hicimos a la mar con una armada enorme —el gesto del joven catalán se tornó ensoñador—; aun así miles de guerreros tuvieron que quedarse en Port Fangós. Un ejército orgulloso, con las tropas más capaces de la cristiandad..., y henos aquí, muriendo a decenas por enfermedades, incapaces de rendir una plaza, estrellándonos contra sus murallas en asaltos infecundos. El almirante Carroz ha tenido que regresar a puerto y refugiarse, el propio príncipe Alfonso ha caído enfermo, y con él su esposa Teresa. Ayer mismo me enteré de que la mayor parte de las doncellas de la infanta han muerto ya. ¿No os dais cuenta de que una voluntad superior se impone y desaconseja esta empresa?

—Os hacía pupilo de don Ponce de Gualba —indicó Blasco—. Supongo que no será el muy católico obispo de Barcelona quien ha metido en vuestra cabeza esas patrañas de astrólogos y maldiciones.

—Es ridículo —se mostró de acuerdo Konrad von Hesse. Anglesola sonrió como el que sabe más de lo que aparenta.

—Ninguno de los dos —apuntó alternativamente al aragonés y al teutón— conoce como yo al señor obispo. Es curioso que un freire templario y otro de la Orden Teutónica sean quienes, tras abandonar sus votos, se muestren tan piadosos como para despreciar los dictados de los astros. Son muchos quienes saben que la astrología no está reñida con la verdadera religión.

Gonzalo Zapata, con la mirada vidriosa por la fiebre, tosió varias veces antes de dirigirse a Bernat de Anglesola.

—Dejadlo, don Bernat... —balbuceó con voz débil.

Pero el joven catalán hizo caso omiso.

—El obispo de Barcelona no desprecia ninguna fuente de conocimiento. Siempre ha dicho que la sabiduría está encerrada en muchos pequeños arcones, no en uno solo grande y notorio. Quienes, como vosotros, se niegan a mirar alrededor, están ciegos.

—Verdaderamente, no es de extrañar que el señor obispo fuera investigado por la Inquisición y que tuviera que padecer destierro. —Catalina miró de reojo al joven caballero.

—¡Infundios! —reaccionó acaloradamente Anglesola, y señaló uno a uno a Blasco, Konrad y Catalina—. Vos, un templario arrepentido y fugitivo que luchó bajo las armas de una nación excomulgada... Vos, un caballero teutón desertor y lujurioso, y tú, una mujer invertida y mahometana... ¿Quiénes sois para dudar de la piedad de don Ponce de Gualba? ¡Él paga vuestros sueldos! ¡Él os ha permitido redimiros con el servicio a una causa justa! ¡Si su empresa triunfa, os habrá hecho el honor de ser quienes consiguieron...!

—¡¡Silencio!! —gritó por fin Gonzalo Zapata, incorporado a medias y con la tez rubicunda—. ¡Bernat, estáis hablando de más!

El catalán enrojeció y se puso una mano ante la boca. Luego abandonó la tienda rápidamente y se perdió en la cortina de lluvia que inundaba el campamento aragonés. Blasco miró alternativamente a Zapata, al teutón y a Catalina. Todos, uno tras otro, desviaron la mirada y dieron por terminada la conversación. Solamente se oyó una vez más la voz de la valenciana antes de dejar que el repiqueteo de la lluvia se impusiera como sonido de fondo.

—No soy una invertida.

Todas las doncellas de la infanta Teresa de Entenza murieron. El hecho de que el ejército quedara sin presencia femenina se antojó a los más supersticiosos como una nueva muestra divina de que Aragón no gozaba de la gracia de la santa Virgen en la empresa de Cerdeña, y todos temieron, por mucho que se lo callaran, que la misma infanta feneciera como colofón al castigo celestial. Sabedor del bajo estado de ánimo de todos, el propio príncipe se vestía día tras día con su equipo de combate. Desafiaba a la intensa fiebre que se había adueñado de él, y supervisaba personalmente los trabajos de minado y el castigo de los trabucos a las murallas de Villadeiglesias.

De todas formas, las desgracias parecían adueñarse de la invasión. Habían surgido graves desavenencias entre la familia Doria y el juez de Arborea, lo que minaba la eficacia de los aliados sardos de Aragón. Una fuerza de treinta y cinco galeras pisanas se había acercado a los puertos dominados por los aragoneses y, aunque se habían retirado sin presentar batalla, dejaban bien claro que se opondrían al dominio aragonés de los mares que rodeaban Córcega y Cerdeña. Además se tenía noticia de que Pisa armaba a toda velocidad una poderosa armada de medio centenar de galeras en el continente. En cuanto esa fuerza estuviera lista y embarcados en ella los bien alimentados y frescos soldados pisanos, el enfrentamiento estaría servido. Para colmo de males el almirante mallorquín, gravemente enfermo, se retiró con su flotilla, lo que disminuyó las fuerzas aragonesas.

El rey Jaime, mientras tanto, estaba al tanto de todo por los mensajeros que aun con mal tiempo se despachaban desde la isla. Por ello se apresuró a mandar refuerzos bajo el mando de frey Martín Pérez de Orós, monje de la Orden del Hospital y castellano de la fortaleza de Amposta, a quien Jaime de Aragón encargó hacerse cargo del consejo del príncipe. Pese a hallarse en pleno invierno, las naves aragonesas acudieron en ayuda del ejército de Alfonso de Aragón desafiando a los temporales mediterráneos y a la presencia de la armada pisana en aguas de Cerdeña. Con las naves de Pérez de Orós llegaron algunos cientos de ballesteros y soldados, así como una pequeña compañía de freires de Montesa. Los recién llegados mostraron su sorpresa a la vista del lamentable campamento aragonés. Un auténtico océano de lodo era el lecho en el que se alzaban las tiendas del ejército, repletas de gente enferma. Los más enteros guardaban las posiciones de asedio y las máquinas de guerra o trabajaban en las minas, y también ayudaban a sacar del campamento los cadáveres de los que cada día caían bajo el peso de la disentería. Los caballeros de Montesa, con sus ropajes blancos y negros y sin enseñas, se detuvieron ante uno de los trabucos. En aquel instante el brazo de la máquina quedaba liberado de su anclaje y, arrastrado por su contrapeso, tiraba del recipiente en forma de honda. La viga basculó siguiendo al contrapeso, y arrancó un largo chirrido a la máquina. La cuerda volteó la honda hasta que una enorme y redonda piedra salió disparada bajo la lluvia. Los freires guerreros siguieron con la vista el proyectil mientras la viga del trabuco seguía bamboleándose y chirriaba. El bolaño dibujó una parábola en el gris del cielo y se estrelló contra la parte superior de la muralla de Villadeiglesias, se deshizo en una nube blanca y arrancó una porción de almena. Los ingenieros, con gran desidia, se emplearon en la tarea de volver a cargar la máquina, lo que les llevaría no poco tiempo.

—¿Fulco? ¿Fulco de Payens?

Uno de los caballeros de Montesa se volvió. Blasco de Exea, que era quien le había llamado por su nombre, sonrió al reconocer definitivamente a su antiguo compañero de armas. Fulco, ahora privado de su abundante cabello rubio, también sonrió e hizo ademán de acercarse a abrazar a Blasco. Sin embargo, y ante las miradas atentas de sus hermanos, el antiguo templario se frenó e hizo una leve inclinación de cabeza hacia Blasco.

—Dios te bendiga, hermano... —dijo con un apenas perceptible acento francés—. No sé si sorprenderme de que te halles aquí.

Blasco sintió una pizca de decepción por el frío saludo de Fulco, pero al punto recordó que se habían separado tras una agria discusión, allá en tierras del norte de Aragón, cuando ambos eran recién llegados del lejano Reino de Escocia.

—Si estoy aquí es en parte gracias a ti —respondió Blasco. Fulco de Payens se separó de sus hermanos de orden, que atendían a la carga del trabuco por sus servidores. Se acercó al aragonés bajo la lluvia que mojaba a ambos.

—Espero que mi información al obispo Gualba no te haya perjudicado —trató de disculparse el antiguo compañero de Blasco—. Él me aseguró que nada malo te ocurriría. Ese hombre mostraba un gran interés por ti. Mayor del que decía tener, por cierto...

—Es verdad —reconoció Blasco—. Yo también lo noté. Y para dejarte tranquilo te diré que el obispo de Barcelona no me ha causado ningún mal... aún.

Fulco suspiró. Aquello era lo único que necesitaba oír para sentirse en paz consigo mismo. Hizo amago de retirarse.

—Bien, entonces todo es correcto. Espero que te vaya bien, Blasco.

—En realidad nada va bien —habló de nuevo el aragonés a la espalda del freire de Montesa—. Este asedio es un verdadero desastre. Lo que parecía un triunfo seguro se convierte día a día en una derrota evidente. Sois bien recibidos. Aunque escasos, me temo.

—El rey Jaime arma en estos instantes una flota de refuerzo. Lo hace a toda prisa, mientras recluta nuevas tropas —informó Fulco, y miró al estandarte erguido en la cercana tienda del príncipe Alfonso—. Eso cuando no está ocupado en otras tareas menos propias de un monarca. Antes de partir tuve que acompañar a mi maestre, don Arnaldo de Soler, a sacar al infante Jaime del Bordell de Valencia. Estaba allí, amancebado con una meretriz. En cuanto a ti, supongo que formas parte de la guardia del infante. Enhorabuena.

—Haré lo posible para que los de Montesa luchéis a nuestro lado. Se lo recomendaré al señor de Zapata, que es consejero del príncipe...

Fulco se encogió de hombros antes de continuar su marcha.

—Lucharé donde sea menester, Blasco, pero esto no es Escocia —dijo mientras se alejaba.

Blasco suspiró y se pasó una mano por el rostro mojado. Fulco no le había perdonado lo que consideraba una muestra de crueldad impropia de un antiguo templario. Seguía despreciándole por la muerte del gascón Bertrand. Escocia había sido tan diferente de aquello... Todos esos hombres sencillos que luchaban por su libertad, aquel sentimiento de nobleza que despertaba el rey Robert...

y él, Blasco, con su gesto asesino al quebrar la cabeza a Bertrand Arzac. Miró a la muralla de Villadeiglesias al tiempo que otro trabuco estrellaba una roca redonda contra sus piedras. Tras aquellos muros se ocultaba la última parte de su misión, el epílogo de un libro que llevaba décadas escribiendo y que contaba con demasiados capítulos en blanco. La crueldad no había terminado. Las inquinas continuaban y Fulco de Payens no encajaba en todo aquello; el francés era un caballero de otro tiempo: leal, piadoso, valiente, compasivo..., mientras que Blasco se convertía, a lo largo de los años, justo en aquello que odiaba.

¿Estaba dudando otra vez?

Se fijó de nuevo en la muralla de la ciudad asediada. La polvareda del último impacto se disolvía bajo la lluvia mientras los trabucos chirriaban al ser armados por sus servidores. Ferrer Zintero permanecía allí, tan cercano que Blasco podía sentir su presencia día tras día. Aquello le daba fuerzas para continuar, para desear la lucha y posiblemente incluso para evitar a la enfermedad que atenazaba al ejército.

No. Con Fulco o sin él, esta vez no fallaría.

V

Unos días después.
Cerco de Villadeiglesias, Cerdeña. Invierno de 1323

El final del año deparaba más sinsabores a Alfonso de Aragón.

El castellán de Amposta, el hospitalario Martín Pérez de Orós, fue bien recibido gracias a las recomendaciones del rey Jaime, y de inmediato pasó a formar parte destacada del consejo del príncipe. Pero entonces llegaron los pisanos.

Vinieron a bordo de sus naves, veinticinco galeras ligeras, y desembarcaron cerca de Terranova. En aquellos momentos el ejército aragonés se afanaba para dar a aquel desastre un aspecto de normalidad, y por orden de infante Alfonso casi todos hacían preparatívos para celebrar la fiesta de la Natividad del Señor. Mientras tanto las fuerzas pisanas, compuestas de trescientos caballeros tudescos y doscientos ballesteros, atacaron por sorpresa la playa de Canelles, en la que estaban varadas algunas de las naves del príncipe. Cuando los aragoneses quisieron darse cuenta, varias galeras habían sido apresadas y los suministros almacenados ardían. La esperanza se deshacía en pavesas. Manchaba el cielo del invierno sardo con una imponente columna de humo que podía verse desde Villadeiglesias. Alfonso de Aragón montó en cólera y sus consejeros hallaron la forma de culpar a alguien ajeno, concretamente al buen almirante Carroz, al que acusaron de falta de diligencia en la vigilancia de las naves. Ya antes se había puesto en duda su valor por el regreso de su expedición a Pisa. La mala fortuna, la enfermedad, el fracaso en los intentos de asaltar Villadeiglesias... Todo ello se unió a la discordia sembrada por quienes hasta en los momentos de mayor desgracia no se resignaban a dejar de sacar pingüe tajada. Así las cosas el infante mostró su pública preocupación por la falta de dinero. Las provisiones eran tan escasas como las medicinas, y a ello había que sumar ahora las pérdidas provocadas por los tudescos. Justo en ese momento llegaron algunas naves mallorquinas con las pagas para sus guerreros, y el príncipe Alfonso vio en ello su oportunidad: usó ese dinero para contribuir, siquiera precariamente, a la totalidad de la campaña de Cerdeña. El enfado fue tal entre los isleños que amenazaron con abandonar el ejército, aunque el infante mostró una vez más su capacidad para la concordia y los disuadió afablemente. La guinda fue la muerte de Pérez de Orós. El hospitalario, que no por formar parte del consejo se abstenía de visitar la primera línea, fue cazado por un pisano en el transcurso del trabajo en una mina. El enemigo le atravesó el rostro con un fino cuchillo y escapó de la misma forma que había venido: como un topo. Esta circunstancia sumió en la más honda tristeza al príncipe Alfonso, cuyo coraje empezaba a mostrar síntomas de derrumbe.

—La culpa es de vuestro padre, esposo mío —dijo con un hilo de voz la infanta Teresa.

Los médicos que la atendían, escandalizados, miraron al infante y a su paciente, y luego entre sí. Alfonso de Aragón les hizo un gesto para que abandonaran el aposento de Teresa de Entenza.

—No debéis hablar así del rey, Teresa —la reprendió el infante—. Además, nadie tiene la culpa de todo esto. Los pisanos son dignos enemigos, eso es todo.

El príncipe tosió un par de veces. Como siempre, iba vestido con el equipo completo de batalla, y había acudido a visitar a su mujer en un descanso en el trabajo de inspeccionar las nuevas torres de asalto que preparaba cerca de Montebarlao.

—¿Por qué no está el rey aquí en lugar de vos? —insistió la infanta, que a causa de la enfermedad había adelgazado muchísimo. Una marcada palidez sustituía a sus otrora rozagantes mofletes—. Muy valiente fue cuando os ordenó vencer o morir el día en que partimos de Port Fangós... Qué fácil es arengar así a los demás y después marcharse a un palacio para disfrutar de la vida. Prestad atención a lo que os digo: vuestro señor padre ha pasado su vida asustado, incapaz de iniciar esta empresa. Siempre mirando con envidia los retratos de sus palacios, aquellos en los que se representa a su abuelo, el rey conquistador. Tan taimado ha sido que ha esperado hasta ahora, a su vejez, para descargar sobre vuestros hombros la carga que él no pudo llevar. ¿No os dais cuenta, Alfonso?

—¡Callad, Teresa! —ordenó el príncipe de Aragón—. El rey me dio un ejército inmenso y una armada poderosísima, me rodeó de sabios consejeros y de hábiles guerreros... Si la culpa es de alguien, aquí me tenéis.

La infanta apretó los labios, se giró en la cama y tiró de las mantas para cubrirse. El príncipe salió del aposento e hizo una indicación a los médicos para que volvieran a atender a Teresa de Entenza. En ese instante llegó el portaestandarte Jiménez de Urrea. Venía con la tez arrebolada y jadeante; se plantó ante el infante de Aragón y tomó aire antes de hablar.

—Mi señor, una masa de gente sale de Villadeiglesias.

A Alfonso, maltrecho por las fiebres tercianas y enojado por las palabras de la infanta, se le iluminó el rostro. Tomó a Urrea por el brazo y le obligó a dirigirse junto a él al lugar del que venía.

—¡Se rinden! —exclamó presa de la emoción—. ¡Por fin!

Los dos hombres llegaron ante la puerta de Montebarlao, en el lugar en el que había tenido el fallido y sangriento asalto de cinco meses atrás. Los mesnaderos y almogávares de guardia en los parapetos habían formado una línea y obstruían al gentío que se arremolinaba un poco más allá. Muchos de ellos continuaban abandonando las murallas de Villadeiglesias. El infante llamó la atención de un almocadén.

—Informadme —mandó.

—Mi señor. —El almogávar respingó al reconocer a su príncipe—. Esta gente dice querer acogerse a vuestra misericordia.

—¿Por qué no he oído olifantes ni griterío? —protestó Alfonso de Aragón—. Estáis tan descuidados que podrían degollaros a todos en una salida desde la villa.

El almogávar se encogió de hombros.

—Mi señor, solo han salido mujeres, niños y ancianos, y la mayor parte de ellos apenas puede andar.

El príncipe se fijo en la muchedumbre que se mantenía a la espera y entrecerró los ojos. Lo que aquel almocadén decía era cierto. Con la vista hundida y los pómulos marcados en los rostros, las mujeres y niños de Villadeiglesias eran flanqueados por algunos viejos que no mostraban miedo en su mirada. El príncipe se adelantó a las líneas aragonesas y se dirigió a uno de los ancianos.

—¿Qué significa esto?

El viejo llamó a gritos a una mujer de las que se hallaban en cabeza y le dijo algunas palabras en su lengua.

—El gobernador de la villa nos envía a vuestra presencia para que os mostréis compasivo, mi señor —dijo la mujer en mal catalán—. No queda nada que comer en la ciudad y tampoco tenemos agua. Nos encomendamos a vuestra misericordia para que no nos dejéis morir.

Alfonso de Aragón se pellizcó la barbilla y miró a las murallas. Allá arriba veía brillar la loriga de un caballero entre un par de ballesteros.

—¿Y ellos? —inquirió a la mujer.

—Tampoco tienen nada que echarse a la boca, pero se empeñan en defender la villa. Han empezado a comer los cadáveres de los animales muertos, y no hay un solo guerrero que no esté enfermo.

El infante intercambió una mirada de inteligencia con Urrea. Al despachar a aquellas gentes, los de la ciudad se libraban de varios cientos de bocas inútiles que alimentar. Eso alargaba el tiempo que podrían resistir el asedio, y además cargaba a los aragoneses con la responsabilidad inmediata de ciudarse de una legión hambrienta de mujeres, niños y ancianos. Demasiado bien sabían que el príncipe Alfonso no haría ningún daño a aquella gente.

—Escuchad —volvió la atención Alfonso a la mujer que le servía de interlocutora—: no pretendo vuestra muerte y lamento que padezcáis males, sin embargo debéis saber que Aragón está en su justo derecho de poseer Villadeiglesias. Vuestra hambre y sed, las desgracias que se han producido y las que falten por llegar, se deben a la desobediencia de los pisanos. Os niego el permiso para salir de la villa si no es con toda ella rendida. Regresad dentro y trasladad a quien dirige la defensa mis palabras. Decidle que es responsabilidad suya vuestra suerte, así como la de quienes se han alzado en armas contra Aragón. Que no vuelva a enviarme a un ejército de mujeres y viejos desarmados. Si tiene valor, que salga y se mida conmigo, o que mande a sus huestes contra las mías. Si sufre necesidad, que me entregue la plaza. Si quiere morir, que siga enfrentándose a Aragón.

La conjura de la sangre

I

Una semana más tarde.
Sitio de Villadeiglesias, Cerdeña. Invierno de 1324

Después de las fiestas de Navidad, las condiciones se agravaron aún más. Los aragoneses veían menguar su ejército mientras llegaban las noticias apremiantes de que los nuevos refuerzos pisanos estaban a punto de llegar a la isla. Los rumores se extendían y el miedo crecía, y eran ya pocos los que confiaban en que la empresa pudiera llevarse a cabo. El sentimiento de euforia de Port Fangós estaba herido de muerte y muchos se arrepentían ahora de aquellas alegrías. Pero si el ejército de Alfonso de Aragón padecía miserias, no eran nada comparadas con las que debían sufrir los habitantes y defensores de Villadeiglesias.

A poco de iniciado un mes de enero brumoso y húmedo, Blasco de Exea se hallaba recorriendo el cerco en compañía del infante. Alfonso de Aragón no había dejado un solo momento de cumplir sus obligaciones de general, y todos los días inspeccionaba los trabajos de minado y el martilleo incesante de las máquinas de guerra. El príncipe estaba en ese instante frente a Montebarlao, comprobaba por sí mismo la rigidez de una estructura de madera sobre la que montaban un nuevo trabuco, mayor que los anteriores y destinado a lanzar sus proyectiles dentro de la villa.

Junto al príncipe se hallaba su portaestandarte, Jiménez de Urrea, así como el propio Blasco y un par de guardias reales. Los obreros trabajaban con una desidia que ya ni siquiera se molestaban en disimular a la vista de su príncipe. Este resoplaba, tensado su brazo sobre las vigas de madera, con la tez pálida por los padecimientos y con bastante menos peso del que tenía antes de embarcarse en Port Fangós.

—Hacedlo fuerte y resistente —indicó a los trabajadores—. Que no se resienta aunque lo carguemos con las rocas más pesadas. Quiero que este trabuco alcance los edificios mejor resguardados de Villadeglesias. Que no duerman un solo instante y que sepan que no cejamos en nuestras pretensiones.

Un ingeniero de asedio sonrió de mala gana y se limpió con el dorso de la mano el denso líquido que moqueaba.

—Así será, mi señor.

Urrea miraba distraídamente hacia la puerta de Montebarlao. Recordaba una vez más la masacre del verano anterior y la heroica e inútil muerte de don Artal de Luna. Lo único positivo que habían sacado de aquel absurdo ataque fue el corte del suministro de agua a Villadeiglesias. De repente, el portaestandarte se dio cuenta de que la puerta basculante estaba bajada sobre el foso. Se fijó mejor y vio que el rastrillo subía. Al momento llegó el aviso de uno de los almogávares de guardia.

—¡Sale gente de la ciudad con bandera de parlamento!

El infante y su séquito dejaron de prestar atención a las obras del trabuco. Los defensores de aquel sector, bien disciplinados a pesar de todas las adversidades, formaron ante los heraldos pisanos. Los almogávares del lugar dibujaron una línea defensiva tras la que se apostaron media docena de ballesteros.

Los de la villa llegaban sobre tres caballos. Traían sus espadas en las vainas, pero no portaban escudo ni lanza. Solamente uno de ellos erguía el estandarte de parlamento. Blasco reconoció de inmediato al caballero que encabezaba la legación: era el mismísimo Giacomo Di Settimo, bastante desmejorado después de todo aquel tiempo. Traía la celada de su yelmo alzada y observaba con detenimiento los parapetos, los trabucos y la media torre de asedio erigida tras las tiendas. Se detuvo ante los almogávares y miró más allá, a las inconfundibles figuras de Alfonso de Aragón y los que le rodeaban.

—¡Os he visto desde el adarve, mi señor! —explicó el pisano—. ¡Os solicito un trato, si os place!

Alfonso se pasó la lengua por los labios y avanzó por entre los ballesteros, que tenían sus virotes listos y apuntados a los pisanos. Urrea y Blasco escoltaron al príncipe. Di Settimo entornó los ojos al reconocer al aragonés que había visto una vez vestido como un almogávar. Ahora, con su loriga, su veste negra, su escudo colgado a la espalda y el yelmo bajo el brazo, se daba cuenta del engaño que había sufrido. Lo relacionó de inmediato con aquel fiero y oscuro guerrero que se había medido a los suyos bajo la misma puerta, acompañado de un gigante rubio y tuerto que quebraba las líneas pisanas a hachazos.

—Tú.

—Yo, sí —respondió Blasco.

Di Settimo pareció perder la mirada. Señaló al cielo con un dedo.

—El buen don Vico, que Dios tenga en su gloria, me lo advirtió en tu presencia: «Jamás te fíes de la promesa de un almogávar.»

Blasco se encogió de hombros.

—Siento de veras la muerte del señor Di Rosellino. Era un buen caballero a pesar de ser nuestro enemigo. Y aunque el consejo que os dio era cabal, debo defenderme diciéndoos que, como prometí, traje conmigo a una buena hueste.

El pisano crispó las mandíbulas y volvió su atención al infante.

—Bien, don Alfonso. —Alzó la barbilla—. Invoco ante vos las leyes de la guerra y vuestra palabra de príncipe y de caballero.

El infante inspiró con profundidad e hizo un gesto con la mano para que el pisano continuara.

—No es necesario que invoquéis tales cosas. Estáis en presencia de un miembro de la Casa de Aragón.

—Entonces oíd esto: sabéis tan bien como yo que el Señorío de Pisa manda en estos instantes una armada tan poderosa que no podréis enfrentaros a ella. Vuestro ejército, como mi villa, es presa de las enfermedades y del hambre, así que no vale la pena andarnos con argucias ni medias palabras. No es mi deseo pudridme tras esas murallas aun antes de morir, ni sería decoroso que vuestra hueste se convirtiera en un ejército de cadáveres andantes para tomar una ciudad infestada de ratas y gusanos. Aveníos a mis palabras y razonad si no será lo más lógico esto que os digo: dadnos cuarenta días. Si en ese plazo llegan nuestros refuerzos desde Pisa, os rogamos que levantéis el sitio. Podréis así retiraros sin perder el ejército de Aragón en el campo de batalla, y vuestro honor quedará a salvo.

El infante Alfonso arrugó la nariz y miró a su portaestandarte. Jiménez de Urrea hacía la cuenta mentalmente.

—Decimotercer día de febrero, mi señor —informó al príncipe del momento en que cumplía el plazo solicitado por Di Settimo.

Alfonso de Aragón movió la cabeza afirmativamente y reflexionó un momento. En su recuerdo resonó una vez más la arenga de su padre en Port Fangós, la consigna que había guiado los pasos de sus antepasados.

Vencer o morir.

—Cuarenta días son muchos días —adujo ante el pisano—. ¿Y si vuestra poderosa armada de refuerzo no llega a tiempo?

Di Settimo extendió una mano abierta hacia el príncipe.

—Villadeiglesias será vuestra.

Alfonso de Aragón ahogó un gruñido y se volvió mientras se mordía el labio. Observó a los mesnaderos, que esperaban una contestación con gran ansia. Los jóvenes almogávares que lo flanqueaban también se mostraban esperanzados. Aceptar el trato implicaba acortar los padecimientos. De una u otra forma, el ejército podría abandonar aquel malsano asedio y unirse a las fuerzas que sitiaban Cáller. Siempre habría tiempo para vencer o morir.

—Os comprometéis con vuestra palabra de caballero —advirtió el príncipe— a entregarme Villadeiglesias en el plazo.

—Me comprometo —aseguró el pisano—, así como espero que a la entrega de la ciudad ninguno de sus habitantes sufrirá daño alguno, al igual que mis hombres...

El príncipe asintió y señaló a Urrea, a Blasco y a los dos caballeros que acompañaban a Giacomo Di Settimo.

—Sean ellos testigos de nuestro pacto: en cuarenta días cesará el asedio y, sea quien sea el que quede dueño de la villa, nadie perderá su vida ni su libertad.

El pisano hizo un firme movimiento de cabeza y tiró de las riendas de su flaco corcel. En silencio y al paso, los tres caballeros volvieron hacia la puerta de Montebarlao.

Blasco de Exea arrojó el yelmo al suelo de la tienda. El ruido sobresaltó al adormilado Gonzalo Zapata. El caballero valenciano, aún convaleciente de su enfermedad, carraspeó antes de tapar su cabeza con las dos mantas que llevaba echadas por encima. Catalina miró fijamente al aragonés. Luego se fue hacia la entrada y sostuvo la tela en una invitación clara a Blasco para que la siguiera afuera. Él dejó el escudo negro apoyado en un arcón y salió.

—Maldita sea mil veces mi suerte —rezongó.

Catalina sonrió amargamente. Las privaciones también habían hecho mella en la valenciana, aunque su cuerpo joven no había claudicado ante la plaga.

—¿Y bien?

Blasco puso los brazos en jarras y contempló la muralla, por sobre cuyas almenas sobresalía la iglesia de Santa María de Valverde.

—Ferrer Zintero está dentro de Villadeiglesias. Durante más de medio año he esperado aquí, ignorando al Diablo y a la asquerosa peste que nos ha diezmado. Nunca en toda mi vida he estado tan cerca de cumplir la única deuda que aún me resta... He aguardado con la esperanza de enfrentarme a ese asesino y poder hacerle pagar su miseria. Y ahora se ha llegado a un acuerdo para rendir la villa.

Catalina, cubierto su pelo negro con la fea crespina y arrebujada en un manto gris, asintió al entender lo que ocurría.

—Me dijiste que la escuadra del Grifo era aragonesa —objetó ella—. Aunque haya un acuerdo, han cometido traición...

—El infante Alfonso ha empeñado su palabra —atajó Blasco—. Si la ciudad se rinde no se hará daño a nadie. Todos podrán abandonarla e ir al lugar que les plazca.

La valenciana se puso frente al aragonés y buscó sus ojos con la mirada.

—No debes mortificarte. Aunque se cumpla el acuerdo podrás perseguir después a Zintero. No creo que el infante se muestre remiso a hostigar a quienes han traicionado a la Corona.

—No lo entiendes. —Blasco hizo un gesto brusco y eludió el gesto conciliador de su secreta amante—. Él está atrapado ahí mismo, tan cerca que puedo oler su fetidez. La última vez que eso ocurrió yo era un crío asustado. He tardado decenios en encontrarlo... Tengo miedo de que se aleje de aquí y jamás vuelva a dar con él. Es listo, muy listo. Estoy seguro de que no tendría problemas en eludir cualquier persecución. Maldito sea. ¡Malditos sean todos!

El aragonés se alejó a largas zancadas hacia las caballerizas improvisadas tras las líneas de tiendas y bastimentos. Catalina se quedó mirándolo y chascó la lengua.

El crujir de la tela hizo volverse a la valenciana. Gonzalo Zapata, con el pelo revuelto y los ojos hinchados, se asomaba envuelto en una manta.

—Lo he oído todo —dijo con la voz tomada por la reciente enfermedad.

—¿Qué pasará si Zintero desaparece? —Ella observó a Blasco, que, a lo lejos, pegaba un puntapié a un guijarro.

—Zintero no desaparecerá —aseguró Zapata con una sonrisa artera.

Cincuenta galeras eran demasiadas. Demasiadas galeras para no considerar su posible entrada en escena, como hizo el príncipe de Aragón, y demasiadas galeras como para no tratar de contar con semejante baza, tal como hizo el gobernador de Villadeiglesias. Eran también demasiadas para ponerlas a flote, armarlas y conseguir que llegaran a tiempo al auxilio de Cerdeña, y esto, con seguridad, no fue suficientemente meditado ni por Alfonso de Aragón ni por Giacomo Di Settimo. Cuarenta días también eran demasiados días, según se pudiera mirar. No era nada, desde luego, comparado con el tiempo que los pisanos llevaban en posesión de la villa, ni era tampoco mucho en relación con lo que ya duraba aquel aciago asedio. Para los hombres de la Corona de Aragón cuarenta días eran una eternidad, pues bien parecía que en ese tiempo hasta siete armadas pisanas podrían desembarcar para frustrar los planes del rey Jaime II. Para los hombres de Villadeiglesias cuarenta días eran un instante, pues antes de que pudieran darse cuenta ya parecía que se cumplía el plazo y no había noticia, ni cierta ni incierta, de aquella poderosa armada de auxilio.

El séptimo día de febrero de aquel año del Señor de 1324, después de comprobar que los ciudadanos de Villadeiglesias eran incapaces de cargar con los féretros de los últimos muertos por inanición y por disentería, Giacomo Di Settimo entregó la plaza. Regaló a Aragón los seis días que aún restaban para el cumplimiento del compromiso, salió con bandera de rendición por Montebarlao y ofreció a Alfonso de Aragón la villa. Reconoció su derrota y apeló al pacto contraído y a la buena voluntad del príncipe aragonés. Las negociaciones fueron cortas, pues todo estaba prácticamente dicho. A mediodía, con una fina llovizna que caía de lado, la columna de hombres de armas y ballesteros italianos se retiraba de Villadeiglesias con destino a Cáller. Caminaban como si arrastraran su propia alma desgarrada, con la mirada perdida sobre grandes bolsas amoratadas y los huesos marcados a cuchillo bajo la piel. Algunos de ellos, presas de un extraño sentimiento, miraron a sus enemigos, colocados a ambos lados del camino, con una suerte de complicidad. Los aragoneses que veían desfilar a aquel ejército de medio muertos también se notaban atados por aquel raro cordón entre unos y otros, rivales aún pero unidos en su destino a aquel avatar que la guerra les había escrito en el epitafio. Marcharon en silencio, con las armas aferradas sin fuerza y encabezados por un Giacomo Di Settimo que trataba de mantener la honra intacta en su expresión. A la cola de la columna, los heridos y enfermos eran ayudados por compañeros solícitos que aún se sentían con fuerzas para acarrearlos, y a retaguardia... venían los almogávares del Grifo.

Blasco de Exea formaba en el grupo que rodeaba al príncipe, por supuesto. Alfonso de Aragón, totalmente armado, montado a caballo y con su yelmo apoyado en el arzón, hizo una inclinación de cabeza ante Di Settimo y sus ayudantes de campo. Demostraba así su respeto hacia un enemigo que, por otra parte, no dudaría en matar en caso de enfrentarse de nuevo a él. Gonzalo Zapata, ya casi recuperado de sus males, se mantenía a un lado del infante, y Jiménez de Urrea ocupaba el otro flanco. Alrededor, a pie, estaban un indiferente Bernat de Anglesola, una disfrazada Catalina de Alborach, un displicente Konrad von Hesse y un iracundo Blasco de Exea.

Una lluvia de escupitajos cayó sobre la escuadra del Grifo cuando pasó en cola de la comitiva. Los más afanosos, quienes más se empleaban vituperando a los traidores, eran los almogávares del ejército aragonés. Para ellos era un baldón que los únicos desertores a ojos vista fueran miembros de su mismo y afamado cuerpo. No soportaban que su gloria, ganada a golpe de cuchillo y de probada lealtad a la Corona, fuera mancillada por aquella partida de ratas que anteponía la codicia al honor. Gentuza que nunca preguntaba por qué, sino solo por cuánto.

—¡Traidores! —les insultaban algunos, y hacían bajar la cabeza a los del Grifo—. ¡Así permita Dios que caigáis en nuestras manos!

Ferrer Zintero avanzaba. Sujetaba su estandarte con un extraño gesto de orgullo, con la contera apoyada en el cinto y el grifo tremolando sobre su capacete. Era como si aquella bajeza fuera motivo de jactancia para él. Miraba a uno y otro lado con la cabeza alta, despreciando a los almogávares leales. Un salivazo, lanzado con tino por un tipo desgreñado, acertó en un ojo al almocadén. Zintero se lo restregó con un gesto rápido.

—¡Que nadie los toque! —exigían los oficiales aragoneses—. ¡El infante les ha concedido licencia para marchar a salvo, como al resto de los pisanos!

Un denso murmullo se alzó entre las filas, y más de uno temió que se desatara el linchamiento que algunos deseaban. Jiménez de Urrea vio que aquello podía devenir en una incómoda violación del acuerdo, así que cabalgó a lo largo de la columna pisana hasta alcanzar la retaguardia. Tiró de las riendas a la altura de Zintero y miró con gesto avieso a sus propios hombres.

—¡Somos hombres de honor! —Clavaba su mirada en cada uno de los almogávares leales del ejército de Aragón—. ¡Somos hombres de palabra! —Sujetó el gobierno de su montura con la mano izquierda y señaló con la diestra al estandarte que portaba Zintero, manchando de negro con su grifo el dorado de la basta tela—. ¡No somos como ellos!

Los almogávares del Grifo desfilaron entre las filas aragonesas aguantando el doble chaparrón, mientras algunos de los pisanos más rezagados también se volvían y los miraban sin ocultar su desprecio.

Finalmente, Ferrer Zintero pasó sujetando el mástil de su estandarte por delante de Alfonso de Aragón. Se fijó de reojo en el príncipe. Para él no era más que otro noble, y los nobles eran siempre, fueran del bando que fueran, enemigos suyos. Estúpidos malcriados que seguían un absurdo código inútil y rancio llamado honor. Nobles, siempre mirando desde arriba y despreciándoles a ellos... Nobles como el portaestandarte aragonés, que ya volvía junto a su príncipe tras recorrer de nuevo la columna. Nobles como el otro caballero del escudo escarlata o como los demás que rodeaban al séquito de Alfonso de Aragón. Zintero dejó vagar su mirada por la recia y ancha figura de Konrad von Hesse y esbozó una enigmática sonrisa..., y entonces vio a Blasco.

El almocadén pareció no sorprenderse. Siguió su camino con el estandarte apoyado en el ceñidor, dejando que el viento arrastrara junto a la lluvia el pendón de su escuadra. Pero continuó con la vista puesta en Blasco de Exea, con una media sonrisa leve en su rostro cruzado de cicatrices, con una turbia mirada hundida en los huecos de sus ojos oscuros... Blasco aferró el pomo de su espada con fuerza y apretó hasta hacerse daño. Anglesola, testigo de todo, sujetó el brazo de su compañero y notó los músculos tensos, como si una fuerza que nacía del corazón del aragonés estuviera a punto de estallar y arrastrar una tempestad hacia aquel almogávar de rostro avieso.

—Teneos, amigo mío —rogó el catalán en un susurro.

Pero Blasco de Exea no le oyó. Sus arterias parecían tambores de duelo que anunciaban la pronta muerte de Zintero. A pesar de la fría llovizna, el sudor goteaba bajo el gambesón negro del aragonés y vibraba con la tensión que se acumulaba bajo su piel. Un agudo chirrido anunció que la hoja de la espada templaria resbalaba desde la vaina, y Bernat de Anglesola dio un respingo. A pesar de tener fuertemente cogido el brazo de Blasco, no podía evitar que este se desenfundara el arma. Le parecía estar sumido en una de esas pesadillas en las que los esfuerzos son siempre baladíes y las caídas son interminables, las carreras lentas y agobiantes y los enemigos siempre más fuertes. El catalán sujetó con ambas manos a Blasco, pero ni aun así pudo evitar que el hierro se desnudara hasta media hoja. Gonzalo Zapata se dio cuenta entonces de lo que ocurría e intervino.

—Blasco de Exea, os juro que yo mismo os despellejaré vivo si rompéis la tregua del príncipe.

Alfonso de Aragón, que no se había percatado de la ira implacable de Blasco, ladeó la cabeza en busca del problema. Pronto detectó los ímprobos esfuerzos de Guillén de Anglesola.

—Señor don Blasco —habló el infante en el mismo tono reprobatorio de Zapata—: ¿qué creéis que estáis haciendo?

Ferrer Zintero, que ya llevaba unos codos alejándose del séquito principesco, volvió la cara al frente y dejó de mirar con sus ojos pequeños y desafiantes a Blasco de Exea. Este suspiró y bajó la cabeza, cubierta con el almófar y la crespina, pero no devolvió el hierro desguarnecido a su vaina.

—Mi señor —arrastró las palabras—. Tengo una deuda que saldar con ese almogávar... Os ruego que me concedáis licencia, por favor.

—Por supuesto que no, don Blasco —contestó tajante el infante—. He dado mi palabra.

El aragonés apretó los dientes hasta hacerlos chirriar.

—Son unos traidores... —escupió sin dejar de mirar al suelo mojado y removido por las pisadas—. Son traidores a Aragón.

—Y con la ayuda de Dios recibirán su castigo —completó el príncipe Alfonso—. Pero no ahora.

—Cerrad ya vuestra boca, Blasco —exigió Zapata.

—Hacedle caso, amigo mío —rogó Anglesola.

El teutón Konrad von Hesse observaba divertido al aragonés, encendido este de ira mientras aún sujetaba la empuñadura de su espada. En cuanto a Catalina, se mordía el labio mirando ora al infante, ora a Gonzalo Zapata, ora a su amante.

—Van a Cáller, don Blasco —remató Alfonso de Aragón—. Ninguno de ellos saldrá de allí.

El aragonés se volvió por fin y clavó sus ojos en los del heredero de la Corona de Aragón.

—¿Y si ocurre como aquí, en Villadeiglesias? —preguntó—. ¿Y si llegáis a un nuevo acuerdo? Yo también tengo una palabra que cumplir, mi señor.

Gonzalo Zapata clavó ligeramente las espuelas en los ijares de su montura. El caballo se adelantó y empujó con el pecho a Blasco de Exea. Este se vio desplazado a un lado y miró enfurecido al caballero valenciano.

—Os lo advierto, Blasco —habló Zapata—. Dejad de importunar al infante.

Pero Alfonso de Aragón alzó un brazo sin dejar de observar el gesto de furia desbocada de aquel tipo vestido totalmente de negro. Entonces recordó a Ponce de Gualba y todas sus peticiones, sus manejos, sus confidencias... Recordó el dibujo del grifo negro y el afán del obispo de Barcelona por hallar a Blasco de Exea. Todos aquellos meses de tedioso y baldío asedio, las muertes en batalla, la dura enfermedad padecida por el ejército, habían hundido al príncipe en la desesperación y el temor de que la empresa de Cerdeña no pudiera llevarse a cabo. Le habían llevado a olvidar todo lo que no fuera el miedo al fracaso, a la reprensión de su severo padre, el rey Jaime, y al juicio de la historia... Vencer o morir, solo vencer o morir.

Sin embargo ahora, bajo la tenue lluvia del invierno sardo,

todos aquellos recuerdos volvieron a sus mientes. Blasco de Exea y Ferrer Zintero. Claro.

—Escuchad, don Blasco —le dijo el infante—. Al igual que ahora cumplo con mi palabra y dejo marchar a esos traidores, cumpliré el compromiso que adquiero al punto: vos seréis el primero en entrar en Cáller, y vuestro será ese almogávar del Grifo.

II

Dos semanas más tarde.
Cabotierra, Cerdeña. Invierno de 1324

Cuando el infante Alfonso hizo su entrada solemne en Villadeiglesias, se encontró con una ciudad muerta. Muchos de su pobladores no la habían abandonado por pura indiferencia. Lo mismo les daba que fuera Aragón o Pisa quien rigiera sus destinos. Carecían de agua y de comida, y todos habían perdido a algún familiar durante las privaciones y enfermedades provocadas por el asedio. Algunos, no obstante guardar un fuerte resentimiento contra los aragoneses, se dieron cuenta de que marchar a Cáller sería volver a repetir el mismo calvario, por lo que permanecieron en Villadeiglesias. Otros muchos prefirieron huir al campo o a otras ciudades. Una sensación de podredumbre, una agobiante sombra se extendía sobre toda la isla. Con aquella impresión y ante las miradas apagadas de los pobladores, el príncipe quedó en Villadeiglesias durante una semana, aunque ninguna ventaja existía con respecto a la vida en las austeras tiendas del ejército. Durante ese tiempo llegaron noticias de mensajeros que decían que la gran armada pisana, compuesta por más de medio centenar de embarcaciones, debería haber arribado a tiempo para levantar el asedio. Sin embargo un oportuno temporal, el llegado a Cerdeña en forma de molesta llovizna, se había encargado al parecer de detener a los pisanos en la isla de Elba. Aquellas noticias, traídas por los pescadores de la zona, llevaron al príncipe de Aragón a pensar que quizá Dios se había decidido por fin a extender su mano hasta el ejército del infante Alfonso. También le impulsaron esos informes a adoptar muchas precauciones: el príncipe reunió a su consejo en la recién conquistada villa y llegaron a dos conclusiones:

Una, la que más férreamente sostenía Jiménez de Urrea, decía que Villadeiglesias se había revelado como una ciudad prácticamente inexpugnable. No sería necesaria una gran guarnición para defenderla hasta la llegada de refuerzos.

La otra, la que ponderaba el corazón del infante Alfonso, era reunir de nuevo el ejército para acudir al cerco de Cáller y esperar la llegada de los refuerzos pisanos, enfrentarse a ellos en campo abierto y vencerlos definitivamente. El príncipe no cometería en Cáller los mismos errores que en Villadeiglesias. Sabía perfectamente que la ciudad había sido fuertemente guarnecida y reforzadas sus defensas.

La infanta Teresa, por su parte, pareció mejorar de sus males cuando al fin pudo instalarse en la ciudadela y disfrutar de verdaderas estancias de piedra, de sólidas paredes y techos y de la seguridad de las murallas. Hizo que de inmediato se decoraran sus aposentos con los tapices y alfombras que se había traído en las bodegas de la *Santa Eulalia* y juró que no se movería de Villadeiglesias hasta que terminara la guerra. Aquella cabezonada de la infanta, más propia de una aragonesa que de una catalana, satisfizo no poco a su marido el príncipe. Alfonso de Aragón estaba totalmente harto de Teresa de Entenza. Ni una sola vez podía mirarla sin recordar con un sentimiento de congoja a Leonor de Castilla, a sus nobles maneras, sus castellanos y significativos silencios, su figura estilizada y su lánguida belleza. El príncipe dejó a doscientos caballeros como guarnición de la plaza y marchó hacia Cáller, dispuesto a cerrar el asedio y a esperar al grueso del ejército enemigo. Cuando Alfonso llegó a las inmediaciones de Cáller, pudo ver con gran complacencia cómo sus hombres habían erigido una fuerte posición en un cerro frente a la villa. Lo habían llamado Bonaire, y hasta habían previsto un sencillo acceso al mar.

No pasaron muchos días antes de que el juez de Arborea pasara el aviso al infante de que los pisanos, que por fin habían llegado con su armada a la isla, se disponían a fondear en un lugar llamado Cabotierra. En un rápido consejo, Gonzalo Zapata se ofreció para inspeccionar el desembarco enemigo y calcular el número de hombres a los que deberían enfrentarse, capitaneados según Hugo de Arborea por Manfredo Donoratico, el hijo del principal valedor de Pisa. Aquella maniobra demostraba una vez más en cuánta estima tenían los pisanos a la isla que tantos trabajos costaba a los aragoneses.

Blasco de Exea fue el enviado, junto con el joven Bernat de Anglesola, para acercarse a Cabotierra y hacer una estimación de las tropas enemigas. Partieron con un par de almogávares que don Gonzalo puso a sus órdenes, muchachos disciplinados y valientes, en nada parecidos a la chusma del Grifo. Los dos caballeros se encontraban tendidos en lo alto de una pequeña loma. Podían ver dos parejas de jinetes que los pisanos habían enviado a explorar los alrededores, pero los dos espías aragoneses dejaban ahora la bahía a su espalda y al parecer los enemigos no esperaban que nadie apareciera por allí. El pálido sol del invierno apenas acertaba a deslumbrar a Blasco y Bernat, pese a lo cual este mantenía su mano a modo de parasol sobre los ojos.

—Medio millar de caballeros, si no me equivoco —calculó Bernat de Anglesola al ver las columnas de jinetes.

—Algo menos, quizá —corrigió Blasco—. Allá debe ir el tal Donoratico, bajo el estandarte pisano.

El catalán localizó el pendón escarlata adornado por una cruz blanca. Se fijó en el parecido entre las vestiduras de los guerreros y en su disciplina al salir de las naves.

—Tudescos —señaló Blasco a los jinetes que cerraban la columna de caballería—. Paisanos de nuestro Konrad.

Tras los caballeros desfilaban los ballesteros, muchos de ellos mercenarios genoveses cubiertos por brigantinas que cargaban sus grandes armas al hombro. Después llegaban las milicias ciudadanas, pisanos entrenados y enviados a la defensa de la preciada plaza sarda.

Blasco se dejó resbalar hasta quedar desenfilado y se sentó en el suelo. Llevaba su escudo negro sujeto a la espalda, como siempre, y había dejado el yelmo atado a *Triguero*, que junto al corcel de Anglesola y dos caballos más pacía descuidadamente pendiente abajo, atados los cuatro animales a las ramas de un arbolillo desnudo y triste y junto a los almogávares.

—No hay menos de dos mil de esos ballesteros —se lamentó el aragonés.

—Sin duda son los más peligrosos... Los que más bajas nos causaron en Villadeiglesias. Pero el príncipe teme sobre todo a la armada enemiga.

Blasco descendió un poco más y se incorporó. Caminó hacia los animales.

—Vamos. Hay que avisar al infante. Irás y le informarás de lo que hemos visto —ordenó el aragonés con seguridad—. Le dirás que la armada no fondea, sino que desembarca a las tropas y vuelve a hacerse a la mar. Insiste para que el almirante Carroz se apreste. Yo me quedaré por aquí con los muchachos —señaló a los jóvenes almogávares—, y enviaré a uno de ellos cada día para que informe de la ruta de ese ejército.

Bernat de Anglesola asentía a las palabras de Blasco. Cuando este terminó, se dispuso a cumplir la misión. Pero pareció recordar algo y se volvió.

—No debes arriesgarte.

—Lo sé —respondió el aragonés—. No lo haré, no te preocupes. Tengo una cita en Cáller.

Ante la preocupación de Gonzalo Zapata y el asomo de angustia de Catalina de Alborach, pasó más de una semana en la que los almogávares de Blasco iban y venían: cada jornada, a eso del mediodía, uno de aquellos muchachos llegaba montado a caballo, informaba de la posición del ejército enemigo y marchaba. Así supieron que Manfredo Donoratico recorría las villas cercanas y reclutaba a los pisanos que hasta ese momento habían permanecido escondidos, y también a aquellos sardos que quisieran luchar bajo bandera pisana. No era de extrañar, por cierto, pues por toda la isla corría la voz de las graves dificultades que padecía el ejército de Aragón. La hueste de Donoratico crecía día a día, y ya pasaban del millar los caballeros que componían la fuerza pisana. Todo esto hacía que entre los aragoneses se extendiera un apremiante temor, pues el ejército enemigo aumentaba por momentos y se movía a placer por el juzgado de Cáller. Y aunque el príncipe quiso tener aprestadas las naves de la armada, en todo momento rehusaron el combate los pisanos.

La víspera del primer día de Cuaresma, con la luna casi llena enseñoreada de la noche, Catalina vio llegar a un jinete totalmente vestido de negro que montaba un también oscuro corcel. La valenciana siguió con la mirada al recién llegado, que gritó su nombre ante los centinelas del campamento y se detuvo a la entrada del Bonaire. Catalina corrió hacia el lugar mientras alguien se apresuraba a avisar al infante de su llegada.

—¡Blasco!

El aragonés miró a ambos lados, pero se contuvo por la presencia de algunos mesnaderos de guardia nocturna. Desmontó y se llevó un dedo a los labios. La valenciana se dio cuenta de que no había encubierto su voz femenina.

—¡Ruy, amigo! —disimuló Blasco—. ¿Cómo va todo por aquí?

Catalina se tragó las ganas inmensas que tenía de abrazar a su amante, al que había echado de menos noche tras noche. Aprovechó la oscuridad para despojarse del paño que cubría su boca y le sonrió con complicidad.

—Los de Cáller están bien estrechos —se acercó más de lo que aconsejaba la prudencia—, y los enemigos nos han negado la batalla en el mar.

Blasco arrugó el ceño.

—En este instante les es mucho más seguro enfrentarse a nosotros por tierra. Será mejor que descanses. Me temo que mañana será un día duro.

La valenciana cambió su gesto de liviana felicidad por uno de preocupación y tomó las riendas de *Triguero*, que el aragonés le tendía. En ese instante salió del Bonaire un hombre de armas e invitó a Blasco a pasar. El príncipe Alfonso recibió al aragonés en compañía de su portaestandarte, Juan Jiménez de Urrea, y un par de caballeros más de su consejo. Blasco hizo una leve inclinación y observó al infante con gesto de preocupación. Con barba de varios días y la tez sucia, el aragonés parecía recién salido de una mazmorra.

—¿Y bien, don Blasco?

—Donoratico ha reclutado una buena tropa estos días —empezó a relatar sin más ceremonias—. Supongo que mis almogávares os habrán tenido puntualmente informado.

El príncipe asintió.

—¿Cómo es que esta vez venís vos mismo? —inquirió el de Urrea.

—Esta tarde los pisanos han desembarcado la hueste en un lugar no muy lejano que llaman La Magdalena. Han sacado todos sus pertrechos y no han quedado en las naves más que las gentes de mar. Después han avanzado a marchas forzadas hasta la villa de Décimo, donde ahora mismo pernoctan. Tanto los muchachos que me encomendasteis como yo mismo hemos podido ver las hogueras que han encendido, y hasta juraría haber sido testigo lejano del consejo de guerra. Estoy totalmente seguro de que nos atacarán mañana.

El infante Alfonso se pellizcó la barbilla, como solía hacer cuando reflexionaba. Miró a sus consejeros y obligó a repetir a Blasco la estimación de las tropas enemigas, que pasaban con mucho de los tres mil hombres entre jinetes, ballesteros y milicias ciudadanas. Aquello era bastante más de lo que podía movilizarse en el ejército de Aragón. Y además no debían desguarnecer el Bonaire ni el sitio de Cáller.

—Uno de vuestros almogávares insinuó que las tropas de Donoratico tienen muy buen aspecto —dijo Urrea. Blasco asintió y enarcó las cejas.

—Eso parece —admitió lacónico.

El infante recorrió la sala del consejo de un lado a otro. De vez en cuando se detenía y su mirada se perdía en las llamas de los hachones que iluminaban la estancia. Tras unos instantes en tenso silencio, murmuró:

—Vencer o morir.

—Tal vez haya llegado el momento —reconoció Jiménez de Urrea.

—Si me lo permitís, mi señor —volvió a intervenir Blasco—. En el camino desde Décimo he visto un paraje llano dominado por un gran estanque. No hay posibilidad de guarnecer posiciones allí. Se verían obligados a plantarnos cara sin más..., no como en Villadeiglesias, tirando al blanco desde las murallas.

El príncipe chascó la lengua, incómodo por el último comentario de Blasco, y Jiménez de Urrea lanzó una mirada airada al caballero vestido de negro. Sin embargo, el aragonés no dejaba de tener razón.

—No podemos arriesgarnos a ser emparedados entre el ejército de Donoratico y la guarnición de Cáller, que además está reforzada por las tropas que salieron a salvo de Villadeiglesias —indicó uno de los miembros del consejo, un catalán familiar de Bernat de Anglesola llamado Guillén que solía mantenerse en silencio si no tenía nada importante que decir.

—Pero tampoco podemos presentar batalla con toda la hueste —repuso Urrea—. Alguien tiene que mantener el asedio.

Alfonso de Aragón se humedeció los labios. Miró alternativamente a Jiménez de Urrea, Blasco de Exea y Guillén de Anglesola.

—¿De cuántos hombres podemos disponer mañana al amanecer?

El consejero catalán se rascó la cabeza, cubierta por un escaso pelo entrecano.

—¿Hombres sanos y dispuestos? Setecientos..., tal vez setecientos cincuenta jinetes, unos mejor armados que otros —respondió don Guillén—. Dos mil hombres de a pie entre los infantes de mesnada y vuestra infantería ligera de almogávares.

Un lamento escapó de los labios del infante. Por un momento se acordó de los miles de guerreros que habían debido quedarse en Port Fangós porque todos ellos no cabían en las naves de la gran armada aragonesa.

—¿Y el resto? Pensaba que había más...

—Aún hay muchos hombres enfermos, mi señor —aclaró el catalán—. Y el almirante Carroz tiene alguna gente con la armada.

—Hemos de dejar guarnición aquí si abandonamos el sitio para salir al encuentro de Donoratico —advirtió Urrea mientras el príncipe retomaba su paseo reflexivo.

Entonces el infante Alfonso suspiró y frunció el ceño. Había pasado el momento de las consultas y llegaba el de las decisiones.

—Dad órdenes para que todos los hombres enfermos que puedan mantenerse en pie ocupen las posiciones de asedio —dijo a Urrea—. Completad esa hueste con hombres sanos hasta llegar a los doscientos caballeros, y hablad con el almirante Carroz esta misma noche. Todos sus marineros deben estar prestos para apretar el bloqueo y dispuestos para salir a luchar en el mar.

»Mañana, antes del alba, deberá formar el ejército para marchar por el camino de Décimo. —Se dirigió ahora a Guillén de Anglesola—. Vos, don Guillén, comandaréis a la caballería mejor armada en vanguardia. Yo viajaré tras vosotros junto a mi portaestandarte, con el resto de los jinetes y con toda la infantería. Don Blasco, indicadme en este mapa —el príncipe puso su mano sobre un rollo extendido sobre la mesa del consejo— dónde está ese estanque del que habláis. Calcularemos el ritmo de marcha necesario para llegar a sus inmediaciones y esperar que los pisanos lo rebasen. Haremos que luchen con el agua a su espalda.

Blasco de Exea cumplimentó el mandado de su príncipe y después abandonó el Bonaire, para buscar el lugar en el que había plantado su tienda Gonzalo Zapata. Los heraldos del ejército ya recorrían el campamento con las órdenes para el día siguiente, los sargentos se apresuraban en reunir a sus hombres y los almocadenes hacían lo propio con sus almogávares. En un instante, toda la línea de asedio se convirtió en un hervidero y en un ir y venir de sirvientes que acarreaban armas y vituallas, corros en los que se comentaban las nuevas y rezos apagados a la luz de las hogueras. De fondo, como si de un cementerio se tratase, Cáller permanecía impasible, a la espera de que sus sitiadores cayeran bajo el ejército de Pisa o vencieran, en cuyo caso el término de la conquista sería inevitable.

Blasco saludó calurosamente a Bernat de Anglesola, hizo una inclinación de cabeza ante Zapata y miró de reojo a Konrad von Hesse. Luego Catalina salió con él y juntos se perdieron en la oscuridad que proporcionaban las caballerizas. Allí, junto al pataleo de los animales, nerviosos al detectar el repentino ajetreo del ejército, Blasco y la valenciana se besaron largamente y soltaron las riendas de sus sentimientos. Catalina se aferraba con desesperación a las ropas del aragonés mientras este la estrechaba con fuerza por la cintura. Tomaron aliento abrazados y Blasco acarició el cabello, ya más largo, que asomaba bajo la crespina con que ella disimulaba su condición femenina.

—No sé qué me ha ocurrido estos días, Blasco —explicó en voz baja—. Cada vez que uno de tus almogávares aparecía por lontananza, temía que trajera la noticia de tu muerte o tu captura.

—¿Te ha importunado el teutón? —inquirió Blasco.

—Ah..., deja eso ahora. —Ella buscó de nuevo sus labios. Pero el aragonés la apartó con suavidad.

—No me contestas, luego es cierto: te ha molestado de nuevo.

Catalina suspiró y deshizo el abrazo, girándose hacia las tablas que cerraban las caballerizas.

—Sabe lo nuestro. Creo que todos lo saben, o al menos lo intuyen. Los demás no dicen nada, pero Konrad parece hallar placer en acosarme, y creo que lo hace precisamente porque sabe que...

—¿Qué? —Blasco apoyó su mano en el hombro de Catalina y la obligó a mirarle de nuevo a los ojos—. ¿Qué sabe?

—Que estoy enamorada de ti —confesó ella al fin. Entornó las largas pestañas.

Blasco la volvió a abrazar y la besó otra vez, ahora con suavidad. Un par de animales resoplaron al otro lado de la pared de madera.

—Cuando todo esto acabe, ajustaré cuentas con el teutón —aseguró el aragonés.

—No... —pidió ella—. Cuanto todo esto acabe se terminaron las venganzas. Has pasado toda tu vida ajustando cuentas y ya es momento de que eso desaparezca. Cumpliremos nuestra misión y luego nos iremos juntos, ¿verdad?

La valenciana lo preguntó mientras clavaba su mirada negra en los ojos de Blasco. Catalina no parecía la fiera rebelde que aparentaba ante el resto del grupo, aquella que no aceptaba cortapisas por su origen ni por su condición.

—Llevo tanto tiempo dando por perdida mi vida... —susurró él—. Tanto tiempo deseando cumplir mi venganza, que nunca me he planteado qué ocurrirá si consigo acabar con Zintero. En realidad siento una especie de amargura, como si supiera que, pese a todo, no conseguiré hacerle pagar su deuda. Sigo convencido de que logrará salir con bien de esto, que se marchará y se librará de su castigo..., y yo penaré lo que me quede de vida por no haber sabido cumplir mi misión.

Catalina deshizo de nuevo el abrazo y se alejó un par de pasos; dejó que la oscuridad la envolviera. Su tono volvió a cambiar. Ya no era la mujer prendada que hablaba de amor, sino la arquera implacable que lanzaba reproches como saetas.

—Tu afán de venganza es más fuerte en tu corazón que el cariño por mí. Jamás, en todo este tiempo, has dicho si me quieres. ¿Es así? ¿Me quieres?

Blasco contempló la penumbra, apenas horadada por el cuarto creciente medio oculto entre nubes. Él mismo se había hecho aquella pregunta durante los meses del asedio a Villadeiglesias. Desde el momento en que vio a Catalina en la casa de Zapata en Valencia, se había sentido atraído por ella. El empeño de la arquera por romper las barreras que el mundo había impuesto entre ellos, su avidez por despreciar las trabas con que su condición de mujer cargaba sus hombros, su oscura forma de mirar tras el cortinaje de sus pestañas y el lascivo exotismo de su burda vestimenta masculina... Todo ello era lo que la hacía tan especial, lo que la volvía tan atractiva. Volvió a su recuerdo la simpática rebeldía de Leticia de Sardara y observó las escasas luces que escapaban de Cáller. Allí mismo, hacía ya una docena de años, su dulce amante sarda había caído bajo la daga de sus enemigos. Con ella también había hecho planes. Planes de vida en familia, de paz, de niños correteando entre los fogones de la taberna del Elefante, de amor desbocado en el lecho de su enamorada..., hasta que su destino se impuso a los sueños. Como se había impuesto en Aragón en su juventud, con la reclusión de la fogosa Teresa, o como se había impuesto en su niñez, con la masacre de su familia. ¿O acaso su dulce madre, Alice de Vannes, no tenía planes? ¿Acaso no estaba enamorada de su fiel esposo, Alain d'Avesnes? ¿Qué habría sido de sus vidas si no hubieran existido las guerras, los odios, las venganzas? ¿Qué sería de Blasco de Exea si no hubiera habido un Ferrer Zintero?

Inspiró el frescor de la noche y le vino a la mente el asalto a Villadeiglesias, cuando un hábil ballestero acertó con su cuadrillo a la valiente arquera valenciana mientras esta diezmaba a los defensores pisanos. Se acordó del súbito dolor que había sentido en el corazón al pensar que quizá Catalina había sido muerta también, igual que Alice, que Clara, que Leta... ¿Qué otra cosa sino el amor podía haberle llevado a sufrir así? Y sin embargo, ¿acaso no tenía Catalina razón? ¿No era bien cierto que el afán de venganza era más poderoso en el corazón de Blasco que su amor por la valenciana?

Volvió a fijarse en la silueta de su atrevida amante, desdibujada por las tinieblas de la noche.

—Sí —respondió al fin Blasco—. Te quiero.

Un repentino destello de felicidad pareció surgir de la oscura mirada de Catalina de Alborach.

—Entonces vayámonos ahora —propuso ella quedamente—. Olvidémonos de esta guerra y de esta gente. Mañana podría ocurrir cualquier cosa: si murieras en la batalla...

—¿Propones que desertemos? —preguntó él sorprendido.

—¿Desertar? No. Te propongo que te unas a mí y olvides este absurdo mundo de homenajes y falsas lealtades. Que mueran ellos para tener más riquezas y privilegios, para ganar honores y abrir mercados. Esto no es lo que yo había imaginado mientras vivía ajena a todo en casa de mi padre. No hay nada de ese mundo de aventuras y honor que creía vedado para mí. Ya he visto qué es esto en realidad: muerte y dolor, enfermedad y codicia. Nada de ello me resulta atractivo. No te pido que desertemos. Te ruego que seas solo para mí. Olvida a reyes y príncipes, a caballeros y conquistas, a tus promesas de fidelidad no correspondida... Rompe con todo eso y vive conmigo. Ámame noche y día.

Blasco se giró bruscamente y apoyó ambas manos en las tablas de las caballerizas. ¿Acaso no tenía ella razón?

Hizo un repaso mental de su existencia, tan simple después de todo y a pesar de cada uno de los azares que le había tocado vivir. Un ir y venir sostenido por promesas incumplidas e ilusiones frustradas. La decepción de su amor por Teresa y su ilusión en el Temple, la persecución de sus hermanos y la infamia de reyes y príncipes al acabar con la orden, el amor marchito de Leticia de Sardara, y su vano remordimiento por no haber sufrido el martirio templario. Las muertes en aquella guerra ajena y el desengaño del buen Fulco de Payens. El cuello hendido de Vittorio y la cabeza destrozada de Bertrand... Volvió a fijar su vista en las murallas de Cáller. La podredumbre que había debido soportar desde niño culminaba tras aquellos muros. Demasiado tiempo había retrasado el momento. Tenía a su lado a Catalina, el sabor dulce de su piel y la ternura de sus caricias, el negro brillo de sus ojos y la promesa de una vida llena de dicha. Pero sabía que todo era una ilusión, al igual que lo había sido su amor por Teresa o por Leticia. No era necesario engañarse. No era por fidelidad al rey Jaime o al príncipe Alfonso por lo que él estaba allí. Nada le importaba a él si Aragón ganaba por fin Cerdeña. Su objetivo era Zintero, y nada podía imponerse a él.

—¿Amor o venganza? —inquirió con un deje de rabia Catalina.

Blasco de Exea apretó los puños. En su mente resonaron las palabras de su padre adoptivo, don Artal: «No se es caballero por los títulos, sino por los actos. Y un caballero auténtico no permitiría que Ferrer Zintero compartiera el mismo mundo que él.»

Cubrió la distancia que le separaba de Catalina y una vez más buscó el lazo que ataba sus miradas.

—Debes entenderlo. He de acabar con Zintero.

La valenciana suspiró y el brillo de sus ojos adquirió una intensidad acuosa. Mantuvo la mirada de Blasco, pero este percibió el abismo que poco a poco se abría entre ellos. Catalina asintió con

lentitud, con la resignación de quien sabe que su esfuerzo ha sido vano. Ella respondió por él.
—Venganza.

III

Mañana siguiente.
Luco Cisterna, Cerdeña. Invierno de 1324

Aquel lugar seco y próximo al agua era llamado por los sardos campo de Luco Cisterna. El príncipe Alfonso prefirió preparar a sus tropas colocándolas en el camino de Décimo a Cáller, de modo que los pisanos debieran luchar junto a la laguna que se extendía en aquel mismo lugar. Los enemigos tendrían el agua sus espaldas.

Poco antes de la hora tercia, los dos almogávares que habían marchado con Blasco llegaron hasta el ejército. Los muchachos, que no estaban avisados de la maniobra aragonesa, venían adelantados al ejército de Manfredo Donoratico. Se presentaron ante Alfonso de Aragón e informaron de que los enemigos pronto quedarían a la vista. Añadieron que los pisanos sobrepasaban en número a los aragoneses, sobre todo en lo tocante a la fuerza de ballesteros. Blasco sonrió a los jóvenes almogávares que habían sido sus compañeros durante unas jornadas, y que le habían demostrado que nada tenían que ver aquellos soldados disciplinados y leales con los rufianes comandados por Ferrer Zintero. El aragonés montaba a *Triguero* y formaba junto al propio infante de Aragón, al igual que Gonzalo Zapata, Konrad von Hesse, Bernat de Anglesola y Catalina de Alborach. El comandante de la vanguardia, don Guillén de Anglesola, también se hallaba al lado del príncipe. Alfonso de Aragón miró a su portaestandarte.

—Señor de Urrea, entregad el pendón a uno de vuestros caballeros y luchad a mi lado —pidió—. Señor de Anglesola —se dirigió luego al noble familiar de Bernat—, amagad una carga con vuestra fuerza en cuanto aparezca el enemigo. Obligad a su caballería a avanzar. Tratemos de atraerlos hasta aquí, lo más lejos posible de su infantería.

El caballero catalán se llevó la mano derecha al pecho y tiró de las riendas para regresar a su puesto en la vanguardia.

—¿Qué haremos nosotros, mi señor? —inquirió Urrea.

—Aguardaremos aquí y atraeremos al combate a los tudescos —respondió el príncipe sin dejar de mirar la línea de agua que dominaba el horizonte—. Vos, señor de Urrea, haceos cargo de que nuestra infantería cierre con la suya. Sobre todo procurad que los almogávares corran hacia ellos y desbaraten sus fuerzas de ballesteros. Dad las órdenes oportunas y regresad.

El portaestandarte asintió y galopó hacia las líneas de infantes, se dirigió a sus capitanes mientras el infante observaba fijamente a los combatientes más cercanos, los que le rodeaban.

—¡Hoy es el día definitivo! ¡Si vencemos aquí, los pisanos quedarán totalmente derrotados y Cerdeña será nuestra! ¡Sé que habéis sufrido y que muchos buenos amigos han muerto en el camino, y por ellos es por lo que os pido este último esfuerzo!

Los caballeros del ejército atendían a las palabras del infante con los labios apretados y los nervios a flor de piel. Pronto se medirían cara a cara con el enemigo, sin murallas ni máquinas de por medio.

Los primeros gritos llegaron desde la lejanía, donde formaban las líneas de vanguardia de Guillén de Anglesola. Todos dirigieron allí sus miradas y vieron los movimientos nerviosos entre los escuadrones de caballería. Blasco acarició el cuello de *Triguero*, que piafó inquieto un par de veces. Luego se volvió hacia Catalina, quien como siempre vestía su jubón pardo y su turbante envuelto en paños para ocultar el rostro. Llevaba una aljaba repleta al cinto y un arco sinuoso y finamente labrado en la mano izquierda. Era el momento de ver si las lecciones de monta en la vega del Turia habían sido provechosas. Blasco sonrió a la mujer, pero esta solo le devolvió una mirada negra e indiferente. El aragonés suspiró y se caló el yelmo, velando su cara. Embrazó el escudo negro y tomó la lanza que le tendía uno de los escuderos. *Triguero* respondió con presteza a las órdenes de Blasco. Formó línea junto a Bernat y Zapata mientras Catalina y Konrad quedaban tras el príncipe. Alrededor de ellos, los jinetes de la guardia real aprestaron sus lanzas. Poco a poco, en la distancia, las sombras de los pisanos cubrían la vista de la laguna. Avanzaban a la par, como si de un solo ser se tratara. En ese instante, una orden llegó apagada desde la vanguardia aragonesa y los caballos empezaron a trotar hacia el enemigo.

La batalla comenzaba.

La carga de Guillén de Anglesola fue respondida por los jinetes tudescos y pisanos, que avanzaron para evitar que sus fuerzas de ballesteros se vieran comprometidas. Según las órdenes recibidas, los ricoshombres y caballeros que comandaba el catalán evitaron el choque, en desventaja para ellos, y volvieron grupas. Los tudescos refrenaron su marcha, temerosos de que aquello fuera una trampa. Sin embargo, en lugar de regresar a sus líneas y quizás ufanos de haber hecho huir a la afamada caballería aragonesa, quedaron en el lugar, se burlaron a gritos de sus enemigos e hicieron ostentosos gestos obscenos. Algunos de ellos alzaron sus lanzas y aullaron en su áspero idioma.

—Nos llaman cobardes —tradujo Konrad von Hesse sin abandonar su sempiterna sonrisa.

Blasco miró al gigantón. Llevaba una vieja capelina atada con barboquejo bajo la tupida barba rubia y empuñaba un hacha más pequeña de lo que acostumbraba. Pero lo que llamó la atención del aragonés fue el escudo blanco decorado con la cruz patada de color negro. El teutón, consciente de que había despertado la curiosidad de Blasco, alzó el escudo y golpeó levemente con su hacha sobre la cruz.

—Un recuerdo de viejos tiempos —explicó sin dejar de sonreír.

Pero el aragonés no devolvió la sonrisa. Apreciaba el valor en la batalla de Konrad, pero no terminaba de fiarse de él y de su mirada tuerta. Además, no soportaba la forma en la que clavaba su único ojo sobre Catalina ni sus groserías para con ella.

Un nuevo griterío y el eco de los galopes obligaron a todos a prestar atención otra vez al frente. Los caballeros de Anglesola, reorganizados, volvían a cabalgar hacia los tudescos con las lanzas enristradas. Se dirigían al combate con valor, pero sus líneas eran demasiado delgadas. El príncipe levantó al cielo su lanza, engalanada con las barras de Aragón.

—¡Vamos a la lucha, amigos míos! —gritó—. ¡Por san Jorge!

—¡¡Aur!! —corearon los guerreros a la vez—. ¡¡Aragón!!

La línea empezó a moverse, lentamente al principio. Luego cobró velocidad, y uno de los caballeros de Jiménez de Urrea, que cabalgaba junto al príncipe, alzó bien alto su señera para que todos pudieran verla. A lo largo de la línea, los pendones de los demás caballeros aragoneses, catalanes, valencianos y mallorquines se erguían igualmente. A la izquierda de la carga, los almogávares arrancaron también y marcaron un ritmo sostenido. Corrían casi todos aligerados, libres de pesadas cotas de malla y de escudos. Empuñaban sus lanzas y sus jabalinas y resoplaban mientras dejaban atrás a los infantes de mesnada.

El choque entre jinetes arrancó a la mañana un estertor metálico que se confundió con los relinchos de los caballos. La violencia del embate fue tal que algunos caballeros volaron por encima de los animales y cayeron a tierra, para ser pisoteados al instante por amigos y enemigos. Los hombres de Anglesola lanzaron al aire sardo sus gritos de angustia y de rabia, y la línea aragonesa se rompió por su centro.

Los tudescos luchaban bien, muy bien. Con estudiada meticulosidad, las primeras filas dejaron atrás a los hombres de Anglesola y enfilaron el camino hacia la segunda línea aragonesa. A su espalda dejaban a otros jinetes pisanos enzarzados con la vanguardia. Sin embargo, obstaculizaban así la capacidad de los ballesteros, que aguardaban a pie firme junto a las milicias pisanas sin poder disparar contra la debacle de guerreros que se medían a buena distancia de allí.

Blasco espoleaba a *Triguero* y ganaba velocidad. El caballo, alegre ahora que corría al viento, dejaba atrás sus crines brillantes y llevaba a su jinete contra la horda oscura que se recomponía ante ellos. El aragonés se encogió y aferró con fuerza los correajes cruzados de su escudo negro, apretó la lanza entre brazo y costado y fijó sus ojos a través de las ranuras del yelmo en un tudesco de cuyo casco colgaban plumas rojas. Por un breve instante recordó la pluma escarlata de Vittorio, y el olor salobre del Mediterráneo inundó sus sentidos. Una sonrisa se dibujó bajo el yelmo, aunque nadie podía verla.

Apenas pasaron unos instantes entre el choque contra la vanguardia y esta segunda acometida. Los ecos de los primeros gritos aún no se habían disuelto cuando un nuevo concierto de chillidos y golpes viajó por el campo de Luco Cisterna y recorrió la superficie de la laguna de Santa Igia. El encuentro de Blasco con el tudesco fue neutral. El alemán recibió el lanzazo del aragonés en el escudo y este hizo lo propio con la acometida de aquel. *Triguero* resopló y saltó sobre sus patas traseras, terminó por encabritarse y la lanza con el oscurecido pendón de Blasco cayó al suelo.

El tudesco volvió riendas al mismo tiempo que el aragonés. Sus plumas rojas flotaron tras él con una delicadeza que contrastaba con la carnicería que se extendía por Luco Cisterna. Los rayos del sol se reflejaron en la espada templaria de Blasco, que mostró al aire el sello de los dos jinetes de Cristo. El alemán, mientras tanto, lanzó al suelo el asta rota de su lanza y descolgó del arzón una maza que se puso a girar sobre la cabeza. Una súbita sensación de pesadumbre invadía a Blasco. A su alrededor los hombres mataban y morían, pero él aún no había cobrado presa.

«Me hago mayor», pensó al tiempo que hacía chocar su protección contra la maza del tudesco.

Los dos caballos caracolearon. Pateaban el suelo uno junto a otro mientras sus jinetes tamborileaban el escudo del contrincante, lo abollaban y le arrancaban sonoros y roncos tañidos que se perdían en la algarabía de la lucha. El alemán actuaba como si siguiera una letanía, igual que si repitiera una oración, tantas veces dicha que llega a perder su sentido. Interponía su escudo tras cada mazazo para resguardar a la perfección su cuerpo y su cabeza, a tiempo justo de recibir el correspondiente espadazo del aragonés. Pese a las trabas de lidiar a caballo, Blasco supo ver la debilidad de la rutina del tudesco y aprovechó la situación. Con toda seguridad se enfrentaba a un hombre más joven que él y no podía dejar que pasara el tiempo e invitar a la fatiga. Tras el enésimo mazazo, Blasco alzó su arma a la derecha, pero justo cuando el alemán presentó su escudo, el aragonés volteó la espada frente a su yelmo y la descargó de través contra la pierna izquierda del enemigo. Se inclinó tanto para alcanzar su objetivo que estuvo a punto de perder estribo, pero el alarido del tudesco le anunció que la hoja había hendido la brafonera y mordido carne. El alemán se encogió y cubrió instintivamente la pierna herida, y Blasco remató su faena sobre el casco del enemigo, con un espadazo brutal desde arriba.

Los jadeos calentaban el hierro del yelmo y el sudor resbaló bajo el almófar y el capacete acolchado. La humedad de la laguna penetraba por entre las anillas de la loriga y se agarraba a la piel, se mezclaba con el olor a sangre y el sabor de la muerte. A su diestra, Blasco vio a Gonzalo Zapata y Bernat de Anglesola defendiendo al infante, que era acosado por un gran número de jinetes tudescos. Más allá, el estandarte mayor de Pisa marcaba el lugar en el que luchaba Manfredo Donoratico. El aragonés advirtió que ningún enemigo venía a cerrar con él, así que se empleó en encontrar la figura de Catalina, que ya tenía perdida de vista. Halló por fin a la valenciana espoleando a su corcel. Lo dirigía a golpes de rodilla, evitando el choque mientras sacaba una flecha tras otra de su aljaba. Con una velocidad vertiginosa, Catalina calzaba la saeta en la cuerda, estiraba hasta tocar el paño que recubría su cara y, sin apenas apuntar y sin cerrar los ojos, disparaba. Y a cada disparo, una flecha se hendía en la carne tudesca o pisana. Pronto se dio cuenta el aragonés de que su resentida amante mantenía alejados a los enemigos del príncipe de Aragón, de tal modo que los caballeros enemigos llegaron a concluir que deberían matar a aquel arquero con trazas sarracenas si querían alcanzar al general del ejército aragonés.

Triguero corcoveó cuando Blasco, desesperado por el peligro que corría la valenciana, hincó las espuelas en los ijares del noble animal. El aragonés llegó a tiempo de librar a Catalina de un hachazo enemigo y envasó su arma en la axila de un infortunado pisano, que llamó a gritos a su madre y a la *santa Madonna* mientras caía como un fardo al suelo húmedo y pisoteado de Luco Cisterna.

De repente, el estandarte del infante con los colores grana y oro desapareció entre el bosque de lanzas, espadas y escudos. Un griterío de rabia se extendió entre las huestes aragonesas, y el mismo príncipe arrancó su montura hacia el lugar en el que estaba ocurriendo lo que tanto temía. Entonces, como si aquel pedazo de tela bordado de ámbar y escarlata fuera la única razón y la clave de la batalla, pisanos, aragoneses, tudescos, catalanes, valencianos, sardos, mallorquines..., todos se empeñaron en cobrarlo, unos para mancillarlo y otros para resguardarlo. Y al igual que cantan las antiguas crónicas, como cuando los héroes dárdanos y aqueos quebraban sus lanzas contra los escudos de bronce e invocaban ora a Atenea, ora a Apolo, así los contendientes dejaron su vida en el intento y se mataron unos a otros sobre los cadáveres de los caídos. Y así consiguió el propio infante Alfonso, príncipe de Aragón, comprometer su propia seguridad y despreciar el cuidado que de él tenían los caballeros de su guardia, y se llegó hasta donde más bravamente se peleaba y arrebató la vida a no pocos enemigos que se empeñaban en darle gloria o ganarla a su costa.

Entonces fue cuando un recio tudesco saltó de su caballo y cayó sobre el príncipe Alfonso. Se vinieron ambos al suelo con resonar de armas, y gritos de júbilo y de desesperación. Y un charco de sangre se extendió bajo la cabeza del hombre que debía heredar la Corona de Aragón.

Los almogávares más jóvenes, que habían tomado la delantera a sus compañeros veteranos, fueron quienes recibieron la andanada de cuadrillos que escupió la línea de ballesteros. Un buen número de valientes cayó con las brigantinas y gonelas taladradas, pero los distintos pendones continuaron su marcha hacia la laguna, a cuya vera se afanaban las fuerzas pisanas para recargar. En un intento de complicar el trabajo a los mercenarios genoveses y a las milicias de Pisa, los arqueros aragoneses dispararon por encima de sus propias líneas, y una lluvia de proyectiles dibujó una fugaz sombra sobre los guerreros que ya se acercaban a los atemorizados infantes enemigos.

Los almogávares más veteranos gruñían de satisfacción mientras completaban su carga. Ya podían ver el blanco de los ojos de sus enemigos, y en ellos reflejado el pánico que les producía la visión de los temibles infantes ligeros aragoneses. No había opción a una segunda andanada: las ballestas eran armas del demonio y sus saetas imparables aun con la mejor loriga, pero también eran demasiado tardas en recargarse y aquellos genoveses no tenían a su caballería presta para protegerles. Aquella mañana no hubo tiempo para ritos ancestrales ni para mandar a los hierros que despertaran mientras apuñalaban las rocas del campo. En lugar de eso, cada guerrero despidió sus azconas a corta distancia y a continuación rajó vientres, atravesó pechos, rebanó gargantas y perforó testas. La sangría se coló desde las líneas de ballesteros, que quedaron mutilados, a la espera del remate por los sirvientes de mesnada que ya llegaban vociferando. A pesar de ser inferiores en número, los soldados de Aragón pusieron en pronta desbandada a las milicias pisanas. La visión del destrozo sufrido por los ballesteros aligeró las piernas de los italianos y sus aliados sardos, muchos de los cuales escogieron la laguna como vía de huida.

Mientras tanto, en la lucha de caballerías, Aragón aún llevaba la peor parte.

Los caballeros de Montesa trataron de colarse en la posición más arriesgada, y llevaron a cabo una carga suicida que pretendía desbaratar la cuña pisana. Aplastaron a las primeras líneas enemigas, aunque todos cayeron a continuación ante la aterrada vista de Blasco y sus compañeros. El aragonés trató de localizar a Fulco de Payens, pero los freires de Montesa vestían de igual modo y lo único que podía ver era sus hábitos ensangrentados y sus escudos destrozados por los mazazos de la caballería pisana. Después de aquel respiro, el enemigo volvió a la carga.

Catalina dominaba a su asustado corcel a golpes de muslo, y repartía flechazos por encima del cuerpo caído del infante Alfonso. El príncipe, atontado aún por el desplome desde su caballo, movía lentamente su cabeza, y por debajo del yelmo asomaba un reguero de sangre que empañaba el borde del almófar. Un grupo de tudescos, algunos de ellos descabalgados, pisoteaban los cadáveres de los guerreros de Montesa abatidos e interponían sus escudos. Avanzaban poco a poco para llegar hasta donde se debatía Alfonso de Aragón. Blasco de Exea sacó su pie derecho del estribo y pasó la pierna sobre el arzón, se dejó caer y abandonó a *Triguero* entre los demás caballos heridos y amontonados. Un par de flechas lanzadas por la valenciana hicieron chirriar el aire al pasar sobre el hombro del aragonés, pero ambas se clavaron infructuosamente en la madera reforzada de los escudos tudescos.

Juan Jiménez de Urrea alcanzó entonces a recoger el estandarte de Aragón y plantó cara a los enemigos. Gonzalo Zapata se unió a él. Cuando Blasco pasó junto al aún vacilante príncipe, Urrea y Zapata se batían contra una horda de tudescos a pie, aclamados estos desde atrás por sus paisanos montados.

Anglesola intentaba abrirse camino con su caballo a la izquierda, pero tenía apuros para quitarse de encima a algunos pisanos. Blasco de Exea reconoció al punto el pendón de Manfredo Donoratico, que ondeaba a escasos codos del joven caballero catalán.

—¡Montad, mi príncipe! —rugió alguien desde atrás.

Uno de los caballeros de la guardia real, acarreando a su corcel por las riendas y obligándose a caminar sobre la masa de hombres y bestias, llegaba hasta el lugar. Blasco tomó por el brazo al príncipe y le ayudó a levantarse. La sangre se le escurría copiosamente desde debajo del yelmo.

—Don Blasco... —balbuceó Alfonso—. El estandarte... Recoged el estandarte.

El aragonés miró alrededor. Junto a él, Jiménez de Urrea y Gonzalo Zapata seguían defendiéndose del acoso de los enemigos. El primero se valía del propio estandarte como arma. Blasco ardía en deseos de unirse a ellos para sacarles del aprieto. A su espalda, Catalina de Alborach avisó angustiada de que se le agotaba la munición, y Bernat de Anglesola no conseguía penetrar el círculo de tudescos que rodeaban al infante. El resto del ejército había quedado desligado de ellos y, lo que era peor, no podían ver a su general, Alfonso de Aragón. Blasco llegó incluso a oír en la lejanía que el príncipe había muerto.

—¡Mi señor! —el aragonés acercó su yelmo al del infante hasta chocar los hierros—, ¡montad y enarbolad vuestro pendón para que os vea la tropa, o todo estará perdido!

El infante, aún algo torpe por la caída, obedeció sin pensarse mucho el consejo del antiguo templario, y se dejó ayudar por el dueño del recién llegado caballo para alzarse a sus lomos. Blasco alzó la espada hacia el estandarte rojo de Pisa, que se movía tras algunos jinetes enemigos.

—¡Allí tenéis a Donoratico, mi señor! —le animó el aragonés.

Alfonso de Aragón siguió con la vista la dirección que le apuntaba Blasco de Exea. Sonrió bajo su yelmo a pesar del tibio torrente que le bajaba desde la sien y se escurría por su cuello. Blasco se llegó hasta Zapata y Urrea y plantó su escudo para aguantar las embestidas tudescas; gritó algo al portaestandarte del infante y este se volvió, alargando la señera hacia su señor. El príncipe Alfonso tomó el estandarte rojo y gualda y lo alzó mientras se aupaba sobre los estribos. El griterío se extendió a retaguardia.

—¡¡Por san Jorge!! —bramó el príncipe.

—¡¡Aur!! —respondieron por tres veces los jinetes aragoneses.

Blasco de Exea alzó su defensa negra y clavó la espada por debajo, hollando carne alemana. A su lado, Jiménez de Urrea soltó un alarido al cargar con su escudo de azur y plata, y Gonzalo Zapata le imitó. En ese punto apareció, una vez más como si fuera una antigua deidad nórdica, el gigantesco Konrad von Hesse. Repartía hachazos desde lo alto de su montura, entre rugidos y salpicones de sangre. La cruz teutona refulgió cuando se hizo el vacío entre sus paisanos y una carcajada estentórea salió de la garganta del rubio alemán, estremeciendo a los cada vez más desanimados alemanes.

El griterío creció cuando los sirvientes de mesnada y almogávares, cumplida la carnicería junto a Santa Igia, atacaron por retaguardia a los caballeros tudescos y pisanos. Entonces llegó la desbandada. Cada cual huyó como pudo, pero los más avispados rodearon la batalla y, como la caballería aragonesa estaba casi desarbolada, tomaron el camino de Cáller. Poco a poco, los guerreros exhaustos se dieron cuenta de que aquello acababa. Los suspiros sustituyeron a los gritos de guerra, y entonces pudo oírse la letanía de amargos quejidos, rezos apagados y maldiciones que los heridos lanzaban desde su lecho de lodo sanguinolento. Blasco pisó una montonera de cadáveres y miró a través de las hendiduras de su yelmo. Pudo ver cómo varios pisanos se llevaban a un caballero tocado de rojo que lucía una cruz blanquecina en la ensangrentada veste. No muy lejos, el príncipe Alfonso erguía el estandarte de Aragón a modo de despedida del general pisano, Manfredo Donoratico.

—¡¡Vencer o morir!! —gritaba fuera de sí el infante—. ¡¡Vencer o morir!!

Un sinfín de agotados almogávares, mesnaderos y hombres de armas corearon el grito del príncipe de Aragón. Blasco suspiró, clavó su espada en la tierra anegada de sangre y se quitó el yelmo, jadeante por el último esfuerzo. A su lado, Juan Jiménez de Urrea se dejó caer de rodillas y comenzó una queda oración mientras Gonzalo Zapata tosía y se agarraba la loriga a la altura del abdomen.

Un griterío apagado se extendió sobre la llanura cuando se acallaron los vítores de triunfo. Otra vez aquel monótono soniquete que Blasco tan bien conocía. La muerte y el dolor igualaban a los hombres en todo país. Los lamentos de los heridos se mezclaban con las oraciones quedas de quienes sentían cercana la hora de su muerte. Algunos, incapaces de aceptarla, alzaban las manos desde el suelo y las alargaban con amargura hacia el cielo, suplicantes de una ayuda que nadie les prestaría. Mientras, ajenos a ruegos y aún enfurecidos por esa ira vengativa del vencedor, los almogávares y mesnaderos caminaban lentamente entre la masacre y de vez en cuando remataban a algún herido. Blasco resopló e hizo un gesto de asco. Junto a él, un tudesco agonizante repetía algo en su lengua enrevesada. El aragonés creyó reconocer un nombre de mujer. El guerrero lo dijo una última vez y su cabeza se ladeó.

Un par de freires de Montesa fueron evacuados de inmediato por los mesnaderos. Al pasar junto a Blasco, este pudo ver a uno de ellos, ya sin yelmo y con la loriga destrozada. Fulco de Payens estaba consciente y se quejaba de una pierna, pero su vida no parecía correr peligro. El aragonés suspiró aliviado y vio cómo se llevaban a su antiguo amigo hacia la retaguardia. Catalina se hallaba a unos codos, montada en su caballo, el arco colgando a un lado y la aljaba vacía. Se había dejado caer el velo de la cara y sonreía con una mezcla de furia y amargura, sin importarle al parecer que sus rasgos la delataran. Sus ojos se clavaron en los de Blasco y el gesto de la valenciana se endureció aún más. Avanzó con dificultad, obligó a su montura a pisar un par de cuerpos convulsos hasta que llegó junto a Blasco. Se inclinó antes de hablar.

—Está hecho. Ahora podrás llegar hasta tu venganza.

IV

Cuatro meses después.
Cáller, Cerdeña. Primavera de 1324

Con la victoria de Luco Cisterna el destino de la isla había quedado sentenciado.

Cáller resistió aún casi hasta el verano de aquel año, e incluso los defensores llegaron a realizar alguna salida con cierto peligro para los sitiadores. Sin embargo, muchas de las naves pisanas habían sido capturadas por el almirante Carroz, el propio Manfredo Donoratico había muerto y una armada de refuerzo viajaba en aquellos días desde Aragón a Cerdeña. Por si todo esto fuera poco, un tal Castruccio, rival de los Donoratico, pugnaba por usurpar el poder en el Señorío y no le hacía ascos a una alianza con Jaime de Aragón para conseguirlo. Ante semejante panorama, Bernabé Doria consiguió traer a algunos embajadores pisanos hasta el cerco de Cáller a fin de firmar la paz y entregar la isla a Aragón, un derecho que la Corona había adquirido hacía ya más de un cuarto de siglo y que ahora, por fin, iba a verse realizado.

El real del infante Alfonso, montado fuera del castillo de Bonaire, estaba rodeado por la guardia real con la librea de la Casa de Aragón. En su interior el embajador y síndico de Pisa, Bene de Calci, encabezaba la delegación italiana. En la reunión se contaban también el juez Hugo de Arborea, Bernabé Doria, varios caballeros del consejo del príncipe y algunos ciudadanos pisanos. A unos codos de distancia, Blasco de Exea pateaba nervioso el suelo. Junto a él, en espera de las órdenes de Gonzalo Zapata, estaban Bernat de Anglesola, Catalina de Alborach y Konrad von Hesse. Habían acudido vestidos para la batalla y armados en calidad de miembros de la guardia personal de Alfonso de Aragón.

—Debo entrar en Cáller. —El aragonés observó de reojo a la tienda del infante. El estandarte rojo y gualda ondeaba a la brisa de la agonizante primavera.

Hesse pareció no hacer caso de las palabras de Blasco. Se sentaba con indolencia sobre una gran piedra y miraba a Catalina, calculando qué podía esconderse bajo aquel basto y feo jubón de cuero reforzado.

—El infante te lo prometió. No desesperes —intentó tranquilizarle Anglesola.

—No confía en las promesas de los nobles —intervino Catalina sin ocultar su tono sardónico—. Y hace bien. No deberíamos fiarnos de nadie. ¿No es cierto, don Bernat?

El catalán desvió la mirada de la valenciana.

—Esos pactan acuerdo de paz —escupió Konrad von Hesse con ánimo de soliviantar a Blasco—. Nosotros recibiremos paga y se acabó. *Auf wiedersehen.*

Juan Jiménez de Urrea salió en ese instante de la tienda del príncipe, acompañado por Gonzalo Zapata. El aragonés llevaba el ensangrentado estandarte del infante, que tantas muertes había cosechado a su alrededor el día de la gran batalla junto a Santa Igia. Zapata se acercó al pequeño grupo y se dirigió a todos, aunque miraba solamente a Blasco.

—Van a firmar la paz y las condiciones de capitulación —explicó—, pero antes se requiere que el estandarte de Aragón ondee sobre la torre más alta de Cáller. Ahora acompañaremos al señor de Urrea junto a un centenar de hombres y algunos enviados de Pisa. Tened cuidado con lo que hacéis, pues la guerra aún no ha terminado en realidad.

Blasco sonrió mientras paseaba la vista por la hueste que preparaba Jiménez de Urrea. Algunos hombres con ropas civiles aguardaban a su lado con el rostro compungido. Eran los pisanos que debían comunicar a los de Cáller la rendición total de la plaza. Se alejó de sus compañeros, que se preparaban para acceder a Cáller, y se llegó hasta Urrea.

—Mi señor, no quisiera importunaros.

El portaestandarte se volvió hacia Blasco.

—Ah, sois vos. Aún no he tenido tiempo para felicitaros por vuestro coraje en la defensa del infante. El mismo que habéis demostrado junto a vuestros compañeros durante toda esta apestosa guerra.

—Gracias, don Juan. —Blasco inclinó un tanto la cabeza y habló en voz más bien baja—. Y aunque no estoy mal pagado por proteger la vida de nuestro príncipe, a más de ser ese deber mío como caballero aragonés, quisiera pediros una gracia.

Jiménez de Urrea frunció el entrecejo.

—No estáis bajo mi mando, don Blasco.

—Os hemos de acompañar a la villa de Cáller, según nos acaba de informar don Gonzalo Zapata.

El portaestandarte asintió y se encogió de hombros.

—¿Y bien?

—Os supongo sabedor de que una escuadra de aragoneses, unos almogávares que llevan un grifo como blasón, traicionaron nuestro bando y han luchado para Pisa durante todo este tiempo.

—Sabéis que sí. Recuerdo perfectamente lo sucedido el día de la rendición de Villadeiglesias —confirmó Urrea.

Blasco señaló a las murallas de Cáller.

—Ahora están ahí. ¿Se les dará castigo?

—Pues... —vaciló el señor de Biota— deberían ser castigados, sí. Pero lo cierto es que en las estipulaciones del acuerdo se va a prever no tomar represalias contra pobladores ni combatientes... ¿Pretendéis que se incluya alguna cláusula especial para esos almogávares traidores? Yo podría hablar con el infante. Después de todo sois hijo de don Artal de Exea, y eso os concede no poco crédito a mis ojos, aparte de vuestro denuedo en la lucha...

—Suponía que conoceríais a mi padre —sonrió Blasco—, pero no es eso lo quería pediros.

Juan Jiménez de Urrea, que había entregado el estandarte a un escudero mientras se calaba los guantes y se colgaba su escudo del tiracol, lo tomó de nuevo y posó la contera en tierra.

—No os entiendo —se lamentó.

—Veréis, mi señor: tengo una cuenta pendiente con uno de esos almogávares. Algo que pasó hace tiempo. Don Gonzalo nos ha dicho que hasta que no se firme el acuerdo, no estaremos en realidad en paz. Eso significa que, de alguna manera, aún nos hallamos en guerra, ¿no?

El portaestandarte chascó la lengua.

—Ya veo... Pero lo que insinuáis es delicado. Podría dar al traste con las negociaciones.

—No pretendo hacer daño a pisano alguno —explicó Blasco—. Solo quiero buscar a ese almogávar y ajustar cuentas. Él y yo. Nada más.

Urrea se atusó la barba y miró a la alta torre del Elefante, sobre la que aún flameaba la bandera escarlata de Pisa.

—Cuando el pacto esté firmado, Cáller será una ciudad aragonesa bajo el mando del infante y poblada por sus súbditos —reflexionó—. En ese momento, lo que tengáis pendiente con ese almogávar es cosa vuestra y no mía. Dado que conozco a vuestro padre y a vos mismo, y dado también que el propio infante os aprecia como guerrero bravo y esforzado, no me cabe duda de que nadie os reprochará batiros con quien deseéis mientras se atienda a causa justa. Sois caballero, don Blasco, y ese almogávar traidor es chusma.

»Cuando la señera sustituya al estandarte pisano en esa torre, la guerra habrá terminado. Absteneos de hacer nada hasta ese momento. Actuad bajo vuestro criterio y responsabilidad después.

En cuanto *Triguero* pisó la tierra suelta de Cáller, justo bajo el arco de la puerta de Oristán, un afilado sentimiento de congoja invadió a Blasco de Exea. Elevó la mirada y la hizo trepar por las recias piedras que guarnecían la torre del Elefante. El olor del mar ayudó a sus mientes a hundirse en el tiempo y acentuar aquel nudo que se formaba poco a poco en su garganta. ¿Cuánto hacía ya? ¿Quince años? No, más aún... Eso es: diecisiete años.

Diecisiete años atrás, Blasco había pasado junto a aquella misma torre, admirado por el bullicio de las calles, por el aroma salobre que escalaba al Casteddu desde La Marina, por el ruido de los obreros reforzando torres y murallas, por el hambre que arrancaba quejidos de sus tripas y que se rebeló contra él justo ante la puerta de una taberna.

La mirada de Catalina de Alborach se cruzó con la suya. La valenciana hizo un gesto de extrañeza, como si no reconociera a Blasco. El aragonés suspiró y detuvo a *Triguero*. Esperó a que el resto de la comitiva entrara en la villa. Frente a ellos, los soldados de la guarnición pisana, flacos y pálidos, les miraban con gesto indiferente. De hecho no podía verse por las callejas un solo ballestero genovés, a ningún orgulloso mercenario tudesco o a algún miembro de las milicias pisanas. Blasco buscó ávidamente un rastro de los almogávares traidores, pero no lo halló. Tan solo destacaba un hombre vestido con larga túnica verde, carente de loriga o escudo pero con espada al cinto y una cadena dorada al cuello. Juan Jiménez de Urrea hizo su entrada en aquel instante, con la contera del estandarte del príncipe apoyada en el arzón de su silla. El hombre de la cadena dorada se adelantó e inclinó la cabeza durante largo rato. Después se presentó.

—Soy Ciolo Grassolini, capitán de guerra del Común de Pisa en Cerdeña.

Urrea asintió e hizo un gesto a Blasco, que se acercó hasta poner a *Triguero* junto al caballo del portaestandarte.

—Id y haced vuestras pesquisas —indicó en voz baja el señor de Biota—. Ahora es tiempo de salutaciones e hipocresías, y aún tardaremos un buen rato en subir a esa torre y sustituir el estandarte de Pisa por el nuestro. Recordad: no hagáis nada hasta ese momento. Tenéis mi confianza; no me decepcionéis.

El ejeano sonrió en señal de agradecimiento y se separó de Urrea. Gonzalo Zapata, Anglesola, Hesse y Catalina miraron extrañados cómo aquellos dos hombres cuchicheaban, pero entonces el portaestandarte empezó a cumplimentar a Grassolini y todos los asistentes simularon interesarse por aquel momento que debía pasar a la historia. Blasco se alejó del gentío y pudo ver algunos ciudadanos, todos famélicos, apostados en las esquinas. Un niño salió corriendo al verle y se metió en una casa sin puerta. El aragonés se fijó en que ningún edificio conservaba sus partes de madera, sin duda usadas como leña durante el asedio. Además había una gran cantidad de basura acumulada en los callejones, lo que hacía que el aire se despojara de aquel aroma salobre del puerto y se volviera acre y desagradable. Un impulso súbito le hizo volverse cuando vio la varilla de hierro oxidado que sobresalía de una pared. Su cerebro sustituyó el silencio por el ruido de una tabla que, agitada por el viento, chocaba contra el muro. En aquella madera inexistente había grabado el dibujo de un gran animal. Un elefante. Un muchacho alegre y con los dientes amarillentos salía masticando un queso.

O no. No, claro. Eso había ocurrido muchos años antes. Ahora, el despojado dintel de la taberna mostraba el interior vacío. Blasco no pudo resistirse. Se dejó caer de *Triguero* y forzó la vista para acostumbrarla a la oscuridad de dentro. Ni los taburetes ni la larga mesa estaban ya. Al otro lado de la estancia, el hogar mantenía los restos ennegrecidos de un fuego que llevaba semanas apagado. Seguramente algunos pobladores de la villa se habían reunido allí durante el invierno del asedio, o quizás habían usado el gran salón de la taberna como hospital. Las pisadas del aragonés resonaron y el hierro de su espada chocó con el de su ceñidor y contra el triste silencio de la taberna abandonada. Allá, junto a una balaustrada de madera que ya no existía, la había visto por vez primera. El pelo trigueño y suelto a ambos lados de su cara, la mirada almendrada, verde y pícara, y el contoneo de caderas rumbo al piso superior. Blasco sonrió amargamente al recordar cómo tintineaban las llaves al ritmo de los pasos de Leta, y entonces se dio cuenta de que él mismo ascendía los escalones.

La primera lágrima rodaba ya por la tostada mejilla del aragonés cuando llegó a la última planta. Como en el resto de la posada, ninguna de las estancias tenía puerta. Se asomó al aposento en que había pasado su primera noche en Cáller. El jergón, la mesa y el taburete habían desaparecido, y tan solo la jofaina seguía allí, enseñoreada de la habitación vacía. Una capa de polvo cubría el suelo, y la luz del sol anunciaba a través de la ventana desvencijada que ya llegaba el verano. Sus ojos se nublaron de nuevo y pudo ver, como si estuviera allí mismo, el cuerpo desnudo de Leticia de Sardara. Pudo sentir su tacto suave, olió el aroma de su pelo y notó el sabor de su piel. Los ojos de Blasco estaban ya anegados en lágrimas cuando el ruido le sobresaltó a su espalda. Se volvió con la mano en el pomo de su arma, y descubrió a Catalina plantada ante la entrada de la estancia. Llevaba su turbante en la mano, con los paños blanquecinos colgando hasta el suelo. Revelaba una gran confusión en la mirada. La valenciana paseó la vista alrededor y comprendió. Recordó cuanto le había contado Blasco en los primeros días de la invasión.

—Fue aquí mismo, ¿verdad? En este lugar os amasteis.

Blasco se pasó la mano por la cara para secar sus lágrimas.

—¿Qué haces aquí? —Notó que le fallaba la voz—. Deberías estar con los otros.

—No me echarán de menos. Me he escabullido para seguirte.

Catalina entró en la habitación y vio la huella pálida que los años habían dibujado en el lugar donde estuvo colocado el jergón. Se fijó en los ojos claros del aragonés, que refulgían en la media penumbra de la habitación.

—No debí entrar —se excusó él, y comenzó a andar hacia el vacío dintel. Catalina aferró su brazo al pasar junto a ella y lo detuvo.

—¿Por qué? —inquirió ella con un deje de aflicción—. ¿Por qué insistes en atormentarte continuamente? ¿Por qué siempre ese Zintero ha de borrar cualquier otro fin en tu vida? ¡Honra el recuerdo de aquella mujer! —La valenciana puso su mano sobre el pecho de Blasco, a la altura de su corazón—. ¡Siéntela aquí! ¡Siénteme a mí!

El aragonés plantó su mirada acuosa en la de Catalina y vio que los ojos oscuros de la valenciana también bailaban con un brillo titilante. La abrazó con fuerza. Gimió como un niño, lloró a raudales y su cuerpo tembló mientras ella apretaba sus brazos en torno a los hombros de él. El arco curvo y la aljaba cayeron al suelo. Las flechas se esparcieron por toda la estancia. Después fue el jubón lo que resbaló desde el cuerpo de Catalina.

Blasco sintió una especie de remordimiento. Mientras se despojaba de la sobreveste, una tormenta de emociones le asaltaba. Intentó resistirse a sus impulsos, pero entonces comprendió que aquello no tenía nada que ver con Leticia, ni con Teresa, ni con Catalina. Era él, él mismo quien se había negado la felicidad una y otra vez. Era él quien había estado obsesionado por olvidar su venganza o por cumplirla. Después de todos aquellos años descubría que, en un modo u otro, Ferrer Zintero seguía triunfando, y le mantenía en un estado de perpetua desazón, le obligaba a atormentarse siempre, le hacía renunciar a la vida.

Exhaló un largo suspiro acompañado de un nuevo torrente de lágrimas mientras desnudaba a Catalina y dejaba al descubierto sus senos redondos y cimbreantes. Los besó con avidez, como si disfrutara por primera vez de su libertad. La valenciana se arrodilló junto a su amante y le obligó a tumbarse, montó a horcajadas sobre él, le subió la loriga y tiró con desesperación de sus calzas. Besó las mejillas de Blasco, saboreó sus lágrimas, acarició su pelo negro. El aragonés abrió los ojos y vio que Catalina lo miraba. Se fijó en sus labios susurrantes, que le suplicaban de nuevo que dejara atrás cuanto los separaba.

Él supo que solamente ella podría conseguirlo. Lograr que la niebla se disipara al fin. Catalina lo comprendió, y acarició la piel al tiempo de Blasco antes de clavarse en su hombría. La valenciana emitió un prolongado gemido y luego cabalgó con suavidad sobre él, pasó la mano por sus mejillas para limpiar el dolor que anegaba su rostro. El aragonés horadó las tablas con sus uñas y se enarcó. Elevó las caderas y, con ellas, a su amante. Catalina echó la cabeza hacia atrás y chilló, mezclando la pena y la felicidad mientras sus pechos apuntaban al oscuro techo de aquella habitación.

El estandarte de Aragón ondeaba sobre la torre del Elefante. Las puertas de la ciudad estaban abiertas de par en par y tanto Jiménez de Urrea como sus acompañantes habían regresado al campamento aragonés. En aquel momento, el tratado de paz debía estar ya firmado y rubricado.

—¿Cuánto tiempo llevamos aquí? —Blasco miraba hacia la ventana.

—No mucho —respondió Catalina—. No te preocupes.

—No, me refería a Cerdeña. ¿Cuánto tiempo llevamos en la isla?

La valenciana se incorporó sobre un codo, sin ropa y tendida sobre su jubón, que había servido de lecho a los dos amantes durante toda la tarde. Blasco de Exea, también desnudo y en pie frente a la ventana, recibía la brisa marina. Por un instante le pareció vivir algo por lo que ya había pasado.

—Hace un año que estamos aquí, más o menos —contestó al fin Catalina mientras se sentaba sobre el jubón. Se abrazó las rodillas y apoyó la cara en ellas.

—Un año... —susurró Blasco—. En un año no me he fijado en un solo atardecer. Los atardeceres en Cerdeña son preciosos. ¿Lo sabías?

—A veces creo no conocerte —confesó la mujer—. O bien te muestras huraño e intratable, o todo lo contrario.

Blasco sonrió sin volver la cara. En poco tiempo el cielo se tornaría rojo y el sol se hundiría entre llamaradas al otro lado del mar. Inspiró con fuerza, tratando de olvidar el olor a podredumbre que atenazaba la ciudad asediada.

—Hay algo más que quiero hacer antes de ajustar mis cuentas.

Catalina se levantó y anduvo descalza sobre el suelo polvoriento. Sus pies dejaron marcas a medida que se aproximaba a su amante. Pegó su torso contra la espalda de Blasco y besó su nuca.

—Déjame ir contigo —pidió.

El aragonés cerró los ojos. Trató de imaginar el aspecto de su viejo maestro. ¿Estaría en Cáller? ¿Viviría aún? ¿Sería capaz de encontrar a Juan de Ramatayim?

Se vistieron con presteza, pero Catalina ya no se molestó en cubrir su rostro ni su cabello. Simplemente se colgó su aljaba medio vacía del ceñidor e hizo pender de aquella su arco curvo. Blasco, por el contrario, se armó completamente. Marcharían a la casa del maestro y, lo hallaran en ella o no, él iría después en busca de Ferrer Zintero. Era una buena forma de cerrar aquel capítulo de su vida. Ni siquiera se había planteado qué sería de él después de aquello, pero ahora, con Catalina a su lado, nada podía irle mal. Caminaron por las calles de Cáller mientras llevaba de las riendas a sus caballos. Las gentes, que ya se atrevían a abandonar sus casas, se abrazaban y felicitaban. Algunos lloraban de gozo por el fin de la guerra y otros lo hacían de pena por la muerte de algún ser querido. Aragón había vencido de nuevo, pensó Blasco. A costa, como siempre, de sangre, de orgullo y de dolor. Una nueva posesión, una nueva joya en la Corona y un nuevo mercado.

El portalón de la casa había desaparecido, por supuesto. Incluso faltaban algunas piedras del recio muro que rodeaba el jardín, sin duda porque habían sido usados como parapetos en las almenas de Cáller. En aquel mismo lugar, hacía diecisiete años, se había despedido de un jovial Simón de Ruán. Poco podía sospechar el risueño templario que la hoguera le aguardaba en su tierra. Ataron a las monturas en las bisagras oxidadas y cruzaron el patio. Catalina andaba tras Blasco y dejaba a su diestra el establo destartalado y el huerto abandonado. El árbol junto al que el aragonés había besado por primera vez a Leta estaba cortado casi de raíz. Su madera, como los planes que la sarda y él trazaron una vez, se habría convertido en humo y disuelto en el éter.

Un rescoldo de luz alumbraba la sala tras la inexistente puerta de acceso. Blasco de Exea entró y entornó los ojos.

—¿Maestro?

Algo se movió dentro y la llama de un velón osciló. Una sombra recogió lentamente aquella débil fuente de luz y se aproximó a la entrada. Juan de Ramatayim seguía tal y como Blasco lo recordaba después de doce años. Su barba gris y corta se mezclaba con el cabello lacio que enmarcaba su rostro afable.

Ramatayim sonrió. El gesto abrió un sinfín de surcos en su rostro.

—Blasco... —murmuró—. Eres Blasco, ¿verdad? —El anciano examinó su rostro y las ropas de batalla—. Sí, claro, tu mirada clara y franca es la misma.

—Maestro... —susurró el aragonés, que sentía el llanto retornar.

Los dos hombres se unieron en un abrazo y Ramatayim soltó una risita queda.

—Cuando nos despedimos, dijiste que no creías que volviéramos a vernos..., pero aquí estás. ¿Por qué?

Blasco se separó de Juan de Ramatayim y se pasó el dorso de la mano por la cara. Catalina seguía aparte, testigo del encuentro a unos codos de distancia y sin apartar la mirada del rostro marchito del anciano.

—Maestro, dejad que os presente a Catalina. —Blasco se hizo a un lado y señaló a la valenciana, que sonrió ladeando graciosamente la cabeza.

—Hermosa criatura, a fe mía —reconoció Ramatayim—. Pero ven, muchacha, y acércate. Deja que estos ojos ya casi ciegos te vean mejor. —Catalina obedeció y se puso frente al anciano sin dejar de sonreír—. Ah, sí. Desde luego. Tienes la belleza oscura y hechizante de las mujeres de mi tierra.

La valenciana se ruborizó un tanto y bajó la mirada, pero su sonrisa se congeló en el rostro. Se quedó mirando algo fijamente y no supo contestar, lo que Blasco achacó a la extraña impresión que producía Juan de Ramatayim. De pronto, Catalina dio un par de pasos atrás. Un punto de tristeza apareció en sus ojos negros.

—Seguro que tenéis muchas cosas de que hablar. —Ella retrocedió aún más—. Te esperaré fuera.

Blasco curvó las cejas y se encogió de hombros.

—Dime, amigo mío —habló de nuevo Ramatayim—. ¿Encontraste al fin lo que buscabas? ¿Ha merecido la pena?

El aragonés dejó escapar un suspiro. El viejo maestro le había augurado una vida de dolor al separarse, y no había estado falto de razón.

—Durante años he vagado sin rumbo, maestro. A veces me afanaba en mi senda y otras me demoraba. He padecido mucho, y he causado también mucho dolor a otros.

Ramatayim se lamentó con un gesto por las palabras de su antiguo pupilo y le invitó a pasar. Encendió con la llama de su velón otros fuegos repartidos por el salón. El aposento quedó pronto iluminado.

—¿Y aquel hombre...? ¿Cómo se llamaba? Ah, sí. —El anciano chascó los dedos—. Zintero.

—Ferrer Zintero —masticó las palabras Blasco—. Está aquí, en Cáller, y hoy mismo nos veremos por última vez. Esta noche acaba una historia que nunca debió empezar.

Ramatayim frunció el ceño y se sentó sobre una piedra que al parecer había sustituido a las sillas de la casa.

—Así pues, no renunciaste a tu venganza.

—Ni ella ha renunciado a mí, si es que eso es posible.

El anciano clavó profundamente su mirada en la de Blasco, como solía hacer tiempo atrás. El aragonés estuvo seguro de que Ramatayim podía ver el tormento que había sufrido desde la última vez.

—Una vez, hace años —dijo el viejo—, te mostraste confuso porque te dije que Dios era el supremo creador, y que como tal, también el mal y la injusticia eran obra suya.

—Lo recuerdo.

—También te dije que nada podíamos hacer nosotros sino cumplir la voluntad de Dios. Para bien o para mal.

—Así fue —contestó el aragonés.

—En realidad yo no lo creía así. No del todo, al menos.

Blasco se rascó la barbilla y miró al exterior. Las luces grises del atardecer empezaban a palidecer sobre Cáller y él tenía prisa por hallar a Zintero, pero Ramatayim acababa de desconcertarle con sus palabras.

—Siempre pensé que os resignabais a cumplir la voluntad de Dios..., y mientras, yo he llegado incluso a negar a Dios. No hay Dios que pueda permitir toda la maldad que yo he conocido.

—Finalmente, el alumno superó al maestro —reconoció el anciano con un acento desabrido—. Yo me negué a creer que no hubiera esperanza. Tenía mis razones: Él nos envió a su propio hijo para redimirnos. ¿Por qué habría de abandonarnos después?

—Decís que teníais vuestras razones... Así pues, ahora pensáis que Dios nos ha abandonado definitivamente.

Ramatayim se puso a dar vueltas a su viejo relicario, aún pendido de una cadena en su cuello. Lo observó a la luz de las velas.

—Aunque me he negado a creerlo durante mucho tiempo... Aunque he esperado años y años... Sí. Dios nos ha abandonado. ¿Acaso no es evidente?

—Quizás os referís a esta guerra. —Blasco señaló a su espalda con el dedo pulgar.

—Sí, la guerra. Todas las guerras. Tú, Blasco, seguro que has visto cómo se derramaba la sangre de los hombres por la codicia de reyes y papas. Miles de semejantes mueren ante la impavidez de los demás, los unos matan a los otros por su dios, por el dinero, por el poder, o simplemente por placer... Llevo viéndolo demasiado tiempo.

La mirada de Juan de Ramatayim había adquirido esa niebla extraña que Blasco aún recordaba. Cuando el viejo maestro se perdía en disquisiciones, el aragonés llegaba a dudar de su juicio. Ahora, su mente parecía viajar lejos, a mayor distancia de la que puede recorrer un hombre en su vida, a un tiempo más lejano del que puede vivir.

—Lamento que al final vos también hayáis perdido la esperanza —dijo Blasco—. Y ahora, maestro, debo despedirme. Como os he dicho, esta noche he de ajustar cuentas..., con un poco de suerte, ya para siempre.

—Zintero —susurró Juan de Ramatayim.

—Zintero —confirmó Blasco de Exea.

—No será necesario que busques mucho, Duran d'Avesnes.

Las palabras habían llegado desde el jardín que rodeaba la casa, y su timbre agudo y destemplado sobresaltó a Blasco. El aragonés se volvió con los ojos abiertos de par en par y con la mano empuñada en el pomo de su ferruza templaria. Jamás, en todos los días de su vida, podría olvidar aquella voz.

Estaba plantado allí mismo, con las piernas ligeramente separadas y una azcona sujeta con la diestra. Entornaba sus ojillos hundidos y oscuros y apuntaba al pecho de Blasco con un dedo acusador.

—Tienes mi colgante, amigo mío —dijo Ferrer Zintero—. Devuélvemelo.

V

Ferrer Zintero sonrió estirando los labios hacia los mechones de pelo ralo que le crecían sobre las orejas. El resto de la cabeza, totalmente pelada, iba cubierta por su redecilla de cuero.

—Sé lo que pasa por tu mente, amigo mío —habló el almocadén con su voz chirriante—. Eres más joven que yo, y también mejor guerrero. Ahora tu cabeza rumia con rapidez, ¿verdad? Calculas el modo de acercarte, de rebanar mi pescuezo o de ensartarme como a un cochino. Y por mi padre que eres capaz. Claro que lo eres.

Blasco sintió una solitaria gota de sudor resbalando por su sien. Escuchaba las palabras del almogávar ahogadas, porque ciertamente su conocimiento se afanaba por presentarle la mejor forma de acabar con aquel enemigo. Notaba el ligero temblor en el hierro de su espada; sus fosas nasales se abrían e inspiraba el aire que le llenaba los pulmones; sus pupilas estaban dilatadas y percibía cada brizna de viento, cada pequeño desnivel del suelo, cada una de las muchas debilidades de su enemigo. Sus arterias enviaban la sangre en torrentes y regaban sus músculos tensos. Vio claramente cómo hacerlo. En un instante, Ferrer Zintero sería un pingajo con la barriga rajada de lado a lado. De nada serviría aquella ridícula jabalina; cuando quisiera usarla, su vida escaparía ya junto con sus entrañas y sembraría el suelo del abandonado jardín de Juan de Ramatayim.

Un chasquido metálico hizo vibrar la hoja del arma templaria y Blasco parpadeó un momento, cuando vio un par de sombras moverse detrás de Zintero.

—Oh, vaya —se burló el almogávar—. ¿Creías que estaría solo, caballerito?

Las sombras ocuparon su lugar bajo la luz del pálido atardecer, Blasco notó el nudo que volvía a atorar su garganta. Gonzalo Zapata y Bernat de Anglesola acababan de entrar en el patio y flanqueaban a Ferrer Zintero. El valenciano observaba a Blasco, los labios apretados y el ceño fruncido. El catalán no era capaz de sostener la mirada del aragonés. Ambos asían sus espadas.

—Pero... —Blasco soltó la empuñadura de su arma—, ¿qué...? ¿Por qué?

Zapata apuntó al aragonés con su espada.

—Esto no va contigo. Queremos al viejo.

Blasco, que seguía sin comprender nada, miró a Juan de Ramatayim. Este permanecía impasible a su espalda, como si llevara largo tiempo esperando aquello. El anciano se giró hacia su antiguo pupilo.

—Te han utilizado.

El aragonés volvió a interrogar con su gesto a Zapata y a Anglesola. Estaba confuso, y hasta su odio por el almocadén cedía ante la amarga decepción de saberse traicionado. Sin tener claro cuál sería su siguiente paso, empuñó de nuevo el pomo de su arma y la desenfundó.

—No sé qué está ocurriendo realmente, pero mataré a todo aquel que se interponga en mi camino —aseguró—. Y mi camino me lleva a ese puerco —señaló al almogávar.

Anglesola dio un paso atrás, sabedor de la gran destreza de Blasco de Exea con la espada. Zapata mantuvo la guardia pero ladeó la cabeza sin perder vista del aragonés.

—¡Hesse! ¡Entra!

La inmensa mole del teutón se hizo visible tras el muro. Ante él llevaba, aferrada por la barbilla, a Catalina. La hoja del hacha rozaba con su filo el cuello suave y moreno de la valenciana. Esta miraba a Blasco con ojos suplicantes y con un ligero temblor en los labios. Konrad von Hesse soltó una carcajada al ver el gesto de sorpresa centuplicada del aragonés.

—*Dumm*... —le insultó en su jerga hosca—. Estúpido.

Blasco vaciló, incapaz de decidir qué debía hacer. Además, seguía sin comprender por qué ocurría todo aquello.

—¡Decidme ya qué queréis!

Gonzalo Zapata aún dirigía la punta de su arma hacia Blasco, aunque a buena distancia.

—Te he dicho que no va contigo. Deja que hagamos nuestro trabajo y nos iremos. Ella no sufrirá daño si obedeces.

El aragonés se fijó en la mirada asustada de su amante. Sus ojos negros estaban desmesuradamente abiertos y forcejeaba para escapar del teutón, pero este era muchísimo más fuerte y la valenciana ni siquiera conseguía inmutarle.

—¡Queremos el relicario del anciano! —dijo al fin Bernat de Anglesola, que evitaba fijar la vista en Blasco—. Entréganos el relicario que lleva al cuello y nos iremos en paz.

El catalán señalaba a Juan de Ramatayim. Este agarró con fuerza su colgante y dio unos pasos atrás. Su espalda topó con la pared de la estancia.

—¡El relicario, viejo! —Zapata cambió la dirección de su espada hacia el asustado anciano—. ¡Entrégalo o ella morirá!

—¡No! —se desgañitó Ramatayim a pesar de su débil voz—. ¡¡Jamás!!

Blasco de Exea se giró sin ocultar su estupor ante el viejo maestro.

—Pero... es solo un colgante —adujo el aragonés, que ahora temía sobre todo por la vida de su amante.

—¡No! —El anciano apretó el puño en torno al relicario—. ¡No es solo un colgante! ¡Ellos lo saben y por eso han venido!

Gonzalo Zapata maldijo en voz baja y recorrió con su vista el salón y el patio. Él era ahora el más cercano a Blasco, y tras él quedaban Ferrer Zintero y Bernat de Anglesola. Junto a la puerta del jardín, Hesse seguía aferrando por el cuello a Catalina, y Blasco de Exea se interponía entre ellos y Juan de Ramatayim. Por fin, el caballero valenciano tomó una decisión.

—Coge el relicario —ordenó a Bernat. Después aferró la espada con ambas manos y arremetió contra Blasco.

El aragonés detuvo el mandoble con su arma y dio un par de pasos atrás para recuperar la guardia. Alternó varios golpes con Zapata mientras trataba de no perder atención a los demás. Sin embargo, el camino estaba ya franco. Bernat de Anglesola pasó al salón, enfundó su arma y se dirigió a Juan de Ramatayim. El viejo se dejó caer y se dobló para evitar que el catalán le arrebatara su relicario. Anglesola intentó aflojar el puño de Ramatayim, primero sin hacerle daño, luego bruscamente al ver que no podía hacerlo de otra forma. Pero el anciano resistía de forma casi inhumana. Sacaba extrañas fuerzas de su ajado cuerpo. Parecía imposible que aquel hombre pequeño y encorvado pudiera oponerse al joven y fuerte Bernat.

Una azcona voló desde el patio, entró silbando en el salón y pasó junto al caballero catalán para clavarse en el abdomen de Juan de Ramatayim. Anglesola respingó, pero el anciano aflojó su puño al tiempo que resoplaba. Bernat tiró del relicario y rompió la cadenita que lo unía al cuello del viejo. Luego se volvió enojado hacia Ferrer Zintero.

—¿Por qué lo has hecho? ¿Sabes quién es? —le preguntó agitando ambas manos.

Blasco de Exea lanzó un grito de rabia y soltó un par de espadazos bien abiertos a Zapata. El valenciano paró el primero bien, pero el segundo lo pilló recuperándose y consiguió desequilibrarlo. Se echó atrás y apoyó una mano en la pared.

—¡Ayudadme! —pidió.

Zintero extrajo su largo cuchillo y se agazapó junto a Zapata. Los ojos de Blasco brillaron, mezclando la cólera con una malsana alegría por tener ante sí a aquel almogávar, y embistió con furia. La estocada desarmó a Zintero, y el aragonés dispuso su brazo de nuevo para rematar el trabajo que llevaba décadas de retraso. Los ojos de Ferrer Zintero parecieron salir de sus órbitas al ver el relámpago azul de la espada templaria sobre su cabeza.

Pero el mandoble resultó frenado con un sonoro golpe metálico. Konrad von Hesse había interpuesto su gran hacha de combate entre el filo del arma y la piel sucia del almogávar.

Ahora eran tres contra uno. Zapata se impulsó hacia delante y cargó con su hombro contra el pecho de Blasco. La loriga restalló al recibir el golpe y el aragonés trastabilló.

—¡Noooo! —gritó con los ojos inyectados en sangre—. ¡Dejad que lo mate! ¡Llevaos luego ese maldito colgante, pero dejad que lo mate!

—¡Quieto, Blasco! —se oyó una voz dulce desde la puerta.

El aragonés se mordió el labio y gimió. Su confusión se mezclaba con la amargura de saber a Ramatayim ensartado a unos codos, y lo que ahora veía acababa de desgarrar su ya maltrecho corazón.

Catalina de Alborach, su amante..., aquella con la que había yacido ese mismo día, le amenazaba con su arco curvo, aparejado este con una emplumada flecha que apuntaba a su pecho.

Zapata, Zintero y Hesse se apartaron para dejar campo libre a la arquera valenciana. Junto a esta, Bernat de Anglesola agarraba el relicario arrancado del cuello de Ramatayim como si fuera el mayor tesoro sobre la Tierra.

—No... —Blasco dejó que la punta de su arma tocara el suelo—. Tú también... ¿Por qué?

Catalina cerró los ojos. Algo que jamás hacía cuando encaraba un arco. Acercó la cuerda a su rostro y la madera chirrió. Apretó los labios para que no temblaran.

—No es necesario. —Bernat de Anglesola posó una mano sobre el hombro derecho de la valenciana.

—¡Sí lo es! —chilló Ferrer Zintero—. ¡Mátalo!

Un súbito silencio se hizo en el salón, solo roto por los débiles gemidos de Juan de Ramatayim. El anciano se desangraba, sentado contra la pared y con la azcona del almogávar asomando desde su barriga.

—Si quieres que muera —la voz enronquecida de Catalina se dirigió a Zintero—, mátalo tú mismo. Si es que te atreves.

El almogávar se giró con los escasos dientes rechinando y clavó su mirada hundida y vengativa en la mujer, pero esta movió el arco y la flecha apuntó a la rala y desproporcionada cabeza de Ferrer Zintero.

—Zorra. —El almogávar apretó su mano en torno al cortel que acababa de recoger del suelo—. ¿No te das cuenta? El caballerito me ha buscado durante años... ¿Crees que a ti no te buscará también?

Los ojos negros de Catalina se clavaron en los de Blasco de Exea, que aún la miraba con gesto confuso y apenado. Jamás había visto al aragonés tan desmadejado, con los hombros vencidos hacia delante y la punta de su espada rascando el suelo. La valenciana fue a decir algo, pero las palabras de Gonzalo Zapata lo evitaron.

—Tenemos lo que veníamos a buscar. Nos vamos.

El caballero retrocedió sin apartar la vista de Blasco de Exea y salió del salón. Sus pasos se oyeron raudos al atravesar el patio. Tras él marchó Bernat de Anglesola, que en ningún momento había tenido coraje para mirar al aragonés a los ojos. Konrad von Hesse y Ferrer Zintero todavía permanecieron allí unos instantes, con sus armas empuñadas y masticando su rabia. Finalmente, ninguno de los dos se atrevió a encarar a Blasco. Salieron. Catalina cubría la retirada de todos ellos con el arco presto y una flecha que temblaba mientras apuntaba al aragonés.

—Dispara —pidió este con un hilo de voz.

Una par de gruesas lágrimas se mantuvieron por un instante tremolando en los párpados de la valenciana, retenidos por las largas y negras pestañas. Luego resbalaron y se derramaron sobre la ropa que llevaba puesta, la misma que poco antes se había arrebatado para gozar del hombre al que ahora amenazaba con su letal arco compuesto.

Ramatayim emitió un prolongado gemido y agarró el asta de la jabalina clavada en su vientre. Blasco reaccionó como si Catalina no estuviera allí. Dejó caer la espada y se arrodilló junto a su viejo maestro. Acarició su barba gris, dando la espalda a la valenciana. La madera volvió a chirriar al aflojar la tensión de la cuerda sobre el arco. Catalina devolvió la flecha a la aljaba, pero sus lágrimas no dejaron de brotar mientras abandonaba el patio y montaba en su caballo.

Juan de Ramatayim padeció un fuerte ataque de tos cuando Blasco le dio a beber agua. Un enorme charco de sangre crecía bajo él. Era tan grande que parecía imposible que todo aquello estuviera escapando de un cuerpo tan pequeño.

—Tantos años de espera... —murmuró cuando pudo dominar la tos—. Tanto tiempo des... desaprovechado..., y ahora...

—No os esforcéis, maestro —pidió el aragonés, que se veía incapaz de detener el torrente de sangre que salía a borbotones de la herida del abdomen.

—Debes... recuperarlo —insistía Ramatayim con voz cada vez más débil—. Debes recuperar el relicario. Ellos no pueden...

Un nuevo ataque de tos le interrumpió. Su cuerpo se convulsionó y su tez palideció de repente.

—No... —Blasco cerró los ojos y bajó la cabeza—. Esto es absurdo. Os habéis hecho matar por un simple colgante.

Juan de Ramatayim soltó el asta de la azcona almogávar y agarró la pechera de Blasco, apretando su sobregonela y mirándole a los ojos.

—En ese colgante está la más preciada reliquia de la cristiandad. —El anciano hacía un esfuerzo heroico por acallar la tos—. Ahí dentro está... está...

—¿Qué? —preguntó el aragonés con rabia—. ¿Qué puede haber ahí que valga vuestra vida?

—Es... la sangre, la santa sangre...

Blasco observó el torrente rojo que manaba la herida de Ramatayim. ¿La sangre? No sabía qué quería decir el anciano con aquellas palabras. No entendía nada. ¿Por qué? ¿Por qué le habían traicionado sus compañeros? ¿Por qué estaba con ellos Ferrer Zintero? Y Catalina... Sí, Catalina le había seguido a la posada del Elefante, y allí había yacido con él. De alguna forma se las había arreglado para entretenerle y luego... Luego había conseguido llegar hasta Juan de Ramatayim. Pero ¿por qué?

—¿Qué buscaban? ¿Qué es tan importante como para preparar esta trampa? ¿Qué hay en el relicario?

—La sangre... —repitió el anciano agonizante.

Blasco volvió a cerrar los ojos y trató de aclarar sus ideas. No era fácil mientras su corazón se deshacía en pedazos, pero, ¿cuándo algo había sido sencillo? Su mente viajó hasta Aragón, al monasterio de San Juan de la Peña. Allí era donde todo había empezado.

¿Realmente era allí?

No. Todo había empezado mucho antes. Su misión como joven

templario en Cerdeña consistía en proteger a Juan de Ramatayim. Un hombre santo, decían. Uno de los tesoros de la cristiandad. Recordó aquellos momentos de extraño arrobamiento del maestro, y cómo solía girar su relicario y perdía su mirada en él.

—¿Qué hay en el relicario, maestro? ¿Qué es eso de la santa sangre?

Juan de Ramatayim pareció calmarse de repente. Sus manos y sus labios temblaban, pero incluso parecía que la sangre había dejado de escaparse a chorros de su cuerpo.

—Es Su sangre, Blasco —contestó con una repentina lucidez—. La sangre de Cristo, Nuestro Señor.

El aragonés se irguió y miró con extrañeza a Ramatayim. Este asentía con lentitud.

—¿La sangre de Cristo? —repitió Blasco.

—Su sangre. Recogida por mí al pie de su cruz. Guardada en mi cáliz. La sangre de Cristo, Blasco. La sangre que da la vida eterna.

Una sonrisa amarga apareció en el rostro del aragonés.

—¿Recogida por vos? —preguntó con una sorna abatida—. ¿Vos recogisteis en un cáliz la sangre de Cristo al pie de su cruz?

Ramatayim asintió y Blasco supo que aquel hombre, quizá loco o tal vez atenazado por su inminente muerte, creía decir la verdad.

—La he guardado durante siglos. Yo separé la copa de la sangre... He esperado hasta que llegara quien fuera digno de ella... Pero nadie llegó. El hombre no debe tomar la sangre de Cristo. No debe. El hombre es el Mal, tú lo sabes. No dejes que el Mal perviva por siempre... No dejes que...

—¡Maestro! —El aragonés volvió a acuclillarse y cogió la cabeza de Ramatayim con ambas manos. La sostuvo para que no cayera a un lado. La vida huía de él, y la sombra de la muerte nublaba su mirada gris y vieja... Muy vieja.

—No deben beber la sangre... —insistía con su último aliento—. No deben beber la sangre en la copa...

—La sangre de Cristo. —Blasco intentó suavizar los últimos momentos de Ramatayim en el mundo—. Y la copa, maestro.

El anciano cerró los ojos y su cabeza quedó inerte. Un siniestro frío se fue extendiendo por su piel repleta de arrugas.

Blasco se levantó y recorrió la sala a lentos pasos. Recogió su espada, la devolvió a la funda... ¿Qué caos era aquel? La mirada culpable de Catalina mientras le apuntaba con su arco, el olor acre de Ferrer Zintero que aún flotaba en la estancia y que ya se aunaba con el aroma dulzón de la sangre, la traición de Anglesola y los otros, las extrañas palabras de Juan de Ramatayim.

La vida volvía a enseñar a Blasco de Exea una amarga lección. De nuevo la maldad se arrastraba desde su madriguera y pudría todo aquello que él creía justo y bueno. Otra vez aparecía la niebla densa y una sombra infausta se dibujaba a su través. Otro de sus seres queridos caía bajo el filo agudo de aquella hoja que manejaba Ferrer Zintero. Y esta vez, para vergüenza suya, él había sido usado para llegar hasta el anciano Ramatayim. Nada importaba si durante aquel oscuro proceso se rompía su corazón. ¿Qué eran, qué representaban en aquel diabólico juego todos los que habían caído en aquella guerra bajo su espada? ¿Era tan importante la presa que perseguían los perros? Contempló con pena el cadáver del anciano maestro, aún sentado contra la pared y sobre un gran charco de sangre, con la azcona de Ferrer Zintero firmando aquel fatídico cuadro y las últimas palabras de Ramatayim flotando en el aire.

La copa y la sangre.

En otras circunstancias habría tenido gracia. Después de todo, lo que esa gente parecía perseguir era una absurda superchería. Una reliquia inútil que un viejo lunático había llevado colgada de su cuello durante años... Una como tantas otras, de las que había a miles por toda la cristiandad: espinas de la corona de Cristo o astillas de la Vera Cruz. Huesos de este o aquel apóstol, o cabellos de una u otra santa. El polvo de las sandalias de san Juan o el sudor de la frente de san Pablo, la tela del velo de santa Águeda o las uñas de san Lucas. Pero ¿una reliquia capaz de movilizar al Temple y de mandar a protegerla a sus mejores guerreros? ¿Una tan importante que ni siquiera esos escogidos guardianes tenían la menor idea de lo que era? ¿Qué reliquia era aquella, que de nuevo había obligado a alguien a reunir un elenco de escogidos? La única razón por la que Blasco estaba allí en ese momento era su conocimiento directo de la persona de Juan de Ramatayim, el poseedor de esa misma y dichosa reliquia. Un hombre que, con la aplastante seguridad de la muerte, fue capaz de afirmar que él mismo era quien había recogido la sangre de Cristo en un cáliz... La sangre que da la vida eterna.

—No deben beber la sangre en la copa —repitió Blasco las últimas palabras de Juan de Ramatayim.

Aquello era absurdo pese a todo y a todos. El aragonés se negaba a conceder crédito a aquellas supersticiones. Conocía, por supuesto, todo lo concerniente a la vida y la pasión y muerte de Cristo. Aparte de su pasado templario, Blasco era hijo adoptivo de una piadosa familia aragonesa. Por eso sabía de qué le había hablado el anciano Ramatayim antes de morir, y también sabía a qué copa se refería.

De lo único que dudaba era de dónde encontrarla a esas alturas.

La venganza del león

I

Unas semanas después.
Ciudad de Valencia. Verano de 1324

El calor se pegaba a la piel como una serpiente que reptaba bajo el ropaje y humedecía la piel, aunque traía sin cuidado a Blasco. El aragonés no trató de buscar la sombra de la Cofradía de san Jaime. En lugar de ello, puso su mano sobre los ojos a modo de parasol y examinó los ventanales del caserón de Zapata. Había vivido allí el suficiente tiempo como para conocer a todos los criados y esclavos, también para darse cuenta de que en aquel momento el caballero no se encontraba en casa. De pronto, una mujer de rostro bonito y gracioso apareció con una cesta con frutas en el fondo de la calle. Transportaba su canasta apoyada en las caderas, un poco anchas para el gusto del aragonés. Había anudado un pañuelo sobre el pelo, pero algunos mechones rebeldes le caían sobre los ojos. Blasco reconoció de inmediato a Inés, una de las criadas de Gonzalo Zapata. El aragonés se acordó enseguida del mal disimulado odio que Inés traslucía hacia Catalina, a la que además se había visto obligada a servir durante su estancia en la casa. Blasco se plantó ante ella y a Inés se le iluminó la cara, sonrió y arrugó la nariz pecosa.

—Mi señor don Blasco. Qué gusto veros por aquí. Pero, ¿a qué se debe vuestro retraso?

El aragonés también sonrió a Inés y se dispuso a seguirle la corriente.

—¿Acaso no te ha dicho nada tu señor, don Gonzalo?

La criada se encogió de hombros y aporreó la puerta varias veces. Blasco soltó sus alforjas, cogió la cesta de fruta y fingió ceder por la carga.

—¡Vaya! ¡Buenas piezas has comprado, Inés! ¡Cómo pesan!

La criada, muy jovial, observó de reojo al aragonés.

—Las he conseguido en la plaza, donde el palacio del obispo.

—¿Y has ido tú sola? Antes hacían falta dos o tres personas para traerse el condumio. ¿Ya no se come fruta en esta casa?

Uno de los criados abrió la puerta. El hombre reconoció a Blasco y se inclinó en una reverencia antes de echarse a un lado. El aragonés cedió el paso a Inés y entró a continuación. Al pasar junto al criado, Blasco señaló con la barbilla a las alforjas que había dejado en el suelo. El hombre asintió solícito.

—Bien sabéis que estos días solo hay que alimentar a criados y esclavos —respondió Inés a la pregunta del aragonés mientras ambos caminaban por los pasillos hacia la cocina. Blasco apreció que la valenciana contoneaba de más sus rotundas caderas—. Mi señor Zapata y sus acompañantes se detuvieron aquí lo justo antes de partir hacia Dios sabe dónde, así que nos hemos quedado solos otra vez. Pero aún no me habéis dicho por qué vos llegáis un día después.

El aragonés habría lanzado un grito de triunfo por la información que le estaba dando la risueña y coqueta Inés: Zapata y los demás habían estado allí el día anterior y, en esos momentos, viajaban hacia algún lugar desconocido. La ventaja que le llevaban era corta, lo suficiente como para intentar aclarar un poco más todo aquel embrollo, y la casa de Zapata era el lugar ideal. Durante todo el viaje desde Cerdeña había recordado las palabras de Ponce de Gualba, el obispo de Barcelona, que le había informado de que la correspondencia entre Zapata y él era fluida. Sin duda las cartas de Gualba podrían ser de gran utilidad, por lo que decidió que debía acceder a ellas. Blasco se apercibió entonces de las constantes ojeadas de aquella descarada criada. Recordó las frecuentes y nada sutiles insinuaciones que le había dedicado durante su estancia allí antes de la guerra, y pensó que tal vez sería muy buena ayuda para sus planes.

—Inés, en verdad te pones más hermosa cada día. —Dejó la cesta de fruta sobre una mesa manchada de harina—. De haber sabido que te hallaría aquí, te habría comprado unas flores en la calle dels Ramellets.

La criada se ruborizó y soltó una risita cómplice, luego se aflojó un poco el escote y se secó el sudor con una mezcla de falsa ingenuidad y picardía.

—¡Qué cosas decís, don Blasco! ¡Y qué calor hace! —De pronto adquirió un gesto mohíno y cruzó los brazos bajo los senos, que subieron hasta asomar parcialmente por entre los ropajes—. Pero no me queréis decir por qué os han dejado atrás.

—Ah, mi dulce Inés —Blasco se asomó con descaro premeditado al escote de la criada—, don Gonzalo me pidió que me quedara a despachar nuestros últimos asuntos en Cerdeña. Luego mi barco voló por sobre el mar, porque casi he dado alcance a tu señor y a los demás.

—Habría preferido veros a vos que a ese tipo feo y maloliente que vino ayer con mi señor —se quejó la criada. Blasco retiró su vista de los senos de Inés y la miró a los ojos. La mujer estaba hablando de Ferrer Zintero.

—Sí, ya sé quién dices. Un mal tipo, es cierto. Veo que, a más de tus encantos, tienes buen ojo.

La valenciana trocó su gesto de lamento por otro de pícara alegría y pasó un dedo descuidadamente sobre la túnica de Blasco. Dibujó arabescos imaginarios arriba y abajo.

—Vos sí sois un caballero, don Blasco, y no ese tipo feo de ayer. Seguro que estáis fatigado por vuestro viaje. ¿Por qué no os retiráis a descansar? Cuando os hayáis recuperado os haré llevar una buena jarra de agua de limón con menta. Me guardaré de que esté bien fresca. Es más, conozco a una mora que vende unos ungüentos perfumados con los que os mandaré preparar un baño. —Se puso de puntillas y acercó sus labios a la oreja de Blasco—. O si lo preferís, yo mismo os ayudaré a bañaros, mi señor.

Blasco estiró los labios en una amplia sonrisa. Lo último que necesitaba en aquellos momentos eran las atenciones de una mujer, pero aquella podía ser una buena forma de hacerse con la confianza de la criada y averiguar lo que quería saber. No en vano, Inés había sido la asistenta personal de Zapata y también su amante. ¿Quién mejor que ella podría darle acceso a los secretos del traidor caballero? Rozó con los labios el lóbulo de la oreja de la valenciana.

—Nada me causaría más placer que eso, Inés. Un buen baño y la atención de tu compañía. Pero no tenemos por qué esperar, ¿no te parece?

Blasco acarició el pelo rojizo de Inés y esta alargó un suspiro lánguido. A los pies de la cama, la gran tina de agua despedía los efluvios de las hierbas y pétalos que flotaban en su superficie. Alrededor de la pila, los ropajes de Blasco y los de Inés se mezclaban entre sí como se habían mezclado ellos.

—Sois mucho más fogoso que don Gonzalo, mi señor. —La criada yacía de lado y dando la espalda a Blasco.

Este sonrió, lejos de sentirse halagado por aquella comparación. Acarició las anchas caderas de la valenciana, que había tomado mientras fingía extasiarse con cada embestida. Recorrió sus curvas, mucho más pronunciadas y bastas que las de Catalina, y pasó sus manos por entre las gotas de agua aromática que todavía perlaban el cuerpo de la criada. Inevitablemente, la suavidad de la piel de Catalina se coló en la memoria del aragonés. Un ramalazo de furia transformó por un instante el semblante de Blasco aunque, afortunadamente, Inés no podía verlo. Pobre Inés, pensó. Tal vez en otras circunstancias habría gozado de aquel lujurioso y falso romance de una sola tarde.

—Eres una hermosura, querida. —Blasco despegó un pétalo de rosa húmedo de la piel de la criada. Lo arrastró lentamente por la cintura de Inés y lo hizo resbalar por su vientre, estiró la mano y llevó el pétalo hasta los pechos grandes y coronados por dos rosadas fresas.

—Ay, don Blasco —se estremeció la criada—. Qué diferente

sois de mi señor don Gonzalo. Él jamás se cuida de mi gozo, mientras que vos...

Inés se volvió y besó en los labios a Blasco. Este respondió un instante, pero luego retiró la cabeza un tanto.

—Oye, Inés, necesito que me ayudes en una cosita sin importancia.

La criada sonrió atolondradamente y se irguió para unir de nuevo su boca a la de Blasco. Él se volvió a echar atrás, aunque se mantuvo lo suficientemente cerca como para verse en los ojos de Inés.

—Lo que queráis, mi señor. Si vos no os hacéis de rogar, ¿cómo no daros cuanto apetezcáis de mí?

Blasco la empujó con suavidad y la aplastó amorosamente sobre el jergón. Se metió entre sus piernas y, enseguida, la criada acompañó su vaivén. Inés soltó un gritito de placer cuando el aragonés la volvió a penetrar.

—¿Me dirías dónde guarda sus documentos tu señor don Gonzalo? —musitó a su oído. La valenciana arqueó la espalda y se aferró con fuerza a la cintura del aragonés, reclamándole más vigor en sus embestidas. Sin embargo, Blasco mantuvo el ritmo lento.

—En su aposento..., en un arcón cerrado...

Él sonrió y empezó a agitarse más rápido, con lo que arrancó una serie de gemidos a Inés. Se detuvo cuando ella asomaba la punta de la lengua por entre los labios.

—¿Y quién tiene la llave?

—Yo... —contestó la criada mientras ayudaba a Blasco a ensartarla atrayendo hacia sí las caderas del aragonés—. Yo os abriré el arcón, mi amor..., pero ahora no paréis, no paréis.

Blasco apretó los dientes. El sentimiento de culpa por estar usando a aquella pobre mujer casi no le atormentaba. Eran mucho más fuertes su rabia, sus deseos de conocer la verdad y, más que nada, el ansia de venganza hacia todos. La furia alimentó sus salvajes embestidas e Inés aferró con fuerza las sábanas, puso en blanco los ojos mientras su cuerpo se agitaba bruscamente.

La criada se atusó el pelo frente a la ventana y tarareó una cancioncilla pícara. Luego se volvió y miró con descuido el arcón desordenado, en el que se apilaban vitelas, sellos, rollos de pergamino, libros de cuentas y viejos manuscritos. Blasco acababa de localizar el sello roto de Ponce de Gualba, con su inconfundible monte flordelisado. Lo había visto sobradas veces en las pertenencias que el obispo conducía consigo en sus viajes a San Juan de la Peña. Desplegó los documentos enrollados sobre sí mismos en un solo cilindro. Eran cinco cartas. Comprobó el encabezamiento del primero y leyó en voz alta:

—*«Anno Domini Millessimo CCCº Xº Octavo. Dominus Poncio, Dei gratia Barchinonensis Episcopus...»*

—Uf, si vais a empezar con latinajos, me temo que me voy —dijo Inés—. Procurad dejar todo igual que estaba, mi señor, y bajad a la cocina cuando gustéis.

—No sufras, querida. —Blasco sonrió a la criada—. Tardaré poco, pues ya te echo de menos.

Inés abandonó la estancia riendo, aunque calló de golpe al salir al corredor y comprobar que nadie la veía abandonar el aposento del señor de la casa. Cerró con cuidado y sus pasos se perdieron al otro lado. Los ojos de Blasco volaron ávidos a la primera carta, fechada en 1318. Lo mismo le daba que estuviera escrita en latín o en cualquiera de las otras lenguas de la Corona, pues todas era capaz de entender al cabo. Leyó, plenamente concentrado, la cuidada letra del obispo de Barcelona:

> Querido amigo Zapata, os escribo para continuar con nuestra conversación del pasado mes.
>
> Sabed que nuestra sagrada misión requiere, como ya os dije, del concurso de un buen grupo de hombres de bien, duchos en la guerra y de seso rápido. Es por ello que os pido que procedáis a buscarlos y cuidéis de seleccionar con tino a cada uno de ellos y de aseguraros su fidelidad. Yo dispongo entre mis pupilos de un joven excelente, hijo de la noble familia de los Anglesola. Tanto por su fidelidad a mí como por sus dotes naturales, consideradle junto a vos como el primer miembro

de este grupo que ha de ser caro a mi corazón y a la obra de Dios.

Os sé hombre de recursos y posibles, pero si de alguno de ellos os faltare, no dudéis en recurrir a mí, que lo arreglaremos convenientemente. No obstante, os aconsejo que busquéis entre la gente de guerra a sueldo del rey Fadrique, pues conozco que en Sicilia cuentan con larga y avezada tropa mercenaria de entre la que podríais sacar a alguien oportuno a nuestros fines.

Otra cosa os diré que guardaréis en vuestra memoria y que, en pro de nuestra sacra misión, obedeceréis al punto: buscad una buena moza, una de hermoso rostro y de talle estrecho. Procurad, si podéis, que tenga seno generoso y mente despierta. Sabéis bien cuánto perturba al ánimo del varón que no ha recibido votos la siempre nociva presencia de la mujer, y no dudo de que, llegado el momento, podremos usar su baza para completar nuestra labor. Hacedla criada vuestra o disponed de ella como mejor consideréis, mas procurad por todos los medios hallar la forma de que permanezca afecta a nuestra importante causa.

Por lo demás, dejo a vuestro buen juicio la elección de cualquiera otra persona que consideréis de valía, y permitidme que os recuerde lo que ya sabéis, que es que no andaremos cortos de beneficio y que todos tomarán pingüe pago.

Recibid mis salutaciones y la bendición de este siervo del Altísimo...

Blasco apartó la vista cuando empezaban las fórmulas de despedida de la misiva. A diferencia de las cartas que un obispo debía expedir, aquella carecía de firmas de notarios o testigos. Un pequeño sentimiento de decepción se vino a la mente de Blasco. El documento no le aclaraba nada, salvo lo que ya conocía de sobra. Suspiró y abrió otro de los rollos rubricados por Ponce de Gualba, este fechado en 1319. Pasó rápidamente sobre el encabezamiento de la misiva pero su vista le obligó a detenerse al leer su propio nombre.

De Blasco de Exea me habló hace unas jornadas un freire del Hospital que aspira a profesar en la nueva Orden de Montesa. Las noticias que me dio me alegraron sobremanera, pues a más de excelentes, son muy oportunas.

Sabed, don Gonzalo, que Blasco de Exea es pieza clave en nuestra labor, y que sin él sería de todo punto imposible llevarla a efecto. Nada es más importante y hemos de usar de todos nuestros recursos para procurar que ese hombre esté con nosotros, pues es el único que puede dar con el paradero de la pieza que buscamos. Esta pieza, como os dije, está en posesión de un anciano a quien solo y justamente conoce este Blasco de Exea.

No repararemos en gastos ni nos andaremos cortos en precaución. De mi cuenta corre por el momento encontrarme con él, lo que llevaré a cabo en breve. Miraré de atraerlo a nuestra causa, pero debéis tener en cuenta que de ningún modo puede Blasco de Exea saber cuál es realmente el cometido que nos ocupa. Os aviso de esto para que el resto del grupo lo sepa y no cometa error alguno. Confío en vuestra sabiduría y prudencia, don Gonzalo.

Esta vez Blasco apretó los dientes hasta crispar los músculos de su mandíbula. La carta tembló unos instantes en su mano, los que precisó para alejar de sí los deseos de hacerla pedazos. Desde el principio, todo había tenido como objeto su engaño, su uso como instrumento para llegar hasta un desconocido anciano que no podía ser otro que Juan de Ramatayim, a quien solo él mismo conocía...

El tercer papel era del mismo año, a finales de 1319. El aragonés forzó su memoria, recordó que, para aquel momento, Ponce de Gualba y él ya habían tenido su primer encuentro en el monasterio de San Juan de la Peña.

Señor don Gonzalo, las primeras nuevas que os participo son excelentes. Aún estamos lejos de tener con nosotros a ese testarudo aragonés de Blasco de Exea, pero ha ocurrido algo que parece obra de la providencia divina y que tal vez ya conozcáis:

El infante Jaime ha renunciado a la primogenitura.

Ese tarado era un verdadero obstáculo. De conservar el título de príncipe, sin duda el rey lo habría elegido como general de nuestros ejércitos en la próxima campaña de Cerdeña. El infante Jaime no solo está loco. Además no me tiene en buena estima, como bien sabéis. Sus simpatías por Longerio han estado a punto de costarme un serio disgusto.

Pero gracias a Dios, eso ya ha pasado. Ahora es Alfonso de Aragón el heredero de la Corona y quien con toda seguridad guiará nuestras tropas en la conquista de Cerdeña. El infante Alfonso ha estado a mi cargo aquí, en Barcelona, y ha sido prácticamente educado por mí. Nuestro aprecio es mutuo y grande, y además él sabe de mis estudios y, os lo confieso, también tiene conocimiento de mi anhelo y de mis esperanzas, todas ellas puestas en nuestra sacra misión.

He recibido con agrado vuestra última misiva, don Gonzalo. La noticia que me comunicáis es perfecta: no solo habéis hallado a una hermosa mujer, sino que además es, según decís, la mejor arquera que conocéis. El hecho de que se trate de una mora no será problema. Solo debéis procurar que vuestra relación con ella pase desapercibida a los ojos de inquisidores y de toda persona que no goce de vuestra confianza. Esa mujer puede ser nuestra mejor baza. Si consigue seducir a Blasco, como planeo, podremos usarla para mantenerlo a nuestro lado, y eso será fundamental desde que estéis en Cerdeña. Instruidla a ella sobre todo. Deberá conseguir, cuando llegue el momento, que sea Blasco quien por propia voluntad la lleve hasta el hombre que buscamos.

Explicad con detenimiento a esa mujer cómo es la pieza que anhelamos, pues con toda seguridad, y si todo sale según mis planes, será ella quien finalmente la alcance: se trata de un relicario cilíndrico y cristalino, del tamaño de un dátil y con los extremos cerrados. Seguramente tiene en ambos extremos unas tapas de plata con inscripciones hebreas.

También hay malas noticias, don Gonzalo.

He conseguido al fin conocer al antiguo templario Blasco

de Exea. Me entrevisté con él y, como esperaba, se trata de un hombre obstinado. Es mucho lo que ha pasado y tampoco me extraña que desconfíe de un clérigo. La Santa Iglesia ha tenido mucho que ver con la injusta aniquilación del Temple. Además, por lo que he averiguado, Blasco de Exea ha pasado buena parte de su vida guerreando. Hay algo más, una especie de sombra que le atormenta, pero no he podido averiguar qué es.

De todos modos seguiré intentándolo. Son muchos los años que llevo en pos de esta empresa y, ahora que estoy tan cerca, no me rendiré. Os garantizo, don Gonzalo, que Blasco de Exea se unirá a nosotros.

Blasco cerró los ojos con fuerza y exhaló todo el aire. La descripción de Catalina y la del relicario de Ramatayim no dejaban lugar a dudas. Con cada una de aquellas palabras, escritas con letra elegante y cuidada, el aragonés sentía que una punzada de rabia se clavaba en su corazón. Habían jugado con él hasta en los momentos más íntimos. Recordó el momento en que Catalina le invitó a acompañarla fuera del campamento de Port Fangós. Aquella había sido su primera vez. ¿Había fingido la valenciana en todo momento? Y la obsesión enfermiza del obispo por aquel relicario, centro de toda la conspiración y el engaño... Las palabras de Juan de Ramatayim antes de expirar volvieron a resonar en los oídos de Blasco, pero negó con la cabeza. No quería volver a pensar en aquella estúpida superchería. Dejó caer la carta que acababa de leer y posó sus ojos en la siguiente, escrita ya en 1320. El tono optimista de Ponce de Gualba se traducía en un trazo más rápido y descuidado, como si el obispo escribiera en estado de total excitación. Además, esta misiva era mucho más corta:

Amigo Zapata, estoy exultante.

Hace pocas jornadas hablé con el padre de Blasco de Exea, un anciano caballero aragonés llamado don Artal. Gracias a él he conocido ciertas circunstancias de la vida de nuestro hombre que nos han de ser de gran ayuda.

Blasco de Exea fue adoptado por don Artal, pero se trata

en realidad del hijo de un noble angevino. Siendo niño, su auténtico padre murió en la batalla de la Gran Bahía de Malta, y su madre fue violada y asesinada por un almogávar llamado Ferrer Zintero.

Tengo buenas razones para pensar que Blasco de Exea acudirá sin excusa allá donde se encuentre ese tipejo, Zintero. Si logramos que el almogávar se una a nuestra misión, habremos conseguido hacernos con nuestro hombre.

El infante Alfonso ya está al corriente y ha enviado cartas a sus agentes por todo el Mediterráneo para buscar la escuadra de ese almogávar. Rezo cada noche. Ruego que Zintero viva todavía, porque me gustaría ponerlo realmente al alcance de nuestro Blasco de Exea. Se ha de tratar de un tipejo de cierta edad, y dado su modo de vida, no sería de extrañar que su cadáver esté pudriéndose en algún lugar de Grecia o hundido en el mar, lo que sin duda merece. Si no queda más remedio, engañaremos a Blasco y le haremos pensar que Zintero está vivo y en Cerdeña.

Recibiréis noticias definitivas en cuanto sepa qué ha sido de ese almogávar y, entonces, todo estará en vuestras manos.

Esta vez una sonrisa amarga asomó al rostro de Blasco. Poco a poco, todos los cabos de aquel enrevesado entresijo se unían. La escena en la casa de Juan de Ramatayim cobraba cada vez mayor sentido. Su pobre padre, el buen don Artal, también había sido incluido en aquel juego siniestro... Estiró la última misiva, fechada en el año del Señor de 1321, y se dispuso a recomponer el cuenco roto en que se había transformado su vida:

Querido don Gonzalo, os deseo salud y fortuna.

Sin duda, Dios oye mis oraciones y me cuenta entre sus más piadosos siervos.

Hoy mismo me han llegado noticias de Sicilia. Al fin mis agentes se han reunido allí con Ferrer Zintero. Estaba enrolado como mercenario con el resto de su escuadra en el ejército del rey Fadrique, que anda a la gresca, como siempre, con los de Anjou. El infante Alfonso me hizo saber el paradero de ese almogávar a poco de presentarle yo mi petición.

Siguiendo mis instrucciones, Zintero ha recibido una buena suma para que se embarque en la primera nave y se dirija a Valencia, donde se reunirá con vos. Junto con esta misiva os hago entregar otra suma semejante a fin de que mantengáis a ese almogávar a nuestro servicio. Como veréis, ese puerco no se vende muy caro. Sin duda ignora el gran servicio que nos está prestando.

Bien, leed estas letras con atención y seguid mis instrucciones, pues no podemos permitirnos fallo alguno.

Recibiréis a Ferrer Zintero en cuanto llegue a Valencia, y le explicaréis sólo lo que debe saber para la feliz consecución de nuestros planes. Vos, don Gonzalo, sabréis considerar hasta dónde podéis informar a ese almogávar.

Ferrer Zintero deberá esparcir su rastro por Valencia. Procurad que deje dineros a deber y que cometa pendencias, que queden testigos de su paso y que haga saber que marcha a Cerdeña para ponerse bajo sumisión de Pisa. Entregadle la cantidad que os envío y prometedle diez veces más si resiste hasta que Cerdeña caiga en nuestras manos. De todas formas, los pisanos lo admitirán en su ejército y también le pagarán, así que su negocio será redondo.

Me temo que Blasco de Exea tratará de comprobar por sí mismo que verdaderamente Zintero está vivo y que se puede seguir su rastro, de modo que todo ha de parecer cierto.

Cuando eso esté hecho, aseguraos del rastro que haya dejado el almogávar y escribidme una misiva. En esa carta deberéis explicarme que habéis localizado a Zintero y me diréis qué rumbo ha tomado. Tened en cuenta que la carta que me enviaréis, firmada por vos y marcada con vuestro sello, será mostrada por mí a Blasco, y que él la leerá e intentará comprobar lo que decís. Pienso que habréis comprendido ya mi idea.

No tengo la menor duda de que Blasco de Exea se querrá poner en camino hacia Valencia no bien dé por cierta vuestra misiva, de modo que lo enviaré a vuestra casa acompañado por mi pupilo Anglesola. Ese obstinado aragonés habrá caído por fin en la red que hemos tejido. Proceded desde tal momento del modo acordado.

Don Gonzalo, no volveremos a vernos hasta que el ejército se reúna para la partida. Es lo mejor para que nuestra labor llegue a buen puerto. En Cerdeña yo permaneceré junto al infante Alfonso en todo momento, cuidando de que sus decisiones no perjudiquen a nuestros planes. Venceremos, amigo Zapata, y vos me traeréis el relicario. A partir de ese momento os espera una vida de dicha como no habéis imaginado.

Estamos a punto de conseguirlo, don Gonzalo, pero este es el momento más delicado. Encomendaos a Dios y rezad como yo hago.

Blasco asintió al recordar la escena del engaño en San Juan de la Peña. Todo lo demás había tenido que imaginárselo, pero el cebo de aquella carta enviada por Zapata lo había mordido él mismo. Se acordaba muy bien de la caligrafía abigarrada y de las expresiones bastas del caballero, mucho menos ilustradas que las del obispo de Barcelona. Todo era una gran y tupida tela de araña tejida por Ponce de Gualba con gran maestría y que tenía por objeto atraparle a él. Para ello se habían valido de cualquier medio: desde el engaño al buen Collonet hasta la cara abierta de aquella pobre puta mallorquina del Bordell. Se sintió estúpido y trató de imaginar los pensamientos de burla que le habrían dedicado Catalina, Zapata, Hesse o el mismo Zintero. Cuando ese sucio almogávar pretendía compartir una sopa maloliente con él, allá en Villadeiglesias, sabía perfectamente que se hallaba ante aquel niño indefenso del que no pudo deshacerse en Malta. Cerró los ojos y los vio allí a todos, rodeándole y riéndose a estruendosas carcajadas. Catalina le señalaba y hacía gestos de burla, y Ferrer Zintero se pasaba lentamente un dedo por debajo de la barbilla mientras Ponce de Gualba le tendía aquella misiva falsa y alevosa..., pero en esa fantasía ácida había algo que fallaba.

Estudió de nuevo el final de la última carta del obispo y releyó sus últimas líneas. Ahí estaba: el obispo hablaba de su estancia en Cerdeña y de que él mismo recibiría allí el relicario..., pero Ponce de Gualba no había estado en la isla.

Arrojó la misiva junto a las otras y rebuscó con impaciencia en el arcón. Cuando vio que no hallaba lo que quería, lo volcó con rabia, esparciendo su contenido sobre la alfombra de nudo persa. Ahogó un aullido de triunfo al localizar el sello del obispo.

Aquella carta, que había pasado desapercibida, estaba escrita con letra irregular y descuidada, como si el obispo la hubiera redactado mientras le acuciaban las prisas o la ira. Además anunciaba como lugar de procedencia el monasterio de Santes Creus y no Barcelona, como en las anteriores misivas. Se trataba de un mensaje escueto, pero aun así, y tal vez por la urgencia, Ponce de Gualba había plasmado en él más de lo que debía.

> Amigo Zapata, los planes han cambiado.
>
> Nuestro rey, a quien Dios guarde muchos años, ha debido ver su mente turbada por algún mal, porque me ha prohibido sacar el cáliz del monasterio.
>
> No os acompañaré a Cerdeña, tal como deseaba. No tiene objeto que lo haga, puesto que ahora nos vemos obligados a traer hasta aquí el relicario.
>
> En cuanto tenga noticia de nuestro triunfo definitivo, me dirigiré con impaciencia a San Juan de la Peña. Allí deberéis marchar vos no bien el relicario esté en vuestro poder. Llegad prestos y sin entreteneros, pues os estaré esperando.
>
> Que el Señor os proteja a todos en esta justa guerra. Contáis con mi bendición y os tendré presentes en mis oraciones.

Blasco no pudo evitar la carcajada de triunfo. Sus puños se cerraron y los alzó hacia el artesonado cruzado de arabescos. Su risa cruel se fue apagando mientras soñaba con desgarrar las entrañas de Ferrer Zintero. Su ira desbordaba de tal modo que esperaba tener bastante para todos los demás, incluida Catalina. Recogió los documentos y libros desparramados en la habitación de Gonzalo Zapata y los metió en el arcón, que cerró a continuación. Sonrió al advertir que aquellas precauciones eran inútiles, pues no creía que el dueño de la casa pudiera reprocharle nada, nunca más, a la fogosa Inés.

Ya se ocuparía él de que eso no fuera posible.

II

Dos semanas después.
Monasterio de San Juan de la Peña, Aragón.
Verano de 1324

Blasco había gastado casi todo que le quedaba tras Cerdeña, por eso casi no vaciló en tomar prestadas algunas pertenencias de Gonzalo Zapata. Había titubeado por un breve momento, sobre todo porque tal vez los criados de la casa, empezando por la dulce Inés, podían tener problemas después, al notarse la falta de dinero y algunas joyas. Pero Zapata era un hombre viudo y no se le conocían cuentas pendientes, y lo que era más importante, no viviría mucho tiempo más. Blasco gastó parte de sus poco honrosos ingresos en un buen caballo que debía servir de refresco a *Triguero*, cargó con provisiones y regaló a Inés un bonito brial de tela azul que resaltaba graciosamente su pelo rojo.

Se despidió de la voluptuosa criada y tomó el camino del norte sin demora, decidido a parar solo lo indispensable, y a aprovechar el buen tiempo para dormir al raso y seguir ruta. Pronto, a poco de entrado en el Reino de Aragón, halló las huellas del paso de Zapata y su grupo. Estaban usando las carreteras habituales, y posaderos y demás gentes del camino respondían con presteza a los requerimientos de Blasco. Y no era raro: a nadie pasaba desapercibida la presencia de aquel extraño grupo compuesto por un gigante rubio y tuerto, una preciosa mujer morena —que por lo visto ya no ocultaba su condición—, un feo y desgarbado tipo al que parecía haber comido la tiña y dos caballeros de elegante porte. El aragonés prefirió no darles alcance. La información sacada en casa de Gonzalo Zapata le había proporcionado la ruta correcta, de modo que ahora solo era cuestión de esperar a que llegaran a su destino. Sabía que en cualquier caso tenía pocas posibilidades, pero aun así no quería correr el riesgo de ser arrestado por alguaciles o quedar herido en medio del camino a San Juan de la Peña. Eso le privaría de llegar hasta Ponce de Gualba, y lo cierto es que sentía el profundo deseo de reunirse con todos..., absolutamente todos.

Sus perseguidos avanzaban a buen ritmo, lo que denotaba su prisa. En apenas dos semanas habían iniciado la fuerte subida que llevaba al monasterio. En ese mismo momento, Blasco se detuvo, sacó a sus monturas del camino y se vistió con todo el equipo que un día perteneciera a Simón de Ruán. Su color negro se había aclarado mucho, y las marcas de mandobles y mazazos le daban un aspecto tosco y viejo. Sudando por el calor del verano, se subió a *Triguero* y dejó a su animal de refresco a la sombra de una arboleda, sin importarle mucho que cualquiera pudiera hacerse con él. Era como si el futuro no existiese más allá del momento en que pretendía culminar el sórdido libro de su vida. Ese momento estaba al final de aquel camino, en San Juan de la Peña.

Subió con el yelmo agarrado al arzón. El sol descendía desde un cielo nítido, despejado de nubes. Intentaba no pensar en otra cosa que en Zintero y en los años que había deseado la llegada de aquel momento. Trataba de recordar todos los rostros, muchos de ellos borrosos, que le clamaban desde la tumba y le exigían el cumplimiento de su venganza. Sobre todo, quería evitar que Catalina entrara en su mente o que las palabras de Ramatayim le distrajeran de su misión. ¿Querían unir aquel antiguo y raro relicario a la copa de San Juan de la Peña? Pues bien, que lo hicieran. Nada importaba eso a Blasco. Faltaba poco para que las rocas del monasterio se tiñeran de sangre, y no precisamente de Cristo.

Blasco desmontó de *Triguero* pero no lo ató a lugar alguno. Acarició su cuello desde el suelo y le dedicó una mirada cariñosa. Luego inspiró con fuerza y dirigió su vista al enorme peñasco rojizo. Frente a él, atados a la fronda, los caballos de sus enemigos mordisqueaban las hierbas que brotaban entre las rocas. Avanzó deprisa y a escondidas, cubierto de hierro y con el escudo negro amarrado a su espalda. Sujetaba el yelmo con una mano, y apartaba ramajes y monte bajo con la otra.

Su momento había llegado.

Los ojos de Ponce de Gualba brillaban como nunca lo habían hecho en su vida.

—He pasado los días más largos de mi existencia —confesó mientras observaba cómo Gonzalo Zapata desataba los muchos nudos de un fardo de tela—. Ni siquiera durante mi destierro fui tan impaciente.

Bernat de Anglesola, que asistía a la escena algo retirado, contestó con un deje de desencanto. Su voz rebotó en los muros de la iglesia alta del monasterio:

—La espera ha terminado, monseñor. Todo se ha cumplido tal como planeasteis.

—Magnífico... —El obispo se frotó las manos.

—No es mi propósito molestar en un momento tan feliz, nobilísimo y santísimo señor —intervino Ferrer Zintero—, pero es costumbre mía tomar la paga en cuanto cumplo. Eso es ahora, reverendísimo padre.

El obispo fulminó al almogávar con la mirada.

—Estamos en un templo de Dios. Ese asunto puede esperar. Además, hemos de hacer esto deprisa. Los monjes esperan en la iglesia de la planta baja para que les dirija en la oración de la tarde. Alguno de ellos podría sospechar y subir.

Zintero torció la boca en un gesto de desprecio y se rascó el cráneo ralo, se apoyó con indolencia en una de las columnas que dividían la cabecera. Una luz escasa y difusa penetraba frente a él por los ventanales y también desde el claustro, e incidía en el círculo que formaban Gualba, Zapata, Konrad y Catalina.

—Aquí tenéis, monseñor...

El obispo de Barcelona aguantó la respiración mientras una sonrisa de felicidad se dibujaba en su rostro. Alargó ambas manos hacia don Gonzalo y las ahuecó para recibir en ellas el pequeño relicario.

—Sí, este es —susurró en voz muy baja, como si cualquier ruido pudiera romper la reliquia—. Tal como lo describió él mismo en sus escritos...

Ponce de Gualba anduvo despacio hacia el altar del ábside central, el de san Juan. Ferrer Zintero lanzó una mirada despectiva al relicario y ahogó una risita aguda que el obispo ni siquiera oyó.

—«Y he aquí que un hombre llamado José, varón bueno y justo que era de Arimatea y que esperaba el Reino de Dios, pidió a Pilatos el cuerpo de Jesús...» —recitaba ensimismado Gualba cuando pasó bajo el arco semicircular—. «Y, tomando su cáliz, recogió en él la sangre de Jesús...»

Anglesola pareció recobrar el interés y se colocó junto al ara de piedra. Recordó la cantinela que estaba recitando el obispo y la continuó con una entonación monocorde.

—«He aquí las palabras de la salvación que vienen del manantial eterno y viviente, aquel que las escuche...»

Ponce de Gualba levantó un instante la vista y la puso en los ojos de su discípulo. Le acompañó en la letanía. Las dos voces, la del clérigo y la del guerrero, se unieron y resonaron contra la antigua piedra del templo hasta completar los antiguos dichos apócrifos.

—«... no estará nunca sujeto a la muerte pero, al contrario, gozará de la gloria de la vida eterna.»

Ferrer Zintero resopló como si aquello le aburriera sobremanera.

—¡Silencio! —Gualba apretó los dientes.

Zapata, Catalina y Hesse asistían callados, seguían los movimientos del obispo ya dentro del ábside. Ahora Gualba manipulaba el relicario con los dedos, entornaba los ojos y pasando la lengua por los labios mientras murmuraba a retazos una oscura oración. Anglesola apoyó ambas manos en el altar. Una fugaz sombra pasó ante el portal que comunicaba la iglesia con el panteón y cortó por un momento la línea de luz que desde allí se colaba en el templo. Zapata se volvió instintivamente.

—¿Qué es eso?

Ninguno de los demás le prestó atención. Todos asistían ensimismados al arrobamiento de Ponce de Gualba mientras intentaba abrir el relicario. Tan solo Ferrer Zintero mantenía una sonrisa burlona pintada en su boca. El caballero valenciano devolvió su vista hacia los manejos del obispo, pero el rápido paso de la sombra se volvió a repetir. Zapata frunció el entrecejo y anduvo hacia el panteón. Sus pasos resonaron en la nave, rebotaron contra la cubierta de roca viva. Apoyó una mano en el muro y asomó la cabeza.

El relámpago plateado cruzó el aire de repente y don Gonzalo sintió un extraño frío en la garganta. Retrocedió trastabillando y se llevó la mano al gaznate, del que brotaba ahora un copioso torrente de sangre.

—¡Dios mío! —Catalina tapó su boca con ambas manos y sus ojos negros se abrieron al ver el cuello tajado de Gonzalo Zapata.

El caballero valenciano se detuvo en el centro del templo, a la luz que incidía desde sus aberturas. Su mirada era de sorpresa y de incredulidad. Alargó la mano hacia sus compañeros, intentó hablar, pero solo fue capaz de emitir un burbujeo siniestro. La sangre tiñó su ropa y empezó a resbalar desde las comisuras de sus labios.

Un sonido metálico repicó en la nave cuando Zintero y Hesse aprestaron respectivamente sus cuchillos. Gualba no había consentido la entrada de hachas o jabalinas en la iglesia, aunque tanto Zapata como Anglesola conservaban sus espadas en las vainas. El almogávar siseó una blasfemia y se puso tras el teutón al tiempo que el caballero valenciano caía de rodillas sobre un charco de su propia sangre. Las salpicaduras volaron en derredor y lo cercaron con una corona carmesí. Bernat de Anglesola olvidó a Gualba y corrió hacia Gonzalo Zapata, pero una sombra negra penetró en el templo desde el panteón y cruzó la nave como un espectro, pasando junto al moribundo. Sus huellas levantaron rociadas pastosas y sanguinolentas y un brillo férreo acompañó el rápido y mortal tajo de misericordia.

El cuerpo sin vida de Gonzalo Zapata, rematado por el espadazo atravesado de Blasco, se derrumbó de lado y arrancó un chillido de terror de Catalina de Alborach. Bernat de Anglesola se detuvo en seco y echó mano al pomo de su espada, pero el aragonés ya había abandonado la estancia, perseguido por una estela negra y roja. Blasco de Exea frenó en el claustro rodeado de columnas y giró su cuerpo, se agitó bruscamente para que el escudo negro resbalara por su brazo. La punta de la espada templaria se alzó en el aire y un enorme goterón de sangre se descolgó lentamente desde su punta.

El joven catalán gimió de miedo mientras anteponía el acero a sus pasos. Un impulso casi irrefrenable nacía en su corazón, hacía temblar sus manos y llegaba hasta su mente. El terror le gritaba a plena desesperación que huyera. Pero Bernat de Anglesola no era un cobarde. Masticó su miedo y se lo tragó, y sus pasos cortos, vacilantes, lo llevaron a la salida del templo.

—Mírame a los ojos antes de morir —exigió Blasco de Exea. El catalán apretó los labios para ocultar su tremolar, pero no fue capaz de apartar la mirada del pecho del aragonés. Sabía que no podría aguantar la acusación de aquellos ojos claros que le asaeteaban a través del oscuro yelmo.

Blasco estaba firmemente asentado en el centro del claustro, cubierto por su loriga y por su veste negra y con el rostro velado por el hierro. Anglesola cruzó el dintel y se detuvo antes de alcanzar distancia de duelo.

—Dame cuartel —quiso apelar el joven caballero al código que unía a ambos contendientes—. Ni siquiera tengo escudo.

Un resoplido de hastío pareció resonar dentro del yelmo de Blasco. Anglesola llevaba un jubón granate y unas calzas negras; nada de loriga, gambesón ni cualquier otra prenda de combate que pudiera servirle para proteger su vida, pues de ningún modo había esperado que Blasco de Exea se presentara en el monasterio. El catalán atisbó una chispa de esperanza cuando creyó que su adversario vacilaba.

—¿Qué cuartel me disteis a mí? —inquirió este con la voz apagada por la angostura de su casco—. ¿Qué cuartel recibió Ramatayim?

Anglesola crispó el rostro y quiso contestar que aquello no

había sido culpa suya. Que él no quería hacer daño al viejo. Que tampoco quería hacérselo al propio Blasco y que simplemente cumplía órdenes... Pero el tiempo de las palabras había terminado.

Blasco de Exea se lanzó con el negro escudo por delante para recibir en él la primera estocada del joven catalán. Anglesola lanzó su suerte bien, con oficio y coraje, con la calidad que Blasco esperaba de él. El aragonés apartó el escudo a un lado y, sin dar a su contrincante la oportunidad de rehacerse, le ensartó dos palmos de hierro bajo la axila izquierda. Bernat de Anglesola desencajó las mandíbulas y quiso tomar aire, pero algo se había cortado para siempre en su interior. Un funesto crujido acompañó a la hoja de la espada templaria cuando se desenterró de la carne del catalán.

Konrad von Hesse apareció enseguida, empuñando en una mano la espada de Zapata y en la otra su propio cuchillo. Sonreía, como siempre, y a su espalda llevaba agazapado a Ferrer Zintero.

—¡Mátalo! —pidió el almogávar, y empujó con fuerza al teutón.

Hesse escupió un insulto en alemán a Zintero cuando se vio impelido hacia el claustro, pero aquello sorprendió tanto a Blasco como al gigante rubio que se le venía encima. El alemán volteó el acero de Gonzalo Zapata. El aragonés se hizo a un lado para dejar pasar la espada, pero el siguiente aspaviento del teutón hizo que su cuchillo se enredara en el borde del escudo. Así, sin que ninguno de los dos lo hubiera planeado, Hesse se vio cayendo al suelo y arrastrando bajo él a Blasco de Exea. La cota de mallas tañó contra la piedra al aplastarse bajo el peso de los dos hombres, y un quejido ahogado brotó apenas de la garganta del aragonés.

Los pasos de Ferrer Zintero despidieron un tamborileo grave que se perdió al otro lado de la iglesia. El almogávar se daba a la fuga antes de que aquel asunto tomara un cariz peligroso para él.

Konrad von Hesse apoyó el pomo de la espada en el suelo del claustro y se incorporó sobre las rodillas. Espetó un juramento de triunfo al ver que Blasco estaba a su merced. Este empezó a forcejear, pero el enorme cuerpo del teutón descansaba sobre su escudo, y este a su vez le inmovilizaba el brazo armado. Una sonora carcajada atronó los capiteles del claustro.

—¿Para esto has vuelto? —inquirió con sorna el alemán antes de reanudar sus risotadas.

Blasco movió la cabeza a un lado, desesperado no porque la muerte se le echaba encima, sino porque Zintero huía. A través de las rendijas del yelmo vio el cuerpo convulso de Bernat de Anglesola, que regaba de sangre el suelo del claustro. Giró la cara al otro lado mientras ahogaba una maldición. Como por casualidad, sus ojos se encontraron una escena de la Última Cena grabada en uno de los capiteles. El tiempo pareció detenerse mientras Konrad von Hesse se agitaba con sus carcajadas. El ruido llegaba sofocado hasta los oídos de Blasco, y el acre olor de la sangría hecha con Anglesola se colaba por los orificios del yelmo y penetraba en sus fosas nasales. Una náusea asaltó al aragonés, y de forma absurda pensó que aquel Cristo del capitel, que alimentaba con sus propias manos a Judas Iscariote, no tenía ante sí el mismo cáliz que reposaba sobre el altar mayor de la iglesia.

Una sonrisa de resignación asomó al rostro de Blasco de Exea. Iba a morir por nada. Por una absurda superstición alimentada por la locura de un anciano y la ambición de un clérigo.

Y por la ignorancia de los demás.

El aragonés fijó sus ojos en Konrad von Hesse para recibir a la muerte de cara. El teutón así lo entendió, y acalló sus risas. Tendría un último detalle de honor para con aquel guerrero vestido de negro. Alzó la espada de Zapata sobre su cabeza y se dispuso a descargarla con fuerza. No había duda de que aquel gigante aplastaría el cráneo de su adversario aunque la hoja no atravesara el hierro.

Un sutil estremecimiento recorrió el cuerpo de Blasco.

Por un momento pensó que estaba muerto, que todo se había acabado y que el teutón había sido realmente rápido y certero. Sentía un extraño alivio, y el peso de Hesse ya no parecía aprisionar su cuerpo.

Konrad se desplomó entonces a un lado sin emitir ni un quejido. Tras el alemán, Blasco pudo ver que Catalina empuñaba una daga rematada en su puño por una piedra rojiza. La cara de la valenciana estaba surcada por las lágrimas, y por el filo de la daga se escurría la sangre del teutón. Blasco se levantó y miró un momento a los ojos negros y húmedos de Catalina. Había jurado vengarse de ella también, y hasta había imaginado cómo le daba muerte con sus propias manos. Sí, así sería. No a hierro, como a los otros. A ella le reservaría el calor de sus dedos. Quería sentirla cerca, notar cómo se le escapaba la vida. Su deseo era llevarla a la muerte con la misma intimidad con que la había amado.

Catalina dejó caer la vieja daga de Vittorino, que rebotó sobre las piedras del claustro. Blasco siguió con la vista aquel hierro cubierto de sangre que parecía unido a su vida. Apartó de un empellón a Catalina y atravesó de nuevo la nave, lanzando una mirada de reojo a su derecha. Le pareció ver que el obispo, ajeno a la lucha, cortaba su propia mano con un pequeño cuchillo y dejaba que la sangre goteara dentro del cáliz. Apenas tuvo tiempo de apreciar nada más. Uno de los frailes acababa de asomar a la iglesia desde el panteón.

—¡Por Dios! ¿Qué es esto? —preguntó al ver al guerrero cubierto de negro al que no pudo reconocer a causa del yelmo.

El aragonés gruñó entre dientes y esquivó al fraile mientras este se llevaba las manos a la boca para acallar el grito que nacía en su garganta. Acababa de localizar a Gonzalo Zapata desmadejado sobre un lecho sanguinolento. Varios frailes más seguían al primero y entraban ahora en el panteón, alertados por los gritos y las maldiciones que habían roto el silencio en el monasterio. Blasco, con el escudo aún embrazado y su espada goteando sangre, lanzó un alarido para que le dejaran paso libre. Los pobres monjes palidecieron ante aquel guerrero oscuro y se apretaron contra las paredes de piedra.

El aragonés saltó las escaleras de piedra con el corazón repicando como una campana. Sabía perfectamente que aquella sería su última oportunidad, que jamás volvería a dar con Ferrer Zintero si ahora conseguía escapar. Era demasiado listo, tenía suficiente picardía como para desaparecer para siempre y sin dejar rastro. Aquel almogávar traicionero y cobarde conseguiría esquivarle y vivir tranquilo los años que aún le quedaran. ¿Cómo era posible tamaña injusticia? ¿Por qué alguien así se permitía pasar por la vida, haciendo desgraciados a los demás y sin temor a castigo alguno?

Cuando Blasco salió a la carrera por la puerta del monasterio, estaba convencido de su fracaso. Zintero era perro viejo y no era la primera vez que se escabullía para burlar el peligro. Aquel laberinto de bosques, barrancos y peñas era el lugar ideal para ello. Jamás lograría dar con él. Corrió unos pasos y levantó una nubecilla de polvo al detenerse. El sol se había ocultado y el cielo tomaba un tono rosado que se teñía de añil por oriente. Miró alrededor, jadeante bajo el yelmo, escrutó los bordes del camino a través de las hendiduras del hierro y apretó con fuerza la empuñadura de su espada. Nada. Se dejó caer de rodillas, notó cómo su congoja crecía en la garganta. Cerró los ojos e intentó pensar, pero solo logró ver aquella maldita niebla que le había acompañado durante toda la vida. Se espesaba, y una risotada aguda resonaba en su interior. Era Ferrer Zintero, el almogávar, que se burlaba de todos aquellos años de aciagos recuerdos, de revanchas incumplidas... De vida sin sentido.

Oyó las toses a su espalda, acompañadas de un ligero gorjeo.

Volvió la cabeza y miró con los ojos anegados de impotencia. Con la ira irrefrenada que clamaba a gritos una salida. Apretó los dientes con fuerza, convulsionó los músculos de su cara y un escalofrío le recorrió el cuerpo entero.

Zintero estaba allí mismo, sentado en el suelo y con la espalda apoyada contra la pared del monasterio. Simplemente había llegado hasta aquel lugar, junto a la puerta, y se había derrumbado. El almocadén volvió a toser y carraspeó como si su garganta fuera de madera.

Blasco se alzó. Anduvo con lentitud, se acercó a su enemigo sin descuidar la guardia. Sabía de qué era capaz aquel felón y no se fiaba..., pero esta vez no escaparía. Cuando llegó frente a él lo miró con curiosidad, como si no lo reconociera.

Aquel no era el muchacho de mirada hundida que recordaba entre brumas y olor a agua salada, el mismo que había forzado a su madre en el adarve de un castillo hacía cuarenta años. No era tampoco el sibilino líder mercenario con el que hablara en Villadeiglesias, el que simuló no conocerle y se permitió fanfarronear de sus vilezas ante las risotadas de los demás almogávares del Grifo. Ahora Blasco se daba cuenta de que Ferrer Zintero era un viejo. Un tipo que pasaba con creces del medio siglo, con la cara cubierta de cicatrices de batalla y pendencia, con arrugas que cruzaban una piel requemada por el sol de infinidad de tierras. En sus ojos enrojecidos y pequeños casi podía verse el reflejo lastimero de cientos de miradas, las de aquellos con cuya vida había acabado a lo largo de casi sesenta años de mísera existencia.

Fue como si parte de aquel cansancio se trasladara al corazón de Blasco. El aragonés alzó el brazo izquierdo de golpe, se liberó del tiracol y dejó caer el escudo. Se desató con lentitud el barboquejo, liberó su cabeza del yelmo, dejó caer la capucha del almófar. Sudaba. Bajo el capacete, el pelo negro surcado de vetas blancas se pegaba a la piel. Entornó los ojos claros para mirar más detenidamente a Zintero y sí, tuvo claro que durante todo ese tiempo había creído en una ilusión. Nada quedaba ya de la fortaleza del almogávar. Incluso Vittorio tuvo en su día una presencia más digna que el pingajo arruinado que tenía delante, tosiendo y boqueando para conseguir una brizna de aire.

Zintero pareció adivinar el confuso sentimiento que se adueñaba de Blasco de Exea y se esforzó por detener el golpe de tos.

—¿Qué? —preguntó con su voz chillona. Amagó un gesto que tal vez pretendía mostrar orgullo—. ¿No es lo que esperabas?

Zintero recobraba el aire, aunque la mueca de dolor todavía desfiguraba su rostro. Blasco estiró la boca en una media sonrisa amarga. Ladeó la cabeza.

—Toda mi vida... preparándome para este momento.

—Sí, lo sé —admitió el almogávar con una sonrisa animal—. Y si te digo la verdad, me alegré al enterarme.

»Es curioso. Hasta hace poco ni siquiera me acordaba de ti. Aquel crío espantado que lloraba mientras su madre moría... Lo cierto es que durante años no pude recordar si finalmente te lanzamos contra las rocas o saliste con vida de aquello. Hasta me había olvidado de ese presuntuoso... Artal de Exea.

Oír el nombre de su padre adoptivo en labios de Zintero causó un estremecimiento de rabia en Blasco. El almogávar hablaba con naturalidad, como si no tuviera miedo de lo que se le venía encima.

—Todos los miserables sois así. —Blasco apuntó con su espada al cuello de Ferrer Zintero—. Las vidas que habéis segado son simples detalles extraviados en vuestro recuerdo. Perdéis la cuenta de las mujeres que violáis y los cuellos que rebanáis. No os dais cuenta de que vosotros sí quedáis grabados a fuego en la memoria de padres y madres, hijos, hermanos, viudas... Tus queridos amigos Vittorio y Arzac también se habían olvidado de mí. Hasta que yo les recordé sus crímenes.

El almocadén elevó las cejas y mostró sus dientes estropeados en algo que debía ser una sonrisa.

—Oh, tal vez pretendes que sienta lo que quiera que hicieras con ellos —se burló—. Porque claro, su muerte también forma parte de tu desquite, ¿no?

»Dime, valiente caballero, ¿cuántos años de tu vida has dedicado a esa venganza?

Blasco dio medio paso y apoyó la punta de su arma en el cuello de Zintero. Un ligero temblor asaltó al almogávar y echó atrás la cabeza pelada. La coronilla rala y tostada chocó contra la piedra de la pared, pero él no borró la sonrisa sardónica de su gesto.

—Ya te lo he dicho, puerco —respondió Blasco—. Toda mi vida.

El almogávar, con el cuello aprisionado entre el muro y el hierro, alzó ligeramente ambas manos con las palmas hacia arriba.

—Toda tu vida. Y yo me había olvidado de ti. ¿No tiene gracia? ¿Sabes cuántas zorras han pasado, de grado o por la fuerza, por mis manos? ¿Sabes cuántos pescuezos he cortado? ¿Tienes la menor idea de a cuántos baladrones como tú he atravesado?

Blasco arrugó el entrecejo y limpió de sudor su frente con el dorso de la mano izquierda. Luego agarró la crespina acolchada, se la arrancó y la dejó caer al suelo. No entendía qué buscaba Zintero con aquellas palabras. Con cada una de sus frases, crecía en el corazón del caballero el deseo de atravesar su cuerpo. Era como si realmente buscara su muerte. Un nuevo golpe de tos asaltó a

Ferrer Zintero. Blasco apartó instintivamente la punta de la espada del cuello del almogávar y este se convulsionó mientras se llevaba la mano al pecho. Por fin lanzó una fuerte y burbujeante inspiración. Habló de nuevo.

—No es mucho lo me queda de vida, caballerito. Lo sé. En realidad, ninguno de los que me acompañaba en Malta vive ya. ¿Lo sabías? He dejado atrás a muchos. Algunos muertos en batalla, otros por sus dolencias, o por un mal vino o una mala partida. Incluso a varios los despaché personalmente. Pero por algún raro motivo, yo he sobrevivido.

Una creciente sensación de angustia encogía las entrañas de Blasco. Con cada espasmo del almocadén, se daba cuenta de que Ferrer Zintero había llegado ya al final de su vida, con concurso de la espada templaria del aragonés o sin él. Y durante toda esa larga existencia, tal como le estaba contando, el almogávar había dejado su siembra de muerte y dolor por un camino pleno de desmanes. Recordó una vez las palabras de Artal de Exea frente al fuego del hogar:

«Un auténtico caballero no permitiría que Ferrer Zintero compartiera el mismo mundo que él.»

La punzada de culpabilidad que atravesó el corazón de Blasco veló por un instante la rabia que le dominaba, que mantenía la hoja de su espada cerca del cuello del almocadén. Era culpa suya, pensó. Todos y cada uno de los muertos. Las muchachas violadas, las madres degolladas, los padres ensartados, los hijos aplastados... Ya no se trataba de la venganza de una sangre, sino de todas las sangres. Cada desgracia que Ferrer Zintero había causado se correspondía con una vacilación de Blasco. A cada pequeña duda se sucedía un torrente de dolor, ya fuera en una casa cercana o en tierras de allende el mar.

—Porque son muchos los Zinteros de este mundo, ¿verdad, padre? —murmuró Blasco.

El almogávar arrugó su nariz al oír aquel comentario que no venía a cuento.

—Yo soy el único Ferrer Zintero —afirmó con un agónico atisbo de orgullo—. Almocadén de la escuadra del Grifo.

—Sí —reconoció el de Exea—. Tú eres mi Zintero. Y ojalá pudiera devolver cada vida que has arrancado, o siquiera paliar una parte del dolor que has causado.

—Bah... Acaba ya con esto.

El almogávar lo dijo mientras hacía un gesto de hastío con la mano izquierda. Blasco reparó entonces en que su enemigo empuñaba con la diestra un enorme cuchillo que en ningún momento se había atrevido a usar. A fin de cuentas, todos los Zinteros eran iguales, ¿verdad?

Blasco rebuscó y tiró de la cinta que rodeaba su cuello. La sacó de la cabeza. Dejó colgar ante sus ojos la pieza de madera envejecida, que apenas conservaba un resquicio dorado de su color natural. El grifo negro giró lentamente hasta que se detuvo. Luego lo arrojó sobre Ferrer Zintero, cuyos ojos hundidos y oscuros aún se permitieron un brillo de desprecio. La punta de la espada templaria se apoyó de nuevo en el cuello del almocadén. Blasco asintió a su propio recuerdo. A su conciencia, que se burlaba de él tanto o más que aquel almogávar inmundo. La muerte de su enemigo jamás podría calmar sus ansias de venganza.

Tal vez era así como funcionaba todo. Sin maldad no podía existir la bondad. Siempre debía haber Zinteros, y los hombres como Blasco tenían la misión de paliar la acción de aquellos. ¿O no era eso mismo lo que le había enseñado Artal de Exea? Ser caballero, al fin y al cabo, era algo muy complicado. Una grave obligación que, por encima de los títulos, residía en los actos de cada uno. ¿Había cumplido Blasco con su deber?

Empujó la espada con una mezcla de pena y resignación, y la hoja se hundió con facilidad en la garganta fláccida del almogávar.

La sangre salió perezosa, como si las venas de Zintero la condujeran con hastío por sus venas. El almogávar ni siquiera gritó. Su muerte fue anodina, insulsa, vacía. Soltó su cortel, se llevó ambas manos a la herida y agarró la hoja de la espada templaria, intentando vanamente sacarla de su carne. Un remedo de tos arrojó un vómito sanguinolento y el almogávar tembló unos instantes. Luego, sus ojos oscuros y hundidos se clavaron en los de Blasco y la vida huyó de ellos.

Nada cambió.

Una profunda tristeza asaltó a Blasco y quiso evocar el rostro de Leticia. Cerró los ojos para conseguirlo, pero la niebla seguía allí. Tras ella, ocultas por años y años de impunidad, se escondían decenas de personas que clamaban. Lanzaban los mismos gritos de siempre, pero ahora Blasco sí los entendía. No pedían venganza, tal como había pensado el aragonés durante toda su vida. Simplemente le acusaban y se preguntaban por qué.

Cuando Blasco regresó al templo, los frailes asistían a las explicaciones del obispo.

Ponce de Gualba estaba eufórico. Hablaba en voz alta y pedía calma mientras los hermanos se echaban las manos a la cabeza por la degollina en la nave del templo y en el claustro. Algunos de ellos se arremangaban los hábitos para que no se mojaran con la sangre de Zapata, que discurría por entre las piedras y formaba charcos negruzcos en el suelo de la iglesia. Todos callaron cuando se dieron cuenta de la presencia de Blasco de Exea. Algunos monjes lo reconocieron, pero no dijeron nada. El aragonés había dejado atrás su escudo negro y su yelmo, pero empuñaba una espada totalmente cubierta de sangre. Sangre que había resbalado por su brazo y que salpicaba su veste oscura y desgastada. Traía un gesto de indiferencia en el rostro, y bien parecía que su fortaleza se hubiera esfumado.

Gualba retrocedió un par de pasos y entró en el ábside central. Resguardada tras él, usando el altar de piedra como si fuera una muralla, esperaba Catalina de Alborach.

—Hijo mío. —El obispo tendió ambas manos hacia delante—. Tu ira es justa, yo soy testigo. Pero detenla ya, pues estás en la casa de Dios.

Blasco avanzó al tiempo que contemplaba el cadáver de Gonzalo Zapata, a cuyo alrededor se congregaban la mayor parte de los monjes. El caballero valenciano apenas había tenido tiempo de ver qué era lo que le mataba. Más allá, en el suelo del claustro, se adivinaba el corpachón de Konrad von Hesse. A Blasco no le asaltó remordimiento alguno por las muertes de Zapata y Von Hesse. Sabía que allá fuera estaba también el cuerpo de Bernat de Anglesola. Quizá la muerte del joven catalán sí pudiera haberse evitado...

—Piensa que has servido a Dios en su obra —siguió Ponce de Gualba con un ligero temblor en sus labios gordezuelos—. Jamás quisimos ningún mal para ti, hijo mío.

Blasco se fijó en el cuello del obispo. Junto a la gran cruz enjoyada colgaba ahora el relicario. El aragonés lo señaló.

—¿Y Ramatayim? ¿Quisisteis algún mal para él?

Gualba movió ambas manos en gesto negativo y siguió retrocediendo hasta que topó con el altar de piedra. Blasco se acercó a él sin soltar su arma, que, al arrastrarse por el suelo, lo arañaba y dibujaba una línea sanguinolenta.

—Jamás —aseguró el obispo—. Eso fue cosa de Zintero, ese bastardo... Lo único que queríamos era el relicario. Solo el relicario, hijo mío, debes creerme.

Blasco de Exea mostró una sonrisa irónica.

—¿Debo creeros? ¿Creeros como creí vuestras palabras cuando vinisteis a visitarme aquí mismo? —Alzó la mano izquierda y señaló a Catalina—. ¿Debo creerla a ella? ¿Creerla como creí en sus besos?

—Mis besos no eran falsos...

Blasco la miró. Los ojos negros de la valenciana se desbordaban de lágrimas y le imploraban perdón. Un par de monjes hicieron amago de acercarse para intervenir, pero el obispo levantó una mano y se detuvieron.

—Hermanos, ahora debéis dejarnos solos una vez más —ordenó—. Pronto recibiréis una explicación de este luctuoso suceso.

El abad, que había preferido permanecer entre los demás frailes, se dejó ver al fin. Su cara era un reflejo del miedo que sentía, pero se veía obligado a intervenir.

—Monseñor, todo lo que nos habéis dicho es muy raro. Hay tres muertos en esta iglesia, un hombre que se enfrenta a vos con un arma y una mujer que llora junto a nuestro altar. Ni siquiera vuestras prebendas son suficientes para que esto quede satisfecho con una explicación.

—Hermano abad —contestó Gualba con celeridad—. La potestad que me refrenda no es solo la de Cristo, Nuestro Señor, de quien soy obispo. La garantía de la misma Casa de Aragón me precede. Pero dejadnos ahora, por favor. Seréis compensados por lo que ha ocurrido aquí.

El abad quedó unos instantes con la mirada puesta en Ponce de Gualba. Sus ojos volaron del obispo al cáliz posado en el altar. Se encogió de hombros y empujó a los dos hermanos más cercanos hacia el panteón.

—Vayámonos pues, y esperemos a que el señor obispo tenga a bien llamarnos.

Los frailes dejaron la nave entre comentarios apagados y saltitos para no pisar la sangre de Zapata. Sus pasos se perdieron más allá del panteón, bajando las escaleras que conducían a la planta inferior. Blasco pasó junto al obispo, que se pegó a una de las columnas del ábside. Miró con curiosidad dentro del cáliz y vio restos de líquido en su interior. La copa había sido devuelta al altar, aunque un cerco oscuro a unas pulgadas delataba que la habían movido.

—Has servido a una causa superior, hijo mío —insistía Gualba.

—He servido a la superstición, monseñor —corrigió el aragonés.

—No, ¡no! —Los ojos de Ponce de Gualba se abrieron con desmesura, como si fuera un fanático predicador que tratara de convencer a la plebe—. No es superstición. Es la verdad.

—¿La verdad? —Blasco volvió a señalar al relicario que pendía del cuello del obispo—. La verdad es que me habéis usado para llegar hasta eso. La verdad es que Juan de Ramatayim ha muerto para que ahora el relicario cuelgue de vuestro cuello. Ramatayim era un supersticioso, pero no merecía morir por ello. Vos también lo sois. ¿Y tú, Catalina? ¿Cuál es tu verdad? ¿También crees esas patrañas de la sangre de Cristo?

—Ella no sabía nada —intentó disculparla Gualba—. Solo el joven Bernat conocía lo que hay dentro del relicario. Los demás lo hicieron por dinero. Mucho dinero.

Blasco asintió y señaló con el pulgar por encima de su hombro.

—Acabo de matar a un almogávar que también lo hizo todo por dinero. Durante su vida entera. Jamás ese puerco preguntó por qué: solo le interesaba por cuánto. A su muerte deja un reguero de sufrimiento inmenso. ¿En qué os diferenciáis vosotros de él?

—Escucha, hijo mío, debes dejar que te explique. Lo comprenderás todo... ¡Todo!

El aragonés suspiró hastiado. La amargura se desbordaba en torrentes desde su corazón. Siempre había pensado en el gran alivio que le produciría hallar a Zintero, en la felicidad que le embargaría cuando pudiera acabar con su miserable existencia. Ahora solo sentía el vacío de una vida desperdiciada y la culpa por los desmanes del almogávar, que sabía le perseguirían durante todos los años que le restaban hasta la muerte. Miró una vez más el relicario de Ramatayim, colgado del orondo cuello de Gualba. En verdad, ¿por qué todo un obispo de Barcelona había perseguido con esa saña la reliquia? ¿Cómo había llegado a saber de ella? En un sacrílego gesto destinado a advertir a Ponce de Gualba, Blasco posó la hoja de su espada templaria sobre el altar de piedra. De inmediato, la sangre manchó el ara y empezó a formar un redondo charco que creció y se acercó al cáliz. El obispo tomó la copa con rapidez y la apretó contra a su pecho.

—Hablad, monseñor —ordenó el aragonés con voz sibilina.

—Todo empezó en Mallorca, antes de alcanzar el obispado —empezó Ponce de Gualba mientras perdía la vista en los restos de líquido que contenía el cáliz.

»Desde siempre me había sentido atraído por los escritos prohibidos. Una cosa es negarlos a la chusma para que tengan bien claros sus deberes, pero otra muy distinta sería perder la sabiduría que encierran. Yo había leído los evangelios de Nicodemo, de Tomás, de José de Arimatea...

»Este último, José de Arimatea, llegó a convertirse en mi obsesión, lo reconozco. Arimatea era un hombre rico que pertenecía al tribunal del Sanedrín. Era seguidor secreto de Jesús, y también dueño del lugar en el que enterraron a Nuestro Señor. Arimatea poseía, además, el bien más preciado de la cristiandad: la libación que nos libera de la muerte.

—La sangre de Cristo —intervino Blasco con gesto escéptico.

—Eso es: la sangre de Cristo —siguió el obispo de Barcelona—. La sangre del pacto que Nuestro Señor ofreció a sus discípulos en el rito de la Última Cena. San Mateo lo atestigua.

»José de Arimatea lo entendió perfectamente. Comprendió que la copa y la sangre formaban parte del pacto. Por eso tuvo la precaución de recoger la sangre de Cristo en el mismo cáliz que habían usado en la cena. José de Arimatea entregó el cáliz a san Pedro, y con el tiempo acabó aquí, como todos nosotros sabemos. —Ponce de Gualba alzó la copa y la contempló con gesto idólatra.

»En cuanto a la sangre, la guardó consigo.

—En el relicario —señaló Blasco al colgante que ahora lucía el obispo junto a su lujosa cruz.

—Sí, aquí mismo. En este relicario la ha llevado durante casi mil trescientos años, convertida en un polvo apenas visible. Pero nunca ha dejado de ser lo que siempre fue.

El aragonés estiró los labios en una sonrisa.

—José de Arimatea era...

—¡Juan de Ramatayim! ¡Por supuesto! —aseguró con vehemencia Gualba—. Aguardando siglo tras siglo a alguien digno de beber la libación en la copa de la cena. Al principio debieron ser varios quienes conocían el secreto, y generación tras generación trabajaron para que la copa y la sangre permanecieran separados, pero sin perderles la pista. Sin embargo, los tiempos corrieron y todo cambió. Entonces hubo que buscar a alguien que pudiera proteger a José de Arimatea, verdadera clave de este plan. Alguien lo suficientemente piadoso y a la vez capaz. Alguien con afán de defender la fe y de matar por ella.

—El Temple —adivinó Blasco.

—Sí —asintió Gualba—. El Temple asumió la protección de Arimatea poco después de la conquista de Jerusalén. Yo ignoraba todo eso, naturalmente. Había perdido la pista de lo que ocurrió con la sangre tras la muerte de Cristo y de lo que cuentan los escritos, así como algunos detalles anotados en forma de marginalia casi borrados por el tiempo. Poca cosa aparte de la descripción del relicario o las esperanzas de José de Arimatea. Sin embargo, como ya te he dicho, ocurrió un hecho que sin duda fue obra de Dios mientras yo ejercía el sacerdocio en Mallorca:

»San Juan de Acre acababa de caer en manos infieles y las naves con los refugiados surcaban el Mediterráneo. Traían a Occidente a los últimos cristianos de Tierra Santa.

»Una tarde arribó a la isla una galera destartalada, llena de huidos y de heridos. Entre estos había un templario, un tipo que debería haber muerto hacía varios días pero que, por la indudable intervención divina, se mantenía aún con vida. Escuché a aquel hombre en confesión, pues quería estar a bien con Dios antes de presentarse en las puertas del Cielo. En el mismo puerto de Mallorca, entre fardos de enseres y lamentos de los fugitivos, me contó algo formidable:

»Tiempo atrás, en su juventud, este templario había sido escogido para una curiosa misión que le llevó cinco años. Se trasladó a Cerdeña y durante ese lustro se encargó de la protección de un curioso sujeto, una especie de sabio eremita que llevaba un extraño relicario colgado al cuello. Ese hombre se llamaba Josías de Ramah.

—Josías de Ramah... —susurró Blasco.

—Es el mismo de siempre, cambiando de nombre a lo largo del tiempo para no delatar su condición: Josías de Ramah, Juan de Ramatayim... José de Arimatea.

El aragonés negó con la cabeza ante lo que decía Gualba, a pesar de que las últimas palabras del propio Ramatayim habían insinuado algo parecido.

—Imposible —sentenció.

—¡No! —protestó el obispo—. ¿Es que no me has escuchado? ¿No lo entiendes? José de Arimatea era un hombre, un ser humano con sus defectos y sus pasiones. El único que durante un tiempo dispuso del cáliz de Cristo y de su sangre... ¿Qué habrías hecho tú de conocer el poder de estas dos reliquias unidas?

Blasco recordó lo que había visto unos instantes antes, al pasar corriendo tras Zintero. Eso era, naturalmente, lo que Ponce de Gualba había buscado durante toda su vida. Lo mismo que ya le había advertido entre balbuceos y medias palabras Juan de Ramatayim y lo mismo que el obispo se empeñaba ahora en explicar: la vida eterna.

—La vida eterna, ¿eh? —preguntó Blasco.

—No puedo creer que todavía te muestres escéptico —reprochó el obispo—. ¿Qué más pruebas necesitas?

»El Temple protegió a José de Arimatea durante décadas. Mandó a Cerdeña a los mejores hombres de la orden para ello. Cuidó siempre de mantener el secreto a buen recaudo. De los templarios que acudieron a cumplir esa misión solo podía sacarse un conocimiento fragmentado. Pistas aquí y allá. Yo sabía que Arimatea cambiaba de residencia y de nombre, y que llevaba una vida austera mientras dejaba pasar los años, nada más. Para encontrarlo necesitaba a alguien que lo conociera personalmente. A uno de los templarios encargados de salvaguardar su vida y su secreto.

»Aquel hombre moribundo que llegó de San Juan de Acre me contó que su relevo había sido otro templario, un hermano que por aquel entonces destacaba por su habilidad con la espada y su inteligencia, alguien que con el tiempo ocuparía puestos de importancia en la orden. Lo último que me dijo antes de morir fue el nombre de ese templario, Hugo de Pairaud.

Blasco asintió ahora. Recordaba perfectamente que el mismo frey Hugo le había dicho que sí, que él había llevado a cabo la misión de Cerdeña tiempo antes de encomendársela a Blasco.

—Hugo de Pairaud era un gran hombre, ciertamente —reconoció el aragonés—, pero eso no le libró, por lo visto, de dejarse engañar por las mismas patrañas que vos, monseñor.

—¡Te repito que no son patrañas! ¡Y en cuanto a Hugo de Pairaud, lo único que sabía era que en Cerdeña había un hombre santo, un sabio del que tampoco conocía su nombre real, un príncipe para la Santa Madre Iglesia! Alguien a quien debía protegerse con el máximo esmero y cuyo secreto había que guardar. Hugo de Pairaud mandó a Cerdeña a no pocos templarios para cumplir con esta misión.

—Pero... —le atajó Blasco— entonces vos llegasteis hasta frey Hugo... ¿Fue así?

—Así fue, por supuesto —reconoció el obispo—. Desde la muerte de aquel templario defensor de Acre, yo acariciaba la idea de viajar a Cerdeña y buscar a Arimatea. Dios oyó mis plegarias cuando me eligieron para el episcopado de Barcelona. El puesto me otorgaba suficiente poder como para emprender la búsqueda de mi objetivo. Pero, por desgracia, las cosas no eran tan fáciles. Nuestro rey había adquirido por tratado el derecho a la conquista de Cerdeña, y los pisanos no admitían esto de grado. Mi presencia no podía pasar inadvertida en la isla, por eso debía mandar que otros se ocuparan de buscar a Arimatea y su secreto.

»Entonces tuvo lugar el proceso contra el Temple.

»Supe que el tiempo corría en mi contra, y también sabía que las puertas de Cerdeña estaban cerradas para mí por el momento. Por eso conseguí un salvoconducto del rey Jaime y logré visitar a Hugo de Pairaud.

—¿Visteis a frey Hugo? —se sobresaltó Blasco—. ¿Hablasteis con él?

—Así fue —respondió Gualba—. Sé que Hugo de Pairaud jamás me habría revelado nada respecto de las misiones del Temple en Cerdeña, pero cuando le visité estaba destrozado. El tormento y la amenaza de la hoguera habían acabado con su juicio, aunque no con su memoria.

Blasco tensó las mandíbulas y sintió renacer el odio hacia quienes habían aplastado a la orden.

—Así que frey Hugo os habló de mí.

—Me habló de ti y de otros, Blasco. Por aquel entonces eran muchos quienes habían caído presos del rey de Francia, y de gran parte de ellos no quedaban más que cenizas. Tú eras el único hombre vivo que podía reconocer a José de Arimatea.

Blasco tiró de su espada, que chirrió sobre la piedra del altar. Su punta golpeó el suelo y el tintineo levantó un sonoro eco en el templo, casi cubierto ya de oscuridad por el atardecer. Recordó el rostro risueño de Simón de Ruán y comprendió las palabras del obispo. Cuántos amigos habían quedado en el camino por culpa de la inquina humana.

—Te perdí la pista, desde luego —siguió Gualba, aliviado porque la hoja de hierro de Blasco se alejaba de él—. Fuiste muy cauto y, cuando por fin pude dar tu nombre a mis agentes, ya era demasiado tarde. Lo único que averiguaron al llegar a Cerdeña fue que desapareciste tras ciertas extrañas muertes en Cáller. Una vez más volvía a peder la pista de Arimatea.

»Durante años se fue desvaneciendo la esperanza. Di órdenes a mis agentes y escribí a todos mis conocidos: necesitaba saber algo de ti. Indagué aquí, en Aragón, y también en Castilla, en Francia, en Portugal... Luego tuve mis propios problemas. Mi afición a los escritos prohibidos estuvo a punto de costarme cara y tuve que desterrarme de Barcelona. Afortunadamente contaba con la simpatía del rey y conseguí librarme de los inquisidores.

»Un día, tras el acto de fundación de la Orden de Montesa, me presentaron a un antiguo templario huido de Francia. Había conocido a otros antes, pero este fue el único que pudo darme una información útil.

—Fulco de Payens —recordó Blasco su conversación con el obispo a las puertas del monasterio pocos años antes—. Mi buen amigo Fulco.

—La renuncia del infante Jaime facilitó las cosas, pues Alfonso de Aragón ha sido educado por mí y no tengo secretos para él. Por otra parte yo necesitaba de ti, pero sabía que no traicionarías tu antigua misión, por lo que no tuve más remedio que urdir el engaño...

—Sé cómo lo hicisteis —le interrumpió el aragonés—. Leí vuestras cartas a Zapata en su casa, y así averigüé que estaríais aquí. Os he seguido desde Valencia.

—Es evidente que te subestimé. Pero no deseaba causarte ningún mal, te lo juro —aseguró Ponce de Gualba—. Ni a ti ni a Arimatea. Por Cristo, Nuestro Señor... Tu Juan de Ramatayim era un hombre santo, alguien que conoció a Jesús. ¿Cómo podría desear yo su muerte?

Blasco movió la cabeza a los lados.

—Sois un hombre letrado, monseñor. Demasiado, por lo que veo. Las muchas letras os han sorbido el seso.

El obispo pareció desesperarse. Dejó el cáliz sobre el altar y alzó las palmas hacia el techo rocoso de la nave en actitud de ofrecimiento. Blasco pudo ver el corte aún manchado de sangre en la mano izquierda de Ponce de Gualba. Aquel era sin duda el lugar en que se había herido el obispo para mezclar su sangre con el polvo oscuro del relicario.

—Dios, con el tiempo, me dará la razón —aseguró como si el mismísimo Creador fuera testigo de sus palabras.

Catalina de Alborach, que había permanecido muda durante la explicación del obispo, rodeó el altar y pasó por detrás de Blasco y sin apartar la mirada anonadada de Ponce de Gualba. Estaba claro que se estaba enterando de todos los detalles al mismo tiempo que el aragonés.

—Yo tampoco puedo creeros, señor obispo —dijo la valenciana—. Es cierto que lo hice todo por dinero, pero ahora... Ahora sé que nada valió la pena. ¿La sangre de Jesús? ¿La vida eterna?

—Hija mía, eres poco menos que una infiel —aseguró con cariño Gualba—. Pero lo entenderás.

—Lo dudo —sonrió amargamente Catalina mientras miraba de reojo a Blasco—. Además, si todo lo que habéis dicho es verdad, es que os consideráis lo suficientemente digno como para acceder a algo que en cientos de años no ha estado al alcance de nadie.

—Es cierto —reconoció Blasco—. El mismo Ramatayim me dijo que había esperado durante mucho tiempo. Y que no había nadie digno.

Dejó vagar su mirada por la penumbra del ábside y recordó las últimas palabras de su maestro.

«He esperado hasta que llegara quien fuera digno de ella... Pero nadie llegó. El hombre no debe tomar la sangre de Cristo. No debe. El hombre es el Mal, tú lo sabes. No dejes que el Mal perviva por siempre...»

—José de Arimatea fue discípulo de Cristo, pero bebió por su afán de sobrevivir a lo largo de los siglos —quiso excusarse

Ponce de Gualba—. Era débil. Yo también lo soy, lo reconozco. He pecado, sí. Pero no usaré la vida eterna para otra cosa que para el bien.

—Estáis loco —aseguró Catalina—. Vida eterna...

—Sí, vida eterna. —El obispo ignoró a la mujer y se dirigió a Blasco—. Imagina cuánta sabiduría podré atesorar. ¿A qué no tendré alcance llevando en mis venas la misma sangre de Cristo? ¡La sangre de Dios! ¿Lo entiendes?

La oscuridad anegó la nave por completo mientras Ponce de Gualba hervía de felicidad. Su respiración entrecortada anunciaba que verdaderamente sentía fluir por su cuerpo la sangre de Cristo.

—Ramatayim era un hombre extraño, sin duda un sabio —dijo Blasco, apenas un bulto oscuro junto al altar—. Aunque no era más que un hombre. Un viejo bueno y amable, pero loco. Vivió una vida larga, mas no inmortal, y sabe Dios cómo llegaría al convencimiento de que era un discípulo de Jesús. Ese relicario y esa sangre que decís que bebió no le libraron de morir a manos de Zintero.

—Bah, os lo he explicado a los dos —replicó con hastío el obispo—. Créelo si quieres... Creedlo ambos si lo deseáis, y si no, no lo hagáis. En cuanto a mí, con mis defectos y mis pecados, os aseguro que viviré para mayor gloria de Dios. Para siempre.

Los pasos felinos de Catalina le llevaron junto a Ponce de Gualba. Blasco vio el redondo corpachón del obispo recortado contra la oscura piedra y, a su lado, la figura esbelta de la valenciana.

—Vuestra inmortalidad os ha durado bien poco, señor obispo —sentenció ella con firmeza—. Vuestro adalid Blasco, el que os ha llevado a poseer la vida eterna, os pondrá ahora frente a las puertas de ese infierno en el que creéis. Y yo os acompañaré en el viaje. ¿No es así, amor mío?

El silencio invadió la nave. Fuera se oían los trinos de dos mirlos que se contestaban uno a otro en la lejanía. El cielo, teñido de oro y escarlata, apenas se colaba por los ventanales de poniente. Blasco inspiró con fuerza y, con su veste oscura, limpió la sangre que se secaba poco a poco en la hoja de la espada templaria. La enfundó despacio, como si se despidiera de ella. Adivinó el fulgor de los ojos de Catalina y hacia allí dirigió los suyos.

—Me juré matarte, y tal vez lo habría hecho.

»Pero he jurado otras cosas en mi vida. Juré a mi padre adoptivo y a la memoria de mi madre, juré a la cruz y juré a una mujer que me amaba. Incluso juré a mi alma que te querría a ti por siempre, Catalina, tanto o más de lo que había querido antes. Quizá no debiste haberme salvado hoy. Hesse habría acabado con mi vida y ahora las cosas no serían tan diferentes.

»Vos, monseñor, volveréis a Barcelona. Os mostráis feliz por haber conseguido el fin que perseguíais y, en verdad, os creo convencido de vuestras propias palabras. Disfrutad de la vida eterna pues. Os digo que, a no mucho faltar, ocuparéis vuestra tumba.

»Tú, Catalina, ve en paz. De entre todos los pedazos de corazón con los que he sembrado el camino de mi vida, hay uno que lleva grabado tu nombre. Búscalo si quieres, pues está clavado por una flecha en alguno de los lugares en los que nos amamos.

»En cuanto a mí, me he cansado de huir de mí mismo. He derramado sangre en una iglesia y pagaré mi culpa.

El obispo de Barcelona pasó entre Blasco y Catalina y chapoteó en la densa sangre de Zapata al salir de la nave. Se alejó por el panteón hasta que sus pasos se perdieron, y entre el hombre y la mujer quedó una fina línea de dolor que atravesaba las tinieblas y se deshilachaba poco a poco.

—Nada de lo que compartimos a solas fue falso. —La voz de Catalina resonó en la oscuridad—. Sé que no soy digna de ti, y ahora me iré. Pero debes creer esta gran verdad, Blasco:

»Te quiero.

Las palabras de la valenciana se hundieron en el alma del aragonés como una daga. Bajó la cabeza y esperó hasta que Catalina se decidió a abandonar la nave. Quedó a solas con la muerte y la oscuridad.

III

Unos días después.
Villa de Ejea, Aragón. Verano de 1324

Ponce de Gualba era un pecador, sin duda. Un hombre con muchos defectos y debilidades. Pero creía realmente. Creía en Dios y en su hijo. Creía en la muerte de Cristo y en su significado. Creía también que Jesús se había hecho hombre, que había venido entre los mortales a traer la palabra de su padre y que había dejado su legado. No solo enseñanzas, milagros y amor. Blasco de Exea sabía que Ponce de Gualba, obispo de Barcelona, creía realmente en todo aquello. Por eso no se extrañaba de que, después de todo, el obispo se hubiera sentido culpable por lo sucedido. En realidad, de eso estaba seguro el aragonés, Ponce de Gualba jamás había deseado el mal de nadie. Sí, tal vez se había aprovechado de la destrucción del buen frey Hugo de Pairaud. Quizá se había valido del miserable Ferrer Zintero para facilitar su misión. Sin duda había engañado a Blasco poniendo a su alcance al almogávar, y había enturbiado su mente con la belleza de Catalina. Pero aquellos fueron simples medios para conseguir un fin. Un fin que lo justificaba todo. O eso al menos era lo que con todo su ser creía Ponce de Gualba. Ante semejante cascada de creencias, pues, el obispo se había valido una vez más de su influencia para exculpar a Blasco de las muertes de San Juan de la Peña: según la versión de Ponce de Gualba, que repetiría ante toda autoridad seglar o eclesiástica, aquellos tipos habían dejado allí sus vidas por tratar de acabar con Blasco de Exea, intachable guerrero al servicio de Aragón y digno caballero, veterano de la campaña de Cerdeña y protector de la vida del infante Alfonso. Naturalmente, y dado que los frailes del monasterio conocían personalmente a Blasco, no habían tenido dificultad en dejarse convencer. Ponce de Gualba debía de hallarse camino de Barcelona. Con él viajaba Catalina, a quien había ofrecido el pago de su parte más las de Zapata, Hesse, Anglesola y Zintero. La autoridad episcopal removería todo obstáculo que pudiera presentarse a la valenciana, aunque Blasco sabía que ella no necesitaba de nadie para salir adelante. El obispo también había ofrecido dinero a Blasco. Para compensar, dijo, los sufrimientos habidos. Para hacer que el resto de su vida fuera fácil, o quizá para mitigar la enfermedad de su padre, el bueno de don Artal. Esto último fue lo único que pudo vencer la férrea voluntad de Blasco.

Detuvo a *Triguero* ante la puerta de su casa. A su espalda, conforme recorría las calles de la villa aragonesa de Ejea, se habían acumulado los zagales mientras hacían comentarios y se preguntaban uno a otro quién era aquel raro tipo de pelo entrecano y porte de caballero. De sus alforjas sobresalía el puño de una espada rematado con una piedra negra, y negras eran también las vestiduras que asomaban de entre los fardos, negro el escudo atado al arzón de caballo, negro el propio animal. Negro el semblante del jinete.

La puerta se abrió y apareció una mujer con las ropas manchadas de harina. Se puso una mano sobre los ojos para defenderse de los rayos solares y se fijó en aquel hombre que descendía del caballo. Sancha abrió la boca al reconocer a su hermano adoptivo.

—Sí, soy yo —anunció Blasco con una sonrisa que clamaba perdón—. Y espero no llegar tarde.

Dos gruesas lágrimas fueron el recibimiento de Sancha, que seguía bella a pesar de las manchas de grasa y harina y de las auras violáceas que orlaban sus ojos. Dejó la puerta abierta y se acercó a Blasco. Este pensó por un momento que venía a abrazarlo, pero ella cogió de sus manos las riendas de la montura.

—Padre está dentro —dijo con la voz temblorosa pero áspera—. Apenas puede moverse, así que pasa el día tumbado en su cama. Bonito caballo. ¿Cómo se llama?

Blasco observó a su hermana y aún reconoció en ella a la niña que había dejado atrás hacía tantísimos años.

—*Triguero* —dijo—. Se llama *Triguero*.

Sancha apretó los labios y su llanto silencioso se redobló. Sin duda se acordaba del audaz esmerejón que Blasco sacaba de caza cuando ambos eran unos jóvenes felices y despreocupados.

—Pasa —le invitó con un movimiento de barbilla hacia la casa—. Yo llevaré a *Triguero* a las caballerizas.

La mujer se alejó con el caballo, que anduvo al paso, confiado como si se hallara también en su hogar. Blasco suspiró hacia la puerta abierta. La última vez que la viera así se disponía a ingresar en el Temple. Entonces no era más que un muchacho, pero parecía que había ocurrido el día anterior. Casi podía oír el eco de las voces de doña Elisén, su madre, que llamaba a sus hijos para sentarse a comer, o las maldiciones de don Artal cuando despotricaba del rey, de las guerras, de los pactos, de los engaños, de las promesas incumplidas, de la fidelidad jamás agradecida, de los sacrificios nunca recompensados...

Pasó a la casa, que se mantenía fresca en comparación con el calor de las calles. Un suave olor a carne asada salía de la cocina. Miró al pasar los estandartes y armas coleccionados por su padre durante años de batallas. Sonrió para sí al reconocer algunos de los colores angevinos, franceses, navarros... Una tos apagada llamó su atención desde el aposento de sus padres. Caminó despacio, tratando de prepararse para algo que había perdido la esperanza de hacer.

Don Artal estaba postrado. No era muy anciano ciertamente, pero sí lo parecía. Demasiadas guerras, pensó Blasco. Muchas heridas en el cuerpo y, sobre todo, en el alma. La vista del viejo guerrero estaba intacta, eso sí. Por eso reconoció de inmediato a Blasco cuando este cruzó bajo el dintel de su cámara.

—Hijo mío... —Se esforzó por incorporarse.

Blasco se apresuró en rodear el jergón y se sentó junto a don Artal. Lo abrazó con fuerza. El anciano gimoteó sin avergonzarse mientras apretaba contra sí a su hijo.

—Padre —musitó al oído—. He vuelto. Y he saldado nuestra deuda.

Las lágrimas de don Artal cayeron sobre el hombro de Blasco. El anciano sonrió.

—Si tu madre pudiera verte... Si las dos pudieran verte...

—Me ven, padre. Nos ven a ambos. Saben que hemos cumplido.

Artal palmeó la espalda de su hijo, y Blasco percibió cuánta fuerza había perdido el viejo guerrero aragonés. Cogió sus brazos suavemente y le ayudó a tumbarse de nuevo con gran ternura. Don Artal contemplaba a Blasco con los ojos húmedos de alegría y plenos de orgullo.

—El propio obispo de Barcelona, escoltado por un noble joven catalán, vino a buscarte para que acompañaras al infante —dijo henchido de satisfacción—. A guardar al mismísimo príncipe de Aragón. Dime, Blasco: ¿estuviste a su lado en Cerdeña?

El antiguo templario sonrió. Pugnaba consigo mismo por no llorar.

—Estuve con él, padre. Luché codo con codo con el príncipe y conquistamos aquellas tierras para Aragón.

Artal de Exea cogió una de las manos de su hijo y la palmeó.

—Bien, bien, hijo mío. Tienes tus cicatrices ahora, ¿verdad? Tus propios trofeos.

Blasco asintió. Recordó el más preciado para él de entre todos esos trofeos, guardado en una alforja junto a sus pocas posesiones y con el dinero que Ponce de Gualba le había dado.

—He traído un cortel, padre. Lo colgaremos en el salón si os parece bien, junto a vuestros estandartes...

—¿Un cortel almogávar, Blasco?

—Así es. El arma de un enemigo. Un recuerdo que ambos podemos compartir.

El anciano volvió a palmear la mano de su hijo y miró a través de la ventana por la que se colaba el sol. Blasco suspiró y sintió la alegría que le transmitía su padre. Desde fuera, filtrándose por los ventanucos, se oía la voz de Sancha. Su hermana malcriaba a *Triguero* a base de zalamerías. Una punzada de culpa le aguijoneó por notarse feliz, siquiera fuera por un momento. Cerró los ojos y espero a que apareciera la niebla, la bruma que debía recordarle sus faltas y a todos aquellos que habían quedado por el camino. Se esforzó. Apretó aún más los párpados, pero no vio nada.

Blasco abrió los ojos y descubrió que su padre se había quedado dormido con una sonrisa en los labios. Escurrió con delicadeza su mano de entre las de don Artal y anduvo con cuidado de no hacer ruido. Salió de la casa y se asomó a las caballerizas. Sancha acariciaba las crines de *Triguero* y este cabeceaba con placidez. Blasco aspiró el aroma del trigo recién cortado, elevó la vista y siguió a una sombra que cruzaba el cielo, aleteando con alegría. La torcaz se perdió tras los aleros, las campanas del Salvador repicaron lánguidamente.

Recordó que su primer amor, la muchacha a la que había conocido en un día semejante, se burló aquella lejana jornada de su habilidad como cazador. Una sonrisa asomó al rostro del antiguo templario cuando sacó de su ceñidor la vitela enrollada y cerrada por el sello de Ponce de Gualba. Aquella carta iba dirigida a la abadesa de Las Huelgas y pedía un favor de fácil concesión. El obispo había prometido a Blasco que cierta hermana recibiría licencia, y que él mismo los casaría si es que era deseo de ambos.

Blasco de Exea guardó la carta de Gualba y miró al cielo de nuevo. Un pequeño halcón lo atravesó entre chillidos y siguió la estela de la torcaz hasta que la perdió de vista hacia poniente. Hacia Castilla.

Hacia Teresa.

Epílogo

Lo que fue y lo que no fue

Ponce de Gualba murió, por supuesto. En 1334. Su tumba, bellamente elaborada por Jaime Cascalls, puede verse hoy en la catedral de Barcelona, edificio cuya construcción impulsó el propio obispo. El recuerdo de su personalidad está marcado por la sujeción a la doctrina católica y por su amor a la labor docente. En cuanto al cáliz de San Juan de la Peña, fue trasladado a Zaragoza por el rey Martín I el Humano (el nieto del príncipe Alfonso) y más tarde llevado al palacio real de Barcelona por Alfonso V el Magnánimo. Este mismo rey lo envió poco tiempo después a la catedral de Valencia, donde aún permanece. Los estudios acerca de su datación afirman que la pieza principal fue manufacturada aproximadamente en el siglo I d.C. en el Próximo Oriente. Para muchos se trata del auténtico Grial, el Santo Cáliz usado por Cristo en la Última Cena y en cuyo interior recogió José de Arimatea la sangre del Mesías.

La veneración a las reliquias y la superstición eran habituales en la Edad Media. A pesar de la rígida oficialidad católica, la Corona de Aragón no se libraba de que sus reyes y nobles consultaran constantemente a los astrólogos acerca del futuro y, de hecho, la mayor parte de las decisiones políticas se tomaban en virtud de la disposición de planetas y constelaciones. Multitud de factores llevaban a pensar a los hombres medievales que sus vidas estaban dominadas por fuerzas sobrenaturales, lo que dio a pie a variedad de leyendas que justificaban o acompañaban a los acontecimientos históricos. Esta especie de fiebre se mantuvo después, e incluso en nuestros días es habitual unir a la historia de los templarios un halo de esoterismo al que parecen indisolublemente encadenados. El relato de la vida de Blasco de Exea tiene por objeto, entre otras cosas, desencadenar precisamente a los templarios de ese hábito mágico y supersticioso, y dejar bien claro que la superstición forma parte de la historia, pero la historia no forma parte de la superstición.

No hay conocimiento cierto de los pormenores de la vida de Blasco de Exea. Jerónimo Zurita nos dice únicamente en sus *Anales* que un caballero de este nombre formó parte del contingente aragonés que marchó a la conquista de Cerdeña en 1323, al igual que varios miembros de la familia Anglesola o que el valenciano Gonzalo Zapata. Sí hay constancia de la existencia en aquel tiempo de un tal Blasco López de Exea, notario de profesión, según un documento de la cancillería real. Este individuo histórico no tiene nada que ver con el Blasco de Exea que protagoniza *Venganza de Sangre*. El personaje de Catalina de Alborach es también ficticio, como lo son sus circunstancias teniendo en cuenta la forma de vida femenina en la Baja Edad Media. Ferrer Zintero tampoco existió nunca, aunque sí es seguro que personas como él existieron y existen, y contribuyen a hacer de este mundo un lugar que necesita de un auténtico sentimiento de caballerosidad. La venganza de sangre, antiguo rescoldo de un tiempo bárbaro, quedó confinada al pasado en nuestra cultura, aunque tal vez no pueda decirse lo mismo de su arraigo en los sentimientos de ciertas personas.

Jaime II no pudo asistir a la coronación del papa Clemente V en Lyon. Aquello tuvo lugar el 14 de noviembre de 1305 y el rey de Aragón, en esa fecha y según la datación documental de su cancillería, se hallaba en Barcelona. El pasaje de esta novela que retrata ese acontecimiento es una licencia del autor tendente a escenificar una reclamación que efectivamente tuvo lugar, la de la exigencia para Aragón de poseer realmente Cerdeña y Córcega, y para dar dramatismo al hilo conspirativo contra la Orden del Temple. También es licencia histórica parte de la escena desarrollada en Calatayud, tras la boda de los infantes Pedro de Castilla y María de Aragón. La pequeña Leonor fue entregada a la Corona de Aragón en ese momento, mientras que esta novela relata que la pequeña llevaba ya un tiempo en la corte de Jaime II. Por cierto que la narración cronológica es siempre referida a nuestro sistema actual de medición del tiempo: en el momento en que transcurre *Venganza de Sangre*, el año oficial comenzaba en la Corona de Aragón el 25 de marzo —sistema florentino de la Encarnación, que no fue abandonado hasta el reinado de Pedro el Ceremonioso—. Tampoco hay constancia de que los reyes medievales se conocieran en su propio tiempo por sus ordinales. Otra licencia es la labor docente del obispo Gualba con respecto a los infantes. Su educación religiosa fue llevada a cabo por personas del entorno de la familia real a los que aleccionó previamente el consejero Arnau de Vilanova. Se conserva la memoria del arcipreste de Belchite, de fray Pedro de Villalonga o de Gil López Domest como algunos de los enseñantes de los infantes. Lo que no es licencia es la naturaleza irritable y al parecer depravada del infante Jaime, el primogénito, a tenor de lo que dicen los historiadores. La conducta del infante Jaime llegó a motivar que el propio Papa se dirigiera a él por misiva para aconsejarle. Ponce de Gualba, por cierto, no debió su destierro a esa supuesta afición a lo esotérico, que también es invención del autor, lo mismo que esa querencia pecaminosa por las féminas: el obispo de Barcelona ha pasado a la historia como un firme defensor del celibato y un enconado luchador contra el concubinato de los clérigos. Quiero reseñar, hablando de licencias, que quizás a algún lector puedan traerle recuerdos las palabras con las que se inicia este relato en su exordio. Es un particular homenaje a mi parte favorita de una de mis obras preferidas: el coloquio entre Héctor y Andrómaca, canto VI de la *Ilíada* de Homero.

Entre la historia y la literatura quedaría lo ocurrido con el Temple en la Corona de Aragón. Jaime II mostró en principio una actitud favorable a la orden durante el proceso, aunque luego, repentinamente, pareció volverse contra ella. Se ha hablado de la influencia en ello del dominico Juan de Longerio y de los obispos de Valencia y Zaragoza, así como de las órdenes papales, para vencer la posible resistencia del rey de Aragón en este asunto. Lo cierto es que parece bastante claro que la intención de Jaime II fue aprovechar la coyuntura para apoderarse de los bienes de la orden en sus territorios. Los templarios aragoneses anduvieron después caminos separados y diversos: unos optaron por seguir la vida monacal, algunos postularon efectivamente por el Hospital o por Montesa, pero otros se integraron en la vida civil. Vale la pena añadir, aunque no sea licencia propiamente dicha, que la novela pasa muy por encima u obvia otros aspectos históricos importantes, como las complejas relaciones entre las coronas de Castilla y Aragón o las de Aragón con el norte de África, el conflicto con el Reino de Granada, la existencia de atractivos personajes como Alfonso de la Cerda o don Juan Manuel, o el precario equilibrio entre monarquía y nobleza que dio lugar a no pocos roces y episodios violentos.

El rey Jaime II logró por fin su sueño de verse realmente sentado en el trono de Cerdeña y Córcega, aunque la posesión de estas islas siempre fue conflictiva para la Corona de Aragón. Su hijo y heredero, Alfonso, subió al trono en 1327 a la muerte de Jaime II. La esposa de Alfonso, Teresa de Entenza, murió el mismo año que su suegro, y Alfonso casó en segundas nupcias con la infanta Leonor de Castilla, aquella a la que el alocado infante Jaime rechazara tras la farsa de su boda en Gandesa. Alfonso IV fue conocido como el Benigno y murió en 1336. La Corona de Aragón continuó con su política expansiva y, en unos años, llegó a dominar comercial y militarmente el Mediterráneo, aunque siempre se mantuvo en pugna con las repúblicas italianas y el resto de sus competidores. De todos modos, esa época guarda en su memoria una de esas gestas épicas propias de los españoles de las que tanto nos gusta avergonzarnos en el presente, la descrita por Bernat Desclot al afirmar: «No pienso que galera o bajel o barco alguno intente navegar por el mar sin salvoconducto del rey de Aragón, sino que tampoco creo que pez alguno pueda surcar las aguas marinas si no lleva en su cola un escudo con la enseña del rey de Aragón.»

No existe constancia de que el Temple destinara a sus mejores guerreros a la clase de misiones especiales que se relatan en la novela y, aunque constituye toda una corriente de opinión, tampoco hay pruebas de que contingentes de templarios fugitivos llegaran a Escocia huyendo de su persecución en Francia. Por lo que respecta al rey Roberto Bruce, ciertamente encaminó a Escocia hacia su independencia gracias, entre otras cosas, al triunfo de Bannockburn. El lazo que une a este rey escocés con nuestra tierra existe no obstante: deseoso de acudir a luchar por la cruz en Tierra Santa pero incapaz de cumplir su sueño, pidió antes de morir que su corazón fuera llevado a la batalla contra el infiel. Su leal vasallo James Douglas —*El Negro*—, fue quien se encargó de cumplir este recado. Al mando de una compañía de escoceses, viajó a Castilla y tomó parte en una campaña contra el Reino de Granada en la que el noble Douglas encontró la muerte mientras portaba el corazón de su rey. Las razones que llevaron al escocés a luchar en España son extrañas pero verdaderas y, como se ha visto, estuvieron también guiadas por un sentimiento supersticioso. Superstición, leyenda e historia se unen una vez más, y quién sabe si James Douglas y el propio Bruce no se sentirían hermanados de alguna forma a España, obligados a cargar de forma casi suicida contra un enemigo ajeno, al igual que hicieron aquellos templarios negros de existencia diluida entre la fantasía y la historia a cuyo frente cabalgaba un español, un aragonés que quizá nunca existió...

O quizá sí.

Glosario

A continuación se detallan los nombres de algunas armas, prendas, equipaciones, lugares y hasta expresiones aparecidas en la novela y de uso poco común.

Adarve: camino de ronda, parapeto y demás elementos situados en la parte superior de una muralla.

Albarrada: conjunto de las defensas de campaña que levanta un ejército sitiador frente a la ciudad asediada.

Alfanje: espada de un filo, curvada y más ancha cerca de la punta. Conocida más tarde como bracamarte, era esencialmente un arma de infantería.

Almocadén: jefe de una unidad de infantería. Entre los almogávares, que actuaban como infantería ligera en la Corona de Aragón, era un cargo electo que podría asimilarse a un suboficial de los ejércitos modernos.

Almófar: capucha de anillas entrelazadas que cubría cabeza y cuello, con la posibilidad de proteger también parte del rostro. Se colocaba bajo el yelmo y encima de una pieza acolchada que impedía el contacto directo del hierro con la piel y el cuero cabelludo. Existía la posibilidad de echar hacia atrás la parte que cubría la cabeza sin necesidad de despojarse de la prenda entera.

Arzón: parte del armazón de la silla de montar. Sobresalía hacia arriba tanto delante como detrás del jinete, cumpliendo la función de afianzar a este sobre la montura, sobre todo en el momento del impacto violento en caso de carga.

Bordell: nombre con el que se conocía al barrio valenciano de *les fem-*

bres pecadrius, al que se había limitado la prostitución pública. A lo largo del siglo XIV, este oficio adquirió una suerte de protección oficial.

Brafoneras: piezas que protegían las piernas siguiendo el esquema de la cota de malla. Su uso permitió acortar el escudo, aunque la necesidad de defender el tercio inferior del guerrero llevó a la pronta inclusión de piezas metálicas rígidas para la protección de las rodillas.

Brial: en la época del relato, prenda femenina que consistía en un traje larguísimo (más que la saya), incluso hasta arrastrar parte de su tela por el suelo. Las versiones más lujosas estaban ricamente tejidas y guarnicionadas.

Brigantina: prenda de protección compuesta por placas de hierro embutidas en un peto de cuero.

Calzas: prendas que cubrían las piernas, cerradas por los pies y atadas a la cintura mediante ligas. Podían desatarse y enrollarse para acortar su longitud, adquiriendo el aspecto de los calcetines modernos.

Calzón o braga. Prenda interior masculina. Se ataba a la cintura y podía incluir los cordones o ligas para sujetar las calzas. No se tiene noticia de prenda interior femenina equivalente.

Capelina o chapel de fer: casco redondeado con un ala ancha que lo circunda por entero. Es un casco propio de la infantería, destinado a proteger cuello y hombros de los tajos y golpes que, viniendo desde arriba (teóricamente desde una montura), serían desviados o bloqueados por el ala.

Casteddu: *Castello* en italiano. Era (y es) el barrio rodeado de construcciones defensivas en la parte alta de Cagliari (Cáller).

Castelamar (Castellammare del Golfo): castillo siciliano, objeto de un enfrentamiento entre Fadrique de Aragón y Roberto de Anjou en 1316.

Castillo del Mar (Castrum Maris o Castello di Mare): en el tiempo del relato, nombre que recibía la actual fortaleza de Sant Ángelo, en Malta.

Coca: embarcación medieval de vela.

Codo: unidad de longitud aragonesa que equivalía a algo más de 76 centímetros.

Cortel: cuchillo. Particularmente, el de gran tamaño que usaban los almogávares.

Cotardía: vestido femenino de encima. De diseño cambiante, pero más atrevido en su corte que el brial.

Crespina: prenda de cabeza de uso tanto civil como militar, usándose en este caso acolchada. Tenía forma de cofia y se anudaba bajo la barbilla, aunque también podía llevarse suelta.

Ensuyo: correa que une la yunta de bueyes con la lanza del carro.

Escarcela: bolsa que colgaba del cinturón y caía sobre el muslo. Con el tiempo dio lugar a una pieza de la armadura que cubría la misma parte.

Espada de arzón: nombre que recibía en ocasiones la espada de mano y media, más larga que la espada de una mano, debido a que algunos caballeros las llevaban colgando de la montura.

Falkirk (batalla de): enfrentamiento entre el ejército escocés de William Wallace y el inglés de Eduardo I, el 22 de julio de 1298. Fue el primer teatro de combate que mostró la aplastante eficacia de los arqueros galeses operando dentro de un ejército bien organizado. Tras la inutilización de las escasas fuerzas de arqueros y de caballería de Wallace, los arqueros comandados por Eduardo I destrozaron los escuadrones de piqueros escoceses desde distancia segura. La caballería pesada inglesa remató la batalla, derrotando estrepitosamente a Escocia. Eduardo I había incluido fuerzas de arqueros galeses en su ejército tras la conquista de Gales (1277 – 1282).

Gambesón o gámbax: prenda de tejido acolchado que servía como protección en la batalla. Podía usarse como defensa única, pero también se llevaba bajo la cota de malla para preservar la piel del contacto del hierro en caso de golpe violento o rotura de las anillas, así como para aislar la piel y evitar el simple roce con las piezas metálicas. Cubría los brazos y parte de las piernas. Para la cabeza se usaba una cofia acolchada que cumplía la misma función.

Garnacha: prenda de abrigo que podía forrarse de piel. Había modelos provistos de mangas o sin ellas, disponiendo en este caso de escotaduras laterales para sacar los brazos.

Gibelinos: miembros de la facción italiana que, desde el siglo XII, prestaba apoyo al Sacro Imperio Germánico y, por ende, a la supremacía del poder seglar sobre el del Papa de Roma. Enemistados con los güelfos.

Gonela: túnica corta de piel, generalmente sin mangas.

Gonfalón Béauceant o Baussant: estandarte de la orden del Temple, de colores blanco y negro. Referencia para los templarios en el campo de batalla. Su portador no podía bajarlo ni usarlo como arma, lo que constituía un grave quebrantamiento de la Regla.

Gualdrapa: prenda que cubría las ancas de la montura y que podía lucir las armas del caballero.

Güelfos: miembros de la facción italiana que, desde el siglo XII, prestaba apoyo al Papa y al poder de este sobre los príncipes cristianos. Enemistados con los gibelinos.

Guyena: nombre por el que antiguamente se conocía al Ducado de Aquitania. En el tiempo del relato, en poder del rey de Inglaterra. Hoy ese territorio forma parte de Francia.

Hipocrás: bebida consistente en una mezcla de vino, miel o más raramente azúcar, y canela, nuez moscada u otras especias, que se hervía y colaba posteriormente.

Huesas: botas altas.

Jubón: prenda de vestir exterior.

Loriga o cota de mallas: prenda militar compuesta de pequeños anillos de hierro entrelazados para formar una pieza que cubría el cuerpo, los brazos y parte de las piernas. En el tiempo en que se centra el relato, la protección de la loriga se veía complementada con piezas metálicas rígidas que se ataban en hombros, rodillas, codos...

Leño: embarcación de vela y remo, con o sin cubierta, cuya función principal era el transporte de mercancías.

Lignum Crucis: fragmento de la Vera Cruz conservado como reliquia.

Lúa: guante de cuero usado en cetrería para proteger el antebrazo del cazador de las garras de sus aves rapaces.

Luco Cisterna: lugar de Cerdeña en el actual municipio de Elmas, cerca de Cagliari (Cáller), donde tuvo lugar la batalla del mismo nombre entre aragoneses y pisanos el 29 de febrero de 1324. En la actualidad, el aeropuerto de Cagliari se encuentra construido sobre lo que probablemente fue parte del campo de batalla.

Maestre racional: persona encargada de la administración del tesoro en la Corona de Aragón. Este cargo fue introducido por el propio Jaime II. El tesorero era en realidad un funcionario subordinado al maestre racional.

Mangonel o manganel: máquina de guerra que usaba tecnología de torsión. De origen romano, lanzaba proyectiles destinados a alcanzar a las tropas, las naves o las construcciones enemigas.

Matacanes: salientes en las murallas, normalmente edificados sobre las puertas aunque pueden recorrer todo el perímetro. Están construidos de modo que su suelo agujereado permite el lanzamiento de proyectiles y líquidos a los asaltantes que llegan a la muralla o intentan forzar la puerta.

Muceta: prenda de uso civil a modo de capuchón que cubría cabeza y parte superior de los hombros, o que podía incluso carecer de la capucha.

Non nobis, Domine, non nobis, sed nomini tuo da gloriam: «No a nosotros, Señor, no a nosotros, sino a tu nombre da gloria.» Expresión de agradecimiento y humildad derivada de las Santas Escrituras (Salmos, CXV:1). Usado como lema templario durante las Cruzadas.

Obenque: cada uno de los cabos que unen lateralmente los palos de las embarcaciones con el casco. Introducidos en la Baja Edad Media, junto con los mástiles fijos, para evitar que la arboladura cayera por la fuerza del viento. Varios obenques, unidos entre sí por flechastes, componían escalas mediante las que los tripulantes podían trepar para acceder a los aparejos.

Pechera o petral: prenda para el caballo. Podía tener una función ornamental y de identificación del caballero mediante sus armas, al igual que ocurría con la gualdrapa, pero por delante de la silla.

Regla: en el caso particular del Temple, conjunto de normas que organizaban la vida en la orden. A pesar de su denominación singular, abarcaba la regla primigenia adoptada en el concilio de Troyes, en 1128 y las restantes normas que se añadieron a modo de corpus jurídico.

Resguardo: término naval. Distancia prudencial a la costa, a sus salientes o a cualquier otro sitio peligroso.

Rodela: escudo redondo y de pequeño tamaño propio de la infantería ligera.

Saya: prenda de vestir exterior, pudiéndose llevar sobre ella aún el pellote. Había sayas encordadas y comunes o populares, siendo las primeras más propias de clases adineradas. Se diferenciaban en que estas tenían aberturas laterales o posteriores que se cerraban con cordones.

Señal real o señera: símbolo dinástico de la Casa de Aragón. Listones de gules sobre fondo de oro. Su origen varía según las fuentes. Con el tiempo pasó a simbolizar los territorios dependientes de la Corona y hoy en día figura en las banderas autonómicas de Aragón, Cataluña, Mallorca y Valencia.

Talabarte: cinturón del que pendía la vaina para la espada y que podía ser independiente del cinturón propiamente dicho.

Tarida: velero de ancha manga provisto de portones. Se trataba de un buque de carga diseñado para el transporte de tropas y caballerías.

Trabuco: también conocido como trebuquete o trebuchet. Catapulta de probable origen oriental, propia de la Edad Media a diferencia de otras máquinas como el mangonel, que eran evoluciones de artificios de origen clásico. Empleaba tecnología de contrapeso, consiguiendo el lanzamiento de proyectiles de todo tipo y alto calibre a distancias superiores a otras máquinas de asedio. Su estructura básica constaba de una base fuertemente anclada al suelo, de una superestructura para sostener un brazo basculante y de este, dotado en un extremo del contrapeso (o contrapesos) y, en el otro, de una honda.

Túnica: prenda exterior amplia y larga que se ajustaba mediante algún tipo de ceñidor a la cintura. Como el resto de la vestimenta, el modelo evolucionó a lo largo del tiempo y cambió su diseño, longitud y material.

Vara: unidad de longitud castellana que equivalía a tres pies (unos 83 centímetros).

Veste: conocida también como vesta, sobreveste o sobregonel. Prenda que en su versión militar se ponía sobre el gambesón o sobre la loriga. Podía llevar representados los motivos heráldicos del portador, con lo que, entre otras, cumplía una función de identificación durante la batalla.

Villadeiglesias: actual ciudad de Iglesias (Igrèsias en sardo, Villa Eclesiae en latín), situada en la región sudoeste de Cerdeña, alcanzó importancia en la isla durante el dominio pisano gracias a su actividad minera.

Índice